Beth Yahp werd in 1964 in Maleisië geboren als dochter van Maleisisch-Chinese ouders. In 1984 kwam zij naar Sydney om te gaan studeren aan de University of Technology. Na haar afstuderen was zij boekverkoopster, pamflettenbezorgster, vervoersbeambte en kunstenaarshulp om haar schrijven te bekostigen. Zij publiceerde in tal van bloemlezingen en literaire tijdschriften, en redigeerde met anderen twee verhalenbundels. *De drift van de krokodil* is haar eerste roman. Zij ontving hiervoor de Premiers Literary Award 1993.

Deze reeks staat onder redactie van C.E. Bouwman, A. Camps, C. de Gaay Fortman-Van Bentum, J. Heijke, H. Hermans, R. van Leeuwen, L. Nankoe, T. Ravell-Pinto, R. Sarkar, M. Vandommele en K. Wellinga

ISBN 90 263 1374 8
Oorspronkelijke titel *The Crocodile Fury*
Verschenen bij Angus & Robertson, HarperCollins,
Pymble, Sydney NSW, Australia
Copyright © 1992 by Beth Yahp
Eerste druk Nederlandse vertaling 1995
Vertaald uit het Engels door Hanneke Richard-Nutbey
Omslag en typografie Peter van Hugten
Verspreiding voor België NCOS, Brussel
5.95.1212

Alle rechten voorbehouden. Niets uit deze uitgave mag worden verveelvoudigd, opgeslagen in een geautomatiseerd gegevensbestand, of openbaar gemaakt, in enige vorm of op enige wijze, hetzij elektronisch, mechanisch, door fotokopieën, opnamen, of enige andere manier, zonder voorafgaande schriftelijke toestemming van de uitgever.

Beth Yahp
*De drift van
de krokodil*

Vertaald door

Hanneke Richard-Nutbey

AMBO / BAARN
NOVIB / DEN HAAG
NCOS / BRUSSEL

Voor Choo Kwei Heong,
mijn andere grootmoeder

Inhoud

1. Zij geeft me een amulet 7
2. De beste plek van de school 26
3. De vijand herkennen 47
4. Mijn vlees in lagen 70
5. Iets koloniaals 93
6. Zodat je me nooit in de steek laat 116
7. Vage geluiden van strelen, ademen 139
8. Wat mijn moeder zegt 162
9. De geur van meisjes 186
10. Bepaalde onverklaarde pijnen 210
11. De bullebak en de pineuten 233
12. De zeegeest die omkeert 256
13. In het oerwoud waar we wandelen en spelen 280
14. Een trein op een spoor 302

*Dit is een verhaal
dat mijn grootmoeder vertelt.*

1. Zij geeft me een amulet

De stem van Grootmoeder klinkt in mijn oren: *Spuw altijd drie keer om ongeluk te vermijden. Kijk nooit achter je als je 's nachts alleen over straat loopt, zelfs niet als iemand je op je schouder tikt. Rond het hoofd van ieder mens bevinden zich drie kaarsen, eentje van achteren en één aan weerszijden. Draai nooit plotseling je hoofd opzij, want dan doof je een kaars en komen de geesten aanstormen om je te pakken.*

Het grootste deel van mijn leven heb ik doorgebracht in een klooster. Dat is de plek waar ik beginnen moet. Het klooster ligt op een heuvel aan de rand van de stad, en grenst aan een oerwoudreservaat dat elke dag vrachtwagens vol soldaten opslokt en uitspuugt. In het oerwoud woont een stam apen, aangevoerd door een eenarmige bandiet die strooptochten leidt naar de docentenkamer om eten te stelen. Hoewel de leraressen hieraan gewend zijn, stuiven ze gillend weg als de apen de deuren binnenslingeren. De meisjes volgen hun voorbeeld en stuiven bij het minste of geringste eveneens gillend weg. Kloostermeisjes staan bekend als de Gillende Nonnen.
De heuvel met het klooster en het oerwoud is de plek waar rijke mensen en arme mensen hun meisjes naartoe sturen. Hier worden jonge meisjes binnengebracht die te luidruchtig of onbesuisd zijn, of te bazig of ondamesachtig of te ongehoorzaam of werelds, of alleen maar onooglijk, of die niet willen eten. Dat is de reputatie van het klooster. Hier zet men onooglijke meisjes op speciale slaapzalen waar ze eten en leren naaien en weven. Hier maakt men van luidruchtige onbesuisde bazige jonge meisjes jongedames die eerlijk, gehoorzaam en bescheiden zijn. Ze leren lezen en schrijven, sommen maken en hun knieën bij elkaar houden als ze zitten, korfbal spelen en volleerd eieren pocheren, en ook een révérence maken als ze de nonnen en de priester zien, en Jezus kennen Jezus liefhebben en hem dienen hier en in het hiernamaals. Het klooster op de heuvel is het oudste en het beste

van de hele stad. De zalen zijn groot, de plafonds steunen op glimmende pilaren waar twee ongehoorzame meisjes omheen kunnen zwaaien. De vloeren zijn hier en daar betegeld met geïmporteerde tegels, de deuren gekapt uit het zware hout van oude oerwoudbomen. De muren zijn dik genoeg om de kreten van het luidruchtigste meisje te bedwingen, de slaapzalen met hun spaarzame bedden en getraliede vensters en hun kale houten vloeren waarop rond bedtijd de vastberaden voetstappen van de nonnen weergalmen zijn ontzagwekkend, maar toch ook huiselijk genoeg om het gegiechel van het ondeugendste meisje en het gesnik van het meisje met het vreselijkste heimwee tot bedaren te brengen.

In de loop der jaren is het klooster stuipsgewijs gegroeid. Als de nonnen genoeg geld hebben ingezameld, wordt er een nieuwe slaapzaal toegevoegd, en een heuse wasserij, een broodnodige vleugel voor de wezen die bij de deur te vondeling worden gelegd. In de loop der jaren heeft het klooster aan de randen van het oerwoud geknabbeld om uit te groeien tot een vreemdvormig beest met een allegaartje aan fundamenten en dakgewelven, en met verf die in sommige gedeelten afbladdert en in andere vrijwel nieuw is. Soms slokte het klooster delen van het oerwoud met huid en haar op. Op de speelvelden spreiden grote oerwoudbomen hun wortels, waar ondeugende kloostermeisjes in de ochtendpauze overheen klauteren. 's Avonds strooien stormachtige oerwoudwinden oerwoudnoten en -zaden uit over de grasvelden en bloembedden, die uitgroeien tot krachtige zaailingen die ondeugende kloostermeisjes in de middagpauze met hun blote handen moeten uittrekken als ze stout zijn geweest. Oerwoudranken en bodembedekkers banen zich centimeter voor stiekeme centimeter een weg over de afrastering van prikkeldraad, onder de afvoerpijpen door, door de scheuren in het metselwerk heen en laten hardnekkige bruine vlekken achter als ze losgetrokken worden. Kloostermeisjes draperen de losgetrokken bodembedekkers om hun hals en schouders en dansen in wilde heimelijke kringen rond als de nonnen niet kijken.

'Meisjes! Gedraag je als jongedames, meisjes!' roepen de nonnen en klappen vol afschuw in hun handen als ze wel kijken.

Vanaf de tijd dat ik een klein kind was, heb ik altijd geweten dat ik daarheen zou gaan.

'Dat is jouw school,' zei Grootmoeder, terwijl ze stilstond om hem aan te wijzen en mijn moeder opdroeg me op te tillen

zodat ik hem zien kon. Mijn moeder hees me op haar schouders en de zweetpareltjes glommen in haar nek. Ik sloeg mijn armen om haar heen. 'Daar is je moeder op school geweest,' zei Grootmoeder, 'en daar ga jij ook naartoe.'
Van de voet van de heuvel konden we over de donkere gestalten van de oerwoudbomen heen de nok van het kloosterdak zien. Soms joeg een oerwoudwind de toppen van de bomen voort in golven. Het dak stond stevig ineengedoken te midden van die beweging, net zoals Grootmoeder mij mijn spieren, benen en armen en schouders strak liet aanspannen als ik de buigingen en strekkingen van haar ochtendgymnastiek nadeed, de boog van haar uitzettende longen, het ritme van haar tijgeradem. Terwijl we toekeken, wiegde en deinde het dak stevig op de golven van de bomen. Ik klapte in mijn handen en vertelde Grootmoeder wat ik zag.
'Goed,' zei Grootmoeder.
Voordat ik het klooster ooit gezien had, kende ik de vorm van de gebouwen en het gevoel van de houten vloeren onder blote voeten. Het zwaaien van de zware deuren. Ik kende de geuren die er 's avonds en vroeg in de ochtend binnendrongen uit het oerwoud, en de manier waarop het maanlicht naar binnen sneed door de geblindeerde ramen waar mijn grootmoeder eens stond. Ik kende het wegglippen van haar stofdoek uit haar vingers overdag, en de manier waarop ze in plaats van te werken met haar gezicht tegen het raam gedrukt stond.
'Luister je?' wilde Grootmoeder weten.
Ik kende de manier waarop de gangen kronkelden, en de eigenaardig gevormde kamers waar je in onverwachte hoeken op stuitte, en de manier waarop je soms, als je heel goed keek en erg op je hoede was, een verborgen deur ontdekte. Maar waar die deuren en kamers en kronkelende gangen op uitkwamen, dat wist ik niet.
'Daarom ga je erheen,' zei Grootmoeder. 'Om te zien.'

Dat is de plek waar ik beginnen moet. Het klooster op de heuvel waar ik het merendeel van mijn dagen en een paar van mijn nachten doorbracht, was al lang beroemd voordat ik erheen gestuurd werd. Eens, voordat de nonnen erin kwamen, was het maar één gebouw dat van ellende uit elkaar viel, een landhuis dat al jaren door iedereen verlaten was behalve door het oerwoud. Het landhuis was al lang geleden leeggeroofd. Het stond vol met troep en rottende meubels, de mooie marmeren vloeren werden omhooggeduwd en uiteengereten door

boomwortels zo dik als jongemeisjesdijen. De vensters waren overwoekerd door wilde bodembedekkers die maar weinig daglicht doorlieten. Eens was het het hoofdkwartier van bandieten. Toen het hoofdkwartier van soldaten, waar verklikkers steels hun maandelijkse betaling kwamen ophalen en waar de kreten van bandieten, communisten en andere vijanden van de stad door de zalen galmden. Eens, lang daarvoor, woonde er een rijke man in het landhuis dat later de kloosterbibliotheek, het spookhuis werd, en toen hij er woonde, stond het vol exotische schatten. De tuinen stonden vol exotische planten en bomen die de rijke man had meegebracht van zijn reizen: de Chinese roos, de jeneverbes, de regenboom, de grote zwijnepruim. De rijke man was een verzamelaar van al wat exotisch was. Hij kwam van verre. Elk jaar ging hij op reis, op zoek naar iets nieuws. Hij legde een tuin aan zover het oog reikte. Als hij in het zonlicht stond, waren de inlanders met stomheid geslagen, zelfs degenen die hem dienden, die hem dag in dag uit zagen. In het zonlicht zag de rijke man eruit alsof hij in goud was gedoopt. Als hij zich plotseling omdraaide, golfden er gouden vonken door de zonbeschenen lucht.
De rijke man drong het oerwoud terug en bouwde het landhuis van stenen die gehouwen waren in een vreemd land, en glas dat geblazen en gekleurd was door buitenlandse handwerkslieden, en mengelingen van zand, mozaïek en metselwerk die vervaardigd waren volgens geheime buitenlandse formules. Alleen de donkere balken en vloerdelen, het geraamte van het grote gebouw, waren afkomstig uit het diepste oerwoud. Alleen de inlanders die het bouwden lieten sporen van een lokale aanwezigheid na in het landhuis van de rijke man: hun zweetdruppels die zich vermengden met de fundamenten, hun bloed en geplette ledematen die de balken waar de plafonds op steunden bezoedelden. Hun uitgevallen haren en huidschilfers die voor eeuwig tussen de stenen gemetseld werden. De rijke man legde een kabelspoorlijn aan naar de top van de heuvel, een sierlijk stuk speelgoed met openluchtwagons bebeeldhouwd met vergulde figuren uit vreemde mythologieën: zeemeerminnen en -mannen, een Gorgo, Gevleugelde Goden en Sirenen, de Feeënkoningin. De zijkanten waren afgezet met zilver, de leren stoelen geverfd in de kleur van de zee. Op de top van de heuvel bouwde hij een paviljoen dat de stedelingen de Puist of de Parel noemden, afhankelijk van wie er luisterde. Vanaf de heuveltop kon de rijke man het

hele gebied overzien, de rondingen en wervelingen van het oerwoud, de bruisende stad. Aan de horizon een vage haarlijn: de zee. Het landhuis van de rijke man lag op de heuvel als een glinsterend paleis zoals de heuvel noch het oerwoud, noch de stad die er gestaag omheen groeide, er ooit een gezien had; een onaf paleis, want de rijke man was nooit tevreden. Als hij thuis was, was het huis altijd en eeuwig vergeven van de bouwvakkers en timmerlieden die in uithoeken bezig waren Griekse zuilen op te richten, een Attische tuin aan te leggen, wenteltrappen te bouwen naar kamers waarvan hij later besloot dat hij ze niet wilde. De rijke man liep zijn hele huis langs, gevolgd door buitenlandse slippedragers met bouwtekeningen en papieren in hun handen, die stilletjes achter zijn rug liepen te vloeken. Hij bekleedde zijn landhuis met wandtapijten met ingewikkelde patronen, geweven in vreemde klimaten en nog geurend naar de landen waar ze vandaan kwamen. Hij hing zwaar fluwelen gordijnen voor de ramen die het licht opslokten in tinten robijnrood, smaragdgroen, middernachtelijk blauw. De rijke man omringde zich met de geneugten van een smaakvol herenleven; niets verschafte hem meer plezier dan op een van zijn luxueuze divans te liggen met een uiterst kostbaar voorwerp, een van zijn nieuwste aanwinsten, in de palm van zijn hand. Een met juwelen bezette miniatuur, een antieke vaas, perfect van vorm. De rijke man bekeek het voorwerp van alle kanten, hij liet zijn vingers over de rondingen en de scherpe kanten glijden. Hij staarde uit het raam naar de door oerwoud begrensde lucht.

Lang voordat het klooster een klooster werd, was het beroemd om de feesten die de rijke man er gaf. De feesten van de rijke man waren het gesprek van de stad. Arme stedelingen stroomden samen bij de poorten om naar het geschal en getinkel van de vreemde muziek te luisteren, om de geur van de taarten en zoetigheden op te snuiven, de vreemde parfums. Ze duwden elkaar opzij om een glimp van de eindeloze stroom rijke vreemdelingen op te vangen, van planters, regeringsambtenaren, kooplieden, avonturiers met bleke gezichten, vrouwen en dochters gekleed in alle kleuren van de regenboog die door de deuren naar binnen stroomden. Soldaten, gehuurd voor de avond, drongen nieuwsgierige stedelingen terug, ze sloegen flessen zelfgebrouwen alcohol kapot, zwaaiden met hun gehuurde wapenstok zodra de opwinding te groot leek te worden en nieuwsgierigheid leek om te slaan in wrok. De feesten van de rijke man duurden de hele nacht, nachtelijke muziek schalde uit zijn huis, nachtelijk gedans en gierend gelach begroetten elke dageraad. De rijke man kweelde mee met de dansorkesten die hij huurde, hij sprong en zwierde met de dansers die gehuurd waren om te springen en te zwieren tot ze erbij neervielen. Hij vulde fonteinen met genoeg champagne om duizend glazen te laten overstromen en die om middernacht te heffen naar waar zijn geliefde stond. De geliefde van de rijke man was jong en mooi. Niemand wist waar ze vandaan kwam. De geliefde was door de rijke man stiekem het huis binnengesmokkeld en wekenlang dag en nacht in zijn vleugel vastgehouden, waar niemand haar mocht zien. Toen werd ze op een dag naar buiten gebracht, leunend op de arm van de man, licht zwaaiend. Een glanzende witte avondjurk omhulde het lichaam van de geliefde en golfde als ze liep. Haar vingers krulden zich om de mouw van de rijke man. Haar ogen leken nu eens helder, dan weer melkachtig. Haar geparfumeerde oliën en poeders werden altijd overvleugeld door een ziltige zeelucht. Op de feesten van de rijke man stond de geliefde boven aan de trap, het hoofd iets schuin, bestormd door het licht en het gelach. De mensen tuurden naar boven. Mijn grootmoeder stond op haar tenen in het duister onder de trap en wrong zich in bochten om haar te kunnen zien. Grootmoeder droeg haar mooiste dienstmeisjeskleren, gezicht gepoederd, handen zorgvuldig ontdaan van het keukenvet. Ze kneep haar handen dicht en staarde naar boven. In de fel schitterende lichten was de huid van de geliefde wit porselein, haar haar als een flard nacht. Haar gezicht zo glad als steen onder water. De rijke man kocht voor de geliefde nauwsluitende zijden japonnen met splitten opzij, die ze nimmer droeg. Hij smeekte haar om haar haren los te dragen, zodat ze langs haar knieholten streken. De geliefde stond urenlang op het balkon boven aan de trap waar de muziek en het gelach haar tegemoet dreven, en ze hief haar glas en glimlachte in de richting van de zee.

Dat is de plek waar ik beginnen moet. De heuvel met het klooster en het oerwoud wordt de Heuvel van Mat Salleh genoemd. Het is een heuvel van vele oude gezegden, de bakermat van verhalen die teruggaan naar een tijd dat de heuvel nog niet belaagd werd door wolkenkrabbers uit de stad, dat er geen voorsteden van alle kanten op af kropen en de oerwoudbomen niet bestookt werden met uitlaatgassen. Er lag ook nog geen klooster van baksteen en marmer halverwege de helling.

De heuvel met het klooster en het oerwoud is het oudste baken van de stad: lang geleden herkenden de vissers van de verafgelegen eilanden de stad, nog voordat het een stad werd, aan de top van de heuvel. De top van de heuvel is wonderlijk verwrongen, met groengerande bochels van keien in de vorm van een vrouw die is afgewend van de haven, op het moment dat ze zich weer omdraait. Eenvoudige vissers sturen hun ranke, met gaven en offeranden beladen boten nog steeds door de verraderlijke doolhof van eilandgeulen ten zuidoosten van de stad om de goden en geesten van de heuvel gunstig te stemmen. Het wemelt er van de oerwoudgeesten, zo zeggen de verhalen, en van de heuvelgeesten die op apen lijken, of op hele kleine mannetjes. Ook rusten er de geesten van de doden die op reïncarnatie wachten, en de goden van donder en bliksem, van vuur en vruchtbaarheid, van aardbeving en de zevenhonderd winden. Er was een tijd dat alle stadskinderen dat wisten en hun hoofd negen als ze die kant uitkeken. Vanuit bepaalde hoeken kun je, als je met half dichtgeknepen ogen vlak langs bepaalde gebouwen kijkt, de vrouw die zich omdraait duidelijk zien.

'Waar?' wil de bullebak weten.

'Daar!' wijs ik, en ik zie de vrouw door gebouwen en om hoeken heen, als een kroon op gekromde bruggen, als een koepel boven verwilderde stadsbomen. Een vrouw die zich omdraait is een van de dingen die mijn grootmoeder me heeft leren zien.

'Goed,' zegt Grootmoeder.

De heuvel met het klooster en het oerwoud is zichtbaar vanaf de vele veraf in zee gelegen eilandjes. Soms weven speelse zeegeesten zijn beeltenis in schuim en zeenevel, versterken ze hem met zeekragen, winden er zo volmaakt zeemisten omheen, dat zeelui en handelaren uit verre oorden zullen denken dat ze land zien. Zo krachtig zijn de betoveringen van de speelse zeegeesten, dat de zeelui en de handelaren voor ze het weten hebben afgemeerd, hun kleren hebben afgeklopt en hun zeebenen hebben losgeschud, en net zo onbezorgd over het water lopen als over land. Voor ze het weten liggen ze wild met hun armen te zwaaien. Onvaste gestalten wervelen om hen heen met het hoofd van mooie vrouwen en het lichaam van een zeedraak, ze worden gestreeld door vissegezichten uitgerust met menselijke ledematen, door menselijke gestalten met schubbenrijen op hun rug. De speelse zeegeesten rukken aan hun kleren, halen ringen van hun vingers en messen met ivoren of zilveren heft uit hun riem. Voor ze het weten worden de zeelui en de handelaren de waterige diepten ingezogen.

Deze zee, ten oosten van de stad met de heuvel als baken, is al eeuwenlang berucht. Hij staat bekend om zijn woeste zeeslangen en draken, zijn tyfoons en rukwinden die weermakers tarten, zijn streken met wind en water: een plotselinge daling van de barometer, zeemonsters die grote gaten in roeren en ankers slaan, zeegeesten die opduiken om levende mensen naar de zeebodem te sleuren en ze gevangen te zetten in omgekeerde potten. Stedelingen lachen achter hun hand als ze de wilde verhalen van de overlevenden horen, een geliefd oud gezegde houdt de lokale wijsheid in stand dat alleen gekken door speelse zeegeesten voor de gek worden gehouden. Voorzichtige vissers met hun gaven en offeranden en hun nederige houding worden nooit te pakken genomen. In deze streken is het bekend dat de land- en de zeegeesten, en die van wind en oerwoud, en degenen die in rotsen en bomen wonen, niet van mensen houden; ze verdragen ze, maar hun verdraagzaamheid slaat snel om in wrok. Bij alle soorten geesten moet je uitkijken voor listen, zelfs de meest passieve en vriendelijke, die over woks en zebrapaden gaan, moet je nog vleien en te vriend houden. De plaatselijke stedelingen weten, al wordt het tegenwoordig volgens mijn grootmoeder door steeds meer mensen vergeten, dat de geesten die de stad, het oerwoud en de zee met de mensen delen dan misschien zelf ooit mensen zijn geweest, of andersom, maar dat ze net als de mensen kort van memorie zijn. In tegenstelling tot de mensen kennen ze geen medelijden, geen spijt. Het is zinloos om je beklag te doen of te mokken over verdronken kameraden of gezonken schepen, zinloos om je vuisten te ballen. Zelfs behulpzame geesten kunnen onbedoeld kwaad doen. Hun geestenaard wordt bepaald door één overweldigend verlangen, of het nu eten is of een vervanging daarvan, of wraak voor hen die tekort zijn gedaan of bedrogen. Het overweldigende verlangen van heuvelgeesten is de oorsprong van mensen te bezitten: de plek waar ze vandaan komen, de vorm van hun gezicht, hun ware naam. Heuvelgeesten zijn befaamde dieven. Ze zijn de schadelijkste van alle geesten en richten overal waar ze kunnen ravage aan. Ze hebben maar één arm en zijn zwart en harig. Heuvelgeesten bewaren menselijke oorsprongen in een zak in hun wangen. Als ze iemand bij zijn ware naam noemen, dan moet hij weg. Die persoon wordt dan de slaaf van de heuvelgeest. Er was een tijd dat alle stadskinderen dat wisten: ze bedekten hun gezicht als iemand hen aankeek en klemden hun lippen op elkaar als vreemdelingen hun naam vroegen.

Toen mijn grootmoeder een meisje was, wilde niemand in het huis van de rijke man bij haar slapen. Grootmoeder sliep zo vast, dat haar adem een gerommel was dat uit haar lichaam opwelde, dat langs de lakens gleed en de dromen van de andere bedienden binnenglipte. De andere lijfeigene bedienden schrokken wakker omdat ze Grootmoeders adem in hun dromen voelden. Ze duwden haar met hun voeten aan de kant. Ze groeven met hun tenen in haar maag en knepen in haar armen, maar niets kon haar wakker maken. Zelfs in de verste uithoek van de keuken was ze nog te horen. Grootmoeder sliep op haar rug met haar armen en benen wijd uit elkaar, ze sliep als een watermolen. Op sommige nachten maakte ze ook woeste draaibewegingen. Op sommige nachten schopte en sloeg ze in haar slaap, hijgend alsof ze grote wapenfeiten onderging. Op andere nachten stond ze op en liep dwars over iedereen heen in onvaste kringetjes door de keuken. Op sommige nachten schrokken de andere bedienden wakker en zagen ze een soort wolk van vuurvliegjes rond haar hoofd twinkelen. Altijd schoot er wel een bediende om middernacht recht overeind om Grootmoeder geërgerd of doodsbang aan te staren. Grootmoeders gezicht van middernacht was niet haar nukkige gezicht van overdag, het koppige, halsstarrige gezicht dat ze de andere bedienden toekeerde als ze gemeen waren, als ze haar voor de klusjes lieten opdraaien die niemand wilde doen. Haar lichaam van 's nachts stond helemaal los van dat van overdag waarmee ze tegen de oudere bedienden in ging en urenlang verdween, om dan weer op te duiken en haar werk af te raffelen zonder een woord van verontschuldiging of uitleg. 's Nachts behoorde Grootmoeder tot een andere wereld. Als ze rondliep, bracht haar slapende ademhaling de keukenramen aan het rammelen en kwam haar stem als een hees gefluister over lippen die niet bewogen.

De andere bedienden begonnen tegen haar samen te spannen. 'Wat? Wat heb ik gedaan?' riep Grootmoeder toen ze hun bedden volhingen met talismans en achtkantige spiegeltjes in haar ogen lieten schijnen om haar in de war te brengen. Ze sliepen met hun net gezegende kruisjes en houten kralen in de hand geklemd. Ze bonden Grootmoeder vast op haar strozak,

maar als ze om middernacht wakker werden, bleken haar armen en benen weer los te zijn en strompelde haar lichaam in het rond, met wapperende haren al waaide het niet. Als de andere bedienden de nachtelijke verstoringen niet langer konden verdragen, droegen ze Grootmoeder als een zak tussen hen in de steile en duistere trap af naar de kelder, naar de kamer zonder ramen. Als ze ontevreden waren over haar werk sleepten ze haar daar naartoe, en als ze ondeugend was, of er was een kostbare lamp gebroken en niemand bekende schuld, of als Grootmoeder expres koppig was, als ze een driftbui kreeg en het vertikte de karweitjes te doen die ze haar opdroegen en een grote mond teruggaf. 'Tegen wie? Tegen wie ga je het zeggen?' riepen de andere bedienden terwijl ze de deur achter haar dichtsloegen met de klap van een deur die niet gauw weer opengaat. 'Je blijft daar tot je er spijt van hebt, beest dat je bent!'
Mijn grootmoeder haatte die kamer, de strafkamer. De kamer werd die van mijn Grootmoeder genoemd omdat geen enkele zondaar er zo vaak heen gestuurd werd als zij. 'sOchtends als ze wakker werd, omringd door donkere muren, met stijve ledematen van de verwrongen houding waarin ze gelegen had en met de deur van buiten op slot, knipperde Grootmoeder met haar ogen en tastte met haar vingers door het duister. Grootmoeder schreeuwde en sloeg met haar vuisten. De strafkamer lag in het laagste deel van het huis, in het verste hoekje van de kelder. De muren waren een halve meter dik, de deur trilde nauwelijks, hoewel haar vuisten rood opzwollen. De vloer was kaal en stoffig, de droge aardachtige lucht prikkelde in haar keel. Grootmoeder ging ineengedoken met haar wang tegen de deur zitten, wiegde heen en weer en sloeg met haar vlakke handen tegen het hout. Soms moest ze uren bonzen en schreeuwen voordat iemand er weer aan dacht.

Mijn grootmoeder gelooft in geesten. Ze gelooft in goden en spoken en demonen. Ze is oud nu, dus soms haalt ze ze door elkaar. Toen ze jonger was, had ze een extra oog. 'Waar? Waar, Grootmoeder?' vraag ik telkens weer, maar ze weet het nooit zeker. Soms wijst ze naar haar voorhoofd, soms naar haar linkerwang. Mijn grootmoeders extra oog ging plotseling open toen ze op haar hoofd geslagen werd met de lepel van een braadpan. Braadvet uit de pan spatte via de holte van de lepel op haar voorhoofd, op haar linkerwang. De lepel brak in stukken door de klap, en de bult op het hoofd van mijn grootmoeder was een gekookt ei, een glanzende bobbel. Het werd wazig voor Grootmoeders ogen. Ze zat toen tussen twee leeftijden in, volgens de kalender bijna veertien jaar, geen kind meer maar ook nog geen jonge vrouw, in die tussenfase vol algemene vlagen van duizeligheid en draaierigheid, maar Grootmoeder was sterk. Ze was de jongste lijfeigene bediende in het huis van de rijke man, de laagste in rang, en gewend om zonder waarschuwing potten en pannen en opscheplepels naar haar armen en benen en hoofd te krijgen, maar toch voelde ze zich na deze ene mep zwak en levenloos, alsof ze met één klap geveld was.

'Je hebt haar doodgeslagen!' riepen de keukenhulpen.

'Poeh!' gromde Keukenmeid Nummer Twee, terwijl ze de gebroken lepel vastgreep. 'Het beest! Dat beest is zo taai, dat ze nog niet doodgaat al sla ik tweemaal zo hard. Aiya, beest! Opstaan! Denk je soms dat je een vrije dag hebt of zo?'

Langzaam hees Grootmoeder zich overeind. Boven haar hoofd dwarrelden donkere schaduwen. Grootmoeder knipperde met haar ogen. De hele wereld kolkte plotseling om haar heen, golvende linten van duisternis en licht zogen de kleuren uit de vloer, de wanden, de houtkachel, de keuken, de wereld achter het raam, alles. Het opengaan van haar extra oog verbaasde haar zo, dat ze geen pijn voelde. Ze staarde naar de korrelige gezichten van de keukenbedienden die zich om haar heen verdrongen als zwart-witte altaarschilderijen van lang gestorven voorouders. Grootmoeder sprong gillend overeind. Met één springende gil vloog ze weg uit die keuken vol voorouders. De klap op haar hoofd met de lepel van de braadpan waarvan haar extra oog was opengegaan, had tevens de kleur uit mijn grootmoeders wereld weggevaagd. Eerst maakte de kleurloze wereld haar doodsbang. Later leerde ze inzien dat zwart-wit zien ook zijn voordelen had.

Mijn grootmoeder weet veel van geesten. Ze is heel goed in adviezen geven. Als Grootmoeder advies geeft, zit ze buiten in haar speciale stoel, vlak voor de deur. Klanten die haar kennen, leiden haar naar haar stoel als ze een beetje afwezig is; in haar speciale stoel werkt Grootmoeders advies altijd. Als ze zit, schudt ze met haar gerimpelde voeten in hun klompen en sluit de vorm van het geestenadvies in de kom van haar handen. Ik onderbreek mijn aantekeningen om naar de wonderbaarlijke vormen van haar handen te kijken, tot ze roept 'Ernstig zijn!' om me aan het schrikken te maken. Grootmoeder bekijkt mijn aantekeningen. Ze kan het gekrabbel niet lezen, maar ze heeft graag dat de regels recht zijn. Er komt een dag dat ze met behulp van die aantekeningen een boek gaat schrijven, zegt ze. Daarom moet ik netjes schrijven, moet ik mijn pen stevig op het papier drukken zodat de woorden nooit verbleken. Er komt een dag dat mijn Grootmoeder een echt boek gaat schrijven, met bladzijden met gouden randen en een kaft van glanzend rood leer. Zij zal dicteren en ik zal schrijven.

Geesten wonen op donkere vochtige plekken, zoals diep in het oerwoud, of in een kelder, of op school-wc's en openbare toiletten. Ga nooit alleen het oerwoud of de kelder in, of een school-wc of een openbaar toilet, en controleer altijd of het licht het doet. Zorg dat je altijd een lantaarn bij je hebt. Snijd je nooit per ongeluk in het oerwoud, laat nooit bloeddruppels achter op een keldervloer. Als er oerwoud- of keldergeesten op de loer liggen, zullen ze daar met uitpuilende ogen en woest likkende tong op afkomen. Laat nooit gebruikte maandverbandjes slingeren. Als een toiletgeest er eentje verslindt, zal de ongelukkige eigenares spoedig daarop sterven.

Toen Grootmoeder jonger was, was ze een beroemd geestenverdrijfster. Op het toppunt van haar roem wachtten er hele drommen aanstaande klanten voor haar deur: mannen en vrouwen met rode ogen, afgetobd door de geesten die hen uit hun slaap hielden. In die dagen werd Grootmoeder betaald met dagenlange feestmaaltijden die haar buik deden zwellen, met levende geiten en kippen, zelfs met klompjes goud. Tegenwoordig zitten haar voortanden vol kieren en gaten waar het goud uitgepeuterd moest worden toen de tijden zwaar werden: toen Grootmoeder zo haar gezicht verloor dat haar reputatie als geestenverdrijfster bedorven was, en later, toen haar extra oog dichtging en de klanten die vroeger zo met haar waren weggelopen een kruisje sloegen en hun deur voor haar dichtsmeten. Tegenwoordig krijgt mijn grootmoeder nog wel eens een klant, maar nooit meer een opzienbarende klus. Klanten komen omzichtig binnen waar ze vroeger stonden te duwen en te dringen. Ze vragen hoogstens nog om een paspoort voor de doden, voorzien van Grootmoeders tijgerstempel voor een veilige reis door de onderwereld, of een geestenhuwelijk voor hun eenzame doden, of een vraag-en-antwoordbijeenkomst om te horen hoe hun voorouders het maken. Tegenwoordig bestaat mijn grootmoeders klantenkring uit buurtgenoten die haar kennen uit haar bloeitijd en die weten hoe krachtig haar bezweringen zijn, zelfs als ze niet onmiddellijk werken. Midden in onze voorkamer staat een

zwartgeblakerd verbrandingsapparaat dat in vroeger tijden diende om offergaven op te slokken, ze met een grote woesj naar de hel te sturen.
'Woesj!' laat Grootmoeder me zien en ze blaast zo hard, dat mijn haren naar achteren wapperen.

In het klooster op de heuvel dat grenst aan het oerwoud heb ik de bullebak ontmoet. Dat is de plek waar ik beginnen moet. Toen de bullebak en ik elkaar voor het eerst ontmoetten, ging ik naast haar staan zoals mijn grootmoeder me gezegd had. De bullebak stond met haar benen wijd zodat haar rok er omheen spande, ze draaide haar hoofd en staarde me aan. Haar schaduw was zwart en massief in de ochtendzon, de mijne een donkere zweepslag die de hare doorkliefde. De bullebak schrok toen onze schaduwen elkaar raakten. Plotseling glimlachte ze. De bullebak van de school is een meisje dat tweemaal zo groot is als ik. Ze is breed en traag, met vlezige armen en handen die zich samenballen tot vuisten. De bullebak woont in het klooster. Als de dagmeisjes naar huis gaan, staat zij bij het hek om hen na te kijken. De nonnen hebben de bullebak gevonden op de stoep, in kranten en een lap rode stof gewikkeld. Haar sterrebeeld is de stier; haar kracht de aarde, waarop de stier stevig staat. Bij volle maan sluipt de bullebak het oerwoud in om dikke kluiten aarde op haar huid te wrijven. De bullebak is wild, en zit onder de blauwe plekken waar de nonnen haar geslagen hebben. Toen de Oude Priester stierf, liet hij haar zijn camera na. Hij zei dat het haar zou temmen om het leven moment voor moment bevroren te zien. Hij liet haar zijn mes na, dat vroeger aan een beroemde bandiet had toebehoord, een mes dat nooit bot werd, geschikt om scherpe randen aan fotopapier te snijden. De bullebak en ik zijn dol op fotograferen. De bullebak vindt het leuk om foto's te maken en te ontwikkelen, en ik vind het leuk om ernaar te kijken.
'De beste plek van de school,' zegt de bullebak, 'is de donkere kamer.'
Iedereen weet dat de bullebak gek is. Als iemand zegt: *Ik daag je uit om de hele nacht alleen in de wc van de bibliotheek te blijven*, dan doet ze dat. Als iemand zegt: *Ik daag je uit om te zorgen dat dat meisje haar onderbroek uittrekt en op de tafel danst zonder dat ze het verklikt*, dan doet ze dat ook. Iedereen is bang voor haar. De bullebak draagt kort haar en tekent met houtskool plaatjes in de wc's en pulkt in haar neus, vooral als de leraressen kijken. Ze zegt dat de nonnen haar gaan ver-

moorden. Dat ze haar in het oerwoud gaan begraven en haar naam uitwissen zodat niemand erachter komt. De bullebak maakt foto's als bewijsmateriaal. Ze heeft foto's van alle nonnen: etende nonnen, slapende nonnen, nonnen die op de plee zitten. Bleke nonnengestalten die 's nachts door de gangen op en neer lopen. De bullebak gaat elke week biechten. Als het dondert en bliksemt, huilt ze en zegt ze in één adem het onzevader op. Ze gaat koste wat kost naar de hemel, maar de nonnen zeggen: *Geen schijn van kans!* Tenzij de bullebak haar leven betert. De nonnen zeggen dat de bullebak niet deugt. Als ze slaapt, zal de duivel haar komen halen. De bullebak wil de duivel zien. 'sNachts houdt ze haar camera in de aanslag. Voor de zekerheid slaapt ze met haar ogen open.

Elke morgen voordat mijn grootmoeder me door mijn moeder naar school laat brengen, wil ze per se mijn haren doen. Grootmoeders oude handen omklemmen trillend de kam, haar knobbelige vingers trekken aan mijn wortels. Ik sta van de ene voet op de andere te springen terwijl zij over mijn hoofdhuid schraapt. Ze maakt een slordige scheiding in mijn haar en wrijft klitten tussen haar duim en wijsvinger om mijn haar meer volume te geven.
Van 'Au! Grootmoeder!' gaat ze alleen nog maar harder trekken.
'Deze klit is om te zorgen dat je je ogen en je oren openhoudt,' mompelt ze. 'Deze om te zorgen dat je hoofd niet omdraait. Deze om te zorgen dat je je oude grootmoeder niet vergeet. Deze om te zorgen dat je de weg naar huis terugvindt.'
Als Grootmoeder klaar is, staat mijn lange vlecht stijf van de klitten. Grootmoeder staat bij de deur om me uit te wuiven, haar lippen gekruld van voldoening. De vlecht vol klitten zit zo strak, dat mijn ooghoeken erdoor omhooggetrokken worden, ik zie alles scheef en kan niet recht meer lopen. De hele weg naar het klooster stuurt mijn moeder me bij. Als we bij het klooster zijn, trekt ze me de wasserij binnen waar ze werkt. Langzaam, geduldig, maakt ze Grootmoeders klitten los, tot mijn hoofdhuid kriebelt van het bloed dat weer begint te stromen. Ze wrijft mijn slapen tot het schitterende zwart achter mijn oogleden verdwijnt. Tot ik weer zien kan. Mijn moeder strikt mijn haarlinten op hun plaats. Ze geeft me een tikje op mijn wang. 'Voor je naar huis gaat,' zegt ze, 'moet je eerst hier komen, dan wrijf ik ze er weer in.'

Voordat mijn moeder christen werd, was ze ervan overtuigd dat het lot haar niet goed gezind was. Mijn moeders noodlot hing aan zwarte haken van haar schouders af, als een paar vleugels. Als ze liep, streek het over de grond achter haar. Mijn moeder deed dit noodlot op toen ze nog maar een kind was en de technieken om het noodlot te ontduiken nog niet kende. Die ochtend stond ze op de plek waar de voorgaande nacht een moord was gepleegd, en keek hoe de bloedvlekken op het pad langzaam bruin werden. De vlekken lagen als een bos bloemen bij elkaar op het pad dat door het veld naar mijn moeders huis bij de rivier liep. Mijn moeder liet haar bundel wasgoed vallen. In de verte hoorde ze het geroep van haar broertjes en zusjes weerklinken die aan het spelen waren. Ze zag de stroomrafelingen van de rivier waar deze in zee uitmondde. Aan weerszijden van het bosje vlekken stond een handafdruk, de een vaag, de ander zwaar: die hielden de vlekken bij elkaar. Mijn moeder boog zich vooruit om de handafdrukken beter te bekijken. Ze raakte met haar eigen vingertop de top van een uitgespreide vinger aan. Hoewel ze het toen niet wist, was dat het moment waarop het noodlot zich aan haar rug vasthaakte.

'Was het zwaar?' vraagt de bullebak, terwijl ze haar eigen brede schouders buigt waarop niets zich zou durven vasthaken of ze zou het onmiddellijk weten.

'Zie je niet hoe krom ze loopt?' roept Grootmoeder. 'Ze denkt dat ze haar noodlot aan Jezus heeft overgedragen, maar zie eens hoe krom ze loopt!'

Mijn moeder droeg het noodlot mee toen ze ten slotte naar huis rende om van de moord te vertellen. Het lichaam dat verwrongen in het kreupelhout lag, stak zijn armen uit om haar harder te laten lopen. Zodra ze het huis in kwam, veranderde alles. De schaduw van het noodlot kleurde de hele voorkamer. Mijn moeder struikelde over de drempel, die was opgehoogd om demonen de toegang te beletten. Haar uitgestrekte armen braken haar val. Haar handpalmen gleden langs het knoestige hout, huid schaafde eraf, splinters boorden zich erin. Haar handpalmen maakten twee afdrukken aan weerszijden van haar hoofd, de een vaag, de ander zwaar. Vanaf die dag begon alles mis te gaan. Toen mijn moeder opstond met haar ogen vol tranen en haar handen aan flarden geschaafd, voelde ze het onbekende gewicht van het noodlot op haar schouders. Naarmate ze groeide, verspreidde het zich gelijkmatiger. Het boog haar knieën zodat ze schuifelde, en

deed haar hoofd hangen, en hing als lood in haar handen zodat zelfs de dingen die ze heel lichtjes aanraakte nog omtuimelden, en braken, en aan gruzelementen vielen. Het noodlot glipte mijn moeders bloed binnen. Het duwde haar mondhoeken naar beneden.
Langzaam verspreidde haar reputatie zich. Als de mensen uit het dorp haar aan zagen komen, spuwden ze driemaal op de grond en liepen de andere kant op. Ze strooiden zout in haar voetafdrukken en bedekten het gezicht van hun baby als ze langskwam. Niemand keek haar in de ogen. Mijn moeders familie, die toch al gebukt ging onder te veel schulden en kinderen en zorgen, besloot haar naar de stad te sturen met de Tante die dienstmeisjes kwam werven. Mijn moeder zat achter in de taxi en luisterde naar het gekraak van de wielen over de geulen en gaten in de weg onder het gewicht van haar lot, dat de taxi naar één kant deed overhellen. Andere dorpsmeisjes gleden mopperend tegen haar aan. Haar tranen spatten donkere plekken op haar nieuwe rode jurk. Als mijn moeder slaag kreeg omdat ze de rijst had laten bederven of de regens had tegengehouden of ziekte over de familie had gebracht, voelde ze het noodlot op haar schouders sidderen. Ze voelde het in haar keel opwellen in brokken van diverse grootte. Zelfs jaren later, toen ze christen was en er niet meer in geloofde, voelde ze op onbewaakte ogenblikken soms nog de rondheid, de zwarte gladheid van dit lot onder in haar keel. Maar hoe ze ook probeerde het uit te spugen, het lukte mijn moeder nooit.

De stad met het klooster op de heuvel dat grenst aan het oerwoud is een stad van vele oude gezegden. Zoals het oude gezegde luidt, bestaat er een gezegde voor elke dag van de week. De gezegden flitsen als een apehand zo snel door de stad, binnen een week ligt er een nieuw gezegde op ieders lippen, van de straatvegers met de ruwe bezem in hun handen tot aan de in hun auto met airconditioning rondrijdende stadsbestuurders toe. De stad slokt gezegden op als suikergoed, zoals soldaten slechte bandieten opslokken, zoals bandieten onschuldige stadsjongens en -meisjes opslokken. Sommige gezegden zijn binnen de tijd die kippepoep nodig heeft om af te koelen vergeten, andere verschijnen en verdwijnen als een kokosnoot die de kust nadert, weer andere blijven plakken als een nieuwe schoonmoeder. In het klooster laten de nonnen ons nog nieuwere gezegden uit het hoofd leren. Elke ochtend

klinkt het zangerige gedreun van kloostermeisjesstemmen in de kloosterlucht. *Werk op tijd maakt wel bereid. Zo rood als kersen, zo wit als sneeuw. Die het kleine niet eert, is het grote niet weerd. Eén rotte appel in de mand maakt al het gave fruit te schand.* Als ik de gezegden mee naar huis neem naar Grootmoeder, dan wervelt ze ze rond met haar tong. Ze duwt ze eerst in de ene, dan in de andere wang, en spuugt ze weer uit. 'Wat?' schreeuwt Grootmoeder, en ze doet net of ze me niet goed gehoord heeft. 'Wat is dat? Wat voor *sneeuw*? Wat voor *appel*?'
De nieuwe gezegden gaan bij Grootmoeder het ene oor in en het andere uit, maar de oude gezegden zitten in haar geheugen gegrift. Grootmoeder ratelt ze uit haar hoofd op terwijl ze steels naar ons kijkt. Hoe ouder het gezegde, hoe beter. *De nonnen zijn zo knap als krabben die hun jongen recht leren lopen, maar als de olifanten vechten, sterven de dwergherten midden in de strijd, en na de strijd zijn de lijken zo koud als de omhelzing van een zeegeest.* Grootmoeder ratelt het ene gezegde na het andere op, zonder herhalingen, in één adem. De bullebak, mijn moeder en ik staan ze op onze vingers te tellen. Er is maar één gezegde dat we twee keer zullen horen, dat weten we van tevoren. Van alle gezegden in deze stad van oerwouden en norse wolken is dat over een wezen dat iedereen de baas is het lievelingsgezegde van mijn grootmoeder. Als Grootmoeder over dit wezen praat, houdt ze altijd haar adem in. Ze wordt bedachtzaam, haar ogen betrekken, haar handen liggen stil. Het wezen wordt de landkrokodil genoemd. *Hoed je voor de landkrokodil.*
Je moet je dit beest, deze onschuldige-meisjesverschrikker-in-mensengedaante, voorstellen als een wezen dat van boom naar boom rent. Meestal draagt hij slechts een lendendoek en heeft hij een mes. Hij woont aan de rand van het oerwoud, dus hij eet van twee walletjes. Als de grond hem te heet onder zijn voeten wordt, verdwijnt hij in de veiligheid van de bomen, en als hij zijn driften niet langer kan bedwingen, sluipt hij te voorschijn om zijn slachtoffers te bespringen – meestal jonge meisjes, maar ook wel oude vrouwen als de nood heel hoog is. Hij klemt ze tegen de grond en prikt ze met zijn mes om ze aan het gillen te maken. Het lijf van de krokodil is heet, maar zijn mes is ijskoud. Als hij op rooftocht is, zwelt zijn hele lijf op, hij laat een geluid horen dat laag en bonzend is, dat het hoofd van jonge meisjes en oude vrouwen vult met het zoemen van duizend insekten, het schokken van aardbevingen, het neer-

storten van grote oerwoudbomen, zodat ze duizelig en hijgend op de grond vallen. Als de krokodil op rooftocht is, geeft hij een rode gloed af. Als er een jong meisje ontmaagd wordt of een man verleidt de vrouw van een ander, of je dochter wordt geroofd, je trouwe hulpje op het slechte pad gebracht, dan kun je er zeker van zijn dat dat gebeurd is met de hulp van de landkrokodil. Een meisje dat de pech heeft door de krokodil te worden aangeraakt, zal voor eeuwig geplaagd worden door wilde ideeën, door hartstochtelijke koortsen. Ze zal nooit naar haar ouderen luisteren, ze zal nooit doen wat haar gezegd wordt. Zo'n meisje zal levenslang het slachtoffer zijn van zulke jeukende hartstochten, dat ze geen moment stil kan zitten.

Grootmoeder kan de dingen fantastisch beschrijven, maar meer wil ze niet kwijt. Het brengt ongeluk dat het klooster aan de rand van het oerwoud ligt, zegt ze. Ongeluk voor sommigen: de onwetenden, de arroganten, de onvoorbereiden. Landkrokodil. Geen wonder dat de nonnen iedereen voortdurend laten bidden, met zo'n gevaar voor de deur. Mijn grootmoeder geeft me een amulet die ik altijd moet dragen als ik naar school ga. Als de amulet gerafeld is van het rennen en springen, als hij gescheurd is omdat hij aan een knoop is blijven haken of tijdens het spelen door de bullebak van mijn hals getrokken, dan steekt Grootmoeder haar wierook en haar speciale kaarsen aan. Dan graaft Grootmoeder in haar doos met speciale bezweringspapiertjes, ze poetst haar gekraste leesbril en doopt haar penseel in een speciaal mengsel van rode inkt en vers kippebloed. Dan klemt Grootmoeder haar penseel stevig tussen haar vingers. Heel geconcentreerd, met gefronste wenkbrauwen en ingehouden adem, maakt ze dan een nieuwe voor me, even sterk als de vorige. Elk jaar geeft mijn grootmoeder me een nieuwe amulet met verhoogde beschermingskracht. Elk jaar is het gevaar groter.

'Vlak voor het einde van je tweede levenscyclus,' belooft ze, 'vlak voor je veertien wordt, zal ik je mijn sterkste amulet geven, mijn krachtigste tovermiddel.' Grootmoeder licht een hoekje van haar hemd op om me haar sterkste amulet te laten zien. Ze betast voorzichtig eerst de ene, dan de andere kant van haar buik en wringt zich in bochten om te kijken waar hij gebleven is. Als ze hem vindt, houd ik de amulet in de kom van mijn hand, voel hoe warm hij is tegen mijn wang.

'Waarom dan pas, Grootmoeder? Waarom nu niet?'
'Omdat je hem dan pas nodig hebt,' zegt Grootmoeder.

Mijn grootmoeder stuurt me naar het klooster op de heuvel dat grenst aan het oerwoud ondanks het gevaar, want Grootmoeder heeft een plan. Een plan om haar gezicht te herwinnen, om twee kikkers te vellen met één steen, twee geesten met één geestenverdrijvingsbezwering. Twee vijanden in één vurige klap. Elke dag wacht ze tot ik thuiskom. Ze zit in de deuropening met haar ogen strak op het voorhek gericht tot ik thuiskom. Als ik een nachtje in het klooster blijf, slaapt ze met haar ogen half open van bezorgdheid. De amulet zwaait om mijn hals of om mijn pols of in mijn zak, zo licht als lucht. Mijn gang naar het klooster is zo licht als lucht, zo scheef als die van een krabbejong, een sprintje hier en daar om door een winkelruit naar binnen te kijken, om bij het matje met sieraden van een straathandelaarster neer te hurken. Om onder de neus van een venter de heerlijkste zoetigheid vandaan te plukken, heet en dampend. Mijn grootmoeder zit op haar lip te bijten, haar stemming is prikkelbaar. Haar oude botten lijken van ijzer, onbeweeglijk, haar lichaam het anker van een schip dat aan zijn ankerlijn rukt, terwijl mijn gang naar het klooster een gang over golven is. Mijn kin steekt in de lucht om te fluiten. Grootmoeder dwingt me altijd de amulet te dragen als ik naar het klooster ga, naar dat gebied dat wemelt van de krododillen, want daar heeft ze haar plan.
'Wat hebben ze je geleerd?' vraagt ze als ik thuiskom. 'Wat heb je geleerd?'
Ze zoekt naar mijn amulet om te controleren of hij nog heel is, ze rilt en beeft van opluchting. Ze haalt haar aantekenboek en haar pen te voorschijn; ze zit er zorgelijk, mopperend bij en volgt haperend met haar vinger mijn pennestreken terwijl ik licht, razendsnel schrijf. Ik krom mijn armen alsof ik haar papier verslind. Ik grinnik als ze haar wenkbrauwen fronst. Mijn pen duikt uitgehongerd neer.
Mijn grootmoeder geeft me een amulet die ik altijd moet dragen als ik naar school ga, want daar zal ik het einde van mijn tweede levenscyclus bereiken. Daar zal ik zelf gaan zien. Zal ik de ware betekenis van de krokodil leren kennen.

2. De beste plek van de school

Dat is de plek waar ik beginnen moet. De heuvel met het klooster en het oerwoud wordt de Heuvel van Mat Salleh genoemd. Concurrerende scholen noemen hem de Heuvel van de Malle Zeiler. Eens, zo lang geleden dat niemand zich precies herinnert wanneer, stak er zo plotseling een storm op uit het oosten, dat iedereen erdoor verrast werd. In die dagen was de stad nog geen stad. Eenvoudige vissers woonden er in dicht opeengepakte hutjes langs de kust. Ze leefden van wat de zee te bieden had en van wat ze zoal vonden, ze droegen ruwe, met hun eigen handen geweven kleren en woonden in gevlochten huizen en behingen zich met kettingen gemaakt van schelpen en twijgen en bladeren. Ze aten aan bamboe spanen gespieste vis en vers van de oerwoudbomen geplukt fruit. De storm joeg de mensen de binnenlanden in. Hij schrokte hun hutjes op en ook hun mangrovemoerassen en lagunen, hij blies de kust zo haveloos, dat alleen de oudste mensen hem nog herkenden. De storm was net als de oudste storm in het geheugen van de oudste mensen. Hij woedde net zo lang als de oudste storm, dag in dag uit schrokkend en spuwend terwijl de mensen wegkropen in grotten en geïmproviseerde schuilhutten bouwden. Ze legden offergaven buiten om de zeegeesten te kalmeren, ze krompen ineen bij het zien van de spuwende, schrokkende storm die alles wat aan het land toebehoorde verscheurde, en uit de buik van de zee afval en schatten omhoog woelde.
De storm ging even plotseling als hij begonnen was weer liggen. De mensen kropen uit hun schuilplaatsen en vonden de kust bezaaid met het overschot van de storm: de opgezwollen resten van zeewezens, flarden touw en zeil, deinende scheepsgeraamten en kratten en dozen die, heel of stukgeslagen, tussen de mangrovewortels zaten ingeklemd. Net als de oudste mensen na de oudste storm bleven de mensen staan kijken naar het ochtendgloren over het overschot van de storm. Van de nieuwe en de met pokken begroeide stukken

hout van de boten en schepen die hoog op de rug van de storm waren opgegooid en nu op het strand werden gesmeten, zouden ze nieuwe hutten bouwen, de kisten en kratten zouden allerlei zaken bevatten waarvoor de mensen geen naam hadden. De mensen schermden hun ogen af en keken de kust langs. Net als de oudste mensen na de oudste storm zagen ze tussen de wrakstukken en dode zeewezens de lichamen van mannen van verschillende tinten en afmetingen, bleke mannen en donkere mannen, zij aan zij, besabbeld door het water. Ze zagen een groep bleke mannen van wie sommigen slordig in elkaar gedoken zaten, anderen onzeker voortstrompelden. De mensen liepen behoedzaam op het groepje af. De oudste mensen herinnerden zich andere groepjes die onvriendelijk waren gebleken. Toen ze dicht genoeg bij hen waren, riepen ze hen toe om te laten weten dat ze er aankwamen: 'Hallo daar! Wat een storm, hè? Alles goed met jullie?'
Een golf van opwinding ging door de groep toen ze dichterbij kwamen. Een van de bleke mannen sprong op. 'Rennen!' krijste hij. 'Daar komen de kannibalen!'
'Blijven jullie lang?' vroegen de mensen aan de bleke mannen, terwijl ze beleefd geen acht sloegen op de wilde blikken en de kreten van de eerste bleke man, die met een stuk drijfhout om zich heen zwaaide, toen het strand op stormde en het oerwoud in.
'Jongen! Kom terug!' riepen de andere mannen in hun eigen taal. 'Er achteraan, mannen!'
Sommige van de bleke doorweekte mannen stormden de eerste bleke man achterna het oerwoud in. Sommige van de mensen volgden. 'Laat je niet voor de gek houden door de oerwoudgeluiden,' riepen ze. 'Hij gaat deze kant op!'
De bleke doorweekte mannen en de mensen drongen steeds verder het oerwoud in. Het terrein liep omhoog, hun lichaam boog zich voorover tijdens het klimmen. Maar hoewel ze hun hals uitrekten en op hun tenen liepen, zagen ze de eerste bleke man nergens. Ze zagen niet de oerwoudnevels bewegen, niet de oerwoudplanten schudden en zwiepen waar hij langsliep. Het enige bewijs van het bestaan van de eerste bleke man waren de schreeuwen die terugkaatsten en hun door merg en been gingen, de kreten die zich verweefden met duizenden andere oerwoudgeluiden, zodat ze omgeven werden door een web van gekrijs, gekakel en gekras, plus nog de geluiden van de andere bleke mannen, het geschuifel van hun lichamen door de bosjes, het knappen van twijgjes en takken onder

hun voeten. De mensen glipten door het oerwoud als water. Voor hen leken de bleke doorweekte mannen er woest op los te strompelen, met voor iedereen zichtbaar een spoor van platgetrapte oerwoudplanten en gehavende boomstronken achter hen aan. Toen de helling nog steiler werd, weigerden de mensen verder te gaan. Ze weigerden de heuvel te beklimmen waar het wemelde van de oerwoudgeesten en de heuvelgeesten, waar de plaatselijke goden woonden. 'Kom terug!' riepen ze. 'We kunnen daar niet heen, we hebben geen offergaven bij ons! We zullen ze boos maken!'
Al gauw keerden ook de bleke doorweekte mannen om. Ze volgden de mensen door de losse plooien van de rand van het oerwoud terug naar het strand, waar de andere mensen en bleke mannen al voedsel en water deelden, en de golfvormige kammen van zeeafval en schatten afzochten naar alles wat bruikbaar was. De andere mensen en de bleke mannen praatten met elkaar in gebroken stukjes van elkaars taal, en brede armgebaren, handsignalen, lichaamssprongen. De andere mensen en de bleke mannen wisselden al glimlachjes uit en geluiden om elkaar te benoemen; ze weefden met hun ogen en handen en lippen de eerste zinnen van verhalen.
'Waar komen jullie vandaan?' vroegen de mensen.
'Hoe lang blijven jullie?'
'Jullie broer heeft de zeekoorts, hè?'
'Hoe heet jullie broer?'
Net als de oudste mensen na de oudste storm hielpen de mensen de groep bleke mannen hun eigen schuilhutten te bouwen, ze deelden hun eten en kleding met hen, zagen toe hoe ze genoeg op krachten kwamen om de kust af te zakken naar grotere nederzettingen waar meer mensen woonden. Ze zagen toe hoe ze een passerende vissersboot aanhielden of in een zelfgebouwde boot het ruime sop kozen. De mensen verzamelden zich op het strand om hen uit te wuiven. Maar hoe vaak ze ook gingen kijken, nooit vonden de bleke mannen of de mensen de eerste bleke man terug, al hoorden ze 's nachts soms een kermend gezang, een wild gekweel op een oerwoudwind.
'Hij woont bij de geesten,' zeiden de mensen schertsend tegen elkaar. 'Hij is zo bleek dat ze denken dat hij een van hen is!'
'Hoe heet jullie broer?' vroegen ze. 'Misschien vinden de goden het niet erg als we zijn nieuwe thuis naar hem noemen.'
'O, die!' antwoordden de bleke mannen in hun eigen taal. 'Da's maar een malle zeiler. Malle Zeiler, zo noemen we hem.'

'Behouden vaart!' wuifden de mensen.
'Maak je geen zorgen,' riepen de bleke mannen over hun schouder. 'We komen veilig thuis!'
Dus de mensen rolden de naam van de eerste bleke man in hun mond heen en weer, en tot op de dag van vandaag staat de heuvel bekend als de Heuvel van Mat Salleh.

Dat is de plek waar ik beginnen moet. Het klooster op de heuvel dat grenst aan het oerwoud is de plek waar rijke mensen en arme mensen hun meisjes naartoe sturen. Hier lopen allerlei soorten meisjes door elkaar heen, ze staan schouder aan schouder tijdens de ochtendbijeenkomst, ze botsen tegen elkaar op als ze van de ene klas naar de andere marcheren. Ze roepen elkaar toe over de sportvelden en trekken op in groepjes van twee of drie vriendinnen. Voordat ik naar het klooster ging, wilde niemand met de bullebak omgaan. De bullebak stond midden tussen de roepende, marcherende, schouder aan schouder staande kloostermeisjes in met haar mond vertrokken van minachting, haar ogen overal op hen gericht, haar voeten bijna op het punt hen achterna te gaan. Haar antieke boxcamera hing om haar nek bij wijze van gezelschap.
De bullebak van de school is een meisje dat ouder is dan het oudste meisje van de klas. Ze is groot en fors, met glimmende knokkels en botten die te groot zijn voor haar gezicht. Haar lichaam rekt haar uniform uit, haar borsten vormen twee bobbels op haar borstkas. Niemand weet precies hoe oud de bullebak is. Elk jaar ziet ze er hetzelfde uit. Andere meisjes worden met elk jaar dat verstrijkt langer of breder, of slanker of weelderiger, maar de bullebak ziet er altijd hetzelfde uit. Ze groeide tot ze veertien was, zegt mijn grootmoeder, tot het einde van haar tweede levenscyclus. Toen hield de bullebak ermee op.
'Waarom, Grootmoeder?' vraag ik. 'Waarom?' Maar Grootmoeder weet het nooit zeker. Met gefronste wenkbrauwen kijkt ze door de kamer naar de bullebak. Ten slotte zegt ze schouderophalend: 'Ze wist niet welke kant ze op moest groeien.'
'Er komt een dag dat je even oud bent,' vertelt Grootmoeder me. 'En daarna ben je ouder.'
Toen ik naar het klooster mocht, zat de bullebak al jaren in dezelfde klas. Andere meisjes kwamen en gingen, maar de bullebak bleef altijd. De bullebak bleef altijd hetzelfde: niet groter dan het grootste meisje van de klas, niet ouder om te

zien dan het meisje dat het oudst was om te zien. De bullebak mag alleen bepaalde lessen volgen: catechismus, handwerken, geschiedenis, zedenleer, handenarbeid. De bullebak rent tussen al haar karweitjes door naar die lessen toe. Ze komt uit de keukens met de lucht van uien en dampende rijstpotten, van de middag-kerrieschotel voor de internen om haar heen. Ze komt uit de wc's met de lucht van ontsmettingsmiddelen, uit de voorraadkamers met spinnewebben achter haar aan die vlekken maken op haar schrift.
'Hoe vaak moet ik nog zeggen dat je je eerst moet wassen!' roepen de leraressen en sturen haar de klas uit.
Als de klas middagpauze heeft, moet de bullebak het bord uitvegen en de stoelen rechtzetten. Als de bullebak het bord heeft uitgeveegd, kan iedereen dat zien. Ze veegt met haar arm helemaal van de ene naar de andere kant en laat grote bergachtige strepen achter. Als de klas gaat sporten, is het de taak van de bullebak om de sportspullen te dragen. Eigenlijk is het de taak van de bullebak en mij, want wij zijn liefdadigheidsleerlingen, maar de bullebak duwt me opzij. De bullebak spuugt in haar handen en wrijft ze kwiek tegen elkaar. 'Hou jij de deur maar open,' zegt ze.
Ballen en slaghouten, hockeysticks, netten en rackets, alles bungelt en slingert over de rug van de bullebak. De bullebak heeft spieren op haar armen die ze kan laten rollen. Ze balanceert hoepels en grenspaaltjes tegen haar buik. Ze loopt krom en traag, werpt nijdige blikken naar de leraressen en stoot in het voorbijgaan tafels en stoelen om. Hoe de nonnen ook hun best doen, ze kunnen haar niet leren wat minder lomp te zijn. De bullebak is lui en slonzig. Ze moet voortdurend worden opgejut en standjes krijgen, wil ze de karweitjes doen die de nonnen haar opdragen om de kost te verdienen.

De enige plek waar niemand de kans krijgt om de bullebak op te jutten of standjes te geven is de donkere kamer. In de donkere kamer is de bullebak koning.
'Maak een koprol,' zegt de bullebak. 'Ga op je hoofd staan.'
De bullebak kijkt toe terwijl ik kopjeduikel. Van muur tot muur is er ruimte voor drie koprollen. Ik sta op mijn hoofd en zwaai met mijn benen in de lucht.
'Wat nu?' roep ik. 'Wat nu?'
Als de bullebak niets kan bedenken, veer ik naast haar overeind. Ik slof als een slak net als zij doet met de sportspullen, voorovergebogen, armen uitgestoken als slaghouten en bal-

len. Ik trek net zo'n nors gezicht als de bullebak, met opgeblazen wangen en pruilende onderlip. Ik brom het zure gebrom van de bullebak. Als ik langs haar heen loop, doe ik net of ik haar aan haar oor wil trekken.
'Ssst!' zegt de bullebak.
In de donkere kamer is de bullebak altijd aan het luisteren. Ze hoort jachtige voetstappen, het geruis van gesteven rokken, het zachte gemompel van de nonnen. De donkere kamer is het geheim van de bullebak, begraven in de verste hoek van de bibliotheekkelder, waar tegenwoordig geen mens meer komt. De muren hebben geen ramen, de deur gaat half schuil achter bergen kostuums en oude toneelrekwisieten. De nonnen hebben de donkere kamer voor eens en voor altijd afgesloten en vergrendeld, maar de bullebak heeft een sleutel. In de donkere kamer laat de bullebak me de uitrusting zien die ze in de loop der jaren bij elkaar gescharreld heeft. De deksel van de kist die de Oude Priester voordat hij stierf voor haar ingepakt heeft, zwaait open. Hij zit vol oude fotospullen, de camera van de bullebak, het speciale plakboek dat ze net heeft aangelegd, haar handleiding vol ezelsoren. Een album vol geel verkleurde foto's op bladzijden die glimmen van ouderdom. De bullebak en ik buigen ons over deze foto's. Ze wijst ze aan met haar mes. Onder sommige staan de tijd, de gebeurtenis en de plaats vermeld, in het kriebelige maar duidelijk leesbare handschrift van de Oude Priester. *De put wordt gegraven. De tegels op de binnenplaats worden schoongekrabd. Zuster zet de bijbelklas op.* Terwijl ik de onderschriften lees, tuurt de bullebak naar de foto's. Haar ogen zijn katteogen, ze knipperen nauwelijks. Ze onderzoekt elke foto centimeter voor centimeter. Zwart-witte gezichten kijken terug, soms bedachtzaam of grijnzend, soms verwrongen van concentratie. De bullebak kijkt de ene dag naar hun monden, de volgende naar hun ogen. Een voor een geeft ze ze door aan mij. Lichamen leunen nu eens deze, dan weer die kant op, en er zijn ook ongelukjes bij: wazige voeten met kiezelsteen, zwarte foto's met haarlijntjes van licht er kriskras overheen. Een schilferige hand van heel dichtbij. De bullebak bekijkt de foto's steeds opnieuw, maar telkens merkt ze er weer meer aan op. Ze houdt haar oudste foto bij de flikkerende lamp.
'Er bewoog iets,' zegt de bullebak.
In de donkere kamer komt de bullebak tot rust. Haar runderhuid, die ze buiten de donkere kamer draagt, wordt als was. Hier likt de bullebak over de dunne striemen van de bamboe-

stok van de kokkin, die ze buiten de donkere kamer niet eens opmerkt, hier buigt ze voorzichtig haar korstige enkels. Ze blaast op haar blauwe plekken om het bloed te ontstollen. Hier zijn de bullebak en ik volkomen vrij. We zitten zomaar zonder reden te lachen en te giechelen. We trekken kostuums aan die we al niezend hebben opgediept uit de stapels voor de deur, maken koprollen tot de bullebak er genoeg van heeft en me met een vriendschappelijke mep gebiedt op te houden. We liggen hijgend op de vloer. Soms is de vloer van de donkere kamer zo koel, dat hij aanvoelt als water. Tussen de klusjes en de lessen door vallen de bullebak en ik in slaap op een vloer die muf en ziltig ruikt, doordrenkt van de geur van ons zweet en oudere, sterkere geuren, waar we van woelen in onze slaap, in dromen van ons hoofd onder water en ons lichaam drijvend op het koude harde bed van de zee.

Toen ik pas in het klooster kwam, volgde ik de bullebak overal zoals Grootmoeder me gezegd had. Weken later voerde de bullebak me naar de smalle trap die zat weggestopt in een weinig gebruikte hoek van de bibliotheek, achter een plank met stoffige boeken. Ze deed de deur met het bordje *Ten strengste verboden te betreden!* open zodat ik erdoor kon. Ik tuurde de bibliotheekkelder in, terwijl zij over de uit karton geknipte oerwouden en een glanzende maansikkel heen haar zaklantaarn tegen het zwart van de deur van de donkere kamer liet schijnen. De trap dook steil en duister naar beneden. Het oude hout verzwolg onze voetstappen terwijl we afdaalden.

'De *beste* plek van de school,' wees de bullebak, en gaf me een duwtje in mijn rug terwijl ze met een weids gebaar haar arm naar de donkere kamer uitstrekte.

Mijn grootmoeder weet veel van geesten. Ze is een deskundige in geestenwaarnemingen, in de gewoonten en lusten van spoken en demonen, in geestenwraak of -gunst die mensen vanuit gene zijde achtervolgt. Grootmoeder is al menige steile en duistere trap afgekraakt, ze heeft onder bedden en kastjes gegluurd, haar lantaarn in hoeken laten schijnen waar wel eens een geestengunst of -wraak op de loer kon liggen, klaar om toe te springen. Ze heeft haar nimmer falende lucifers en geestenverbrandende kaarsen gehanteerd, met haar speciale geestenhakmes op schaduwen ingehakt die te dichtbij waagden te komen. Het pad naar de vervulling van een geestengunst of -wraak, zegt Grootmoeder, heeft meer wendingen

dan dat van mensen, omdat het een indirecte route moet volgen. Maar vroeg of laat, met menselijke of dierlijke manieren en middelen, al dan niet helder, komt de boodschap door. Dat is de aard van onafgedane zaken: ze rusten niet alvorens ze zijn vereffend. Alleen van machtige wijze vrouwen is bekend dat ze het pad van een onafgedane zaak naar elders kunnen keren. En zelfs machtige wijze vrouwen worden soms te pakken genomen. Toen Grootmoeder niet zo jong meer was, slingerde een dergelijke boodschap zich door het verstrijken van de natte en droge seizoenen van haar bestaan via indirecte wegen naar haar toe, ondanks de gebruikelijke kronkels en bochten die ze maakte in de hoop een dergelijke boodschap juist in de war te brengen. Toen de boodschap haar ten slotte in het oog had, hield ze in, viel als een steen uit de hemel, als de lepel van een braadpan op Grootmoeder neer en drukte haar ter plekke plat. De boodschap viel op haar neer als een misgelopen vloek. Ze sloeg onverwachts, met grote precisie, toe en sloot het extra oog van mijn grootmoeder.
'Hoe deed ze dat, Grootmoeder? Hoe dan?' vraag ik telkens weer, maar ze weet het nooit zeker. Soms neemt ze de houding van snelle bewegers aan, van bliksem en elektriciteit, andere keren haalt ze alleen maar haar schouders op. De geestenboodschap sprong uit het oerwoud te voorschijn om haar aandacht te trekken en sloeg de kolf van een bandietengeweer tegen haar hoofd, precies op de plaats waar de lepel van de braadpan indertijd haar extra oog opende. Grootmoeder wankelde door de klap. Gedurende het moment voordat ze viel, zag ze niet de oude bandiet met zijn tandeloze grijns voor zich, maar een vrouw gekleed in glanzend wit. De mooiste vrouw die mijn grootmoeder ooit had gezien. De vrouw glimlachte tegen Grootmoeder, een emotieloze glimlach, één hand uitgestoken als in een groet. Grootmoeders ogen werden groot. Ze kreeg een schok van herkenning. De kolf van het geweer brak door de klap, en de bult op haar hoofd was een gekookt ei, een glanzende bobbel. Het werd wazig voor Grootmoeders ogen. Ze viel wankelend op haar knieën en drukte onmiddellijk haar hoofd tegen de grond. Ze schoof haar schamele bezittingen naar voren: haar kommetje munten, haar talismans, haar rode zakdoek. Het bundeltje afsnijdsel dat ze die ochtend nog van de varkensslager had weten los te peuteren. Grootmoeder boog en boog tot het patroon van de weg op haar voorhoofd gedrukt stond. De bandieten, niet wetend dat ze boodschappers waren, stonden in een kring om haar heen te lachen.

'Te oud om mee te vechten,' riepen ze. 'Te lelijk om te naaien! Te taai om op te eten!'
Ze duwden de stompe kant van hun mes in de plooien van haar buik, sloegen met hun zelfgemaakte wapenstok tegen haar schouders en haar nek. Grootmoeder hoorde door het gebulder in haar oren heen dat er een knokpartij tussen hen uitbrak. Het geluid van lichamen die tegen lichamen duwden, een stem die riep: 'Aiya, wie is dat? Kameraden! We pesten toch zeker geen oude vrouwen? Laat haar met rust!' De kring van gezichten sprong en dook, donkere gezichten, bleke gezichten, oude gezichten, jonge gezichten, gezichten die ze vaag leek te kennen. Eén had een gebarsten, schilferige huid, had zwarte glimmende ogen. Grootmoeder vouwde haar lichaam naar binnen en boog en boog. Ze was zo verbaasd over het dichtgaan van haar oog, dat ze geen pijn voelde. De komst van de geestenboodschap, zo onvoorzien, vervulde haar met spijt over haar gebrek aan vooruitziendheid. Voor het eerst sinds jaren zag ze kleuren om haar heen dansen en wervelen. Later zakte Grootmoeder in elkaar, in het vooruitzicht dat haar hoofd zou worden afgehakt met een roestig bandietenzwaard, maar de mannen waren al weg.

Voordat haar extra oog dichtging, was mijn grootmoeder de beroemdste geestenverdrijfster van de hele stad. Ze had nooit kunnen denken dat ze op een dag nog eens wiebelend met haar benen in de deuropening zou zitten in afwachting van klanten. Jarenlang gingen Grootmoeders zaken zo goed, dat ze zich het vuur uit haar sloffen liep. Grootmoeder had het zo druk, dat ze zelfs een hulpje moest aanschaffen. In die dagen was ze niet jong meer, haar rug was gebogen, haar haren vertoonden strepen grijs. Dus ging Grootmoeder mijn moeder zoeken. Grootmoeder had mijn moeder al opgemerkt: ze werkte in het plaatselijke bordeel, de bordeelhoudster liep van de vroege morgen tot de late avond tegen haar te kijven. Mijn moeder was toen een jong meisje, maar ze liep al met hangende schouders en haar hoofd voortdurend naar beneden. Haar voeten schuifelden zelfs als ze niet met kruidenierswaren of wc-emmers sleepte of meubels naar boven dan wel beneden sjouwde, al naar gelang de nieuwste gril van de bordeelhoudster. Mijn moeder liep alsof ze een zwaar gewicht droeg. Ze dook niet weg en knipperde niet met haar ogen bij de slagen die ze kreeg, al riep ze één keer zo hard 'Tante!', dat Grootmoeder het aan het andere eind van de straat kon horen. Mijn

moeders ooghoeken, waarin zware tranen trilden, hingen naar beneden.
'Neem haar maar!' riep de bordeelhoudster uit toen Grootmoeder het vroeg. 'Moet je dat gezicht zien! Ik heb spijt dat ik haar ouders beloofd heb om voor haar te zorgen, ze heeft me niks dan ongeluk gebracht. Ik heb haar uit het dorp gehaald, ik heb haar goeie kleren en goed te eten gegeven, maar denk je dat ze dankbaar is? Denk je dat ze haar best doet om aardig te zijn? Het enige wat ze doet is met een zuur gezicht rondlopen en de klanten afschrikken! Ze zal je alleen maar ongeluk brengen. Aiya, oude vriendin, zit je op ongeluk te wachten? Dan moet je haar nemen.'
Grootmoeder betastte mijn moeders lever, die stijf aanvoelde, wat betekende dat ze grote schokken aankon. Ze bekeek haar voorhoofd, dat laag en behaard was, wat betekende dat ze schuchter was maar niet dood zou gaan van angst. Ze onderzocht haar tong, groot en rond, wat betekende dat ze geen grote mond terug zou geven. 'Ik neem haar,' zei Grootmoeder.
Mijn moeders grote handen waren geschikt om de geestenverdrijversuitrusting te dragen: een emmer, wat lappen, wat buskruit en lampolie, een zak spreuken en zalfjes, een doek geweekt in menstruatiebloed. Een levende kip, de snavel dichtgebonden met een touwtje, tempelgebedskralen, een kruis. Aangezien elke geest weer anders was, wist Grootmoeder nooit wat ze nodig zou hebben. Sommige geesten waren niet meer dan restjes woede of jaloezie, sommige hadden menselijke eigenschappen, angst voor gesloten ruimten of water, andere dachten dat ze goden waren of heiligen of feeën, weer andere wisten niet eens dat ze dood waren.
Grootmoeder bekeek de gekromde rug van mijn moeder onder het gewicht van haar gereedschap. Als ze geesten gingen verdrijven moest mijn moeder alles dragen, zodat Grootmoeder haar handen en gedachten vrij had. Grootmoeder droeg alleen haar speciale geestenhakmes, dat ze gebruikte als het extra moeilijk werd allemaal. Het heft was verkoold en misvormd, alsof het vele gevechten had meegemaakt, het met zoutkorsten bedekte lemmet zag er dreigend uit. Het tovermes joeg allerlei soorten geesten en demonen gillend van schrik op de vlucht. De aangebrande lucht ervan waarschuwde voor het lot dat hen wachtte. Zelfs Grootmoeder zag dat mes niet graag, ze bewaarde het voor noodgevallen en hanteerde het uiterst voorzichtig. Ze keek naar mijn moeders handen,

die stomp maar vaardig waren, die snel en netjes papier konden snijden en vouwen. Ze onderzocht haar oogwit en porde haar in haar ribben. 'Meer eten,' zei Grootmoeder. 'Langzaam eten. Oogoefeningen doen. Dit opdrinken.' Ook al was ze niet jong meer, toch trokken ze er elke dag op uit. Soms, als er een overstroming was geweest of een hongersnood, of als bandieten een aanslag op overheidskantoren hadden gepleegd, militairen in de landbezetterswijken een onvoorziene slachtpartij hadden aangericht of als ze met een abnormaal sterke, koppige geest te maken kregen, kwamen ze wekenlang niet thuis.

Eens werden Grootmoeder en mijn moeder naar het klooster geroepen door de conciërge, die zijn hut naast het spookhuis had. De conciërge was een schuchter, sloffend mannetje, niet oud maar ook niet jong, met grijze haren van de narigheid en een nu al kromme rug. De vrouw van de conciërge was kort geleden gestorven, plotseling, als een tik op de schouder, volgens sommigen van teleurstelling, volgens anderen van smart. De conciërge liep door het klooster met dikke ogen van verdriet; werktuiglijk kweet hij zich van zijn taken en zijn ontzag voor de Oude Priester en de nonnen, die hem vriendelijk maar streng toespraken, groeide uit tot een ontzag voor het leven. De conciërge wierp af en toe een blik over zijn schouder, plotseling, om te zien of het leven nog meer tikken voor hem in petto had. In die dagen was het spookhuis van het klooster al in de hele stad beroemd. Kloosterdagen stonden bekend om het gebonk, gekakel en gegil dat zich af en toe deed horen, kloosternachten om de boeken die keurig op volgorde van de planken vlogen en de troepen doorzichtige soldaten die door de zalen patrouilleerden. Bandietenschaduwen lagen neergezegen in onwaarschijnlijke hoeken en wezen op wonden die niet meer bloedden. Kloostermiddagen ontwaarden zo nu en dan een droevige vrouw in glanzend wit, die even stilstond boven aan de trap. Als kloostermeisjes het gillend op een lopen zetten, riepen de nonnen 'Onzin!', en gaven ze hun weesgegroetjes op voor hun overspannen verbeelding en schoonmaakcorvee voor hun meisjesstreken. Zelfs de conciërge en zijn vrouw leerden te leven met wat er in het spookhuis gebeurde, al werd zij na de geboorte van hun zoon bijgelovig. Ze stond eindeloos naar de bibliotheek te staren voor ze naar bed ging. 'Ongelukplek,' mompelde ze, sloeg de ramen dicht en plakte geestenbezweringen tegen de deur als bescherming. 'Aiya, hoe komen we van ze af?'

Toen de vrouw van de conciërge gestorven was, nam de bedrijvigheid waar het spookhuis beroemd om was zelfs nog toe. Het gebonk, gekakel en gegil bonkte, kakelde en gilde nog vaker en nog harder, bij de mooie vrouw boven aan de trap voegden zich andere gestalten en schaduwen, bij de soldaten wervelingen op de binnenplaats en bleke spooklichten onder de trap. De conciërge en zijn zoon werden elke nacht om twaalf uur wakker en lagen dan te rillen in bed. Ze slopen naar het raam, de jongen met stijf dichtgeknepen ogen tegen zijn vader aangedrukt. De tranen stroomden de conciërge over de wangen.
'Aiya, Vrouw!' Hij gooide het raam wijd open. 'Wat doe je? Kun je nu nog niet gaan? Waarom maak je zo'n herrie?'
De figuur in het raam van het spookhuis draaide zich even om om te kijken. Ze had dezelfde vastberaden uitdrukking op haar gezicht als ze tijdens haar leven had, haar doorzichtige handen rustten op haar heupen in dezelfde vastberaden hoek als waarin ze, tijdens haar leven, op haar heupen rustten wanneer ze op het punt stond een onplezierig maar noodzakelijk klusje te klaren. De vrouw van de conciërge keek even, en keerde toen om. Ze kromde haar schouders en spleet als flitsen licht naar alle kanten uit elkaar. De conciërge keek vol afgrijzen toe hoe niet één maar wel tien vrouwen door het spookhuis joegen en fladderden, hier in een hoek porrend waar een kluitje schaduwen krijsend wegvluchtte, daar achter deuren meppend waar vervloeiende gestalten scherp en broos werden, porrend en meppend en allerlei hoofden en ingewanden, inktzwarte vlekken en oogloze bulten uit hun schuilplaatsen jagend in een vlaag van grote geestenschoonmaak.
In de ochtend zagen bepaalde gedeelten van de bibliotheek eruit alsof er grote veldslagen waren geleverd, andere alsof ze inderhaast waren opgeruimd, met boeken en tijdschriften eerst her en der op de grond gesmeten en toen verkeerd weer teruggezet. Alle meubels stonden ergens anders. Elke ochtend droegen de nonnen de conciërge op alles weer op zijn plaats te zetten. Groepen ondeugende kloostermeisjes met strafcorvee zaten op een kluitje over hun schouder te loeren terwijl ze de tijdschriften en boeken sorteerden. De conciërge en zijn zoon sleepten de hele dag met de meubels, botsten tegen elkaar op en schrokken van elk geluid. Hun nek was zwaar behangen met een heel assortiment kleurige amuletten. Als ze klaar waren, slopen de nonnen het spookhuis in om te bidden. De Oude Priester sprenkelde wijwater in het rond en hing kruisen

boven de deuren; vol afschuw zag hij hoe het wijwater siste op de koele marmeren vloer. De nonnen zonden smeekbeden naar hun moederland om een eersteklas exorcist te sturen, maar wie er kwam, geen exorcist. De Oude Priester probeerde diverse missen, zegeningen en vastetijden, en kwam met zijn toog schots en scheef en zijn haarpunten verschroeid weer naar buiten. Vervolgens bleef het een paar nachten stil in het spookhuis, en dan begon het weer van voren af aan. Geestendansers verspreidden zich over de binnenplaats, een met tandafdrukken bedekte man hief proostend zijn glas. De glanzende vrouw boven aan de trap draaide zich om en glimlachte naar de vrouw van de conciërge met haar verwoede schoonmaak.
'Vrouw!' riep de conciërge, die elke nacht stiekem offervuurtjes voor het raam van het spookhuis ontstak. 'Aiya, Vrouw, je bent dood! Hoor je me? Je hoeft niet meer schoon te maken. Je man stuurt je eten en geld voor de reis. Aiya, Vrouw, ga alsjeblieft!'
Maar de vrouw van de conciërge sloeg er geen acht op. Nog meer gebonk en gesmijt vulde het nachtelijke spookhuis, nog meer bovenaardse stemmen krijsten hun protesten uit en zetten het op een huilen als was het einde van de wereld nabij. De conciërge en zijn zoon kregen zwarte kringen om hun ogen van uitputting.
Toen de conciërge mijn grootmoeder op kwam zoeken, liet ze vol verwachting haar knokkels kraken. Ze boog haar armen en zoog op haar tanden. 'Tante,' begon de conciërge, 'de nonnen weten niet dat ik hier ben. Ik ben er niet meer tegen opgewassen, ik zal Tante zelf betalen, maar ik heb niet veel geld...' De conciërge trok en plukte aan zijn zweetdoek, maar Grootmoeder wuifde luchtig met haar hand.
'Aiya, de zaken gaan goed,' zei Grootmoeder. 'Ditmaal doe ik het uit belangstelling. Uit menslievendheid. Maak je geen zorgen. Ditmaal doe ik het voor niks.'
Mijn grootmoeder was al jaren niet meer in het spookhuis geweest, al niet meer sinds de nonnen de boel hadden overgenomen. Een paar maanden eerder had ze haar terugkeer daar voorzien en ze had geduldig afgewacht. Grootmoeder schreeuwde naar haar jonge hulpje, dat gejaagd heen en weer liep om alles klaar te maken. Ze wachtten. De conciërge vroeg Grootmoeder een gunstig moment uit te kiezen voor de geestenverdrijving. De nonnen waren zo streng, dat hij haar smeekte in haar almanak een tijdstip te zoeken waarop iedereen sliep – in het holst van de nacht.

Toen mijn moeder een jonge vrouw was, liep ze terwijl ze een hoek omsloeg een jonge man tegen het lijf. De regen droop over de rand van de kloosterhoek en spatte op hun gezicht en hun haren. Mijn moeder hoorde een plotseling adem-inhouden. Zij en de jonge man botsten met hun schouders tegen elkaar, per ongeluk, en even bleven hun schouderbeenderen steken. Door hun dunne hemden heen schuurde hun huid licht tegen die van de ander. Mijn moeders ogen richtten zich van hun gebruikelijke blik naar de grond op naar het gezicht van de jonge man. Zowel zij als de jonge man deden een stap achteruit. Hun ogen bevonden zich op precies dezelfde hoogte, hun gebotste schouders en armen waren gebogen om hun evenwicht te bewaren en bogen in dezelfde hoek, deden op dezelfde plek pijn. De jonge man en mijn moeder hielden hun hoofd hetzelfde, iets naar beneden; ze hielden hun lichaam gelijk, behoedzaam, als een lichaam met geheimen die te teer zijn voor de wereld. Even stonden mijn moeder en de jonge man doodstil, als elkaars spiegelbeeld, als handlangers. Toen hernam haar blik zijn oude stand, haar mond mompelde verontschuldigingen, haar lichaam glipte langs de jonge man de hoek om, weg.
Dat, zei de jonge man, *was hun eerste ontmoeting*.
Dat, zegt mijn moeder, *was het niet*.
Toen mijn moeder een jonge vrouw was, was er een moment tussen de tijd dat ze een meisje was en de tijd dat ze in ieders ogen een vrouw van middelbare leeftijd werd, afgetobd, met ingevallen gelaatstrekken. Gedurende dat moment was mijn moeder een jonge vrouw, niet meer en niet minder. Haar hoofd en haar schouders onderbraken hun gewone kromming naar voren. Gedurende dat moment gleed het noodlot met een klein rukje van haar schouders. Haar gezicht nam zijn natuurlijke uitdrukking aan, de uitdrukking die ze had voordat het noodlot die uit het lood sloeg. Haar ogen verwijdden zich enigszins. Haar blik liet zijn gebruikelijke schichtigheid varen en bleef rusten op nooit eerder waargenomen vormen en kleuren, op rookkrullen uit de houtkachel, spinnewebben gevangen in het zonlicht. Haar kin zonk lange ogenblikken neer in de kom van haar hand. Gedurende dat moment, dat mijn moeder zowel een oogopslag als een eeuwigheid toescheen, balanceerde ze aan een scharnier: ze ging een hoek om. Daar stond ze, mijn moeder, volkomen in evenwicht. Ze kon beide kanten op zwaaien, maar ze stond daar, een oogopslag of een eeuwigheid lang, volkomen roerloos. Gedurende dat moment

stond alles stil. Weg was mijn moeders noodlot-verleden, verdwenen haar noodlot-toekomst. Mijn moeder voelde zich jong, en licht. Toen het moment voorbij was, een oogopslag of een eeuwigheid later, was alles, mijn moeder, mijn grootmoeder, de grond, de lucht, de wereld, onherroepelijk anders geworden.
Hoewel ze niet durfde te kijken, hoorde mijn moeder dat de jonge man op de hoek stil bleef staan. Ze hoorde dat hij zich een halve slag naar haar omdraaide. Zo doelbewust, zo snel dat het haar toescheen of ze vanzelf gingen, struikelden haar voeten voort over de ongelijke stenen van de gang, duwden haar handen de zware deur open. Haar lichaam gleed de warmte van het bekende binnen. Mijn moeder leunde even tegen de dichte deur en ademde de vochtige lucht in van de dagelijkse plek, de werkplek, waarin de gootstenen en tobbes en stapels wasgoed hun troostende scherpe randen uitsneden en de enige geesten die voor haar opdoken klamme en vliedende dingen waren, die opbolden en weer verdwenen zodra de stoom in de wasketels siste. Mijn moeder streek met haar hand over haar voorhoofd. Ze bracht haar kleren die al op orde waren op orde, duwde denkbeeldige losgeraakte haarlokken achter haar oren. Ze liep met haar langzame, afgemeten pas langs de stapels kleren die gesorteerd moesten worden, langs de kleren die extra geboend en geweekt moesten worden, en langs de kleren die nog een laatste spoelbeurt moesten hebben: naar het midden van de ruimte. In het midden voelde mijn moeder zich veilig.
Hoewel ze hem niet hoorde, wist mijn moeder dat de jonge man binnenkwam. Ze wist dat de jonge man tegen de deur leunde net als zij gedaan had, ademde net als zij gedaan had, maar anders dan zij liep hij met een weifelende pas naar het midden van de ruimte. De jonge man ging recht achter mijn moeder staan, zoals sommige geesten graag doen. Sommige geesten wachten tot iemand zich omdraait, en houden degene die zo stom is zich om te draaien dan hun afschuwelijke geestengezicht voor. De jonge man rook schoon en aardachtig. Hij rook naar zachte oerwoudregen. Mijn moeder stond pal en draaide haar hoofd niet om. Sommige geesten waren akelig slim. Ze wisten alles van lichaamstemperatuur en tintelende plekjes achter in de nek, en lekkere geuren. De jonge man liet zijn doorregende jasje en de bundel die hij over zijn arm droeg vallen. Hij sloeg zijn armen om mijn moeder heen, drukte zijn lichaam tegen het hare. Zijn handen leken te geschaafd en te

tanig voor die van een geest, zijn huid te ruw om bovenaards te zijn; zijn lichaam te tenger om uit pure pesterij ravage aan te richten, uit geestenwrok mensenleed te berokkenen. De jonge man legde zijn hoofd op mijn moeders schouder, nestelde zijn adem in de kromming van haar hals. Op dat moment gleed plotseling, razendsnel, het noodlot weg. Het noodlot sloop rond op zijn tenen, klaar om te springen. Mijn moeder vlijde zich verbaasd tegen de jonge man aan.

Stel je deze heuvel voor zoals hij al die jaren geleden geweest moet zijn. Toen was het oerwoud hier stellig nog, ze zeggen dat het een oud oerwoud is, daarom moet het bewaard blijven. Hoe kon een exotische tuin zich zo ver het oog reikte uitstrekken over de met oerwoud bedekte heuvel? De rijke man moet wel een heel leger tuinmannen hebben ingehuurd om te hakken en branden en ontwortelen, de oude conciërge van het klooster zweet zelfs tegenwoordig nog puur zout als hij aan het hoofd van ondeugende kloostermeisjes met tuincorvee een verloren strijd voert om het oerwoud terug te dringen. De kloostertuin lijkt met het jaar te krimpen. Vijf stappen over de begroeide omheining van prikkeldraad, en de oerwoudbomen staan groot en robuust voor je neus, alsof ze er altijd gestaan hebben. Het oerwoudgewelf hangt zwaar van bladeren en takken die zich zo hecht dooreengevlochten hebben, dat ze nog slechts een onderwaterschijnsel doorlaten. Het oerwoudlicht zinkt traag door spleten in het gewelf naar het bladertapijt zoals het al eeuwen doet, alsof het oerwoudlicht eeuwen de tijd nodig heeft om tot handhoogte te zinken, om een druppel als water op mijn hand te laten vallen. Misschien heeft de rijke man in feite oerwoudbomen gekweekt. In plaats van met veel animo fonteinen en paviljoens en struiken uit verre landen neer te zetten om ze vervolgens te laten verwilderen. In plaats van in een rechte lijn naar de top van de heuvel een pad uit te houwen dat alles op zijn weg verslond. Misschien scheidde en kapte en metselde de rijke man wel heel voorzichtig, zonder brokken te maken. Als je ziet wat er hier in dit oerwoud van hem is overgebleven, kan het best zijn dat hij het oerwoud gewoon zijn gang heeft laten gaan.
Maar hoe zullen de bullebak en ik dat ooit te weten komen? Elke keer als we in het oerwoud wandelen, lijkt het veranderd te zijn. Sporen van de rijke man en zijn geliefde verschuiven hun vormen als oerwoudmist. De verhalen die we aan de aarde onttrekken, zijn net als de vervallen fonteinen en stand-

beelden waar we over struikelen, ze laten alleen hun gebroken stukken zien, hun ontbrekende delen. De bullebak en ik weten alleen maar wat ons verteld is, wat we zien. Diep in het oerwoud ontdekken we stenen die in vreemde patronen zijn neergelegd, maar of het bandietenstenen zijn die al lang vergeten boodschappen weergeven of soldatenstenen, neergelegd voor een soldatenspel, dat weten de bullebak en ik niet. We verstoren met onze tenen nette patronen, schoppen oerwoudaarde en bladeren over elk ander menselijk teken. De bullebak beschouwt het oerwoud als haar gebied. Ze maakt haar eigen sporen: mos waar zorgvuldig ingewikkelde patronen in zijn weggeschraapt, en keien die zijn omgerold, met hun vochtige onderbuik waarop insekten haastig het licht ontvluchten naar boven gekeerd. Kalkpijlen in alle kleuren en richtingen om ieder ander die toevallig ook een oerwoudwandeling maakt in de war te brengen. Ieder ander die ook op jacht is naar oerwoudschatten, net als de bullebak en ik.

In het oerwoud blijf ik dicht achter haar, zoals Grootmoeder me gezegd heeft. Grootmoeders speciale verzamelas voor blad en wortels heb ik om mijn middel gebonden om steviger te staan, haar nimmer falende lucifers en geestenverbrandende kaarsen slaan bemoedigend tegen mijn zij. Ik ril en huiver als ik achter de bullebak aanloop. Ik kijk met grote ogen van angst voor alles wat mijn grootmoeder me verteld heeft om me heen, zoals Grootmoeder rilt en huivert bij de gedachte aan mij in het oerwoud. Maar toch zegt ze dat ik gaan moet: dat maakt deel uit van haar plan. De bullebak is een oerwoudexpert. Zelfs de nieuwe meisjes weten dat, zelfs de doorgewinterde meisjes die zeggen dat ze alles weten, komen de bullebak om raad vragen voor ze het oerwoud ingaan. Welke houtsoorten zijn het gladst zodat je er harten uit kan snijden om uit te delen op Sint-Valentijnsdag, welke bladeren ontkiemen als je ze tussen de bladen van een boek legt, welke vruchten maken dat er een tinteling als een elektrisch stroompje over een kloostermeisjestong loopt? De bullebak kent de vele paden van dit oerwoud en de plaatsen waar je kunt rusten. Ze heeft er zo vaak gewandeld, dat ze precies weet waar ze alles vinden kan. *In het midden van het oerwoud ligt een graf,* zegt Grootmoeder.

Lopend over de oerwoudpaden kijken de bullebak en ik uit naar de plek waar de vele sporen samenkomen. We kijken uit naar de krokodil. We volgen het pad van de troep apen, bespieden de eenarmige leider in de gedaante van een stronk of een tak, horen zijn kreet als het geplaag van een mens in het bladergewelf boven ons hoofd. De bullebak en ik rennen achter de apen aan, we buigen buiten adem met onze handen op onze knieën. We zien de sporen die de soldatenlaarzen gemaakt hebben. Soldaten die soldaatje spelen in dit oerwoudreservaat. Sommige spelen de helden, andere spelen bandieten en communisten, en ze zitten elkaar achterna over de smalle paden. Ze zitten ook apen en jonge meisjes achterna, dat zegt Grootmoeder. Mijn grootmoeder heeft medelijden met de bullebak. Ze zegt dat ze gevolgd wordt door een schaduw.

De lessen op school die de bullebak het leukst vindt, zijn geschiedenis en verhalen vertellen. Voor die lessen doet ze het meest haar best om erbij te zijn. Maar hoeveel standjes de nonnen haar ook geven, hoe ze het haar ook uitleggen, de bullebak weet niet wat het verschil ertussen is. Ze haalt haar schriften door elkaar, tekent dwergen en feeën in historische veldslagen, laat koningen en koninginnen uit verre landen op ossewagens naar de guillotine voeren. De nonnen heffen hun handen ten hemel en zetten een groot rood kruis door de tekeningen waar de bullebak zo op heeft zitten zwoegen. Tijdens de geschiedenislessen steekt de bullebak voortdurend haar vinger op, wat de nonnen dan zogenaamd niet zien. De bullebak zegt aan één stuk door: 'Zuster, mag ik...' als de zusters vragen of iedereen het begrijpt. De bullebak zit achter in de klas, ze doezelt niet zoals andere kloostermeisjes weg bij het zangerige accent van de nonnen en zit evenmin als een bezetene alles wat ze zeggen op te schrijven. De bullebak zit op haar lippen te bijten. 'Zuster, mag ik?' roept ze door de klas.
De bullebak kan zich de verre veldslagen en verdragen, of de koningen en koninginnen met hun vreemde gewaden en haardracht niet voorstellen, ze kan niet zomaar een stel jaartallen uit haar hoofd leren, ze ziet niet in wat ze met al die plaatsen en mensen uit verre landen te maken heeft, wat zij met haar te maken hebben. Van haar twee lievelingslessen vindt ze verhalen vertellen het fijnst. Bij verhalen vertellen zien de nonnen meer door de vingers. Dan roepen ze niet tegen de bullebak: 'Omdat het nu eenmaal zo gebeurd is, lieve kind!' Soms laten ze haar zelfs meedoen. Voor verhalen vertellen komen de kloostermeisjes voor de klas om een verhaal dat ze kennen te vertellen. Verhalen over heiligen en helden van de streek zijn toegestaan, verhalen over trouwe bedienden die hun meester niet verlaten terwijl anderen hem verraden, en ver-

halen over soldaten die dapper vijanden bevechten om de stad veilig te houden. Kloostermeisjes moeten de verhalen uit hun hoofd vertellen, zonder hulp, zonder spiekbriefjes. Wie het beste verhaal vertelt, met de meeste actie en zonder haperen, krijgt een tien voor expressie, en een gouden ster om achter haar naam te plakken.
'Wie kan het verhaal vertellen van...' vragen de nonnen, en de bullebak wipt op en neer op haar stoel. De bullebak rammelt achter in de klas met haar lessenaar en steekt haar vinger op. Ze gromt en rekt zich uit zodat de nonnen haar zullen zien, maar wat ze ook doet, de bullebak krijgt maar zelden een beurt. 'Nee, mond houden,' zeggen de nonnen. 'Jij niet.'
Iedereen weet hoe de bullebak verhalen vertelt. De bullebak stormt naar voren, draait zich om, en staart de klas met open mond aan. Ze is zo opgewonden, dat ze niet weet waar ze beginnen moet. Ze haalt alles door elkaar, begint in het midden, gaat dan naar het begin, blijft steken, begint opnieuw, is vergeten hoe het afloopt. De woorden kolken uit haar mond in golven die het verhaal verstrikken in haar ademhaling. Kloostermeisjes lachen achter hun hand en roepen aanmoedigingen en vragen en commentaren om haar in de war te brengen. Ze stampen met hun voeten en kijken toe hoe het verhaal en de bullebak zich in kronkels en bochten wringen. De bullebak doet haar uiterste best om haar verhalen zo te vertellen als de nonnen het willen, maar ze krijgt het nooit voor elkaar. De woorden dooraderen haar wangen met rood, ze blokkeren haar ogen en oren zodat de nonnen met een liniaal op een lessenaar moeten slaan om er een eind aan te maken.
'Je hebt je kans gehad,' roepen de nonnen uit, soms lachend, soms boos. 'Ga maar terug naar je plaats.'
De nonnen zeggen dat de manier van de bullebak geen goede manier van verhalen vertellen is. Kloostermeisjes moeten het leren zoals het hoort. Een verhaal begint bij het begin, met een beschrijving van de mensen en de plaats waar het zich afspeelt. David was de herder uit Judea die psalmen schreef en koning werd. Mat Salleh was een van de eerste pioniers die het oerwoud openlegden; hij stichtte deze stad, trotseerde de wilde dieren en wildemannen, en liep ten slotte een oerwoudziekte op waardoor zijn hersens verschrompelden. Kloostermeisjes moeten rechtop staan en zich aan de feiten houden. Het interesseert niemand of David zelf zijn teennagels knipte, zeggen de nonnen, en de kloostermeisjes rollen om van het lachen. De mensen willen weten hoe hij koning werd. Het

interesseert ze geen zier wat de gemene bandiet Koning Krokodil in het oerwoud at en wat voor lage lusten hij erop nahield, ze willen weten hoe en waar de dappere soldaten hem gevangennamen. Hoe ze de veiligheid van de gewone stedeling herstelden door een einde te maken aan zijn kwalijke bewind. Het interesseert niemand hoe de draad die om haar vinger zit als geheugensteun dat ze de gangen moet vegen, plotseling een essentieel onderdeel van het verhaal bij de bullebak oproept dat ze vergeten is te vertellen. Kloostermeisjes moeten tot het einde toe eenvoudig en duidelijk spreken. Ze moeten onthouden dat het laatste woord niet het ware einde is. Elk verhaal heeft een betekenis die betrekking heeft op het leven van de kloostermeisjes. Pas als ze die betekenis zien, is het verhaal uit.
'Wat heb je vandaag gezien?' vragen de nonnen.
Kloostermeisjes moeten het slot van die verhalen in hun schrift opschrijven en doorlezen als ze vrij zijn. Dat is de manier om wijs te worden. Als kloostermeisjes hun tijd alleen maar willen verdoen met kletsen, of met rondrennen en springen en de clown uithangen, dan moeten ze maar eens denken aan de hardwerkende eekhoorn die de hele winter leeft van de notenvoorraad die hij heeft aangelegd, terwijl de eekhoorn die zo nodig moest spelen omkomt van de honger. In tijden van tegenspoed moeten ze hun schrift doorbladeren om het stoere treintje te volgen dat tegen de heuvel oploetert, net als de lang geleden trein die zich een weg baande naar de top van de heuvel hier, zonder ook maar een moment van zijn koers af te wijken. *Ik kan ik zal ik kan ik zal ik kan ik zal*, hijgend en puffend, de hele weg door. En op de terugweg naar beneden: *Wat een opluchting ik kon het heus ik kon het heus.* Anders dan de bullebak, die hakkelt en afdwaalt en twijfelt en haar verhaal door de war gooit, moeten kloostermeisjes goed onthouden dat ze altijd in het spoor moeten blijven. Ze moeten goed onthouden dat dit maar verhalen zijn. Dat het echte leven aan elkaar hangt van ondoordachtheden, maar dat hier alles klopt.

Grootmoeder zegt: *Vlij nooit je lichaam tegen de natuurlijke rondingen en holten van de aarde of van rotsen of bomen, want dat zijn de rustplaatsen van geesten, die het niet zullen waarderen als je op ze gaat zitten of als ze je bij terugkomst daar aantreffen. Speel nooit verstoppertje bij zonsondergang. Als je je bij zonsondergang in donkere hoekjes verstopt, zul je er nooit meer uitkomen. Je zult sterven en veranderen in een beschimmeld lijk en pas honderd jaar later ontdekt worden. Stoor nooit iemand die ligt te slapen, want de geest verlaat het lichaam als het slaapt. Dat heet dromen. De droom is het ronddwalen van de geest op zoek naar avontuur of om zaken af te doen die het wakende lichaam vergeten of nagelaten heeft. Een goede manier om wraak te nemen op je vijand is wachten tot ze vast in slaap is. Poeder het gezicht van je vijand spookachtig wit, teken gekleurde patronen op haar wangen. Doe zwarte schoenpoets over haar wenkbrauwen en tandpasta boven haar lip. Als de dwalende geest dan terugdwaalt, zal hij zijn lichaam niet herkennen. Hij zal zich een ongeluk schrikken en op de vlucht slaan. Je vijand zal eeuwig slapen.*

Mijn grootmoeder weet veel van vijanden. Ze weet ook veel van bullebakken. Ze zegt dat alles verdragen moet worden. Hij die verdraagt, zal winnen. Grootmoeder laat me de stappen zien die je toepassen moet om tot volharing en overwinning te komen. Dat zijn de wortels van het leven. De ene stap na de andere, elk alsof je een pad bewandelt. *Ten eerste: leren zien. Ten tweede: de ademhaling beheersen. Ten derde: de vijand herkennen. Ten vierde: zijn manieren leren kennen. Ten vijfde: de regels opschrijven. Ten zesde. Ten zevende.* Grootmoeder laat me dat allemaal opschrijven. Telkens als ze een nieuwe stap bedenkt, schuift ze me haar aantekenboek toe. Ze laat me zien hoe je het teken *Wend u af!* maakt, waardoor de demon als aan de grond genageld blijft staan. Ze zwiept haar rotting door de lucht als ik een stap oversla, doet net of ze me niet hoort als ik zeg dat ik een camera nodig heb, dat ik een nieuw aantekenboek nodig heb, een kaart van het spookhuis, een enkel spoor door het oerwoud om over te lopen. Dat ik een kompas nodig heb, en iets tegen de blaren en de dorst. Dat ik een tovermes nodig heb.

3. De vijand herkennen

Op de dag dat mijn grootmoeders extra oog dichtging, lag ze langs de kant van de weg met een hoofd zo licht, dat ze dacht dat een roestig bandietenzwaard het van haar lichaam had gehakt. 'Wah, zo licht,' sprak mijn Grootmoeder verbaasd. 'Geen wonder dat geesten kunnen vliegen.' Grootmoeder lag langs de kant van de weg te wachten en vroeg zich af wat er nu gebeuren zou, of er iemand zou komen om haar naar de onderwereld te begeleiden, of de wereld nu ze gene zijde bereikt had, veranderd was. Het dichtgaan van haar oog, al wist ze toen niet dat het aan het dichtgaan was, verspreidde banden fonkelende kleuren om haar heen. Er restten nog slechts vage sporen van de zwart-witwereld waaraan ze gewend was. Grootmoeder wachtte geduldig. Langzaam maar zeker begon ze de kleine bewegingen van haar lichaam op te merken, de krampen in haar tenen en enkels, en haar ellebogen die zich kromden, haar vingers die rondtastten naar haar afgehakte hoofd. Haar handen die haar varkensafsnijdsel, haar talismans en haar munten zochten. De kleine bewegingen van haar lichaam prikkelden Grootmoeder met ontelbare schurende pijnen.
'Wah, zoveel pijn, geen wonder dat ze huilend terugkomen,' peinsde ze alvorens haar vingers ontdekten dat haar nek ongeschonden was, haar spullen ongeplunderd naast haar lagen. Grootmoeder kwam overeind, traag, moeizaam. Ze raapte haar her en der verspreid liggende afsnijdsel bij elkaar, haar gebroken kommetje munten, de talismans die onder het stof zaten van de weg. Als verdoofd strompelde ze naar huis en lag daar met eenenveertig graden koorts in bed. Ze lag daar en woelde van haar ene zij op haar andere, kletsnat van het zweet en het speeksel en de pies. Mijn moeder keerde haar voorzichtig om en veegde haar schoon. 'Niet met zoveel! Niet met zoveel!' riep Grootmoeder tegen de schaduwen die ze rond haar bed zag drommen, sissend en likkend als vlammen. Een moment lang grijnsde de oude bandiet haar toe vanuit de

menigte, wild zwaaiend met zijn bandietengeweer om Grootmoeder aan het schrikken te maken. De mooie vrouw stond er onberispelijk bij in haar glanzende witte avondjurk, met uitgestoken hand en een veelbelovende glimlach. De bologige schaduwen uit Grootmoeders spookhuisjeugd strekten hun handen naar haar uit. Toen vervaagden de afzonderlijke vormen, de schaduwen rond haar bed smolten samen en zwollen op. Hun zwart-witte gestalten werden doorkliefd met kleur, hun stemmen gilden en fluisterden en smeekten Grootmoeder nog een laatste boodschap door te geven, een laatste vaarwel. Mijn moeder schreef de boodschappen die Grootmoeder vertaalde op. De schaduwen werden dunner naarmate de koorts toenam. De kleuren die ze al sinds haar meisjesjaren niet meer gezien had, lekten langzaam maar zeker terug in haar gezichtsveld.

'Sta stil!' zei Grootmoeder tegen mijn moeder. 'Je gezicht naar het westen, naar de met oerwoud bedekte heuvel. Buig driemaal. Buig eenmaal! Buig tweemaal! Buig driemaal! Zeg je moeder en vader, je derde oom, je eerste zuster, je tweede en vierde en vijfde broer vaarwel. Nu gaan ze de berg op, ze beklimmen de heuvel. Ze voegen zich bij de geesten op de heuvel!'

'Vaarwel Moeder, Vader, Oom. Vaarwel Zuster, vaarwel Broers. Vaarwel!' zei mijn moeder, en de tranen stroomden haar over de wangen. Ze had haar familie niet meer gezien sinds de bordeelhoudster naar haar lang geleden dorp kwam om haar mee te nemen.

Toen mijn grootmoeders extra oog pas open was, hadden de wervelende donkere en lichte banden die het bij het opengaan zag, de ijzige scherpte waarmee het waarnam, haar diepe vrees aangejaagd. Het oog gaf gestalte aan het vertrouwde koor van lichaamloze fluisteringen dat haar vanaf haar geboorte vergezeld had. De kleurloze landkaart die het over alles heen legde boezemde haar angst in. Jaren later, toen ze besefte dat de wervelende kleuren die de klap met het bandietengeweer veroorzaakte geen oogkwaal van voorbijgaande aard beduidden, maar het sluiten van haar extra oog, joeg ook dat haar schrik aan.

Het verhaal van het spookhuis is een verhaal waar elk jong meisje de schrik van om het hart zou slaan. Vage echo's van het verhaal klinken nog na rond het klooster, zelfs ver van de bibliotheek, zelfs dwars door de dampen van ontsmettings-

middel, onkruidverdelger en wijwater die de nonnen rond de oude gebouwen sproeien, zelfs in de oude tuinen waar kloostermeisjes soms hysterisch worden en waar wild en sterk de oerwoudonkruiden woekeren. Zelfs door de afkeurende blikken en het geërgerde 'Onzin!'-geroep van de nonnen heen. De echo's van het verhaal fluiten langs de gangen, slingeren zich de klassen in en uit, sleutelgaten door, om leraressen heen, boven de bladzijden van opengeslagen schoolboeken, om als horzels bij dit of dat meisje de oren in te zoemen. Als kloostermeisjes er te goed naar luisteren, worden ze er raar van. Worden ze er slecht van. Dat zeggen de nonnen.
De bullebak en ik hebben een foto van het verhaal van het spookhuis. Daarom weten we dat het waar is. De foto van het verhaal van het spookhuis maakt deel uit van de geheime verzameling van de bullebak. In de donkere kamer bekijken we hem grondig, en vaak, en lang. We laten onze vingers langs de gehavende randen glijden, raken met het puntje van onze tong het afbladderende oppervlak aan om te zien of er smaak aan zit. De foto van de bullebak heeft brandschade opgelopen, op de zwartgeblakerde achterkant staan vier grauwe vingerafdrukken waar hij uit de vlammen is gegrist. De foto staat vol schaduwen, alleen door er lang en grondig naar te kijken kunnen we wat zien.
'Wat zien we?' fluistert de bullebak. In haar opwinding maakt ze nog meer kreukels in de foto, ze verfrommelt het hoekje dat ik vasthoud. De bullebak graaft haar vingers in mijn arm tot mijn gesteven uniform kraakt. Ik kijk zijdelings naar de foto, wat volgens Grootmoeder een goede manier is om dingen te zien.
'Een gezicht,' zeg ik. 'We zien het gezicht van een vrouw. Een hele mooie vrouw.'
'En wat nog meer? Wat zien we nog meer?'
'Nog een gezicht. Van een man.'
De bullebak strijkt de foto glad. De andere foto's uit haar verzameling glippen uit haar hand en glijden op haar schoot. De schouder van de bullebak duwt tegen mijn schouder, haar wang raakt de mijne als we onze hals uitrekken om beter te kunnen zien. De gezichten op haar oudste foto staan zo dicht bij elkaar, dat we als we oppervlakkig kijken maar één gezicht zien.

Het verhaal van het spookhuis is een verhaal dat kloostermeisjes heel graag horen. Kloostermeisjes houden tussen de middag hun oor tegen de muren van de bibliotheek gedrukt, ze luisteren om hoeken en pilaren als er iemand praat, nonnen of leraressen, de oude kokkin en de schoonmaakster, de wasvrouw en de oude conciërge die blijven staan kletsen. Kloostermeisjes kruipen op de slaapzaal bij elkaar in een tent van dekens als het licht is uitgedaan, ze porren elkaar met de ellebogen om stil te zijn, houden hun hoofd scheef om beter te kunnen horen.

'Ik hoorde muziek,' fluisteren kloostermeisjes.

'Ik hoorde voetstappen, maar toen ik me omdraaide was er niemand.'

'Ik hoorde vuur, ik rook brandlucht.'

Kloostermeisjes zitten op een kluitje in het warme donker van de dekens, ze leunen met hun lichaam tegen elkaar aan met de armen en benen in een kluwen en de hoofden dicht bij elkaar. Hun gefluister weeft zich door de warme donkere lucht. Soms zwaaien ze met een zaklantaarn, zodat de dekenspleten een bleek, wervelend licht afgeven. Soms glijdt er een koele nachtwind onder de dekens door, die kietelend omhoogkruipt langs hun wervelkolom. Op avonden als deze, als ze stil zijn en geluk hebben en de uitkijk geen spoor van de nachtzuster op haar ronde ziet, kunnen kloostermeisjes minutenlang luisteren naar het verhaal van het spookhuis, ze wringen hun lichaam in bochten om ieder langskomend gefluister op te vangen, giechelend en rillend van angst. Met open mond kunnen ze lange ogenblikken staren naar de vormen die de fluisteringen aannemen, de spookgestalten die uit het donker opwellen. Als ze ontsteld omhoog kijken, kunnen ze vanuit hun ooghoeken een glimp opvangen van een gedaante die ze herkennen. Een wenkende figuur achter de deur van de verste wc, een droevige vrouw boven aan de trap van de bibliotheek. Een schuin profiel, een hand die zich uitstrekt om zich neer te vlijen op een ranke nek. Ze kunnen de geliefde van de rijke man zien met blote schouders en haren die langs haar knieholten strijken. Onder de tent van dekens kunnen kloostermeisjes extatisch huiveren.

De glimp van de geliefde boven aan de trap is een glimp van de geliefde bij maanlicht, een albasten geliefde, voor één moment bevroren, zoals de standbeelden met gebogen rug bevroren op hun tenen boven op de trapleuning staan. Zo zeggen de door dekens omfloerste fluisteringen dat ze haar hebben gezien. De geliefde hangt niet half over de trapleuning met haar armen om de standbeelden die de bovenkant van de trap bewaken. Ze staat niet zoals kloostermeisjes staan, al zou je haar te midden van het gedrang en gewoel van de meisjes bijna over het hoofd zien, want ze is niet groter dan een meisje. De geliefde staat niet met haar enkels te knikken en van boven naar beneden naar meisjes te roepen die niet op willen schieten. In het maanlicht staat ze bevroren met haar rug naar de trap en de fluisteringen hebben de indruk dat met haar alles bevroren is. Zelfs het geroep van de kloostermeisjes, hun knikkende enkels en hollende voetstappen hangen bevroren in de lucht. De geliefde heeft net de trap bestegen. Ze staat daar alsof ze er altijd gestaan heeft, net boven aan de trap, met één hand om de leuning gekruld. De geliefde staat in maanlicht, zelfs midden op de dag. In maanlicht staat ze, witbeschenen, zelfs haar zwarte haren wit. Ze staat gehuld in een eenvoudige witte avondjurk die uitwaaiert rond haar voeten. De fluisteringen hebben de voeten van de geliefde nog nooit gezien. Haar tred is zo licht als een ademtocht, haar aanraking als een kus van lucht.

Dan zucht de geliefde, en het lijkt of ze altijd gezucht heeft. De zucht van de geliefde is een golfje dat uit haar longen kabbelt, dat haar onderlip doet hangen als het haar lichaam verlaat, als het langs de plooien van haar jurk naar beneden glijdt om zijn kronkelende gewicht tree voor tree naar beneden te laten zakken. Zuchtend begeeft de geliefde zich van waar ze stond, boven aan de trap, naar de open deuren van het balkon. Haar haren wiegen licht op en neer, haar losjes gedragen avondjurk glipt van haar schouder. Maanlicht streelt de bleke huid van de geliefde. Haar jurk volgt slepend het patroon dat ze weeft tussen de tafels en glazenkastjes met kostbare voorwerpen, de vergulde steunen en voetstukken waarop gebeeldhouwde figuren liggen. De geliefde staat stil om eerst het ene, dan het andere voorwerp te bekijken. Haar vingers glijden langs hun verschillende huid: de met gouden pijlen uitgeruste koude Venetiaanse cupido's, de Afrikaanse tijger nog warm in zijn ivoren sprong. De vijf eeuwen oude Ming-vasen. Vanaf de wanden volgen de lege ogen van de maskers en schilderijen uit verre oorden haar zigzaggende gang door de doolhof van kunstvoorwerpen die hoog boven haar uit torenen, die passen in de palm van haar hand. Het pad dat ze bewandelt naar de balkondeuren is een verzameling van al wat exotisch is. Als ze langskomt, strekken standbeelden hun fraai gebeeldhouwde armen uit om aan een mouw te trekken, een handvol van haar avondjurk te grijpen, een greep naar haar haren te doen. Zo nu en dan wacht de geliefde even om te luisteren. Bij de deuren staat ze plotseling stil. Met een ruk beweegt haar hoofd naar opzij. Ook de fluisteringen houden hun adem in. De geliefde begint langzaam haar hoofd om te draaien. Bij het raam draait haar hoofd langzaam om. Op dat moment blijven de fluisteringen als aan de grond genageld staan, of slaan ze gillend op de vlucht. Als aan de grond genageld of gillend, de fluisteringen zijn het er nooit over eens wat ze zien. Sommige zeggen dat ze een allerdroevigst en allermooist gezicht zien, het gezicht van de Maagd, het gezicht van een koningin. Andere zien een verbrand feeksengezicht, door vlammentongen tot leer gelikt, met de lippen wijd opengesperd terwijl het met een oorverdovende gil uit het maanlicht wegspringt. Weer andere zeggen bij maanlicht alleen de golvende haren te zien en een huid als de onderbuik van een vis: er is geen gezicht.

De angst voor het spookhuis is een angst waarvoor je graag de toorn van de nonnen riskeert. Het is net zo'n angst als er door kloostermeisjeslichamen trekt wanneer ze tegen de prikkeldraadomheining leunen om de weg die zich naar de lichten van de stad slingert te zien en de langsdenderende vrachtwagens met soldaten te bekijken. Het is net zo'n angst als wanneer de soldaten naar hen wuiven en ongegeneerd knipogen en kloostermeisjes opgewonden hun hand opsteken en ongegeneerd terugknipogen. Het is net als de angst die hen op de hielen zit wanneer ze hals over kop door afgelegen gedeelten van het klooster rennen, door zelden gebruikte gangen heen, stoffige trappen op, om dan ergens helemaal boven uit een raam te gaan hangen en, elkaar wild porrend, naar beneden te roepen: 'Moord! Moord! Moord!' En dan, terwijl de angst naar hun hielen hapt, gillend van de lach de trappen weer af te rennen. In de door dekens omgeven duisternis verandert de angst van iets dat hapt in iets dat likt in een kloostermeisjesnek. De angst likt met lange trage likken, en druipt langs hun huid als warme kokossuiker. Als een ijspegeldruppel. Hij spert hun ogen wijd open van verbazing en afschuw, en stoere meisjes die de fluisteringen niet kunnen zien, hoe ze het ook proberen, gaan ervan kreunen en grommen en trekken de haren uit hun hoofd. Alleen de bullebak knijpt haar slapeloze ogen stijf dicht, trekt haar eigen onuitgenodigde deken om zich heen en keert de giechelende, dekenbultige angst van de meisjes haar nukkige bullebaksrug toe.

Het verhaal van het spookhuis sijpelde door de jaren heen: de nonnen willen het niet vertellen, dus moet iemand anders het doen. Mijn grootmoeder was een meisje toen het verhaal gebeurde. Ze werkte in de keuken van het huis dat nu het spookhuis is, de bibliotheek. Ze deed klusjes, haalde water, dweilde vloeren. Altijd als de rijke man langskwam, deed Grootmoeder huppelpasjes en draaifiguren. De rijke man bleef stilstaan om naar haar te kijken. Grootmoeder tolde in feeënkringen rond, haar gewone platvoeten raakten de aarde niet langer met holle stapjes, maar flitsten naar binnen en naar buiten en op en neer, lichter dan lucht. Als Grootmoeder uitgedanst was, gaf de rijke man haar een klopje op haar hoofd. Grootmoeder kwam onmiddellijk als hij floot. Als hij floot, liet ze alles vallen, ze trok gezichten tegen de norse gezichten van de andere bedienden terwijl ze op hem afvloog. Tot ver na haar bedtijd stond ze te wachten als het huis van de rijke man volstroomde met paren die glinsterden, die hun stemmen lieten tinkelen, die licht en luchtig geurden, als fruit dat Grootmoeder nog nooit gegeten had, bloemen die ze nog nooit geroken had. Grootmoeder stond watertandend te wachten op het teken van de rijke man, met ogen als ronde stukjes glas. Ze droeg haar mooiste kleren, het keukenvet was van haar armen en benen gepoetst, haar gezicht met verkoelende poeders bestoven tot een onnatuurlijk wit. Op een teken van de rijke man stoof Grootmoeder naar het midden van de kamer. Ze sprong en draaide rond tot de rijke man haar het teken gaf om op te houden. Het zweet gutste in strepen van haar gezicht, haar huid glom bruin door het poedermasker. De rijke man droeg het dansorkest op steeds sneller te gaan spelen. Zijn gasten dromden om mijn grootmoeder heen, hun gejuich en geklap weerklonk luider en luider, hun stemmen haalden uit als de ritmische uithalen van haar armen en knieën. Als de rijke man haar ten slotte zijn teken gaf, zakte Grootmoeder in elkaar en liet zwaar hijgend haar neus op haar knieën rusten. Het applaus was een donderend gebulder dat het gebulder in haar hoofd overstemde.
'Bravo!' juichten de paren.
'Wat een lenig meisje!' riepen ze. 'Wat een lelijk meisje! Wat een snoesje! Waar heb je haar gevonden?'
'Geen van die van ons kan haar dat verbeteren!'
De rijke man trok speels aan Grootmoeders oor. Hij wuifde haar terug naar de keuken waar ze met wiebelbenen naartoe liep. Hij zorgde dat de andere bedienden aardig voor haar

waren. Hij kocht nette kleren voor Grootmoeder waar ze scheel van werden van jaloezie, feeënjurkjes voor een feeëndanseres in zacht roze en geel, en in haar lievelingsrood. Een pyjama zo rood dat alleen de knopen feller waren. Toen Grootmoeder pas in het spookhuis kwam, kreeg ze splinternieuwe dienstmeisjeskleren. Ze werd naar de boekenkamer van de rijke man gestuurd, zijn zakenkamer, waar zakenlieden, soldaten en stadsbestuurders in- en uitliepen met stapels papieren onder hun arm. Een onverstoorbare huisjongen stond paraat om geluidloos de deur open en dicht te doen. Toen Grootmoeder de kamer binnenkwam, keek ze met open mond naar de boeken die van het plafond tot aan de vloer de hele wand bedekten, en rook hun gelaagde geuren. Dat was de eerste keer dat ze de rijke man aanschouwde, en die keer vergat ze nooit meer: rijen boeken achter hem, een bundel middagzonlicht die over zijn kruin streek. De geuren die Grootmoeder nog nooit geroken had, muskus en papier, leer en hout, lekten haar neusgaten binnen en verdreven alle andere geuren. Grootmoeder haalde diep adem. De rijke man wenkte haar naar voren te komen, hij klopte haar op de schouder om het verwonderde draaien van haar hoofd tot bedaren te brengen. De striemen op Grootmoeders schouders waren voelbaar door de stof heen. De rijke man tilde haar hemd op en zag dat haar rug onder de littekens zat. Met verwrongen lippen en opgetrokken wenkbrauwen draaide hij haar naar zich toe. De rijke man keek Grootmoeder aan als een god op een familiealtaar, vreeswekkend en vriendelijk tegelijk, met opgetrokken wenkbrauwen die een onweersbui konden ontketenen, die tamme wateren konden opzwepen tot overstromingen.
'Ben jij een stout meisje?' vroeg hij terwijl hij haar kin oplichtte. 'Wat heb je gedaan?'
De rijke man kocht speelgoed voor Grootmoeder en vond het goed dat ze overal waar ze wilde door zijn huis zwierf. De vorm van haar gezicht beviel hem. Het beviel hem zijn hand over de striemen op haar rug te laten glijden. De handen van de rijke man waren zacht. Het beviel hem zoals ze met haar vingers over zijn handpalmen gleed op zoek naar een lijn. Haar ernstige gezicht en doordringende blik amuseerden hem. Hij vond het goed dat ze zijn antieke schatten aanraakte, zijn kostbare standbeelden en houtsnijwerken, en zijn opwindspeelgoed dat in plechtige kringen rondmarcheerde, en de mechanische klokken die niet gewoon sloegen, maar waar

muziekjes uit kwamen en dansende poppetjes. De rijke man liet toe dat Grootmoeders nieuwsgierige handen de baan van zijn modelspoorweg volgden en onder bruggen door tunnels in meanderden, rond oerwouden en langs kusten, over heuvels en stadjes verspreid over een halve kamer. Als Grootmoeder rondliep en hier en daar wat aanraakte, hing de rijke man lui achterover in een leunstoel en keek toe.
'Als je iets breekt, is het uit met je!' riep hij plotseling, vrolijk, en ze schrok ervan. Zijn ogen stonden donker en ernstig toen Grootmoeder hem aankeek. 'Als je iets breekt, gooi ik je voor de beesten in het oerwoud. Kom hier! Wil je voor me dansen?'
De rijke man liet Grootmoeder helemaal vrij, zolang ze haar werk behoorlijk deed en de andere bedienden niet meer reden tot mopperen gaf dan te verwachten viel. Zolang ze in zijn aanwezigheid maar nooit humeurig of dwars was, zoals de andere bedienden van haar zeiden, en zolang ze niets brak en alles precies terugzette waar ze het gevonden had. Zolang ze maar doodstil was als de rijke man doodse stilte wenste, of kwetterend babbelde met haar zangerige stem als hij dat vroeg. In sommige gemoedstoestanden werd de rijke man sentimenteel.
'Hou je van me?' vroeg hij, terwijl hij haar gezichtje in zijn handen nam.
'Ja!' riep Grootmoeder uit, het verwachte antwoord.
'Ben je van mij?'
'Ja.'
'Vergeet dat niet. Met lichaam en ziel!' De rijke man lachte verveeld, en liet haar van zijn knie glijden.
Terwijl Grootmoeder van het een naar het ander liep, al kijkend, al bewonderend, hing de rijke man lui achterover in zijn stoel en luisterde of hij niets hoorde breken. Hij schreef korte antwoorden op brieven van overzee, hield de boekhouding bij in kasboeken breder dan haar beide uitgespreide handen. Zo nu en dan hield hij zijn hoofd schuin om te laten zien dat hij luisterde. Grootmoeder kon doen en laten wat ze wilde in zijn huis, zolang ze was als een schaduw wanneer hij schaduwen wenste, zolang ze lachte als dat zijn verlangen was, of danste, of in haar luide eentonige kinderzang losbarstte. Soms was haar gezang het enige wat hij kon verdragen, al joeg het de andere bedienden met hun vingers in hun oren op de vlucht. Soms was het gezang van Grootmoeder het enige wat hij nodig had om een bijzonder sombere bui te doorbreken. De rijke man bleef weggedoken in zijn leunstoel zitten als ze al

lang klaar was met zingen, de hand om zijn glas zo bleek, zijn borst zo stil, dat Grootmoeder panisch werd van angst dat haar liedje hem doodgemaakt had. Maar dan begon de rijke man plotseling te glimlachen. De glimlach van de rijke man sloeg over op mijn grootmoeder. Grootmoeder kon doen en laten wat ze wilde in zijn huis, zolang ze niets brak en precies deed wat hij wenste, of liever nog raadde wat hij wenste voordat hij het zelf wist: zijn pantoffels als hij moe was, een krant uit zijn moederland die hij kwijt was, een perfect gemixed drankje in zijn lievelingsglas.

Toen mijn grootmoeder een jong meisje was, wist ze wat het betekende om te kunnen doen en laten wat je wilt – dat kon ze. Kunnen doen en laten wat je wilt was met lichaam en ziel ergens behoren, en dat deed mijn grootmoeder. Zolang ze niets brak in het huis van de rijke man en beleefd en opgewekt en redelijk schoon was, zolang hij haar maar nooit zag als hij dames op bezoek had, tenzij die naar haar vroegen en ze geroepen werd. Als de rijke man dames op bezoek had, zwierf Grootmoeder van de keuken naar de deur van zijn vleugel van het huis. Dan stond ze te luisteren naar het plotselinge gelach dat uit die afgesloten kamers opklonk, en de korte gesprekjes, en de stiltes die veel te lang aanhielden. Ze stond doodstil, voorhoofd gerimpeld met fronsen, tot een van de andere bedienden, of zelfs de lijfknecht van de rijke man, haar sissend verdreef. Woedend liep Grootmoeder dan weg. Als de rijke man haar bij zich ontbood, brak ze niets en was schoon en opgewekt. Dat waren de regels van de rijke man. Voor Grootmoeder waren die gemakkelijk.

'Lichaam en ziel!' riep hij en woelde door haar haar. 'Luister eens naar de oerwoudbeesten!'

Dan waren de regels ongebroken, was de rijke man in zo'n plotselinge uitgelaten stemming en werd Grootmoeder opgepakt door sterke armen die haar in de lucht gooiden en haar rondzwaaiden in een speelse cirkel, een krijsende boog. Grootmoeder werd geknuffeld in de holte van een arm zo stevig, dat ze dacht dat ze op steen zat. Haar armen mochten zich om een zoetgeurende hals winden, haar wangen werden bezaaid met kussen die een delicate tinteling achterlieten. De vloeren van het huis van de rijke man werden in die dagen geboend; iedereen die erover liep liet voetstappen na. De andere bedienden boenden en boenden, maar sommige voetstappen kregen ze niet weg. Grootmoeders voetstappen werden geflankeerd door andere, lichtere voeten, huppelsporen, glijsporen, de schuifsporen van plotselinge sprongen. Als de rijke man thuis was, vloekten de andere bedienden, en ze boenden en boenden, er kwam geen eind aan. Als hij weg was, trokken ze Grootmoeder aan haar oren. Ze sloegen haar tot haar benen gestreept waren van de striemen. 'Ik heb het niet gedaan!' gilde Grootmoeder terwijl ze wegdook, maar het huis was vol bewijzen: de reeks vlekken van rondlopende kleine voetjes.

Toen mijn moeder een jonge vrouw was, ontmoette ze op straat een andere jonge vrouw. Dat was voordat mijn moeder christen werd. De andere jonge vrouw was de mooiste vrouw die mijn moeder ooit had gezien. Ze stond stil en glimlachte mijn moeder toe toen ze elkaar ontmoetten. Haar glimlach was verblindend, haar ogen speldeknoppen licht. Deze ontmoeting vond plaats in de tijd dat mijn moeder elke dag door de straten van de stad liep, en alle gezichten afzocht naar een teken. In die tijd was ze nog geen christen en bekeek ze iedereen vol achterdocht. Oude vrouwen, jonge kinderen, mannen die verwonderd hun blikken van haar gezicht naar de bekommerde rondingen van haar lichaam lieten glijden. In die tijd was mijn moeders blik een wild iets, roodogig, uitdagend. Ze keek iedereen recht in het gezicht. Ze bleef midden op straat stilstaan en staarde voor zich uit, te midden van luid piepende en slippende auto's en motorfietsen. De mensen riepen verwensingen, leunden uit hun raampje om hun vuist tegen haar te schudden. Mijn moeder liep door – ziend en niet ziend. Dat was de tijd dat ze ophield eruit te zien als een jonge vrouw. Dat was de tijd dat het moment van mijn moeder voorbijging.
Ze was nog geen christen en liep elke dag door de stad; haar ogen nog uitwrijvend ging ze al vroeg op pad. Ze negeerde het gerommel van haar buik, de pijn van haar gezwollen voeten. Elke dag liep mijn moeder te zoeken naar haar verdwenen man. Ze duwde tegen de andere lichamen die over de trottoirs liepen, rende achter bekende gestalten aan die een hoek omgingen. Ze haalde ze in en bleef vlak voor het gezicht van de persoon in kwestie staan. Ze keek en keek. Hoe moeilijk was het om iemands gelaatstrekken uit te ziften, welke trekken waren het, de oren, de wenkbrauwen, de neus, de lippen iets van elkaar, de ogen een tikkeltje verder open. Wat waren de tekenen die gevaar scheidden van veiligheid, de mogelijke vijand van de mogelijke vriend? Welke tekenen konden haar vertellen waar het ergens veilig was? In die dagen kon mijn moeder niets op een rijtje zetten, haar handen rilden onbe-

heerst. Haar woorden kwamen er zo gebroken uit, dat de mensen vol onbegrip met hun ogen knipperden, het opgaven en haar de rug toekeerden. De stad waar mijn moeder liep was een stad van splinters, van onthechtingen, de trottoirs schroeiden haar voeten tegen het gekraak van een straatventerskar, tegen een plakje vervuilde mist uit de lucht. De gezichten waarin ze keek waren opgedeeld in gelaatstrekken die nooit samen een geheel vormden. Die ogen leken mijn moeder vriendelijk, maar die lippen niet. Die kin stak agressief naar voren, dat was bekend, maar die rij vergeelde tanden niet. Mijn moeder bleef staan staren, wrong wanhopig in haar handen.
'Waar ga je heen?' riep Grootmoeder haar elke morgen na. 'Waardeloos! Kom terug!'
Maar mijn moeder strompelde er vandoor zonder zich om te draaien, zonder Grootmoeders geroep te horen dat de buren haast je rep je naar hun hek lokte. Mijn moeder sleepte zich voetje voor voetje voort, weg van het huis, van het niet gemaakte ontbijt, het niet verstelde kloosterlinnengoed, de niet klaargelegde amuletten, en Grootmoeder maar schreeuwen, Grootmoeder maar met haar handen tegen de deur slaan van woede, en de buren lieten hun stem meeschallen om haar terug te roepen. Mijn moeder voelde zich nu al moe, zo vroeg in de morgen, maar toch stond ze op, met haar lippen vastberaden op elkaar geklemd. Elke morgen verliet ze het huis van mijn grootmoeder zonder zich om te draaien, de ene voet resoluut voor de andere zettend alsof ze een grote reis voor de boeg had. Alsof ze liep in een droom.

Grootmoeder zegt: *Zo is het verhaal begonnen. Eerst was er nummer Eén, wat het nummer is van voltooiing en eenzaamheid. Toen de Grote Eén voor het eerst in beweging kwam, bracht zijn adem het mannelijke principe* yang *voort en toen hij uitrustte, bracht hij het vrouwelijke principe* yin *voort. De energie die leven geeft aan deze twee principes is* chi, *ofwel de adem van de natuur. De mensen die de adem begrijpen en kunnen beheersen, hebben de macht om de natuur te beïnvloeden. Onder de machtigste adembeheersers zijn mediums en geestenspreekbuizen, gewoonlijk vrouwen. Een medium komt er al vroeg in haar leven achter wat haar rol is. Als je kijkt naar de hand van een medium, zul je zien dat de levenslijn kort is. In ruil voor een langer leven sluit een medium een overeenkomst met de geesten, ze stemt ermee in hun stem en hun ogen te worden. Als een medium probeert op te houden voor de geesten te spreken, zullen ze haar kwellen tot ze dood neervalt. Mediums die voor goede geesten spreken, verlengen hun leven door goede daden te verrichten. Anderen zijn niet zo gelukkig. Een medium dat beheerst wordt door een boze of schadelijke geest, biedt een afschrikwekkende aanblik. Eén beroemd medium werd zeven maanden lang in bezit genomen door een weggelopen apegeest. Al die tijd kwetterde ze onverstaanbaar. Ze rende door de tempel en terroriseerde gelovigen, brak altaarkaarsen en klom in tempelpilaren als de monniken haar achternazaten. De apegeest is de schadelijkste van alle dieren. Kinderen geboren onder het teken van de aap hebben de eigenschappen van de apegeest en moeten zeer strak gehouden worden, anders richten ze de grootste ravage aan.*

Mijn grootmoeder is de vijand van ravage. Ze is de behoedster van een oude wetenschap, de vijand van nieuwkomers en mensen die de regels met voeten treden. In tegenstelling tot de nonnen zegt Grootmoeder dat er niet maar één pad is dat iedereen moet volgen. Alles beweegt in een patroon van dalingen en stijgingen, geluksbogen, verraderlijke plooien. Alles heeft een plaats. Goed of slecht, waar het patroon je voert, daar zul je gaan. Hoe je het er afbrengt, hangt af van je scherpzinnigheid, van hoe goed je kunt zien. Niemand springt uit het patroon om gered te worden. Grootmoeder is de vijand van vreemdelingen die huishoudens betreden en alles veranderen zoals het hun uitkomt. Die bewezen diensten omzetten in nalatigheid, en ravage aanrichten waar eens alles prettig was. Ze is de vijand van onafgedane zaken die niet gaan zoals zij wil. In feite heeft mijn grootmoeder zoveel vijanden, dat de bullebak en ik ze niet op onze vingers kunnen tellen en zelfs tenen te kort komen. Grootmoeder maakt links, rechts en in het midden vijanden. De buren tegenover ons die christen zijn geworden, die op straat staan met hun goudgerande boeken en pamfletten en haar klanten wegjagen. De incasseerder die geen eerbied getoond heeft. De jonge concurrent-geestenverdrijfster op de hoek die mensen de helft van de prijs berekent. Als ze over straat loopt, staat Grootmoeder stil op elke hoek en dwaalt haar blik rond als een uitdaging. Haar stem krast, klaar voor een gevecht. De bullebak en ik lopen sneller. We maken met krijt vijandtekens op de vensterbank tot over de rand. Maar mijn grootmoeders oudste vijand is de vijand die haar

tijd in beslag neemt. Alleen voor haar oudste vijand blijft ze tot laat op de avond in haar speciale stoel bij de deur zitten, zinnend op een manier om de oude vijand te laten betalen: op een manier om te winnen. Mijn grootmoeder is geboren onder het teken van de tijger. In haar leven is ze net zo woest als haar teken. Ze is er net zo op gebrand om te winnen als een tijger. Geen man of vrouw die Grootmoeder in haar tijgerogen gekeken heeft, zou het wagen haar dwars te zitten. De tijger is de wachter aan de poorten van de hel; hij staat bekend als de Koning van de Bergen en zijn beeltenis alleen al, uitgehouwen in steen, kan demonen afschrikken. Als Grootmoeder haar tijgergezicht laat zien, zou zelfs de meest woeste demon nog gillend weglopen.
'Laat eens zien, Grootmoeder. Laat me eens zien!' smeek ik.
Als Grootmoeder het me laat zien, worden mijn ogen zo groot dat de pupillen een wit randje krijgen. Mijn mond valt open en ik gil zo hard van angst, dat de bullebak meegilt. De bullebak loopt mijn moeder achterna van het klooster naar huis met het idee dat het gezellig wordt, maar hier staan haar haren recht overeind van schrik. Grootmoeder en de bullebak springen op uit hun stoel. 'Wat is er aan de hand?' komt mijn moeder aangesneld, terwijl ik van de ene voet op de andere spring. Buren gluren over het hek, een radio wordt met een ruk afgezet. Mijn angstkreten slingeren niet alle kanten op, maar alleen in de richting van mijn grootmoeder. Met een spierwit gezicht maakt ze het teken *Wend u af!* en ik kan mijn kreet niet langer aanhouden. Behendig spring ik weg, mijn mond klapt dicht. Ik bol mijn wangen tot zakken om mijn lachen in te houden, maar het barst los in salvo's, als kogels.
'Vervelende meid! Aap die je bent!' roept Grootmoeder, terwijl ze wild met haar rotting zwaaiend rondstrompelt. 'Je oude grootmoeder plagen! Wah, ik dacht dat je er echt eentje werd! Wacht maar tot ik je te pakken krijg, beest dat je bent!'
Mijn moeder rent mopperend achter Grootmoeder aan en grijpt haar bij haar arm om te voorkomen dat ze valt. Grootmoeders kleren flapperen om haar heen, opgebold door plotselinge windvlagen. Alleen de bullebak gaat weer op haar stoel zitten en bijt op haar onderlip. De bullebak heeft geen oog meer voor haar omgeving, ze wiegt zachtjes heen en weer en krult haar tong van verbazing.

De vijand van kloostermeisjes is alles wat zich buiten het klooster bevindt. Dat zeggen de nonnen. Het grootste gevaar

voor meisjes is hun onvermogen om het verschil te zien tussen de vijand en vrienden. Dat moet het leeuweaandeel zijn van hun opleiding. Goede kostschoolmeisjes met een goede, beschermde achtergrond denken dat iedereen hun vriend is. De leraressen en de nonnen moeten hen in rijen opstellen en mee naar buiten nemen om de vijand aan den lijve te ondervinden. Die uitjes heten schoolexcursies. Kloostermeisjes gaan op excursie naar rubberplantages en naar plattelandsdorpjes waar de vijand zich hult in de kleren van onwetendheid, achterlijkheid en armoede. Buiken die uitpuilen onder flapperende hemden. De meisjes gaan naar musea waar de vijand het verleden is, vol bijgelovige voorouders die naakt rondlopen en bidden tot de duivel, vermomd als stenen en bomen. Ze maken wandelingen door de natuur over oerwoudpaadjes waar de vijand groepen jongens zijn van andere scholen, wilde apen, soldaten die marcheren of in groepjes van twee of drie bij elkaar staan, knipogend en roepend, en fluitend met hun zure adem.
Er zijn verschillende manieren om de vijand aan te pakken, maar de methode die kloostermeisjes het beste kunnen volgen is hem uit de weg te gaan. Het belangrijkste wapen van kloostermeisjes is angst. Als kloostermeisjes de vijand uit de weg gaan en luisteren naar hun angsten, krijgen ze een rustig, produktief leven. Dan komt alles in orde. De kans is groot dat ze dan nooit een fout maken. Als ze zich netjes gedragen en doen wat hun gezegd wordt, kan geen vijand ze kwaad doen. De goddelijke voorzienigheid zal hen beschermen. De beste verdediging van een kloostermeisje is haar ogen neergeslagen te houden, haar mond dicht, haar oren open. Nooit 's nachts uit te gaan en zich overal in groepen te bewegen en het voorbeeld van haar ouderen na te leven en hun raad op te volgen.
'Zullen we dat wel altijd kunnen, Zuster?'
'Jazeker, gemakkelijk! Door altijd te denken wat Jezus zou doen, door je handen te vouwen, door volgzaam te zijn...'
Als kloostermeisjes zich buiten het klooster begeven, klitten ze samen om bescherming te vinden tegen de vijand. De nonnen laten ons op plattegronden zien waar zich de grootste concentraties van de vijand schuilhouden, in grafieken door welk gedrag hij zich waarschijnlijk laat aantrekken. Alle vijanden komen van de duivel, die vele gedaanten heeft met elk weer een andere benadering. In de dorpen wordt kloostermeisjes verteld dat ze bijbels moeten uitdelen en blikjes ge-

condenseerde zoete melk, dat ze in juichende rijen langs de straten moeten gaan staan als er nieuwe fabrieken worden geopend. In de stad moeten ze lopen zonder naar rechts of naar links te kijken, en een kruisje slaan als ze langs tempels en krotten komen waar de duivel regeert. Ze moeten nooit hun lippen goedkoop maken met rood of hun ogen met strepen zwart of zilver, of rokken dragen die opwaaien in de wind zodat je hun knieën kunt zien. Of ze nu in het oerwoud zijn of in de stad, ze moeten zich aan de gemerkte paden houden, de wegen die ze kennen, de plaatsen waar ze van hun ouderen naartoe mogen. Als er een vijand nadert, moeten ze met z'n allen vlak bij elkaar gaan lopen, soms hun vuisten ballen om te laten zien dat ze zich verdedigen kunnen, soms alleen giechelen en wijzen. En soms allebei. Ze moeten hun benen zo neerzetten, dat ze dadelijk weg kunnen rennen. Groepjes giechelende kakelende kloostermeisjes met gebalde vuisten en benen klaar om te rennen zijn een onovertroffen afschrikmiddel voor bepaalde typen vijanden.

De vijand van de bullebak is een vormloos wezen dat de bullebak niet goed kan zien. Deze vijand verandert elke dag van gedaante. Op sommige dagen is de vijand een nevel die om de bullebak heen hangt, haar kleren in en uit kringelt en langs haar haren en haar nek strijkt. Op andere dagen een vaag gebons in haar oren. Op weer andere dagen een doordringend gefluit, zo scherp als een bot. De bullebak weet nooit wanneer of waar de vijand toe zal slaan. Als ze zich plotseling met een kromme beweging in haar nek slaat, is dat omdat de koude vingers van de vijand haar daar aangetikt hebben. Als ze midden in de les opspringt van haar stoel, kun je ervan op aan dat de aanraking van de vijand haar daartoe gedreven heeft.
'Eruit!' schreeuwen de nonnen, en de bullebak moet haar schrift en potlood meenemen en op de gang gaan staan, waar langskomende meisjes en leraressen haar kunnen uitlachen.
De nonnen zeggen dat de vijand van de bullebak haar humeur is, dat zo geribbeld is als een gedroogde visseruggegraat, en even broos. Door één enkel woord kan de stemming van de bullebak omslaan. Toen de bullebak een kind was, rende ze gillend door de gangen als ze haar zin niet kreeg. Ze trok hele plukken haar uit haar hoofd en mepte terug als de nonnen haar een pak slaag gaven. Ze schopte en stompte als ze probeerden hun armen om haar heen te slaan, als de nachtzuster

zich vooroverboog om haar te knuffelen liep ze krijsend weg. De nonnen zeggen dat de vijand van de bullebak haar koppigheid is. De manier waarop ze tegenwoordig haar woede lucht door dingen met een klap op tafel te zetten, door vanuit een mondhoek verwensingen te mompelen. De vijand van de bullebak is haar onstandvastigheid – haar slechte afkomst. Haar moeder die wasvrouw was, een wilde meid, een feeks. Haar vader die niemand kende.
'Daar heb je je vader, je vader!' jouwen kloostermeisjes achter de rug van de bullebak als ze de vuilnismannen zien met hun schorre kreten en hun armen zwart tot aan de ellebogen.
'Daar heb je je moeder!' wijzen ze naar de vrouwen die met opgezwollen buik voor de winkeltjes-voor-alles tussen de afvalhopen zitten te graven naar restjes uien en pepers.
De bullebak draait zich om, balt haar vuist, laat haar tanden zien. De kloostermeisjes slaan op de vlucht.

In de donkere kamer zitten de bullebak en ik in kleermakerszit met onze knieën tegen elkaar. De donkere kamer herbergt geen vijanden van de bullebak, de muffe, zilte lucht draagt er anders dan de buitenlucht geen verborgen prikkels. Hier kan de bullebak draaien en springen zonder bang te hoeven zijn voor een standje, kan ze verhalen vertellen zoveel ze wil zonder dat er een eind aan wordt gemaakt. Ze hoeft niet haar vuist te ballen of haar tanden te laten zien. In de donkere kamer zitten de bullebak en ik met de voorhoofden tegen elkaar aan, we zitten met onze ogen dichtgeknepen, onze lippen samengeperst, en verbeelden ons dat we onze lippen nooit van elkaar en onze ogen nooit open zullen doen. De bullebak en ik zitten op de zachte matjes die ze meegesmokkeld heeft naar de donkere kamer, en verbeelden ons dat de duisternis een plek is die we kunnen horen, kunnen zien. Een soort tussenwereld, zoals baby's in het voorgeborchte, zoals de geesten van de doden die volgens mijn grootmoeder op de top van de heuvel zitten te wachten op hun wedergeboorte. In de donkere kamer proppen de bullebak en ik watten in onze oren. We laten onze vingers over elkaars gezicht glijden, leggen onze handen om elkaars schouders en ellebogen. Niemand mag praten, of kijken. De bullebak en ik verbeelden ons dat we onderwaterwezens zijn, brokjes opgerold in een schelp. De eerste die met een ooglid knippert of het minste geluidje door haar lippen laat ontglippen, een gemompel, een zucht of zelfs een te gejaagde ademhaling, verliest. Achter

mijn oogleden neemt de duisternis enorme afmetingen aan, in mijn oren is de wattenstilte een bonzen als van trommels. De minuten dijen en rekken uit tot ik het besef van alles behalve hun uitdijen en -rekken verloren heb. De bullebak en ik worden afwisselend groot dan klein, groot dan klein: gigantisch, dan een speldeknop. We worden oneindig. Dan niets. Oneindig, dan niets, zodat het lijkt of mijn oogleden wel knipperen moeten, mijn lippen wel van elkaar moeten, niet voor het minste maar voor het allergrootste geluid. Zodat het lijkt of ik zakken moet voor dit examen dat de bullebak bedacht heeft om te zien of ik wel voldoe. In de oneindige duisternis, de niets-duisternis, houden alleen onze vingertoppen, onze handen, onze knieën tegen knieën me stil. Houden me roerloos.
Het gezicht van de bullebak staat zo stuurs, dat zelfs de duisternis er niets aan kan veranderen. Als ik haar gezicht aanraak, krimp ik, groei ik weer op maat. Het gezicht van de bullebak is aarde waarin ik mijn vingers begraaf. Haar huid is boomschors, haar ellebogen korsterig, haar nek ongewassen. Haar bullebaksgezicht strak als een masker. Alleen haar borst en buik voelen zacht aan door het hemd, alleen haar vingers in het donker zijn anders dan haar normale bullebaksvingers: onzeker. De bullebak trekt een onhandige spiraal van mijn schouder langs mijn oksel naar mijn zij, het pad van kietelaars en folteraars, om te zien of daardoor mijn ogen knipperen. Ze port plotseling een scherpe vinger in de ruimte tussen mijn hemd en mijn rokband om te zien of dat een gejaagde ademhaling oplevert. Maar Grootmoeder heeft me leren ademhalen. De bullebak houdt halt bij een plekje ruwe huid vlak boven mijn knieplooi, aan de binnenkant van mijn dij. Ze betast het opstaande, regelmatige patroon, schubbig, glad als ze de ene kant opwrijft, stekelig als ze haar hand terug laat gaan.
'Wat is dat?' vraagt de bullebak, en het spel is uit.
'Niks', en ik trek gauw mijn rok naar beneden. Ik haal de watten uit mijn oren en glip weg van de bullebak om onze doka-lamp aan te doen. 'Jij hebt verloren,' zeg ik. 'Een makkie! Wat krijg ik nu?'
'Wat was dat?' wil de bullebak weten. Maar in het licht is de huid glad als mijn rok wordt opgetild.
'Wat krijg ik nu?' vraag ik nog eens, en steek uitdagend mijn kin naar voren.
Maar de bullebak is het gewend om te verliezen. De bullebak kijkt met gefronste wenkbrauwen naar de vinger waarmee ze de ruwe huid gevoeld heeft. 'Wat je maar wilt,' zegt ze. 'Wat

wil je? Een foto? De handleiding? De camera lenen? Zeg het maar!'
'Beloof je dat?'
'Wat je maar wilt,' knikt de bullebak.
'Dan vertel ik het je nog wel,' zeg ik, maar dan schudt ze haar vuist tegen me want ze wordt niet graag aan het lijntje gehouden. De bullebak houdt niet van spanning. Ze moet alles *nu* weten. Ze komt op me af met haar lippen op elkaar geperst en vingers die kronkelen als de vingers van folteraars en kietelaars om me aan het giechelen te maken nog voor ze bij me is, alsof de bullebak me nu al foltert en kietelt, alsof ik nu al in de hoek zit en zij me de weg verspert. 'Hou op!' proest ik, al is ze nog niet eens begonnen. Met een sprong ben ik aan de andere kant van de kamer.
'Vertel het nu!' dreigt de bullebak.

Als het de bullebak allemaal te machtig wordt, glipt ze stiekem naar mijn moeder in de kloosterwasserij. Mijn moeder werkt al jaren in de wasserij, ze werkte er al lang voordat ik geboren werd. Ze heeft er de muren volgehangen met haar heiligenplaten en gebedsrollen, en de planken volgezet met de plastic bloemen die ze zelf heeft gemaakt. Er hangt een warme geur van zeep die voor de bullebak en mij tevens haar geur is. De bullebak staat in de deuropening en ademt diep. In tegenstelling tot de nonnen, leraressen en meisjes is mijn moeder altijd blij als ze de bullebak ziet. Als de bullebak binnenkomt, gaat mijn moeder met haar handen in haar zij voor haar staan. 'Wat word je toch groot!' roept ze uit, al groeit de bullebak al jaren niet meer. Mijn moeder steekt haar hand uit om aan te geven hoe groot de bullebak nog maar was toen ze haar jaren geleden voor het eerst zag rondhangen bij de deur van de kapel. 'Aiya, heb je al gegeten?' vraagt ze terwijl ze wat lekkers uit haar zak haalt voor de bullebak, een plakje gekonfijte meloen of een priksnoepje.
Als de bullebak de wasserij binnenkomt, is het verrassend om haar gezicht te zien, zelfs de bullebak zou verrast zijn als ze op haar eigen gezicht de zon zag doorbreken. 'Tante,' antwoordt ze beleefd. 'Dank u, Tante.'
In tegenstelling tot de nonnen zegt mijn moeder dat de vijand van de bullebak niet haar opvliegende humeur is, maar haar gebrek aan geheugen.
In de wasserij staat de bullebak naar de vlammen te kijken die sissen onder de oude wasketels. Ze kijkt hoe mijn moeder

waspoeder afmeet, hoe ze de stapels vuile lakens en kussenslopen in het water laat glijden, hoe ze in het stinkende brouwsel roert. Als de bullebak genoeg heeft van het kijken, gaan we voor het raam staan en leunen met ons voorhoofd tegen de beslagen ruit. Buiten glijdt de troep apen met gekromde staarten langs takken naar beneden. Ze hangen ondersteboven, laten zich om de beurt met een plof op de grond vallen om iets uit de berg etensresten te graaien die mijn moeder buiten heeft neergegooid. Fruit dooraderd met kneuzingen, groenteschillen, notedoppen en restjes vlees, alles wordt behendig losgekrabd, afgesabbeld en doorgeslikt. Niet eetbare delen vliegen alle kanten op. De eenarmige aap klautert boven op de berg en eigent zich met vlugge vingers de lekkerste hapjes toe. Zijn hoektanden glimmen groot en geel naar de apen die te dichtbij durven te komen. De bullebak doet het raam open en maakt zoengeluidjes naar de eenarmige aap, ze strekt uitnodigend haar hand uit, knipt met haar vingers, maar de aap doet net of hij het niet ziet. Zijn oude grijze ogen weerspiegelen het snelle uitschieten van zijn hand. Slechts zo nu en dan richt hij zijn kop op, kijkt strak naar ons raam en beantwoordt de grommende apegezichten die ik tegen hem trek.

'Lieve aapjes!' roept mijn moeder vanuit de deuropening. 'Eten voor jullie, lieve aapjes! Hoeven jullie niet te stelen!' Mijn moeder glimlacht als ze terugloopt om met een houten spaan haar wasgoed om te roeren. 'Lakensoep,' zegt ze tegen de bullebak en mij. De stoom licht de vochtige haren van haar voorhoofd op en stijgt rond haar omhoog als de vijand-nevel die de bullebak komt plagen. Ik maak met een oude lap die blauw afgeeft vage tekens op een werkbank. Ik maak het profiel van de bullebak, haar zware kaak, haar uitstekende kin. De vijand van de bullebak ontrolt zich in deze klamme omgeving rond mijn moeder. Zijn greep ontspant zich te midden van het knapperende brandhout, de natte slobberende lakens: in de gemoedelijke echo van mijn moeders zwijgende buigen en keren, haar opgerolde mouwen, haar klompen die klepperen op het vochtige cement. De bullebak bekijkt mijn moeder met hunkerende ogen. Mijn moeder zegt dat de bullebak hunkert naar geheugen.

'Waarom?' vraagt de bullebak. 'Wat is er gebeurd? Wanneer is dat gebeurd?'

'Wacht maar,' zegt moeder terwijl ze haar voorhoofd afveegt. 'Grootmoeder vertelt het wel.'

Als de bullebak niet kan wachten, schopt ze met haar voet tegen de muur want nu is de muur haar vijand. Ze pulkt stukjes verf van de vensterbank af met haar nagel. Ze wacht tot mijn moeder gaat vertellen. Over toen mijn moeder een jonge vrouw was en het tovermes van een jonge man per ongeluk met het heft over haar buik streek, zodat er een asafdruk achterbleef die in haar buik wegzonk en daar bleef zitten pijn doen, en zeven weken later begon te groeien. Over hoe mijn moeder die pijn zachtjes streelde. De bullebak wacht tot mijn moeder vertelt over de keer dat mijn moeder, mijn grootmoeder en ik eer gingen betonen aan de zee en hoe ik, toen ze even niet oplette, opstond van het geïmproviseerde altaar en mijn haren plotseling loshingen en mijn jurk flapperde, plotseling glanzend wit. Ik bleef even staan, draaide me om en rende toen als een demonengeest de zee in, waar ik bijna verdronk. Grootmoeder met haar waggelgang kon me met geen mogelijkheid redden, haar kreten klonken zo wanhopig dat iedereen keek. De bullebak wacht op het gedeelte waar mijn moeder me in haar armen wiegde en het zoute water uit mijn haren kneep, terwijl Grootmoeder me aan mijn oren trok om me bij te brengen. In tegenstelling tot de andere verhalen die ze hoort, herinnert de bullebak zich de losse schetsen van mijn moeder precies. Als kloostermeisjes haar treiteren, dan herhaalt ze het gevoel van mijn moeders zachte strelen en het schuren van zoute haren op haar hoofd. Als ze haar ervan beschuldigen dat ze liegt, dan schreeuwt ze de warmte en stevigheid van de wiegende armen uit. 'Dat weet ik nog!' schreeuwt de bullebak, en haar gezicht wordt almaar roder. De bullebak duwt meisjes omver als hun geterg, hun geroep om 'Bewijzen! Bewijzen! Bewijzen!' haar te luidruchtig wordt. Als ze om de leraressen gaan gillen, zet ze het op een lopen. Ze schopt en ze schopt, tegen de muur.

In de wasserij werkt mijn moeder door zonder zich van de bullebak bewust te zijn. Soms vertelt ze, maar meestal niet. De bullebak is altijd vol hoop. Soms heeft de bullebak geluk, en begint mijn moeder afwezig te vertellen. Bedreven draait ze rond op haar klompen en terwijl ze met glanzende armspieren de lakens optilt naar de wringer, trakteert ze de bullebak op een staaltje van haar vertelkunst. Maar dan, halverwege, houdt ze plotseling op. Ze verbleekt, al merkt de bullebak het niet, en staat daar met kleurloze lippen en bevroren gelaatstrekken, alsof ze een ondraaglijk tafereel aanschouwt. De bul-

lebak merkt het niet, maar ik heb mijn moeder al vaak met die blik gezien. Ik heb haar ermee gezien op momenten dat ze niets om handen heeft, als ze even uitrust, of als ze plotseling een harde dreun of een klap hoort, of het gedender van passerende vrachtwagens of marcherende soldaten, of als Grootmoeder, soms voor de grap en soms in ernst, mijn moeder beveelt stil te staan. 'Buig driemaal,' zegt Grootmoeder tegen mijn moeder. 'Buig eenmaal! Buig tweemaal! Buig driemaal! Zeg je man vaarwel. Hij rent het oerwoud in, de stad in. Hij loopt weg.'
'Vaarwel, Man,' zegt mijn moeder, die mijn vader niet meer gezien heeft sinds de soldaten hem achterna stormden, het oerwoud in. Grootmoeder waggelt, soms voor de grap en soms in ernst, op mijn moeder af om haar wakker te schudden uit haar trance. 'Aiya, het was maar een grapje!' roept Grootmoeder uit. 'Waardeloos, kun je niet tegen een grapje!'
Mijn moeder heeft die bleke, bevroren blik vele malen gehad, maar alleen als ze er niets aan kan doen, als ze denkt dat ze alleen in haar kamer of in de wasserij of in de keuken is, waar niemand haar kan zien. Het is mijn moeders angstblik, die mijn grootmoeder haar verboden heeft; ze draagt die niet bij het zien van woeste verschijningen, van stoelen die op haar af komen vliegen, van afgehakte vuisten die uit graven omhoog steken, niet bij het zien van mijn grootmoeders tegenstanders bij het geesten verdrijven, maar alleen tegenover een vijand van haarzelf. Als mijn moeder oog in oog komt met haar vijand, staat ze als versteend en wordt het zorgvuldige evenwicht van haar dagelijks leven, van gebeden en eeltige knieën, wastobbes en lakens, van soep koken en voor een oude vrouw en kinderen zorgen, alles in de gepaste volgorde, met de gepaste aandacht, in de war geschopt. Mijn moeder staat als versteend, te wachten tot de vijand weggaat. Als ze niet beweegt of nadenkt, zal de vijand langzaam vervagen. In tegenstelling tot de vijand van de bullebak is de hare geen vormloos wezen, maar een wezen dat ze duidelijk kan zien. Mijn moeders vijand is stevig, het is een ding dat wenkt, een hard, weerspiegelend ding, als glas. Als door de klap van een bijl is haar vijand in tweeën gespleten: voor en nadat ze christen is geworden. Haar vijand komt alleen als hij opgeroepen wordt, als mijn moeder toegeeft aan ons gezanik en haar verhalen begint. Als ze zonder nadenken in haar geheugen blikt. Dan duikt de vijand op om de hoek, of achter haar, wachtend tot mijn moeder zich omdraait. Ik kan mijn moeders vijand alleen

zien als ik mijn ogen half dichtknijp of als ik stiekem Grootmoeders speciale zonnebril opzet om het verblindende licht uit te schakelen.
Ik ren op haar af om mijn armen om haar heen te slaan, haar te ontdooien, haar terug te roepen. Ze steekt haar hand uit naar een van haar heiligenbeelden. Het warme vochtige gips herinnert haar eraan waar ze is.
'Wat gebeurde er toen?' houdt de bullebak aan.
'Wacht maar.' Mijn moeder komt tot zichzelf, haar lichaam ontspant terwijl ze zich omdraait en glimlacht naar het norse gezicht van de bullebak, de bullebak een aai over haar zure bol geeft.
'Wacht maar,' zegt ze bemoedigend, want hoe de bullebak ook smeekt, mijn moeder zal nu zeker niet doorgaan met haar verhaal. Ze zal het niet vertellen, hoe de bullebak er ook om vraagt. Hoe graag de bullebak het ook wil, mijn moeder is niet de behoedster of de vertelster van de herinnering van mijn familie.
'Vraag maar aan Grootmoeder,' zegt mijn moeder.
De bullebak en ik kijken hoe de apen terug de heuvel op stuiven, het oerwoud in, eerst de eenarmige aap, dan een andere, dan nog twee, dan de hele troep. Hun vacht schiet zilveren strepen door het bladergewelf.

4. Mijn vlees in lagen

Het balkon boven bij de bibliotheek is de plek. De plek om van alles te vinden.
'Ga liggen,' zegt de bullebak. 'Ga liggen en trek je rok omhoog. Zo ja. Hoger.'
In een hoekje van het balkon staan de voetstappen, twee piepkleine voetafdrukken, naast elkaar. Zo op het eerste gezicht lijken het plekken mos, of vochtplekken, maar Grootmoeder heeft me leren zien. Wat dacht de geliefde toen ze bij de balustrade stond, leunde ze er met haar gewicht tegenaan, steunde ze van de ene voet op de andere? Wat moeten de zwoele winden met haar haren gespeeld hebben, haar zware haren. Van waar ik lig kan ik de muziek horen. Ik kan het dansen zien op de binnenplaats, de rijke man die zijn glas heft. De paren wervelen almaar rond. Ik kan het wachten op haar lippen proeven, in de ziltige lik van tong op lippen.
Ik sta op van waar ik lig en zet mijn voeten stevig op de voetafdrukken. Eerst de ene voet, dan de andere. Ik glimlach. De voetstappen van de geliefde krullen op om mijn voeten als uitgelopen schoenen. De bullebak rukt ongeduldig aan de riem van haar camera. Ze fronst aandachtig haar voorhoofd, haar ene oog half dichtgeknepen.
Het verhaal van het spookhuis sijpelt door de kloosterjaren heen. Het galmt door de gangen achter de voetstappen van de nonnen, langs de rijen meisjes die in het gelid staan voor de ochtendbijeenkomst. Kloostermeisjes rekken zich uit van de ene kant naar de andere, ze steken hun hoofd uit het gelid, brengen hun gekromde handen naar hun oren. Soms voert de wind uit het oerwoud vage kreten aan.
De rijke man kwam naar deze stad voordat het een stad werd. Hij hakte een pad uit dat verder reikte dan het vanzelf gegroeide huttenstadje en de nederzettingen aan de kust, verder dan de handelaren en de stedelingen met hun winkels en pas gebouwde huizen die nu eens deze, dan weer die kant op bruisten en bolden. De rijke man hakte een pad landinwaarts

door het oerwoud naar het hoogste punt, waar volgens de legende de beenderen van een buitenlandse zeeman verspreid lagen, een plek die de Heuvel van de Malle Zeiler genoemd werd. De rijke man legde de verhalen die hij over deze ongeluksplek hoorde naast zich neer en kocht voor een habbekrats de hele heuvel met oerwoud en al van de stadsbestuurders. Vanaf dit hoogste punt verbeeldde hij zich dat hij alles kon zien. Urenlang stond hij op het hoogste punt en zag alles. Hij bouwde zijn huis in de schaduw van dit punt, waar de middagzon nauwelijks kwam. Vanuit zijn pas gebouwde huis zag hij gestalten naar hem gluren uit de teruggedrongen randen van het oerwoud. Zijn bedienden fluisterden, wijzend naar de gestalten; de gestalten bleven hangen, waardoor ze kippevel en knikkende knieën kregen en het vlees voor die dag bedorven rook en de rijst troebel werd van de schimmel. Door de oerwoudgestalten kropen de bedienden 's avonds op een kluitje bij elkaar in de keuken, sommigen van hen brandden wierookstokjes, anderen wonden koordjes met beschermende amuletten om hun armen en benen. Maar hoe de rijke man ook schreeuwde en wenkte, hoe hij ook naar buiten rende met zoetigheden uit verre landen als offergaven en voor alle zekerheid zijn geweer, het enige wat hij vanuit zijn ooghoeken zag waren de gestalten.
'Bandieten,' fluisterden de bedienden. 'Deze plek is een bekende schuilplaats, Meester.'
'Oerwoudgeesten, Meester,' zeiden ze achter hun hand, zodat de geesten niet zagen dat ze stonden te klikken. 'Wij verstoren de rust in hun huis, zij komen de rust bij ons verstoren.'
De rijke man liet de bedienden buiten wierookstokjes branden en stelde voor de mannen een rooster op om 's nachts wacht te lopen. Hij liet ze een kring van doornige ananassen om het landgoed planten waar de geesten volgens hen niet doorheen konden. Soms hield de rijke man zelf de wacht, maar hij zag steeds minder gestalten. Na verloop van tijd waren er helemaal geen gestalten meer, kwamen er in navolging van zijn pad vanaf de zee alleen maar meer paden, meer stoeten planters, handelaren, mijnwerkers en missionarissen met hun rij vreemdgevormde bagage, gedragen door de inlanders. Hij zag meer huizen verrijzen. De rijke man zelf kwam en ging al naar het hem beliefde. Soms was hij maanden thuis, dan de rest van het jaar weer afwezig.
Als de rijke man thuis was, galmde het huis op de heuvel van de wilde, veelvuldige feesten, die het volgens sommige stede-

lingen berucht, volgens andere beroemd maakten. De kooplieden van overzee die zich in het land gevestigd hadden kwamen er, de hoofden van buitenlandse handelsondernemingen, regeringsfunctionarissen, alsook de plaatselijke rijke zakenlieden en playboys, en de inlandse aristocraten. Iedereen die iemand was hengelde naar een uitnodiging, zelfs degenen van overzee, al werden de plaatselijke gasten en inlanders even hartelijk ontvangen. Dat was iets nieuws van de rijke man. Op zijn feesten ging iedereen met iedereen om. De regels van de koloniale maatschappij werden opgeschort en wie die opschorting niet kon waarderen bleef thuis. Wat de rest betreft: wie niet kwam om zich te goed te doen aan het rijkelijk aangeboden eten en drinken, of aan het onverwachte exotische amusement, de ene week jongleurs en acrobaten, de week daarop een dansende beer, die kwam wel voor de muziek en het dansen, de sfeer die knetterde vanaf het moment dat ze binnenkwamen, zodat hun ogen iets sprankelends kregen, hun handen naar stropdassen en kraagjes fladderden, hun mond zich verbreedde tot een allesomvattende grijns. Als de rijke stedelingen daar niet voor kwamen, dan kwamen ze wel om elkaar stevig de hand te schudden en gepoederde wangen tegen elkaar te drukken, om in naar kleur en rang en naam gevormde groepjes samen te scholen. Als het ook daar niet voor was, dan alleen om de fraaie tuinen en de inrichting van zijn huis in ogenschouw te nemen, in de schaduwrijke hoekjes van de binnenplaats naar de schandelijke dingen te luisteren die over hem gefluisterd werden, en zijn smaak op het gebied van wandtapijten en schilderijen, van antiek verzamelen en geïmporteerde champagne aan een onderzoek te onderwerpen.

Op sommige avonden hield de rijke man zich op zijn eigen feest afzijdig, dan stond hij erbij als een plantagehouder, een voorman in de mijnen, een soort baas die onverwachts een feestje geeft voor zijn arbeiders, met origineel amusement, decadente vrijheden van geest en lichaam die hen buiten zinnen brengen. De rijke man hield zich afzijdig, welwillend, met in zijn glimlach de belofte dat er morgen geen straf zou volgen voor de uitspattingen van vanavond. Morgen zouden de arbeiders niet met de zweep krijgen, al waren de boze tongen in vol bedrijf en knepen de matrones van de stad van verontwaardiging hun lippen op elkaar. De rijke man stond erbij en knikte links en rechts een kennis toe, verveeld. Op sommige avonden stortte hij zich met hart en ziel in het feestgedruis, drukte zijn lichaam tegen een willekeurige wilde danseres, sprong op het orkestpodium en zong mee, hangend tegen de vleugel. Als hij zo zingend tegen de vleugel hing, was zijn dronken gekweel net melancholiek en zoet genoeg om zelfs de meest beschonken planter een ogenblik stilte te ontlokken, het meest verflenste plantersliefje een hand aan haar kwijnende boezem te doen prangen. Kwelend keek de rijke man met half toegeknepen ogen van voor naar achter de zaal door. Onder de gepoetste kroonluchters was zijn hoofd een wolk van goud, zijn wijnglas een scherf licht.

Als de rijke man thuis was, waren de zwaar fluwelen gordijnen van het huis dat later het spookhuis zou worden altijd opengeschoven. De ramen stonden wijd open. Het huis op de heuvel zond als een baken seinen uit tegen het oerwoud. Als de rijke man wegging, galmde het van de leegte. De luiken waren gesloten tegen de vochtige oerwoudlucht, de gordijnen dichtgetrokken tegen de verblekende zon. In de gangen hoorde je niet het snelle klikklak van een huis vol bewonderaars, maar de voetstappen van één enkel kind. Als de rijke man weg was, waren zijn bedienden niet de witgeklede schaduwen die beladen met lekkere hapjes en drankjes soepel hun weg zochten langs de feestgangers, die elke gast charmeerden met hun haastige pogingen om alle mogelijke comfort te bieden, met hun eerbiedige buiginkjes en hun klare blikken. Als de rijke man weg was, zou hij zijn mannen en vrouwen nauwelijks herkennen. Hij zou met open mond het verre van schaduwachtige zootje bekijken, uit hun witte kraakhelderheid ontbonden tot even zovele klonten bruin en geel, glimmend van het zweet, grauw van het eindeloze eten en drinken. Als hij hen ooit zo zag, zou zijn stem ze doorklieven als een mes, ze doen opspringen uit hun lummelende verdoving op de geweven matten op de binnenplaats, uit hun oerwoudaapgekwetter van hoge stemmetjes. Maar de rijke man zag het nooit.

Elke keer als hij terugkeerde, was zijn huis blinkend schoon en stonden zijn bedienden netjes in het gelid om hem te begroeten. Bij elke terugkeer vond hij de stad veranderd; hij vond het steeds meer de stad worden. De ene keer waren de oerwoudpaden vervangen door lanen, de andere keer waren er winkels langs de straten gekomen. Er liepen toenemende aantallen mensen van verschillende kleuren rond; verschillend gekleurde stemmen kringelden door de stadslucht. Vanuit zijn huis zag de rijke man niet de gestalten die wegglipten en samensmolten met de zoom van het oerwoud, maar de lampen van andere huizen. Hij vouwde zijn verrekijker dicht. Hij bouwde een hek om zijn heuvel, plaatste een paal aan de voet met een bord waar zijn naam op stond, dat de bedienden regelmatig schoonmaakten en terugzetten, en weer terugzetten en schoonmaakten. Hij huurde soldaten in om zijn grenzen te bewaken, om zowel de bandieten als de oerwoudgeesten te weren. Toen keerde de rijke man weer terug naar zijn reizen, naar de zee.

Toen mijn grootmoeder een jong kind was, liep ze zonder angst door de straten van de stad. Toen ze een jong meisje was, woonde ze in de stad. Grootmoeder werd elke morgen wakker met razende stadsgeluiden in haar oren, stoffig stadszonlicht in haar ogen. Ze duwde tegen haar broertjes en zusjes om door de krakende houten jaloezieën van hun bovenraam naar de stadsdrukte op straat te kijken. Toen Grootmoeder een jong meisje was, was de stad nog geen stad, maar in haar ogen leek hij enorm, leken de daken zich tot in het oneindige uit te strekken, pas de rafelrand van het omringende oerwoud gaf het einde ervan aan. In het centrum van de stad kon een kind zich voorstellen dat er geen oerwoud om haar heen lag, dat er geen wilde dieren zaten te wachten om haar op te eten als ze iets fout deed. Mijn grootmoeder en haar broertjes en zusjes vielen bijna uit het raam als ze hun goedemorgens schreeuwden en wuifden, en naar de voermannen van de ossewagens riepen, naar de ei-met-noedelventers, de marktvrouwen met hun koopwaar hoog op hun hoofd getast. Er waren ochtenden dat ze bij het wakker worden snerpend gegil hoorden en rennende voeten, dan vlogen ze naar het raam en zagen ze de lijken van bandietenheulers en belastingontduikers die ter plekke waren neergestoken. Dat waren de dagen van de Messenoorlogen in de stad, lang voor de Papieroorlogen, verre voorlopers van de Ondergrondse Oorlogen, waarin mijn vader verdween.

Toen Grootmoeder een kind was, woonde ze in verschillende delen van de stad, maar de drukke wijk waar ze met haar familie het eerst woonde, is ze nooit vergeten. Later, toen ze als lijfeigene ging dienen in het huis van de rijke man, hoorde ze bij het wakker worden nog steeds het verre geraas van de stad, rook ze vaag de geuren en meende ze het zonlicht van de stad op haar huid te zien. Grootmoeder ging aan het raam van het huis van de rijke man staan en verbeeldde zich dat de stad haar volgde. Ze sloop naar het bovenbalkon om te zien hoe hij uitdijde. In die dagen bereikte de stad bijna de heuvel naast het oerwoud waarop mijn grootmoeder woonde. Grootmoeder keerde het oerwoud de rug toe, ze rilde als ze ernaar keek. Voor haar was het oerwoud een donker kloppend hart. Alles wat maar eng was, vloeide voort uit dit hart: dierenkreten waardoor ze het op een lopen zette, geuren waarvoor ze haar neus optrok, oerwoudkikkers die over de paden midden uit het oerwoud kwamen gekropen om onder rotsen door en over omgevallen bomen heen op de teerwegen neer te hurken, die damp afgaven in de koelte van de nacht.

Toen Grootmoeder pas in het huis van de rijke man kwam, lag ze elke nacht met haar ogen wijd open en haar kleine lijfje stokstijf in bed. Elke nacht kroop ze uit bed en liep ze over de wegen die naar de achterafstraatjes en nachtmarkten van de stad leidden, en over de lanen waar de mensen nooit sliepen. De gestalten die weggedoken in duistere poortjes rondhingen, de mannen die in dronken kringen bij elkaar op het trottoir stonden, het gelach en geroep, het verhalen vertellen, het gokken, voor niets was ze bang. Ze liep zonder op of om te kijken langs bendes straatschoffies in lompen en leden van geheime verbonden, de bandieten die rondzwalkten in wat zij zelf een goede vermomming vonden, vielen haar nauwelijks op. Op de plaatsen waar de straatventers met hun karren stonden, bleven de mensen staan om Grootmoeder over haar bol te aaien. Vrouwen legden een geparfumeerde vinger onder haar kin en bliezen haar in haar gezicht om haar aan het lachen te maken. Ze stopten snoepjes in de zak van haar pyjama en boden haar kommen dampende meloensoep aan. Als Grootmoeder glimlachte, lieten ze haar verder lopen. Mijn grootmoeder zwierf met wijd opengesperde ogen door de stad, ze kwam langs bedelaars, koopvrouwen, paartjes die bij het lopen één schaduw vormden. Ze bracht haar nachten door in de stad, lopend, zoekend naar de winkel met dat ene raam, waaruit kinderen hingen die lachten en wezen en uitkeken over de straat. Grootmoeder zocht en zocht. Elke nacht liep ze rond te speuren. De in diepe slaap verzonken lichamen van de bedienden werden een knorrend stijgen en dalen van stadsstraten, van bruggen die trage stadsrivieren op hun plaats hielden. Later leerde mijn grootmoeder uit verschillende ramen te hangen. Toen ze het huis van de rijke man verliet, leerde ze te slapen met haar ogen stil en haar ledematen losjes gespreid, de slaap der uitgeputten.

De kloostermeisjes van tegenwoordig weten allang hoe ze uit verschillende ramen moeten hangen. Ze weten allang hoe ze moeten slapen met hun ogen stijf dicht, ongeacht het gebons en geschuifel dat de kloosternacht doet beven. Kloostermeisjes geven speciale handsignalen uit speciale ramen, eenmaal wuiven betekent *De kust is veilig*, tweemaal en een vuist, *Gevaar! De nonnen zijn in aantocht!* Kloostermeisjes lopen bedaard en geven elkaar handsignalen achter de rug van de nonnen, ze kondigen slaapzaalbijeenkomsten aan, *Leg de dekens klaar!* Hun jongemeisjeslichaam trilt van wat ze gezien hebben en wat ze te vertellen hebben. Tegenwoordig gaan ze in tweetallen naar de bibliotheek. Ze tellen hun voetstappen en doen hun ogen half dicht, maar toch zien ze nog van alles. Schichten door de gymnastiekzaal en gluurogen onder de trap. De zwarte jurkjas van een priester die uit een plek op de kapelmuur steekt, het opgezwollen lichaam van een vrouw die de waterproef heeft ondergaan, de glimmende ingewanden van een over de hele breedte opengesneden bandietenbuik. Eén keer zagen kloostermeisjes de gestalte van een man die hen hongerig aanstaarde. De man was overdekt met tandafdrukken en zijn mond stond strak van het roepen. Zijn mond hing open, een spelonkachtig gat dat vuur en as spuwde, zijn ogen spoten tranen die sisten op zijn wangen. Hij wierp zijn armen wijd open. 'Hongerige geest! Hongerige geest!' stoven de meisjes gillend weg, en ze kregen een draai om hun oren en ijsblokjes in hun kraagje alvorens ze weer tot bezinning kwamen. Eén keer kon een meisje dat alleen in de bibliotheek zat te werken niet meer ophouden met schreeuwen. De nonnen moesten een lap in haar mond proppen en de klasseoudsten opdragen haar vast te houden, voor elke pols en enkel een klasseoudste. Het meisje vocht en schopte zo wild, dat haar rok opvloog tot aan haar schouders. In haar onderbroek was een steeds groter wordende rode vlek zichtbaar. De klasseoudsten lieten haar pardoes vallen en schoten weg om hun handen te wassen. Alleen de bullebak durfde in haar eentje de bibliotheek binnen te gaan. Alleen de bullebak en ik, met haar mes en mijn amulet, durven dat wel.
'Let op,' commandeert de bullebak terwijl ze haar longen volzuigt. 'Klaar? Daar ga ik.'
De bullebak gaat de kelder van het spookhuis in, waar volgens zeggen de allerkwaadaardigste geesten wonen. Waar in de zwaaiende lichtbundel van haar lantaarn kartonnen kastelen met kromme torentjes en ramen van glaspapier in de vreemd-

ste hoeken te voorschijn springen uit het donker. Waar pruiken van gele wol slordig op een hoop liggen tussen moriaankostuums en kerstversiering en de blauwe sluier van Maria. De bullebak daalt af in het duister. Het oude hout verzwelgt haar voetstappen terwijl ze afdaalt. Ze houdt haar bandietenmes met het verkoolde heft vast alsof het een zwaard is. De rekwisieten en kostuums van lang vergeten voorstellingen ruisen als de bullebak erlangs stapt.
'We doen de deur dicht, hoor,' roepen kloostermeisjes; ze drukken zich zo dicht mogelijk tegen elkaar aan, hun verlichte gezichten in de deuropening zijn zo bleek als de maan.
'Waar ben je, geest?' schreeuwt de bullebak en ze steekt naar het donker met het licht van haar lantaarn. 'Er zit hier helemaal geen geest! Alleen maar een laffe geest!'
'Morgen ben je vast en zeker gek,' roepen de meisjes met bibberende stem. 'Je gezicht zal blauw zijn van angst. Je lippen zullen openhangen en je haar houdt op met groeien en je ogen rollen naar binnen om je hersens te bekijken.'
Voordat ze de deur dicht kunnen doen, valt de lichtbundel van de bullebak over twee voeten die boven haar hoofd bungelen. Het licht van de bullebak duikt wild naar beneden. Haar stokkende adem weerkaatst de gesmoorde kreten van de meisjes. De voeten boven haar hoofd zwaaien zachtjes heen en weer, lange brede voeten met kromme teennagels en hielen vol aangekoekt vuil.
'Aah!' Het geluid, half schreeuw, half zucht, ontsnapt de bullebak, die gauw haar mond dichtklapt, want ze heeft de reputatie dat ze nooit schreeuwt of zucht.
'Rennen! Rennen!' roepen de meisjes, klaar om het op een rennen te zetten.
'Spugen! Je moet erop spugen!' en ze spugen boogjes speeksel vanuit de deuropening, die het niet halen.
Maar de mond van de bullebak is droog. Langzaam zwaait de bullebak haar lichtbundel naar omhoog. Het licht glijdt over de plooien van een groezelige witte jurk, over roestkleurige vlekken, de samengeklitte uiteinden van lange zwarte haren. De bullebak staat als aan de grond genageld. Haar trillende lichtbundel wordt verder omhooggetrokken, haar hoofd wendt zich af maar haar ogen blijven kijken. De ogen van de bullebak vernauwen zich tot spleetjes. Nu rust de lichtbundel op een zijwaarts gebogen nek, op een gezicht zo grauw als het grauw van de lijken uit de verboden stripverhalen die onder kloostermeisjesdekens tot leven komen als de slaapzaalzuster

nergens te bekennen is. De ogen van de opgehangen vrouw zijn wijd opengesperd. Ze is in een laken gewikkeld dat om haar heen zweeft als een beduimelde lijkwade. Ze zwaait krakend heen en weer.
'Aah!' stokt de adem van de bullebak.
Het hoofd van de opgehangen vrouw valt naar voren. Haar bleke lippen rekken zich tot een glimlach die een koortsachtig geschuifel bij de deur ontketent. Ze ontrolt een tong die naar de bullebak toeschiet, rood en kleverig, een hagedissetong, bijna een meter lang. Plotseling valt ze neer van waar ze hangt, haar armen flapperen als vleugels. Ze laat een bloedstollend gekakel horen; belandt kakelend op de bullebak die als een baksteen op de grond valt.
De meisjes bij de deur stuiven gillend alle kanten op. Lichtbundels uit hun zaklampen rennen om het hardst met hun voetstappen de trap op en de bibliotheek uit, de binnenplaats over en de tuin door, terug naar de slaapzalen waar slapende kostschoolmeisjes verschrikt overeind komen. 'Help! Help! krijsen de meisjes. 'Er zit een zelfmoordgeest in het spookhuis die de bullebak opeet.'
In de kelder snakt de bullebak naar adem. Bewerkt de bullebak de opgehangen vrouw met haar vuisten. 'Ga van me af!' snauwt de bullebak.
Ik duw me van de bullebak af, mijn voeten zitten verstrikt in het laken. Ik kakel nog steeds, verslik me. Ik spuug het bittere rubber uit mijn mond. Mijn lange rode tong slingert over de grond. De bullebak en ik blijven even zitten nahijgen, met de armen om elkaar heen. Ik doe net of ik haar wild in haar nek wil bijten. Nog even laten we ons wegsmelten in onderdrukte gilletjes en gekakel, dan springt de bullebak op. 'Ga terug!' draagt ze me op. Ik pak mijn laken, mijn scheve pruik, mijn flapperende tong, graai mijn her en der verspreid liggende lachrestjes uit de hoeken van de kelder. In de donkere kamer laat ik me op de berg kussens vallen. De bullebak doet de deur op slot.
Als de meisjes terugkomen met de slaapzaalzuster en de halve slaperige slaapzaal, vinden ze niet zoals ze verwacht hadden het verminkte lijk van de bullebak, maar de bullebak die rondjes loopt te midden van de papier-mâché paarden en strijdwagens met losbungelende wielen. De bullebak staart hen met glazige ogen aan. Ze zit onder de schrammen, haar gezicht en haar hals zitten vol krassen en beten die glinsteren in het licht. 'Wat is er gebeurd? Wat is er gebeurd?' fluisteren de meisjes.

De slaapzaalzuster geeft de bullebak een draai om haar oren. Ze drijft de meisjes terug naar hun slaapzalen waar ze bedaard in tweetallen naartoe lopen, een spoor van koortsachtig gefluister en handsignalen achter zich latend.
'Wat een onzin!' De zuster duwt de bullebak in haar rug om haar sneller te laten lopen. 'Wat denk jij eigenlijk wel? Een beetje iedereen 's nachts wakker maken!'
De bullebak loopt rustig verder. Ze perst een paar schuldbewuste traantjes te voorschijn. De volgende dag wordt ze streng gestraft, krijgt striemende zweepslagen over haar billen, moet zonder ontbijt haar karweitjes doen. Mag niet naar haar lievelingsles. De bullebak mag met niemand praten of spelen, omdat ze een slechte invloed heeft. Als een martelares doet ze haar werk, terwijl ze zachtjes fluit. Ze propt de snoepjes, rijstcakes en lekkernijen die ik en de andere meisjes haar brengen in haar mond, stopt me stiekem haar speciale plakboek toe om het verhaal van de zelfmoordgeest erin te schrijven, zodat iedereen het op een dag zal kunnen lezen. Wekenlang sluipt de bullebak naar het midden van een groepje meisjes, achter dit schuurtje of die pilaar, of in het verste veld waar de nonnen hen niet kunnen zien. Zelfs de troep bandietenapen die de bibliotheek binnendringt en de leraressen met boeken en tijdschriften bekogelt, interesseert hen niet. Zelfs de nonnen op apenjacht met badmintonrackets en bezemstelen, en de eenarmige leider die met een plof bij de directrice op haar schouders belandt, kunnen hun alleen gegeeuw ontlokken. Wekenlang willen kloostermeisjes alleen maar bij elkaar kruipen achter dit schuurtje of die pilaar, in het verste veld of de minst gebruikte zitkamer, om met open mond en vol bewondering te luisteren naar de versplinterde, rafelige randjes van de vertelling van de bullebak.

Grootmoeder zegt: *De wereld is vol goden, mensen en geesten. Sommige geesten zijn moeilijk te herkennen, het zijn meesters in de vermomkunst die zich vrijelijk onder de mensen mengen. Anderen heb je gemakkelijk in de gaten: die zijn net als oerwoudnevels, of hun mond en ogen zijn extra groot, of ze zijn niet meer dan een hoofd gevolgd door slepende ingewanden, of een drijvende hand. Sommige geesten hebben geen lichaam, alleen een gewicht dat tegen je aan duwt of een stem die in je hoofd bonkt. Mensen met* yin-*ogen, ogen van duisternis, kunnen gemakkelijk geesten zien. Andere mensen moeten op tekenen letten. Een manier om een* pontianak *waar*

*te nemen is in haar nek kijken. Dat valt niet mee, want
pontianaks hebben meestal heel lang haar. Ingebed in de nek
van een pontianak zit een nagel. Zolang die nagel daar blijft,
zal de pontianak een normale vrouw lijken. Ze worden als
volgt gevangen. In deze streken zijn mannen altijd op zoek
naar pontianaks, want als ze eenmaal gevangen zijn, veranderen ze in mooie, liefhebbende vrouwen. Als je midden in de
nacht een man in het bos ziet met een nagel van een centimeter of acht in zijn hand, dan weet je waarom hij daar is.
Mannen uit deze streken die geen levende vrouw weten aan
te trekken, staan erom bekend dat ze geestenvrouwen proberen te vangen. Ze trotseren de zee rond middernacht, hangen
rond aan de rand van het oerwoud of bij rivieren waar oerwoudgeesten komen baden. Om een spook of een geest te
vangen moet je ze omkeren. Je moet hun aard veranderen,
ze iets menselijks opdringen of ze iets onmenselijks ontfutselen. Daardoor blijft een geest in zijn mensengedaante steken,
hij raakt in de war, wordt onderdanig en gedwee. In deze
streken zitten mannen in bars en koffiehuizen tot diep in de
nacht te ruziën over de beste methode. Een nagel in de nek
laten glijden. Een geestengewaad weghalen van de oever van
de rivier, want zonder gewaad kan een geest niet vluchten.
Een geestenketting van zijn nek af trekken, een haarlok van
zijn hoofd. Een geestenmes uit zijn riem. Hoe meer geestenspullen je ze afpakt, hoe meer menselijke spullen je ze geeft,
hoe vaster de band. Sommige geesten kunnen de mensen zo
vaardig voor de gek houden, dat ze een gewoon mensenleven
leiden en een trouwe vrouw en moeder zijn zonder dat iemand behalve degene die ze gevangen heeft iets merkt. Maar
geestenjagers moeten altijd op hun hoede zijn. Gevangen
geesten proberen altijd het geestenstuk dat ze missen terug
te krijgen, het mensenstuk kwijt te raken. Een slordige geestenjager zal zijn daad vaak betreuren. Een eenvoudige manier
om een geest te herkennen is erop spugen of er vers bloed op
smeren. Spugen of smeren dwingt een geest zijn ware gestalte
aan te nemen. Een manier om aan een geest te ontsnappen is
zigzaggend wegrennen, bochten maken, ineens teruglopen
met een scherpe hoek waar de geest aan zal blijven haken.
Daarna ben je veilig. Geesten kunnen alleen rechtuit rennen.*

Voordat mijn moeder christen werd, geloofde ze in de waarde
van krom lopen. Ze geloofde in de waarde van slaan, van
harder terugduwen als iemand haar duwde, van boven ieder-

een uit schreeuwen en net zo lang met haar armen, ellebogen en lichaam werken tot ze vooraan in de rij stond. Mijn moeder geloofde in de waarde van zowel mensen als geesten voor de gek houden. Grootmoeder leerde haar haar vuisten gebruiken en een hoge borst opzetten.
'Begrijp je?' vroeg Grootmoeder.
Op de markt, tijdens het hoogtepunt van de voedseltekorten, duwde Grootmoeder mijn moeder midden tussen de felle huisvrouwen en de één-been-schop-bedienden, de meest vasthoudende en meedogenloze kopers die er bestaan, die slechts één been hadden om mee te schoppen omdat hun andere ledematen dag en nacht ploeterden op hun eindeloze werkzaamheden. Elke marktdag moest mijn moeder gaan oefenen.
'Niet goed!' schold Grootmoeder als ze verontschuldigingen mompelde, als ze angstig terugdeinsde en wegdook. Grootmoeder gaf haar een por in de holte van haar rug. 'Fout, fout, fout! Aiya, overeind! Sta rechtop! Waarom verstop je je?' Eén woedende blik van Grootmoeder joeg de huisvrouwen en de één-been-schop-bedienden mopperend op de vlucht. 'Wil je net zo worden als zij?' wilde Grootmoeder weten. 'Koken, schoonmaken, vegen, boodschappen doen, wassen. Dag in dag uit, net als een slaaf. Nooit wat opwindends, nooit vrijaf. Nooit plezier. Wil je dat ik je terugstuur? Ondankbare meid! Doe wat je gezegd wordt en je wordt beroemd! Je wordt rijk! Nou, wat moet je doen?'
Mijn moeder veegde haar gerimpelde voorhoofd af. Ze zoog haar longen zo vol als ze maar kon en probeerde haar blik scherp te stellen op Grootmoeder, die haar de kolkende macht van haar adem liet zien. Haar in haar blouse opbollende borst, haar woedende uitdrukking, haar tot een strakke zwarte lijn gefronste wenkbrauwen benadrukten haar onverschrokkenheid, haar leg-me-niks-in-de-weg-heid, haar ondamesachtige houding. Mijn moeder stond te midden van het marktgedrang als een vrouwelijke krijger, als de legendarische Bandietenkoningin uit het oerwoud; haar gezicht niet haar lijdzame moedergezicht waar de bullebak en ik aan gewend zijn, maar meer dat van een operazangeres, met nadruk op elke gelaatstrek. Haar gezichtsuitdrukking was woest en onverschrokken.
'Goed,' knikte Grootmoeder. 'Onthou dat gezicht. Daar schrik je iedereen mee af, zowel mensen als geesten.'
Mijn moeder probeerde het te onthouden. Het kostte haar al haar kracht en concentratie om dat gezicht te trekken, als ze het vergat of ze werd moe, zakte haar normale gezicht er

doorheen. Als iemand het lef had tegen haar op te botsen of haar een por te geven of haar weg te duwen bij de voordeligste aanbiedingen, de beste groenten, het minst bedorven vlees, dan keerde ze de zondares haar onverschrokken woeste gelaat toe, liet ze haar wilde vurige adem op haar los. 'Ga uit de weg!' imiteerde ze Grootmoeders tijgerschreeuw. Niemand was verbaasder dan zij als zelfs de stoerste matrone, de sluwste één-been-schop-bediende achteruit deinsde, het stuk vlees of de groente waar ze allebei aan te trokken losliet en haar elleboog uit haar zij haalde.

'Aiya, wat een soesa,' klonk hun verontwaardigde gemopper om hun angst te maskeren, het scheve gesputter om hun gezichtsverlies te verbergen. 'Wat een vechthaan!'

'Ongeluk!' riepen ze, en ze stoven weg.

Mijn moeder wierp een stralende blik naar Grootmoeder, die als een waakzame schooljuffrouw van achter de tahoekraam stond toe te kijken.

'Goed!' brulde Grootmoeder zo hard dat de tahoeverkoper overeind schoot en de tahoe waterig werd van schrik.

Voordat mijn moeder door Grootmoeder gedrild werd, zat ze niet goed in haar vel. Hoewel ze nog maar een meisje was, vertoonde haar huid al de eerste uitzakverschijnselen, haar botten waren waterig, haar rug liep krom in een ronding die eindigde in het droevig hangende hoofd. Mijn moeders noodlot verdunde haar moed, haar bloed. Haar waterige botten en dito bloed konden haar huid ternauwernood vullen. Ze kon nauwelijks op haar benen staan. Mijn moeders lijf was dun en kwetsbaar en werd behoedzaam overeind gehouden, alsof het niet het recht had er te zijn. Alsof de lucht die haar omringde haar al pijn zou doen. Ze glipte door de dagen heen, door haar dagelijks werk, om mensen en voorwerpen, een venter, een straatveger, lantaarnpalen en ossewagens, zelfs om potten en pannen heen, alsof die allemaal meer substantie hadden, een duidelijker plek in de wereld dan zij. Haar handen aarzelden telkens voordat ze iets aanraakten even, haar voeten voordat ze van de grond kwamen. Haar ogen glommen van de tranen die altijd op de loer lagen.

'*Tauhu*,' noemde Grootmoeder haar. 'Tahoe. Waardeloos!'

Het was Grootmoeders opzet om mijn moeder zo'n schrik aan te jagen, dat ze meteen van haar schuchterheid en angst af was. Ze droeg haar de moeilijkste, de engste, de meest bloedstollende klussen op. Ze duwde haar telefooncellen in die om drie uur 's nachts rinkelden om haar te laten luisteren naar de

krakerige stemmen die vanaf gene zijde vervloekingen uitten. Als de vervloekingen niet al te erg waren, moest mijn moeder vragen om een gunstig nummer in de loterij; als dat niet kwam, moest mijn moeder van Grootmoeder terugvloeken. Mijn moeder stond onbeheerst te rillen als ze terugvloekte. Grootmoeder liet haar 's nachts gehurkt op het kerkhof zitten om het aantal kruipsels over de aarde, het aantal fladderingen boven haar hoofd te tellen. Ze wreef haar ogen in met hondetranen zodat ze zien kon waarom ze jankten, hield haar met haar gezicht bij vuren om haar het belangrijkste wapen van een geestenverdrijfster te laten zien. 'Slecht voor mensen,' zei Grootmoeder als mijn moeders gezicht rood aanliep en er verkoelende tranen in haar ogen sprongen. 'Maar nog slechter voor geesten.'
Grootmoeder stopte mijn moeder vol kruiden en drankjes die haar ingewanden op stelten zetten en haar hals over kop naar de latrine joegen, of haar vervulden van energie en euforie, of haar darmen deden opzwellen tot een luid gerommel. Elke morgen werd mijn moeder wakker voordat de eerste haan begon te kraaien, voordat de eerste fluit de wegkoelies opriep om aan het werk te gaan. Ze werd wakker wanneer de soldaten die in de straten patrouilleerden de wacht wisselden. Op speciale dagen rende ze heen en weer om de offergaven voor de huisgoden, de goden van de aarde en de goden die de deur bewaakten te bereiden. Ze leerde de speciale dagen en offergaven uit haar hoofd, en de namen van de goden en geesten, hun oorsprong, de ondeugende demonen en de gevaarlijke demonen, en hoe ze ze gunstig moest stemmen: wat ze graag droegen en roken en aten. Elke avond overhoorde Grootmoeder haar. Grootmoeder zwiepte met haar rotting om haar eraan te herinneren dat ze geen fouten mocht maken. Elke morgen stonden ze naast elkaar in het flauwe schijnsel voor de zon opkomt, en ademden het verschil in tussen dag en nacht. Hun bewegingen, die in elkaar overvloeiden, vormden een dans van zware schaduwen. Na zeven maanden intensief drillen knikte Grootmoeder eindelijk met haar hoofd. Grootmoeder wreef tevreden in haar handen, klopte mijn moeder op haar schouder. Als beloning liet ze haar het ijzige heft van haar speciale geestenhakmes aanraken. Het heft was beschadigd en gedeeltelijk gesmolten, het lemmet glom in het licht. Grootmoeder had het mes van een gevangen geest, ze had het gehouden toen ze dacht dat de geest was opgebrand. Ze doorkliefde een blok kachelhout met het mes om mijn moeder te

laten zien hoe scherp het was. Mijn moeder raakte het heft aan met het topje van haar vinger, vol ontzag, en Grootmoeder moest lachen.
'Dit mes snijdt alles,' riep Grootmoeder uit, 'vooral geesten! Nu je mijn hulpje bent, ga je het misschien een keer gebruiken!'

Het verhaal van het spookhuis is een verhaal dat mijn moeder volgens de bullebak en mij kent, maar hoe we het haar ook vragen, ze vertelt het niet. Ze vertelt het nooit helemaal, niet zonder gevlei of trucs of armen om haar middel om haar af te leiden. Niet zonder dat de bullebak en ik er minstens twee keer om vragen. 'Vraag maar aan Grootmoeder,' luidt mijn moeders antwoord meestal, maar de bullebak en ik weten dat haar spookhuisverhaal verschilt van dat van Grootmoeder. We weten dat haar verhaal zich afspeelt in een andere tijd, als een foto die jaren later genomen is, met een betere camera, of juist een veel oudere, in ieder geval met een andere lens. We weten dat het een verhaal is dat Grootmoeder niet vertellen zal. Als we blijven aanhouden, als we onze armen om haar heen slaan en rare sprongen maken en aan haar handen trekken, laat mijn moeder haar werk rusten en doet ze net of ze boos is. 'Vervelende meiden die jullie zijn!' lacht ze, en soms voegt ze er op berustende toon 'Nou, vooruit dan' aan toe om ons kalm te houden. Dan zet ze ons aan de strijktafel en veegt haar haren uit haar gezicht.
Toen mijn moeder een jong meisje was, begint ze dan afwezig, terwijl ze bijna onmiddellijk haar werk van tillen, schrobben, dompelen weer oppakt. Toen ze een jong meisje was, in de tijd dat ze Grootmoeders geestenverdrijfstershulpje was, werden ze eens midden in de nacht naar het spookhuis geroepen. Het spookhuis bij middernacht leek mijn moeder net een beest met een geribbelde ruggegraat, plomp en zwaar, ineengedoken als om te springen. De dakpannen glinsterden als schubben in het maanlicht. Mijn moeder liep, beladen met geestenverdrijversgereedschap, hijgend en puffend achter Grootmoeder aan. Zelfs in het maanlicht raakten haar voeten nog verstrikt in ondiepe greppels en bloembedden en lieten ze zich door de klimmende en dalende tuinpaden pootje lichten, terwijl Grootmoeder kordaat en met vaste tred voortstapte. Grootmoeder leunde naar voren en zwaaide met haar hoofd van links naar rechts. 'Stil!' siste Grootmoeder.
In alle jaren dat mijn moeder als Grootmoeders geestenver-

drijfstershulpje heeft gewerkt, was het spookhuis het enige huis dat ze mijn Grootmoeder aarzelend heeft zien betreden. Ze stonden met de conciërge en zijn zoon bij de ingang en keken naar de bleke lichten die in luie bogen van het ene raam naar het andere zwaaiden, luisterden naar het getrippel van voeten op de binnenplaats, naar het geschuifel en het doffe gebons dat zich voortsleepte over de bovenverdieping.
'Wah, wat veel,' verwonderde mijn grootmoeder zich.
'Daar heb je haar!' De conciërge wees naar de gestalte die zich van raam naar raam spoedde en in de ene hoek wolkjes schaduw opwierp, in de andere een regen van vonken.
'Druk in de weer,' zei Grootmoeder bewonderend. 'Wah, ze heeft iedereen wakker gemaakt.'
'Net als tijdens haar leven,' klappertandde de conciërge.
'Hier blijven,' zei Grootmoeder tegen mijn moeder. 'Ik ga eerst rondkijken.'
'Hier blijven,' zei de conciërge tegen zijn zoon. 'Hou jij de jongedame maar gezelschap, vent.'
Mijn moeder en de zoon van de conciërge stonden naast elkaar voor het raam van het spookhuis, met hun ogen net boven de vensterbank. Opeens klonk er luid gebons en gegil, en ze sprongen tegen elkaar aan van schrik. Mijn moeder draaide zich om. Voorzichtig legde ze haar geestenverdrijversgereedschap op de grond. De zoon van de conciërge draaide zich eveneens om, hij huiverde. Ze stonden met de gezichten naar elkaar toe, precies even groot, hun ogen op precies dezelfde hoogte. 'Ben jij niet bang?' vroeg de jongen.
'Waarom zou ik bang zijn?' vroeg mijn moeder minachtend. Ze staarde hem een ogenblik aan en vroeg toen: 'Wat is er met je gezicht?'
'Gaat je niks aan!' snauwde hij.
Mijn moeder hoorde de sleutels van de conciërge rinkelen en raapte haar spullen bij elkaar. 'We kunnen het beste hier naar binnen,' zei Grootmoeder. 'Ze hebben ons al gezien, sluipen heeft geen zin.'
Grootmoeder keek naar mijn moeder. 'Waardeloos, denk aan wat je geleerd hebt! Ah Ma's oudste vijand is er ook bij, heel sterk!'
De vingers van de conciërge rilden zo, dat hij het sleutelgat niet kon vinden. Zijn zoon scheen hem bij met de lantaarn die ook rilde. Grootmoeder stampte met haar voeten in hun glimmende afgetrapte schoenen. Ze vuurde nog laatste instructies op mijn moeder af, die eenmaal knikte, tweemaal en nog eens.

De zoon van de conciërge liep een eindje de andere kant op. Mijn moeder voelde hoe de fijne haartjes op haar onderarmen recht overeind kwamen. Dat was haar dapperheidssignaal. Ze rechtte haar schouders, maakte haar lever zo zwaar als lood om haar aan de grond te houden. Ze hoorde Grootmoeders lage zachte lach. De conciërge gooide de deur open.
Bij dit punt aangekomen staakt mijn moeder, over de dampende wastobbes gebogen, roerend met de spaan tot het water grijs en blubberig wordt, plotseling haar verhaal. 'Vervelende meiden!' roept ze uit, met haar handen in haar zij. 'Kwamen jullie me helpen of hoe zit dat? Hoeveel hemden hebben jullie al gevouwen? Als jullie niet oppassen, zeg ik tegen de zusters dat jullie niets uitvoeren en dan mag je hier niet meer komen.'
'We zijn aan het werk!' werpen de bullebak en ik tegen en onze handen vouwen plotseling bedreven, de stapel gestreken hemden groeit. 'Kijk maar hoe snel we werken!'
'Trouwens,' zucht mijn moeder terwijl ze met een vochtige hand over haar voorhoofd strijkt, 'jullie weten best dat Grootmoeder niets van dat verhaal moet hebben. Dat is het verhaal dat ze niet graag vertelt.'
'Daarom vragen we het ook aan u.' De bullebak en ik vouwen nog sneller, het strijkijzer sist tussen ons in, net als onze vasthoudendheid, onze hoop. We werpen een steelse blik op mijn moeder, maar ze staat met haar rug naar ons toe.
'Trouwens,' gaat ze door alsof we niets gezegd hebben, 'nu is het jullie beurt om te vertellen. Wat hebben jullie met zedenleer geleerd? Wat hebben jullie vandaag geleerd?'
'Vertel ons de zedenles van het spookhuis,' bedelen de bullebak en ik, slinks, maar mijn moeder steekt alleen een vermanende vinger naar ons op en schudt haar hoofd.

In tegenstelling tot Grootmoeder zegt mijn moeder dat de krokodil geen oud maar een betrekkelijk nieuw gezegde is. Mijn moeder zegt dat ze degene die het verzonnen heeft nog heeft gekend: ze was erbij toen het gebeurde. Ze fluistert dat het krokodillegezegde van Grootmoeder niet oorspronkelijk is en ook niet waar. Grootmoeders gezegde is een zijscheut. Het eerste krokodillegezegde gebeurde toen mijn moeder een meisje was, niet lang nadat Grootmoeder haar naar het klooster had gestuurd om werk te zoeken. In de kloosterwasserij was mijn moeder persoonlijk getuige van de geboorte van het krokodillegezegde. De jongen die het verzon, woonde in een huis naast het oerwoud – vandaar dat het oerwoud erin voor-

komt. De bijnaam van deze jongen was de Hagedissejongen, want zijn huid was gebarsten en schubbig, zijn lichaam dun en pezig, en zijn maag puilde uit als hij at. Zijn ogen waren rond en hagedisachtig, ze knipperden haast nooit. Iedereen kon zien waar hij geweest was aan het spoor van zilveren huidschilfers dat hij achterliet. Gebiologeerd en vol afkeer keken ze naar zijn heen en weer schietende tong. De Hagedissejongen stond minutenlang doodstil in de hitte van de middagzon als hij eigenlijk moest werken, slepend met zijn mand afval en bladeren moest opvegen; als hij zich eindelijk verroerde, als er iemand riep of een steen gooide, dan was het met snelle zilveren flitsbewegingen.
'Daar gaat de Hagedis,' riepen kloostermeisjes in koor uit de ramen van hun lokaal.
De Hagedissejongen, de zoon van de conciërge, kwam altijd met gezegden op de proppen. Hij had altijd een boek bij zich, in zijn achterzak geperst. Hij was voortdurend bezig bewijzen te ordenen: dit verhaal tegen dat af te wegen, deze vertellingen tegen die, dit artikel en dat, eindeloos voor zich uit starend om uit te maken wat waar was en wat niet. Elke pauze begroef hij zijn hoofd in een boek. De Hagedissejongen was niet kieskeurig. De ene dag las hij een geschiedenisboek, de volgende een flutroman, de dag daarop een dichtbundel. Dan weer was het een kleurig, bloeddorstig stripverhaal vol spoken en monsters en helden met ogen als ijssplinters, vrouwen met wespetailles en een mond die altijd rond stond, klaar om te schreeuwen. De Hagedissejongen liet zich omkopen om die stripverhalen te verbergen als de nonnen hun confiscatieronde deden; hij las ze eerst en verstopte ze dan onder stenen en in heggen waar kloostermeisjes ze konden vinden. Hij las alles, wat het ook was. Toen hij in de wasserij vastgeketend was omdat hij een kloosteroproer teweeg had gebracht, had hij niet zoveel keus; toen las hij boeken en tijdschriften die de conciërge hem stiekem toestopte, en zeeppoederverpakkingen, weken oude kranten, zelfs passagierslijsten van schepen. Onder het lezen mompelde hij in zichzelf. 'Deze is overzee gedrukt, moet een waar verhaal zijn. Deze is van hier, aiya, niet eens behoorlijk gespeld, wat een fouten! Kan niet waar zijn.'
De Hagedissejongen scheurde de gelezen bladzijden los en vouwde en draaide behendig tot het vogels werden en dieren en ranke bootvormen die hij in keurige rijen neerlegde. Hij doopte de vloot met zeeveroverende namen. Dan bewoog hij zich aarzelend uit het hoekje van de kloosterwasserij waar hij

zat en fluisterde mijn moeder wat in het oor. De ketting aan zijn enkel rinkelde zachtjes als hij liep.
'Bloem uit het Oosten,' fluisterde de Hagedissejongen met een blik op zijn lijst, en mijn moeder verschoot ervan. 'Stralende Zonsopgang. Koningin van de Zee.'
Mijn moeder mepte zijn fluisteringen weg zoals ze de vliegen mepte die zoemend opvlogen van haar berg etensresten voor de apen. Ze trok een gezicht zo woest, dat het tien door tijgers gebeten demonen zou afschrikken, zoals Grootmoeder haar geleerd had. Ze draaide haar schouder en haastte zich door de ruimte naar waar het te sorteren linnen klaarlag. De wastobbes sisten en sputterden, de stoom vormde een golvend gordijn tussen hen. De Hagedissejongen hing grijnzend tegen een stapel vuile kussenslopen.
Vanaf de tijd dat hij een kind was, zegt mijn moeder, is de Hagedissejongen altijd geplaagd. Geen wonder dat hij zijn gezicht altijd achter de paperassen verstopte. Hij was de enige jongen in het klooster, een experiment, hij mocht alleen blijven omdat de nonnen zo goedhartig waren; omdat zijn peetvader, de Oude Priester, een beroep op hen had gedaan. Met afhangende schouders en een druipende grauwe zweetdoek om zijn nek, niet van het zweet maar van de tranen, had de vader van de Hagedissejongen, de conciërge, op de dag dat de moeder van de Hagedissejongen stierf voor de nonnen gestaan. Zijn schouders zakten af van zelfmedelijden. Zijn gezicht vertrok bij het vriendelijkste woord. Die dag stond de conciërge urenlang voor de nonnen en smeekte hun de Hagedissejongen te laten blijven. Niemand anders wilde hem hebben, vrienden niet, familie niet, en als ze allebei weg moesten, wat zou er dan van hen terechtkomen? Hoe moest de vader werken en tegelijkertijd voor het kind zorgen? Niemand anders zou hem vriendelijk behandelen. De goede zusters voelden stellig medelijden met de jongen, zoals hij daar stond met zijn ogen half dichtgeknepen en zijn ene vuist almaar in één oog wrijvend, terwijl de andere zich aan het hemd van zijn vader vastklampte. De Hagedissejongen klemde zijn piepkleine handje om een slip van het hemd van de conciërge in de verwachting dat de nonnen hem zouden losrukken. Mijn moeders eigen ogen vertroebelen van medelijden als ze aan dit tafereel denkt. Haar handen blijven midden in hun bezigheid steken, de plooien van het halfgestreken laken hangen over haar ellebogen als gebogen vleugels.
Natuurlijk mochten de conciërge en zijn zoon van de nonnen

blijven. Ze keken naar het bleke, schilferige gezicht van de jongen, zijn geribbelde huid. Toen hij nog maar een baby was en zijn moeder hem vol afschuw van zich afduwde, wiegden de nonnen hem tegen hun gesteven witte borsten. Ze duwden vingers gedoopt in suikerwater tegen zijn zoekende lippen. Zulke baby's werden vaak bij de kloosterpoort achtergelaten: baby's geboren met een hazelip of aanstootgevende gelaatstrekken of ontbrekende ledematen. De nonnen trokken zich niets aan van de oude bijgeloven. Ze knuffelden de baby's, drukten warme kussen op hun wangetjes, kirden en kweelden om ze aan het lachen te maken. De nonnen namen elk kind in het klooster op, zelfs degenen die stervende waren en die de Oude Priester dan vlug doopte om hun ziel naar de hemel te zenden. Ongelukskinderen noemden de mensen hen, en ze wezen en loerden als ze een glimp van hen opvingen in die gedeelten van het klooster waar ze mochten komen. Kinderen van families of voorouders die iets hadden gedaan waarmee ze een geest, of een god, of de natuur beledigd hadden.

Het noodlot van de Hagedissejongen kwam hem plagen in de vorm van zijn bijnaam, zegt mijn moeder. In tegenstelling tot het noodlot van mijn moeder, dat ze voordat ze christen werd wel altijd gevoeld, maar nooit gezien had, zat het noodlot van de Hagedissejongen aan de oppervlakte van zijn huid. Het zweefde er in stukjes af en bleef plakken aan andere mensen, zodat kostschoolmeisjes er gillend vandoor renden en net deden of ze hun kleren en hun haren afklopten. Wat nog erger was, het noodlot van de Hagedissejongen was niet eens zijn eigen schuld. Het gebeurde nog voor hij geboren werd: toen zijn zwangere moeder per ongeluk een nest gekko's kapotstootte en de tere eitjes met één veeg vermorzelde. De piepkleine verpletterde lichaampjes die met hun eigen gelei aan haar doek bleven plakken, hun te-grote ogen die glommen als juwelen. De moeder van de Hagedissejongen smeet geschrokken haar doek van zich af. Ze rende weg om haar handen te gaan boenen. Door het geluid van het spattende water en het gekraak van de radio waar haar man 's avonds naar luisterde heen, door het gekletter en geslurp van hun kommen en lippen aan tafel heen werd de moeder van de Hagedissejongen bleek. Haar ogen werden groot, ze hief trillende handen op en legde ze over haar oren om het klikkende geroep van de gekko's, nu eens snel en woedend, dan weer kalm en plagend, buiten te sluiten. Altijd beloofden ze – iets. De conciërge lachte om het gebazel van zijn vrouw. Hij gaf haar geld om offergaven te kopen, wuifde haar angsten weg. Toen de Hagedissejongen geboren werd, kwam iedereen kijken, tot de Oude Priester en de nonnen toe. De moeder van de jongen viel flauw toen ze hem zag. De Oude Priester strekte vol mededogen zegenend zijn handen uit, terwijl de conciërge op zijn hoofd stond te krabben. Naast het flauwgevallen lichaam van zijn moeder lag de Hagedissejongen met zijn voetjes te trappelen. Zijn ogen flikkerden rond als juwelen tussen de plooien van zijn reeds loslatende, schilferende huid. Zijn lippen openden zich en onthulden piepkleine, zaagvormige tandjes. De Hagedissejongen keek belangstellend naar de schaduwen die zich in een kring om hem verdrongen. Hij luisterde naar het dalen en stijgen van hun gefluister. Hij ademde de vochtige oerwoudlucht in en kirde vrolijk.

Toen ik geboren werd, vroeg mijn grootmoeder de hemelkijker mijn toekomst in kaart te brengen. De kaart die de hemelkijker mijn grootmoeder gaf was kort – ik zou niet ouder worden dan zeven, zei hij. De eerste cyclus. Daar moest Grootmoeder om lachen. Grootmoeders lach was luid en rauw in die dagen, hij hing als een snavel aan haar lippen.
Toen ik zeven was, zegt Grootmoeder, werd ik heel erg ziek. Ik gloeide van een vuur waardoor de huid scheidde van mijn vlees in lagen, als bij een slang. Niemand dacht dat ik het zou halen, maar Grootmoeder zat aan mijn voeteneind en keek me onvermurwbaar aan. Een vreemde vrouw kwam de kinderafdeling oplopen. Het was de mooiste vrouw die mijn grootmoeder ooit had gezien. Grootmoeder herkende de vrouw zelfs met haar extra oog gesloten. Grootmoeders handen en voeten werden ijskoud, haar gezicht trok weg tot een schaduw van haar gezicht. Ze keek toe hoe de vrouw zich langzaam van bed naar bed bewoog, voorbij dokters en verpleegsters die er geen aandacht aan schonken. Grootmoeder bewonderde de soepele tred van de vrouw, glijdend als die van dansers en acrobaten, botloos. Haar glanzende witte avondjurk waaierde uit om haar voeten. Grootmoeder zag dat de vrouw geen voeten had. Ze zag haar het hoofd van bepaalde kinderen aanraken, hun hoofd en lippen en handen. Buiten de zaal verstomde het rumoer van het ziekenhuis, van de straat van de stad en het oerwoud vlakbij.
Toen de vrouw bij mijn bed kwam, zag ze hoe bezorgd Grootmoeder naar haar keek. Ze glimlachte en stak haar hand uit. De glimlach van de vrouw was emotieloos, haar ogen als

zwarte steen. Grootmoeder rook zout en de open zee, toen een bewolkte geur van donkere plaatsen, van oerwoudslijk. De kinderafdeling gonsde van een geluid als regen op water, als een wind die door oerwoudbladeren blaast. Voor de vrouw me aan kon raken, griste Grootmoeder naar haar hand. De hand van de vrouw was onverwacht ruw, alsof ze verbrande stokken vastgreep. De hand van de vrouw was zo koud als ijs. Grootmoeder keek ontsteld op. Het gezicht van de vrouw was plotseling verschrompeld, haar gelaatstrekken verschoven iets. Haar gezicht kromp in tot een ander gezicht, verweerd, met spleten tussen de tanden, haar ogen namen de kleur aan van gerimpelde bladeren. Haar gezicht werd het gezicht van een oude man. De oude man leunde naar voren, zijn mond gespleten in een lach. Zijn lach vulde Grootmoeders hoofd. Grootmoeder wreef in haar ogen. Ze herinnerde zich het gezicht van de oude man. Toen ze weer keek, was de mooie vrouw teruggekeerd. Grootmoeder slikte. Ze gooide haar wens, haar uitdaging, er in één wanhopige adem uit. 'Nog één cyclus,' fleemde Grootmoeder, gewiekst als een oude koopvrouw, alsof ze een troef achter de hand had. Grootmoeder huilde en sloeg zich op de borst. Ze gluurde naar de vrouw door haar tranen heen. De vrouw stond aan mijn bed teder naar me te kijken. Ze keek naar me met grote dorst. Toen Grootmoeder eindelijk ophield, was ze weg. De vrouw glimlachte en was verdwenen.
'Wacht!' riep Grootmoeder.
'Zweer bij de Zeegeesten dat je je belofte zult houden, eerst zweren.'
'Ik zweer het!'
'Dan krijg je je ene cyclus, krijg je wat je zoekt.'
'Wat zal ik je geven? Wat voor belofte?'
'Wat ik verloren heb.'
'Wat heb je verloren?'
'Weet je dat niet meer?' kwam het antwoord, een kakelend antwoord in een hese, door vuur verbrande stem, gebroken onder het gewicht van de jaren. 'Weet je niet meer wat je weggenomen hebt? Wat je verbrand hebt? Je hebt het al beloofd! Je hebt je kostbaarste bezit beloofd om me te helpen het terug te krijgen!'
Grootmoeder huiverde toen ze die stem herkende. De stem van de oude man. Grootmoeder sprong op in haar stoel. Ze zag de lang geleden list van de oude man om haar de belofte te ontfutselen, en sloeg met haar vuist in haar handpalm. Ze

herinnerde zich hoe zijn lang geleden stem uit het oerwoud lokte met spreuken en zalfjes om haar extra oog weer te openen. Grootmoeder sloeg met haar vuist als een gokker die betrapt is. Ze siste als een misgelopen vloek. Voorbijkomende dokters en verpleegsters wierpen haar afkeurende blikken toe, brachten hun vinger naar hun lippen, maar ze schonk er geen aandacht aan. Ze wist dat het gebeurd was. Grootmoeder wist dat de vrouw had toegestemd. Ze liet een aandenken achter: Grootmoeders borsten verschrompelden tegen haar buik, haar handen en voeten groeiden krom, haar haren werden wit tot op de wortels. Toen Grootmoeder het zweet op mijn gloeiende voorhoofd zag parelen, begon ze te lachen. 'Denk je dat ik dat beloofd heb?' mompelde ze. 'Denk je dat je dat zult krijgen?' Grootmoeder boog zich naar voren om haar verwrongen hand op mijn wang te leggen. Ze lachte uitgelaten.
De volgende dag stierven alle kinderen die de vrouw had aangeraakt, maar ik bleef leven, en bij het wakker worden hoorde ik de lach van mijn grootmoeder.

5. Iets koloniaals

Toen mijn grootmoeder jonger was, bekwaamde ze zich als Kleine-Mensen-mepster. Zo verspreidde Grootmoeders reputatie zich in het begin. Mensen die onrechtvaardig behandeld of gekleineerd waren, kwamen bij Grootmoeder om wraak te laten nemen. Een klein mepje resulteerde in een barstende hoofdpijn of een ongelukje, terwijl een grote mep ziekte, onheil of ernstige verwondingen teweegbracht. Kleine mepjes kostten een dollar, grote meppen tien. Grootmoeder zat op de hoek van een straat, omringd door andere koopvrouwen. Tot op de dag van vandaag moet ze bij de geur van gebraden kippevleugeltjes en bewerkt leer nog aan deze tijd terugdenken. Grootmoeder zat te zwaaien met haar pantoffel, maar ze hoefde niet zoals de anderen te lokken en te roepen. In die dagen liepen de mensen steevast te hoop bij het zien van een streng-ogende vrouw die langs de weg met een zachte zwarte pantoffel zat te zwaaien. 'Hoe heet ze?' vroeg Grootmoeder. 'Wanneer is ze geboren? Hoe laat?'
Grootmoeder liet de klanten de gegevens op een stukje papier schrijven. Hoe preciezer de gegevens, hoe zekerder de mep. Ze brandde wierookstokjes en bood de geesten een kom rijst aan, waarna ze het papiertje in brand stak. 'Ik mep je!' riep ze uit, terwijl ze woest met haar slipper op het brandende papier timmerde. 'Voel je de pijn? Ik mep je! Mep je! Mep je, jij Klein Mens, jij onkruid, jij worm!'
Sommige mensen kwamen elke week terug voor hun mepje van een dollar. Grootmoeder verzekerde hun dat het hun geld dubbel en dwars waard was om hun vijanden te zien lijden. Als er deze week niets gebeurde, betekende dat dat de geesten hun krachten spaarden voor een dubbele dosis volgende week. Grootmoeder keek mensen die het lef hadden haar vakbekwaamheid te betwijfelen met half toegeknepen ogen aan, ze streek over haar pantoffel en haar wierookstokjes tot ze een rood hoofd kregen en wegslopen. Elke dag opnieuw zaten de mensen met gebalde vuisten en glanzende ogen naast haar,

terwijl zij erop los mepte. En hoewel ze het nooit zou toegeven, had Grootmoeder toen ze pas met haar kraampje begon, geen idee hoeveel meppen er doel troffen. Pas veel later, toen de zaken gesmeerd liepen en ze haar scala van activiteiten had uitgebreid, nam ze uit nieuwsgierigheid een proef op mijn moeder om te zien wat er gebeurde. Ze had toen al heel wat pantoffels versleten, zowel van de linker- als van de rechtervoet. Mijn moeder zat kreunend en krimpend van pijn de aan flarden geslagen zolen te repareren, met haar vingers tegen haar pijnlijke voorhoofd gedrukt.

Tegenwoordig wachten wraakbeluste kloostermeisjes achter de oude hut van de conciërge als hij bezig is de heg te knippen of de oprit te vegen of de ronde te doen. Tussen de lessen door, in de middagpauze, als ze vrij hebben, sluipen de meisjes daarheen en wachten. Ze proppen zakdoeken in hun mond zodat gefluister of gegiechel hen niet kan verraden. Achter het gereedschapsschuurtje duwt de bullebak hun grijpende handen weg. De bullebak laat iedereen haar beurt afwachten.
'Eerst geld,' zegt de bullebak, en ik houd mijn hand op.
Kloostermeisjes graven in hun portemonnee en laten zakgeld in mijn hand vallen. Tien cent voor een snelle blik, twintig cent voor vijf minuten, vijftig cent om hem mee naar huis te nemen. Voor een dollar mogen ze de foto houden. Elke week maakt de bullebak nieuwe: foto's van de meest gevreesde nonnen zonder hun kap, van te dikke nonnen die zich volproppen, van ondeugende nonnen die boete-opdrukoefeningen doen op de grond. Kluitjes lachende nonnenfiguren 's nachts in de badkamer. Meisjes proesten in hun zakdoek, hun schouders schokken, hun vingers graaien naar de gefotografeerde nonnen. De bullebak laat foto's zien van de nonnenafdeling en de kostschoolslaapzalen waar de dagmeisjes niet mogen komen. Kloostermeisjes die ze kopen, moeten met hun hand op hun hart beloven ze aan niemand te laten zien en het aan niemand te verklikken. Doen ze dat toch, dan mogen hun ogen blind worden en hun tong uitvallen, en de bullebak zal het weten. De bullebak zal ze weten te vinden. Iedereen weet dat de bullebak altijd doet wat ze zegt. Voor twintig cent extra mogen ze haar speciale kaarsen gebruiken, die ze gestolen heeft uit de voorraadkast van mijn grootmoeder. Rode kaarsen waarover Grootmoeders vloekgebeden zijn uitgesproken.
'Verschroei de ogen, dat ze zweren mogen,' zegt de bullebak.

'Verbrand de keel, maak hem ontstoken. De mond, een rotte kies voor wangen rond.'
Kloostermeisjes verdringen zich om de kaarsen en branden blaren op de foto's, heel geconcentreerd. Alleen als ze zich heel goed concentreren, werken de kaarsen. De bullebak laat de stoerdere meisjes haar speciale collectie zien, gewikkeld in een speciale doek, weggestopt in haar speciale plakboek. Ze houdt het plakboek schuin, zodat de meisjes er niet in kunnen kijken. Ze vouwt de versleten lap open die ze gebruikt heeft om het voorhoofd van de Oude Priester te betten voor hij stierf. De lap is zwaar van de dood van de Oude Priester en verspreidt een lucht die de meisjes achteruit doet deinzen. Zuur als azijn, muf. De speciale collectie van de bullebak is niet te koop en kost tweemaal het normale tarief om te bezichtigen. Het zijn foto's die genomen zijn in het holst van de nacht, met veel gevaar. Kloostermeisjes klemmen zich aan elkaar vast als ze de feeëndansers over de binnenplaats van de bibliotheek zien wervelen, wel een meter in de lucht hangend. Ze drukken hun wangen tegen elkaar om monstergedaanten van achter pilaren te zien loeren, onscherpe schaduwen in alle soorten en maten in het spookhuis vlak naast meisjes te zien staan en zitten en kijken. Krokodilleschaduwen te zien gluren vanaf de rand van het oerwoud, spookhuisschaduwen die hun tanden laten zien.
Mijn grootmoeder lacht als ze hoort wat de bullebak uitvoert. Ze zwijgt tussen de verhalen door, steekt haar hand uit en geeft de bullebak een aai over haar bol. De bullebak veert overeind, alsof Grootmoeders vingers branden.

De bullebak mag van de nonnen eens in de veertien dagen het klooster uit. Ze sturen haar met mijn moeder mee naar huis om haar het gezinsleven te laten proeven. De nonnen vertrouwen erop dat mijn moeder goed voor de bullebak zal zorgen, want nadat mijn vader verdwenen was, wilde mijn moeder zelf ook het klooster in. Mijn moeder had een visioen gehad van de Maagd Maria toen ze mijn vader liep te zoeken in de straten van de stad. Ze kwam achter de kloosterkapel zitten huilen om haar verdwenen man en vertelde de nonnen wat ze gezien had. Het licht dat van haar gezicht straalde toen ze van haar visioen vertelde, deed de nonnen knielen. Haar tranen waren een geklater van kristal dat smolt bij hun aanraking. Ze knielden naast haar neer en grepen haar handen. Ze streelden het leven terug in mijn moeders handen, lieten haar

met haar hoofd op hun kraakheldere schouders rusten, die mijn moeder bevlekte met tranen. Ze voerden haar naar een teil met warm zout water om haar gezwollen voeten te baden. Mijn moeder mocht van de nonnen huilen zoals mijn grootmoeder haar dat thuis verbood. Mijn moeder klemde haar handen tegen haar borst en wrong diepe vouwen in haar blouse. Dit was haar geest die huilde. De nonnen haalden een vochtige doek over haar gezicht om haar snikken weg te vegen. Ze legden hun koele handen op de vers in haar gezicht geëtste rimpels en ondersteunden haar uitzakkende vlees.
'Je bent niet het eerste meisje dat bedrogen is!' riepen ze. 'Huil maar flink nu je je lesje geleerd hebt, en bied je tranen aan aan God. Bied je dankbeden aan aan de heilige Maagd!'
De nonnen zagen hoe vreselijk verdrietig mijn moeder was en vergaven haar haar afwezigheid in de wasserij, ze gaven haar halve dagen vrij om les te gaan nemen bij de Oude Priester, die haar uit zijn boek met het heilige schrift woorden voorlas waar mijn moeder duizelig van werd. De Oude Priester bekeek mijn moeder met een vriendelijke, intense blik. Haar gezicht werd warm van zijn toverwoorden, op haar schouders voelde ze het noodlot verschuiven, ze kreeg het gevoel dat ze zweefde op lucht. Mijn moeder ging in haar middagpauze op haar knieën in de kapel zitten. De blauwogige beelden met glimlachende gezichten strekten hun bleke handen uit om haar over haar hoofd te aaien. Mijn moeder droeg de rozenkrans die de nonnen haar gegeven hadden om haar nek, waar de zware besneden kralen een rij deuken en afdrukken maakten. Haar ogen hieven zich ten hemel als de ogen van de heiligen.
'Waar is je familie?' vroegen de nonnen.
'Alleen mijn aangenomen moeder,' snikte mijn moeder, 'in de stad.'
'Kan ze ons niet komen opzoeken?'
'Nee, Zuster, ze is ziek. Ze is oud. Een paar weken geleden op haar hoofd geslagen door bandieten en ze kan nog steeds niet lopen. Ook niet goed zien.'
'Wie zorgt er voor haar, lieve kind?'
Bij die vraag werd mijn moeders gesnik luider. 'Ik, Zuster,' fluisterde ze. 'Ik zorg voor haar.'
De nonnnen gaven haar een klopje op haar hand. 'Dan moeten we je aanraden nog maar niet in te treden, meisje. Tenminste niet zolang Moeder ziek is. We moeten maar even afwachten!'
Toen zagen de nonnen dat mijn moeders buik groeide en met spijt in hun hart moesten ze haar wegsturen. Mijn moeders

roeping gold niet het geestelijke, maar het gezinsleven. De nonnen zeggen dat het gezin van mijn moeder ideaal is om de bullebak het gezinsleven mee te laten maken, omdat er geen mannen in huis zijn. Geen zoons om de bullebak op het slechte pad te brengen. Geen krokodillen om haar duistere koffiehuizen in te lokken en haar met hun snuit te porren. De nonnen geven mijn moeder twee dollar om de bullebak mee te nemen en de bullebak loopt achter haar aan met de bundels kleren en linnengoed die mijn moeder mee naar huis neemt om te verstellen voor de nonnen. Voor deze speciale uitjes doen ze de bullebak een strik in haar haar. Ze zeggen tegen de bullebak dat ze zich op haar allerbest moet gedragen. Als ze de poort uit is, zuchten ze van opluchting. Een heel weekeinde zonder tegen de bullebak te hoeven schreeuwen, zonder hun handen ten hemel te hoeven heffen! De bullebak schudt met haar hoofd de strik losser. Ze kijkt woedend om zich heen, ze grauwt en gromt onder de zware last, terwijl zij en mijn moeder tussen de auto's en de motorfietsen door laveren die toeteren om hen aan het schrikken te maken. Als ze door de nauwe achterafstraatjes sukkelen waar mijn grootmoeder woont, druipen de haren van de bullebak van het zweet.

Toen mijn grootmoeder een meisje was, bracht ze haar dagen door met wachten. Toen ze een meisje was, vond niemand haar aardig. Ze moest van de andere bedienden alleen in de hoek van de keuken zitten, ze moest van hen alleen eten op de binnenplaats, alleen slapen in de keukengang met een stapel jutezakken over haar hoofd zodat ze haar niet hoefden te horen ademen. Als de rijke man weg was op zijn reizen, sloegen de andere bedienden haar met hun knokkels op haar hoofd, zwaaiden ze met hun vuisten en riepen: 'Tegen wie? Tegen wie ga je het zeggen?' Elke dag dat de rijke man op reis was, sloop Grootmoeder naar het balkon en speurde de wegen van de stad, de horizon, de donker wordende hemel af. Ze wist nooit goed waar ze moest kijken. Wat de juiste richting was. Als Grootmoeder sliep, droomde ze van lopen. Ze droomde van bezienswaardigheden en wonderen die ze eens zou zien. Als ze wakker was, liep ze rond in een toestand van verdoving en bekeek de wereld door een mist van onzekerheid, hoorde gefluister als er niemand fluisterde, zag schaduwen die verdwenen zodra ze zich omdraaide. Waar Grootmoeder ook liep, ze struikelde. Ze dook weg en keek nors om zich heen, met

verbeten mond en boze ogen, elk moment bedacht op een standje, op een naar haar hoofd geslingerd voorwerp, op een huishoudster die haar meesleepte om eens een hartig woordje met haar te spreken, een nieuwe meesteres die haar de deur uit joeg. Op de mogelijkheid dat haar dienstbaarheidsbelofte aan een ander huishouden werd aangeboden, waar ze wel raad wisten met ongehoorzame meisjes!
Toen mijn grootmoeder een meisje was, liet ze zich door niets of niemand intimideren. Zelfs nu heeft Grootmoeder nog die vastberaden trek om haar mond. Bedienden die zich achter deuren en kastjes verstopten en dan krijsend en kakelend te voorschijn sprongen, maakten haar krijgslustig van aard. Ze sprong achteruit en stak haar vuisten in de lucht. Soms werd ze 's morgens wakker met onverklaarbare pijnen over haar hele lijf. Haar lichaam zat onder de blauwe plekken, haar enkels vol krabben, haar voeten vol sneden die de huid in flarden omhoog duwden. De bedienden van de rijke man gilden zogenaamd van schrik als ze het hun liet zien. Ze duwden haar het huis uit. 'Gekust door demonen!' riepen ze. 'Gekust door demonen!' Vastgebonden aan haar strozak zag Grootmoeder 's nachts de wegen van de stad voor zich liggen, winkelpanden opdoemen, mensen vooroverbuigen om te kijken, en te glimlachen. Grootmoeder werd altijd met een schok wakker. Haar botten deden 's morgens pijn alsof ze de hele nacht geslagen was, alsof ze had rondgeploeterd en gestruikeld, alsof ze veel te ver gelopen had.

Later, toen ze terugkeerde naar de stad, toen ze haar extra oog scherp leerde stellen en haar levenswerk ontdekte, haar gave om geesten te verdrijven en advies te geven omtrent geestenkwesties, werd mijn grootmoeder niet meer moe van het lopen wakker. Als ze niet op geestenjacht was, sliep ze de hele nacht als een roos. Haar gezicht was roze van een teveel aan rust. Dat waren mijn grootmoeders gerieflijke tijden, haar jonge jaren, waarin elke dag niet gevuld was met wegduiken en nors kijken, maar met nieuwe ontdekkingen; toverformules die ze behendig ontfutselde aan wijze vrouwen en geestenverdrijfsters, het hoe en waarom van de geesten, goden en demonen dat ze nauwgezet uit haar hoofd leerde. Grootmoeder hing rond bij de heiligdommen en tempels van de stad om de monniken gade te slaan. Ze liep om de drommen rond marktdokters en tovervrouwtjes heen, drong zich met haar ellebogen naar voren om de oliën en de drankjes te bekijken,

de amuletten voor kracht en voor mannelijkheid en voor van-alles-en-nog-wat. Om de oude mannen en vrouwen die met kaarten en kommetjes gekleurd water de toekomst voorspelden moest ze lachen. Goochelaars hielden haar in hun ban met hun verdwijn- en verschijntrucs, magiërs met het oproepen van geesten uit stenen en flessen, van overleden geliefden en verre zeegeesten, tot ze keek met haar extra oog. Alleen als ze hun magische kunsten ook met haar extra oog kon zien, was Grootmoeder onder de indruk. Alleen dan rende en vloog ze, flikflooide en fleemde ze en smeekte of ze het alsjeblieft mocht leren. De zwart-witbeelden die ze zag werden met de dag scherper. Het werd zo druk voor haar eigen kraampje, dat de soldaten haar bevalen op te krassen. Telkens en telkens joegen de soldaten haar weg, tot ze hun een rood pakketje toestopte dat bol stond van haar zuurverdiende geld en dat ze in hun zak staken, waarna ze vertrokken. Dat waren mijn grootmoeders geluksjaren, toen haar roem zich over de hele stad verspreidde. Grootmoeders buik werd rond en onbekommerd, haar tanden verwierven gouden randjes. In die dagen reed ze in een gehuurde taxi naar haar klussen, of naar de markt, of naar even verderop in de straat. Ze kocht een huis met voldoende ruimte om haar klantenstroom en haar groeiende repertoire aan tovermiddelen te herbergen. De mensen kwamen van heinde en ver om haar om raad te vragen. Later, toen Grootmoeder niet zo jong meer was, moest ze zich een hulpje aanschaffen om het werk aan te kunnen. Mijn moeder liep gejaagd de keuken in en uit, stampte kruiden en mengde poeders, ging rond met speciale soorten thee om wanhopige klanten te kalmeren, met speciale hapjes om hun bloed te laten bekoelen. Grootmoeder zat buiten, vlak voor de deur, en diende de ene klant na de andere van advies. Het voorerf van haar huis was haar geestenverdrijfsterskantoor.
'Zet je bed zo dat je voetzolen niet naar het oosten wijzen,' sprak ze monotoon. 'Je hebt de oostelijke draak beledigd, nu stuurt hij zijn oostenwinden om aan je bed te schudden. Neem een van de vuile menstruatielappen van je vrouw, verbrand die tot er alleen nog een hoopje as over is, begraaf de as buiten voor je drempel. Op die manier kun je er zeker van zijn dat je vrouw nooit meer bij je wegloopt. Verplaats het graf van je moeder zestien passen naar rechts, dan zal ze gelukkig zijn en je 's nachts niet meer wakker komen huilen.'
In die dagen zat Grootmoeder urenlang in haar speciale stoel; ze verroerde zich nauwelijks en stond alleen af en toe op om

een speciaal tovermiddeltje te maken of om een geestenreiziger met een angstaanjagende woesj van het verbrandingsapparaat een paspoort te sturen. Grootmoeder wordt boos als ze aan die dagen terugdenkt. Bij de herinnering aan die dagen vertrekt haar mond van woede. 'Hun schuld!' schreeuwt Grootmoeder en ze slaat in het wilde weg om zich heen, op een tafel, een stoel, de grond. Alles wat langskomt wordt haar mikpunt, vrienden of vijanden, auto's of fietsen, zelfs ossedrijvers die haar waarschuwingen toeroepen als ze haar aan zien komen. 'De schuld van de nonnen!' schreeuwt Grootmoeder. 'Aiya, dat is hun dank voor bewezen diensten! Hun schuld, hun schuld!'

In een gullere bui wordt mijn grootmoeder filosofisch. 'Alles op zijn tijd,' zegt ze dan met een vrome uitdrukking op haar gezicht. 'De wraak is zoeter voor hen die kunnen wachten. Plannen kunnen smeden. De volgende cyclus is het mijn beurt. De volgende keer win ik!' Grootmoeder kijkt mij aan als ze dat zegt, met een samenzweerderige glimlach, met ogen die zich samenknijpen in een geheim dat de bullebak en mijn moeder, die toe staan te kijken, buitensluit. 'Wat jij, Ah Meisje?'
'Ja, Grootmoeder,' zeg ik. Uit gewoonte glijdt mijn mond open naar de ja-vorm die mijn grootmoeder graag ziet, wat ze ook vraagt. Uit ervaring knipoog ik en glimlach terug. De bullebak en mijn moeder halen gepikeerd hun schouders op, ze fronsen hun wenkbrauwen en knijpen hun lippen op elkaar. De bullebak schopt tegen de poten van haar stoel.
Vanaf de tijd dat ik een klein kind was, hebben mijn grootmoeder en ik al samen dit geheim: de samenzwering van glimlach en knipoog. Dat maakt deel uit van Grootmoeders plan. Mijn grootmoeder heeft me naar zich toe getrokken. We hebben elkaar in de ogen gekeken, onze gezichten zo dicht bij elkaar gebracht, dat je je gemakkelijk kunt indenken dat we hetzelfde landschap zien, dezelfde adem halen. Grootmoeder draait me met mijn gezicht naar het klooster en vraagt me wat ik zie. Zie ik gevaar, zie ik nieuwkomers en mensen die de regels met voeten treden? Zie ik vergrijpen? 'Ja, Grootmoeder,' zeg ik. 'Ja!' Haar wang tegen mijn wang voelt aan als gekreukeld papier. Haar ogen zijn zwarte modderige bollen.
Vanaf de tijd dat ik een klein kind was, gaan mijn grootmoeder en ik al samen wandelen. Vroeger legde Grootmoeder haar hand op mijn hoofd om steun te zoeken en stond ze nu eens

hier, dan weer daar stil om me iets aan te wijzen. Tegenwoordig leunt ze op mijn arm. Tegenwoordig gaan we niet verder dan het hek. Toen ik een klein kind was, bracht ik mijn dagen door bij Grootmoeder voor het huis, niet het grote huis uit haar beroemde geestenverdrijfsterstijd, maar ons simpele huis van cement en multiplex. Grootmoeder zat naar de straat te staren. Sommige dagen verstreken zonder dat er ook maar één klant langskwam. Passerende buren groetten Grootmoeder, anderen kwamen bij haar stoel zitten voor een avondpraatje.
'Hoe staan de zaken, Tante?'
'Aiya, matig, minnetjes, maar wat doe je eraan?'
'Maak je niet druk, Tante. Wacht maar af. Volgende maand is het Hongerige Geestenfeest, dan zullen de klanten wel komen! Wah, net als vorige keer, geen plek om te zitten!'
'Hah!' Grootmoeder keek hoe de andere buren van hun werk naar huis stroomden; sommige bogen beleefd, andere staken met geloken ogen de straat over en versnelden hun pas. De buren van de overkant, die jarenlang trouwe klanten van mijn grootmoeder geweest waren, durfden haar niet meer aan te kijken. Ze hingen ter bescherming kruisbeelden boven de deur. Grootmoeders spottende ogen volgden hun voetstappen nog als ze al lang verdwenen waren. 'Hah!' riep ze.
'Waarom lopen ze zo hard?' vroeg ik. 'Waarom, Grootmoeder, waarom?'
'Ze zijn bang dat ik hun geheimen zal zien als ze me in de ogen kijken.'
'Kunt u die dan zien, Grootmoeder?'
'Ik zal hun geheimen zien en zij de mijne. Daarom huiveren ze.'
Terwijl Grootmoeder haar ongeregelde klanten van advies diende, speelde ik bij het voorhek, waar ze me zien kon. Ik rammelde met haar geldbus. Ik kon nu al horen welke munten wel en welke niet goed waren. Als een klant Grootmoeder probeerde op te lichten, hoorde ze het altijd aan het rammelen van mijn bus. Eén blik van haar en de klant betaalde.
'Zo groot, zo mooi dat meisje van u,' stamelden ze, ze aaiden me over mijn bol, duwden wat extra munten in mijn bus.
'Kom hier,' riep Grootmoeder aan het eind van de dag. 'Geef Grootmoeder haar bus. We zullen eens kijken of we vandaag een koek kunnen kopen. Aiya, meisjelief, geef Grootmoeder maar een knuffel. Geef Grootmoeder maar een kus.'
En als ik dan aan kwam drentelen, griste Grootmoeder de bus uit mijn handen en duwde me weg. We loerden elkaar aan. Als

ik de bus te stevig vastklemde, gaf Grootmoeder me een klap. Als ik me door haar weg liet duwen, kreeg ik een klap. Als ik schreeuwde, gaf Grootmoeder me een klap. Door haar in de ogen te kijken wist ik soms waar de klap terecht zou komen, op mijn arm, mijn been, mijn hoofd. Als ik hem aan zag komen en ik dook, dan gaf ze me ofwel een knuffel of een klap. Soms wist ik het van tevoren. Wanneer haar laatste klant vertrok of het was duidelijk dat er geen klanten kwamen, riep Grootmoeder me. 'Ah Meisje, breng Grootmoeders bus eens hier.' Dan gaf ze een klap. Dan riep ze weer. Dan gaf ze een duw. Dan een klap; dan roepen. Tussen de klappen door gaf ze me een knuffel. De knopen van haar blouse persten hun patroon in mijn wang. Haar kussen maakten natte kringen op mijn voorhoofd en mijn hals. 'Kom hier,' riep Grootmoeder.
Elke avond speelden mijn grootmoeder en ik dit spel, tot mijn armen en dijen felrood waren van de klappen. Tot de geluiden van mijn opklinkend gelach en gejank en gegrom de buren naar het hek lokte. 'Aiya, Tante, waarom zo ruw?' lieten de dappersten zich horen.
'Is dat jullie zaak soms?' snauwde Grootmoeder, en bij het zien van haar tijgerblik stoven ze weg.
In die dagen, toen mijn grootmoeder haar gerieflijke middelbare leeftijd al lang achter de rug had, toen het goud uit haar tanden gepeuterd was en haar dagen van taxirijden verleden tijd, speelden we dit spel vaak. Ik kende het spel van binnen en van buiten. Grootmoeder en ik speelden het net zo lang tot we buiten adem waren. We krijsten tot ons gekrijs de avond vulde en de buren schaapachtig hun gordijnen dichttrokken, en mijn moeder naar huis kwam rennen en haar wasbundels liet vallen om me uit mijn grootmoeders armen los te rukken.
Grootmoeder was bij elk teken van protest in haar wiek geschoten. 'Waardeloos, ben je nu al vergeten wat je beloofd hebt?' riep ze. Ze wenkte mij met haar vinger. 'Ah Meisje. En! Heb je pijn? Ben je boos? Heeft Grootmoeder je pijn gedaan?'
'Nee, Grootmoeder!' schreeuwde ik, en ik zette mijn te korte beentjes in de tijgerhouding die ze me geleerd had, blies mijn borst op met de oefeningen waarmee je een tijgeradem kunt aanleren. Ik sloeg mezelf op mijn armen en benen om te laten zien dat de roodheid geen pijn deed.
Vanaf de tijd dat ik een klein kind was, weet ik al dat ik moet laten zien dat de roodheid geen pijn doet. Dat maakt deel uit

van Grootmoeders plan. Toen was ze al bezig me op te leiden. Toen leidde ze me al op voor het leven. Grootmoeder pelde een paar verkreukelde briefjes van de rol spaargeld die ze in de tailleband van haar broek bewaarde. Ze gaf de briefjes aan mijn moeder om de buitenlandse plaatjesboeken te kopen en de potloden, de aantekenboekjes van lelijk lijntjespapier die in niets leken op het soepele penseel en de keurige rode vierkantjes die Grootmoeder gebruikte. Lang voor ik kon lezen, vroeg Grootmoeder mijn moeder de oude buitenlandse kranten uit het klooster mee te nemen. Mijn moeder sleepte de boeken en pamfletten mee naar huis die eens aan de Hagedissejongen hadden toebehoord en die in de kloosterwasserij waren blijven liggen toen hij was weggelopen naar de bandieten. Grootmoeder plakte de kranten rond mijn ledikantje, op de muren van de hoek waar ik lag. Ze stapelde de muffe boeken om me heen voor later. De hele dag lag ik met mijn voeten tegen de vreemde woorden te trappen die zwart afgaven op mijn vingers als ik ze aanraakte. De woorden slingerden van links naar rechts als rijen strijdmieren, als piepkleine zwarte baksteentjes. Zo anders dan de gevleugelde figuren die Grootmoeder op haar toverspreuken tekende om aan mij te laten zien, figuren die nu eens dik waren, dan weer wimperdun. 'Let goed op,' zei ze. 'Dit is pas het begin.' Elke avond tuurde ze in mijn ogen om het effect te zien van de vreemde woorden. Ze hield haar gezicht zo dicht bij het mijne, dat haar ogen niet langer Grootmoeders ogen waren, maar twee glimmende zwarte kommen die me omhulden. Grootmoeders ogen maakten me duizelig, maar ze zei dat ik toch moest kijken. Ik moest oefenen in kijken, ik moest me verzetten tegen duizeligheid, want een krokodilleblik zou duizendmaal erger zijn. Terwijl Grootmoeder in mijn ogen keek, hmmde en mompelde ze. Ze schreef een toverformule om veranderingen tegen te gaan. 'Pas het begin!' riep ze.

In de stadsarchieven, in de verbleekte inkt van de stichters van de stad en de glimmende gedrukte vellen van de bestuurders die hen opvolgden, staat de heuvel met het klooster en het oerwoud te boek als de Heuvel van Mat Salleh. De heuvel is genoemd naar de Malle Zeiler, een zeeman die er in een grijs verleden schipbreuk leed, die waanzinnig werd en de beschaving de rug toekeerde om zich voor altijd terug te trekken op de met oerwoud bedekte heuvel. Jarenlang werd hij nergens gezien, maar van tijd tot tijd kwam zijn middernachtelijke

stem de heuvel afzweven. Bij het horen van de middernachtelijke stem van de zeeman rezen de haren van de mensen te berge. Volgens de legende woont hij er nog steeds, al zweren alleen de grootmoeders van oude vrouwen nog dat ze hem gezien hadden, dat ze aan de rand van het oerwoud een glimp van zijn bleke knokige lichaam hadden opgevangen. Alleen ondeugende stadskinderen horen 's nachts nog zijn hese stem. De malle zeiler sluipt de heuvel af om ondeugende kinderen naar het oerwoud te ontvoeren, hun ledematen af te rukken en hun botten te breken. Eén glimp van hem, zo zegt de legende, brengt de vreselijkste vormen van ongeluk: de dood van geliefden, zaken die op de fles gaan, prachtige huizen die tot puin vervallen. De afkondiging van een avondklok en nieuwe belastingen, het stampen en schoppen van soldatenlaarzen. De malle zeiler woonde meer dan honderd jaar op de heuvel. Met zijn meer dan honderd jaren kon hij nog rennen en draven en springen als een jongen. Hij kon harder lopen dan ondeugende kinderen, jonge mannen met één klap neerslaan. De malle zeiler was bezeten door een demon, hij had zijn ziel verpatst in ruil voor kennis, zijn leven-na-de-dood voor een even lange als gekwelde onsterfelijkheid. Nog altijd huiveren stadskinderen als de malle zeiler ter sprake komt, ook al ziet tegenwoordig niemand hem meer, behalve de oude, al lang gestorven ongeluksgrootmoeders die op ieder Hongerige Geestenfeest terugkomen om te klagen, en te vertellen. In de dagen voor haar extra oog dichtging, ondervroeg mijn grootmoeder de zwerm hongerige ongeluksgrootmoeders die aan haar deur kwam.
'Hoe is hij?' zong Grootmoeder in trance voor de nieuwsgierigen. 'Hoe oud is hij? Is hij erg sterk?'
De hongerige grootmoeders stonden zich tierend en kibbelend vol te proppen aan de voedselstalletjes langs de weg. 'Hij is zwak!' gilden ze tussen de happen door. 'Zij is sterk! Hij is oud! Zij is ouder!'
'Eerbiedwaardige Grootmoeders,' zong Grootmoeder, terwijl mijn moeder in de weer was met de wierookstokjes, het hellegeld en de gomhars, de bergen eten. Grootmoeders klanten stonden dicht tegen elkaar aan in een hoek op hun beurt te wachten. 'Is de zeiler levend of dood?' vroeg Grootmoeder. 'Wat is het – een hij of een zij?'
'Aiya, allebei!' riepen de grootmoeders kakelend uit. 'Allebei!'
'Wat doet de zeiler? Waarom is hij daar?'

'Aiya, weet je helemaal niks?' krijsten ze, en hun mond droop van de as en de vlammen, hun knokige handen graaiden naar elkaar terwijl ze in een ziedende wolk naar de volgende hoop eten toe fladderden. 'Weet je dat niet? Ze wacht!'
'Waarop, Eerbiedwaardige Grootmoeder?' zong Grootmoeder, maar de hongerige grootmoeders, die maar één feestdag per jaar hadden, namen niet de moeite om te antwoorden.
'Waardeloos, wie is de volgende?' vroeg Grootmoeder, bijkomend uit haar trance.
De inwoners van de stad noemen de heuvel met het oerwoud en het klooster niet bij zijn officiële naam uit de stadsarchieven. Arme stedelingen noemen de heuvel de Heuvel van Koning Krokodil. Eens, niet zo heel lang geleden, niet langer dan twee wentelingen van een vrouwenlevenscyclus, woonde er een bende bandieten, de beroemdste van alle bandietenbendes, die de smalle paden en open plekken op de met oerwoud bedekte heuvel tot hun thuishaven maakten. De aanvoerder van de bende was de beroemdste bandiet die de stad ooit had gekend. Jarenlang ging hij zijn bende voor in een magisch, onverschrokken bestaan en puur door zijn lef wist hij telkens weer op het nippertje aan belagers te ontsnappen. Nog maar veertien jaar geleden was de heuvel met het klooster en het oerwoud een haard van onrust en opstandigheid, van bloedige schermutselingen en booby-traps, het rattattattat van vuurwapens in het holst van de nacht. Daar werden soldaten gestationeerd op eenzame buitenposten, werden oerwoudbomen geveld en oerwoudpaden verbreed om de soldatentrucks door te laten. Daar beraamden en volvoerden de bandieten briljante guerrilla-overvallen en hinderlagen en veroverden ze voedsel- en wapenvoorraden, verbindingsnetwerken, gevangenen en vrachtwagens. Gevangengenomen soldaten strompelden na ondervraging terug naar de stad met een gezicht zo bleek als dat van de buitenlandse meesters die ze dienden.
Diep in het oerwoud zette de bende bandieten de oude bandietentraditie voort: ze drukten propagandapamfletten en nieuwsbrieven, die door vermomde bandieten in de stad werden verspreid. *Vrijheid!* verkondigden de pamfletten in de kleuren van bloed en vrijheid. *Zelfbeschikking. Onafhankelijkheid. Zeg nee tegen de slavernij! Lokale rijkdommen voor de lokale bevolking! Handel nu!* In het holst van de nacht slopen ze naar de dorpen rondom de stad om dorpsnieuws te verzamelen, brieven van familieleden, eten en kleren die de dorpelingen op speciale plekjes voor hen verstopten. Ze lieten

geld achter dat ze bij invallen in rijke huizen, hinderlagen op welvarende plantages bemachtigd hadden. Ze noteerden de klachten van de dorpelingen en eisten wraak op soldaten die moeders en vaders, ooms en broers en zusters weg kwamen halen. Na een bezoek van de soldaten waren er hele families verdwenen. De bandieten vermoordden landeigenaren die zo dwaas waren zich op weg te begeven zonder met machetes en geweren bewapende huursoldaten. Ze ontdeden het oudste baken van de stad, de heuvel in de gedaante van de vrouw die zich omdraait, van zijn buitenlandse Parel, zijn Puist – ze maakten het paviljoen op de top met de grond gelijk, zodat alleen zwartgeblakerde stompen nog aangaven waar het gestaan had. Ze sneden de kabels van de verlaten plezierspoorlijn van de rijke man door, duwden de wagons omver. In de stad hielden gemaskerde bandieten glimmende bussen met airconditioning aan om vrouwen in baljurken van hun sieraden en handtassen te beroven, mannen van hun sigarettenkokers en portefeuilles. Ze hakten beringde vingers van feestgangers, sneden iedereen die zijn mond open durfde doen zijn lippen af. De bende bandieten met zijn diep in het oerwoud op de heuvel gelegen hoofdkwartier was berucht door de hele stad. Nog niet zo lang geleden, niet meer dan veertien jaar, waren ze bij elk kind, elke vrouw en man uit de stad bekend. Hun namen werden door jonge mannen en vrouwen met eerbied genoemd, door oudere mensen met verwrongen mond. Net als bij de malle zeiler wiens heuvel ze in beslag hadden genomen, werden hun namen genoemd vol ontzag: Oude Gebroken Arm, Oude Harige, Bandietenkoningin, de Knappe, Mat Mat Salleh, Koning Krokodil. Hun lichamelijke eigenschappen werden tot in detail besproken, hun persoonlijkheid alsof men hen persoonlijk kende. De oksels van Oude Harige als het zwartste oerwoud, het humeur van de Bandietenkoningin, de roodgloeiende huid van Koning Krokodil als hij klaarstond voor een gevecht. Gezegden over bandietendaden werden in liedjes en verhalen verweven die al snel gezongen en verteld werden naast die van de Malle Zeiler, de Rijke Man van het Landhuis, de Voorvaderbandieten in wier voetsporen ze getreden waren.

De bandieten werden in de hele stad gevreesd door iedereen die reden had om hen te vrezen. Ze slopen rond om folders en beloften uit te delen, om gezegden en strijdkreten te fluisteren die van oor tot oor gingen. Om hun bandietendromen te propageren. Ze speelden in op de dagelijkse sores en ongenoegens van de arme stedelingen; infiltreerden de schuilplaatsen van verklikkers en collaborateurs om verdachten donkere steegjes in te sleuren en hun bij maanlicht de keel af te snijden, zodat hun collaborateurs- en verklikkersziel door langskomende geesten zou worden meegegraaid. Arme mensen uit de stad en de dorpen bogen het hoofd als de bandieten voorbijkwamen, anderen renden naar de telefoons, weer anderen balden hun vuisten. Arme stedelingen noemden de heuvel vol bewondering de Heuvel van Koning Krokodil; zelfs vandaag de dag, bijna twee wentelingen van een vrouwencyclus later, houden sommige buren van mijn grootmoeder nog vol dat dat de enige naam van de heuvel is. Grootmoeder werpt hen dan haar tijgerblik toe. Ze betast de bult op haar hoofd die eens rood opzwol en klopte van de klap met een bandietengeweer, en die zelfs jaren later nog niet helemaal verdwenen was. Er groeien geen haren op dat deel van haar hoofd, dat bol staat als een gekookt ei, een glanzende bobbel. Grootmoeder schudt haar vuist naar de oude bandiet die haar met één slag ter aarde deed storten, die heel even voor haar ogen schemerde in de gedaante van een mooie vrouw vlak voordat Grootmoeder viel. Mijn grootmoeder heeft weinig op met bandieten. Ze zegt dat de krokodil een doodgewone dief was, en laat de dapperste buren haar maar tegenspreken als ze durven. Arme stedelingen krommen hun vingers tot gelukstekens en blijven fluisterend de naam van de beroemdste van de beroemde bandietenleiders noemen. Bij een ramp schreeuwen ze 'Koning Krokodil!', alsof ze een toverkracht aanroepen. *Koning Krokodil voor wonderbaarlijke ontsnappingen, voor een lange neus tegen de dood!* In duistere volle koffiehuizen zitten arme stedelingen dicht tegen elkaar aangeschoven de bandietenverhalen te fluisteren. In het drukke marktgewoel, in donkere stegen onder rafelige luifels klinkt soms een flard van een bandietenlied; soms wordt een bandietenstrijdkreet geroepen in het grijs van de ochtend als onvriendelijke ogen en oren niet waken, in het holst van de nacht als iedereen slaapt behalve de geliefden, de ijverigen en de eenzamen.

Het holst van de nacht is de tijd dat de bullebak plotseling schokkend wakker wordt. Dat de bullebak met haar enkels gekruist en haar handen plat tegen de grond gedrukt ligt. Op zulke nachten schokt ze alsof ze koorts heeft. Ze schrikt wakker, haar ogen schuiven open, zomaar. Ze ligt plotseling heel stil. Op die nachten maakt het geen verschil of de ogen van de

bullebak open zijn of dicht. In beide gevallen ziet ze alleen maar duisternis. Nooit een teken als zonlicht op een muur, zo fel als brand. Nooit een tafereel dat haar doet staren en haar handen in elkaar doet slaan. Ik draai me op mijn zij, naar haar toe, want ik word wakker van het bleke schijnsel van haar ogen. Losgeraakte lokken uit mijn verwarde vlecht glijden over mijn gezicht. De bullebak ligt zo stil als de beelden die op elk vrij richeltje in elk vrij hoekje van mijn moeders kamer staan. Haar borst beweegt nauwelijks, haar huid is net steen met putjes erin. Ik bekijk haar aandachtig. 'Waarom beefde je?' fluister ik. 'Wat zag je?'
'Ik beefde niet,' mompelt de bullebak. 'De kamer beefde.'
Op zulke nachten is het uitkijken geblazen met de bullebak. Op die nachten weet je niet welke kant ze uitgaat. Ze kan zo'n wilde aanval krijgen die uitloopt op slaag en gemopper van de nonnen; ze kan ook uren als een koe voor zich uit blijven kijken, met een glazige blik in haar ogen, of plotseling vol warmte gaan glimlachen en iedereen begroeten met een vriendschappelijke tik. Iedereen kent de stemmingen van de bullebak. Ik houd haar nauwlettend in de gaten.
'Laten we gaan,' zegt ze, en ik schrik op.
Soms, in het holst van de nacht, gaan de bullebak en ik wandelen. De bullebak en ik staan op van onze zachte matjes in de donkere kamer en gaan stiekem op pad met onze zaklantaarns, onze speciale kaarsen, onze schoudertassen vol etensrestjes en bloemen om te offeren. Grootmoeders verzamelas voor bladeren en wortels heb ik om mijn middel gebonden. De bullebak maakt haar camera klaar. Ze veegt zorgvuldig de lens schoon en kijkt of het flitslicht werkt. Ze voert ons langs de stoffige rekwisieten in de kelder naar buiten, door een loshangend benedenraam dat uitkomt op de binnenplaats van de bibliotheek, waar de nachtelijke oerwoudlucht me als een warme, vochtige deken in het gezicht slaat en de rillingen over mijn huid jaagt.
'Ril je?' vraagt de bullebak, die nooit rilt. 'Dit is de dapperheidstoets,' zegt ze. Hoewel ze een hekel heeft aan de toetsen die de nonnen en leraressen afnemen, besteedt ze uren aan het verzinnen van eigen toetsen. Als we onze adem kunnen inhouden tot we tien lantaarnpalen gepasseerd zijn, is het gemakkelijk als we door folteraars onder water worden gehouden, dan hoeven we alleen maar aan de lantaarnpalen te denken en dan verdrinken we niet. Als we zo stil kunnen staan als het oerwoud, alleen maar zachtjes heen en weer zwaaien,

met ons gezicht streperig bruin geschilderd als oerwoudbomen en onze armen bedekt met takken, als we zonder opgemerkt te worden langs het pad kunnen staan op een paar centimeter afstand van kloostermeisjes die 'smiddags door het oerwoud dwalen of soldatenpatrouilles die zo dichtbij langssnellen dat we ze aan kunnen raken, dan zijn we opgewassen tegen alle problemen waar we al zwervend en speurend mee te maken krijgen. Dan zullen we onze oerwoudschat vinden. Onze foto's zullen in gangen hangen waar langskomende kloostermeisjes stilstaan om vol ontzag naar ons gezicht te staren. Als we ons lichaam van steen kunnen maken wanneer we onder luid gelach de klas uitgejaagd worden, of wanneer we urenlang in de middagzon moeten staan met onze handen vol striemen van houten liniaals, of wanneer ze zuur op onze schouders laten druppelen, zoals het zuur dat onophoudelijk op de bullebak druppelt uit de mond van de meisjes en de nonnen, dan zullen we winnen. Zij die niet rillen, zullen winnen. 'Stilstaan!' beveelt de bullebak als ik zenuwachtig sta te wriemelen.

In tegenstelling tot Grootmoeder zegt de bullebak dat de krokodil een wezen is met een altijd volle buik. Terwijl Grootmoeders krokodil vanaf de zoom van het oerwoud hongerig loert op wat zich daarbuiten bevindt, stapt de krokodil van de bullebak door de stad en mengt zich tussen de stedelingen en springt gebouwen en auto's met airconditioning in. De bullebak lacht smalend om Grootmoeders krokodil die alleen maar uit zijn schuilplaats in het oerwoud durft te komen voor woeste schermutselingen met eenzame slachtoffers in het donker. Als Grootmoeder er niet bij is, steekt de bullebak haar heup uit. Ze heft uitdagend haar wijsvinger op. Grootmoeders krokodil leeft van de holle pijn in zijn buik, van de angst. Hij aast op angst, maar is zelf altijd angstig. Waarom zou hij zich anders verstoppen? Waarom heeft hij een mes nodig om angst aan te jagen? Het is een nepkrokodil, met rubbertanden. Net een zelfmoordgeest met een rubbertong.
Maar de krokodil van de bullebak loopt rond met zijn buik uitgezakt en zijn ogen glazig van het vele eten. Zijn lippen zijn rood van het voortdurende gesmak bij de nasmaak van krabbetjes met honing, gepeperde kippevleugels, aardappelpuree met biefstuk, wat de bullebak in het klooster allemaal nooit te eten krijgt. Deze krokodil pulkt tussen zijn vlijmscherpe tanden, die hij naar believen kan uitsteken of intrekken, afhanke-

lijk van zijn bui. Heeft hij een goede bui, dan vloeit de champagne als water, vliegen er gouden munten door de lucht, worden er feesten gegeven die dag en nacht duren. Is hij in een slechte bui, dan maakt iedereen die slim is dat hij wegkomt. Niemand durft deze krook uit te lachen of uit te schelden. Hij is zo rijk, dat hij hele steden kan kopen. Zo machtig, dat zijn vijanden staan te dringen om zijn hielen te likken. Iedereen weet wie hij is. Zijn foto hangt in gangen waar mensen er vol ontzag naar komen kijken. Als iemand deze krook boos maakt, bijt hij in één hap zijn hoofd eraf. De krook van de bullebak draagt nooit een schooluniform. Hij heeft nooit wc's schoongemaakt of borden uitgeveegd, of misschien alleen in een grijs verleden, en heeft nooit een klap op zijn wang gehad zonder er twee voor terug te geven. Deze krokodil draagt een filmsterrenzonnebril. Soms draagt hij een pak. Soms een soldatenuniform, met een glimmend geolied geweer. De krokodil is zo slim, dat hij alle bezweringen en verhalen kent, dat hij wel duizend boeken gelezen heeft in zijn slaap. Hij heeft een fantastisch geheugen. Als hij praat, komt niemand er tussendoor, iedereen onderbreekt zijn bezigheden om naar hem te luisteren. Niemand lacht en wordt boos, en gebiedt hem weer op zijn plaats te gaan zitten. Ook al had hij maar één arm, dan zou hij nog de leider van zijn land zijn. Hij zou de baas zijn. Hij zou boven op de etensberg zitten. In zijn krokodilleogen staan altijd tranen, niet van het huilen maar van het schrokken, van het alles in zijn geheel doorslikken.
'Zo,' laat de bullebak ons zien, en ze slaat een handvol pinda's in één keer achterover.

Het huis op de heuvel volgde het patroon van het komen en gaan van de rijke man. Zodra het nieuws dat zijn schip gearriveerd was het huis bereikte, begon iedereen te rennen en te vliegen: uit lang verwaarloosde hoeken stegen stofwolken op, ramen werden gelapt, alle hoekjes in de slingerende trappen werden geboend. Alle bedienden staken als bij toverslag hun verborgen handen uit de mouwen. De rijke man stond bekend om zijn pietluttigheid, om zijn vlekkencontroles in de ongebruikte delen van het huis waar niemand ooit aan dacht. Als hij bij zijn terugkeer zijn huis op enigerlei wijze verwaarloosd aantrof, moesten de schuldigen boven water komen. De schuldigen moesten tot voorbeeld dienen. De rijke man oordeelde rechtvaardig, daar kon niemand iets tegenin brengen, zelfs de schuldigen niet, maar zijn straffen waren zwaar. Geen smeekbede kon een eenmaal opgelegde afranseling verzachten, geen tranen konden de lange dagen en nachten die iemand opgesloten in de strafkamer moest doorbrengen bekorten. Als er geen schuldige viel aan te wijzen, moesten ze allemaal boeten: van de huishoudster tot en met de tuinmansknecht moest iedereen dan tweemaal zo hard werken, op de rantsoenen werd gekort en niemand kreeg zelfs meer een avondje vrij, laat staan een halve dag als er festiviteiten waren. Wat de bedrukte bedienden nog het ergste vonden, was de kilheid waarmee het ongenoegen van hun meester gepaard ging. Zijn stem sneed als ijs tegen hen die uit de gunst waren geraakt, terwijl de anderen rijkelijk bedeeld werden met klappen op de schouder en grapjes in de gangen, met kleine onverwachte cadeautjes. En dus bekeken de bedienden van de rijke man elkaar altijd met achterdocht. Ze werkten alleen hard aan hun eigen taken en probeerden ondertussen de anderen op laksheid te betrappen. Ze vormden aparte groepjes: tuinlieden tegen huisjongens tegen keukenpersoneel. Iedereen verspreidde verhalen. Deze methode om een huishouden te bestieren toonde de genialiteit van de rijke man. Hij geloofde dat hele steden op die manier bestierd konden worden, door te verdelen en met ijzeren hand te heersen. Op die manier verliep het geheel soepel, als een uurwerk waarvan alle radertjes geolied werden door zijn goedgunstigheid, los van elkaar, tegen elkaar aan glijdend in hun gescheiden taken, zich bewust en toch onkundig van elkaar, altijd achterdochtig; met elkaar omgaand maar zich nooit vermengend, alleen uit op gunsten voor de eigen gescheiden groep, nooit voor het geheel. Op die manier hield de rijke man iedereen volledig onder controle. Zelfs bij zijn afwezigheid had hij de touwtjes nog stevig in handen.

Tot die ene terugkeer, toen alles veranderde. Zoals gewoonlijk gonsde het huis van de bedrijvigheid toen bekend werd dat de rijke man in aantocht was. Mijn grootmoeder hing over de balustrade van het balkon en zag net als altijd de stoet naderen met zijn bagage en voorraden, de hutkoffers met exotische aankopen die hij meebracht uit andere landen. Gewoonlijk zag ze de rijke man meteen. Hij liep dan voor de stoet uit met snelle, verlangende passen en bereikte het huis veel eerder dan zijn zwaar beladen mannen. De rijke man nam zijn hoed af als hij de tuin inliep, wuifde naar Grootmoeder, naar de rij bedienden die hem keurig in het gelid stond op te wachten. Maar bij deze terugkeer zag Grootmoeder hem niet meteen. Dit-

maal liep de rijke man aan het eind van de stoet, en hij liep niet snel en keek ook niet uit naar mijn grootmoeder met de rode linten in het haar, die haar lichaam uitrekte en met beide armen naar hem zwaaide. De rijke man liep naast een gesloten draagkoets met sjerpen van felle katoen en zijde. Zo nu en dan schoven de draperieën wat opzij en werd vaag een achteroverleunende figuur zichtbaar. Soms krulden er donkere lokken haar als zeewier door een opening. Naast de draagkoets liep de man langzaam en bezorgd voort. De bedienden konden zijn scherpe stem horen uitvallen tegen de dragers als ze uitgleden. Ditmaal liep hij langs de rij bedienden zonder hun een blik waardig te keuren. Hij gaf de mannen opdracht om de draagkoets naar boven te brengen, naar zijn eigen vleugel. Bij het betreden van het huis liet hij moddersporen achter op de drempel, die nog diezelfde ochtend zo glimmend gepoetst was dat het pijn deed aan je ogen.
Eenmaal thuis bleef de man in zijn eigen vleugel, waar alleen zijn lijfknecht mocht komen. Deze lijfknecht, die de rijke man gevolgd was uit zijn geboorteland, keek op de lokale bedienden neer. Hij knipte met zijn vingers om ze aan het werk te zetten, met opgezwollen borst en samengetrokken wenkbrauwen, zodat niemand iets durfde vragen. De andere bedienden brandden van nieuwsgierigheid. Op hun tenen slopen ze naar de deur van de rijke man en drukten hun ogen tegen het sleutelgat, waar een lap voor gehangen was. Ditmaal waren er geen welkom-thuis-bijeenkomsten voor het huispersoneel waarbij de rijke man cadeautjes uitdeelde. Geen rondgangen door het huis om hun werk te controleren en commentaar te leveren, of te informeren naar hun gezinnen en hun gezondheid. Deze terugkeer waren er geen overvloedige feesten. Vroegere feestgangers, nieuwsgierige kennissen, mannen en vrouwen die zo veel over hem gehoord hadden en hem al zo lang wilden ontmoeten, iedereen werd de deur gewezen. Zelfs zijn eigen bedienden zagen hem nauwelijks. Zelfs mijn grootmoeder werd weggestuurd. De bedienden brachten de met zorg uitgekozen maaltijden naar zijn vleugel en haalden als hij belde de nog warme gerechten weer weg; van sommige schotels waren alleen een paar hapjes genomen, de rest was helemaal niet aangeraakt. De kokkin was ten einde raad, liet elke dag weer een nieuwe reeks verschillende gerechten klaarmaken. Elke avond propten de bedienden zich zo vol met de restjes, dat ze zich haast niet meer verroeren konden. Alleen mijn grootmoeder rook argwanend aan de schotels die haar

voorgehouden werden en beperkte zich met afgewend gezicht tot haar koude rijstepap. Bij de doordringende geur van zeewater, die rottende geur van touw en scheepstimmerhout die de rijke man altijd bij zich droeg als hij terugkeerde van zee, draaide haar maag om in haar lichaam. Iedere maaltijd droegen twee huisjongens de volgeladen dienbladen naar de vleugel van de rijke man. Ze belden, overhandigden de bladen aan de lijfknecht en werden dadelijk weggewuifd.

Het verhaal van het spookhuis is ouder dan de oudste priesters en nonnen. Daarom is het een flutverhaal; niets van waarde in deze stad kan ouder zijn dan hun ouden. Dat zeggen de nonnen. De nonnen zeggen dat kloostermeisjes vooruit moeten kijken, voort moeten gaan, de achterlijke bijgelovigheden van het verleden moeten vergeten. Nu deze stad groeit als een stevige rijstloot uit het oerwoud, als de oerwoudvoorouders van weleer, nu moeten kloostermeisjes leren zien. Ze moeten hun naaktheid achter zich laten. Daar moeten kloostermeisjes achter hun hand om giechelen, maar de nonnen heffen alleen maar vermanend hun vinger op. Kloostermeisjes moeten beschaving leren. Ze moeten die uitdragen aan hun ouders en hun vriendenkring en later aan hun kinderen. Ze moeten leren hun handen te wassen als ze naar de wc zijn geweest, en niet te spugen, en zeker niet op straat in de goot hun neus te snuiten. Ze moeten manieren leren uit de beschaafde boeken. Ze moeten altijd een zakdoek in hun zak hebben en met mes en vork leren eten, en op zangerige toon leren zeggen: 'Hoe maakt u het?' in plaats van dwars door kamers en volle bussen, over hoofden en onder oksels door te roepen: 'Heb je al gegeten? Heb je gegeten?' Ze moeten afleren om zo onbesuisd te praten dat hun tong ervan in de knoop raakt als die van een beest, ze moeten afleren hun zinnen te beëindigen met uitroeptekens. Ze moeten kalm en waardig zijn. Beschaving is de plicht van elk kloostermeisje. Het is onvermijdelijk: iets koloniaals, dat zich als een vuur door de koloniale familie van de beschaafde wereld verspreidt. Kloostermeisjes moeten uit de heilige schrift lezen wat goed en juist is en leren ophouden hun wartaal uit te kramen, hun bijgelovige gebazel met één woord de kop in leren drukken. Om de waarheid te spreken moeten ze als dames leren spreken. Dat zeggen de nonnen.
Toen de nonnen het huis dat later het spookhuis werd overnamen, was alles een enorme puinhoop. De tuin was door het

oerwoud opgeëist, het kreupelhout reikte tot aan hun hoofd. Grote oerwoudbomen hadden hun zaden rondgestrooid, die zich nu door de woestenij omhoog werkten: de waringin, de angsana, de meranti, de parasolvaren. De apen klauterden er in en uit door de gebroken bovenramen, nestelende oerwoudvogels vlogen krijsend op in wolken van veren. Jarenlang waren er alleen soldaten en bandieten geweest. De nonnen maakten een waterdicht pakketje van de eigendomspapieren van het land en sloten dit weg in een gedeukte hutkoffer die voor de veiligheid midden in hun kamp werd gezet. Ze huurden inlanders om rond hun tenten een kring te kappen naar de plekken waar ze wilden gaan eten en koken en bidden. Vanaf die kring lieten ze paden uitkappen in verschillende richtingen: eentje naar een kuil die dienst deed als wc, een ander naar een bron, weer andere naar waar de kapel zou komen en het voorlopige klaslokaal en het verblijf van de priester en van de nonnen. Toen de inlanders een pad uitkapten naar de voordeur stonden de nonnen toe te kijken.

Grootmoeder zegt: *De geest van de christenen is een vriendelijke geest, een heilige geest, met relaties in hoge kringen. Die geest heeft een gespleten persoonlijkheid en een extreem goed gezichtsvermogen. De christelijke geest ziet alles. Zijn ogen volgen je als je om zijn tempel heen loopt. Als je ook maar een kaars steelt, weet de christelijke geest het en dan zet hij een zwarte stip achter je naam. De christelijke geest heeft een boek vol namen. Dat boek verschijnt in zijn hand als je sterft. Het heet het Boek des Oordeels. In tegenstelling tot de Chinese hemel, waar de doden zich de modernste huizen kunnen laten toesturen, helemaal intact, compleet met bedienden en huisraad, moet het hemelse huis van de christenen steen voor steen worden opgebouwd. Elke keer dat een christen een goede daad verricht, krijgt ze een baksteen. Die bakstenen liggen in stapels te wachten tot ze naar de hemel komt. Als ze daar komt, moet ze haar huis gaan bouwen. Als je christen wordt, moet je nooit in het lichaam van de god bijten die ze je op zondag te eten geven. Als je geen christen bent, moet je het niet wagen het lichaam van de god te ontvangen. Een man die dat eens deed, nam de god mee naar huis, haalde hem van zijn tong, pakte een vleesmes en sneed de god in tweeën. Natuurlijk bloedde de god overvloedig, het bloed stroomde uit zijn in stukken gesneden lichaam. Het bloed doorweekte de man en vulde de kamer en stroomde naar buiten, de straat op, in grote dikke klonten, en de man schreeuwde en trok zich de haren uit zijn hoofd. De man werd volkomen krankzinnig.*

Mijn grootmoeder mag de nonnen niet. Ze zegt dat het Kleine Mensen zijn, van wie de woorden een schaduw maken die te groot is voor hun lichaam.

6. Zodat je me nooit in de steek laat

In de donkere kamer kan de bullebak zijn wie ze wil. Wie ze maar wil. Haar haar kan geolied zijn en kruidig, haar huid ruw, haar vet geen vet maar spieren. Glad als zijde. Haar gesteven rok als de slip van een pandjesjas, het kloosterinsigne een anjer op haar borst. De bullebak staat met haar benen gespreid, als een man.
'Doe je ogen dicht,' zegt de bullebak. 'Doe je mond open. Steek je tong uit.' De bullebak maakt al pratend de papieren klaar. Ze doet de lichten uit. 'Ik ga muizekeutels op je tong leggen,' zegt ze, 'en die moet je opeten. Je moet glimlachen. Je moet het lekker vinden.'
De bullebak duwt me tegen de muur en ik steek mijn tong uit. Ik sta daar terwijl zij de foto's ontwikkelt, het geluid van de ontwikkelvloeistoffen klinkt als muziek. Mijn handen rusten op mijn buik en strijken tegen een plekje ruwe huid dat stug en onverwacht door mijn hemd heen bobbelt. Huid in een opstaand regelmatig patroon, als vlechtwerk over de navel, als een kromgegroeide nagel. Mijn handen trekken zich snel terug. 'Niet bewegen!' beveelt de bullebak.
De afbeeldingen op de foto's zien opkomen is als het opengaan van Grootmoeders oog. Schaduwen leunen tegen elkaar, verdringen elkaar, de ene boven op de andere, tot er ogen zijn, een neus, een mond. Piepkleine kraaltandjes. Als de bullebak klaar is, laat ze me de foto's zien. Ze spreidt ze in een kring rond haar oudste foto, zet haar geconcentreerde bullebaksblik op en tuurt eerst naar de oude, dan naar de nieuwe. Dan weer naar de oude. Maar de nieuwe foto's helpen de bullebak niet. Als ze ze neemt, denkt ze dat ze iets opnieuw heeft gevangen. Ze denkt dat ze de rook-verbrande schaduwen gestalte heeft gegeven. Ze is zo opgewonden, dat ze staat te trappelen van ongeduld om terug te gaan naar de donkere kamer. Maar als ze naast elkaar liggen, past de oude foto niet bij de nieuwe. Nog steeds kan de bullebak de schaduwen op haar oudste foto niet goed onderscheiden, nog steeds denkt ze dat er meer te

zien is. Ze wenkt me. 'Je moet filmster worden,' zegt ze. Ze wijst naar haar lievelingsfoto. Daarop sta ik, van opzij genomen. Ik leun tegen de balustrade van het balkon, met mijn blouse losgeknoopt, mijn haren in de war van de wind. Op de foto buigen en zwiepen mijn schaduwen om me heen als een golf, een staart.
'Ben je klaar?' zegt de bullebak en ze schudt de dingen in haar handen.
Ik doe mijn mond wijd open. Het kan van alles zijn. Muizekeutels of hout, stukjes glas of snoep. Ik slik. Ik glimlach. De bullebak lacht en slaat zich op haar dijen. Ik omhels haar.
'Geen muizekeutels,' zegt de bullebak, 'maar een tovermiddel. Zodat je me nooit in de steek laat.'
Mijn armen om de bullebak zijn verrassend sterk, ze kan zich nauwelijks bewegen onder mijn gewicht. Ik voel de echo van haar hartslag in mijn armen, ik druk mijn oor tegen het bonzen van haar adem om vrijgelaten te worden. Ik klem haar nog steviger tegen me aan. 'Weet je nog wat je beloofd hebt?' fluister ik. 'Weet je nog wat je beloofd hebt toen ik won, wat je zei dat je me geven zou?'
'Wat je maar wilt.' De bullebak haalt haar schouders op. 'Wat wil je?'
Als ik als antwoord alleen maar glimlach, puft en blaast ze tot haar gezicht rood aanloopt, tot we allebei lachen en ik haar los moet laten. 'Vergeet niet wat je beloofd hebt,' hijg ik, maar de bullebak herinnert zich al niets meer. Haar adem welt op uit haar borst in forse vlagen, aardachtig, als rotsen en bladeren uit het oerwoud.

Mijn grootmoeder is verhalenvertelster. Ze is de behoedster van geheimen en naamloze dingen. Grootmoeder is klein, haar gezicht verschrompeld, diep gegroefd en leerachtig van de zon. Ze draagt een speciale zonnebril op het puntje van haar neus uit meegevoel met gewone mensen, zodat ze niet de volle mep van haar tijgerblik hoeven te verduren. De botten van haar ellebogen en haar knieën steken uit. Grootmoeder loopt gebogen, ze waggelt met stijve schouders en benen zo krom als een koelie, als een soldaat die popelt om zijn wapen te trekken. Haar voeten zijn zo vergroeid, dat ze heel moeilijk loopt. 'Langzaam!' roept ze, en ze slaat met haar stok van achteren tegen mijn benen. Als Grootmoeder loopt, betast ze al haar pijntjes en kwalen. Ze is oud nu, dus haar pijnen zijn talrijk: hoofdpijn van de uitlaatgassen van auto's en vracht-

wagens, gezichtspijn van buren die voorbijlopen zonder te groeten, doorgeslikte-potgeest-pijn die haar buik doet opzwellen van winderigheid. De pijn van haar lang geleden ziekenhuisbelofte die voortdurend aan haar hersens knaagt.
'Wat voor belofte, Grootmoeder?' vraag ik. 'Wat voor belofte hebt u gedaan?'
'Rustig jij,' zegt Grootmoeder. 'Ik denk na.'
Grootmoeder kauwt aan een stuk door op betelnoten als ze nadenkt, zodat haar tanden altijd rood zijn.
Als Grootmoeder verhalen vertelt, wil ze dat iedereen rustig blijft zitten. Ze installeert de bullebak aan haar voeten waar ze haar goed in de gaten kan houden. Mijn moeder brengt ons heet gerstenat en hapjes, kokos-chocolaatjes, stukjes gesuikerde meloen, zonnebloempitten. De bullebak propt haar mond al vol voordat iemand haar iets heeft aangeboden. Grootmoeder geeft haar een tik op haar vingers.
Als Grootmoeder verhalen vertelt, zit de bullebak ademloos te luisteren. De bullebak wordt naar achteren en naar voren getrokken aan de draad van Grootmoeders verhaal. Ze wiegt alle kanten op, met haar mond half open om vooral geen woord te missen. Grootmoeders woorden vallen bij haar uit haar mond als rijpe vruchten. Vaak houdt ze even op om te kauwen, te proeven. Dan houden alle anderen ook op. Grootmoeder verplaatst haar woorden van de ene wang naar de andere. Ze slaat onze gezichten gade. Ze ziet mijn moeders handen trillen, de ene hand om de andere gevouwen, trillend. Ze kijkt naar de rug van de bullebak die strak gebogen is, als klaar om op te springen; wachtend op het opspringen van Grootmoeders volgende woord. Minutenlang laat ze ons wachten. Soms houdt ze op om een toverformule op te schrijven, of haar voorraad hellegeld te tellen. Soms komt ze overeind en schuifelt de kamer uit. Andere keren spuwt ze haar verhaal zo gejaagd uit, dat we moeite hebben het te volgen. Als je iets mist, is het weg.
'Wat gebeurde er toen, Grootmoeder?' roepen we uit. 'Wat gebeurde er?'
Maar Grootmoeder herhaalt dat gedeelte van het verhaal pas later, een eeuwigheid lijkt het wel, een maand, twee maanden, of drie als het meezit. Grootmoeder begint eerst een ander verhaal, en nog een, voor ze erop terugkomt. Als ze uitverteld is voor die dag, klemt ze haar lippen stevig op elkaar. Ik laat mijn pen vallen en ontspan mijn pijnlijke vingers. Grootmoeder buigt zich naar me toe om haar aantekenboek te bekijken,

al kan ze de woorden niet lezen. De bullebak richt haar teleurgestelde blikken eveneens op het aantekenboek, alsof de neergekrabbelde aantekeningen zullen verdergaan met het verhaal dat zo plotseling is afgebroken, dat de bullebak het niet verdragen kan. De bullebak glijdt met haar vingers over haar eigen plakboek waarin ze alle verhalen wil verzamelen, zodat ze ze zelf door kan kijken, in haar eigen tempo. Zodat niemand haar kan gebieden op te houden. De bullebak zanikt maar steeds of ik in haar plakboek wil schrijven. Overal tussen de ingeplakte oerwoudbladeren en aarde die de bullebak ooit geplukt of betreden heeft, de steentjes die ze ooit in haar schoen heeft gehad, de foto's die ze lukraak uit haar oude fotoalbum heeft gescheurd en tussen haar zelfgenomen foto's geplakt, staat nu al mijn gekrabbel in verschillende kleuren. De kaft van haar plakboek is gemaakt van op elkaar geplakte lagen hard karton, zodat het nooit zal vergaan. Het is helemaal versierd met sterren en diamanten figuurtjes en parelkettingen, zodat kloostermeisjes die het onder ogen krijgen zullen denken dat het vol schatten zit; maar al vragen ze het heel lief, ze zullen er nooit achter komen.
'Schrijf hier eens wat,' fluistert de bullebak als Grootmoeder uitverteld is. 'En hier ook.'
Als Grootmoeder uitverteld is, pakt ze haar aantekenboek van me af en laat het in zijn speciale kistje glijden, waarvan zij alleen de sleutel heeft. Ze diept er haar extraspeciale aantekenboek uit op, dat ze bewaart voor het boek dat ze op een dag wil gaan schrijven met behulp van mijn aantekeningen. Het extraspeciale aantekenboek heeft een omslag van rood leer, fel en gladgetrokken, zo zacht als een dier, met liefde geaaid. De bladzijden hebben een gouden rand. Als Grootmoeder uitverteld is, krult haar verhaal zich aan suikerdraden om ons heen. De bullebak zit haar lippen af te likken, laat haar vingers over haar plakboek glijden. De bullebak denkt dat ze Grootmoeders verhaal op haar lippen kan proeven. Ze slikt gulzig.
In mijn grootmoeders huis lijkt de bullebak kleiner te worden. Ze krimpt tot ze net zo klein is als Grootmoeder. Het uniform van de bullebak, dat ze van de nonnen ook in het weekeinde moet dragen, zwabbert om haar heen. Haar stem dendert niet meer, haar schouders staan niet meer strak naar achteren. Meisjes in het klooster kunnen altijd ruiken of de bullebak er aankomt, maar hier ruikt ze alleen maar naar zeep en haar krakend gesteven rok. Haar lichaam absorbeert alle andere luchtjes. In mijn grootmoeders huis wordt de bullebak bleek.

Ze denkt dat ze zal vervagen. Ze eet aan één stuk door om op krachten te blijven.

Toen mijn moeder een jonge vrouw was, ontmoette ze op straat een andere jonge vrouw. De andere jonge vrouw was de mooiste vrouw die mijn moeder ooit had gezien. Dat was vlak voordat mijn moeder christen werd, vlak nadat haar gezicht de strijd had opgegeven, het gevecht tussen zijn noodlotsuitdrukking en de woeste zwarte trekken die Grootmoeder erop probeerde aan te kweken had verloren. Nadat haar gezicht van bedroefd veranderde in een tragisch gezicht. Eerst merkte mijn moeder de andere jonge vrouw nauwelijks op. Mijn moeders voeten sleepten van uitputting, haar schouders hingen slap van ellende. Alleen pure wilskracht hield haar lichaam overeind. Zelfs de blik waarmee ze de mensen in hun gezicht staarde was een visseblik: onbeweeglijk. Toen mijn moeder de andere jonge vrouw ontmoette, liep ze al dagen te lopen, te staren. Dat was niets bijzonders. In die dagen liepen er buiten de speruren allerlei soorten mensen te strompelen, te staren door de straten van de stad. Sommigen liepen net als mijn moeder met lege handen, anderen droegen een bundel haastig bij elkaar geraapte spullen die er half uithingen. Sommigen kon je door de straten van de stad zien strompelen met hun hoofd in bebloede lappen gewikkeld, hun armen, in vreemde hoeken gebogen, in een mitella. Je kon Jan en alleman voorbij zien stuiven met een haveloos hemd wapperend achter zich aan. Oude mannen renden met vermoedelijke bandieten weg van de plekken waar geplunderd en gevochten werd, marktvrouwen probeerden zij aan zij met vermoedelijke communisten verdwaalde kogels te ontduiken. Roddeltantes zaten tussen de kinderen te snotteren. In slordige groepjes van drie of vier, of in hun eentje, kwamen stedelingen van alle rangen en standen onverwachte hoeken om rennen, met voetstappen waarin het dichtslaan van deuren en ramen weerkaatste, gezichten scheefgeramd door de kolf van een soldatengeweer dat de vrede handhaafde.
Met gebogen hoofd, de haren naar voren hangend om haar gezicht te verbergen, liep mijn moeder in delen van de stad waar ze nog nooit eerder was geweest. Ze strompelde door de kronkels en bochten van de nauwe achterafstraatjes van de stad, waar ze bedwelmd werd door lichaamsgeuren, de geur van altijd met z'n allen op een kluitje wonen, van te drogen gelegde zoutevis en garnalenkoekjes. Ze zag halfopen latrine-

deuren waar een kind soms op zijn hurken zat te midden van het gezoem en gedans van vliegen. Het door het opgehangen wasgoed heen wapperende avondzonlicht van deze steegjes beroerde nauwelijks mijn moeders wang. Ze deed haar best om haar passen niet te gejaagd te laten lijken en kromde haar schouders tegen herkenning, tegen opgeschoten jongens die in de deuropeningen zaten te fluisteren, oude mannen die onder vettige luifeltjes zaten te roken. Tegen soldaten in groepjes van vier of vijf die van deur tot deur routinecontroles uitvoerden. Overal waar ze keek, doken schimmige gluurogen gejaagd weg achter latjes van jaloezieën voor bovenramen.
In die dagen had mijn moeder het gevoel dat ze in eindeloos veel kronkels en bochten liep, door doodlopende straatjes die bleken uit te komen op onvoorstelbare open plekken, over markten waar ze bijna werd opgeslokt door de wanhopige stormloop op schaarse groenten, op wilde en ranzige vleessoorten. Ze liep langs een familiestuk hier, een familiejuweel daar dat voor een habbekrats wegging. Ze weigerde speciale kortingen, negeerde zowel gevloek als gesmeek. Mijn moeder merkte de oude vrouwen en kinderen die bij de altaren langs de weg hun vermiste doden zaten te bejammeren nauwelijks op, het plotselinge geweergeblaf spoorde haar niet aan tot rennen of wegduiken. In die dagen liep ze tot haar hoofd begon te tollen, tot de straten in elkaar overliepen tot één grote vlek en alles en niets bekend leek. Ze wist zeker dat ze deze smalle brug was overgestoken, maar niet dit plein met die gebarsten bestrating, en deze steeg kende ze ook niet, maar die waslijn daar kon ze zich nog heel goed herinneren, de wind had hem omlaag geblazen zodat het wasgoed over haar wang streek toen ze erlangs kwam. Mijn moeder stond stil en drukte haar handen tegen haar wangen om het tollen weg te dringen. Ze wist niet waar ze was. Ze had te lang gelopen, was te laat buiten gebleven. Ze strompelde voort, nu eens naar links, dan naar rechts, dan weer terug zoals ze gekomen was, en de straat om haar heen tolde maar in het rond. Niets van wat Grootmoeder haar in al die jaren geleerd had, mocht haar baten. Mijn moeder wist de weg naar huis niet meer. Ze had niet gezien dat de straten waar ze liep heel snel leeg raakten. Deuren en ramen gingen dicht voor de avondklok, zijsteegjes gaapten ongeïnteresseerd naar haar koortsachtige blik. De straat waar ze liep, was leeg op haar tollen na. Na een onverwachte hoek te zijn omgeslagen stuitte mijn moeder op een groepje schaduwen die weggedoken zaten in de donkerder

schaduwen tegen een muur. Het laatste restje avond wierp bleke strepen licht over het steegje. Bij het ruiken van rook en metaal, bij de schoensmeer van gepoetste laarzen stond mijn moeder stil. Ze staarde naar de schaduwen die zich nu ontrolden tot een groep soldaten met tanden die glommen rond hun sigaret. Haar handen bogen zich tot de vorm van Grootmoeders teken voor demonen: *Wend u af!*
'Nog zo laat buiten,' mompelden de soldaten. 'Ah Meisje, weet je niet dat het spertijd is?'
'Kom hier!' riepen de soldaten toen mijn moeder wegstrompelde. 'Kom hier en wees eens lief!'

Al sinds mijn zevende jaar brengen mijn grootmoeder, mijn moeder en ik elk jaar een dag door aan zee. Elk jaar gaan we naar dezelfde plek, elk jaar nemen we dezelfde route. Alle andere dagen van het jaar mijdt Grootmoeder de zee als de pest, als een beest met schubben op zijn rug. Als we vragen of we alsjeblieft naar zee gaan, heft ze waarschuwend haar hand op. De zee zit vol geesten in allerlei soorten en maten, zegt Grootmoeder, en die kunnen zowel kwaadaardig als goedwillend zijn, afhankelijk van hun bui. Ze vaker zien dan noodzakelijk is, is vragen om moeilijkheden. Dat geeft te veel spanning.
'Waarom, Grootmoeder?' vraag ik. 'Zijn ze sterker dan landgeesten, en oerwoudgeesten, en geesten die in het hout van de bomen wonen?'
'Nee,' zegt Grootmoeder. 'Maar zeegeesten zijn geheimzinniger als je eigen geest niet uit de zee afkomstig is.'
Elk jaar weten mijn moeder en ik van tevoren wanneer we naar zee gaan. Hoewel de tijd waarin we gaan elk jaar verschilt, kunnen we het afleiden uit Grootmoeders dromen.
'Wacht!' roept Grootmoeder in haar slaap, terwijl ze begroetend haar armen opheft. 'Wacht nog even! Waarom zo'n haast?'
'Maak je geen zorgen,' roept ze. 'Ik hou mijn belofte, ik doe wat ik gezegd heb. Aiya, nog tijd zat! Je hoeft niet kwaad te worden.'
Op zulke nachten zit mijn moeder bij Grootmoeder, net als toen haar extra oog dichtging. Ze grijpt Grootmoeders armen vast die woest in de rondte maaien.
'Aiya, ze gaat nergens heen!' roept Grootmoeder en pakt mij bij mijn handen, klemt haar vingers om mijn polsen. 'Hier is ze!'

Mijn moeder maakt Grootmoeders vingers los en stuurt me de kamer uit. Soms blijft ze de hele droom lang bij Grootmoeder zitten; als ik dan 's morgens de kamer weer binnen kom stommelen, zit ze er nog, voorovergebogen, met Grootmoeders tot rust gekomen armen in haar handen geklemd. Het licht door de gordijnen beschildert hen nu eens met rode, dan weer met groene vlekken. Grootmoeders gesnurk strijkt over de fijne haartjes op mijn moeders nek als ze zich naar mij omdraait met haar vinger tegen haar lippen. In het gekleurde licht halen ze als uit één mond adem. Als ik bij Grootmoeder ga staan en mijn kin op haar borst leg, doet ze langzaam haar ogen open. Haar gezicht glimt, diamantjes van zweet glinsteren in de kloven rond haar neusgaten, op haar wangen. Haar blouse kleeft in klamme plekken tegen haar schouders. Ze schudt mijn moeders handen van zich af.
'Wah, zo moe,' zegt ze.
'Waar bent u geweest, Grootmoeder? Waar?'
'Naar zee,' zegt ze, en we weten dat de tijd gekomen is.

Bij de plek aan zee waar wij heen gaan, kun je alleen op bepaalde dagen en over een bepaald pad komen. Alleen Grootmoeder kent dat pad, dat zich door de stad slingert met scherpe bochten, in steeds kleiner wordende kringetjes, door zijstraatjes en verlaten gebouwen, door hoofdstraten en steegjes die er, hoe ik ook mijn best doe ze te onthouden, elke keer anders uitzien. De plek waar we uitkomen, is altijd hetzelfde. De zee is er plat en lauw, zo bruin als de gesmolten kokos-chocolaatjes die mijn moeder me in mijn mond stopt om me zoet te houden. De eilanden langs de kust schemeren wazig door de hittenevel in het zuidoosten. In het noordoosten is slechts een vage grijze lijn tussen hemel en zee te zien. Het strand kromt zich in een modderige boog, waarop *pipi*-gravers op hun hurken strandgapers zoeken met haakstokken en canvas tassen. Mijn moeder en ik staan naar het zalvende likken van de golven te kijken terwijl Grootmoeder druk in de weer is met haar altaar. Ik schop tegen de picknickresten die her en der verspreid rond het bushalteborde liggen.
'Gaan we terug met de bus, Grootmoeder?' Ik buig me voorover om mijn pijnlijke benen te kneden. 'Alstublieft?'
'Hou je mond,' zegt Grootmoeder. 'Kom hier.'
Ik gehoorzaam haar aanwijzingen en kniel voor het geïmproviseerde altaar neer met brandende wierookstokjes tussen mijn handen geklemd. Grootmoeder graaft in de zware tas

met offergaven die mijn moeder gedragen heeft. Ze zet netjes de borden neer, maakt een piramide van sinaasappels op een kring van rood papier waar ingewikkelde vormpjes in geknipt zijn. Ondanks Grootmoeders gewenk blijft mijn moeder van een afstandje toekijken met één hand op haar hoofd gedrukt terwijl een plotselinge windvlaag haar haren oplicht. Grootmoeders kaarsen flikkeren wild. Ik buig precies zoals zij me voordoet en steek de wierookstokjes in het zand.
'Grote Zeegeesten!' zing ik als ze een teken geeft, ik volg de bewegingen van haar mond om geen fouten te maken. 'Uw beloofde dochter is hier om u te bezoeken. Ze komt u eer betonen, ze heeft offergaven bij zich zodat u weet dat ze u niet vergeten is. Aanvaard haar nederige dank en offergaven, o Grote Zeegeesten, en stuur uw beloofde dochter geluk!'
Dan steekt Grootmoeder de bundeltjes hellegeld in brand en we springen opzij voor de oplaaiende vlammen, de waanzinnige spiraal van as op de wind. De hele dag knielen we bij het altaar, we houden de wacht terwijl mijn moeder langs het strand slentert en met de *pipi*-gravers praat, met andere kinderen speelt, voetafdrukken maakt die vol water lopen en aan haar tenen zuigen. We blijven zitten tot mijn benen gevoelloos worden, tot Grootmoeder knikkebolt en ik probeer te ontsnappen. Grootmoeder steekt haar wandelstok uit zodat ik struikel. 'Zitten blijven,' beveelt ze met haar ogen dicht.
Als de zon ondergaat, zijn we de laatsten op het strand. Dan geeft Grootmoeder een teken en begint mijn moeder het altaar op te ruimen, terwijl Grootmoeder en ik uitgehongerd, smakkend met onze lippen om te kijken wie het hardste smakken kan, de offergaven verslinden. We trekken de vleugels en de poten van de gebraden kip, persen sinaasappelsap rechtstreeks in onze keel, slikken mijn moeders kleefcake in zijn geheel door. 'Eet toch rustig,' waarschuwt mijn moeder en ze klopt me op mijn rug als ik me verslik. Elk jaar zit ze naast ons en kijkt toe hoe we eten. Ze kijkt lijdzaam toe, zelfs als we eten voor haar neus laten bungelen, over onze buik wrijven en in haar gezicht ademen om haar te laten ruiken wat ze gemist heeft. Mijn moeder weigert aan de feestmaaltijd deel te nemen. Ze staart Grootmoeder verwijtend aan, haar lippen hangen naar beneden, haar schouders gaan gebogen onder hun noodlotsgewicht. Grootmoeder smakt met haar lippen. Voor we gaan, wendt ze zich tot de zee, haar handen eerbiedig gevouwen.
'O Grote Zeegeesten,' roept ze, 'trek u terug in de diepe

oceaan! Uw kinderen hebben u al eer betoond. Probeer hen niet te volgen! Ze kennen uw oorsprong, met uw lange armen als tentakels en de schubben achter in uw nek!'
Later, als Grootmoeder op de lange tocht naar huis voorop hobbelt om ons de weg te wijzen, trekt mijn moeder me naar zich toe. Ze knijpt mijn mond dicht om te voorkomen dat ik schreeuw. 'Ssst,' fluistert mijn moeder terwijl ze met haar vingers een kruis op mijn voorhoofd tekent.
'Doorlopen,' sist Grootmoeder en haar ogen kijken de weg af die we net gekomen zijn.
'Waarom zo snel?' Ik sleep met mijn voeten. Maar ook ik kijk over mijn schouder naar het donker, dat vol is van geluiden en schaduwen die elk moment kunnen toespringen. Ik weet waar mijn grootmoeder zich zorgen om maakt, waarom ze zo vlug doorhobbelt, waarom ze haar tanden op elkaar zet tegen de pijn die aan haar verschrompelde voeten likt. Elk jaar vertelt ze het me. Waarom ze een pad door de stad neemt zo vol scherpe kronkels en bochten, dat zelfs mijn moeder en ik, die heus wel een hoek om kunnen slaan, moeite hebben om haar bij te houden. Grootmoeder is alleen maar voorzichtig, ze wil zeker weten dat niets ons kan volgen naar huis.
Maar terwijl ik achter haar aan strompel, trek ik haar aan haar mouw. 'Waarom moeten we daarheen, Grootmoeder? Waarom?'
'Verzekering!' snauwt Grootmoeder.

Toen Grootmoeder een jong meisje was, hoefde ze nooit her en der kattekwaad uit te halen. Grootmoeder hoefde nooit tegen regenpijpen op te klauteren om nietsvermoedende slachtoffers te bespringen, of aan schriele bomen langs de weg te gaan hangen om te doen alsof ze een hongerige *pontianak*-geest was. Grootmoeder hoefde niet her en der op zoek naar spanning zoals de bullebak en ik als de bullebak bij ons logeert: we hangen in achterstraatjes rond om de gekke vrouwtjes te pesten, we stuiven op elk teken van opschudding af, we stormen de voorkamer waar Grootmoeder zit te dutten binnen en gaan om haar heen dansen en schreeuwen: 'Wat zullen we nu gaan doen? Wat zullen we doen? We vervelen ons, Grootmoeder! We vervelen ons, vervelen ons, vervelen ons!'
Toen Grootmoeder een meisje was, hoefde ze nooit beziggehouden te worden. Anders dan mijn moeder, de bullebak en ik hoefde ze nooit 'savonds een eindje te gaan wandelen en

overal een kletspraatje te maken en de nieuwe spullen van de buren te bewonderen, hun glimmende Morris Minor, hun geïmporteerde meubelen op afbetaling, hun gloednieuwe zwart-wit-tv. Grootmoeder hing nooit lusteloos tegen de bamboestoelen trappend rond in huis. Ze rekte zich nooit uit of geeuwde nooit zo hard dat je de achterkant van haar tong kon zien of zeurde niet om de paar minuten: 'Ma, mogen we wat geld! We hebben niks om mee te spelen. We willen een broodje van de broodventer. We willen een vliegtuig dat rondjes draait!' of 'Grootmoeder, vertel eens een verhaal. Grootmoeder, word eens wakker! Vertel eens een verhaal, Grootmoeder, we vervelen ons zo!' Toen mijn grootmoeder een jong meisje was, verveelde ze zich nooit.
'Hoe kwam dat, Grootmoeder?' vraag ik. 'Hoe kwam dat dan?'
'Ik deed gewoon mijn ogen dicht,' zegt Grootmoeder, 'en dan gebeurde het. Ik wist niet wat verveling was.'
'Wat gebeurde er dan, Grootmoeder?' roepen de bullebak en ik, en we hijsen ons omhoog uit onze onderuitgezakte houding en vegen onze verveelde pony uit onze suf-verveelde ogen.
'Dat zal ik jullie laten zien,' zegt Grootmoeder.
Toen mijn grootmoeder een meisje was, had ze geen tijd om zich te vervelen. Grootmoeder steekt vermanend haar vinger op naar de luie bullebak en mij, ze schudt haar vuist om haar woorden kracht bij te zetten. Mijn moeder, druk bezig met strijken of wassen of koken, knikt heftig met haar hoofd dat het waar is. Toen Grootmoeder een meisje was, werkte ze van de vroege ochtend tot de late avond. Zat Grootmoeder soms de hele dag op een deftige school waar ze alleen maar af en toe een karweitje hoefde te doen om de kost te verdienen, kreeg zij haar eigen boeken en potloden, en een munt voor tussen de middag, en vrije uren waarin ze alleen maar *contemplatie* had? Kreeg Grootmoeder weekeinden vrij? In tegenstelling tot zulke luie bofferds als de bullebak en ik werd Grootmoeder vanaf de tijd dat ze een klein kind was elke dag vroeg wakker. Grootmoeder liep al te rennen en te vliegen als de zon nog maar een bleke schijf was, helpen, altijd maar helpen: met rietjes rollen uit waspapier voor een paar cent per bosje, met vlees en groente hakken voor de grote gezinsmaaltijden, met rijstebloemcakejes kneden voor de markt van de volgende dag. Aan Grootmoeders lijst met karweitjes kwam nooit een eind. Zelfs in het landhuis van de rijke man viel het allemaal niet mee. Ook al mocht de rijke man haar graag, er waren regels. Ze moest

gehoorzaam zijn aan de oudere bedienden, die haar naar eigen goeddunken kleine straffen mochten opleggen. Gedurende de lange perioden dat de rijke man op reis was, hadden de oudere bedienden het voor het zeggen. In het landhuis van de rijke man droop Grootmoeders zweet in een plasje rond haar voeten. Haar rug was krom van het harde werken, haar wenkbrauwen gingen gebukt onder het gewicht van haar fronsen.

Toen mijn grootmoeder een meisje was, bestond er geen televisie van de buren waar je door een gat in de schutting naar kon kijken, geen gebochelde auto van de buren waar je soms een stukje in mee mocht rijden, bestonden er geen hanegevechten waar je 's nachts als iedereen sliep stiekem naar toe kon sluipen. Geen voorbijgangers die stilletjes beslopen en in een onnatuurlijke houding betrapt konden worden voor de verzameling verborgen-camera-opnamen van de bullebak. Buren verdwijnen sneller dan hun verwensingen, ze rennen met hun hoofd achter een krant weg zodra de bullebak en ik er aankomen. Toen Grootmoeder als lijfeigene in het landhuis van de rijke man diende, bestond het enige amusement uit de spelers die op zijn feesten kwamen: de acteurs, acrobaten en slangemensen, de operazangers en de dansgroepen. De bedienden verdrongen zich achter verborgen tussenschotten om toe te kijken. Soms wist Grootmoeder een plaatsje tussen hen te bemachtigen, maar meestal duwden ze haar weg. 'Maak dat je wegkomt, stinkerd!' sisten ze. 'Duvel op, klikspaan! Haal je zweetvoeten uit mijn buurt!' Dus ging Grootmoeder alleen in de donkere keuken stiekem aan haar voeten zitten ruiken. Ze veegde haar voeten met zorg af aan de lievelingsschort van Keukenmeid Nummer Twee. Ze zwaaide ze onder haar bank in ongelukkige bogen heen en weer. Dan deed ze haar ogen dicht.

In tegenstelling tot de bullebak, mijn moeder en ik, die 's avonds altijd staan te kibbelen wie er voor het gat in de schutting mag en met onze ellebogen werken om een glimp op te vangen van de schaduwbeelden op het rechthoekige scherm van de buren, stelde mijn grootmoeder zich nooit zo aan. Zelfs als jong meisje was ze er de figuur niet naar om met haar ellebogen te werken. Grootmoeder hoefde alleen maar stil te zitten om duizenden fluisterstemmen te horen. Ze hoefde alleen maar haar ogen dicht te doen om meer te zien dan de vuurvreters en acrobaten, dan de als schaduwen heen en weer springende dansmeisjes in zwart-wit: om ergens anders heen gevoerd te worden.

In tegenstelling tot Grootmoeder zegt mijn moeder dat het krokodillegezegde onzin is: maar ze zegt dat nooit ergens waar Grootmoeder het kan horen. De krokodil, zegt mijn moeder, is een fantasie. Zijn kracht ligt in de woede van zijn geboorte. Deze woede kolkte jarenlang onder de oppervlakte, onder de geloken ogen en opeengeklemde lippen van de Hagedissejongen als hij nu eens hier, dan weer daar werd gepord, over zijn huid gekrabd, op de foto gezet, in zijn broek gegluurd om te kijken of hij soms een staart kreeg. De woede was eerst een zaadje, sluimerend, dat huiverend tot leven kwam terwijl zijn moeder huiverde toen haar werd gevraagd hem vast te houden, dat doorstootte terwijl ze hem van zich af stootte, dat groeide terwijl hij groeide, terwijl hij opkeek uit zijn boeken en paperassen en zag hoe kloostermeisjes hem aanwezen aan bezoekers, en nonnen hen tot stilte maanden en ouders hun hals uitrekten om hem te zien.

'Mooier dan het circus!' fluisterden kloostermeisjes zo hard dat de Hagedissejongen het kon horen. 'Mooier dan de slangevrouw met slangen om haar nek, en de gestreepte tijgerjongen, en het meisje met het koeiegezicht.'

Al die tijd, door de trage minuten, de maanden, de lange wentelende jaren heen, sudderde de krokodillewoede. Is het dan een wonder dat hij op zekere dag uiteindelijk overkookte, losbarstte? Wat een toestand was dat, zegt mijn moeder, toen de krokodillewoede uiteindelijk losbarstte. Dat was de dag dat de Hagedissejongen amok maakte.

Kloostermeisjes vlogen die dag gillen en krijsend alle kanten op. Ze stormden de klassen uit, de tuinen door, dwars door bloembedden, die er naderhand uitzagen alsof er een kudde oerwoudolifanten overheen was gedenderd. Die dag galmden de kloostergangen van de omvergelopen meubels en de dichtslaande deuren, een kakofonie van geschreeuw en gegil.

'Hij is gek geworden! Hij komt eraan!' riepen kloostermeisjes toen ze het platvoetengeklets van de Hagedissejongen in de gangen hoorden. 'Verstop je! Gauw, verstop je!'

'Meisjes! Rustig aan, meisjes!' bevalen de leraressen, maar de meisjes stoven al alle kanten op.

'Drie meisjes doodgestoken op het middenveld!' riepen ze handenwringend van afschuw. 'De bibliotheek in brand! Vier meisjes gewurgd op de wc's! Wie wordt de volgende?'

Die dag ziedde het klooster. Zelfs in de afgelegen wasserij, de verste uithoek van het klooster waar de stemmen en het doen en laten van de meisjes slechts vaag doordrongen, bevroor

mijn moeder midden in haar werk. Haar handen bleven boven het zeepwater hangen, haar huid prikte. De klaslokalen in het klooster waren net vismanden waarin kloostermeisjes krioelden en spartelden. Hun paniek flikkerde vissestaartzilverig van het ene eind van het klooster naar het andere. Kloostermeisjes botsten tegen elkaar op, ze duwden banken en stoelen scheef, klampten zich wanhopig van angst aan elkaar vast. Hun ogen glommen koortsachtig, hun roze tong duwde tegen hun geopende lippen. Hun stem bibberde, kelen trilden als de trillende kelen van hongerige jonge vogels.
'Mij Hagedis noemen!' hoorden ze de Hagedissejongen schreeuwen terwijl hij van de ene groep meisjes naar de andere rende, van lokaal naar lokaal stoof. Het lichaam van de Hagedissejongen glom vuurrood. 'Hagedis, hè? Kijk maar eens goed. Kijk naar mijn fonkelende tanden! Kijk naar mijn staart die ik als een zweep heen en weer kan zwiepen! Helemaal geen hagedis, kijk maar – alleen – een – Krokodil!'
De conciërge, drie leraressen en twee van de grootste, sterkste nonnen moesten eraan te pas komen om de Hagedissejongen te vangen. Hij rende zo snel als een konijn, ontweek zijn achtervolgers met de behendigheid van een gezonde jonge aap, en eenmaal in een hoek gedreven viel hij aan met de woestheid van een gevangen tijger. De Hagedissejongen trapte en stompte tegen de armen die hem grepen, hij duwde als een bezetene tegen de lichamen die op hem gingen zitten om hem stil te houden. Hij zette zijn tanden in elke hand, schouder of dij die zo stom was binnen zijn bereik te bungelen. Ook toen ze hem de dunne bamboetwijgen en angsana-takken hadden afgepakt die hij uit het oerwoud had losgerukt om kloostermeisjes mee af te ranselen, hielden zijn gebalde vuisten hun hortende gezwaai nog een hele tijd vol. Er werd water over hem heen gegooid om zijn bloed af te koelen. Zijn vader, de conciërge, sloeg gespikkelde handafdrukken op zijn beide wangen, en zijn polsen en enkels werden vastgebonden en zijn hoofd werd omwikkeld met een lap, zo angstaanjagend was zijn blik die dag. De Oude Priester kwam aangesneld om wijwater over zijn lichaam te sprenkelen. Toen werd de Hagedissejongen half sleurend, half dragend naar een rustig deel van het klooster gevoerd waar bijna nooit iemand kwam. Waar kloostermeisjes hem niet zouden zien of horen, zodat ze konden bijkomen van de schok van die dag. Daar zou hij blijven tot besloten was wat er met hem moest gebeuren. Daar moest hij blijven om flarden adem uit de hete, vochtige lucht zien los te krijgen. Om liggend

in een plas zeepwater dat belletjes rond hem deed opborrelen na te denken over zijn vele zonden en de vele straffen die hem te wachten stonden, en met de ketting te rammelen die zijn voeten aan de wasserijmuur vastketende. 'Arme Peetzoon.' De Oude Priester stond er hoofdschuddend bij.
'Hou hem in de gaten,' gelastten de nonnen mijn moeder, die de wasserij uit kwam om een kijkje te nemen. 'Wees voorzichtig, niet te dichtbij komen. Zodra hij iets verkeerds doet, moet je het ons komen vertellen.'
'Beheers je, meisjes!' zeiden ze tegen de meisjes die nog dagenlang met hoge, koortsachtige stemmetjes bleven praten, die nog vaker dan anders neigden tot flauwvallen. 'Denk eraan dat jullie jongedames zijn, meisjes!'
'Een liefdadigheidskind,' susten de nonnen de ouders die later op hoge poten naar het klooster kwamen om te zien wat er aan de hand was. 'Niemand heeft ook maar het *minste* gevaar gelopen. Gewoon een kind dat een beetje van slag was, we houden het scherp in de gaten.'
'Goed in de gaten houden,' zeiden ze tegen mijn moeder.

Jaren later, in de dagen dat mijn moeders geest huilde om haar verdwenen man, gaven de nonnen haar elke week een gipsen heiligenbeeldje. Ze gaven haar een heiligenbeeldje voor elke geestelijke brug die mijn moeder overstak op het lange pad naar de verlossing, om haar te sterken onderweg. De heilige Christoffel voor gevaarlijke oversteken, de heilige Lucia voor oog- en keelproblemen, de heilige Jozef voor een gelukkige dood. Ze luisterden met ingehouden adem als ze vertelde over het visioen van de mooie vrouw dat haar gered had, en mompelden: 'Wat een geluk! Wat heb jij een geluk, lieve kind.' Het visioen van de Maagd Maria was zowel voor mijn moeders lichaam als voor haar geest een redding. Toen de nonnen ontdekten dat ze niet voor het geestelijke maar voor het gezinsleven bestemd was, gaven ze haar de heilige Gerardus om haar te behouden in de gevaren van moederschap en geboorte, om het kind dat ze droeg te beschermen en veilig in Gods licht te brengen. Zelfs nu haar bestemming in het gezinsleven bleek te liggen, lieten de nonnen mijn moeder toch haar lessen bij de Oude Priester voortzetten. De nonnen staarden naar haar gezicht, naar haar bleke wangen en kwijnende lippen, ze vouwden de handen bij het zien van de sporen die de Maagd, de Koningin der Smarten, daar had nagelaten.
Dit was in de tijd dat de Oude Priester stervende was, al wist

niemand dat toen nog. In die tijd zag de Oude Priester er kerngezond uit, zijn oude ogen straalden, door zijn perkamenten huid schemerde een innerlijke gloed. Bij een bepaalde lichtval stond zijn spaarzame witte haar in vurige vonken overeind. Mijn moeder zat 's middags naast hem, en de tranen liepen haar over haar wangen terwijl ze de bladzijden van zijn bijbel omsloeg, die vochtig waren van de tranen en het vingerzweet van duizend maal omslaan. Ze wierp verstolen blikken op zijn vreugdevolle gezicht. De Oude Priester wees naar de vervaagde tranensporen. Hij vroeg mijn moeder er haar vingertoppen op te drukken.
'Die smartelijke tranen,' zei hij, 'zijn veranderd in vreugdetranen.'
'Hoe, Pater, hoe?' vroeg mijn moeder telkens weer, maar de Oude Priester kon het niet zeggen. Af en toe wendde hij zich tot het kleine kind dat buiten voor de deur van de kapel rondhing. Hij stak groetend een hand op, knikte met zijn hoofd om te laten zien dat hij niet vergeten was dat ze daar was. Af en toe staarde hij naar een punt net achter mijn moeders linkerschouder, en zijn ogen lichtten op als vuur.
'Ik kom,' zei de Oude Priester.
Toen het kleine kind zich schuchter naar hem toe bewoog, legde hij zijn handen om haar gezichtje. Het kind met het vierkante gezicht staarde achterdochtig naar mijn moeder, deed haar mond wijd open uit protest toen de Oude Priester mijn moeders hand in de zijne nam.
'Kun je het zien?' vroeg de Oude Priester, terwijl hij hen beiden in zijn vurige greep hield en hun gezicht verbrandde met zijn blik.
'Zien – wat zien, Pater?' stamelde mijn moeder.
'Bewijsmateriaal!' riep de Oude Priester uit, maar toen ze zich omdraaiden om te kijken, zagen ze alleen een fel teken van zonlicht op de muur van de kapel. Het teken gloeide op de muur met de vurigheid van de kwijnende middag, met de helderheid van een geopende deur. De ogen van het kind werden tot spleetjes, terwijl die van mijn moeder groot werden, die van mijn moeder zich vulden met de vreugde van de Oude Priester.
'Ik zie het, Pater,' fluisterde ze en ze liet zich op haar knieën glijden en vouwde smekend haar handen. Het licht op de muur was verblindend, net als het licht op het gezicht van de Maagd Maria.
'Wat dan?' schreeuwde het kind, en wreef haar ogen uit.

Toen mijn moeder christen was geworden, geloofde ze niet meer in schreeuwen. Ze geloofde niet meer in vechten. Al het geschreeuw en gevecht uit haar jeugd, uit Grootmoeders leerschool, slonk weg. Mijn moeder geloofde in een voorzichtig, oplettend leven. Toen ze christen was geworden, verrees ze schoon en ongeschonden. Haar stem werd zacht en teder, haar blik klaar en vragend, nooit meer woedend. Op de dag dat ze christen werd, jankte en kreunde het noodlot, het sprong woest op en neer en maakte mijn moeder aan het janken en kreunen bij het zien van de glinsterend volle doopvont in de kapel. Mijn moeder schoot op handen en voeten weg, probeerde onder een bank te kruipen. Haar benen waren gezwollen, haar ronde buik werd platgedrukt tegen haar knieën. De Oude Priester, tenger als hij was, hield haar stevig vast. De nonnen grepen haar bij haar armen en streken haar haren uit haar gezicht. Bij de eerste aanraking van het wijwater verschrompelde het noodlot tot een bult op haar schouders die ze nauwelijks voelde. Mijn moeder viel tegen de armen die haar vasthielden aan. Toen ze christen was geworden, geloofde ze niet meer dat ze eens een noodlotsdemon op haar rug had gehad. Voor haar werden zijn capriolen minder dan dromen. In tegenstelling tot Grootmoeder geloofde ze niet meer in het noodlot, in toekomstvoorspellingen door lichamelijke waarnemingen, de zenuwtrek in het rechteroor om twee uur 'sochtends die betekende dat iemand aan haar dacht, de galm in het linkeroor om zeven uur 'savonds die betekende dat er spoedig geld zou worden verloren. Ze nam niet langer deel aan Grootmoeders vroege ochtendoefeningen om de adem te sterken en het evenwicht te bevorderen; ze geloofde niet meer in de macht van de menselijke ademhaling. Mijn moeders geloof was gericht op hemelser sferen.
Met haar ogen opgeheven naar de gipsbeelden van Jezus en de Maagd te midden van de andere figuren op ons familiealtaar, haar handen gevouwen tot haar knokkels wit glommen, bad mijn moeder vurige gebeden van hoop en verzoening. Ze leefde elke dag alsof het een boetedoening was, alsof ze spaarde voor een vakantie die ze pas mocht opnemen als ze dood was. Het gewicht op haar schouders was geen noodlotsdemon, maar een beproeving van God, glas dat onder haar aanraking versplinterde, meubels die verschoven om haar te laten struikelen, al die dingen dienden om haar geduld op de proef te stellen: straffen voor haar zonden. Mijn moeders kamer staat vol religieuze ikonen die van kasten, van venster-

banken en bijzettafeltjes, zelfs van onder haar bed naar je gluren. Op elk vrij plekje in de wasserij staat wel een nest heiligen, die de bullebak en ik urenlang bekijken als mijn moeder er niet is. De bullebak en ik draaien het zware gips rond in onze handen, we duwen onze vingers in heilige mondopeningen, in ogen en oren en neuzen, we kleuren lippen opeengeklemd in heilige extase met de potten vet en gekleurde poeder die we van Grootmoeder mogen gebruiken. We schilderen geestafschrikkende gezichten op de heiligen, kleine gezichtjes lijkwit gepoederd, gekleurde patronen over roze wangen getekend. Schoenpoets over de levensechte wenkbrauwen, tandpasta boven de lippen. Als mijn moeder ons handwerk ontdekt, krijgt ze een van Grootmoeders woedeaanvallen, maar omdat ze christen is, gilt en schreeuwt ze niet. Ze wordt heel snel weer kalm. Ze laat ons de heiligen voorzichtig schoonboenen. De bullebak, mijn moeder en ik staan naast elkaar aan de wastafel in de wasserij; al heiligen boenend zingen we gezangen, als boetedoening.

Stel je deze heuvel voor zoals hij al die jaren geleden geweest moet zijn. Ze zeggen dat het een oude heuvel is, die begon als een bult niet groter dan mijn vuist en die door de eeuwen heen groeide. Ze zeggen dat hij er altijd geweest is, dat hij de wortel is van de wereld in deze streken, dat hier de Grote Eén voor het eerst in beweging kwam. Ze zeggen dat de heuvel het bewijs is van een lang geleden strijd, lang voordat de stad een stad werd, voor de tijd van mensenwezens, toen de zee- en de landgeesten hun gevecht aanspanden om te pakken aan land en zee wat ze van de wereld pakken konden. De geesten vochten heel lang, langer dan menselijke eeuwen. De landgeesten spetterden gesmolten lava naar de zeegeesten, kieperden rotsen groter dan steden in hun wateren, de zeegeesten kloven aan de rafelige landranden met tyfoons en vloedgolven, joegen waterfonteinen de hemelen in om noodweer en overstromingen te veroorzaken. De geesten vochten langer dan menselijke eeuwen zonder dat één van beide partijen de overhand kreeg. Ten slotte stemden ze toe in een wapenstilstand en een minder gewelddadige strijd. De geestenkoningen stuurden elk de mooiste en slimste van hun ontelbare dochters om elkaar te bestrijden met verstand en schoonheid in plaats van wapens. Land- en zeegeesten in alle mogelijke gestalten en omschrijvingen verzamelden zich aan hun turbulente grenzen om van de proef getuige te zijn. De dochter van de zeekoning rees op uit de diepten in een grote wolk zeeschuim, een berghelling spleet open om de landprinses naar buiten te geleiden. Beiden stonden met hun dienstmaagden om zich heen geschaard, beiden waren adembenemend mooi. Van beider lippen kwamen de raadselrijmen waar de stad later befaamd om zou worden. Zonder een moment te aarzelen beantwoordden ze elkaars raadsels, eveneens in rijm. Vragen en antwoorden vloeiden langer dan menselijke eeuwen van de een naar de ander, van lieflijk glimlachende lippen, tot de glimlachen lieflijk bevroren en de dochter van de zeekoning haar ogen tot spleetjes kneep en met haar hand uit de diepten van de zee, waar zeeslangen hun wijze, vreeswekkende geheimen sponnen, een raadsel ophaalde dat de landprinses niet kon oplossen.

Aardbevingen begeleidden de woede van de landkoning, kolkende zeestormen de vreugde van de zeekoning. De landprinses stampte met haar voet zodat de aarde verder dan menselijke mijlen om haar heen openspleet, en de zeekoning liet de spleet onmiddellijk onderlopen. Woedend trokken de landgeestenkoning en al zijn dienaren zich terug in de opengespleten berghelling. De landprinses liep helemaal achteraan. Halverwege de berg keerde ze om voor een laatste blik vol haat. Dit gedeelte van het verhaal, zegt mijn grootmoeder, is een les voor ondankbare dochters die niet doen wat hun gezegd wordt, die uit het raam zitten te kijken als ze moeten leren, die dagenlang door de stad gaan lopen zonder te zeggen waar. Dochters die niet doen waar ze voor opgeleid zijn, die het gevecht niet winnen! Als Grootmoeder dat zegt, steekt ze vermanend haar vinger op naar de bullebak en mij en werpt mijn moeder zijdelings een vernietigende blik toe. Zo groot was de woede van de landkoning, dat de opengespleten berghelling zich sloot toen zijn dochter nog maar half binnen was, hij zwaaide zijn keien over haar voeten en zette haar tot aan haar middel vast in de grond. Aarde kroop over haar bovengrondse lichaam, bittere planten groeven er hun wortels in. De halfverzonken dochter van de landkoning verhardde tot groengerande keien en dooraderde rotsgrond, tot een heuvel in de gedaante van een vrouw die zich omdraait, om eeuwenlang om te kijken naar de feesten waaraan de zeegeesten zich door de tijden heen verkneukelend overgaven. De zeegeesten propten zich vol met het land van de landkoning, hun verwanten de riviergeesten doorkruisten zijn weidse binnenland met snelstromende beken en trage rivieren en vormden de wereld in deze streken tot wat hij heden ten dage is: een doolhof van eilanden ten zuidoosten van de stad, met in het noordoosten de open zee. Een binnenland kriskras doorsneden met water, als zweepslagen. Als baken voor de toekomstige stad: een prinsesvormige heuvel. En hoewel er een tijd langer dan menselijke eeuwen verstreken is, zijn noch de geesten van de zee noch die van het land hun lang geleden strijd vergeten, noch de verbolgenheid van het land, noch de bespotting van de zee; sindsdien zijn zee en land in deze streken vijanden die aanhoudend naar elkaar grissen en graaien, elkaar beroven zoveel ze kunnen. Dus de kinderen en dienaren van land en zee, die zich later ontwikkelden tot mensen, zijn eeuwenoude vijanden. Dat zegt de oudste en beroemdste legende van de stad, die elk stadskind kent.

Andere legenden willen dat de heuvel de gebochelde rug is van een oud, slapend reptiel, dat omhooggedrukt wordt door een scheur in de aarde, een draak die zich verroeren zal, die zich verheffen zal als iemand hem op de juiste plek in zijn rug prikt. De oerwoudgeesten verplaatsen die plek steeds om de mensen voor de gek te houden. Alvorens in het oerwoud te gaan wroeten of graven moeten mensen eerst hun toestemming vragen, anders is de plaats waar ze gaan wroeten of graven die plek. De nonnen zeggen dat de met oerwoud bedekte heuvel altijd een schuilplaats is geweest voor onrustzaaiers, bandieten en ander gespuis, hoewel ze zich een korte periode van rust tussen de Oorlogen kunnen herinneren toen de soldaten de onrust praktisch hadden uitgeroeid, en de heuvel een stil oord werd waar meisjes in de natuur de glorie van God konden contempleren. Eenvoudige stedelingen zeggen dat de heuvel het verblijf is van de talloze oorlogsdoden, die in zo groten getale om gerechtigheid roepen, dat de plaatselijke godheden, de goden van donder en bliksem, van vuur en vruchtbaarheid, van aardbeving en de zevenhonderd winden, naar rustiger oorden vertrokken zijn. Daarom maken de eenvoudige stedelingen moeilijke tijden door, is het voedsel schaars of op de bon, zijn er dieven en bandieten en steeds hogere belastingen en ziet het zwart van de soldaten in de straten van de stad. Mijn grootmoeder zegt dat de heuvel het terrein is van grote gevaren. Grootmoeder houdt haar hoofd scheef als ze dat tegen de bullebak zegt. Grootmoeder geeft haar een vette knipoog, maar de bullebak ziet het niet. De heuvel is het terrein van een lang begraven schat, zegt Grootmoeder, die alleen gevonden kan worden door iemand die grote moed bezit, die de oerwoudpaden kent en er niet voor terugschrikt tussen wilde beesten te lopen of onder het maanlicht te slapen. Iemand die mee kan rennen met de harige heuvelgeesten, hen kan volgen waar ze ook gaan. Iemand die in tijden van groot gevaar speeksel kan verzamelen en haar gezicht kan veranderen om de wind treiteren.

Grootmoeder zegt: *Toen ik een jong meisje was, werd ik naar een huis op een heuvel gebracht om daar te gaan wonen. Ik moest in dat huis gaan dienen als lijfeigene omdat mijn familie te veel meisjes had. Toen mijn moeder me daar achterliet, was mijn lichaam glad van de tranen. 'Braaf zijn, waardeloos meisje,' raadde mijn moeder me aan. 'Als je stout bent, stuurt je nieuwe meester je het oerwoud in en dan eten de wilde dieren je op. Niemand zal je horen huilen. Ik heb hem verteld dat we je niet terug willen. Als je probeert thuis te komen, breng ik je zelf naar het oerwoud. Dat zal je lot zijn. Aiya, hou op met huilen! Doe goed je best om braaf te zijn.' Mijn moeder rukte zich los uit mijn armen die haar omklemden en maakte dat ze wegkwam, zonder nog eenmaal om te kijken. Ze liet een vage geur achter van het samengepakte leven van mijn familie in de stad, van in een vermoeide slaap verzonken, opgerolde lichamen, van gebakken uien en in een te kleine ruimte rondrennende kinderen die giechelen om niets. Ik haalde zo diep adem, dat ik dacht dat ik voor eeuwig met mijn oude leven gevuld zou zijn, dat ik dacht dat mijn longen zouden barsten. Het huis op de heuvel lag vlak naast het oerwoud, 's nachts kon ik het geluid van rondsluipende en ronddenderende wilde dieren horen. Ik schrok en rilde van hun kreten, ik sliep met mijn ogen open van angst. Ik trilde in mijn slaap. De rijke man die het huis bezat, was dol op mij. Hij was altijd aardig. Hij zorgde dat de andere bedienden me genoeg te eten gaven en soms liet hij me zelfs paardjerijden op zijn schouders. Soms galmde mijn lach door het huis. De rijke man was vroeger zeeman geweest. Hij kwam van ver. Lang geleden was hij weggelopen naar zee. Hij was niet jong meer, hij had jaren geleden fortuin gemaakt, maar liep nog steeds als een zeekapitein door het huis. Zijn blik zocht rusteloos de horizon af, hij stond met zijn benen iets gespreid, alsof hij zich schrap zette tegen de deining. Als de rijke man thuis was, voelde ik overal het gewicht van zijn lichaam in huis, door de muren en de planken vloeren, om de pilaren waar ik achter stond. Van achter de pilaren sloeg ik al zijn bewegin-*

gen gade. Ik bootste zijn bewegingen na met mijn eigen jonge lichaam, ik kromde mijn schouders naar de kromming van zijn schouders, streek met mijn hand over mijn voorhoofd met de buiging van zijn hand. Ik voelde het gewicht van de rijke man in mijn dromen. Die dromen begonnen plotseling. Voor ze begonnen, droomde ik alleen van de dingen die ik kende. De stadsstraten uit mijn herinnering, de zomen van het oerwoud, donker en afschrikwekkend, de gangen van het huis waar ik woonde. Op een nacht droomde ik plotseling de paden van de zee: de ronddraaiende golven, de kronkelende routes van schepen met hoge masten. De sporen van zeewezens die nu eens aan de oppervlakte kwamen, dan weer de diepte indoken. Scherpe zeewinden vulden mijn neusgaten, kolkende zeestormen schudden aan mijn bed. Ik zag schepen heen en weer slingeren op net zulke golven als de reuzengolven die ik met mijn hand maakte om mijn papieren bootjes aan het varen te krijgen. Hoe meer ik droomde, hoe heviger de stormen werden. Ik zag schepen in stukken slaan, mensen als kleine gedroogde stokjes door de wind weggeblazen worden. Ik zag schepen opduiken en in het rond kolken en wegduiken. Vreemde gestalten die oprezen uit het water, plagerig lachend, om dan weer weg te glijden. Ik zag de rijke man wijdbeens op de voorplecht staan: het wit van zijn knokkels op de zeereling, de boog van zijn lichaam over de zijkant geleund. De rijke man tuurde. Hij glimlachte en wees. Mannen vlogen af en aan om te gehoorzamen aan de kreten die ze van zijn lippen plukten voordat ik ze horen kon. Ze gooiden touwen langszij en bonden de rijke man een lijn dikker dan mijn beide polsen om zijn middel. De rijke man klauterde over de reling en werd alle kanten uit geslingerd. De smaak van de middernachtelijke zee deed me sidderen. De hitte van zijn slagen in het donkere water bracht me aan het zweten. Zijn handen strekten zich uit naar een gestalte die gevangen zat in een neerwaartse waterspiraal, de gestalte van een vis, glad en vliedend. De rijke man ving de gestalte midden in de spiraal op, onderscheidde armen en lijf, een verward gewaad, een glibberige huid. De felle fonkeling van een mes. De rijke man greep. Hij trok. De ingehouden adem in zijn keel schuurde in mijn keel. De zuiging van de zee aan zijn meermingestalte trok mijn armen bijna uit de kom. Mijn voeten trappelden woest in bed. In de armen van de rijke man bokte en vocht de gestalte, hamerde met de vuisten op hem in om in zijn gezicht te klauwen. Het mes dat tussen hen klem zat, kerfde een kriskraspatroon over zijn borst. De zee die het lichaam van de rijke man binnendrong, verkilde hem tot op het bot. Zout water stak in zijn ogen. Stormbellen wervelden om zijn hoofd. De gestalte dook naar beneden, vechtend, naar de roep die verdronken zeelieden lokt, naar de dans van een waterige dood. De rijke man liet niet los. Zijn gevangenenadem bonsde in zijn borstkas om vrijgelaten te worden. In zijn armen keerde de gestalte om, werd een gestalte die nu eens plotseling lang en schubbig was, dan weer bol opgezwollen, dan weer vol rijen scherpe stekels. Nog liet de rijke man niet los. Zijn onderwatergrijns was een glimlach. Zijn vingers om de draakgestalte, de reptielegestalte, de vissegestalte lieten zich om één enkele schub glijden. De rijke man greep. Hij wrikte hard. Zo gingen de dromen over het verdrinken, over de adem die bonsde om vrijgelaten te worden. In zijn armen lag de gestalte plotseling stil. Lange, doorweekte haren kriebelden in het gezicht van de rijke man, tentakels gleden als armen om zijn hals. In mijn slaap trok ik de tentakels van mijn hals af. De rijke man trapte zich omhoog. Hij kwam boven, liet zijn hijgende adem vrij. De mannen op het schip werden met een triomfantelijk gebaar gewenkt. Als één man trokken ze hem op. Plukten ze de rijke man en zijn last uit de greep van de zee.

7. Vage geluiden van strelen, ademen

Toen de geliefde uit de vleugel van de rijke man te voorschijn kwam, leek het voor ieder die haar zag of haar ogen donkere poelen rood waren. De geliefde kwam te voorschijn in een jurk die haar van haar hals tot aan haar enkels bedekte, zelfs haar hoofd was bedekt, en een gedeelte van haar gezicht. Het enige wat de mensen konden zien, waren haar ogen. De ogen van de geliefde waren gezwollen in hun kassen, en schoten roodomrand en fonkelend van links naar rechts terwijl ze liep. Gouden draden in de sjaal om haar hoofd schitterden als ze haar hoofd draaide. Op de drempel van de vleugel van de rijke man stond de geliefde stil om te worden voorgesteld aan de bedienden, die in het gelid stonden om haar te begroeten.
'Dit is de Meesteres,' zei de rijke man zonder omwegen. 'Vanaf vandaag zorgen jullie dat het haar aan niets ontbreekt. Jullie zullen begrijpen dat al haar wensen de mijne zijn.'
De ogen van de geliefde schoten van het ene uitdrukkingsloze gezicht naar het andere. Onder haar sjaal bewoog haar hoofd met kleine schokjes. Al haar bewegingen gingen schokkerig, als van iemand met stijve gewrichten. Als van iemand die pas leert bewegen. De geliefde liep met onvaste tred. Bij elke stap leek het alsof ze bijna struikelde, en de rijke man stak zijn arm uit om te voorkomen dat ze viel. Hij drentelde om haar heen, zijn hand liet haar elleboog geen moment los, zijn stem schalde bevelen en instructies. Het zachtste kussen voor de bank op het balkon, een koele drank tegen de hitte van de avond, een bediende om met een zoetgeurende waaier te wapperen. De verrekijker van de rijke man moest binnen handbereik op tafel liggen. Elke stap die de geliefde deed in de richting van het balkon, leek een enorme inspanning te vergen. Toen een plotselinge oerwoudbries haar sjaal opwaaide, leek het voor ieder of haar gezicht te bleek was om gezond of mooi te zijn. Haar ogen leken veel te groot. De ogen van de geliefde waren bloedrood. Haar haren plakten in slierten langs haar slapen. Op haar voorhoofd stonden minuscule zweetpareltjes,

haar lippen waren onnatuurlijk rood, haar ogen koortsachtig helder. De ogen van de geliefde waren gezwollen en druppelden gestage druppels.

Toen ze uit de vleugel van de rijke man te voorschijn kwam, leek het voor ieder die haar zag of haar dagen, haar nachten waren geteld. Of haar dagen en nachten werden gesleten in eindeloos snikken, met lippen kapotgebeten tot een huilend rood. De ingestudeerde welkomstwoorden van de oudere bedienden vielen als stenen uit hun mond. De geliefde liep hen voorbij zonder een woord, zonder een gebaar. Ze sloegen haar trage voortgang naar het balkon gade zonder eenmaal adem te halen. Als haar ogen de hunne ontmoetten, sloegen zij ze verlegen neer, beschaamd, alsof ze iets zagen dat verboden was, al konden ze niet zeggen wie het hun verbood.

'Geef haar schaduw,' snauwde de rijke man. 'Haar ogen zijn ontstoken. Schiet op! Ze kan niet tegen het licht.'

Toen de ogen van de geliefde genazen, was iedereen het erover eens dat ze zich vergist hadden. Hoe hadden ze uit die korte tersluikse blikken durven opmaken dat de ogen van de geliefde angstig stonden, durven denken dat ze eruitzag als iemand die al dood was! Dienstboden die waren aangewezen om haar te bedienen brachten bladen vol kostelijk eten, met zorg opgemaakt om haar slechte eetlust te verleiden, ze sloegen haar dekens terug en klopten haar kussens op, vroegen toestemming om haar haren te borstelen. De geborstelde haren van de geliefde golfden in een glimmende massa over de randen van het bed. Ze zag er klein en hulpeloos uit te midden van haar opgeklopte kussens, zelfs haar strenge blik richtte niets uit. Haar afgewende gelaat weigerde de aangeboden eetwaren en medicijnen, haar handen duwden het kloppen en redderen van de bedienden weg, en ook het gedrentel van de rijke man, de handen van de rijke man die soms neerdoken om te aaien en te strelen.

Zelfs toen haar ogen volledig genezen waren, lag de geliefde nog maandenlang op het balkon, soms dagen, soms weken, zonder een vin te verroeren. Een geïmproviseerde luifel hield de ergste hitte en het felste licht buiten, maar zelfs als de middagen op hun warmst waren, als de rijke man smeekte en bad, weigerde de geliefde zich te laten verplaatsen. Op sommige dagen was ze zo zwaar, dat de rijke man haar nauwelijks op kon tillen. Zelfs op de heetste dagen voelde haar huid koud aan. Als de bedienden per ongeluk langs haar heen streken, voer er een koude rilling door hun lijf; ze lieten zich bezorgd en toegewijd mopperend naast haar op hun knieën zakken en beklopten haar handen en voeten, wreven flink om haar bloed op te warmen. Lang voordat de geliefde zo ver hersteld was dat ze aan de arm van de rijke man weer wat kon lopen, lang voordat ze de trap afschreed naar de feesten die hij hervat had, haar haren golvend achter haar aan en de blikken van alle mensen op haar gericht, had ze al de harten gewonnen van het personeel van de rijke man. Eindelijk een meesteres, en nog wel zo'n mooie, moet je die ogen zien, die haren, wie had dat ooit gedacht, een nieuwe meesteres, en nog wel zo'n tengere, zo'n knappe! De rijke man keek toe hoe de bedienden zich voor haar uitsloofden, hoe ze hun best deden om haar wensen voor te zijn, hun hersens pijnigden om afleiding en verwennerijen voor haar te bedenken, en nieuwe manieren om haar beter te maken. Om haar iets te laten zeggen. Net als de rijke man leerden ze in plaats van een stem haar gezicht te lezen, het optrekken van haar wenkbrauwen, het rimpelen van haar neus, de ogen die zich opensperden. De rijke man week haast niet van de zijde van de geliefde. Hij zat in een leunstoel naast haar, zijn eigen gezicht bleek en somber, een ongelezen boek open op zijn schoot. De rijke man wende zich aan om te slapen in zijn stoel, zijn benen met een onverschillige gratie gespreid in zijn slaap. Als hij wakker was, lieten zijn ogen haar gezicht geen moment los. Als hij bij het wakker worden merkte dat ze naar hem keek, schrok hij op, knipperde met zijn ogen en boog zich onmiddellijk glimlachend naar haar toe.

De geliefde dook weg in haar kussens. Met elke dag die verstreek werd ze sterker. Al gauw konden de flappen van haar luifel op het balkon omhoog om wat licht toe te laten. En niet lang daarna kon ze ook zelf de zware verrekijker vasthouden. Ze tuurde de horizon, de schaarse uitsteeksels en koepels van de stad, de pluizige toppen van het oerwoud af om te zien wat erachter lag. Ze kon niet zien wat erachter lag. De geliefde huiverde en legde de kijker terug. Ze boog zich naar voren en haalde diep adem. Haar ademhaling klonk altijd een beetje raspend. Toen de bedienden er ten slotte in slaagden haar een glimlachje te ontlokken met hun grappen en grollen, toen ze haar met iets van genoegen van haar eten zagen proeven, en haar uit eigen beweging haar bed zagen verlaten, met eerst één voetje op de aarzelende vloer en dan het andere, pas toen stopten ze hun wierookstokjes en levenstalismans, hun helende toverformules weg. Pas toen haalden ze hun geluksamuletten van haar bed en haar luifel af en krabden ze hun dood-misleidende toversmeersels weg. Als de geliefde glimlachte, als ze met haar koude handen de hunne aanraakte, van de rijke man of van een dienstbode, ongeacht hun positie in het leven, dan werd degene tegen wie ze glimlachte, van wie ze de hand beroerde vervuld met een overweldigende vriendelijkheid, een onmetelijke vreugde.

Alleen mijn grootmoeder stond toe te kijken vanuit de verborgen hoeken van het landhuis van de rijke man, vanaf de rafelige, klingelende randen van zijn lach, die door alles heen klonk zodat je er niet aan kon ontkomen. Alleen zij lag te woelen en te draaien onder de ondraaglijke melancholie van de nachtelijke zuchten van de geliefde. Ze stak haar hoofd van achter pilaren en om scherpe hoeken en weigerde de bedwelmende kring van de geliefde te betreden als ze haar wenkte, zelfs als ze haar hand naar haar uitstak. Mijn grootmoeder stond onwankelbaar, minstens een kamer of een pilaar of een muur van haar vandaan. Ze kon het niet verdragen oog in oog te staan met de geliefde, kon het nauwelijks verdragen naar haar te kijken. Grootmoeder sprong weg van het pad van de schaduw van de geliefde. Maar toch bleef ze kijken. Mijn grootmoeder bekeek alles in het huis van de rijke man met haar vuisten gebald en haar lippen vertrokken tot een minachtende grijns. Haar ogen waren tot spleetjes geknepen, als de snede van een mes, een glinsterende houw.

Grootmoeder zegt: *De wereld is vol goden, mensen en geesten. Zowel goden als geesten hebben verschillende niveaus van belangrijkheid en officiële rangen en standen. Net als mensen staan ze open voor vleierij en omkoping, en moet je voorzichtig met ze omspringen. Sommige geesten moeten op aarde blijven, andere gaan naar de hemel, weer andere kunnen gaan en staan waar ze willen. De geesten die door de meeste mensen worden waargenomen zijn geesten van een lage rang, die blijven hangen uit verwarring, uit honger en verlangen, geesten die onafgedane zaken te vereffenen hebben. Ook gevangen geesten blijven, al vergeten sommige van hen dat ze ooit niet-menselijk waren. Denk nooit dat je de geesten van de doden uit de weg kunt gaan. Het leven is een doorlopende strijd tegen de machten van de doden, die de levenden blijven teisteren tot hun wensen vervuld zijn. De hinderlijkste geesten zijn zij die hun menselijke aard hebben meegenomen in de dood. Die willen aanbeden worden, ze verlangen offers, soms zelfs een huwelijk. Hongerige geesten zijn aan de aarde gebonden wezens die door hun familie in de steek gelaten zijn, of die op plotselinge, gewelddadige wijze zijn gestorven, of die verdronken zijn op zee. Eten verandert in as in de mond van een hongerige geest. De mond van een hongerige geest is bodemloos. Zorg dat je veel kinderen krijgt, die je kleinkinderen geven. Een hongerige geest zonder nakomelingen om hem te voeden zwerft over straat en stookt onrust, terwijl geesten met eerbiedige families vreedzaam zijn en slaperig van hun altijd volle buik. Sommige geesten behouden flarden van hun menselijke geheugen, zodat ze onsamenhangende menselijke spraak kunnen uiten. Andere kennen de geheimen van de gedaanteverwisseling. Andere zijn dol op telefoneren. Neem nooit om drie uur 's nachts de telefoon op. Dat is de tijd dat* yin *op zijn sterkst is, en je kunt er donder op zeggen dat het een geest is die belt voor een kletspraatje.*

In de dagen voordat het klooster een klooster werd, stond mijn grootmoeder dikwijls op het balkon van het landhuis van de rijke man; ze leunde met haar ellebogen op het koele marmer en duwde haar knieën tussen de gedraaide spijlen. Grootmoeder schuurde afwezig met haar knieën tegen de spijlen om haar korstjes los te wrijven. De korstjes op haar knieën vormden wervelende patronen waar ze op blies en aan pulkte. Grootmoeder hield haar hand boven haar ogen tegen de middagzon. Haar ogen waren in die dagen groot en rond, heel anders dan de uit losse huidplooien glurende nauwe spleetjes die haar ogen tegenwoordig zijn. Grootmoeders ogen straalden zelfs. Ze zat toen tussen twee leeftijden in, volgens de kalender bijna veertien jaar, geen kind meer maar ook nog geen jonge vrouw, in die tussenfase vol vlagen van melancholie en verhoogde gevoeligheid die na verloop van tijd vanzelf weer verdwijnen. Dat zei de rijke man tenminste, als de andere bedienden mopperden. 'Laat haar met rust,' zei de rijke man. Dus mopperden de andere bedienden, en lieten Grootmoeder begaan.
Elke middag ging Grootmoeder op het balkon van de rijke man staan. Ze ging alleen als de zon fel scheen, als de luifel van de geliefde leeg flapperde in de middagbries. De luifel van de geliefde hing vol sjaals met kralen en geweven doeken met ingewikkelde patronen, het was net zo'n soort tent als de vreemde tenten uit mijn grootmoeders verbeelding, de tekeningen in de schetsblokken die de rijke man mee op reis nam,

de handgekleurde briefkaarten van de verre oorden die hij haar wel eens liet zien toen hij haar nog bij zich riep. Grootmoeder liep langs de randen van de tent van de geliefde. Ze keek en ademde de andere kant op. De tent van de geliefde met zijn glinsterende sjaals en ziltige geur deed pijn aan haar ogen en haar neus. Ze stond met haar rug naar de deur op het balkon, dat ze zich nu als speciaal wachtplekje had toegeëigend. De rijke man liet Grootmoeder nu nooit meer bij zich komen. Hij glimlachte alleen nog maar, gaf haar een vluchtige aai over haar bol als hij langskwam.

Elke middag stond mijn grootmoeder op het balkon van de rijke man halsreikend uit te kijken naar de stad. Het scheen haar toe dat de stad bijna dagelijks van grootte en vorm veranderde. De stad zwol op verschillende plaatsen op, nu eens aan deze stadsgrens, dan aan die, weken aaneen als een ballon in een bepaalde richting opbollend. Dan knapte de ballon en zwol de stad in een andere richting op, met in zijn kielzog een nasleep van veelkleurig puin. Terwijl Grootmoeder toekeek, duwde de stad schelpkleurige blokken tegen de horizon, richtte glanzende zuilen op, legde platte lapjes gras neer en drong de zomen van het oerwoud terug met eindeloze rijen kleurige hutten. Grootmoeder leunde tegen de balustrade van het balkon en keek naar de verschillend gekleurde rookpluimen die uit de verschillend gekleurde schoorstenen opwolkten, en de zwierige vliegers die voortdreven op een bries. Haar blote voeten tripten op de marmeren vloer. Ze had opzettelijk de tent van de geliefde en het oerwoud de rug toegekeerd. Zelfs als ze er met haar rug naartoe stond, liet het oerwoud Grootmoeder niet los. Zelfs in de middag voelde ze de ijzige uitstraling van de afwezige geliefde, voelde ze hoe de kou van het oerwoud zich sijpelend vastklampte aan haar rug. Hoorde ze de dreiging uit de diepe kelen van duizenden wilde beesten. Zelfs in het warme zonlicht, met zweetdruppelvlekken op haar wang, huiverde Grootmoeder. Onder de luifel van de geliefde wist ze dat de lucht koud was. Ze keerde zich half om en tripte met haar voeten alsof ze liep en liep en liep.

De geliefde was als een bloem in een glazen pot. Een traan van haar was een diamant, een glimlach als het zeldzaamste jade. Haar huid was bleek als leliën, haar haren golvend als de zee. Haar tanden charmante parels, haar bewegingen hoekig en toch elegant, haar lichaam als een lichaam buiten zijn element. Zelfs de kleinste bewegingen vermoeiden haar. De geliefde lag er vaak roerloos bij, opgerold op divans en banken, stil, met slangachtige ledematen. Als mensen spraken, leken haar ogen leeg, haar blik bewoog zich rusteloos van het ene gezicht naar het andere. Als mensen haar in de ogen keken, werden deze wijd van schrik. De ogen van de geliefde waren betoverend. Haar blik kon een hele kamer van ontroering tot zwijgen brengen, tot zenuwachtig gehoest, tot zakdoekgewapper. Tot de rijke man de betovering verbrak met zijn lach en glimlachend de hand van de geliefde in de zijne nam. Op de foto die hij liet maken, hun zij-aan-zij-portret, waren de ogen van de geliefde gapend zwart. De ogen van de geliefde leken groot genoeg om de nacht te verzwelgen. 'sNachts zwierf ze in het huis van de rijke man van de ene kamer naar de andere, luisterend naar ademhalingen die ronddraaiden in de slapende lucht en het nachtelijk gekraak van het gebouw, de ramen die ritmisch tikten op de melodie van een oerwoudwind. Ze luisterde naar het ademen van de muren.

De geliefde was als marmer, als gepolijste steen. Toen de rijke man zijn onderwaterarmen om haar heen sloeg, ontdekte hij een geschubde richel op haar ruggegraat. Hij liet zijn handen naar omhoog glijden en zette zijn vingers in de richel achter in haar nek. Het mes dat vast zat tussen hen in, schaafde huid en vlees van zijn borst. De zee die zijn lichaam binnendrong, verkilde hem tot op het bot. In de open-ogen-droom over het verdrinken klauwde de rijke man in de nek van de geliefde: rukte één enkele schub uit. In zijn armen lag ze plotseling stil. Toen de rijke man haar uit de zee plukte, zag hij over haar rug een bloedige streep van de ruk. Hij verloor op slag zijn hart. De geliefde hing gewichtloos als een schaduw over zijn arm. In zijn hut lag ze stil als een lijk. Haar adem was een gereutel dat onregelmatig opwelde langs blauw verkleurde lippen, haar borst een gekneusde massa als aandenken aan de razernij van de rijke man, zijn vastberaden pompen en duwen om haar aan het ademen te krijgen. De rijke man schudde de zuchten van hopeloos, hopeloos, van de anderen van zich af. Hij stuurde iedereen weg. 'Ik heb je,' fluisterde hij met elke stoot van zijn armen en schouders. 'Je zult leven. Ik heb je. Je zult niet ontsnappen. Je zult ademen. Je zult leven.'

Zout water borrelde op uit de mond van de geliefde in een roodachtig gegorgel, toen haar snikkende adem. Onder gesloten oogleden flikkerden haar ogen vol aarzeling. De rijke man maakte haar natte jurk open, wrong haar lange zwarte haren uit. De jurk plakte aan de geliefde, hij liet pas los door

hard te trekken, met een geluid van huid die van huid af scheurt. De rijke man droeg haar naar zijn bed. De aanraking van haar huid was verkleumend. Hij trok de dekens over haar heen, wreef haar armen en handen, haar bleke wangen. Zijn eigen handen rilden terwijl hij cognac door haar keel goot, terwijl hij de vloeistof die uit haar mondhoeken sijpelde wegwiste. Toen de adem van de geliefde almaar onvaster begon te gorgelen, gooide de rijke man het glas neer. Hij trok zijn eigen natte kleren uit en gleed onder de dekens om zijn lichaam tegen het hare aan te vlijen. Om zich om haar heen te wikkelen als een warmere huid. De kou van het lichaam van de geliefde zoog hongerig aan hem. De kriskrassneden over zijn hart deden pijn, maar bloedden niet. De rijke man dwong zijn warme adem tussen de lippen van de geliefde door, scheidde scherpe tanden met zijn tong. Zijn tong krulde onwillekeurig op, hij scheidde ijs. Hij begroef zijn vingers in haar, zette zijn tanden net diep genoeg in haar zachte, koude nek om haar pijn te doen. 'Wakker worden,' mompelde de rijke man. 'Niet meer slapen, geen gedroom meer van de diepte.'
De geliefde was een bloem in een glazen pot. Zelfs zo om haar heen gewikkeld voelde de rijke man dat hij haar niet raakte. Hij kon haar niet verwarmen. Dagenlang lag ze haar oppervlakkige adem te gorgelen. De rijke man sloop weg van het bed, betastte zijn met zout aangekoekte kleren, vond de schub in een van zijn zakken, het mes verstrikt in de stof van zijn jas. De schub was niets meer dan verhoornde huid, een vingernagel, half zo groot als de duim van de rijke man; groen bij lamplicht, glanzend als parelmoer. Het mes knipoogde koud, als edelsteen, het lemmet was iets minder lang dan zijn hand. De rijke man wikkelde de schub en het mes in zijn zakdoek, stopte het pakje in een hutkoffer en draaide de sleutel om. Hij deed schone kleren aan, trok een stoel bij het bed om de wacht te houden. Hij liep de kamer rond en bestudeerde de geliefde van alle kanten. Hij draaide naar links, hij draaide naar rechts; liet zijn vingers over haar rondingen en scherpe randen glijden. Op een dag, vele dagen later, werd hij wakker en zag dat ze hem recht aankeek. Haar ogen waren visseogen, ze knipperden niet. Het rollen van de zee deed alles enigszins wiebelen, maar de ogen van de geliefde wiebelden niet. Haar ogen druppelden gestage druppels. De ogen van de rijke man prikten van de weeromstuit, de adem die urenlang, eindeloze dagen wachten lang, in zijn keel was blijven steken, floepte eruit in een plotselinge vreugdekreet. De geliefde schrok op

van de stem van de rijke man, haar handen schoten omhoog en bedekten haar gezicht.
'Niet bang zijn,' zei de man.
De rijke man noemde de geliefde Lelie, naar de bloem die mensen hun problemen doet vergeten. Hij bleef dag en nacht bij haar, luisterde naar haar ademhaling en wiste haar druppelende tranen af. Elke nacht luisterde hij hoe de deur van de kajuit van buitenaf op slot werd gedaan. De hele nacht door hield zijn lijfknecht de wacht. Op de roep van de rijke man schoof hij de zware grendel van de deur. Het gebeurde meer dan eens dat de rijke man de geliefde ineengezakt bij de deur zag liggen als hij 's morgens of midden in de nacht wakker werd. Dan sleepte hij haar naar haar bed. De ogen van de geliefde schoten van links naar rechts, naar de deur, de patrijspoort, het gezicht van de rijke man, het bed, de hoeken van de kajuit. Ze duwde zwakjes tegen de armen van de rijke man. Haar ogen waren één en al smeekbede. Haar armen kringelden zich om zijn nek zoals de rook van een kaars naar het plafond kringelt, net als haar geur wanneer hij zich naar haar over boog om haar op te tillen, de weeïge ziltheid, de herinnering aan de adem die bonkte om vrijgelaten te worden. De rijke man ademde diep. 'Met lichaam en ziel,' mompelde hij terwijl hij haar door haar haren streek. Hij trok de dekens op tot aan haar kin.

Toen mijn grootmoeder een ouder meisje was in het spookhuis, toen haar armen en benen waren uitgegroeid, haar lichaam dikker was geworden en haar gezicht van zijn kinderlijke rondheid versmald tot het knokige Grootmoedergezicht dat zelfs in haar jeugd al de sporen droeg van haar latere ouderdom en wijsheid, was iedereen in het huis van de rijke man bang om haar boos te maken. Grootmoeders boze gezicht was donkerpaarsachtig rood. Haar boze ogen werden tot spleetjes die de andere bedienden zagen glimmen in het donker. Haar woedeaanvallen deden haar hele lichaam huiveren, ze trilden haar gewrichten los zodat ze er ontwricht uitzag, draaiden haar ogen in hun kas zodat haar blik een kalkachtig schijnsel werd. Grootmoeders woeste blik bracht overal waar hij heen vloog rillingen teweeg. Haar handen grepen om zich heen naar een voorwerp dat ze lukraak in het rond smeet, haar benen schoten in een dollemansdans van links naar rechts.
'Neem haar mee,' beval de rijke man terwijl hij Grootmoeder aanstaarde. 'Het kind is hysterisch.'

In die dagen was iedereen doodsbenauwd om Grootmoeder te beledigen. Grootmoeder was nu net zo groot als de andere bedienden. Ze kon ze in de ogen zien. Haar ene oog was groter dan het andere; ze had de starende driekwartblik van een roofvogel. De oudere bedienden zaten haar niet meer genadeloos op haar kop, lieten haar niet meer de vervelendste klussen opknappen en snauwden en kijfden niet meer tot haar ogen prikten en haar mond zich samenkneep in chronische norsheid. De andere bedienden fluisterden alleen nog maar *de Meester dit, de Meester dat*, en hielden hun mond als zij er aankwam. In die dagen werd het huis van de rijke man weerspannig. De oudere bedienden betreurden de teloorgang van de ordelijke dagen van weleer, van de wekelijkse huishoudbijeenkomsten, de steekproeven en het op de tenen lopen, de gehoorzame onderbedienden en de trots bij elke huishoudelijke taak. Ze verlangden terug naar de vreselijke reprimandes in de boekenkamer als iemand de regels van de rijke man durfde te overtreden, naar de tijd dat de zondaars nog urenlang in het donker van de oude strafkamer moesten zitten, naar de uitgekiende mep van een bamboestok. In die dagen werd zelfs de kelderkamer, de oude strafkamer, veranderd. De rijke man liet er schoonmaken en schilderen en de bedienden zetten er hijgend en puffend een groot hemelbed neer.

In die dagen had de rijke man andere dingen aan zijn hoofd. Het kon hem niet veel meer schelen hoe zijn huishouding en zijn zaken bestierd werden; zijn buitenlandse lijfknecht, een geslepen figuur, regelde alles. Als de bedienden met vragen of klachten kwamen, verwees de rijke man hen naar hem. De rijke man week alleen van de zijde van de geliefde om toe te zien op de aanleg van de kabelspoorlijn naar het heuvelpaviljoen dat hij liet neerzetten op de groengerande keien van het oudste baken van de stad, op het hoofd van de vrouw die zich omdraaide, dat al van verre op zee zichtbaar was. De spoorlijn werd gebouwd van de beste materialen, de wagons versierd met mythologische figuren, het paviljoen gekapt uit de hardste soorten oerwoudhout. Alles wat het uitzicht op zee belemmerde, werd weggehaald. De rijke man en zijn geliefde stonden uit te kijken over de zee. De vage vissersboten die aan de horizon dobberden, deden haar trillen in zijn armen. De rijke man drukte haar tegen zich aan. Elke avond luisterde Grootmoeder of ze het trekken hoorde van de kabels, de knarsende raderen. Ze stond met haar oor tegen de deur van de vleugel van de rijke man, waar de bedienden nauwelijks mochten

komen, nauwelijks mochten schoonmaken. De bedienden staarden vol afschuw naar de stapels borden met aangekoekte restjes, de beduimelde wijnglazen, de boeken en kleren her en der op de grond.
Ook de rijke man zelf begon er onverzorgd uit te zien, zijn gezicht was ongeschoren, zijn nagels waren niet langer keurig geknipt en schoongeboend. De geliefde droeg haar haren los, het enige wat ze aanhad was haar glanzende witte jurk. Ze vertoonden zich alleen om onder haar luifel te liggen, of door de nachtelijke tuinen te wandelen, of toe te zien op de steeds overdadiger wordende feesten van de rijke man, op het gelach en gewervel en geklap dat steeds uitbundiger werd. Alleen voor de feesten lieten de rijke man en de geliefde zich opknappen, alleen dan zaten ze stil tegenover elkaar terwijl de bedienden mopperend om hen heen scharrelden, terwijl zij poederden en gladstreken en hun dure kleren over hun schouders trokken, en hun haren deden. De rijke man en de geliefde bogen hun lichaam naar elkaar over en knipperden niet met hun ogen. Zo nu en dan schonk de een de ander een glimlach, en hun glimlachen maakten de bedienden nog treuriger dan ze al waren. Hun glimlachen slokten elkaar op. Zo nu en dan voerde de rijke man de geliefde, met voeten die sleepten en handen die houvast zochten bij muur of balustrade, mee naar beneden, naar de kelderkamer. Het duurde niet lang of ook de beroemde feesten werden een zeldzaamheid. Er kwam nu meer tuig dan er beschermheren van de stad kwamen, iedereen kon binnenkomen, letterlijk iedereen kon nieuwsgierig door de helverlichte zalen zwalken. Er werden geen soldaten meer ingehuurd voor de avond, arme stedelingen verdrongen zich met open mond voor het venster. Straatschoffies stopten hun voddige zakken vol zoetigheden, tot de bedienden hen in de kraag pakten en het huis uitgooiden. Tegen de ochtend was het huis van de rijke man een puinhoop, waren er kostbare zilveren schalen en beelden gestolen, was het meubilair beschadigd, braken er knokpartijen uit tussen de mensen die geen zin hadden om naar huis te gaan. Soldaten kwamen de rijke man vertellen dat zijn feestvergunning was ingetrokken.

In die dagen, toen mijn grootmoeder een ouder meisje was, bekeken de jongere bedienden haar vol ontzag. In die dagen gaf Grootmoeder niets om de feesten van de rijke man. Ze hield niet van dansen. De rode pyjama die nog aan haar feeëndansen van weleer herinnerde, paste haar niet meer. Als

Grootmoeder soms wanneer ze alleen was eens een rondje draaide, was het een houterige, eenzame pirouette. In die dagen zwierf ze als verdoofd door het huis van de rijke man, sprong ze als een schim van de ene kamer naar de andere. Niemand wist precies waar ze uithing en ze gedroeg zich uitdagend, kwam alleen als de rijke man riep. Maar de rijke man riep bijna nooit. Grootmoeder hing rond in zijn boekenkamer en speelde verveeld met het stoffige speelgoed, de antieke klokken die nodig opgewonden moesten worden. De andere bedienden lieten haar links liggen. Als ze haar aan zagen komen, begonnen ze te fluisteren. Ze draaiden zich om en liepen de andere kant uit.
'Wat is er?' vroeg Grootmoeder telkens weer, maar niemand wou het zeggen. Als ze hun gezicht zag op een onbewaakt moment, sloeg de angst haar om het hart. 'Wat is er toch?' riep ze dan uit.
In de keuken rende ze naar de Keukenmeid Nummer Twee, haar allerwreedste kwelgeest toen ze een kleiner meisje was, maar de vrouw kneep alleen haar lippen op elkaar en keerde haar de rug toe. Ze zette haar nagels in die brede kromme rug en krabde diepe voren in de stugge stof van het hemd van de vrouw. De vrouw krijste zo, dat Grootmoeder door de lucht vloog. 'Aiya!' gilde de vrouw. 'Help! Help me! Ze vermoordt me!' Met een plof belandde Grootmoeder in een hoek. Ze was zo boos, dat ze niet de armen zag die toesnelden om haar tegen te houden. Niet de stemmen hoorde die haar tot kalmte maanden, of de jongere bedienden die zich tussen haar en de andere vrouw in wierpen. Grootmoeder zag alleen het roodaangelopen gezicht van de vrouw, haar verkrampte lippen, haar handen die als klauwen naar voren staken. Grootmoeder was zo boos, dat er belletjes uit haar mond lekten die haar kin verschroeiden. Haar haren stonden recht overeind, haar vingers trilden toen ze haar hand ophief.
'Ik vervloek je!' riep Grootmoeder met een stem hees van woede. 'Hoor je me, Keukenmeid Nummer Twee? Op een dag zul je voor me door het stof kruipen, op een dag zul jij niet je rug toekeren!'
De vrouw streek haar verwarde haren uit haar gezicht. Ze greep het dichtstbijzijnde voorwerp, de lepel van een braadpan, en stoof ermee op Grootmoeder af. 'Beest dat je bent!' riep ze terwijl ze de lepel met volle kracht liet neerkomen. 'Pak aan, smerig beest! Aiya, waarom denk je dat we je mijden als de pest? Kijk achter je! Kijk boven je hoofd!'

'Je hebt haar doodgeslagen!' riepen de keukenhulpen, maar Grootmoeder stond alweer op, haar hand over de bult op haar hoofd voelde al dat er geen bloed vloeide. Grootmoeder draaide zich al om en keek. Boven haar hoofd dwarrelden donkere schaduwen. Donkere gestalten kronkelden zich door elkaar heen onder wervelen en sissen van lucht. De lucht blakerde boven haar, elk moment konden er kleverige stromen duisternis op haar hoofd neer druipen. Grootmoeder bleef nog even kijken en sprong toen overeind. De andere bedienden haastten zich struikelend als één man naar de andere kant van de keuken, met ogen zo groot als rijstkommen en opengevallen mond. Grootmoeder sloeg naar de schaduwen met haar handen. Met knikkende knieën stoof ze, al botsend tegen muren en keukenmeubilair, de keuken uit. Krijsend ging ze er vandoor, net als de toekomstige conciërge en zijn gezin van het toekomstige spookhuis, als haar toekomstige door geesten belaagde klanten. De schaduwen dwarrelden achter haar aan als schoten uit een kanon, als klapwiekende vleugels.

Al sinds mijn zevende jaar houdt mijn grootmoeder één nacht per jaar klaarwakker de wacht over mijn slaap. Op die nacht huilt de wind door de spleten in de geblindeerde ramen, slaat de regen tegen de deuren alsof er iemand klopt. Mijn grootmoeders haren plakken in slierten tegen haar voorhoofd. Als we terugkomen van zee ben ik zo moe, dat ik lopend in slaap val. Eerst ondersteunt mijn moeder me, schudt me, knijpt me in mijn wangen. De rest van de weg sleurt ze me half en draagt ze me half. Thuisgekomen zak ik in mijn hoekje als een lijk in elkaar, en mijn grootmoeder houdt de wacht. Als ik wakker word, zegt ze dat ik een nacht en een dag geslapen heb.
'Wah, zo moe,' mompel ik.
'Waar ben je geweest?' wil Grootmoeder weten. 'Zeg me wat je gezien hebt.'
'Ik was in het oerwoud,' zeg ik. 'Ik liep over een pad dat gebogen was als een halvemaan. Terwijl ik daar liep, groeide het oerwoud dicht, de bomen lieten hun takken zakken, de stammen en bladeren hadden de kleur van oerwoudwater: donker van de geheimen. Ik kon de lucht niet zien. Mijn voeten sleepten zich over het pad, mijn lichaam ploegde door de lucht die aan mijn huid trok. De lucht bleef steken in mijn keel, te zwaar om in te ademen. Ik werd alle kanten op getrokken. Mijn gezicht vertrok. Vreemde vogels vlogen langs

me heen, met felle kleuren, zo glad als steen. Ik hoorde een geruis door de bomen en holle geluiden, als handen die op water slaan. Ik zag donkere gestalten door het kreupelhout glijden. Achter me golfden en dreigden schaduwen en als ik me omdraaide, verdwenen ze. De schaduwen ademden nu eens woest, dan weer zachtjes in mijn nek. Bij de halvemaansbocht hield het pad plotseling op. Het hield op bij een heuvel waarop een mooie vrouw stond. De glanzende jurk van de vrouw waaierde uit om haar voeten. Ik kon haar voeten niet zien. Haar zwarte haren streken langs de grond achter haar. Het was de mooiste vrouw die ik ooit had gezien. Op haar hoofd droeg ze een kroon, geweven van licht. In een halve kring rondom haar stonden dienaressen, meisjes en vrouwen, in oerwoudnevel gehuld, hun gezicht verborgen op hier het knipperen van een ooglid, daar een plotselinge flits van tanden na. Achter hen doemden donkerder gestalten op: bultige, geboeide gestalten. De ogen van de vrouw waren zacht van het huilen. Haar huid was glad en bleek als de beelden in de kloosterkapel, en net als die beelden stak ze haar hand uit. Ze glimlachte. Ik wilde haar hand pakken.'
Hier legt Grootmoeders ijzeren greep om mijn hand me het zwijgen op. Haar vergroeide vingers voelen aan als hout, haar nagels priemen in mijn huid.
'Je hebt haar niet aangeraakt?' vraagt ze ongerust.
'Nee, Grootmoeder.'
'Je moet haar nooit aanraken,' hamert ze tegen de zijkant van mijn hoofd zodat ik het nooit zal vergeten. 'Begrijp je? Nooit.'
Elk jaar wrijf ik over mijn hoofd, wrijf ik mijn hand in kringetjes over mijn pijnlijke hoofd. Elk jaar vraag ik: 'Wie is het, Grootmoeder? Wie?'
'Het is een kwade demon,' zegt Grootmoeder, 'niet-menselijk. Ze voedt zich met jonge meisjes en mannen. Je moet haar nooit aanraken. Aiya, Grootmoeder heeft de demon met eigen ogen gezien! Eerst eet ze je van binnen leeg, tot er alleen nog maar een hol lichaam over is dat almaar dunner wordt. Dan ontbloot ze haar tanden en eet ze je vlees op. Ze bedekt je hele lijf met tandafdrukken en er blijft niets van je over, behalve een huid vol gaatjes.' En Grootmoeder trekt haar lippen tot een dunne lijn, en Grootmoeder zegt geen woord meer.
Al sinds mijn zevende jaar heb ik dezelfde droom, waarover mijn grootmoeder de wacht houdt. Elk jaar, al vertel ik dat haar niet, ga ik een stukje verder het pad af. Kom ik dichter in de buurt van de hand van de mooie vrouw.

Tegenwoordig is iedereen bang om alleen te gaan wandelen, vooral jonge meisjes, en geen enkel jong meisje zou erover peinzen om 's nachts door het klooster te lopen, laat staan door het oerwoud of door de stad. Zelfs niet in haar dromen. Dat zeggen de nonnen. Geen enkel net jong meisje van goede familie zal dat in haar hoofd halen. Zelfs het klooster bij nacht, een gewijde plaats, is niet meer wat het geweest is. Zelfs hier kunnen kloostermeisjes dingen te zien krijgen die ze beter niet kunnen zien. Een werveling van feeëndansers over de binnenplaats, die het gewervel van de nonnenrokken imiteren. Een man overdekt met tandafdrukken, die ondeugende, om middernacht rondzwervende kloostermeisjes zweren te hebben gezien. Met een mooie vrouw aan zijn borst geklemd. Hoeveel vreselijker zijn dan de ongewijde plaatsen! Het oerwoud en de stad zitten vol vijanden die zelfs bij daglicht te zien zijn. Ze zitten vol gevaren die hun paden en straten en stoepen verstrengelen en er zelfs de lucht scherp maken. Valkuilen loeren achter elke boom en elke hoek, elk bosje en elke deur verbergt een mogelijke voetangel. Krabbende nagels verscholen in dicht struikgewas; een oude vrouw die munten op de palm van haar hand laat draaien en meisjes de kamers binnenlokt waar krokodillen komen bieden. Een krokodil die zich achter een boom of onder een poort ophoudt en jonge meisjes met zijn blikken hypnotiseert. Zijn mes opheft om hun rokken open te rijten. 's Nachts liggen brave kostschoolmeisjes stram in hun kloosterbed met de armen gekruist over de borst Ik-ga-slapen-ik-ben-moe te fluisteren, met hun benen keurig gestrekt onder het kloosterlaken en hun nachtjapon gladgestreken, zodat er geen vouw in de plooien van hun lichaam blijft haken, zodat er geen rokken opkruipen om jonge buiken te ontbloten die rijzen en dalen in hun slaap.
's Nachts laat de bullebak te midden van het gesnurk en gesnuf van de andere kostschoolmeisjes haar bed kraken. De bullebak duwt haar deken van zich af waarop oerwoudbloemen zich verstrengelen, als het pad waarover de bullebak op haar tenen langs de bobbels in alle soorten en maten loopt die overdag in kloostermeisjes veranderen. De planken vloer kraakt onder haar voeten en ze rilt, niet van de wind die door de halfopen blinden waait en de slaapzaal nu eens met stadsgeuren vult, dan weer met oerwoudgeuren, dan weer met stadsgeuren, dan – de bullebak rilt van verwachting. Haar camera bungelt aan zijn riem, haar zij puilt uit van de speciale snelle film.
Als ik de bullebak de donkere kamer hoor naderen, moet ik

met mijn nagels over de vloer krabben als muizegekrabbel. Dat is ons signaal. Bij middernachtelijke muizegeluiden maakt iedere wakkere non die rondsluipt zich uit de voeten om de bullebak te halen, en rattevergif, en muizevallen. De nonnen haten de donkere kamer, want het is er vergeven van de dingen die krabbelen. Van muizen die de trap op kruipen om aan bibliotheekboeken te knagen. Een van de taken van de bullebak is muizen vangen. Elke week brengt ze de nonnen zachtbehaarde opgezwollen lijkjes met pootjes gekromd als vishaken en ingeslagen schedels. De nonnen walgen zo van die lijkjes, dat ze de bullebak wegjagen, dus wikkelt ze ze in een krant met een rood lintje voor-geluk-onderweg om hun staart. Ze brengt ze naar het oerwoud waar ze volgens haar thuishoren om ze daar te begraven. De bullebak brandt wierook om het oerwoud gunstig te stemmen, zoals Grootmoeder ons laat zien. Ze steekt de aarde open met haar mes, graaft haar vingers diep in de aarde. Ze verbeeldt zich dat ze een schat opgraaft, dat ze gevonden heeft waarnaar Grootmoeder ons bevolen heeft te zoeken: het oude graf in het oerwoud, op de plek waar de vele sporen samenkomen. De bullebak is dol op de geur van het oerwoud, ze komt terug met smeren aarde op haar gezicht.

Als de bullebak bij de donkere kamer komt, wrijft ze met haar knokkels driemaal over de deur, zodat ik weet dat zij het is. Het geluid van de vingers van de bullebak klinkt als een lap over hout. Als een lange, trage ademhaling. Voor een minder kritisch oor klinkt het als het nachtelijk gelispel van gebouwen, als gedribbel van wind. Maar Grootmoeder heeft me leren horen. Wat dacht de geliefde toen ze weggedoken in haar hoekje zat, raakten haar voeten verstrikt in de zwaai van de lakens naar de vloer, vouwde ze haar armen om haar lichaam stil te houden? Wat moeten de wanden, zo drukkend, haar hebben doen huiveren, wat schrok ze van de stilte, die stilte van ademende aarde, van een begraven zijn diep in de aarde. Nooit een stroom of een vloed van water. Tegenwoordig nooit een greintje warmte. Ik ril op mijn mat, drapeer haveloze kussens over mijn benen. Ik wriemel met mijn voeten om ze warm te krijgen, de voetafdrukken van de geliefde die aan mijn voeten vastzitten wriemelen mee. De voetafdrukken van de geliefde slaan tegen de vloer. De kou van de donkere kamer is een beet tot midden op het bot. Van waar ik gehurkt zit kan ik haar horen ademen. Ik kan het opspelen van haar maag horen, de angst die uit haar ogen en oren en neus lekt. Het gedroogde zweet dat sporen wittig kristal op haar huid heeft achtergelaten. Het koortsachtige gegraai van de geliefde onder het bed, haar trekken en krabben aan de afgesloten hutkoffer klinkt als muizegekrabbel. Ik luister of ik de bullebak hoor boven de muizegeluiden uit, boven het rusteloze gewoel van de rijke man in het hemelbed. Ik doe vele malen de deur open voor de bullebak komt, voor het geval de bullebak er al mocht zijn. Ik luister, en luister. De bullebak heeft een hekel aan wachten.

In het oerwoud denk ik dat de soldaten de krokodil zijn. Mannen met een groen pak en een bruin gezicht waaruit wit hun tanden fonkelen. Kloostermeisjes vinden dat de bullebak en ik gek zijn om het oerwoud in te gaan. Zij zouden dat nooit durven, zelfs op klaarlichte dag rillen en beven ze al bij het idee alleen. Maar de bullebak en ik, zij met haar mes, ik met mijn amulet, durven dat wel. De bullebak zegt dat het oerwoud haar thuis is. Ze houdt ervan hoe de bomen zich boven haar hoofd verknopen, ze houdt ervan in de schaduw van de bladeren te lopen. De bullebak loopt met grote passen over de paden en staat alleen stil om foto's te nemen, om een blad met een dikke steel te plukken om op te kauwen. De bullebak kauwt bedachtzaam, alsof ze herkauwt. Dan spuugt ze. Op die manier maakt ze een spoor. Een kaart om veilig de weg terug te vinden. De fluimen van de bullebak dampen in de oerwoudnacht. Soms bezorgt dit oerwoud me 's nachts de rillingen. Dan schrik ik van het minste geluid. Ik glijd uit over een mosplekje, val in een modderpoel, terwijl de bullebak met haar voet op de grond staat te tikken. De bullebak glijdt nooit uit. Ziet nooit de schaduwen die licht en donker in mijn ooghoeken flitsen, hoort nooit de geluiden die in het struikgewas ruisen, de stenen die omrollen, het knappen van takjes. Het weergalmende gestamp van laarzen met dikke zolen. De bullebak hoort niets: is nooit bang. Ze gelooft alleen in wat ze ziet.
'Sta op!' sist de bullebak als ik val.
Lopend over de oerwoudpaadjes zetten de bullebak en ik flink de pas erin. De bullebak loopt voorop, ik achter haar aan. Ik zet mijn voeten in de sporen van haar voeten. In het oerwoud heeft de bullebak altijd haast. Ze marcheert, met benen die bewegen als zuigers. Ze gluurt onder keien, schopt met de punt van haar schoenen links en rechts, strooit kluiten aarde en bergen bladeren rond. Ze kijkt nauwelijks naar de verroeste

rails van de oude kabelspoorbaan, nu geblokkeerd door omgevallen boomstammen, nu meer een oerwoudstroom dan een spoorlijn. Boven op de heuvel staart ze zonder nieuwsgierigheid naar de afgebrande resten van het oude paviljoen, die mij kippevel bezorgen zodat ik weg wil. De bullebak loopt rechts en links te zoeken naar schatten, naar bewijsmateriaal. Haar ogen speuren het pad af naar andere verborgen paadjes die er misschien ineens samenkomen.
'Wat voor schat?' vraagt de bullebak, maar Grootmoeder knijpt alleen haar ogen tot spleetjes. Grootmoeder herhaalt alleen dat de schat begraven is in een oud graf. Waar de schat ligt, is een geheim dat alleen bekend is aan de heuvelgeesten, die harig zijn en slechts één arm hebben. 'Wij kennen de harige heuvelgeest!' roept de bullebak uit. 'Wij kennen de geest met maar één arm!'
'Wat voor geest?' heft mijn moeder later haar handen ten hemel. 'De eenarmige *aap*. Aiya, die kent iedereen. De eenarmige dief!'
De bullebak steelt een tovermiddel als bescherming tegen de ongeluksinvloeden van het graven van een graf. Als Grootmoeder doezelt, legt ze haar oor tegen Grootmoeders lippen. Haar oor vult zich met Grootmoeders adem, met de geheimen van haar adem, die de bullebak met veel pijn en moeite ontcijfert. 'Robijnen en diamanten!' fluistert ze later. 'Bandietengeld, soldatenbuit!' De bullebak kan niet stil blijven zitten, zo opgewonden is ze. Als ze met mijn moeder vertrekt, opent Grootmoeder eindelijk één oog. Grootmoeders adem wordt een gegorgel, dan een gebulder. Grootmoeder buldert van het lachen. Ze staat op uit haar stoel, graaft haar vingers in mijn arm zodat ze niet valt. Grootmoeder slaat dubbel.
In het oerwoud hijst de bullebak haar rok op. De bullebak slaat me op mijn schouder aan het eind van onze vijf minuten rust. Onder het lopen kijk ik uit naar wat Grootmoeder me verteld heeft. Ik pluk het blad van een plant die alleen rond middernacht krult, die drie dauwdruppels in de kom van zijn lippen heeft. Ik schraap roodgoud mos uit rotsspleten, breek schors van de wortels van oude bomen. Ik laat kleine deeltjes oerwoud in Grootmoeders verzameltas voor bladeren en wortels glijden, bedank de oerwoudgeesten zoals Grootmoeder me geleerd heeft. De oerwouddeeltjes schuren tegen de nimmer falende lucifers en de geestenverbrandende kaarsen, die ik waar ik ook ga van haar mee moet slepen. Ik vraag de zegen van de oerwoudgeesten om de kracht van haar tovermiddelen te verhogen.

Onder het lopen vat de bullebak onze plannen samen. Schatten om onze donkere kamer opnieuw te bevoorraden, bewijsmateriaal om meer foto's te verkopen. De bullebak wil duizend foto's verkopen. Ze wil dat iedereen ze koopt. Ze wil beroemd worden; ze wil dat de mensen haar foto aan de muur hangen, zoals de kloosterfoto's van de Oude Priester in de sacristie hangen. De bullebak wil bewijsmateriaal, zodat haar naam de geschiedenisboeken in zal gaan die ze van de nonnen uit haar hoofd moet leren, zodat de mensen haar naam kennen, ook al vermoorden ze haar. De nonnen lachen als ze de bullebak dit horen zeggen, ze knijpen haar in haar neus. Ze zeggen dat haar trots haar ondergang zal worden; dat ze zal vallen, dat ze op deze manier nooit het kleine stoere treintje zal worden. Nooit de top van de heuvel zal bereiken. Uit de rails zal lopen. De nonnen zeggen tegen de bullebak dat ze haar trots moet laten varen, dat ze vertrouwen moet hebben, iedereen lief moet hebben. Of de bullebak zal er nog spijt van krijgen. Doet dat knijpen in de neus van de bullebak pijn? De spijt van de bullebak zal haar duizendmaal meer pijn doen. Die zal striemen in haar branden als zuur. Maar de bullebak gelooft niets van wat de nonnen haar vertellen, tenminste niet van harte. Ze zet al haar krachten in om hun ongelijk te bewijzen. Ze zit naast me met haar neus vlammend rood. De bullebak wil overal bewijsmateriaal van: ook van zichzelf, ook van de duivel, ook van Jezus. Ook van de krokodil.

De dag dat mijn grootmoeder krijsend, achternagezeten door schaduwen, de keuken van de rijke man uit rende, was de dag dat ze haar toekomst herkende. Die dag zag Grootmoeder wat haar toekomst was. Dat zette haar aan het rennen, niet de klapwiekende schaduwen of de zwart-witte gezichten van de andere bedienden, afkeurend en streng als de gezichten van hun eigen voorouders. Grootmoeder rende krijsend weg van de koele adem van de toekomst die haar in haar nek kriebelde. Ze rende in de wetenschap dat haar leven zoals ze het kende, spoedig ten einde zou zijn. Ze zou niet meer staan uitkijken vanaf het balkon van de rijke man, wachtend, niet meer door zijn huis dwalen. Wachtend op wat komen ging: tot de tussenfase voorbij was, het kind afgeworpen, de jonge vrouw aangenomen. Hoewel Grootmoeder de donkere wervelende schaduwen nooit eerder had gezien, kende ze hun stemmen al vanaf haar geboorte. Als klein kind in de stad had ze de schaduwstemmen al horen komen en gaan als ademtochten van de

wind bij nacht, als het kraken van meubilair. Op vreemde, ledige momenten zag Grootmoeder hun vliedende gestalten. De schaduwstemmen deden haar nooit kwaad. Als ze hun gezegden overbracht, aaiden de mensen haar over haar bol en kietelden haar onder haar kin.
'Wat een verbeelding!' riep haar eigen moeder uit. 'Aiya, wat staat me nog te wachten!'
Die dag rende mijn grootmoeder de keuken van de rijke man uit, krijsend, omdat nu ook andere mensen de schaduwen hoorden en zagen.
'Hoe krijste u, Grootmoeder, zo?' vragen de bullebak en ik, en we krijsen om het hardst, onze *pontianak*-geestenkrijs, onze verdronken-vrouwenkrijs, om te zien wie er het hoogst kan krijsen, wie er glas kan breken.
'Vervelende meiden!' beweegt mijn Grootmoeder haar lippen, haar stem verdronken in de herrie. 'Vervelende meiden, hou je mond! Ga zitten!'
De dag na de schaduwen werd mijn grootmoeder veertien. Bij het ontwaken voelde ze zich sterk. Ze opende haar ogen en zag niet alleen de ontwakende gezichten van de andere bedienden, maar ook de lagen van de andere gezichten die ze droegen: hun verwachtingen en angsten in vederachtige schaafsels, hun dagelijkse zorgen verzameld in bulten onder dit oor, op die wang. Kleineringen uit het verleden gaven hun huid een schimmelig tintje.
'Jullie beurt komt ook...' wijst Grootmoeder op de bullebak en mij en we zijn onmiddellijk stil en klampen ons zogenaamd bibberend en rillend van angst aan elkaar vast.
De dag dat mijn grootmoeder het zien kreeg dat ze als volwassene had, werd ze wakker met een ooglid als vlindervleugels. Met een oog dat razendsnel knipperde. Met gesloten ogen wreef ze over de bult waar de lepel van de braadpan haar geraakt had. Nog steeds deed het geen pijn. Met gesloten ogen besefte ze dat ze kon zien. Haar extra oog fladderde en knipperde. Grootmoeder opende voorzichtig haar andere ogen om te zien of de slaap de zwart-witschaduwen verbannen had. Ze zuchtte: wreef de laatste restjes kinderslaap weg. Het extra oog op haar voorhoofd of haar linkerwang, mijn grootmoeder weet het nooit zeker, fladderde en knipperde. Dat was de dag dat ze wakker werd en een plek met de omvang en de kleur van een mangoestan midden op haar bed ontwaarde. Grootmoeder rook achterdochtig aan haar eigen bloed, dat zo anders was dan haar andere bloed, troebel, donker. Grootmoeder

durfde het niet aan te raken met haar hand. Ze spuwde op de mangoestanplek, wreef erover met een hoekje van haar pyjama tot het een rozige streep was geworden. Ze bond enorme lappen tussen haar benen en liep net als anders.

Na die dag keek Grootmoeder de andere bedienden zo strak aan, dat ze verbleekten, rood aanliepen, schreeuwden en hun tong uitstaken. Ze haalden hun verboden amuletten te voorschijn, diepten hun weggeborgen tovermiddelen op. Onder hun kraag droegen ze stukjes papier doorregen met rode draad, uit hun opgefrommelde zakdoek gleed soms een papieren cirkel volgeklad met beschermwoorden. Grootmoeder deed haar dagelijks werk alsof er niets gebeurd was. Ze merkte de andere bedienden nauwelijks op, zo druk botste ze tegen deuren en muren aan, zo druk was ze bezig haar nieuwe beeld te testen. De meeste dagen had ze alleen maar pijn van het turen. Wekenlang was er een onscherp zwart-wit niets, en dan ineens, zonder enige waarschuwing, kon Grootmoeder zomaar zien. Ze zag schaduwen zo tastbaar als vlees, waarvan sommige haar aanstaarden, verschrikt, andere wenkten, andere gewoon langs haar heen liepen. Ze hoorde de rijke man of de andere bedienden roepen, en antwoordde, en wist al wat ze vroegen voordat ze het vroegen of riepen.

Mijn grootmoeder bekeek de rijke man en de geliefde met haar extra oog wijd open, haar onderlip gezwollen van het bijten. Het zuchten van de geliefde kraste tegen haar aan. Haar nachtelijke dwaaltochten, haar voetstappen die het landhuis van de rijke man doorkruisten en nog eens doorkruisten, brachten Grootmoeders handen naar haar oren. Grootmoeder rolde zich op haar andere zij en trok haar deken over haar hoofd. Ze sloop naar de vleugel van de rijke man toen hij en de geliefde er niet waren; ging midden in de kamer staan en draaide in een trage kring in het rond. Grootmoeder bekeek alles vanuit deze kring. Alle bezittingen van de rijke man en de geliefde lagen door elkaar. Haar gewaden en jurken puilden uit geurende kasten en verstrengelden zich met zijn kleren, haar parfums en poeders lagen her en der verspreid over zijn toilettafel. Haar haarspelden met juwelen staken in zijn haarborstel als miniatuurmessen. Grootmoeder draaide in het rond. Ze stak alleen iets in haar zak dat niemand zou missen: een draad, een wolkje pluis van het meubilair, een schilfertje huid. Toen ze duizelig werd van het draaien, ging ze weer weg.

Mijn grootmoeder zegt dat haar extra oog haar soms pijn deed, het zat als een gloeiende kool in haar hoofd. Soms voelde ze het op haar kin, andere keren op het puntje van haar neus. Grootmoeder verdraaide mijn huid om het me te laten zien. De plek die ze maakte was een brandplek. Haar extra oog liet haar geen rust, tot ze leerde het op de juiste manier te gebruiken.
'Op een dag laat ik het je zien,' zegt Grootmoeder.
In het begin dacht ze dat het oog bestemd was om deze wereld te zien, dus liep ze tegen muren en pilaren op, stapte ze deuren binnen die er niet waren. In het begin renden de andere jonge bedienden lachend en giechelend achter haar aan en gristen breekbare voorwerpen voor haar weg. Toen begonnen ze ook te schelden en te mopperen, omdat zij altijd alles weer recht moesten zetten. Ze begonnen Grootmoeder als een blinde kasten en voorraadkamers binnen te leiden en naar afgelegen delen van de tuin, waar ze duizelig van bladvormen en steenpatronen uren rondscharrelde alvorens ze tastend de weg terug vond. Ze voerden haar diep de kelder in, naar de kamer zonder ramen, de oude strafkamer die nu in beslag genomen was door de meester en meesteres, en schitterend gemeubileerd. Daar sloegen ze de deur dicht.
'Daar blijven!' riepen ze door het sleutelgat. 'Kijk, de meester heeft nieuwe meubels neergezet en mooie tapijten aan de wanden gehangen. Een mooi bed om in te slapen. De meester en meesteres komen voorlopig niet terug van het paviljoen. Ga maar lekker even uitrusten. Wij brengen je eten en water. We halen je wel weer op als ze komen. Rust maar uit tot je hoofd beter wordt, tot je kunt zien!'
De jonge bedienden lieten een nest gegiechel achter in het sleutelgat toen ze vertrokken. Ze lieten Grootmoeder alleen achter, in elkaar gedoken op het zachte bed in de kamer vol schaduwen. Grootmoeder schrok op toen de schaduwen op haar af kwamen wervelen. Ze keerde haar rug naar het meubilair dat eveneens opgeschrokken was: stoelen schoten weg bij hun tafel, beddegoed gleed op de grond, het portret van de rijke man en de geliefde smakte zijn zilveren lijst tegen de vloer. Later ontdekte Grootmoeder de geheimen van concentratie en een stalen adem. Daarmee leerde ze haar extra oog scherp te stellen. Ze besefte dat de puilogige schaduwen die zich om haar heen verdrongen, puilogen hadden van angst in plaats van gemenigheid. De fladderende schaduwen krulden hun vreselijke lippen weg van hun vreselijke tanden niet om

haar op te eten, maar in nabootsing van een menselijke grijns. De schaduwen grijnsden naar Grootmoeder, innemend. Ze wreven zich in hun schaduwhanden in afwachting van bevelen: dit mensenwezen dient gekweld met ijzige vingers, het andere genadeloos geknepen, weer een ander getroffen door een zwerenplaag. De schaduwen wreven over hun gezwollen buik, belust op eetbare offergaven, niet op Grootmoeders vlees. Dat ontdekte ze later. Voordat ze zich concentratie en een stalen adem aanleerde, liep ze krom rond. Ze hing een zwarte lap over haar hoofd om de spanning te verminderen.

Voordat ik op natuurlijke wijze geboren kon worden, griste mijn grootmoeder me uit mijn moeders schoot. Grootmoeder keek toe en wachtte mee met mijn moeder, ze telde de maanden, de dagen. 'Waardeloos, alles is vergeven!' riep ze en maakte mijn moeder aan het schrikken met haar plotselinge lach. 'Waardeloos, dit wordt je kans om me terug te betalen. Je dochter zal mijn hulpje worden, zij zal doen wat jij nagelaten hebt!' 'Als het een jongen is...' opperde mijn moeder voorzichtig, maar haar woorden verdronken in Grootmoeders lach. Mijn moeder beet op haar lip en vouwde haar handen alsof ze bad. Toen ik geboren was, onderzocht Grootmoeder me vol afkeer. Ze kon me nauwelijks optillen. 'Wah, zo lelijk,' riep ze uit. 'Zo klein, maar zo zwaar als een steen. Wat ben jij vroeger geweest? Aiya, wat harig, net een hoopje afval! Net een aap, net als haar teken.'
Grootmoeder veegde mijn gezicht schoon. Ze trok één voor één mijn ogen open en tuurde erin. Voordat mijn moeder kon ingrijpen, kerfde ze met haar nagel de vorm van een halvemaan in beide oogbollen. Mijn waterige kreten protesteerden zwakjes, mijn handen sloegen tegen Grootmoeders handpalm. Mijn moeder smeekte en strekte haar armen uit, maar Grootmoeder hield me net buiten haar bereik. Grootmoeder wist dat de tekens die ze kerfde nooit meer weg zouden gaan. In elk van mijn ogen had ze een *yin*-teken gekrast, om te zorgen dat ik zou zien.
'U hebt haar verpest,' klaagde mijn moeder toen Grootmoeder me ten slotte teruggaf. 'Nu zal ze Jezus niet zien.'
Mijn moeder wreef een kruisteken over mijn voorhoofd terwijl mijn grootmoeder lachte. Mijn grootmoeder keek toe met haar handen in haar zij, lachend, haar lach een gebrul. Grootmoeder brulde als haar teken, de tijger. Ze wierp haar hoofd in de nek met een korte, scherpe ruk.

8. Wat mijn moeder zegt

Voordat ik op natuurlijke wijze geboren kon worden, griste mijn grootmoeder me uit mijn moeders schoot. Dat zegt mijn moeder. De avond voordat de bevalling begon, had mijn moeder een droom. In die droom zaten de mensen uit het dorp van haar kinderjaren te gokken. Eerder op de dag hadden ze een mensenetende tijger in een valkuil gelokt en nu zaten ze op hun hurken aan de rand naar hem te kijken. Het was een witte tijger. Zijn ogen blonken rood als de rand van de hemel. In de verte lagen de boten van het vissersdorp verongelijkt te dobberen. Eén man stapte naar voren met een aap, een speciale aap. Die aap had kunstjes geleerd, hij kon dansen en kopjeduikelen, boksen, en met een mes omgaan als een man. Hij stond bekend als vals, als een bijter die tegen iedereen zijn tanden ontblootte, zelfs tegen zijn baas. Hoewel de aap slim was, deed hij zijn kunstjes met tegenzin. Hij moest voortdurend in de gaten gehouden worden, hij kon ineens toespringen en iemand die even niet oplette, gapende wonden in zijn armen en benen bijten. De man zwaaide de aap aan zijn ketting omhoog. Hij was aangekleed als een jarig kind, met een rood hemdje en een rode broek. In zijn ene poot had hij een glimmend mes.
De man gooide de aap in de kuil. De dorpelingen hielden hem met lange stokken tegen toen hij eruit probeerde te klauteren. Ze prikten de tijger om hem nog meer op te hitsen. Toen begonnen de mensen weddenschappen af te sluiten. 'Vijf minuten!' riepen ze. 'Tien! Twee steken! Vijf zilverstukken als hij op de tijger z'n rug gaat rijden!' Geld ging van hand tot hand, of viel in de kuil. Het gekrijs van de aap doorboorde mijn moeders oren. Hij wierp zijn sluwe lijf naar alle kanten om uit de klauwen van de tijger te blijven. Hij doorkliefde de uitzinnige lucht met zijn mes, kerfde de oren van de witte tijger. De nacht was vervuld van gebrul, van gekrijs en gelach. Toen de aap moe werd, kreeg hij een poot van de tijger tegen zijn kop. De tijger schuurde het lijf van de aap over de bodem van de kuil, zijn mes ratelde als speelgoed in zijn nog steeds

gebalde vuist. De tijger boog zich zacht ademend over de aap, keek omhoog naar mijn moeders dorpsgenoten. Zijn adem streek door de vacht van de aap. De tijger sperde zijn kaken open.
Schreeuwend werd mijn moeder wakker uit deze droom. De steken in haar buik kwamen snel en hevig, als het toeslaan en klikken van klauwen. Op mijn moeders geschreeuw kwam Grootmoeder aanrennen en toen mijn moeder van haar droom vertelde, wreef Grootmoeder haar handen in elkaar om ze te vullen met warmte. Ze wreef haar handen vol vreugde. Grootmoeder liet mijn moeder op de grond hurken en trok haar benen uit elkaar. Ze duwde haar warme handen tegen mijn moeders buik. Grootmoeder leunde over mijn moeder heen, mopperend, zacht ademend, en gaf de kracht van haar adem door aan mijn moeder om haar te kalmeren. Ze trok de verschrikking van de droom uit mijn moeder weg. Mijn moeder kreunde. Kleine druppels zweet en tranen liepen over haar gezicht.
Die droom droomde ze eens en nooit weer.

In tegenstelling tot Grootmoeder zegt mijn moeder dat de krokodil geen kwaadaardig dreigend wezen is, maar een met een heel ongelukkig lot. Dat lot sloeg blindelings toe, als een bliksemslag, nog voordat de krokodil geboren was. Het hangt als een schaduw om hem heen, het vult zijn voetstappen en vreet zich in zijn sporen. Het noodlot van de krokodil, zegt mijn moeder, hangt al zo lang om hem heen, dat de arme krokodil zelf niet te zien is. Als hij langskomt, zien de mensen alleen zijn krokodilleschaduw, verwrongen en angstaanjagend. Net als de onzichtbare olieachtige demonen die uit de nacht te voorschijn glippen en slechts olieachtige schaduwen achterlaten op muren en trappen als aandenken aan hun bezoek, is ook de krokodil slechts te herkennen aan de schaduwachtige huidschilfersporen die hij in het voorbijgaan her en der laat vallen. Wat is de krokodilleschaduw door de jaren heen gegroeid! Terwijl mijn moeder dat zegt, buigt en strekt ze zich over de dampende tobbes in de wasserij, maar voor de bullebak en mij is het net of ze zich niet buigt en strekt over de druipende lakens en witte kostschoolmeisjesonderbroeken, maar onder het gewicht van wat ze zojuist heeft gezegd. De bullebak en ik gluren over onze schouders en houden ons hoofd schuin om te luisteren of we Grootmoeders schuifelende voetstappen horen, tot we ons herinneren dat Groot-

moeder hier helemaal niet is, de bullebak en ik houden onze adem in terwijl mijn moeder praat. Terwijl ze zomaar, onverwachts, toegeeft aan ons gepor en getrek, onze gefluisterde vragen, die we nu meer uit gewoonte stellen dan in de hoop op antwoord. Soms hebben de bullebak en ik geluk. Mijn moeder kan het weten, zegt ze. Ze was er zelf bij.
Het krokodillegezegde, zegt mijn moeder, is onzin: in een vlaag van waanzin verzonnen op de dag dat de Hagedissejongen amok maakte. De gezegden die hij later maakte waren al even sensationeel, zo was hij nu eenmaal. Al zijn gezegden, al zijn daden liepen uit de hand. De krokodil, zegt mijn moeder, is geen man maar een methode. Een manier om mensen iets te laten doen, zoals de nonnen de krokodillewaanzin noemen opdat kloostermeisjes ophouden met plagen en braaf zijn. De krokodil is enorm, mijn moeder spreidt haar armen om ons te laten zien hoe enorm. Hij is een zwaar laag geluid dat in de lucht hangt. Zijn lach wekt de angst in de donkere plekken van het hart, waar de angsten liggen te wachten tot ze worden gewekt. Waar de naamloze gestalten op hun benoeming liggen te wachten, maakt niet uit met welke naam, alles is goed, zelfs die van de krokodil. Hier slaat mijn moeder met een hand op haar borst zoals Grootmoeder doet als ze van streek is of boos, een zo harde bons dat de bullebak en ik voorzichtig onze eigen borst betasten. De krokodil heeft geen mes nodig, zegt mijn moeder. Hij had er wel een, maar dat was niet van hem en hij heeft het niet lang gehad. Maar dat mes bevalt de mensen wel, dus dat houden ze erin. Het mes werd vastgeplakt aan zijscheuten van gezegden toen de krokodil eenmaal beroemd was. De zijscheuten van de krokodil zijn net zo duister en verward als het oerwoud waar hij volgens zeggen woont. Ook al zien de mensen hem hun hele leven niet, tegenwoordig is zijn schaduw al genoeg om schrik aan te jagen; om te verlammen, zoals bepaalde oerwouddieren verlamd raken door licht. Zoals de Hagedissejongen verlamd raakte toen hij na de geboorte van de krokodil dagenlang in elkaar gedoken achter de wasserij zat. Maar de krokodil is niet meer dan een schaduw, zegt mijn moeder, en laat die van haarzelf groot en geheimzinnig over de vloer van de wasserij zwaaien. Als slimme meisjes hun ogen en oren dichtdoen, hoeven ze hem niet langer te zien of te horen. Dan is hij er gewoon niet meer.

Dagenlang zat de Hagedissejongen na de geboorte van het krokodillegezegde zwijgend, roerloos, vastgeketend aan de

muur van de wasserij. Geen bedreigingen of smeekbeden of omkopingen konden hem in beweging brengen. Af en toe keek mijn moeder even om de hoek zoals de nonnen haar opgedragen hadden. 'Eet,' schoof ze hem zijn onaangeraakte bord eten toe. 'Drink.' De emaille kop en schotel schuurden over het warme beton.
Soms zat de Hagedissejongen erbij als een rotsblok, overdekt met zweet, glanzend in het licht als een teer beeldhouwwerk. Voor mijn moeder leek zijn huid op kant. Soms draaide hij zich af. Dan zat hij met zijn rug naar haar toe naar de muur van de wasserij te staren. Hij schraapte met zijn teennagels patronen op het mostapijt. Dagenlang zat de Hagedissejongen op zijn hurken; hij kreeg schaduwachtige halvemanen onder zijn ogen, die glinsterden van een constante tranenstroom. De tranen biggelden van zijn gezicht op zijn knieën, langs zijn benen en druppelden donkere plekken bij zijn voeten. De voeten van de Hagedissejongen waren doorvlochten met fijne spinraghuid. Mijn moeder staarde ernaar. Waar zijn tranen vielen, was de huid zo glad als die van haarzelf.
Toen de conciërge en de Oude Priester hun dagelijkse inspectie kwamen houden, werd de Hagedissejongen weer razend. Hij sprong op ze af, hij rammelde met zijn ketting en liet zijn tong heen en weer schieten. Hij klapte woest zijn kaken op elkaar, liet toen zijn broek zakken om met zijn billen te zwaaien bij wijze van staart. De conciërge en de Oude Priester stonden het een poosje aan te zien en wendden zich toen af. De conciërge wreef wanhopig in zijn handen. Hij trok de Oude Priester aan zijn mouw. Zo gebogen als hij was, stak de Oude Priester nog met kop en schouders uit boven de conciërge met zijn grijzende haren die recht overeind stonden van de zorgen, zijn bakkebaarden die uitstaken als de snorharen van een kat. De Oude Priester gaf de conciërge een klopje op zijn schouder en mompelde wat troostende woorden. Toen ze de hoek omgingen, stond de Hagedissejongen stil om te luisteren. De stem van zijn vader was gebroken van de eindeloze smeekbeden.
'Volgende week is hij beter, Pater. Ziet u wel, Pater? Hij is er al minder erg aan toe.'
'Arme Peetzoon!' zuchtte de Oude Priester. 'Ik zal een mis voor hem opdragen...'
Dagenlang zat de Hagedissejongen mokkend, roerloos, op zijn hurken. Af en toe snufte hij zo hard, dat mijn moeder het horen kon. Hij liet zijn tong uitschieten naar de insekten die

bij zijn mondhoeken neerstreken. Hij zat te krabben aan de roodgeworden huid rond zijn boeien, at alleen als mijn moeder niet keek, smeet het bord weg als ze dat wel deed. 'sAvonds trok hij zijn ketting zo ver uit, dat hij net over de drempel van de wasserij kon zitten. De ketting lag achter hem, gekruld als een slang. Daar zat hij dan te wiegen op zijn hurken en intussen mijn moeder gade te slaan. Mijn moeder voelde hoe zijn noodlotsaanwezigheid op haar drukte, zijn trage tentakels om haar lichaam wond, tegen die van haarzelf opbotste. De Hagedissejongen klapperde met zijn kaken om haar te irriteren. Zijn handen volgden haar trage, logge dans van gootsteen naar tobbe naar wringer. Elke vinger bewoog met veel zwier, keurig, precies, alsof hij aan een draadje trok. De Hagedissejongen keek boos toen mijn moeder het getrek aan zijn touwtjes negeerde. Damp uit de tobbes wolkte als een stralenkrans om hem heen, drukte zacht en warm tegen zijn lichaam, duwde zijn schilferhuid neer. De Hagedissejongen hield verbaasd zijn opgeheven armen stil. Hij draaide zijn handen naar alle kanten: verbreedde zijn gezicht in een lange, trage glimlach. Toen mijn moeder zich omdraaide om naar hem te kijken, schoot zijn gezicht weer in de plooi, nukkig. Ze kwam voor hem zitten. Ze keek hem strak aan, zoals Grootmoeder haar geleerd had, met een blik strak genoeg om het bloed te bevriezen, om de allerwildste geest angst in te boezemen. Ze legde met een klap zijn lievelingsboeken voor hem neer, die de conciërge naar de wasserij gebracht had en die de Hagedissejongen had weggeschopt.
'Je bent gewoon koppig,' zei mijn moeder op strenge toon, en stak beschuldigend haar vinger naar hem uit. 'Je bent liever gek dan dat je zegt dat je er spijt van hebt. Poeh! Laffe hagedis, hoe kun jij je nou een krokodil noemen!'
De Hagedissejongen trok geërgerd zijn neus op. Mijn moeder herinnert zich nog precies de fonkeling in zijn gezwollen ogen. In een flits schoot hij naar voren en beet in haar vinger met zijn scherpe hagedissetanden. Mijn moeder slikte van schrik haar stem in. Vanaf die dag, zegt ze, praat ze zo moeilijk, dat komt door die ingeslikte stem. Omdat ze hem niet omhoog kan halen. Omdat ze te diep moet graven. Ze staarden naar haar gewonde vinger, aan weerszijden een tandafdruk, een rafelige rand die volliep. Op beide kanten van mijn moeders vinger stond in spiegelbeeld een glimlach, als iets geopende lippen. De Hagedissejongen keek ernaar, gefascineerd. Langzaam gromde mijn moeder haar stem te voorschijn. Ze

kromde haar handen tot tijgerklauwen, zoals mijn grootmoeder haar geleerd had, en stortte zich woedend op de Hagedissejongen. Dat was de enige keer dat mijn moeder ooit iemand geweld heeft aangedaan, zegt ze, maar ook al zweert ze het, de bullebak en ik kunnen niet geloven dat het waar is. De bullebak en ik kunnen het ons niet voorstellen. We hebben mijn moeder nooit in boosheid haar hand zien opheffen. Mijn moeder was zo boos, dat ze de Hagedissejongen hele stukken uit zijn borst en hals gutste. Zijn huidschilfers vlogen in wolkjes rond. Mijn moeder en de jongen rolden over de vloer van de wasserij, buitelden over elkaar heen, trokken aan zijn ketting, kwamen met hun voeten in de knoop. Ze stompten en beten elkaar, jankend. Hun ongeluksbloed maakte smeren en vermengde zich.

Grootmoeder zegt: *Er zijn twee soorten bloed, goed bloed en kwaad bloed. Goed bloed is vers, het is felrood en heeft sterke magische eigenschappen. Goed bloed is de zetel van de menselijke ziel en ieder voorwerp waar het op gesmeerd wordt, verwerft magische krachten. Goed bloed wordt gebruikt om krachtige tovermiddelen te maken. Vooral het bloed van een barende vrouw is sterk, de geur ervan is een baken in de geestenduisternis. Zwangere vrouwen moeten ananassen in hun tuin of onder hun huis planten om hongerige geesten af te schrikken. Kwaad bloed is bijna zwart. Het stinkt en is vies. De ongesteldheid van een vrouw is kwaad bloed, de aanraking ermee brengt ziekte en ongeluk en rampen teweeg. Zorg dat je dit bloed nooit met je vingers aanraakt als je je menstruatiedoeken verschoont. Laat een vrouw die menstrueert nooit in de buurt komen van trouwerijen of belangrijke zakenbesprekingen of gokkers die willen winnen. Door haar noodlotsaanwezigheid zullen de dingen fout lopen. Kwaad bloed is goed om zwarte magie af te weren. Als je het gebruikt in combinatie met het bloed van een zwarte hond, de penis van een wit paard en een grote emmer vuil water, zal het zorgen dat een tovervloek, hoe sterk ook, zich keert tegen degene die hem uitgesproken heeft. Kwaad bloed is ook geschikt om geesten te vangen. Als je op een ongeziene geest menstruatiebloed smeert, wordt hij zichtbaar.*

Voordat mijn moeder christen werd, was ze ervan overtuigd dat het lot haar niet goed gezind was. Mijn moeders noodlot wervelde in een leerachtige boog om haar heen als ze liep.

Toen Grootmoeder haar noodlot voor het eerst zag, schudde ze meewarig haar hoofd. Ze wenkte mijn moeder en legde haar hand om haar kin. 'Doet het pijn?' vroeg Grootmoeder, terwijl ze op de plekken op mijn moeders schouder tikte waar het noodlot zich had vastgehaakt.

Mijn moeder was zo ontsteld, dat ze de zware kruik wijn die ze droeg liet vallen, roerloos stond ze in de plas eersteklas wijn die zich om haar voeten verspreidde. Vloekend sprong de bordeelhoudster op van haar stoel en sloeg op mijn moeder in met haar opiumpijp, mepte haar tegen haar hoofd dat al vol littekens zat van de sneden van haar armbanden, vol deuken in de vorm van haar ringen. Grootmoeder bewonderde de manier waarop mijn moeder haar voeten neerpootte. Haar gebogen schouders waren indrukwekkend, en zoals ze bleef staan zonder weg te duiken of de slagen af te weren. Grootmoeder bekeek de vastberaden lijn van mijn moeders mond, haar koppig schuingehouden hoofd. 'Aiya, oude vriendin, laat haar maar,' zei ze loom. 'Ik zal de wijn betalen.'

In die dagen, lang voordat mijn moeder christen werd, was Grootmoeder de op één na rijkste vrouw van de straat, na de bordeelhoudster. Grootmoeders huis was het op één na grootste, haar tanden flitsten goud, aan allebei haar polsen hing een zware jaden drakearmband. Haar hals was een gekletter van glinsterende hangers en kettingen. In die tijd verkeerde Grootmoeder op het hoogtepunt van haar geestenverdrijfstershandel, en aangezien ze niet zo jong meer was, kon ze het nauwelijks meer bijbenen. Haar huis weergalmde van de stemmen van zowel wanhopige levenden als koppige doden. 'Ga weg!' siste Grootmoeder als ze er voor die avond genoeg van had, en wuifde met haar hand zowel de levenden als de doden weg. Grootmoeder was zo rijk, dat een heel dozijn kapotte wijnkruiken nog niets voorstelde, ze was zo machtig, dat ze het zich veroorloven kon medelijden te hebben. Ze bezat zoveel gezicht, dat ze een ander ook wel wat gunde.

'Sta stil!' beval ze en gaf een klap op twee tere plekken op mijn moeders schouders. 'Beter zo? Niet meer zo zwaar, hè?'

In die dagen brachten Grootmoeder en de bordeelhoudster de middagen meestal door in elkaars gezelschap, onderuitgezakt in de luxueuze salon van de bordeelhoudster, nippend aan een glaasje rijstewijn, kletsend en een beetje kaartend. Hoewel ze in de meeste opzichten op elkaar leken, in grootte en leeftijd, in temperament en opvattingen en in de scherpte van hun tong, waren mijn grootmoeder en de bordeelhoudster tegenpolen in het kaartspelen: Grootmoeder speelde in het wilde weg, tegen beter weten in en won meestal, de bordeelhoudster verloor meestal en zette alleen hoog in als ze zeker was van haar zaak. Iedere middag eindigde met kaarten die vol ergernis om hen heen dwarrelden als Grootmoeder het ene spelletje na het andere met een kleine inzet had gewonnen, en de bordeelhoudster ineens revanche nam met een grote slag. Aan het eind van elke middag hadden ze geen van beiden een cent gewonnen of verloren. Grootmoeder en de bordeelhoudster waren de enige twee vrouwen in de straat die 's middags vrij hadden, de enige twee die zich volkomen op hun gemak voelden in elkaars gezelschap vanwege hun toenmalige bestaanscyclus: hun bevoorrechte lot. Ze zochten elkaar op omdat ze beiden buitenstaanders waren, buiten de regels en beperkingen vielen waaraan gewone vrouwen zich te houden hadden. Ze werden getolereerd maar niet bepaald bewonderd, want ze hadden geen man die hun op hun kop gaf, geen kinderen om achteraan te rennen, geen huishoudelijke beslommeringen. Zowel Grootmoeder als de bordeelhoudster verleenden onontbeerlijke diensten voor een soepele gang van zaken in hun wijk, de bordeelhoudster bevredigde de verlangens van de levenden, terwijl mijn grootmoeder zich bezighield met die van de doden. Als de onontbeerlijkste en rijkste vrouwen konden ze het zich veroorloven pretenties te hebben. Ze konden zich vrije tijd veroorloven. Ze zaten bij elkaar, feliciteerden elkaar met hun gelukkige levenscyclus, verhaalden over hun vorige levens.

'Eens was ik lijfeigene,' zei Grootmoeder terwijl ze op mijn moeder wees. 'Net als dat meisje daar rook ik naar houtvuur en keukenvet. Ik stond voor dag en dauw op en ging pas na middernacht naar bed. Mijn armen en benen zaten onder de bulten en schrammen, de littekens liepen zigzag over mijn rug.'

'Dat is nog niks!' De bordeelhoudster schudde minachtend haar hoofd. 'Ik was de dochter van een dronkelap. Als mijn vader geld wilde, nodigde hij vreemden uit om zijn dochters te komen bekijken. Wie het meeste betaalde kreeg de jongste, mij. Mijn dijen werden één laag eelt, mijn benen leerden wijd uit elkaar te lopen. Mijn moeders haren vielen bij bosjes uit bij het zien van het leed van haar dochters, haar tanden lieten los van de spanning.'

'Poeh, je denkt dat dat heel wat is,' schimpte Grootmoeder. 'In een van mijn levens was ik een grote witte tijger. De boeren probeerden me te vangen door diepe valkuilen te graven, maar die ging ik uit de weg. Alleen prinsen en heiligen konden op

mijn rug rijden, ze liepen wel duizend kilometer over dorre rotsgrond en door dichte oerwouden om die eer te ondergaan, maar op een dag liet de Zeekoning me door een van zijn dochters meesleuren naar de diepten van de zee. Daar hield hij me duizend jaar gevangen en elke dag kwam hij om een ritje bedelen, maar ik grauwde en brulde en rukte aan mijn kettingen. Ik schudde de grondvesten van de zee en veroorzaakte cyclonen en vloedgolven, zeestormen die trotse schepen in één klap versplinterden. Ten slotte schudde ik mezelf los, en zwoer voor eeuwig wraak aan mijn vijand, de zee.'
'Jij had het nog gemakkelijk,' lachte de bordeelhoudster. 'In mijn vorige leven was ik een witte slang. Tot op de dag van vandaag droom ik in mijn diepste slaap van voortglibberen. Een boze tovenaar sprak de vloek over me uit dat ik voor eeuwig op mijn buik over de grond zou kruipen, maar ik rolde me om de voet van een perzikboom en mediteerde duizend jaar lang, in regen en zonneschijn, zonder te eten of te slapen, tot de perzikbladeren een deken boven me weefden en de aarde onder me in rotsgrond veranderde en toen weer in aarde. Tot ik mijn benen en armen weer aan voelde groeien. In dit leven heb ik die concentratie nog steeds, en kijk eens hoe gunstig het lot me nu gezind is!'
Met het langer worden van de middagschaduwen werden de vorige levens van Grootmoeder en de bordeelhoudster steeds indrukwekkender, en mijn moeder droeg de ene kruik wijn na de andere aan, en de mensen die het bordeel passeerden huiverden bij de gierende uithalen van plezier die de straat in lekten. Maar terwijl de schaduwen dieper werden en de grotesk uitgerekte gestalten van Grootmoeder en de bordeelhoudster door de kieren en spleten van de deuren en ramen gleden om gitzwarte plassen over de straat te werpen waar voorbijgangers haastig overheen sprongen, bleven de bordeelhoudster en Grootmoeder in gelijkspel steken, hoe ze ook hun best deden en extra koningen en azen in het spel gooiden. Zelfs toen hun mouwen leeg waren en mijn moeder ten slotte binnenkwam om de lampen in de salon aan te steken voor de nachtelijke zaken, hadden Grootmoeder noch de bordeelhoudster ook maar één cent gewonnen of verloren.
'Jij hebt gewonnen,' zeiden ze edelmoedig. 'Nee, oude vriendin, *jij* hebt gewonnen.'
'We hebben gewoon weer geluk!' gierden ze terwijl ze bij het afscheid aan de deur dronken tegen elkaar aanvielen. 'Gewoon weer eens allebei geluk!'

Toen mijn grootmoeder wegging, rende mijn moeder naar de deur om haar buigend uit te laten, zonder zich iets aan te trekken van het getier waarmee de bordeelhoudster haar weer aan haar werk wilde zetten. 'Dank u, Tante,' zei mijn moeder eenvoudig, en ze schudde met haar schouders om Grootmoeder te laten zien dat haar noodlot niet zo zwaar meer was. Terwijl Grootmoeder zwalkend naar huis liep, keerde ze zich om en keek naar mijn moeder in het verlichte raam. In groepjes van twee en drie slenterden de bordeelvrouwen de salon binnen en vlijden hun geparfumeerde lichaam op de banken en divans neer. Al kletsend namen ze een kwijnende houding aan en keken onderdrukt geeuwend toe hoe de bordeelhoudster zoals altijd woedend liep te vloeken, hoe de armen en benen van de bordeelhoudster uithaalden naar mijn moeder, die haastig de her en der verspreid liggende kaarten bij elkaar raapte en de middag uit de kamer ruimde.

Op een avond zat Grootmoeder net een moeilijke toverformule te maken, toen ze mijn moeders ijle stem hoorde roepen vanuit het bordeel aan het andere eind van de straat. Ze hoorde mijn moeder dwars door het tussenliggende blok winkels, het tumult van de avondventers en het geschreeuw van de klanten voor haar deur heen. 'Tante!' riep mijn moeder eenmaal, met een stem afwachtend van wanhoop. Ze liet haar formule en haar protesterende klanten in de steek en liep naar het bordeel, waar het nog drukker was dan anders; de deuren en ramen stonden wijd open, de salon puilde uit van meer lichamen dan erin konden. In het midden van de salon, tussen de mensen die toestroomden om hen te scheiden, de stemmen die zich inspanden om hen uit elkaar te halen, bevonden zich de bordeelhoudster en mijn moeder. De bordeelhoudster sloeg met haar vuisten op mijn moeder in, die op de grond lag. Mijn moeder lag met haar ogen open, haar mond stijf dicht.

'Aiya, oude vriendin,' riep Grootmoeder terwijl ze zich met haar ellebogen door de drukte drong. 'Wat is dit voor soesa?'

'De druppel die de emmer doet overlopen!' kijfde de bordeelhoudster. 'Dat krijg ik nu voor mijn goedheid! Wie denkt dat kind wel dat ze is? Een klant wil aardig voor haar zijn en ze snijdt hem met een keukenmes. Wie heeft gezegd dat ze een keukenmes moet dragen? Aiya, ze kost me mijn gezicht, die meid! Vandaag valt ze klanten aan, wie dan morgen wel niet? Sta op, meid! Ik sla je dood! Schande over het hoofd van je ouders!'

Grootmoeder staarde naar mijn moeder, die daar lag alsof ze al

dood was. 'Oude vriendin, weet je nog dat ik zei dat ik haar wel wilde?'
'Neem haar maar!' gilde de bordeelhoudster. 'Ze brengt me alleen maar ongeluk. Nou, dapper van je, oude vriendin! Wees maar voorzichtig, ze zal je nog besmetten met haar noodlot!'
'Ik neem haar,' zei Grootmoeder.
Toen Grootmoeder met haar thuiskwam, liet mijn moeder zich op haar knieën vallen en besproeide Grootmoeders schoot met tranen. 'Wat lief van Tante dat ze naar me luistert en me meeneemt,' snikte ze zo hard dat Grootmoeder moeite had haar te verstaan. 'Ik ben maar een bediende, maar omdat Tante geen dochter heeft, mag ik dan niet de plaats innemen van Tantes dochter en voor Tante zorgen als Tante oud is? Als Tante dat goedvindt, beloof ik dat ik voor Tante zal zorgen als voor mijn eigen moeder.'
In die dagen bracht een dergelijk vertoon van dankbaarheid, vooral wanneer er geen geld mee gemoeid was en geen schuinse blikken van de voldane klant om te zien of dankbaarheid de prijs kon verlagen, mijn grootmoeder in verwarring en verlegenheid. Ze zag met verbazing dat zelfs het noodlot op mijn moeders schouder rilde van dankbaarheid. Ongeduldig veegde ze mijn moeders tranen af. 'Wat je maar wilt,' zei ze nors. 'Maar niet zo veel praten. Kom, sta op! We moeten aan de slag.'

Mijn grootmoeder gelooft in cyclussen. Ze zegt dat alles op zijn beurt komt. Alleen dwazen denken dat ze het altijd voor het zeggen zullen hebben, al ligt het wel in de menselijke aard om daarnaar te streven. Om boven op de heuvel, met je stekels overeind en je tanden ontbloot, uit te staan kijken over je territorium, je buit. Alleen van machtige wijze vrouwen die de geheimen om de cyclussen om te buigen kennen, is bekend dat ze het ene succes op het andere stapelen. Die wijze vrouwen leven eens in de honderd jaar. Ieder ander moet zijn beurt afwachten. Als je nu onderaan staat, met je voeten onder de blaren en een buik die rammelt van de honger, met elke dag zorgen over wat de dag van morgen weer voor tegenslag zal brengen, hoef je alleen maar te wachten en uit te kijken en plannen te smeden en te luisteren, en dan duurt het niet lang meer of jouw dag komt. Dat zegt Grootmoeder.
Toen mijn grootmoeder een kind was, werd ze in het huis waar ze als lijfeigene diende genadeloos gekweld door Keu-

kenmeid Nummer Twee. Die vrouw maakte mijn grootmoeder het leven tot een hel. Jarenlang huilde Grootmoeder alleen al bij de gedachte aan haar, bij het geluid van haar stem plaste Grootmoeder in haar broek, kromp ze ineen, ontdook ze de keukenmessen waar Keukenmeid Nummer Twee mee zwaaide om haar bang te maken, kauwde ze op het zand dat Keukenmeid Nummer Twee door haar eten mengde om haar tanden te breken. Mijn grootmoeders melktanden waren allemaal gebarsten van het zand. De lach van die vrouw, zei Grootmoeder, was erger dan de kakelende lach van een geest. Mijn grootmoeder vergat haar nooit. Jaren later kwam Keukenmeid Nummer Twee huilend bij Grootmoeder aanzetten. Iemand had een vloek over haar uitgesproken en nu was het lot haar heel slecht gezind, alles wat zij en haar familie ondernamen eindigde in een ramp. Haar haren vielen uit, haar tandvlees kroop weg van haar tanden. Er werd voortdurend met scherpe naalden in haar handen en voeten geprikt en de dingen die ze in het donker zag, hielden haar de hele nacht uit haar slaap. Haar kinderen weigerden bij haar in de buurt te komen, haar man zette haar het huis uit. Omdat ze Grootmoeder alleen kende als een befaamd genezeres en vloekophefster, kwam ze haar om hulp smeken. Ze strooide Grootmoeder haar armoedige sieraden in haar schoot, haar lommerdbriefjes, haar opzijgelegde munten.
'Wat grappig is het leven toch,' zei mijn grootmoeder tegen haar. 'Ik heb gewacht en gewacht, en nu ben je gekomen.'
De mond van Keukenmeid Nummer Twee viel open. Ze staarde Grootmoeder lang en doordringend aan. Na een poos herkende ze haar. Ze liet zich op haar knieën vallen en jammerde, kreunde en smeekte Grootmoeder om genade. Ze huilde dikke tranen van wanhoop op mijn grootmoeders voeten, die Grootmoeder vol verachting afschudde.
'Laten we het verleden toch vergeten,' huilde de vrouw. 'Wat heeft het voor zin om ouwe koeien uit de sloot te halen.'
'Ik vergeet nooit,' zei mijn grootmoeder.
Elke keer als de bullebak en ik iets fout doen, herinnert Grootmoeder ons aan dit verhaal. Iets waar Grootmoeder een hekel aan heeft: als we halfhartig onze hulp aanbieden, de papiertjes die we beloofd hebben te knippen voor haar toverformules halverwege in de steek laten. Grootmoeder herinnert ons eraan dat onafgedane zaken altijd hun weg vinden. Dus moeten mensen altijd oppassen. Moeten mensen hun zaken afmaken, hoe dan ook, anders blijven de zaken rondhangen tot zij hen

kunnen afmaken. Als ze nalatig zijn, komen de zaken op een dag op hen vallen als een steen uit de hemel, als de kolf van een bandietengeweer. Als een lang geleden misgelopen vloek. Alleen machtige wijze vrouwen kunnen het pad van een onafgedane zaak, het pad vol wendingen van geestengunst of -wraak vermijden en ontduiken. En zelfs machtige wijze vrouwen worden soms te pakken genomen. Dan moeten ze zich in kronkels en bochten wringen, complotten en plannen smeden, en urenlang in hun speciale stoel bij de deur op hun lippen zitten bijten. Soms moeten ze listen aanwenden. Moeten ze beloften doen die ze nooit zullen houden. Alleen dwazen maken een wijze vrouw tot hun vijand, ook al is ze haar kunst nog niet meester, of is ze aan lager wal geraakt en moet ze haar vak uitoefenen langs de kant van de weg, vol korsten vuil en zweren. Vroeger wisten alle stadskinderen dat en betuigden het nodige respect. De dwaze Keukenmeid Nummer Twee sloop ten slotte weg van Grootmoeders huis, een vreselijke dood tegemoet. Dat gebeurt er met Grootmoeders vijanden. Als de tijd rijp is – poef! Daar gaan ze, gillend en schreeuwend van pijn. 'Begrijp je!' gilt Grootmoeder, en ze zwiept met haar rotting naar onze benen om ons te laten dansen.
'Ja, Grootmoeder! Ja!' De bullebak en ik rennen door de kamer.

Het verhaal van het spookhuis is het enige dat mijn grootmoeder wel wil herhalen. Telkens weer herhaalt Grootmoeder haar lievelingsstukjes eruit: het donderende applaus na haar feeëndans op de feesten van de rijke man, dat ze met zijn schatten mocht spelen, dat ze op zijn knie mocht zitten. Grootmoeder vertelt het verhaal nooit van het begin tot het einde, het is een verhaal in kleine hapjes, waarvan de bullebak altijd trek houdt in meer.
'Wat gebeurde er toen?' bedelt de bullebak, en Grootmoeders ogen glanzen. Grootmoeders lippen klemmen zich op elkaar.
'De volgende keer dat je komt,' mompelt ze. 'Aiya, de volgende keer.'
Als ze dit verhaal vertelt, mag niemand een vin verroeren. Een woord zeggen. Niemand mag naar de wc, of zijn hand uitsteken om iets lekkers te pakken, of hoesten of niezen. Gebeurt dat toch, dan houdt Grootmoeder op en dan kunnen we smeken wat we willen, ze gaat niet verder. Soms vraagt ze voordat ze begint aan de bullebak, mijn moeder en mij welk verhaal we graag willen horen. Nog voor er iemand antwoord kan geven,

vraagt de bullebak al naar dit verhaal, zodat Grootmoeder glimlacht en met haar hoofd knikt. Terwijl de bullebak op en neer springt, terwijl de bullebak zich in haar handen wrijft van plezier, knikt Grootmoeder met haar hoofd en glimlacht. En begint een heel ander verhaal. Dan zit de bullebak woedend aan grootmoeders voeten. Daarna raakt ze geboeid: raakt ze in vervoering. De bullebak weet nooit wanneer Grootmoeder aan het eind van haar verhaal komt. Grootmoeders eindes overvallen haar. Voor de bullebak eindigt de vervoering te plotseling. Te plotseling wordt ze teruggebracht naar haar lichaam, moet ze met haar bullebaksogen kijken en met haar bullebaksneus ruiken en op haar eigen bullebakstanden zuigen. De bullebak krabt zich op haar hoofd.
Soms, in een gullere bui, gebaart Grootmoeder dat we haar het blik met het oude geestenverdrijversgereedschap moeten aangeven. De bullebak en ik rommelen tussen de stapels blikken, dozen en plastic tassen waar Grootmoeders kamer van wemelt.
'Is dit het, Grootmoeder?' roepen we. 'Of dit?'
Haar oude geestenverdrijversgereedschap rekt het blik tot fantastische bergen en holten, zo zwaar dat de bullebak en ik het hijgend en puffend over de vloer slepen. Grootmoeder tilt eerbiedig het deksel op, terwijl mijn moeder zucht en de kamer uitloopt. De lucht uit het blik is zo doordringend, dat ieder ander, mens of geest, zou maken dat hij wegkwam, maar de bullebak en ik sperren alleen onze ogen wijder open. Net als in het oerwoud houden we alleen onze adem in.
'Hier.' Grootmoeder geeft ons de potten vet en gekleurde poeders met deksels die we met onze nagels open moeten krabben, zo vastgekoekt zitten ze. Grootmoeder mengt het vet en de poeders tot kloddters in allerlei kleuren, die ze op haar arm smeert. 'Wie eerst?' vraagt Grootmoeder.
'Ikke! Ik eerst!' roept de bullebak en ze dringt naar voren, want de bullebak moet altijd dringen en roepen, en is toch maar zelden het eerst.
'Ogen dicht,' zegt Grootmoeder, in een gullere bui.
Het gezicht van de bullebak wordt onder mijn grootmoeders vingers een patroon van krullen en bogen net zo verwrongen en trillend als Grootmoeders handen. Haar wangen worden zo wit als Grootmoeders haren, haar lippen zo rood als Grootmoeders betelnoottanden. Als Grootmoeder klaar is, ziet de bullebak er angstaanjagend uit. De broze tanden van de bullebak lijken scherp. Ze paradeert heen en weer, terwijl Groot-

moeder mij doet. Grootmoeder vermomt mijn jongemeisjes-
gezicht om elke vijand af te schrikken, om elke vijandelijke
geest kermend van angst op de vlucht te jagen. Ze poedert
mijn voorhoofd bovenaards wit, tekent gekleurde patronen op
mijn wangen. Smeert zwarte schoenpoets over mijn wenkbrauwen als vleugels. Dan, in een gullere bui, mogen de bullebak en ik haar doen. Terwijl we daarmee bezig zijn, gaat ze
soms aan het dwalen. De bullebak en ik scheppen klonten
kleur van haar arm terwijl zij alle kanten op knikkebolt. Afwezig draait ze haar hoofd zoals wij het hebben willen, haar
ogen flitsen naar links en naar rechts uit het raam of omhoog
naar het plafond, zodat de bullebak en ik niet weten of ze
eigenlijk hier is of ergens anders, ze lijkt miljoenen mijlen
van ons gekladder en geveeg af te zijn. Grootmoeders lippen
knijpen en strekken zich van nors naar glimlachend naar nors.
'Mijn kostbaarste bezit,' mompelt ze. 'Denk je dat ik dat beloofd heb? Denk je dat je dat zult krijgen?'
'Wat is uw kostbaarste bezit, Grootmoeder?' buigen de bullebak en ik ons fluisterend naar haar over. 'Wie wil dat hebben,
Grootmoeder? Wie?' Maar Grootmoeder knikt alleen maar
met haar hoofd. Ze blijft knikken en mompelen en met haar
handen die en die kant op wijzen alsof elke kant die ze op wijst
een aanwijzing is, een weg uit de doolhof van haar zoveel
jaren geleden gedane ziekenhuisbelofte. Maar wat haar belofte
is en wat haar kostbaarste bezit, dat zegt mijn grootmoeder
niet, zelfs niet als ze dwaalt. Als we haar knijpen en door
elkaar schudden, kijkt ze ons woest aan.
'Niet storen!' snauwt Grootmoeder. 'Ik denk na.'
Grootmoeder is oud nu, ze heeft vele wentelingen van een
vrouwenlevenscyclus geleefd, ze wordt chagrijnig als iemand
haar gedachten verstoort. Ze blijft knikken en mompelen en
met haar handen wijzen. Dus leven de bullebak en ik ons
lekker uit op haar vijandafschrikkende gezicht. We smeren
een laag van wel een centimeter rood en geel op haar wangen,
maken haar haren los om ze zo door de war te maken, dat
ieder mens en iedere geest er bang van wordt. We schilderen
haar vingernagels, hangen repen papier over haar hoofd: duwen haar handen in de vormen die zelfs demonen angst aan-
jagen: *Wend u af!* We draaien haar op haar trillende voeten de
kamer rond. De bullebak en ik klappen en stampen met onze
voeten als Grootmoeder in feeënkringen rondtolt, haar verwrongen voeten raken de aarde niet langer met onzekere
stapjes, maar flitsten naar binnen en naar buiten en op en

neer, lichter dan meisjestapjes. De vegen zweet lopen over Grootmoeders gezicht, haar huid glinstert bruin door het vettige masker. De bullebak en ik klappen en juichen tot er een vrolijke glimlach op haar gezicht doorbreekt. Tot mijn moeder de kamer binnenkomt en een ontzette kreet slaakt en de bullebak en mij wegslaat. Mijn moeder brengt Grootmoeder terug naar haar stoel, ze veegt Grootmoeders gezicht af met haar zakdoek en kamt haar haar. Ze wrijft net zolang over haar handen en armen tot Grootmoeder bijkomt. Grootmoeder knippert met haar ogen. Ze duwt moeder opzij.
'Wat denken jullie wel!' Mijn moeder wendt boos haar gezicht naar de bullebak en mij. 'Dit is je Grootmoeder. In je Grootmoeders huis!'
'Ma, het was maar een grapje.' Ik wrijf over mijn pijnlijke schouder terwijl de bullebak berouwvol in elkaar gedoken zit te hijgen. 'Grootmoeder vond het leuk. Aiya, Ma, kun je niet tegen een grapje?'
Na afloop van het verhaal van het spookhuis zit de bullebak steevast te hijgen. Ze zit nog na te hijgen naast Grootmoeders stoel als Grootmoeder er al lang niet meer zit. Als ik haar schouder aanraak, duwt ze me ruw van zich af. De bullebak en ik hebben dit verhaal al vele malen gehoord, maar we luisteren er nog steeds roerloos naar, in vervoering. Elke keer dat de bullebak het hoort, vindt ze het weer anders. Ze vindt dat het verhaal veranderd is in de tijd dat Grootmoeder het niet verteld heeft. Toch vindt de bullebak het nog steeds het mooist. Ze houdt het meest van een verhaal met echte mensen erin, en een verhaal over rijke mannen en schatten en de zee. Grootmoeder probeert de bullebak de zee te beschrijven. De zee is als het oerwoud, vol paden die kunnen leiden naar een schat. Wie zonder kleerscheuren de vele paden kan bewandelen, zal grote toverkracht bezitten.
'Wat voor toverkracht, Grootmoeder?' vraag ik. 'Wat dan?'
'Een toverkracht die zo sterk is, dat hij er in één vurige klap zijn oudste vijand mee kan vellen.'

Voordat de Oude Priester stierf, pakte hij een krat in voor de bullebak. In die krat stopte hij het fotoalbum waar hij zo op gesteld was, zijn camera, wat films, flessen chemicaliën, een sleutel van de donkere kamer, een stuk touw, wat klemmetjes, een stapel schimmelig papier, twee boeken in leren kaft. Een met zout aangekoekt bandietenmes met een verkoold heft, en drie rode gloeilampen zodat de bullebak nooit zonder zou

komen te zitten. Dat was de erfenis die de bullebak kreeg, in plaats van de bruidskorf die ze volgens de nonnen nooit nodig zou hebben. De enige aardse passie van de Oude Priester was fotografie. Zijn album was een verslag van de vroegste dagen van het klooster.
'Bewijsmateriaal,' glimlachte hij tegen de bullebak.
De oude foto die de belangrijkste plaats in het album van de Oude Priester innam, was een portret met brandschade uit een nog oudere periode, toen het huis op de heuvel nog maar net de strijd tegen het oerwoud had aangebonden. De Oude Priester veegde het portret zo goed mogelijk schoon en plakte de verkreukelde foto aan de binnenkant van de kaft van zijn album. Toen de bullebak het opensloeg, zag ze hem niet meteen. Toen werd haar oog naar links getrokken en daar vastgehouden. De foto stond vol schaduwen waar ze telkens weer naar moest kijken. De Oude Priester had er een fijn gouden randje omheen getrokken. Daarna volgden er foto's van stoomschepen in een ondiepe haven, een logge bagagetrein die zich tegen de heuvel opkronkelde. Inlanders lieten lange messen in de holten van hun armen rusten. Foto's van nonnen die in de ochtendnevelen bedrijvig in het kamp rondscharrelden, van het oerwoud dat werd weggepeld van het verlaten landhuis. Daarna kwamen de foto's van het huis, van verschillende kanten genomen: een excentriek huis, met alle deuren in verschillende vormen en maten, gangen die alle kanten op kronkelden; trappen die nergens heen leidden. Het huis was het droomhuis van een kind, in vlagen en buien gebouwd. Het was gangen die plotseling ophielden, zuilen die niets droegen, ramen die uitkeken op andere ramen, of muren. Zelfs toen het oerwoud teruggedrongen was, lastige muren waren neergehaald en vervangen door nieuwe om klaslokalen en ziekenzalen en slaapzalen te maken, veranderde er niets aan de waanzinnige vormen van het huis. Aan het gevoel dat je door een doolhof liep.
Jaren later, toen er andere gebouwen waren aangebouwd en het klooster naam maakte als school en weeshuis, toen de Oude Priester berustte in zijn lot van gezwollen kniegewrichten en wit dons op zijn hoofd en met pensioen ging, bracht hij zijn vrije tijd door met onderzoek naar het oorspronkelijke gebouw. Met kloppen op muren om te kijken of er iets achter lag. De Oude Priester ontdekte een raamloze kamer in een hoekje van de kelder, achter een dichtgetimmerde deur. Toen hij de deur opendeed, kwam hem een duizelingwekkende

stank tegemoet. Hij bleef staan op de drempel en dacht dat hij een andere tijd was binnengestapt. Rijke wandtapijten bedekten de muren, een zijden hemel overkoepelde een elegant bed. Het beddegoed leek pas te zijn gekreukt, de Oude Priester keek zenuwachtig over zijn schouder om te kijken of degenen die het gekreukt hadden misschien terugkwamen. Hij had het gevoel dat hij keek naar iets dat verboden was, al kon hij niet zeggen wie het hem verbood. De Oude Priester knipperde met zijn ogen. Toen hij weer keek, waren de tapijten aangevreten door de motten, hing de zijden hemel in flarden naar beneden. Het beddegoed was vergaan tot beschimmelde lompen. De stank deed zijn zakdoek naar zijn neus wapperen. Op de vloer lagen de zwarte resten van een inderhaast gedoofd vuur, waarvan de stank afkomstig was. Een patroon van vingerafdrukken liep door de as en het aangekoekte vet alle kanten op. De vloer was zo koud, dat de Oude Priester dacht dat hij in het water stond, maar toen hij zich vooroverboog om te voelen bleven zijn vingers droog.

De Oude Priester duwde een blokje onder de deur van de raamloze kamer zodat hij wijd open bleef staan. Het was de perfecte kamer: geen kiertje licht. Hij maakte een stinkend vuur van alle spullen, griste op het laatste moment de oude foto uit de vlammen. Hij griste naar de gezichten die hem vanuit de rook aanstaarden. De foto was al half verbrand. De Oude Priester witte de muren en boende de vloer met loog. Hij kreeg de nonnen zover dat de bullebak hem mocht helpen. Samen hingen ze rode feeënlichten aan het plafond en zodra ze hingen, begon de bullebak eronder te dansen. In die dagen was de bullebak een kind met een vierkant gezicht dat de Oude Priester overal achternaliep. Hij hoefde zich maar om te draaien of ze stond achter hem: zijn onvolgroeide, starende schaduw. De ogen van de bullebak waren klein en sprankelend. De Oude Priester nam haar mee naar het oerwoud om van dichtbij foto's te maken van bloemen, insekten en vogels. Hij vertraagde zijn pas zodat ze hem bij kon houden, zette haar hijgend en puffend met een zwaai op zijn oude brede rug als het pad moeilijk begaanbaar was. Hij liet haar zien wat zijn fotochemicaliën deden. De ogen van de bullebak puilden uit bij het zien van die tovenarij.

'Geen tovenarij,' zei de Oude Priester terwijl hij zijn hand op het hoofd van de bullebak legde, 'maar bewijsmateriaal. Zodat iedereen het kan zien.'

'Wat kunnen ze dan zien?' vroeg de bullebak telkens weer,

maar de blik van de Oude Priester bleef op een punt net voorbij haar linkerschouder gericht. Afwezig streelde zijn hand over haar haren.

Het verhaal van het spookhuis is er een dat mijn moeder volgens de bullebak en mij moet kennen, maar hoe we het ook vragen, ze vertelt het niet.
'Vraag maar aan Grootmoeder,' zegt mijn moeder.
Als we aandringen, als we met onze armen om haar middel gaan dansen om haar aan het lachen te krijgen en aan haar blouse trekken, dan kijkt mijn moeder over haar schouder naar de hoek van de keuken waar mijn grootmoeder soms zit. Als ze ziet dat er niemand zit, begint ze te fluisteren. De bullebak is dol op mijn moeders fluisterstem, die haar zacht en strelend in de oren klinkt, als de tongen van de roem die ons eens zullen vinden, zegt ze, als mijn moeders hand die zachtjes haar haren naar achteren strijkt. Als de zachte kneepjes die mijn moeder in haar wang geeft wanneer haar weekeinde bij ons gezin voorbij is en de bullebak kneepjes nodig heeft om haar boze bui te vergeten. Wanneer mijn moeder begint te fluisteren, buigt de bullebak zich naar haar toe.
Toen ze een jong meisje was, zegt mijn moeder, in de dagen dat ze Grootmoeders geestenverdrijfstershulpje was, werden ze eens midden in de nacht naar het spookhuis geroepen. Mijn moeder heeft geen idee hoe lang ze daar in het middernachtelijke spookhuis waren, want wie kan de uren of minuten meten van de tijd waarin de duivel en de doden worden bevochten? Duivelse tijd, dode tijd, duurt vergeleken bij die van de mensen ofwel te lang, ofwel te kort. Toen ze weer naar buiten kwamen, met voeten die sleepten van uitputting en het koude zweet druipend van hun voorhoofd, troffen ze daar het huilen van sirenes en het gieren van vrachtwagens. En een bibberende conciërge, die tussen twee potige soldaten in volhield dat ze hoogstens een half uur in het spookhuis geweest waren, meer niet. Toch leek het mijn moeder toe dat de deur van het spookhuis al zo lang geleden achter hen was dichtgevallen, dat haar nagels tot onbruikbare klauwen waren uitgegroeid en haar haren wit en lichtgevend over haar voeten streken, aan hun eigen gewicht van haar schedelhuid neervielen. Zo lang geleden, dat Grootmoeder tot vel over been verschrompeld was, tot een wolkje stof. Het leek mijn moeder toe dat ze een tijd in het spookhuis geweest waren die zowel eeuwig was als zwart. Ze stonden op de drempel te knipperen

tegen de felle lichten van de vrachtwagens, te moe en verbijsterd om nog een stap te verzetten. 'Alles goed?' vroeg Grootmoeder haar nors. 'Geen pijn gedaan?' Mijn moeder kon alleen nog maar knikken en daarna schudden met haar hoofd. 'Goed.' Grootmoeder keek om zich heen. 'Aiya, wat is dit voor soesa? Komen ze ons bedanken of zo? Wah, zo moe! Zo veel dit keer, dat was even knokken, hè?' Grootmoeder keerde zich stralend om naar de menigte die voor de deur te hoop gelopen was. 'De meesten heb ik,' kondigde ze aan, en ze wuifde de rook van haar geestenverbrandingsemmer in hun richting als bewijs. 'Morgen de rest. Een ervan – wah, heel sterk!'
'Kijk!' dreef de diepongelukkige stem van de conciërge hun kant uit. 'Alleen die stinkemmer hebben ze bij zich, aiya, ik zeg toch, die kwamen niks stelen. Wie komt er nu stelen in dit ongelukshuis?' Toen een hele zwerm nonnen en soldaten zich om hem verdrong, stamelde hij: 'Ik – ik weet het niet! W-weet niet wat ze kwamen doen. Ik hoorde lawaai en toen ben ik gaan kijken! Dat is mijn werk! Daarom ben ik hier! Vraag maar aan mijn jongen, jij hoorde het lawaai ook, hè Jongen?'
De zwerm nonnen en soldaten liep rakelings langs Grootmoeder en mijn moeder heen, andere soldaten pakten hen stevig bij de armen.
'Heren, wat is dit?' vroeg Grootmoeder beleefd, terwijl ze niet haar tijgergezicht opzette, maar het gezicht dat ze altijd gebruikte om met soldaten, huurophalers, belastinginners en andere handhavers van orde en gezag in de stad te praten. 'Wat is er, Heren?' en haar uitgestreken, onschuldige gezicht betrok toen ze werden meegevoerd naar de vrachtwagens. 'Wat hebben we gedaan? Aiya, we wilden ze alleen maar een dienst bewijzen!'
'Weten jullie niet dat het spertijd is?' snauwde een van de soldaten.
Grootmoeder zette haar fleemstem op. 'Heren, alstublieft, we kunnen toch alleen 's nachts geesten verdrijven...'
De zwerm nonnen en soldaten kwam terugbenen uit het spookhuis. Ze bleven even op een kluitje bij elkaar staan; de soldaten hieven hun handen op en maakten kalmerende gebaren, de nonnen sloegen zich op de borst. De gezichten van de nonnen waren rood aangelopen van woede, hun nachtkappen stonden scheef. Andere nonnen vlogen alle kanten op om nieuwsgierige kloostermeisjes terug naar bed te jagen. De Oude Priester liep verward in het rond en zegende iedereen.
'Overal bloed!' riepen de nonnen. 'Een dode kip, emmers vol

brandende vodden. En overal boeken. Het stinkt er! Wat een troep! Waar is dat krankzinnige mens, waar is ze?'
Mijn moeder deinsde achteruit bij het zien van de witte massa die hen plotseling omringde, de witte muur van opgetrokken lippen en wijzende vingers. De woorden van de nonnen flitsten heet en vurig op hen af. 'Hoe durven jullie? Waar halen jullie het lef vandaan? Jullie durven hier te komen, waar God is, en plezier te maken met de duivel in dit gewijde huis! Jullie durven de duivel in ons midden te brengen! De hellevuren wachten jullie, ellendige schepsels! Jullie zullen hier spijt van krijgen, we zullen voor jullie bidden, maar o wat zullen jullie branden!' De soldaten schoten in de lach toen ze de woede van de nonnen aanhoorden en hun nonnelichamen zagen die zich in on-nonachtige houdingen wrongen, kwaardaardig en snel. Eén gedurfde arm, en nog één, strekte zich uit om Grootmoeder en mijn moeder te slaan alvorens de soldaten hen meetrokken. Grootmoeders gezicht betrok in het felle vrachtwagenlicht tot het bijna zwart was. Mijn moeders wangen gloeiden felrood.
'Is dit jullie dank voor bewezen diensten?' vroeg Grootmoeder op onnatuurlijk lage toon, haar ogen tot spleetjes geknepen. Grootmoeder trilde toen ze haar hand ophief.
'Instappen!' vielen de soldaten haar in de rede, en ze duwden haar en mijn moeder achter in de vrachtwagen. Ze vielen tegen de in elkaar gedoken lichamen die er al zaten, onvaste armen strekten zich uit om hun houvast te bieden, er klonken vloeken en grommen ter begroeting. 'Je hoeft niet zoveel praatjes te hebben, hoor Grootmoeder,' riepen de soldaten. 'Vandalisme, de avondklok overtreden. Opzettelijke vernieling van andermans eigendom. Aiya, straks mag je praten. Straks zul je een hoop moeten praten! Heb je misschien bandietenvriendjes?' De soldaten smeten de gebruikte geestenverdrijversuitrusting achter hen aan en stapten toen ook in, lachend om hun eigen grap. Mijn moeder keek op toen de vrachtwagen loeiend tot leven kwam, ze zag de nonnen met opgeheven kruisen en gebalde vuisten bij elkaar staan.
Op dit punt aangekomen houdt mijn moeder, die zich over de kachel buigt, brandhout hakt, af en toe een zwiep aan de rijstpot geeft om behendig vliesjes uit het wolkachtige water te vissen, plotseling op met vertellen. De bullebak en ik, die op onze hurken naast haar zitten en onze vingers in de sauzen dopen die ze heeft gemaakt, kijken naar de dunne lijn van haar mond, heffen ons hoofd op en horen Grootmoeders adem in

de deuropening, Grootmoeders hand die met een ruk het gordijn voor de deur wegschuift. Grootmoeder kijkt ons doordringend aan. 'Wat vertel je?' wil ze weten, en de bullebak en ik dansen door de keuken en schreeuwen 'Vertellen! Vertellen!' in allebei haar oren, en Grootmoeder wenkt ons naar de voorkamer, en het verhaal van het spookhuis gaat verder.
Maar niet het verhaal van mijn moeder.
Later, als Grootmoeder een dutje doet met de punt van haar kin plat tegen haar borst gezonken, of als ze het vertellen beu is of zwijgt en haar oren spitst alsof ze iemand heeft horen roepen, zoeken de bullebak en ik mijn moeder weer op. 'Wat gebeurde er *in* het spookhuis?' vragen we. 'Wat gebeurde er toen?'
'Vraag maar aan Grootmoeder,' zegt mijn moeder.

Voordat ik geboren werd, en daarna soms ook, droomde mijn moeder nog een droom. Die droom begon in de tijd dat ze elke dag door de straten van de stad liep en alle gezichten afzocht naar een teken. Elke dag liep mijn moeder te zoeken naar mijn verdwenen vader. In de droom nam ze bochten: sloeg een hoek om, liep door donkere steegjes, kwam weer bij een hoek die ze om moest slaan. In de droom nam mijn moeder eindeloos bochten, ze liep een eindeloze doolhof van straten en zijstraten door, waar het enige geluid dat haar tegemoet klonk de echo van haar voeten was. Het laatste restje avond wierp bleke strepen licht over alles heen. Mijn moeder sloeg een hoek om, en nog een, en weer een. In de droom liep ze tot haar hoofd begon te tollen, tot de straten in elkaar overliepen tot één grote vlek en alles en niets bekend leek. Niets van wat Grootmoeder haar in al die jaren geleerd had, mocht haar baten. Mijn moeder wist de weg naar huis niet meer. In de droom kon ze niets meer herkennen, zelfs de weg die ze gekomen was niet. Om één onverwachte hoek rook ze de geur van rook en metaal, de schoensmeer van gepoetste laarzen. Hoorde ze een plotseling adem-inhouden. Mijn moeder werd verschrikt wakker, strekte haar armen uit om zich als aan een anker vast te grijpen aan de rand van het bed, of aan mijn arm, mijn schouder, mijn been. In mijn veldbedje naast haar verroerde ik me in mopperende slaap. Pas lange momenten later liet mijn moeder me los.
In haar droom van bochten was mijn moeder nog een meisje. Ze was het lang geleden meisje dat dag in dag uit in de wasserij van het klooster werkte, dat lang geleden haar geestenverdrij-

verswerk grotendeels achter zich had gelaten, dat al lang op de kloosterdrempel was verschenen en de nonnen had geïmponeerd. Daar stond mijn moeder, met haar ogen neergeslagen en haar handen netjes gevouwen, zoals Grootmoeder haar gezegd had. De nonnen bestudeerden zorgvuldig haar besliste gezicht en manieren, haar sterke rug, haar stevige armen en benen. Ze luisterden geduldig naar haar gestamelde smeekbede om werk, om het even wat voor werk, desnoods zonder betaling, als ze maar met de kloostermeisjes de lessen mocht bijwonen, als de nonnen haar maar de woorden vol tovenarij in de goudgerande boeken wilden leren waar ze uit lazen. 'Geen tovenarij, meisjelief!' lachten de nonnen hartelijk. Ze herkenden in mijn moeder niet het meisje dat eens voor hen had gestaan met dezelfde blik, tussen doodsangst en smeken in. Mijn moeder stond daar onherkenbaar in haar gestreken kleren met een keurige scheiding in haar haren, zonder vegen as of geestenverbrandersvet op haar wangen, en geen Grootmoeder naast haar die haar hand ophief om een vloek uit te spreken. In de ogen van de nonnen was mijn moeder een doodgewoon stadskind dat aan de kloosterdeur kwam bedelen om eten of geld of een gebed voor de stervenden, vol ontzag en een tikkeltje smoezelig, met woorden die zich verstrikten zodra ze probeerde ze uit te brengen. 'Vertel eens, kind,' zeiden ze bemoedigend, 'waarom wil je graag leren?'
'Om – om – om me te verbeteren!' antwoordde mijn moeder de woorden die Grootmoeder haar geleerd had. 'Om te zien.'
'Geen tovenarij,' waarschuwden de nonnen, 'maar een weg naar God, naar de Waarheid. Het moeilijkste pad, want om het te kunnen bewandelen moet het zelf worden vernietigd. Een pad naar het eeuwige Leven!'
In de droom was mijn moeder ouder dan het meisje dat heftig knikte, zoals Grootmoeder haar geleerd had, toen ze te horen kreeg dat haar zelf moest worden vernietigd. 'Overal mee eens zijn!' zei Grootmoeder, en ze kneep haar om te zorgen dat ze het niet vergeten zou. 'Altijd ja zeggen.'
In de droom was mijn moeder een ouder meisje, haar meisjezijn sijpelde al uit haar lichaam in de voetstappen die ze achterliet als ze liep. Zelfs in de droom liep ze schuchter, met haar hoofd naar beneden en haar schouders gebogen. Ze liep en luisterde of ze om de hoek het plotselinge adem-inhouden hoorde dat haar altijd verraste, het kon om elke hoek zijn, en was het vaak niet. Bij het plotselinge adem-inhouden om de hoek stond mijn moeder stil. Er was geen weg achter haar. De

droom verzwolg de stegen en gangen zodra mijn moeder langsgekomen was: ze kon alleen bochten vooruit maken, nooit terug. Bij het plotselinge adem-inhouden trok ze haar schouders op voor ze de hoek omsloeg. Om de droomhoek, aan het eind van een nauwe zijstraat, of onder een onverwacht boograam, of in het schemerige licht van een kloostergang die nauwelijks warmte ontving van de zon, ontmoette mijn moeder een schaduw die de andere kant opliep: een magere schaduwgestalte, massief. Mijn moeder en de schaduw botsten met hun schouders tegen elkaar, per ongeluk, en even bleven hun schouderbeenderen steken.
Mijn moeders ogen vlogen van hun gebruikelijke blik naar de grond naar het gezicht van de schaduw: een onscherp droomgezicht, bleek en verschuivend. Nu eens was het gezicht van de schaduw dat van een jonge man met holle wangen en een schilferige huid, dan weer een donker, peinzend gezicht, als van de demonen die ze tegenkwam bij Grootmoeders geestenverdrijverij, dat mijn moeder aanstaarde met net zulke puilogen, net zulke strakgetrokken rode lippen. Dan weer had de schaduw geen gezicht, was het niet meer dan een lap huid. Mijn moeder zag er nu eens de flap van een plastic regenjas, dan weer een sleep van leerachtige vleugels omheen zwieren. Aan zijn riem zag ze de flikkering van een mes. Haar stem bevroor in haar keel. Haar ogen werden groot van schrik. Zowel zij als de schaduw deden een stap achteruit. Hun ogen bevonden zich op precies dezelfde hoogte, hun gebotste schouders en armen waren gebogen om hun evenwicht te bewaren en bogen in dezelfde hoek, deden op dezelfde plek pijn. De schaduw en mijn moeder hielden hun hoofd hetzelfde, iets naar beneden; ze hielden hun lichaam gelijk, behoedzaam. Even stonden mijn moeder en de schaduw doodstil, als elkaars spiegelbeeld. Toen hernam haar blik zijn oude stand, haar mond mompelde verontschuldigingen, haar lichaam glipte langs de schaduw de hoek om, weg.
Dat, fluisterde de schaduw, *was hun eerste ontmoeting.*
Dat was het niet! riep mijn moeder.
Mijn moeder werd huilend wakker en uit gewoonte sperde ze haar ogen wijd open tot haar oude tijgerblik.

9. De geur van meisjes

In tegenstelling tot Grootmoeder zeggen de nonnen dat er vele verschillende soorten krokodillen zijn. Als we zedenleer hebben, tekenen ze plaatjes op het bord om het ons te laten zien. Dunne krokodillen, dikke krokodillen, krokodillen met vet in hun haren. Je moet vooral oppassen voor de krokodillen die hun mouwen oprollen en meisjes bij zich in hun hol uitnodigen om naar hun gitaarspel te komen luisteren. De tekeningen van de nonnen waggelen over het bord. Meisjes moeten allemaal met hun knieën tegen elkaar zitten. Krokodillen worden aangetrokken door de geur van meisjes met hun benen uit elkaar. Meisjes moeten als ze lopen altijd recht voor zich uit kijken en doorlopen en nooit treuzelen. Krooks rennen achter meisjes aan die treuzelen, ze porren ze met hun snuit en bijten in hun enkels. De beet van een krokodil geneest nooit meer. Meisjes moeten nooit toestaan dat een krokodil, in wat voor vermomming dan ook, hen bij de hand pakt en hen onder het fluisteren van krokodilletoverwoorden meeneemt naar het oerwoud. Als een meisje in de ban van een krook raakt, kan ze bidden en boete doen zoveel ze wil, maar ze kan nooit meer gered worden. Ze zal voor eeuwig bedorven zijn en niemand zal haar ooit nog willen. Zelfs haar ouders niet. Zelfs Jezus niet. Als een meisje, in alle onschuld, met geweld gevangengenomen wordt door een krook, dan moet ze de elfjarige heilige Maria Goretti om raad vragen, die liever veertien keer gestoken werd met een mes dan haar maagdelijkheid te verliezen aan krokodillejongens. Ze moeten, net als de heilige Maria deed toen ze stervende was, elke steekwond aan God aanbieden als een gave. Het is goed als brave meisjes bang zijn voor de krokodil. Meisjes die niet bang zijn, lijden aan een ziekte die losgeslagen heet. Meisjes die uit het raam staren als ze moeten leren, die in een hoekje bij elkaar opgewonden kreetjes zitten te slaken over filmsterrenfoto's, die onder de lessenaar verboden boeken doorgeven met ezelsoren in de bladzijden met de pikante passages. Vooral die meisjes zijn

vatbaar voor de krokodilleziekte. Krododillen worden geboren met suikerklontjes op hun tong, ze zijn o zo handig met beloften, maar ze willen maar één ding.
'Wat willen ze dan, Zuster? Wat dan?'
'Ze willen babykrokodillen in een meisje stoppen, zodat ze almaar dikker wordt, en die babykrokodillen zullen zo lang in haar rondhappen en glibberen en zo groot worden dat ze barst!'
'Maar hoe doet de krododil dat dan, Zuster?'
'Het is gemakkelijk, daarom moeten meisjes ook zo oppassen. Soms alleen maar door zijn schubbige ledematen om haar heen te slaan, door met zijn hand...'
Als we zedenleer hebben, zitten de bullebak en ik achter in de klas. We zitten met de hoofden bij elkaar en proppen onze zakdoek in onze mond. Onze wangen staan bol van het lachen, ons gezicht loopt rood aan. De bullebak kijkt haar stapel afgekeurde foto's door. Meisjesgezichten van te dichtbij, achterkanten van nonnehoofden, onscherpe armen en halzen en benen. Als ze ze naar mij toe schuift, begin ik druk te knippen. Hier een hoofd, daar een arm, de onderste helft van een lichaam, een schoen met losse veter. Een kapotgesmeten rode gloeilamp op een bladzij met toverformules. De bullebak graait de stukjes al bij me weg voor ik klaar ben, en maakt rafelige scheuren. Ze rangschikt ze op de lessenaar, verstopt ze onder haar schrift. We schuiven met de stukjes. We maken vliegende ledematen en kung fu-houdingen, armen en benen in onmogelijke hoeken, opgerolde lijven. We maken herkenbare monsters: nonnen met een te klein hoofd en reuzengrijparmen; Grootmoeders boze profiel met een kromme nonnekap en haar vuist geheven in een scheldpartij; meisjes met soldatenbenen die hun rok bol doen staan. De bullebak en ik maken de krokodil. Glimlachende rode lippen en een gekartelde jaap met tanden die de bullebak inkleurt. Dat plakken we allemaal in het speciale plakboek van de bullebak, zodat het bol staat in zijn voegen. De bullebak overhandigt me haar pen.
'Schrijf op,' fluistert ze. 'Schrijf op wat je ziet.'
Als we zedenleer hebben, zitten de bullebak en ik stiekem te stikken van de lach, te barsten bijna. We liggen bijna met ons hoofd op de lessenaar, onze voeten tikken bijna, stampen bijna op de grond. De voetafdrukken van de geliefde die aan mijn voeten bevestigd zijn, springen en deinen uit zichzelf, ze flapperen papierachtig aan mijn hielen als door koorts losgelaten huid. Als we zedenleer hebben, zijn de bullebak en ik druk met onze vingers in de weer, de papieren vierkanten, spiralen en

driehoeken bloeien op uit onze handen. We zitten met tintelende spieren en krokodilaantrekkende benen, geurafgevend: wijd gespreid.

Grootmoeder zegt: *Iedereen weet dat het leven in cyclussen verloopt. In golven van goed en kwaad, van onwetendheid en kennis. Van de wieg tot het graf maakt een man een aantal acht jaar durende, een vrouw een aantal zeven jaar durende cyclussen door. Op de leeftijd van zeven maanden krijgt een meisjesbaby haar eerste tanden, die ze kwijtraakt als ze zeven jaar is. Op de leeftijd van $2 \times 7 = 14$ jaar opent zich het yinpad, dat wil zeggen dan komt de menstruatie op gang. Op de leeftijd van $7 \times 7 = 49$ jaar volgt de menopause. Geesten van de doden scheiden zich langzaam af van deze wereld in de zevendaagse perioden die volgen op de dood. Op elke zevende dag moeten er offers gebracht en rituele ceremonies gehouden worden. Het hele proces duurt 49 dagen; na die tijd is de geest overgegaan naar gene zijde. Geesten die niet met de juiste gebeden en ceremonies worden uitgeluid, raken in de war en worden haatdragend. Ze klampen zich vast aan de aarde en soms weten ze niet eens dat ze dood zijn. Blijf nooit rondhangen op plaatsen waar verschrikkelijke doden gestorven zijn, zoals plekken waar een ongeluk gebeurd is, waar moorden, zelfmoorden of executies hebben plaatsgevonden. Die plaatsen zijn voor eeuwig gemerkt op de toeristenkaarten van geesten. Het zijn de plekken waar kwaadwillende geesten zich verzamelen om te wachten en plannen te smeden, om een vervanger te strikken om hun plaats in te nemen. Stop nooit om te helpen bij een ongeluk waar je iemand ziet sterven, tenzij je een machtige geestenvanger bent die erop uit is een geest te vangen. Het kan best zijn dat er een rondzweeft en wacht tot de dood zich voltrokken heeft, om vervolgens in het pasgestorven lichaam te glippen en te zorgen dat het rechtop gaat zitten. Het pasgestorven lichaam zal dan overeind komen om zich te wijden aan de onafgedane zaken van de geest. Geesten houden er niet van gedwarsboomd te worden. Zou je het stervensproces tegenhouden en belemmeren, dan kan dat tot grote geestenwoede leiden, en wraak.*

Mijn grootmoeder gelooft in de waarde van wraak. Ze gelooft in je gezicht bewaren. Gezicht en wraak zijn oudere en eerzamere wetten voor het optreden dan de regels voor goed gedrag van de nonnen.

'Waarom zou je net een muisje zijn, altijd bang om herrie te maken?' wil Grootmoeder weten. 'Als mensen je beledigen, of je kwaad doen, dan moet je ze dubbel terug beledigen of kwaad doen, anders verlies je je gezicht.'
Iedereen wordt geboren met een bepaalde mate van gezicht, die hij tot elke prijs moet bewaken. Aan gezicht kan worden toegevoegd, gezicht kan worden ontnomen, of verloren. Wie zijn leven eindigt met minder gezicht dan waarmee hij begonnen is, is een zielig geval. Mijn grootmoeder gelooft in de waarde van wachten. Ze gelooft dat het leven een strijd is met overwinnaars en verliezers en de sleutel tot het succes is te wachten tot juiste moment. Grote generaals hebben beslissende veldslagen verloren omdat ze niet konden wachten tot de tijd rijp was. Hij die wacht en plannen smeedt alvorens hij toeslaat, wint.
'Begrijp je?' vraagt Grootmoeder, over mijn schouder glurend terwijl ik zorgvuldig de lussen en krullen van haar woorden op papier zet. Ik sabbel op het puntje van mijn pen. Maak inktvlekken, die Grootmoeder keurig afvloeit. Op sommige dagen zijn haar woorden te zwaar, ze drukken op mijn schouders, op mijn kroontjespen, tot de punt naar binnen krult en breekt. Op die dagen zit ze naast me met een bosje nieuwe pennetjes. Ze draait zo nu en dan haar bamboerotting in het rond om me eraan te herinneren dat het gewicht van haar woorden zo zwaar nog niet is. Op dat soort dagen kruip ik achter Grootmoeder aan, bladzijde voor bladzijde. Ik staar uit het raam als ze niet kijkt, laat mijn andere hand over het knoestige hout van de tafel glijden, langs de leuning van de stoel om aan mijn elleboog te krabben, om onder de tafel langs de binnenkant van mijn dijen te strijken. Soms zijn er dagen dat er net boven een elleboog- of knieplooi een stukje huid zit dat maakt dat ik mijn hand snel terugtrek: ruw en stekelig. Er zijn ook dagen dat er twee zitten. Huidplekken met een opstaand, regelmatig patroon, schubbig, schilferig als je vinger erlangs strijkt, of de tafel, of je jurk. Op andere dagen vlieg ik achter Grootmoeder aan; dan houdt mijn pen een wedren met haar adviezen en verhalen. In de tussenpozen als zij nadenkt, krabbel ik plaatjes bij haar woorden, inktachtige bogen en spetters die Grootmoeder aan het lachen maken.
Laat op de avond, als onze olielamp sputtert en mijn moeder zich bukt om de schaduwkrul van as van onder de verbrande muskietenspiraal op te vegen, mag ik eindelijk ophouden van mijn grootmoeder. Eindelijk pakt ze de pen uit mijn ver-

krampte vingers en geeft me een teken dat het tijd is om de bladzijden terug te slaan en ons werk van die avond door te nemen. Ik ga met mijn ene voet naar voren staan, het aantekenboek in mijn ene hand. Ik lees Grootmoeder haar eigen woorden voor, met gebaren. Grootmoeder knikt waarderend en lacht om de rake passages. Als ik klaar ben, klapt ze in haar handen. Ik sla het boek dicht als mijn moeder zich over me heen buigt om te kijken of ik netjes geschreven heb, en Grootmoeder en ik steken de koppen bij elkaar, het aantekenboek als een schild tussen ons en mijn moeder in, en we fluisteren en gluren over de rand om te zien of mijn moeder jaloers is.
'Het is haar eigen schuld,' fluistert Grootmoeder, zo hard dat mijn moeder het kan horen. 'Ze heeft haar kans om te helpen gehad, maar die heeft ze verprutst. Moet je dat ongeluksgezicht zien! Waardeloos!'
Mijn moeder buigt zich over haar verstelwerk en doet net of ze niets hoort. Haar mond staat sereen, haar voorhoofd vertoont geen enkele frons; haar gezicht is anders dan het ongeluksgezicht dat ze mijn Grootmoeder toekeerde toen ze haar kans om te helpen verprutste. Toen was het gezicht van mijn moeder rood en vlekkerig van de tranen. Grootmoeders vingers deden haar wangen zwellen in strepen, haar stem striemde en sneed tot mijn moeder zich huilend aan Grootmoeders voeten liet vallen. Ze dook niet weg en knipperde niet met haar ogen bij Grootmoeders woorden en slagen. Ze wrong diepe vouwen in de voorkant van haar blouse, haar mond verwrong eveneens. Grootmoeder torende hoog boven haar, zwaar ademend, haar ene hand opgeheven naar de bult op haar hoofd van het bandietengeweer, die weken later nog niet genezen was. De bult op Grootmoeders hoofd was een gekookt ei, een glanzende bobbel. Grootmoeder stond te wankelen op haar benen. Ze knipperde met haar ogen, zo kwaad dat haar extra oog meeknipperde, open, heel even was de wereld weer helder en kleurloos. Heel even had Grootmoeder haar zwart-witbeeld terug.
'Waardeloos!' raasde ze. 'Je moeder is oud nu. Je moeder is ziek, kan niet meer werken. Kijk eens naar de bult op je moeders hoofd! De zaken gaan niet zo goed, de nonnen bederven de zaken voor ons, waar moeten we van leven? Ondankbaar beest, ik heb je daarheen gestuurd om hun tovernarij te leren, waarom heb je dat nooit gedaan? Wat deed je eigenlijk? Eerst haal je mijn mes weg en geef je dat aan die jongen, die krokodil! Dan ga je dagenlang lopen. Kom je

huilend thuis. En nu dit! Straks wordt je buik dik. Denk je dat je moeder het niet ziet?'
'Ma,' huilde mijn moeder wanhopig met een gevlekt gezicht, heel anders dan haar kalme moedergezicht waar de bullebak en ik aan gewend zijn. 'Ma, vergeef uw ondankbare dochter!'
'Waardeloos, hou op met huilen!' beval Grootmoeder toen ze gekalmeerd was. Grootmoeder was neergezonken in de rotan stoel waar ze altijd zat als ze klanten raad gaf, en mijn moeder leunde tegen haar benen. 'Je oude moeder is degene die zou moeten huilen. Al mijn tijd en werk voor niks, nu moet mijn plan anders. Aiya, niet huilen! Gebeurd is gebeurd, je hoeft niet te huilen.'
'Ma, uw ondankbare dochter zal uw goedheid nooit vergeten! Ma's tijd en werk is niet voor niks. Ma, ik beloof dat ik het goed zal maken. Uw ondankbare dochter zal u terugbetalen.'
'Ja,' zei Grootmoeder instemmend, terwijl ze haar hand op mijn moeders buik legde die nog niet begonnen was dik te worden. 'Ja, dat zul je zeker.'
'Waardeloos!' roept ze door de kamer, maar mijn moeder doet net of ze het niet hoort. Mijn moeder is rustig met haar naald in de weer, dus Grootmoeder verdiept zich weer in ons boek. Grootmoeder laat haar vinger langs de stapel aantekenboeken glijden die ze in het speciale kistje bewaart waarvan zij alleen de sleutel heeft. Op goed geluk trekt ze er een tussenuit, knijpt haar ogen samen boven de bladzijden met vage kringels die van links naar rechts zwieberen. Ze zet haar extra sterke bril op, maar kan zelfs dan de woorden niet ontcijferen. 'Hier, Grootmoeder,' wijs ik. Grootmoeder vormt de woorden met haar lippen terwijl ik lees. Af en toe laat ze haar vinger over de vormen glijden, even later oefent ze zich in de uitspraak ervan. De vreemde woorden vechten met haar tong, geven er een draai aan die hij niet wil nemen. Grootmoeder maakt geluiden waar de bullebak, mijn moeder en ik van in de lach schieten, ondanks de boze blikken die ze ons toewerpt.
'Kunnen jullie niet ernstig zijn?' roept ze, met haar handen op haar heupen. Dan lacht ze zelf ook verachtelijk om de logge vormen van de woorden. Ze laat zich in een hoopje naast haar speciale kistje zakken, graaft er diep in op zoek naar haar speciale aantekenboek. Alle neergekrabbelde notities uit de andere aantekenboeken zullen in een patroon vallen dat daar in moet komen. Grootmoeder laat het boek op haar knieën rusten om me het gladde papier te laten zien waarop ik eens zal schrijven. We ademen de volle papierlucht in. Ze betast de

andere boeken die uiteindelijk haar nalatenschap zullen vormen, haar voorraad waarnemingen die sinds het dichtgaan van haar extra oog steeds vager is geworden. De bullebak en ik staren Grootmoeder aan als ze haar oog openspert met behulp van spreuken en zalfjes die ze van een oude man diep in het oerwoud geleerd heeft. De oude man dook op kort nadat ze de klap op haar hoofd had gehad met het bandietengeweer, waardoor haar extra oog was dichtgegaan. Hij liet haar de tovermiddelen voor de liefde zien, voor het weer en om winst te maken en onheil te voorkomen, die de bandiet haar uit haar hoofd geramd had. Maar de oude man heeft haar er niet alles van verteld, dus de spreuken en de zalfjes werken niet lang. Haar extra oog blijft nooit lang openstaan. 'Die ouwe smeerlap heeft me een list geleverd,' vloekt Grootmoeder. Alleen in een gullere bui zal ze met tegenzin toegeven dat die list, die zich door het verstrijken van de natte en droge seizoenen van haar bestaan, door de gebruikelijke kronkels en bochten die ze maakte in de hoop een dergelijke list juist in de war te brengen, via indirecte wegen naar haar toe geslingerd heeft, een knap stuk werk was. 'Mijn oudste vijand, heel sterk,' zegt ze. 'Zo sterk, en mijn oog is zo slecht dat ik haar eerst niet herkende.'
'Wie was het?' vragen de bullebak en ik tot vervelens toe. 'Was de oude man een zij?' Maar Grootmoeder zegt het nooit precies. Ze vindt nu al dat ze te veel heeft gezegd.
Met de dag lekt er meer kleur in de waarnemingen van mijn grootmoeder. 'Schrijf sneller!' beveelt ze, hoewel ik al zo snel schrijf als ik kan. Grootmoeder wil dat wat zij gezien heeft wordt beschreven in vormen en patronen die ze zelf niet kan lezen. In de woorden die zowel mijn moeder als ik van haar in het klooster moesten gaan leren, de woorden van kranten en stadsarchieven, niet die van verhalen vertellen of geesten verdrijven, of toverkunst. Dat maakt deel uit van Grootmoeders plan: woordvormen en -patronen te leren van de nonnen, zodat haar waarnemingen op goudgerand papier kunnen worden gedrukt om in een kaft van glanzend rood leer te worden ingebonden tot een boek, dat 's nachts in een glazen kast bewaard wordt en er overdag wordt uitgehaald om te worden gelezen en overgeschreven en gezongen, en uit het hoofd geleerd door kleine kinderen. Zodat iedereen het zal weten.
'Wat weten, Grootmoeder? Wat?'
'Dat hun manier om te bedanken voor bewezen diensten geen manier is!' zegt Grootmoeder. 'Dat er meer is dan hun manier

van zien, en dat dit leven en het leven hierna meer is dan witte kleren aandoen met een lap om hun hoofd, en iedereen hun boek laten lezen en om de haverklap biddend op hun knieën te vallen.'

Mijn grootmoeder bezit een fantastisch geheugen, dat ze gaandeweg aan mij doorgeeft. Grootmoeder zegt dat ze nooit vergeet. Goede daden of kleineringen, aardige woorden of beledigingen, ze zijn allemaal opgeslagen in de diepe donkere vijvers waarin ze roert en vist. Als Grootmoeder niet luistert, zegt mijn moeder dat we er geen aandacht aan moeten schenken. Met het verstrijken der jaren bevatten Grootmoeders vijvers steeds minder vissen. Daarom wil ze ze opschrijven.
'Waardeloos!' roept Grootmoeder uit de andere kamer. 'Waardeloos, wat zeg je daar?'
Als de bullebak en ik terugkomen en ons aan haar voeten installeren met een pot thee en de zoete koekjes waar ze zo graag aan knabbelt, geeft Grootmoeder ons een samenzweerderige knipoog. Er is een grote vis die altijd in haar vijver zal blijven, zegt ze. Die vis woont op een heuvel en zit vol andere piepkleine witte visjes, als maden. De beet van de kleine madevisjes steekt als vuur, als zout op een wond. Als een eindeloze hotsebotsrit op de vloer van een soldatenvrachtwagen. Hun ogen zwaaien als het gezwaai van vrachtwagenkoplampen. De madevisjes hebben Grootmoeder gebeten toen ze veel jonger was, toen zij en mijn moeder op een nacht geesten gingen verdrijven in het spookhuis. Mijn moeder hebben ze ook gebeten, al doet ze nu net alsof ze de beten niet voelt. Grootmoeder laat ons de littekens zien. Ze stuurde mijn moeder erop uit om de grote vis te vangen, om de madevisjes hun geheimen te ontfutselen, maar mijn moeder verprutste haar kans, mijn moeder ging gewoon zwemmen, en nu moet Grootmoeder wachten. Nu wacht Grootmoeder. Nu vist ze, en er komt een dag dat ze die vis aan de haak zal slaan, en dan eten wij hem 's avonds op. De bullebak en ik buigen ons lichaam in de vorm van Grootmoeders haak, we klikken met onze tanden om de scherpe punt te laten zien. Grootmoeder buigt zich naar voren, haar woorden komen zo vlug dat we haar lippen niet kunnen zien, haar armen halen naar ons uit in staccato zwiepers die de bullebak en ik moeten ontduiken. De bullebak en ik staan roerloos te kijken, diep onder de indruk van haar vertoning. Mijn moeder kijkt afkeurend toe vanaf de drempel. Als Grootmoeder ophoudt, beginnen de bullebak en

ik te fluiten en met onze voeten te stampen. De bullebak en ik klappen in onze handen.
'Wij willen wel vis voor het avondeten, Grootmoeder!' roepen we hard, en we smakken met onze lippen. 'Wij willen wel lekkere gebakken vis!'

Mijn grootmoeder is een hamster. Haar kamer staat vol kratten en dozen, in vierkante lappen gewikkelde bundeltjes, vreemdvormige blikken. Urenlang zit Grootmoeder haar schatten te sorteren. Kralen met inkt in het midden, oud keramisch geld, lappen zo versleten dat de bullebak en ik er dwars doorheen kunnen kijken, zelfs in Grootmoeders schaarse licht. Grootmoeder houdt elk voorwerp tegen haar licht. Ze draait het naar links en ze draait het naar rechts: tuurt ernaar, lang, zoals ze in haar doorgeslikte pot tuurt. Met samengeknepen ogen, nadenkend. Grootmoeder brengt uren door met op haar wangen sabbelen. Glimlachend. Ze is oud nu, bijna veertien wentelingen van een vrouwenlevenscyclus, dus soms vergeet ze dat er mensen kijken. Ze vergeet aardig te zijn tegen soldaten, ze keert zich tegen oude vrienden met haar tijgerblik. Op straat sleept Grootmoeder met haar voeten. Ze zuigt op haar holle wangen, duikt stekelig struikgewas in om daar rond te wroeten terwijl de bullebak en ik net doen of we haar niet kennen, we rusten gewoon een beetje uit langs de kant van de weg, wat ziet de overkant van de weg er interessant uit, zeg! De bullebak en ik kijken net iets over de hoofden van mensen heen. We kijken naar onze voeten of naar de daken van gebouwen of naar de lucht tot Grootmoeder weer aan komt schuifelen met een triomfantelijk handjevol bladeren, een zanderige wortel. Grootmoeder struikelt over haar eigen voeten, haar speciale zonnebril zakt naar het puntje van haar neus. 'Eet op!' beveelt ze en ze schudt het ergste zand en stadsstof van haar vondst. De bullebak en ik houden gehoorzaam onze hand op. We gooien de bladeren of de wortel met een behendige zwaai over onze schouder en bewegen onze kaken overdreven kauwend op en neer zodat Grootmoeder denkt dat we eten.
'Hmm,' zeg ik terwijl ik net doe of ik slik.
'Wah, het werkt al!' De bullebak buigt haar armen.
'Kom,' wenkt Grootmoeder ons mee naar de volgende bos struiken.
Thuis brouwt ze afschuwelijk ruikende drankjes van wat ze verzameld heeft voor de bullebak en mij, remedies tegen de

zorgelijke tijd waarin we verkeren, onze tussenfase, nu de bullebak en ik geen kinderen meer zijn maar ook nog geen jonge vrouwen, die gevaarlijke tijd die mijn grootmoeder maar al te goed kent.
'Maar wat is dat voor tijd, Grootmoeder?' vragen de bullebak en ik. 'Wat is er mee?'
'Dan beeft alles,' zegt Grootmoeder. 'Wordt alles anders.'
De kruiden, wortels en grassen die koppig overleven in de paar hoeken en gaten die de stad nog rijk is, zijn verre van bevredigend, dus Grootmoeder moppert, Grootmoeder zet met een klap haar aardewerken potten op het vuur. 'Rommel,' mompelt ze. 'Rommel, geen wonder dat het niet werkt. Aiya, wat doe je eraan?' Grootmoeder kijkt nijdig naar de bullebak en mij, die op het punt staan de keuken uit te glippen, weg van haar hoofdkrabberij, haar geknijp en gesnij en gemeng; haar gewenk dat we moeten komen proeven. 'De volgende keer dat jullie gaan wandelen,' zegt ze tegen ons, 'niet zoveel flauwekul maken, niet je tijd verspillen. Waarom foto's nemen? Jullie willen beroemd worden – doe wat Grootmoeder zegt! Zoek bladeren, zoek wortels. Jullie willen de schat vinden – luister goed. Volg de heuvelgeesten, de eenarmige heuvelgeesten, dan vind je hem.'
In haar kamer graaft en grabbelt mijn grootmoeder door haar bezittingen zoals ze grabbelt en graaft naar bladeren en wortels om onze jongemeisjesonrust te kalmeren, onze bedwelmende tussenfase-meisjesgeur de kop in te drukken die ons in moeilijkheden zal brengen als we niet oppassen. Grootmoeders kruidendrankjes zijn gericht op onze tussenfase-mengeling van nieuwsgierigheid en twijfelzucht, op onze irritante gewoonte om te vragen en te flemen, en er dan aan te twijfelen of wat ze vertelt wel waar is. Op onze jacht op andere kanten aan Grootmoeders verhalen. 'Ha!' schreeuwt Grootmoeder, wuivend met haar opscheplepel. 'Denk je dat ik het niet weet?'
In haar kamer houdt ze oude lappen en papieren tegen het licht alsof ze tussen de verpulverde vezels, de geweven strengen een geneesmiddel denkt te vinden. Soms vergeet ze dat de bullebak en ik in de kamer zijn. Vergeet ze dat we in gevaar zijn, en glipt ze van uitkijken naar gevaren en waarschuwen terug naar de dagen dat ze nog maar een meisje was. De bullebak en ik kunnen ons mijn grootmoeder niet voorstellen als meisje. We kunnen niet geloven dat die rode pyjama die ze zo zorgvuldig over haar knieën spreidt haar eens paste. Haar vingers trillen als ze de verschoten stof gladstrijkt en opheft

naar haar wang. De bullebak en ik kunnen ons niet voorstellen dat Grootmoeders huid gladder was dan de stof van haar rode pyjama, of haar haren glanzender dan de knopen, haar wangen blozend van een nog frisser rood. We trekken aan de kleine mouwtjes en duwen onze vuisten in de pijpen, laten onze handen zweven als vliegen zodat Grootmoeder ons wegslaat. De gerafelde stof ruikt naar motteballen en minder uitgesproken luchtjes: zweet en smakelijk gelach, een sfeer van dansorkesten en feeëndansen; een hand tegen Grootmoeders voorhoofd gedrukt, zwaar van een muskusgeur die haar duizelig maakt, die mij harder doet snuiven, vol argwaan over haar gebogen voorhoofd, haar verre glimlach. In haar kamer zit mijn grootmoeder omringd door halfopen blikken en dozen waar de inhoud half uithangt, haar voeten zijn verstrikt in plastic tassen en raffia, haar handen omklemmen als klauwen haar rode pyjama, die zelfs na al die jaren nog jaloerse blikken uitademt, het lachen van de rijke man, de ferme glooiing van de knie van de rijke man. Een vage, kinderlijke zekerheid ergens te behoren: de verzekering van vreugde.

Als ouder meisje in het spookhuis, een meisje in de tussenfase, geen kind meer en ook nog geen jonge vrouw, wist mijn grootmoeder dat haar leven zoals ze het kende ten einde liep. De zekerheden van het leven van alledag verpulverden als keukenas in haar hand. In die dagen stak Grootmoeder graag haar hand in de warme as van gedoofde vuren, in harten van houtskool. De schaarse roodgloeiende kolen die ze in hun binnenste aantrof waren verbazend koel. Grootmoeder keek naar de blaren die zich op haar eeltige vingertoppen vormden, ze duwde blaarparels tegen haar tanden om de sterkte van haar huid te testen. Ze bracht vele uren, vele dagen in haar eentje door. Ze zwierf door het landhuis van de rijke man als de schaduwen die haar zo af en toe volgden, overal overheen, slechts een spoor achterlatend van besmeurde voeten. Ze liep van boekenkamer naar keuken naar balkon naar kelderkamer naar rijkemansvleugel, overal waar andere mensen niet waren. Haar gang was, anders dan haar treuzelende kindergang, een ontduiken en springen om altijd uit het zicht te zijn. Grootmoeder liep tegen meubels en deuren en muren aan, haar ogen tot spleetjes geknepen. Ze liep met haar armen gestrekt voor zich uit alsof ze blind was.
Grootmoeder kneep haar ogen half dicht en zag niet de meubels, niet de deuren en muren, maar de geheimen van hout en

specie, van oude ruzies in het gips gedrukt, oude vreugden die uit het houtwerk sijpelden, kleineringen van jaren her. Arbeiders die waren omgekomen bij het leggen van de funderingen duwden hun droevige gezicht door het schilderwerk om haar aan te staren. In die dagen wervelde het landhuis van de rijke man mijn moeder de geheime verlangens van zowel de levenden als de doden toe. De aanblik van de geheimen die door huid- en muuroppervlak naar buiten stroomden was vreselijk, als Grootmoeder naar haar eigen lichaam keek en de plotselinge schaduwen zag die aan haar armen en benen ontsproten, keek ze gauw weer voor zich. Over haar hart was het vlees zwart gevlekt. Over geschilderde scheidingswanden, rond pilaren, bekeek ze de geheime paden van de honger van de rijke man. Door tussenliggende muren hoorde ze zijn fluisteringen, met een stem die hij tegen haar nooit gebruikte. De fluisteringen van de rijke man zaten in haar oren als een wassen pijn. Zijn blik naar de geliefde kon de hele zee opslokken. Alleen de geliefde was voor Grootmoeder als glas dat slechts zijn eigen beeld, zijn ene laag weerspiegelde. Ze keek en ze keek, maar er zat niets onder.

In die dagen liep mijn grootmoeder door het landhuis van de rijke man van boekenkamer naar keuken naar balkon naar kelderkamer naar rijkemansvleugel en raapte de stukken en beetjes bij elkaar van haar leven zoals ze het kende, dat ten einde liep. Stukken ergernis, stukken verwarring, opgeslagen kleineringen. Beetjes haat die zich in haar handpalm vraten. Grootmoeder liet die in haar zakken glijden als bewijsmateriaal. Ze liet ze aan haar vingertoppen bungelen, stak ze als extra haarspelden achter haar oren. De bij elkaar geraapte stukken en beetjes van haar leven drukten op haar passen. Naarmate de weken verstreken werd haar rug gebogen. Grootmoeder verzamelde kindergeschater dat nu nimmer werd weerkaatst door de rijke man, ze wrikte lang geleden feeëngedans los van de resten applaus en gejuich die over de vloer van de balzaal lagen; griste door het raam van de boekenkamer een streep zonlicht weg die eens langs de haren van de rijke man gestreken was. Grootmoeder hield de honger van de rijke man als een verwonding in het holte van haar arm. Ze liep van boekenkamer naar rijkemansvleugel naar balkon naar kelderkamer met zijn dorst als een tere pijn tegen zich aan gedrukt. Zijn ingevallen wangen en oogleden waren zwaar om te dragen, zijn muskusachtige rijkemansgeur was doortrokken van de geur van de geliefde. Zijn holle lichaam bezeerde haar handen.

Grootmoeder raapte al lopend andere stukken en beetjes bij elkaar. Hier begon haar hamsterbestaan, het schrapen en plukken en verstoppen alsof alles elk moment verloren kon zijn. Als een muis kroop ze voort door die dagen als ouder meisje in het spookhuis, verstopte in deze hoek rode kaarsen en wierookstokjes gestolen uit een keukenla, onder die richel lucifers en aanmaakhout, een schaar, een pot vuil water, vuile keukenlappen. Tussen de kostbare standbeelden liet ze flessen petroleum glijden, sterretjes die over waren van een vuurwerk, stekelige ananasbladeren. Tussen in leer gebonden boeken in de boekenkamer kon je beschermingstovermiddelen vinden in alle soorten en maten, stiekem van deze huisjongen, van die keukenmeid gepikt. Elke dag verplaatste Grootmoeder haar schatten. Het gewicht van haar bij elkaar geraapte stukken en beetjes trok haar steeds verder naar omlaag. De kelderkamer was de plek waar alles terechtkwam. Grootmoeder zwalkte van de ene kant naar de andere, haar gang twee passen hierheen, twee sprongen daarheen, om alles vast te houden. Stukken en beetjes van het leven zoals ze het kende vielen uit haar armen en vormden een spoor achter haar: haat vermengd met wierookpoeder, wanhoop met losse lucifers, kindergeschater vastgehaakt aan een trapleuning. Onder de luifel boven het balkon peuterde Grootmoeder haren los uit de oude hoofddoeken van de geliefde, in de vleugel van de rijke man viste ze afgeknipte nagels uit de prullenmand, een lap die ze door de lucht wapperde om de geur van de geliefde op te vangen. In de kelderkamer, de oude strafkamer, vond Grootmoeder de foto van de rijke man en de geliefde zij aan zij, in een zilveren lijst, ze vond een grote hutkoffer onder het bed die op slot zat. De sloten van de koffer zaten vol aangekoekt zout, het hout voelde koud aan. Hij ademde een geur als water dat de neusgaten ingezogen wordt, genadeloos en scherp. Grootmoeder voelde de kou van de koffer, van de dingen erin, nog voor ze de kamer binnenkwam. De kou sijpelde in de vloer, in elke voorzichtige stap die ze zette. Ze hakte met haar schaar tegen de aangekoekte sloten. In de koffer vond ze een dichtgebonden zakdoek. Daarin een schub zo groot als haar duim, de schub van een vis, groen in het lamplicht. Glanzend als parelmoer. Het mes ernaast knipoogde koud als een juweel, het lemmet was zo lang als Grootmoeders hand. Grootmoeder huiverde. Scherp en onverbiddelijk verspreidden de schub en het mes de geur van de geliefde. Er bovenop lagen, zacht en dik, de schaduwen die ze niet kon zien als ze naar de geliefde keek.

In die dagen stak Grootmoeder graag haar hand in de warme as van gedoofde vuren. Zelfs nu is haar lievelingsplek in de keuken nog de hoek die het dichtst bij de kachel ligt. Grootmoeder houdt van het gloeien van haar gezicht naast een brandende kachel, de as die op haar voeten dwarrelt. In die ouderemeisjesdagen in het spookhuis leerde ze de verdiensten van vlammen kennen. Het op de vloer van de kelderkamer aangestoken vuur kon het huiveren van haar handen bijna stillen. Het gulzige geknetter toen ze het voedde bracht de puilogige schaduwen die om haar heen fladderden bijna tot zwijgen, kalmeerde bijna het angstaanjagende kloppen van haar hart. Grootmoeder voedde het met de bij elkaar geraapte stukken en beetjes van haar leven zoals ze het kende, dat ten einde liep. Het vuur sloeg dadelijk aan van haar voorbije leven, schoot vonken naar het plafond, likte aan de petroleumsporen. De haren van de geliefde die ze er midden in duwde, verschrompelden als zeewiervormen, haar nagels sprongen weg van de hitte. Het bundeltje met zijn schub en mes siste als iets levends. Mijn grootmoeders adem joeg de vlammen tot nog grotere woede aan. De hitte verschroeide haar wenkbrauwen, lichtte haar haren van haar hoofd in hoornige pieken. Zweet druppelde van haar lichaam; haar gezicht was nat van de tranen. Het vuile water dat ze op de vuurzee sprenkelde, siste en spuwde vrolijk.

'Ik vervloek je,' fluisterde Grootmoeder met het volle gewicht van haar bij elkaar geraapte leven, dat alles bijeen slechts de bittere smaak opleverde van haar vloek. 'Hoor je me? Ik stuur je weg. Ik stuur je naar de wilde beesten. Ik brand je op. Ga weg! Ik stuur je naar het oerwoud, waar de oerwoudwortels je zullen grijpen, en de wilde dieren je zullen opknagen, en de oerwoudgeesten je botten zullen likken. De heuvelgeesten zullen meenemen wat er van je over is. Je zult daar voor altijd vastzitten. Er zal niets van je overblijven, behalve verbrande stokken. Niemand zal je ademen horen, je middernachtelijke wandelingen. Niemand zal je horen zuchten! Voel je het gewicht van mijn vloek? Ik stuur je weg! Ga weg! Ga!'

Grootmoeder liet zich op haar hurken zakken. Het glippen en glijden van de stukken en beetjes van haar leven in het vuur maakte haar lichaam zwevend licht. De vloek die oprees uit haar lichaam, liet een holle kloof in haar borst achter. Grootmoeder keek naar de puilogige schaduwen die de vloek van hand tot klauw via de mep van een staart in het vuur gooiden. De schaduwachtige delen die ze eraan toevoegden, deden hem groeien in vorm en afmeting. In het inktachtige centrum van de vloek zat Grootmoeders ergernis, haar stukken verwarring, haar opgeslagen kleineringen. Haar beetjes haat. Grootmoeder keek naar de vlammen. Rook kringelde haar adem in een folterende hoest. Ze gooide het laatste van de geliefde in het vuur, als toegift, om de vloek te bekrachtigen: het portret dat ze gevonden had bij het hemelbed. De vlammen likten aan het zilver en het glas. Te laat zag Grootmoeder de figuren op de foto, de rijke man en de geliefde, zij aan zij. Te laat dacht ze eraan de foto in tweeën te scheuren. Grootmoeders kreet verdronk in het gesis en geknetter van de vlammen. Het hete zilver verschroeide haar vingers toen ze het uit het vuur griste, de foto erin werd al zwart craquelé. Het glas sneed haar handen open. De foto die ze uit de lijst trok was al verschroeid. Hij zat vol rokerige schaduwen, de figuren zij-aan-zij vloeiden in elkaar over. Te laat zag Grootmoeder haar bloed in het verbrande papier sijpelen, in de vlammen druipen om haar halfgebakken vloek te voeden. De vloek slorpte Grootmoeders bloed op, zoog de beelden van de rijke man en de geliefde van hun foto. Grootmoeders handen waren rauw en wenend, evenals de kreten die zich door haar keel omhoog werkten, als de schreeuwen en jammerklachten die op de deur van de kelderkamer bonkten. In haar schoot waren de halfverbrande foto van de rijke man en de geliefde en het bloed van haar halfverbrande handen onontwarbaar met elkaar vermengd.

Toen mijn grootmoeder een jonge vrouw was, woonde ze niet meer in het huis op de heuvel. Grootmoeder keerde terug naar de stad, zij en de andere bedienden werden de laan uitgestuurd, het huis werd te koop gezet. De andere bedienden vertrokken dicht tegen elkaar aangepakt, elkaar moed inpratend, gekleed in somber zwart, in rouwkledij. Soldaten stonden hen in ongeïnteresseerde kluitjes bij de poort na te kijken. Grootmoeder kwam achter hen aan slenteren, haar spulletjes in een doek gebonden aan haar pols bungelend, haar gezicht verwrongen van het huilen. Haar verbrande handen waren verbonden met lappen. Over haar schouder was het huis met zijn halfdichte ramen en de halfopenzwaaiende voordeur een door tranen vervormde schim. Grootmoeder veegde met de rug van een hand over haar gezicht om het glad te strijken. Ze keek nog eenmaal om, toen niet meer. De weg naar de stad boog glad en uitnodigend.
Toen mijn grootmoeder een jonge vrouw was, en later, toen ze

een niet meer zo jonge vrouw was, ging ze zo nu en dan nog eens terug naar het huis op de heuvel. Het huis bleef jaren leeg, een ongeluksplek, niemand wilde het. Maanden achtereen had Grootmoeder het zo druk met venten en amateurtovermiddelen maken, dat ze helemaal vergat dat ze er ooit gewoond had. Tot ze op een dag ineens wakker werd met kramp in haar voeten, met tot klauwen gekromde tenen. Dan zat ze de hele dag onrustig achter haar kraampje aan de kant van de weg, snauwde ze klanten af, hield ze twijfelaars achteloos haar geestenhakmes voor. Tegen de avond was Grootmoeder dan tot haar eigen verbazing op stap, zag ze de drukke straatjes en opeengepakte winkelpanden achter haar verdwijnen en het oerwoud voor haar opdoemen. Dan was ze plotseling halverwege de Heuvel van Mat Salleh: ze zwierf door de overwoekerde tuinen van het landhuis van de rijke man, glipte het huis binnen door een gebroken raam, begluurde de bandieten die daar zo nu en dan bivakeerden. Grootmoeder ontweek bandietenwachtposten die dwars door haar heen keken. De bandieten waren rauwe kerels, stinkend en ongewassen, die wat er nog over was van het geroofde meubilair aan mootjes hakten om midden in de hal een kampvuur te stoken. Waar eens dansparen rondwervelden, lagen zij in slordige kringetjes ruzie te maken, hun schatten te verdelen in stapeltjes die bewaard moesten worden en stapeltjes om weg te geven. Ze bogen zich over stafkaarten en papieren en vloekten als hun radio alleen een krakende klaagtoon uitbracht. Bandieten die geen dienst hadden, deelden met een behendige zwiep van de pols vettige kaarten uit.

Mijn grootmoeder liep door het huis op de heuvel alsof het van haar was. Het huis was de plek waar ze behoorde, de plek die haar leven en haar geluk vorm had gegeven. Ze liep de loop van het meisje dat ze vroeger was, dat tussenfase-meisje uit de dagen net voordat het spookhuis een spookhuis werd. Niemand kon haar buiten houden. Noch de bandieten, noch de soldaten die het huis later opeisten als ondervragingskwartier hielden haar ooit tegen, zagen haar ooit komen of gaan. Aan het uiterste randje van de tuin van de rijke man stond Grootmoeder stil om het duister van het oerwoud in te turen. Ze stond haar adem te verzamelen, haar bloed te stalen. Ze probeerde eerst de ene voet naar voren te duwen, dan de andere, probeerde te voorkomen dat ze teruggleden. Grootmoeder deed haar uiterste best om binnen te komen. Als ze zijdelings gluurde, ving ze een glimp op van het pad van haar onafgedane zaak dat zich door het oerwoud slingerde, een vaag en oneffen pad, glibberig, bezaaid met losse stenen. Rode mieren krioelden nu aan deze, dan weer aan die kant; bloedzuigers verhieven bij elke stap hun vragende lijven, spinnen zo groot als haar hand bungelden aan onzichtbare draden. Om dat pad te bewandelen moest Grootmoeder zich door takken wringen die als armen tegen haar armen duwden, moest ze met haar huid en haren blijven haken aan planten met krommende doornen, en zigzag langs de glinsterende sporen van de kabelspoorweg van de rijke man rennen, en luisteren naar het vreselijke gepiep van de kabels en het gesnerp van de wielen. Ze moest het pad in doodsangst oprennen. Pas boven op de heuvel kon ze stilstaan om haar aan flarden gescheurde adem tot rust te laten komen. Pas daar kon ze voorovergebogen staan met de doodsangst happend naar haar hielen. Grootmoeder stond lange minuten aan het uiterste randje van de verlaten tuin van de rijke man en probeerde haar angst voor het ding dat ze het oerwoud in vervloekt had weg te slikken; voor het vervloekte ding dat op de loer lag. Ze stond daar en probeerde haar voeten op te lichten. Maar zelfs de trekkracht van de onafgedane zaak kon haar voeten niet van de grond krijgen. Bij elke terugkeer, als ze aan het uiterste randje van het oerwoud stond, keerde mijn grootmoeder zich om. Daarom ga ik erheen: omdat mijn grootmoeder zich altijd omkeerde.

Vanaf de tijd dat ik een klein kind was, heb ik altijd geweten dat ik in het oerwoud zou lopen. Ook dat maakt deel uit van Grootmoeders plan. Grootmoeder, mijn moeder en ik stonden aan de rand van het oerwoud naar binnen te gluren. Mijn moeder hield me in haar armen, zette me van de ene heup op de andere. Het gewicht van mijn lichaam kreukelde haar jurk. 'Niet bang zijn!' riep Grootmoeder en ze rilde en beefde zo vreselijk, dat ik mee rilde en beefde. Haar gezicht, bleek zonder zijn tijgeruitdrukking, onttrok ook de kleur aan het mijne. 'Grootmoeder zal je een sterke amulet geven,' zei ze. 'Je hoeft niet bang te zijn!' Ik tuurde met tot spleetjes geknepen ogen het oerwoud in.

Hoewel mijn grootmoeder de kronkels en bochten van haar onafgedane zaak door het oerwoud zien kan, weet ze niet waar die heen leidt. Ze weet het niet zeker. Daarom ga ik erheen. Het pad van de onafgedane zaak is zo goed verborgen, dat mijn grootmoeder het enkel door toeval gevonden heeft. Door op een nacht de rijke man en de geliefde te volgen.

Lopend over de oerwoudpaden kijken de bullebak en ik uit naar de plek waar de vele sporen samenkomen. Dat is de plek van Grootmoeders verhalen, de plek van de schat, waar ze zegt dat we moeten graven.
'Hoeveel paden, Grootmoeder?' vragen we. 'Hoeveel?'
Grootmoeder telt op haar vingers. Ze krabt aan haar ellebogen, tuurt in haar theekopje naar de ronddrijvende theebladeren.
'Hoe kunnen we die plek herkennen, Grootmoeder?'
'Aiya, heeft Grootmoeder je dat niet verteld? Volg de heuvelgeesten! Als je er bent, dan weet je het.'
Of het nu nacht is of dag, de bullebak loopt over de oerwoudpaden naar links en naar rechts te kijken, op zoek naar de plek. Overdag kijken we uit naar de troep apen die ons er volgens de bullebak heen zal brengen. Als de dag ons niets oplevert, zetten we 's nachts heuvelgeestenstrikken. We sluipen weg uit de donkere kamer waar we onze slaaphoek hebben ingericht, onze matjes vol met kussens naast elkaar. We liggen verdekt opgesteld te wachten om foto's te maken. Dag en nacht, vanaf het moment dat mijn grootmoeder over de schat begon, popelt de bullebak om te gaan wandelen. Onder het lopen danst de over haar schouder geslagen camera op haar rug als de slaghouten en ballen die ze draagt als kloostermeisjes gaan sporten. Ze loopt met haar kin voortdurend tegen haar borst gedrukt, zoals sommige dieren doen; snuffelt in de graspollen en onder dode takken en rottende boomstammen naar wat wel eens een overwoekerd pad zou kunnen zijn.
'Help me nou zoeken!' foetert de bullebak, hoewel ik al druk bezig ben.
Overdag sluipen we de klas uit waar we van de nonnen moeten blijven als brave kloostermeisjes op excursie gaan. We laten onze klassetaken in de steek, onze klassestraffen, het bord onuitgeveegd, onze strafregels ongeschreven, en de vloer ongeveegd, de banken en stoelen schots en scheef. Soms gaan we er zo snel vandoor, dat onze vijfhonderd strafregels *Wij zullen brave gehoorzame meisjes zijn* ons verward achterna fladderen. Soms smeren we 'm als de lerares met haar rug naar ons toe staat. We glippen de delen van het oerwoud in die door openingen in het prikkeldraad heendringen. We kijken heel goed uit onze doppen. Soms springen we van het pad af om stokstijf stil te staan, als bomen. We wuiven onze armen heen en weer als takken, kruipen in het hart van een varen waar de donzige krullende tentakels in mijn neus kietelen. Een

blik van de bullebak en ik nies niet. Een paar centimeter van ons gezicht af, zo dichtbij dat we het kunnen aanraken, klinkt het glibberige getrippel van kloostermeisjes op biologie-excursie; ze rennen van de ene boom naar de andere en onderzoeken blad- en schorspatronen, bekijken met half dichtgeknepen ogen de grootte en de vorm van de diverse soorten gebladerte, doorboren, knijpen, persen met hun vingers om de samenstelling van de verschillende oerwoudvruchten te bepalen. Een scherpe fluit en de meisjes tekenen hun vragenlijst af en rennen naar de volgende genummerde boom. De meisjes verdringen elkaar, ze trekken aan elkaar, aan armen en aan zomen, om er het eerst te zijn.
'Meisjes! Meisjes!' vermanen de nonnen, en hun fluit zwaait om hun nek, hun habijt flappert witte lappen door het kreupelhout.
In het oerwoud houden de bullebak en ik onze adem in tot de oerwoudbladeren een patroon van inkepingen en plakjes vormen die ineenglijden en losbreken boven ons hoofd. We houden onze adem in tot de oerwoudgeluiden verdrinken in het geluid van onze ingehouden adem. We maken ons lichaam tot een rots als we iemand aan zien komen. We springen achter bomen, gluren onder overhangende takken vandaan. Met de oren tegen de aarde gedrukt peilen we het naderende gestamp van de laarzen van soldaten.
Soldaten spelen dat ze soldaten doodmaken in het oerwoudreservaat, ze splitsen zich op in een blauwe en een rode partij en leggen hinderlagen en zetten ingewikkelde vallen. Ze springen uit hun schuilplaats te voorschijn met kreten die oerwouddieren op de vlucht jagen, ze schieten met verfpatronen om hun prooi te merken. De soldaten springen over de lichamen van hun gevallen vijanden, laten ze in mopperende, verslagen groepjes de oorlog uitzitten. Ze zetten tijdens hun middagpauze strikken voor apen. Schieten met katapult en verfpatronen als de apen uit de boom komen vallen om het uitgestalde eten weg te grissen. De bullebak en ik, zo stil als een rots, zien rode en blauwe vlekken op apevachten bloeien. We horen apengekrijs na de klap van een steen. Het geroep en gejuich van de soldaten, het gemep van hun handen op brede ruggen terwijl ze over elkaar heen vallen van het lachen, overstemt elk ander geluid. De apen stormen door het bladergewelf, bladeren en oerwoudranken breken en scheuren af, takjes, vruchten, alles wat ze maar kunnen vinden valt met een plof rond de soldaten neer, als een regen. De bullebak

neemt razendsnel foto's, ze richt haar camera alle kanten op als een beroepsfotograaf. Haar handen zijn vast, ook al moet ze steeds giechelen als een apeprojectiel doel treft. Dan laat de bullebak haar camera zakken en klemt haar vuist over haar mond.
'Pak ze! Pak ze!' perst ze de woorden om haar vuist heen als de soldaten wegspringen voor de straal apepis die op hun hoofd klettert. De eenarmige aap flitst weg door de bomen, buiten het bereik van hun stenen. 'Hij heeft ze te pakken!' fluistert de bullebak lachend, en tranen van bewondering stromen over haar wangen. De bullebak en ik laten onze rots-bevroren houding varen, we maken dat we wegkomen bij de soldaten die onthutst de apen nakijken en het op een schreeuwen zetten; we rennen de troep apen achterna en duwen hier een tak en daar een rank die ons in de weg hangt opzij. De bullebak en ik rennen zo hard als we kunnen, we botsen tegen rotsen en bomen op. Kromme takken slaan in ons gezicht, verbaasde insekten raken verstrikt in onze haren. Maar de bullebak en ik kunnen de apen niet bijhouden. Al gauw moeten we vaart minderen, naar adem snakkend buigen we ons voorover en zien de laatste aap uit het zicht verdwijnen. De bullebak en ik keren om. 'We kunnen we zullen we kunnen we zullen!' dreunt ze tussen haar hortende ademhaling door.
'We kunnen we zullen!' echo ik in het slepende tempo van onze voeten.
Voor we vertrekken, keren de bullebak en ik ons eerst om naar het oerwoud, met eerbiedig gevouwen handen. 'O Grote Heuvelgeesten,' zeggen we, zoals Grootmoeder ons geleerd heeft, 'trek u terug in de diepte van het oerwoud! Uw kinderen hebben u al eer betoond. Ze hebben hun handen eerbiedig gevouwen. Ze kennen uw oorsprong, met uw ene arm als een gebroken boomstam, en uw onderlip bungelend op uw borst!' De bullebak en ik buigen zoals Grootmoeder ons heeft voorgedaan en vertrekken zonder ons om te keren, zodat niets ons naar buiten zal volgen.
Als we het oerwoud uit komen, worden we soms opgewacht door een groepje klikspaanmeisjes en voetentikkende leraressen en nonnen. De meisjes krimpen in elkaar onder de wraakzuchtige blik van de bullebak, maar toch worden we aan onze oren meegesleurd en neergepoot in de hal van het hoofdgebouw, waar we met verwilderde haren en een gezicht vol vegen oerwoudaarde te kijk worden gezet. We krijgen een

bordje om onze nek: *Wij zijn onhandelbare meisjes*. 's Avonds wordt de bullebak naar haar slaapzaal gestuurd met dubbel corvee en pijnlijk gloeiende wangen, terwijl ik, nadat mijn moeder en ik allebei een flinke uitbrander hebben gehad, in ongenade terugsjok naar huis, naar Grootmoeder.

Mijn grootmoeder lacht als ze hoort wat de bullebak en ik uitspoken. Ze geeft me een schouderklopje. De volgende keer dat ze de bullebak ziet, is ze één en al glimlach. 'Geeft niks,' zegt Grootmoeder tegen haar. 'De volgende keer nog meer je best doen, dan vind je hem beslist. De volgende keer win je!' De mond van de bullebak is een grijnzende spleet. De bullebak en ik zitten zo roerloos als een rots, zonder ook maar één moment te rillen, zelfs niet als Grootmoeder de gordijnen dichttrekt en haar ouderwetse lamp laagdraait om ons te belonen. Zelfs niet als ze zich in haar stoel nestelt en zonder te knipperen naar ons opkijkt, en als haar stem die ongrootmoederachtige klank krijgt die het begin van haar verhalen inluidt, als haar stem nu eens een laag gerommel wordt, dan weer een vlijmscherpe prikkeling in onze ruggegraat. Zelfs dan zitten de bullebak en ik zo stil als een rots: als Grootmoeders ogen zich vernauwen tot spleetjes en de lampschaduwen om haar heen springen en het net lijkt of de nacht vochtige vingers in onze lichaamsholten laat glijden, in onze oorschelpen en onze navel, als de lucht tegen onze rug duwt zodat we om moeten kijken maar niets zien, en de lucht harder duwt, en de bullebak en ik ons naar voren buigen, en de lucht zich langs ons perst om aan de rode lijn van Grootmoeders mond te likken waar haar spaarzame tanden glimmen. Zelfs dan zijn de bullebak en ik stil, verroeren we ons niet en maken onze vingers donkere strepen op elkaars armen. Als Grootmoeder ziet dat we zo roerloos als een rots zijn, begint ze met haar dwaaltochten over de paden waar oerwoudwortels proberen haar pootje te haken, door de spelonken waar donkere wateren kolken en waar geheimen van de wanden geplukt kunnen worden. Ze spreidt haar armen uit om het ons te laten zien; kromt haar vinger tot een smalle haak. De bullebak en ik volgen haar met moeite. We struikelen en roepen, maar Grootmoeder hoort ons niet. Grootmoeder loopt met grote passen voorop, en af en toe keert ze zich al wenkend naar ons om. Haar lichaam trekt zich samen en zet uit, nu eens een stuk glas, dan weer een spoor van zware rook. Haar stem is een fluistertoon, dan een gebrul; haar haren een witte werveling op haar hoofd.

'Blijf dicht bij me,' weergalmt haar stem om ons heen. 'Let op mijn voetstappen. Pas op voor verborgen bochten. Kijk uit voor de krokodil.'
'Kom!' roept Grootmoeder terwijl ze voor ons uit stapt, eerst omhoog springend naar het rokerige plafond, dan naar beneden zakkend in de kieren van de vloer; de bullebak en ik worden onweerstaanbaar meegetrokken. Grootmoeders kreten jubelen om ons heen, trekken ons almaar voort, brengen ons ergens heen waarvoor we haar later dankbaar zullen zijn, zegt ze. Naar wat zij in haar leven verzameld heeft, de schat die kostbaarder voor haar is dan robijnen en diamanten en parelsnoeren.

Toen de rijke man en zijn geliefde die nacht terugkwamen in zijn vleugel, bleek de hele boel daar overhoop gehaald. De slaapkamer was bezaaid met poederdozen en snuisterijen, de boeken van de rijke man waren kapotgescheurd en in het rond gesmeten, de jurken van de geliefde, haar sjaals en haar zijden ondergoed aan flarden getrokken. De gordijnen waren van de ramen, de wandtapijten van de muren gerukt. De rijke man en de geliefde bleven op de drempel staan. De kleur trok weg uit het gezicht van de rijke man. 'Jongen!' riep hij eenmaal, scherp, waarop de hoofdhuisjongen haastig toesnelde en met open mond in de deur bleef staan. 'Wie heeft dit durven doen?' De stem van de rijke man sidderde van woede, zijn knokkels om de arm van de geliefde werden wit tot op het bot. De andere bedienden die kwamen aangestormd, repten zich in doodsangst heen en weer, streken de gescheurde sprei glad, zetten omgevallen ornamenten overeind, haalden hun vingers open aan glas. Ze deden vruchteloze pogingen om de gordijnen en schilderijen terug te hangen, raapten de stukken kleding van de geliefde bij elkaar om die plotseling weer te laten vallen en zich ergens anders op te storten. De kamer van de rijke man was een gekrioel van witgeklede bedienden, een rondfladderen als van zeemeeuwen. Hun stem sloeg over van angst, zodat ze onverstaanbaar waren.
'Verdomde onuitstaanbare apen die jullie zijn,' zei de rijke man op een lage, vlakke toon die hen onmiddellijk tot zwijgen bracht. 'Als een van jullie me niet vertelt wie dit gedaan heeft, loopt het met jullie allemaal slecht af.' Ten slotte wisten ze hem ervan te overtuigen dat het iets met Grootmoeder te maken had, dat ongehoorzame wicht, ze hadden het hem al eerder proberen te vertellen, dat onhandelbare beest deed

maar waar ze zin in had, die slechte meid! De rijke man droeg twee potige huisjongens op haar als de donder te gaan zoeken. Doodstil, zijn mond tot strakke streep vertrokken, stond hij te wachten. Toen de huisjongens haar niet konden vinden, werden alle bedienden erop uitgestuurd. Ze renden door het huis, gluurden in kasten en provisiekamers, onder bedden, achter gordijnen, overal waar een zondaar zich maar verstoppen kon. 'Beneden, Meester.' Hun stemmen sleepten Grootmoeder na lang zoeken tussen zich in. 'In de benedenvleugel van de Meester, in de kelderkamer. De oude strafkamer. Aiya, Meester, die slechte meid toch. Vuurtje stoken, het huis in brand proberen te steken. De speciale hutkoffer van de Meester openmaken, de Meester zijn spullen verbranden.'
'Helemaal niet de *Meester* zijn spullen,' riep Grootmoeder woedend uit. Ze staarde angstig naar de rijke man. Haar gezicht was besmeurd met as en zag er vreselijk uit, haar handen zaten vol brandblaren. Ze werd naar het midden van de kamer geduwd en ging iets door de knieën in de onhandige révérence waarmee ze de rijke man altijd begroette.
'Wat heb je gedaan?' vroeg de rijke man.
'Meester, ik probeerde er een eind aan te maken,' begon Grootmoeder. 'Ik probeerde het op te laten houden...' Toen zag ze de puinhoop. Haar ogen werden als schoteltjes. Haar verbrande handen, haar armen en schouders waar de bedienden haar vastgegrepen hadden, deden ineens geen pijn meer. Verbazing opende en sloot Grootmoeders lippen in snelle opeenvolging, zodat er geen verstaanbare woorden uitkwamen; geen verdediging. Toen de rijke man haar met de beschuldigingen van de andere bedienden om de oren sloeg, bogen Grootmoeders hoofd en schouders onder de last van elk woord dieper door. Haar lichaam helde naar voren. Ze staarde in ontzetting naar de woorden van de rijke man die zich woedend in elkaar verstrikten, naar zijn stram rechtopgehouden lichaam en zijn trillende handen. Toen hij haar door elkaar schudde, barstte ze in lelijke tranen uit. 'Ik *heb* het niet gedaan, Meester! Ik ben hier niet *geweest*!'
Vol walging liet de rijke man Grootmoeder los. Op zijn teken voerden de dichtstbijzijnde bedienden haar weg. Keukenmeid Nummer Twee draaide wreed haar arm om toen ze de kamer uitliepen. 'Zo, wat denk je nu te doen?' treiterde ze luid fluisterend. 'Jij kon toch zo mooi een vloek uitspreken, en wie wordt er nu vervloekt, beest dat je bent? Wie kruipt er nu door het stof?'

Bij het horen van die woorden kreeg mijn grootmoeder een van haar woedeaanvallen, die zelfs nu, zo oud als ze is, nog zoveel kracht hebben dat de buren hun gezicht verbergen, de bullebak en ik er gillend vandoor gaan, de bullebak en ik ons onmiddellijk gedeisd houden. Grootmoeders armen en benen en tanden haalden wild uit, haar stem loeide als die van een gekooid beest, haar gezicht vertrok en liep rood aan tot wat men later haar tijgergezicht zou gaan noemen. Haar tranen brandden zich een weg over haar wangen.
'Ik niet!' schreeuwde Grootmoeder.
'Meester,' zetten de achtergebleven bedienden, rustiger nu er een schuldige was gepakt, hun opruimwerkzaamheden voort. 'Meester, dat meisje maakt amok. Dat meisje is buiten zinnen, ze kost de bedienden hun gezicht. Aiya, Meester, verkoop haar dienstbaarheidsbelofte, dat lastpak. Meester, dat is beter voor iedereen, stuur haar liever weg!'
De rijke man staarde voor zich uit tot de bedienden uitgepraat waren. 'Breng haar naar de kelderkamer,' zei hij koeltjes, 'want daar schijnt ze het nogal naar haar zin te hebben.' Toen voegde hij eraan toe: 'Laat maar liggen. Iedereen de deur uit.' De rijke man bracht zijn hand naar zijn voorhoofd en zwaaide nauwelijks merkbaar heen en weer. Op zijn gezicht parelden uiterst fijne zweetdruppeltjes, zijn ogen stonden onnatuurlijk helder. Naast hem stond de geliefde zo stil als steen. Haar ademhaling ging moeizaam, ze drukte een hand tegen haar keel. De geliefde scheidde een vage brandlucht af.
'Maar Meester..'
'Laten liggen zei ik.'
Achter elkaar liepen de bedienden de kamer uit. Op het afgewende gezicht van de oudere bedienden stond hun onvrede te lezen. De geliefde volgde hen naar de deur. Ze staarde naar Grootmoeders geschop en gekrab, hield haar hoofd schuin naar Grootmoeders gekrijs. De geliefde wankelde en viel tegen de deurpost voordat de rijke man haar op kon vangen. Met ogen die veel te groot geworden waren staarde ze Grootmoeder na.

10. Bepaalde onverklaarde pijnen

Uitputting gleed als een wig tussen de Hagedissejongen en mijn moeder in. Dreef hen uiteen als een geknetter van olie in kokend water, wierp hen sissend en sputterend naar verschillende hoeken van de wasserij. De Hagedissejongen en mijn moeder lagen elk in hun eigen hoek uit te puffen, hun hese ademhaling rees en daalde in onlieflijke eenheid, hun kleren zaten schots en scheef, hun haren vielen over hun gezicht in wilde losgerukte plukken. Stoom uit de wastobbes golfde wolken uitgedoofde razernij om hen heen. De Hagedissejongen lag mijn moeder te bekijken. Langzaam, onwaarneembaar, werd zijn blik schaapachtig. Zijn oren glommen rood onder hun wittige schilfers. De Hagedissejongen duwde zich overeind. Op zijn hurken gezeten betastte hij zijn opgezwollen blauwe plekken, bewoog voorzichtig zijn kaak. Zijn hoofd was vervuld van een gebrul als van een waterval, zijn maag van zeeziekte. De Hagedissejongen klopte met zijn vingertoppen op de schrammen op zijn wangen, hij likte de bloedschaduwen rond zijn lippen weg en wendde zich tot mijn moeder met zijn schaapachtig geworden blik. De Hagedissejongen gaf een klein kuchje.
Mijn moeder lag volkomen roerloos, ze lag opgekruld met alleen haar bleke nek zichtbaar, en een dun lijntje huid tussen hemd en broek waar haar hemd opgekropen was. Mijn moeder lag stilletjes in haar hoek, haar gezicht, handen en voeten helemaal ingetrokken als een opgerolde pop, een duveltje in een doosje net voor de sprong. De Hagedissejongen staarde naar de vochtige krullen in haar nek. Zijn schouders hingen verslagen naar beneden. Haar gebogen rug leek beschuldigend zijn kant uit gebogen, de krullen in haar nek leken te krullen in verwijt. De Hagedissejongen kuchte nog eens. Toen luider, maar mijn moeder bewoog zich nog steeds niet. Hij schraapte luidruchtig zijn keel, maar ze keek niet op.
'Wah!' riep hij plotseling uit, vrolijk, van tactiek wisselend; hij grijnsde zijn scheve grijns. Hij deinsde een heel klein stukje

achteruit en sloeg zich op zijn beurse dij. 'Waar heb jij zo leren stompen?'
Toen mijn moeder geen antwoord gaf, betrok zijn vrolijke gezicht. Hij schuifelde met zijn voeten heen en weer om de ruimte van haar antwoord in te vullen. 'Waarom beweeg je niet?' vroeg hij toen de ruimte te groot werd om dicht te schuifelen. 'Ben je gewond?'
'Goed dan!' riep hij toen haar zwijgen zo groot werd dat hij het voelde zuigen aan de pijnen van zijn lichaam. Hij was vol ontzag voor de enorme omvang ervan, hij dacht dat het hen in hun geheel zou opslokken. 'Aiya, doe niet zo! Zeg iets! Heb ik je pijn gedaan?'
Rinkelend met zijn ketting kroop de Hagedissejongen naar mijn moeder toe.
'Goed dan, jij hebt gewonnen,' zei hij op een toon zo laag, zo nukkig, dat mijn moeder hem bijna niet hoorde. 'Wees maar niet boos. Jij hebt gewonnen. Ik zal ze zeggen dat ik er spijt van heb.'
Mijn moeder hoorde hem bijna niet. Ze lag in elkaar gerold en luisterde ingespannen naar het zelf in haar, naar degene die zag noch sprak, die nauwelijks haar blauwe blekken voelde, of haar vinger-met-glimlachsporen, of haar brandende schaafwonden tegen de vochtige vloer. Ze lag te luisteren naar het zachte verschuiven en murmelen van haar inwendige organen, naar haar onregelmatige hartslag, het bonzende stromen van haar bloed. Ze luisterde naar de tussenpozen tussen elke ademhaling. Haar hoofd was vervuld van een gebrul als van een waterval, haar maag van zeeziekte. Haar ongeluksbloed van een onbekende aanwezigheid, een schubbige hoedanigheid. Een vertraging als de laatste sintels in Grootmoeders verbrandingsapparaat, als een middagwaas van oerwouddamp. Mijn moeder luisterde naar het mengen van haar bloed. Het gemompel van de Hagedissejongen verstoorde haar wreed. Ongeduldig hief ze een hand op. 'Stil!' beval ze. Het verdikken van haar bloed vervulde haar van een benarde inwendige pijn. Op haar schouders schoof het noodlot heen en weer, verhief zich eenmaal, tweemaal, ging toen weer liggen. Mijn moeder keek plotseling op. Haar gezicht door de stoom van de wasserij was een ovale gloed, haar ogen waren roodomrand maar stralend. Haar geur was dierlijk, scherp en koppig, een geur die het stijfsel en de wasmiddelen zodanig overheerste, dat ze zowel vreemder als bekender leek, dat de diep ademende Hagedissejongen bang werd om te

ademen. Haar lippen welfden zodanig, dat de zijne terugwelfden.
'Hoor jij het ook?' vroeg mijn moeder.
De Hagedissejongen zweeg vol ontzag. Eenmaal stil hoorde hij alleen de waterval, de zeeziekte. Het kolken van het ongeluksbloed in hun lichaam: de onherroepelijke vermenging. De Hagedissejongen staarde mijn moeder verwonderd aan. Hij plofte naast haar neer om het beter te kunnen horen. Zijn huid was gladgestreken door stoom en zweet, maar de gladheid viel hun nauwelijks op. Ze zaten tegen elkaar aan geleund, schouder aan schouder, en luisterden ingespannen.
'Ja,' zei de Hagedissejongen ten slotte.

Grootmoeder zegt: *Als je wilt dat iemand verliefd op je wordt, moet je naar een wijze vrouw gaan en haar een liefdestovermiddel vragen. Om een krachtig en langwerkend liefdestovermiddel te maken moet je een paar dingen doen. Je moet een deel van de geliefde zien te bemachtigen: een haarlok, nagelknipsels, een recente foto, een paar druppels bloed. Die delen van de geliefde moet je mengen met delen van jezelf, daarmee ga je naar de wijze vrouw en dan zul je zien wat die kan doen. Een bloedmengsel geeft het sterkste tovermiddel. Als je wilt dat iemand ziek wordt en sterft, kun je een wijze vrouw vragen dat te regelen. Hier geldt dezelfde regel; een deel van je vijand is het hoofdbestanddeel van het tovermiddel. Zorg vooral dat er geen deel van jezelf met de vijand wordt vermengd, anders word je zelf ook betoverd! Zelfs van wijze vrouwen is bekend dat ze, voordat ze de kunst helemaal meester waren, daarmee fouten maakten. Een betovering die niet volgens de regelen der kunst wordt uitgevoerd, kan naar hen terugkaatsen als een misgelopen vloek, als een onafgedane zaak die hen door de jaren heen achtervolgt. Als een oude vijand die rondwaart door de natte en droge seizoenen van hun bestaan, door de gebruikelijke kronkels en bochten die zij maken in de hoop een dergelijke vijand juist in de war te brengen. Tovermiddelen zijn er in alle soorten en maten. Een tovermiddel kan er bedrieglijk onschuldig uitzien. Het kan een stukje papier zijn waarop toverwoorden geschreven staan, vastgenaaid in een stukje gekleurde lap. Het kan een fles 'water' zijn. Papieren tovermiddelen kun je opgevouwen in je portefeuille stoppen of om je nek hangen of boven je deur plakken. De as ervan kun je opdrinken met water. Tovermiddelen kunnen gebruikt worden om ziekten uit te bannen, om wilde dieren en demonen uit je huis te weren, om te voorkomen dat er vogelpoep op je kleren valt. Tovermiddelen zijn er in verschillende sterkten en duurzaamheid, afhankelijk van de kracht van hun maker. Er was eens een gierig mens dat naar een tovermiddelenmaakster met het goedkoopste tarief ging om een middel te kopen dat maar één uur werkte. Toen ze naar huis rende om het te gaan gebruiken, werd het gierige mens onder de voet gelopen door een kudde op hol geslagen ossen en tot moes getrapt. Dat noemen wij het lot. Alleen de tovermiddelen van machtige wijze vrouwen zijn sterk genoeg om het lot te beïnvloeden. Goedkopere tovermiddelen hebben concentratie nodig om te werken. Als je een tovermiddel op de grond ziet liggen, blijf er dan vooral uit de buurt. Tovermiddelen zijn net landmijnen. De beste manier om een geladen tovermiddel onschadelijk te maken is het in brand te steken. Een andere manier is erop plassen. Hoe meer mensen dat doen, hoe zekerder je ervan kunt zijn dat het zijn kracht verloren heeft.*

Mijn grootmoeder is de behoedster van geheimen. Diep in haar binnenste zit een zwaar, kleine potje waarin die geheimen zich met elkaar vermengen, als soep. Grootmoeder heeft dat potje per ongeluk ingeslikt door op een middag met haar mond wijd open in slaap te vallen toen er een potgeest langskwam. Potgeesten kunnen de aanblik van een open mond nooit weerstaan. Ze laten zich in de mond vallen, wat ongeveer aanvoelt als een extra dikke regendruppel. Grootmoeder was ziek toen, haar extra oog was aan het dichtgaan, ze had een bult op haar hoofd als een gekookt ei, een glanzende bobbel. Daardoor was Grootmoeder niet op haar hoede, deed ze per ongeluk haar mond dicht toen ze de geest voelde. Potgeesten moet je onmiddellijk uitspugen, met behulp van opgedreunde spreuken en maagmassage. Harde klappen op je rug. Voor mijn grootmoeder, die er helemaal niet op bedacht was, was het al te laat. De potgeest nestelde zich voorgoed in. Hij was zo in zijn sas met zijn nieuwe huis, dat hij door het dolle heen in haar rondsprong, zodat Grootmoeder zeeziek werd. Wekenlang vocht mijn grootmoeder tegen die geest, ze at kleefcake om hem vast te plakken, ze kauwde en dronk zich door speciale toverkoekjes en -drankjes heen waarvan zelfs de taaiste geest zou verschrompelen. Ten slotte nam het springen af, evenals het maaggerommel en de stinkende boeren en winden. De potgeest verschrompelde tot een verkalkte pot-

vorm die willekeurig door Grootmoeders lichaam rondzwierf. Soms, als Grootmoeder doezelt, rollen de bullebak en ik haar blouse op om naar haar maag te kijken en ja hoor, daar is de pot, als een ei onder haar middenrif genesteld, of tegen een rib in haar zij duwend. Elke keer als we kijken, zit de pot ergens anders. Soms is Grootmoeders pot een mangoestan, soms een bobbel niet groter dan onze knokkels. In die pot bewaart ze haar geheimen. In een gulle bui wil ze wel toegeven dat ze de potgeest eigenlijk dankbaar moet zijn dat hij haar een verstopplaats gegeven heeft. Een plek waar ze dingen kan bewaren die niemand vinden kan, zelfs niet als ze Grootmoeder slaan en laten verhongeren en met een lamp schijnen om haar ogen in de war te brengen. Zelfs niet als folteraars schreeuwend en scheldend met hun vuisten op tafel slaan en haar niet naar de wc laten gaan als ze dat vraagt, zodat ze in haar broek plast. Zelfs als zij en mijn moeder in een cel worden gesmeten om hun blauwe plekken te tellen en weg te kwijnen op betonnen platen die betonnen patronen op hun wangen achterlaten, zal Grootmoeders geheime pot niets loslaten. Grootmoeder zal niets prijsgeven, behalve mierzoete smeekbeden en beloften van rode pakketjes en nooit meer problemen, o nee, Heren! Grootmoeder spuwt haar vloeken in haar geheime pot, waar ze samen met haar opgeslagen kleineringen en wraakbeloften liggen te sudderen: liggen te wachten tot de tijd rijp is om eruit te komen. Extra sterk. Zelfs als ze gefolterd wordt, blijft Grootmoeders pot met geheimen ondoordringbaar. Zelfs dan kan ze hem niet uitspuwen.
'Waar bewaart u hem, Grootmoeder?' vraag ik. 'Waar?'
Maar Grootmoeder weet het nooit zeker. Ze maakt met haar handen een kom om me de vorm van de pot te laten zien. Soms wijst ze naar haar buik, soms naar haar linkervoet. Ze klopt op haar buik, zwaait met haar voet om het gewicht van de pot na te gaan. Ze glimlacht als ze de geheimen voelt rondtollen. Mijn grootmoeder houdt van het getol van de geheimen in haar binnenste, ze houdt van hun holle echo, van de kenmerkende smaak en samenstelling van elk geheim. Net als de soepen die mijn moeder kookt, waarbij Grootmoeder de soepkom op één knie laat balanceren en met sidderende neusvleugels de soeplepel traag, doelbewust omhoog beweegt, rolt Grootmoeder de geheimen rond in haar mond, over het puntje van haar tong, in een draaikolk rond haar smaakpapillen. Ze schuift ze van de ene wang naar de andere, zwiept ze tussen haar spaarzame tanden door naar achteren en naar voren om

tegen de glimlach te duwen die haar lippen openbreekt. Elke avond aan tafel, als wij al lang klaar zijn met eten, als onze kommen zijn leeggeslurpt en onze stokjes niet meer klikklakken, zit Grootmoeder nog te schudden aan haar kom. Ze plukt de soeprestjes op, het lotuswortelschraapsel, de bolletjes varkensvet en plakjes gladgezwollen zwarte paddestoel. Elke avond zit ze glimlachend te nippen. De bullebak en ik kijken hoe haar tong uit haar mond schiet als die van een miereneter terwijl ze elke smaak, elk ingrediënt probeert thuis te brengen. Het is het enige spel dat mijn moeder en mijn grootmoeder nog spelen, mijn moeder slooft zich steeds meer uit om ingrediënten te vinden die Grootmoeder misschien niet kan benoemen. Grootmoeders wangen zuigen zich hol vlak voordat ze de namen uitspuwt. Haar ademhaling raast triomfantelijk naar buiten als mijn moeder knikt. De meeste avonden moet mijn moeder zich gewonnen geven. 'Morgen doe ik nog meer mijn best,' belooft ze en vist de lekkerste stukjes uit de pan voor Grootmoeders kom.

Als Grootmoeder een ingrediënt niet kan raden, zit ze de hele avond te piekeren boven haar kom. Op zulke avonden kunnen de bullebak en ik geen verhalen verwachten. We worden verbannen naar onze hoek waar we geen enkel geluid mogen maken. We knippen en plakken foto's in het speciale plakboek van de bullebak, drukken onze lippen tegen elkaars oor om te praten. Op zulke avonden zit mijn grootmoeder nog nijdig voor zich uit te kijken als wij al lang van tafel zijn opgestaan. Ze laat koppig haar soep rondwalsen, kromt haar vingers tot klauwen om haar kom. 'Ik ben nog niet klaar,' snauwt Grootmoeder en duwt bruusk mijn moeders hand weg. Mijn moeder gaat naast haar zitten, veegt de tafel schoon, boent de schoongeveegde tafel in kringetjes, wrijft net zolang over de kringetjes tot ze glimmen. Ze blijven samen zitten tot Grootmoeder, minuten of uren later, haar kom met een smak neerzet. 'Waardeloos!' roept ze over haar schouder terwijl ze de kamer uithobbelt. 'Waardeloos, wat is dat? Probeer je me soms te vergiftigen?'

De binnenplaats van de bibliotheek, dat is de plek. De plek om van alles te vinden.
'Daar,' roep ik naar de bullebak. 'Daar.'
'Ssst,' fluistert ze terwijl ze aan komt struikelen. Haar licht glijdt zacht en rood om haar hand. 'Niet zo hard.'
Op de middernachtelijke binnenplaats loopt de bullebak altijd

te struikelen. De voeten van de bullebak, die anders zo stevig op de grond staan, stoten zich aan de gladste stenen. Haar hielen blijven haken in haarscheurtjes die haar enkels verdraaien, van bladeren die onschuldig op haar schouders neerstrijken springt ze in de lucht van schrik. Soms vertraagt de lucht op de middernachtelijke binnenplaats haar pas tot een geschuifel zo stampvol vondsten, dat het de bullebak de grootste moeite kost om vooruit te komen. De bullebak staat stil, met als enige beweging het licht van haar afgeschermde lantaarn, dat van links naar rechts sleept zoals de puilogige schaduwen over deze zelfde binnenplaats eens achter mijn grootmoeder aan sleepten en al stampend voetsporen achterlieten zodat de andere bedienden uit hun slof schoten. De middernachtelijke binnenplaats is stampvol schaduwen. Voor een niets vermoedende huid zijn het net nachtinsekten, slechts voelbaar in het zachte gefladder tegen een ooglid, de steek in een wang of hand. Maar Grootmoeder heeft mijn huid leren onderscheiden. Grootmoeder heeft gezien hoe mijn huid in lagen afschilferde en nooit helemaal terugkwam. Toen mijn huid dun was van de koorts heeft ze erin geknepen, erop geslagen om hem steviger te maken, ze heeft me geleerd te buigen als water over een gebalde vuist. Als een reep lucht: onbreekbaar. Grootmoeder heeft me leren voelen. Waar dacht de geliefde aan toen ze haar slakachtige kringen liep, leunde ze met haar hoofd naar achteren, gaf ze zich over aan de armen van de rijke man die haar tegen hem aan trokken? Wat moet de middernachtelijke binnenplaatslucht tegen haar aan geschuurd hebben, die dorre lucht als vuur in een keel die niet gewend is aan lucht. Van waar ik sta, kan ik de pijn van het onnatuurlijke ademhalen, de droogte rond lippen voelen. Ik kan de wervelende paren zien, de muziek horen, het gerinkel van glazen als ze stilstaan om te drinken. Ik kan de vreselijke dorst van de geliefde voelen, de dorst van haar hele lichaam waarover mijn grootmoeder me niets verteld heeft, van elke opening in haar lichaam, elke wijd open porie. Ik slik waar ik sta. Ik slik moeizaam.

'Daarginds,' roep ik naar de bullebak, maar de bullebak is te laat met het licht van haar lantaarn. Dus staan we te midden van de schaduwen die de bullebak niet kan zien, en omdat de bullebak op de middernachtelijke binnenplaats nauwelijks tot woede of activiteit te bewegen is, trek ik haar handen over mijn schouder en om mijn middel. Ik trek haar mee in een klungelige imitatie van de lichtvoetige schaduwwervelingen.

De bullebak tolt halfhartig in het rond, ze volgt verbaasd mijn leiding. Ze geeft zich over aan mijn armen die haar tegen me aan trekken, trapt op de voetstappen van de geliefde die aan mijn voeten vastzitten, zodat we struikelen, tegen elkaar aan vallen als dansers die te lang gedanst hebben.
'Hou op,' zegt de bullebak, maar op de een of andere manier kan de bullebak niet ophouden. De bullebak kan mij niet op laten houden. Ik ben als steen tegen haar aan, zij is als een veertje in mijn armen. 'Wat doe je? Waarom kijk je zo?' De hand van de bullebak glijdt van mijn schouder en komt tot stilstand bij een ruwe plek net boven de elleboog. In mijn middel port ze tegen huid die door mijn hemd aanvoelt als vlechtwerk. Plekken met een opstaand, regelmatig patroon, schubbig, glad als ze de ene kant opwrijft, stekelig als ze haar hand terug laat gaan. 'Wat is dat?' vraagt de bullebak.
'Dat vertel ik je nog wel,' fluister ik, terwijl ik haar almaar in de rondte draai.
'Vertel het nu.'
'Nee, nu niet', en voordat de bullebak boos kan worden, sta ik stil en wijs waar ze haar camera moet richten. 'Daar! Neem er daar een. En daar!'
Op de middernachtelijke binnenplaats is de bullebak veel te traag. Ze maakt er nooit een behoorlijke foto. Alleen een waas van schaduw in een hoek van de foto's die ze later ontwikkelt, vlekken als fouten in het zuur, sporen die eerder toevallig zijn dan geheim. Niets waar kloostermeisjes voor zullen betalen, geen bewijsmateriaal om aan de nonnen te laten zien. Op de middernachtelijke binnenplaats neemt de bullebak halfhartig haar foto's. Ze zwaait nonchalant met haar camera aan zijn gerafelde riem.

De nonnen geven de bullebak een standje omdat ze bewijsmateriaal zoekt. Hun gladde voorhoofd fronst somber over haar hang naar bewijsmateriaal. Ze geven de bullebak wanhopig een pak ransel, laten haar urenlang op haar knieën om genade bidden. De nonnen zeggen dat de bullebak door de duivel vervuld is van haar hang naar bewijsmateriaal en dat de bullebak zich ertegen moet verzetten. De bullebak moet geloven, maar hoe hard ze ook haar best doet, ze kan het geloof niet vinden. 'De Oude Pater zei...' mompelt de bullebak, en de nonnen worden er gek van.
'God hebbe zijn ziel, de Oude Pater was gek, ' zeggen ze tandenknarsend. 'Seniele fantasieën in jongemeisjeshoofden

zitten proppen! Arm kind, heb je niets geleerd al die jaren?'
De nonnen geven de bullebak vijfhonderd weesgegroeten en onzevaders op om haar koppige speurtocht naar bewijsmateriaal om te zetten in geloof. Maar hoe ze ook, schuifelend op haar zere knieën, als een stoommachine onzevaders en weesgegroeten opzegt, ondertussen naar de figuren van Jezus en de heiligen turend die afkeurend om haar heen staan, de bullebak vindt noch geloof, noch genade. Ze tuurt, maar ziet niets dan gipsen beelden. Ze knijpt haar ogen samen, maar ziet alleen de Oude Priester in de dagen dat hij op sterven lag, zijn oude hoofd slap, zijn blik net iets voorbij haar linkerschouder. Het gezicht van de Oude Priester was vervuld van een verrukkelijk licht dat de bullebak doorboorde. Ze laat me de doffe rode plek op haar borst zien waar ze doorboord werd. In de dagen dat de Oude Priester op sterven lag, keek zij ook over haar schouder naar de plek waar hij zo extatisch naar staarde, knikkend en glimlachend. Maar hoe ze ook staarde, het enige wat de bullebak zag was de muur van de kapel. Ze boog zich naar de Oude Priester over en trok hem aan zijn mouw.
'Pater, wat ziet u?'
'Bewijsmateriaal', en tranen van vreugde liepen de Oude Priester over zijn wangen.
Toen hij stierf, sleepte de bullebak de krat die hij haar nagelaten had naar de donkere kamer, waar ze van de nonnen nu nooit meer komen mocht. De bullebak spreidde de spullen van de Oude Priester uit, die hij als laatste met zijn aarzelende hand had aangeraakt. In de donkere kamer bekijken we ze. Ik ruik de Oude Priester in zijn schimmelende krat, zie zijn vingerafdrukken als kruipende insekten, nu eens hier overheen, dan weer daar overheen, dralend. De bullebak port in de twee rode lichtpeertjes die ze in woede kapotgesmeten heeft toen hij stierf. Ze rukt aan haar speciale lap, zwaar van het afvegen van zijn dood. Ik pak haar mes vol aangekoekt zout op dat eens het bezit was van een beroemde bandiet, die het vlak voordat hij op de vlucht sloeg de Oude Priester in zijn handen drukte. 'Bewaar dit goed, Pater!' fluisterde de bandiet. Zijn lichaam gloeide rood en vurig op, zijn huid deed een wolk van zilverige schilfers opdwarrelen toen hij het oerwoud in stormde. De soldaten stormden hem achterna. 'Koning Krokodil voor een wonderbaarlijke ontsnapping!' riep de Oude Priester.
Het ijzige heft van het mes past in de palm van mijn hand. Ik knoop mijn hemd los om het heft tegen mijn buik te drukken

en te zien of het afgeeft, maar het grijs van het verkoolde heft blijft zitten waar het zit. De huid van mijn buik blijft bleek en glad. De bullebak slaat me op mijn schouder, lachend, dus buig ik me naar voren en pak haar bij haar oren. 'Weet je nog wat je beloofd hebt?' vraag ik, terwijl ik haar mes met losse pols in de rondte zwaai. 'Weet je nog wat je me beloofd hebt toen ik het donkere-kamerspel won?' Als de bullebak het niet meer weet, help ik het haar herinneren, ik bekijk de inhoud van haar krat. 'Je hebt me beloofd dat ik mocht hebben wat ik wou,' help ik haar herinneren, maar de bullebak weet het niet meer. De bullebak pakt me haar mes af en begint haar krat weer in te pakken. Ik bekijk haar zijdelings. Ik blader door haar boeken, het ene de bijbel van de Oude Priester, het andere een handleiding. Ik leg de handleiding met de rug op mijn handpalm om te kijken waar de bladzijden openvallen: op de bladzijde over trucfotografie.

Het verhaal van het spookhuis is een verhaal dat de bullebak en ik in onze oren moeten knopen. De bullebak en ik moeten bij dat verhaal heel goed opletten. Er komt een dag dat het verhaal ons beroemd zal maken. Mijn grootmoeder wiegt naar voren en naar achteren als ze dat zegt, ze spuugt lachfluimen in de palm van haar hand. Haar ene ooglid zakt naar beneden in lange, trage knipogen als ze denkt dat de bullebak en mijn moeder niet kijken. Grootmoeder en ik wisselen knipogen tot de bullebak rood aanloopt, tot mijn moeder naar het plafond kijkt als de beelden van Jezus en de heiligen in de kloosterkapel, en de bullebak me zo hard tegen mijn arm stompt dat hij ervan huivert. 'Aiya, altijd doen alsof jullie geheimen hebben,' zucht mijn moeder, terwijl de bullebak vraagt: 'Wat is er met je ogen?'
'Hou je mond en luister,' beveelt Grootmoeder. 'Hoe wil je beroemd worden als je niet luistert? Hoe wil je de schat vinden? Hoe wil je ooit koning worden?'
Voordat het spookhuis een spookhuis werd, was de rijke man er koning. Het woord van de rijke man was wet, de daden van de rijke man waren als de daden van de oude goden en geesten, ze behoefden geen reden of uitleg. Net als zij hoefde de rijke man alleen maar behaagd, aanbeden en gehoorzaamd te worden. Als de aanbidders hem naar behoren aanbeden en gehoorzaamden, was hun leven gemakkelijk; anders was het zwaar. Nieuwkomers in het landhuis van de rijke man kregen dit te horen op de dag dat ze kwamen, voordat ze hun eerste

glas water mochten drinken, hun eerste woord mochten spreken. De rijke man was de bestaansreden van zijn huishouding: hij was hun wezen. Zonder hem konden de bedienden net zo goed stuk voor stuk teruggaan naar hun dorp of stad of oerwoud, en op blote voeten lopen of kliekjes uit vuilnisbakken vissen of een ploeg voorttrekken als een beest. In de stad barstte het van de mannen als de rijke man, zoals het in de tempels en op straataltaren wemelde van de geesten en goden. Net als de geesten en goden hadden ook zij hun specialiteiten, speciale namen om te worden geprezen, speciale gunsten die hun werden ontfutseld met rode pakketjes en smeekbeden. Behalve aan de Keukengod, de God van de Oorlog en de Gokkers, de Grote Zeegeestenkoning, betoonden de stedelingen ook hun trouw aan de Hoofdopzichter van de Rubberplantage, de Assistent Districtscommissaris, de Palmoliekoning, en vroegen hun om hun zegen.
'Maar *waarom* was de rijke man koning, Grootmoeder?' vraag ik. 'Was dat omdat zijn bloed blauw was, zoals het bloed van een koning volgens de nonnen behoort te zijn, of omdat hij net als de oude keizers een gouden tong en jaden woorden had, en naar believen draken en stadsbestuurders en soldaten kon laten opdraven?'
Maar Grootmoeder weet het nooit zeker. Ze zuigt op haar lippen, trekt de lange witte haren op haar hoofd tot plukken die mijn moeder dan weer netjes achter in haar knotje stopt. *Daarom*, zegt Grootmoeder, wat ook het antwoord van de nonnen is. Hij was het gewoon. De rijke man was al lang koning voordat mijn grootmoeder naar het spookhuis kwam. Hij was koning omdat iedereen hem gehoorzaamde. Iedereen gehoorzaamde hem omdat hij koning was. Elk woord dat uit zijn mond viel, had de macht om iets te worden: een zwerm bedienden die het huis van top tot teen schoonmaakten, stadsbestuurders die op de aangewezen uren hun opwachting kwamen maken, nieuwe kamers en lusthoven die uit de grond verrezen waar eerst geen kamers of lusthoven waren. Een na een aantal zweepslagen uitgeteld op de stenen liggende huisjongen met een aan flarden gereten rug. Als de rijke man zijn woorden op papier krabbelde, reikte hun macht nog verder. Ze voeren grillen en wensen de haven binnen: bomen uit verre klimaten, een paradijsvogel, kostelijke zijde en katoen, een gestreept paard met vijf poten. Arbeiders die gewapend met zagen, touwen en bijlen door het oerwoud een pad kwamen uithakken naar de top van het oudste baken van de stad, de

heuvel in de vorm van een vrouw die zich omdraait. Het paviljoen, de Parel of de Puist genaamd, verrees uit het niets boven op haar hoofd.
De rijke man bezat alles en iedereen in zijn huis. Hij verhief nooit zijn stem, hij had een manier van kijken waardoor de bedienden in elkaar krompen tot een plekje vuil op de grond. De rijke man regeerde alles en iedereen rechtvaardig, maar met ijzeren hand. Hij stond in de stad bekend als een excentriek man, een rusteloos man. Zijn lange afwezigheden wanneer hij speurde – naar wat wist niemand. Hij was beroemd om zijn liefde voor al wat exotisch was, zijn hang naar fraaie voorwerpen; zijn verlangen naar bezit dat niemand anders bezat. De rijke man stond erom bekend dat zijn bedienden met lichaam en ziel zijn bezit waren. Dat hij hen aan hun dienstbaarheidsbelofte hield totdat ze zich vrijkochten of stierven. Dat waren de regels van de rijke man: absolute gehoorzaamheid tot de vrijheid of de dood. Alles en iedereen in zijn huis had een bepaalde positie, die ieder bij aankomst kreeg toebedeeld en trachtte te bewaren of te verbeteren. Verlies van positie was gezichtsverlies. Ieders positie verbeterde door zich aan de regels te houden. Alleen de dwazen kenden de regels maar gehoorzaamden ze niet; dat was zo iets als vergeten offergaven neer te leggen – de deur opendoen om het noodlot binnen te laten. Vinden de bullebak en ik dat wij het slecht hebben als we een enkele keer een striem met een rotting op onze dijen voelen, of een enkele keer geen eten krijgen? Onze striemen zijn na een paar weken alweer helemaal verdwenen, onze maag vergeet zijn opgeblazen pijn na onze volgende maaltijd. Onze tranen drogen op met de milde standjes van mijn moeder, met Grootmoeders belofte dat ze een nieuw verhaal zal vertellen, of zo'n ruwe, zeldzame omhelzing van haar. In het landhuis van de rijke man werden de pijnen in ieders botten gebrand. In een plek vlak achter al hun denken en handelen gebrand.
Maar wat die pijnen precies waren, kan Grootmoeder niet zeggen. Ze kan alleen maar zeggen dat ze ze voelde in de blikken van de andere bedienden als de rijke man haar op zijn brede schouders zette; in hun gemompel en venijnige handgebaren als hij haar voortrok. Ze hoorde ze in hun gefluister als de rijke man haar meenam naar zijn boekenkamer om met zijn schatten te spelen, zijn antieke speelgoed en kostbare tierlantijnen waar niemand anders aan mocht komen. Al spelend onder de luie, oplettende blikken van de rijke man voelde

Grootmoeder hoe de pijnen zich in haar lendenen boorden. Andere pijnen waren subtieler, niet meer dan prikkels, als de rijke man zijn hand op haar hoofd legde, of haar op zijn knie zette. Als hij haar zachtjes heen en weer wiegde, zijn hand om haar lelijke kindergezicht legde en met zijn rijkemansstem mompelde: 'Waar ben je bang voor, kleine meid? Waar ril je zo van? Waarom ben je bang?'
Grootmoeder keek de rijke man in zijn ogen met de vorm en de kleur van de zee die hij haar zo dikwijls beschreef: die alles opslokten. De pijnen welden in haar op. Ze greep de rijke man in een kinderlijke vlaag van aanhankelijkheid bij zijn overhemd en schoof onbehaaglijk heen en weer op zijn knie. Ze duwde haar lichaam tegen het zijne, haar kleine, gespannen lijfje.
'Wat ruik je lekker vandaag,' glimlachte de rijke man. Hij liet zijn hand over haar rug glijden, over de oude littekens die door haar hemd heen voelbaar waren. 'Ben je stout geweest?' fluisterde hij, en zijn stem glipte als water in haar oor. 'Wat heb je gebroken?'
Grootmoeder duwde een uit de tovermiddelenla van de oudere bedienden gestolen amulet in de zak van de rijke man. Ze smeerde van de hoofdhuisjongen gestolen gelukszalf achter zijn oren en hing een behouden-thuiskomst-talisman om zijn nek. 'Zodat u weer veilig thuiskomt,' zei ze. 'Zodat u me niet vergeet. Zodat u me nooit in de steek laat.'
'Doe niet zo gek,' zei de rijke man, en hij veegde zijn oren af en vermorzelde haar talismans tussen duim en wijsvinger. De rijke man lachte, en met een zwaai zette hij Grootmoeder weer op haar eigen benen.

Mijn grootmoeders pijnen waren speciale pijnen-zonder-naam, zonder speciale geneeswijzen, niet zoals rugpijn, hoofdpijn, hongerpijn of de pijnen die rijke stedelingen voelden, en draaikonten en collaborateurs zodra er bandieten de deuren binnenglipten. Dachten de bullebak en ik dat de mensen van tegenwoordig die nog voelden? Grootmoeders pijnen waren pijnen uit een vervlogen tijdperk, uit de tijd dat ze een meisje was, toen goden en geesten nog door de straten van de stad fladderden om in het openbaar wonderen te verrichten. In die dagen waren de goden en geesten brutaal; zelfs stadskinderen wisten van hun krachten, hun grillen en hun behoeften. Wijze vrouwen dromden samen op het trottoir, tovenaars en alles-helers zaten nooit om werk verlegen, verloren nooit hun ge-

zicht. Dat was de tijd voordat de plaatselijke goden en geesten extra aanmoediging en omkoperij nodig hadden om hun welwillende gezicht te tonen; voordat de stad helemaal tot aan de rand van de heuvel van de rijke man reikte. Voordat mijn grootmoeder leerde zien.
'Wij hebben ook pijnen, Grootmoeder!' roepen de bullebak en ik als Grootmoeder haar verwarde verhaal onderbreekt. 'We hebben pijn aan onze ellebogen en korstjespijnen en pijn waar het ongedierte ons in ons hoofd bijt!'
De bullebak en ik krabben verbaasd aan de beten op ons hoofd als Grootmoeder niet antwoordt, als Grootmoeders ogen glazig blijven.
'Grootmoeder!' We trekken haar aan haar armen.
Maar haar pijnen hebben bezit genomen van Grootmoeders hersens. Soms doen ze dat. Grootmoeder begint niet eens een nieuw verhaal. Ze bonkt met haar vuisten op haar ingevallen borst, één huiverige bons, dan nog een, en nog een, voor mijn moeder in kan grijpen. Misschien kende alleen de geliefde de scherpe kronkel van dit soort pijnen, mijmert Grootmoeder nu haar handen eindelijk stil in die van mijn moeder liggen. Misschien leerde ook de rijke man ze later kennen, toen hij geen koning meer was. Dit waren pijnen die zich schuilhielden in de borstholte, die plotseling opsprongen en de nek verkrampten: de pijnen van een overweldigend verlangen. Van een misgelopen vloek.
'Let er maar niet op, meisjes,' zegt mijn moeder tegen ons als Grootmoeder in slaap is gevallen. Grootmoeders hoofd valt slap tegen haar schouder, haar lippen zijn gul en ontspannen in haar slaap. Haar gezicht is zo vredig als een goedgunstige oude dag. 'Aiya, meisjes,' roept mijn moeder uit. 'Je grootmoeder is oud nu, daarom heeft ze zoveel pijnen!'

Voordat mijn moeder christen werd, was ze ervan overtuigd dat het lot haar niet goed gezind was. Mijn moeders noodlot kleefde aan haar schouders als een schaduwachtig aanhangsel, het wervelde rond in haar binnenste, dook op naar haar keel in glanzend zwarte klonten en duwde haar vooruit de ellende in, griste haar terug uit de kaken van elk eventueel pleziertje. Toen mijn moeder een kind was, dacht ze dat het noodlot altijd zo zou blijven als het was, dat het een kinderformaat noodlot zou zijn, in onwetendheid opgedaan, verdragen als kiespijn, getorst als een mankheid die je zo nu en dan even vergeten kunt, waar je mee hebt leren leven. Al gauw kwam ze erachter

dat het noodlot kon veranderen; anders dan zijzelf was het noodlot humeurig. Naarmate mijn moeder groeide, groeide het mee, als een arm of een been nam het toe in lengte en gewicht, maar anders dan armen en benen had het noodlot een eigen wil. Op sommige dagen was het de speelbal van een speelse geest en veroorzaakte het slechts kleine rampjes, verstopte het bezems en emmers zodat mijn moeder ze niet vinden kon, verwisselde het zout en suiker zodat de bordeelhoudster een mondvol soep door de kamer sproeide. Op sommige dagen leek het noodlot te slapen en liet het mijn moeder met rust; dan liep ze op haar tenen door de dag in de verwachting dat het elk moment, om elke hoek, ineens wakker kon schrikken. Op andere dagen drukte het door tot in haar voetstappen, trapte het gras plat, maakte deuken in de tegels zodat de mensen konden zien waar ze voorbijgekomen was. Op sommige dagen hing het noodlot zo dik en zwaar aan mijn moeders schouders, dat het bij felle zon een eigen schaduw wierp, haar 'savonds in een diepere tint nacht wikkelde. Het noodlot maakte kuiltjes in haar schouder waarin elk van haar vingers precies paste.
'Laat zien,' zei de Hagedissejongen ongelovig.
Mijn moeder wierp een woedende blik op de Hagedissejongen die haar, weggedoken in zijn hoek, vol ongeloof aankeek. Maar Grootmoeders tijgerblik werkte niet. De Hagedissejongen geloofde niets van wat mijn moeder hem vertelde. Hij wilde alles gestaafd zien door papieren, door bewijs. Toen ze de draak stak met de kranteartikelen die hij haar voorlas, omcirkelde hij de betreffende stukken voor haar zodat ze het zelf kon zien, scheurde hij de namen en de foto's van de schrijvers eruit zodat ze ze vast kon houden. Hij nam het papier tussen duim en wijsvinger en ritselde ermee om haar de geluiden van bewijs te laten horen.
'Denk je dat zo'n grote krant leugens drukt?' vroeg de Hagedissejongen op dwingende toon.
'Mijn verhaal is ook waar,' hield mijn moeder vol, maar de Hagedissejongen wilde bewijzen van haar bloeitijd als geestenverdrijfstershulp, en haar droevige verhalen over bordeelvrouwen, en het verslag van de vreselijke nacht in het spookhuis toen Grootmoeder zoveel gezichtsverlies leed, dat haar geestenverdrijfstersreputatie naar de haaien was. Na die nacht kon Grootmoeder haar hoofd niet meer opheffen, iedereen lachte en wees als ze hoorden hoe de nonnen de soldaten erbij hadden gehaald om haar af te voeren. 'Wie zijn er enger,

soldaten of geesten?' riepen de dappersten. 'Wie zijn er sterker, geestenverdrijfsters of nonnen?' Zodra Grootmoeder zich woedend omdraaide, trokken ze hun gezicht in de plooi. Zodra ze weer voor zich keek, barstten ze in lachen uit.
De Hagedissejongen bleef sceptisch, zelfs als het verhalen betrof die pas gisteren gebeurd waren. De bleke glanzende gestalte die langs het raam zweefde zodat mijn moeder het uitschreeuwde, was gewoon stoom van de wasserij. De gillen uit de kloosterbibliotheek en de brandlucht waarmee die gepaard gingen zodat zij de ketting van de Hagedissejongen zover mogelijk uitrekten om te kijken, waren gewoon kloostermeisjes die een geintje uithaalden. De Hagedissejongen zwoer dat hij alleen maar bedaard lopende kloostermeisjes had gezien, geen spoor van een vlam. Hij bleef zelfs twijfelen toen hij het ongeluksbloed in zich voelde opwellen zodat hij er duizelig van werd, en bij het opkijken zag dat mijn moeder het ook voelde. Hij wilde woorden op papier voordat hij iets geloofde, hij wilde krantenbewijs, geschiedenisboekenbewijs, zelfs van gebeurtenissen van een seconde geleden. Zelfs van verhalen die hij met zijn eigen ogen gezien had. 'Hier staat geen van jouw verhalen in,' zei hij, terwijl hij bladzij na bladzij omsloeg.
'Maar je was er zelf bij,' zei mijn moeder. 'Ik heb je gezien die nacht dat we geesten kwamen verdrijven. Jij en je vader waren erbij. Jij hield de lantaarn vast terwijl Oom de deur van het spookhuis openmaakte. En nu wil je bewijzen! Aiya, weet je dat niet meer?'
'Nee,' zei de Hagedissejongen, van wie de beste eigenschap zijn vermogen om te vergeten was. De Hagedissejongen tikte tegen zijn hoofd. 'Geen geheugen, geen bewijsmateriaal daarbinnen. Geen bewijzen. Hoofd leegmaken, en niemand kan je pijn doen. Geen pijn meer. Aan de ketting, geen probleem. Moet je ook proberen. Papieren bewijs is gemakkelijk te hanteren, niet zoals hierboven buiten je macht. Maar soms vergeet ik het. Zoals die dag dat de krokodil gek werd, razend werd. Vergeet te vergeten, en je wordt gemakkelijk gek.'
'Laat zien,' vroeg hij terwijl hij onschuldig, ongelovig naar mijn moeders schouders, naar haar tijgerblik keek. Tot verbazing van de Hagedissejongen trok ze haar bovenste knoopjes los en liet het hemd van haar schouders glijden. In het dampige licht van de wasserij moest hij zijn ogen inspannen. Op mijn moeders schouders stonden richels met kuiltjes ertussen, als de wervelkolom van een dier, vijf kuiltjes op elke schouder, verbonden door een schaduw in de vage vorm van een hand.

Eén handafdruk voor elke schouder, de een zwaar, de ander licht. De Hagedissejongen kreeg tranen in zijn ogen.
Voordat mijn moeder christen werd, was ze ervan overtuigd dat het noodlot een gevleugelde demon was die ineengedoken op haar rug zat. Mijn moeder was ervan overtuigd dat de demon uit haar diepste binnenste kwam. Doordat ze op die lang geleden jeugdochtend met haar vinger de vermoorde handafdruk op het pad van haar huis naar de rivier had aangeraakt, was hij er alleen maar uit gekomen. De demon was geen ongewone demon, het was een demon die ieder meisjeskind volgens haar eigen moeder in zich droeg, die haar bloed vervuilde en haar aanzette tot wangedrag en die zo'n sterke geur afgaf dat mannen er duizelig van werden, die waanzin aantrok, schande, ongeluk. Deze inwendige demon duwde meisjeskinderen na de geboorte met hun gezicht in het vuil, hij verkocht ze aan vreemdelingen voor de prijs van een maaltijd. Goede vrouwen waren meisjeskinderen die in de loop der jaren hun inwendige demon waren gaan aanvaarden, die geleerd hadden zijn geur te verbergen achter parfums en neergeslagen ogen, achter stemmen en manieren die zacht en plooibaar waren. Goede vrouwen waren meisjeskinderen die geleerd hadden hun demon het zwijgen op te leggen. Op de dag dat mijn moeder de vermoorde handafdruk aanraakte, sprong haar inwendige demon naar buiten. Maar ze trok haar hand zo snel terug, dat haar inwendige demon slechts kans zag half uit haar te kruipen in plaats van helemaal los de wijde wereld in te trekken en haar op het pad naar de rivier achter te laten met alleen een huidzak. Mijn moeders demon klampte zich vast aan haar schouders en bleef daar zitten; hij luchtte zijn woede op mijn moeder en bracht haar ongeluk.
'Onzin!' riep de Hagedissejongen uit, en hij sloeg zijn ogen niet neer voor mijn moeders woedende blik.
'Mijn aangenomen moeder kan hem zien,' zei ze, en ze kneep haar lippen op elkaar.
Mijn moeders demon, half in, half buiten haar, haakte zich vast aan haar schouders met ijzeren vingers en sluisde zijn frustratie naar haar toe. Hij goot haar vol pijnen die over haar hele lichaam kropen: haar huid prikkelden met geheime verlangens, hete en koude blossen naar haar wangen joegen met hunkeringen die ze niet kon benoemen. De noodlotsdemon zat vast en duwde tegen haar, trok aan haar in opperste woede, drukte haar dieper in de aarde, tilde haar bijna de lucht in. Dat gaf haar het duizelige gevoel dat ze vloog.

'Wat is er?' vroeg de Hagedissejongen, terwijl hij mijn moeder met een schok terugbracht in de wasserij.
'Noodlotsdemon,' hield ze vol, ruzieachtig, terwijl ze hem woedend aankeek.
Toen de Hagedissejongen zijn vinger op een van de kuiltjes in haar schouder legde, liet de noodlotsdemon een schuren als vuur door mijn moeders lichaam gaan. Een rilling als ijs. Het topje van de vinger van de Hagedissejongen was glad van de wekenlange wasserijstoom, zijn ogen waren glanzend van de tranen; zijn aanraking koel tegen haar noodlotsschuren, warm tegen het ijs. Mijn moeder trok vlug het hemd weer over haar schouders. Ze raapte de berg lakens die ze even vergeten was bij elkaar en bracht ze haastig naar de tobbes die al vol water stonden te wachten. De noodlotsdemon bracht een gesis in haar bloed teweeg zoals Grootmoeders in het nauw gedreven geesten tijdens het wanhopige gevecht vlak voor hun overgave, een gesis dat klonk als haat. Als blijdschap. Hoewel ze niet omkeek, wist mijn moeder dat de Hagedissejongen ook huiverde van het gesis. Dat de Hagedissejongen zijn lichaam ook schrap zette. Met haar rug naar hem toe hoorde ze zijn rillende ademhaling. Ze hoorde de steeds vertrouwdere vermenging van hun bloed. Met haar rug naar hem toe hoorde ze het vage gerinkel van zijn ketting. Ze boog zich voorover, liet lakens en kussenslopen in het hete water glijden, draaide dampende lakens door de wringer, sorteerde kloostermeisjeskleren die versteld moesten worden, en al die tijd hoorde ze het gesis en geril van hun gemengde bloed. Het gerinkel van de ketting van de Hagedissejongen. Op haar trage dagelijkse dans door de wasserij, van gootsteen naar tobbes naar gaspitten naar wasborden, hoorde mijn moeder het gewervel van hun ongeluksbloed, het geschuifel van de voetstappen van de Hagedissejongen als nachtvlinderschaduwen om haar heen, als tegen een andere nachtvlinder aan fladderende nachtvlindervleugels.
De Hagedissejongen volgde haar met ogen die glansden van de tranen. Soms, als hij in zijn hoekje de kranten, stripverhalen, bijbelvertellingen en zelfs passagierslijsten van schepen zat te verslinden, kon de Hagedissejongen vergeten. Dan vergat hij zijn allervernuftigste techniek, zijn ijzeren muur; hij vergat te vergeten. Hij legde zijn handen om mijn moeders gestalte, liet zijn hagedisachtige leegheid varen en volgde haar bevallige bewegingen met zijn handen, net als op de dag dat ze zo bitter gevochten hadden. Hij vergat 'Onzin!' te roepen, wendde zich

van zijn krantebewijzen af om te luisteren naar het bewijs van hun ongeluksbloed. De demon die op mijn moeders rug zat, gaf haar een duwtje toen ze zich voorover boog met zijn dienblad met eten en water, zodat hun schouders elkaar per ongeluk raakten. Daardoor kreeg de Hagedissejongen kriebel onder zijn voeten, zodat hij uit zijn hurkende houding overeind kwam en voor zover zijn ketting het toeliet heen en weer begon te lopen; in het voorbijgaan streek hij per ongeluk langs mijn moeder. De demon liet hen naast elkaar aan de strijktafel plaatsnemen, waar ze kranten en verhalenboeken doorkeken en uitroepen slaakten over de verhalen en lachten om rare plaatjes, terwijl mijn moeder eigenlijk lakens moest vouwen. Hij drukte de vingers van de Hagedissejongen lichtjes tegen haar nek en hield ze daar even, zodat mijn moeder en de Hagedissejongen even bijna geen adem haalden, bijna geen adem durfden te halen. De demon rende met mijn moeder mee, gillend van de demonenlach, terwijl ze op een holletje de apen wegjoeg die de hemden van de waslijn haalden, de lakens vastzette die wapperden in een plotselinge oerwoudwind.

Het verhaal van het spookhuis is een verhaal dat ook andere pijnen kent, die niets met mijn grootmoeder te maken hebben. Het is een verhaal dat ook een plotseling wapperende oerwoudwind kent. Dit verhaal bezorgt zelfs de bullebak en mij, die toch immuun zijn voor de meeste pijnen, zij met haar mes en ik met mijn amulet, het bezorgt ons hoofdpijn, duizeligpijn, welk-deel-kwam-eerst-pijn, welk-deel-daarna, wanneer we proberen de stukjes in elkaar te passen. 'Waar zijn we?' vraagt de bullebak terwijl ze met haar gezicht naar beneden op de kussens in haar donkere kamer ligt, met haar maag platgedrukt, haar benen lui heen en weer zwaaiend. Om haar heen liggen haar speciale plakboek, haar oude fotoalbum, een pot lijm, een schaar, nog wat stapeltjes losse foto's. Om mij heen, naast haar, liggen de aantekenboeken die we van Grootmoeder lenen zonder dat ze het weet, uit haar speciale kistje dat ze achter slot en grendel houdt. Ik streel de roodleren kaft van haar extraspeciale aantekenboek, gluur in de andere boeken om te zien waar de bullebak en ik gebleven zijn. 'Waar zijn we?' herhaalt de bullebak.
'Donkere kamer,' antwoord ik.
'Zo noemen zij het niet!'
'Kelderkamer, dan. Strafkamer.'
'Wat gebeurt er?'

'Grootmoeder zit er opgesloten, ze kan er niet uit. Bedienden staan te lachen door het sleutelgat, uit te puffen nadat ze haar teruggesleept hebben. Het licht door het sleutelgat zwaait heen en weer, verdwijnt. De brandlucht doet pijn in haar neus. Rook prikt in haar ogen. Haar gezicht is nat van de tranen.'
'Schrijf op.' De bullebak wacht geduldig terwijl ik in haar speciale bullebaksplakboek schrijf, met grote, ronde letters. Het plakboek van de bullebak staat vol rode en groene passages, zwarte en blauwe kolommen, en pijlen die de een met de ander verbinden zodat de bullebak de zaak kan overzien. Zodat de bullebak weet waar ze gebleven is in Grootmoeders spookhuisverhaal, en dat van mijn moeder, en dat waar de nonnen op zinspelen maar dat ze nooit vertellen. Zodat de bullebak, mochten we verdwalen, weet dat ze een kaart heeft. Het aantekenboek van de bullebak staat vol foto's van de plaatsen van mogelijke actie, van witte lakens over mijn schouders gedrapeerd als een glanzende jurk; van mijn haar dat wappert in een plotselinge oerwoudwind. Extra foto's dwarrelen uit het plakboek van de bullebak, in het lamplicht zien ze eruit als grote zilveren vlokken. De bullebak graait naar de dwarrelende stukken en schuift ze weer terug. Ze wil dat haar boek alles bevat. Er mag geen aanwijzing uitvallen, er mogen geen lege plekken overblijven waar zich een onzekerheid kan nestelen. Het boek van de bullebak zit zo vol bewijsmateriaal, dat het openvalt met een zware plof van de kartonnen kaft, dat het gewicht rode deuken maakt in haar armen die het liefdevol omklemmen. 'En dan?' vraagt ze dringend.
'Ik kan het niet lezen,' klaag ik. 'Mijn ogen doen pijn. Het is te donker, ik kan niet schrijven.'
'Niet ophouden.'
'Het is te donker om iets te zien, maar Grootmoeder weet wat ze zoekt. Ze heeft het gezien voordat ze haar wegsleepten. Haar handen doen pijn, maar ze steekt ze diep in de nog warme as. Het kleverige vet van het met water gedoofde vuur vormt een beschermend laagje om haar handen. Ze heeft het gevonden. Een boog van metaal in het donker, een halfverkoold heft, koud ondanks de as: het mes van de geliefde dat ze geprobeerd heeft te verbranden. Daar ligt het, in haar hand. Het heft past in de palm van haar hand. Ze vindt de halfverbrande foto, het portret van de rijke man en de geliefde. Ze verfrommelt het, gooit het door de kamer. Ze voelt in de as maar vindt verder niets. Niets behalve haar gebroken vloek. Ze – en dan – O, het is te donker! Ik kan het niet lezen. Nu

klemt ze haar verbrande handen in elkaar, haar handen rillen, haar vingers buigen en strekken zich. Ze haalt hees adem. Haar gezicht is nat van de tranen. Het is te donker om iets te zien. Ze doet niets. Ze luistert. Ze kijkt op. Staart. Ze houdt op. Ze is opgehouden.'
'Ga door,' dringt de bullebak aan.
'Het is te donker. Ik kan het niet zien.'
'Wat zeggen we dan?' De bullebak draait zich naar me toe en kijkt me aan met haar glimlachloze bullebaksblik. 'Als het donker is, wat moeten we dan zeggen? We kunnen we zullen we kunnen we zullen,' dreunt ze, terwijl ik de oude en de nieuwe foto's opzij duw. Mijn ogen doen pijn van te lang turen, mijn vingers van te veel krabbelen. Ik sla Grootmoeders aantekenboeken dicht, maar de bullebak doet ze geduldig weer open, probeert moeizaam de woorden te ontcijferen.
'Wah,' moppert ze. 'Als je dat netjes schrijven noemt!'
'Dat heb ik niet geschreven.'
'Het is jouw handschrift.'
'Ik heb het niet geschreven.'
'Ik heb het zelf gezien.'
'Niet van mij.'
'Wat klets je nou?' vraagt de bullebak; haar onvriendelijke blik is waarschuwend, haar handen ballen zich tot vuisten. 'Wat zeg je nou? Hou maar liever op.' Plotseling verandert de uitdrukking op het gezicht van de bullebak. Ze glimlacht ineens, ze buigt zich naar me toe en geeft me een klap op mijn rug. 'We kunnen we zullen we kunnen we zullen,' zegt ze. 'Kom op, zeg het. Net als het stoere treintje van de nonnen. We kunnen, we zullen. Zeg het.'
'Ik heb geen zin. Ik ben moe.'
'De nonnen zeggen dat je het dan juist moet zeggen.'
'Nee.'
'We kunnen, we zullen. Zeg het!'
'We zullen niet,' klinkt mijn stem, somber.
'We zullen wel,' zegt de bullebak fel, en haar vuisten bonzen tegen elkaar, in haar ogen komen tranen op. 'Grootmoeder zegt het zelf. Wat is er met je? Waarom kijk je zo?'
In de donkere kamer denk ik dat de bullebak de krokodil is. Ik kijk naar haar tranen die tegenwoordig bij het minste of geringste al opkomen, bij de minste trek van mijn mond die niet bij haar trek past. De minste draai van mijn lichaam weg van het hare. De tranen van de bullebak hebben niets te maken met haar boos samengeperste lippen, met haar handen die zich

tot klauwen krommen. Ze poot haar tweemaal zo grote lijf naast mij neer, pakt het vlees boven mijn ellebogen tussen duimen en wijsvingers tot mijn huid donker wordt als een brandwond. Mijn huid bloeit paars. We kijken een tijdje hoe het paars opkomt, mijn ogen knipperen niet, die van de bullebak zijn eerst spleetjes, worden dan groot van verbazing. 'Zeg het,' beveelt ze, en ik zie dat haar stem niet de krokodillestem is die mijn grootmoeder beschrijft, laag en dreigend, maar ongelovig, bijna snikkend, een piep. Haar gezicht is anders dan haar normale bullebaksgezicht, het vertrekt nu eens naar de ene, dan weer naar de andere kant, alsof het niet kan besluiten tussen uitvallen of terugkrabbelen; een tussenfasegezicht dat me aan het glimlachen maakt. Ik glimlach naar de bullebak. 'Natuurlijk zullen we,' stem ik met haar in, 'als Grootmoeder het zegt.'
Later veert de bullebak plotseling overeind en wrijft de slaap uit haar ogen. De bullebak klauwt haar handen in mijn schouder, mijn armen, mijn borst. Mopperend in mijn slaap kom ik naast haar overeind.
'Waar ga je heen?' roept de bullebak.
Ik druk mijn lippen tegen haar oor. 'Waarom schreeuwde je? Wat zag je?'
'Moeten we al gaan?' De bullebak gaat liggen en zakt weer weg.
'Nee.' Ik gluur naar de wekker bij haar hoofd en strijk de verwarde haardos van de bullebak uit haar gezicht. 'Nog niet.'

Het spookhuisverhaal verbreidt allerlei soorten pijnen in alle richtingen, het maakt de nonnen hels van verontwaardigingpijn, ergernis-over-meisjesondeugendheid-pijn, het kromt de tenen en vingers van kloostermeisjes en vlindert in hun buik met pijnen waarvoor ze geen naam hebben. Kloostermeisjes gaan om de beurt naar de directrice, wrijvend over hun buik, hun handen tegen hun verhitte wangen gedrukt. Ze gorgelen heet water en steken hun voorhoofd onder lichtpeertjes, ze zien er pips uit van pijnen hier en hier en hier ook, 'Au! Zuster!' en ze *zijn* ook duizelig, kijk maar, ze kunnen nauwelijks op hun benen staan. Kloostermeisjes bevolken bij bosjes de ziekenzaal bij paniekberichten over mazelen, griep en waterpokken, want ze weten zeker dat ze zijn aangestoken. Degenen die de directrice niet kan ontmaskeren als aanstelsters liggen slapjes en bleek te herstellen, vrijgesteld van de les, tot de directrice zich omkeert. Tot de directrice het teken geeft dat de lichten uit moeten.

Dan springen kloostermeisjes bij elkaar in bed, liggen ze met z'n drieën of vieren in één bed, met de gezichten naar elkaar toe, de benen verstrengeld, de enkele deken opgetrokken tot aan hun kin. Kloostermeisjes wiebelen met hun tenen langs elkaars kuiten en drukken hun handpalmen tegen elkaars borsten om het bonkebonkebonk van hun hart te voelen als de koorts het lichaam in zijn greep heeft. Ze houden hun adem in, klemmen hun lippen stevig op elkaar en tellen langzaam tot zestig, of honderdzestig, of hoeveel tellen het ook duren mag, met grimmige gezichten en ogen die elkaar verslinden. Want kloostermeisjes weten dat *dat* de greep van de koorts is: het bonzen van de adem om te worden vrijgelaten. Kloostermeisjes worden rood van inspanning, ze worden echt duizelig. Ze kennen de vorm van onbeweeglijkheid in hun armen, ze slaan om de beurt hun armen om elkaar heen om onbeweeglijk in elkaars armen te liggen. Ze kennen het kriebelen van lange natte haren, van zwarte vlechten die om de hals glijden. Kloostermeisjes denken dat ze het weten. In elkaars armen kennen ze om de beurt het schaduwgewicht van de geliefde wanneer de rijke man haar omarmde, de schaduwkussen die hij lichtjes op haar oogleden plaatste. De aanraking van vingertoppen langs haar oorlelletje, of langs de holte onder in haar hals. Kloostermeisjes huiveren van heerlijkheid. Ze kennen de verrukkelijke huivering van de doodsangst van de geliefde die zwakjes tegen de armen van de rijke man duwt. *Die* angst liggen ze te oefenen, doodstil, met de handen om de borsten onder elkaars nachtjapon, met rechte vingernagels die zacht over elkaars lichaam gaan, met lippen tegen volkomen stille lippen gedrukt, tot de een of de ander een tere plek aanraakt, een kietelplek, zodat ze beginnen te stikken, onbedaarlijk beginnen te giechelen en de dekens opzij beginnen te trappen. Dan verandert de doodsangst van de geliefde in onderdrukte uithalen van kloostermeisjesgegier, in kussengevechten en in buikpijn-van-het-lachen die hun oogleden prikkelt en de directrice hijgend en puffend te voorschijn roept om ze allemaal met harde tikken en strafgebeden en extra eetzaalcorvee weer naar hun eigen bed te jagen.

11. De bullebak en de pineuten

Na de vreselijke nacht in het spookhuis die mijn grootmoeders smetteloze geestenverdrijfstersreputatie bedierf, besloot mijn moeder naar school te sturen. Grootmoeder stuurde mijn moeder naar het klooster, waar de nonnen haar toelieten zonder dat ze schoolgeld hoefde te betalen, op voorwaarde dat ze de helft van de tijd in de kloosterwasserij werkte. De andere helft sleepte zijn lange uren voort in een kamer, weg van de kloostermeisjes, waar een oude non in ruste mijn moeder leerde lezen en schrijven. Ze gluurde naar mijn moeder over de randen van haar bril en zwaaide met een houten lineaal als ze traag was, of lui, of iets fout deed. Mijn moeder vormde ijverig mond en pen naar de krabbels die haar niet meer leken dan mieren op de bladzij. Haar ogen deden pijn bij het gezwiep van de lineaal, haar knokkels gloeiden roze. Stoom van de wasserij brandde blijvende rode plekken op haar wangen, waardoor ze er volgens de nonnen dubbel gezond uitzag. De nonnen zetten mijn moeder aan het werk naast de ondeugende kloostermeisjes die voor straf in de wasserij moesten helpen. Rond een uur of twaalf werd het er zo heet, dat ondeugende kloostermeisjes flauwvielen. Andere meisjes reden hen naar buiten en besprenkelden hun gezicht met water. Ondeugende kloostermeisjes noemden de wasserij de Hel, maar de nonnen zeiden dat de hel duizendmaal zo heet was en vol krijsende demonen die hen zouden prikken en knijpen en nog op allerlei andere manieren zouden pesten. Als een ondeugend kloostermeisje in de hel belandde, zou ze verlangend terugdenken aan de koelte van de wasserij. Alleen mijn moeders bullebak werkte dag in dag uit in de wasserij en viel nooit flauw. De bullebak stond met haar handen op haar heupen de flauwgevallen meisjes uit te lachen. Ze raakte in gevechten verwikkeld waarin ze ondeugende kloostermeisjes handenvol haren uittrok. Ze kneep en kietelde en pestte de andere meisjes zo vreselijk, dat ze haar de Demon noemden. Mijn moeder zegt dat dat de bullebak niets kon schelen.

In die dagen was de bullebak van de school een meisje dat tweemaal zo groot was als mijn moeder. Ze was groot en zwaar, met benen als zuilen en rafelig geknipte haren die alle kanten op piekten. Deze bullebak had op de dag dat ze in het klooster kwam haar haren afgeknipt, bij wijze van straf voor haar ouders die haar daarheen gestuurd hadden. Haar uniform was gemaakt van geïmporteerd katoen dat heel anders rook dan het katoen in de wasserij, haar schoenen waren van leer dat net zo zacht aanvoelde als mijn moeders huid onder de klap van de hand van de bullebak. Mijn moeder gluurde door de stoom naar de bullebak. Als de bullebak ergens ontstemd over was, stak ze haar onderkaak naar voren, als ze het vertikte iets te doen, kon niemand haar overhalen. De bullebak zei altijd nee. Mijn moeder staarde deze bullebak geschokt aan toen ze haar voor het eerst hoorde. De bullebak zette zich schrap en balde haar vuisten, en als de leraressen hun slangehanden tegen haar ophieven, keek ze niet eens de andere kant op. Haar hoofd bewoog nauwelijks. Mijn moeder volgde deze bullebak overal, zelfs als de bullebak om de hoek ging staan en heel hard boe riep, zelfs als ze tegen mijn moeder siste dat ze weg moest gaan en zich plotseling omdraaide en met haar vuist zwaaide. Mijn moeder liep achter deze bullebak aan en bekeek haar methode: keek hoe deze bullebak nee zei. In haar gespikkelde handspiegel vormde mijn moeder haar lippen naar het woord. Haar mond vormde een slechtzittende ee. Als mijn moeder naar huis ging, naar Grootmoeder, vergat ze hoe ze die vorm moest maken. Thuis zei ze staande de lessen op die ze geleerd had.

'Wat hebben ze je geleerd?' vroeg Grootmoeder.

'K-A-T, kat,' zei mijn moeder. 'H-O-N-D, hond.'

'Is dat alles?' vroeg Grootmoeder stomverbaasd.

'T-A-F-E-L, tafel,' zei mijn moeder.

'Wanneer gaan ze je leren toveren? Wanneer gaan ze je hun krachten leren? Doe je wel alles wat ze vragen, ben je wel lief?'

'Ja,' zei mijn moeder.

'Waardeloos, spreek je de waarheid? Aiya, is dat alles? Vallen ze daarom bij iedereen in de smaak, lokken ze zo de klanten weg? K-A-T, kat, H-O-N-D, hond!'

'G-O-D, God,' zei mijn moeder.

Stond mijn moeder voor Grootmoeder, dan gleed haar mond naar de ja-vorm. Voor de nonnen gleed haar mond naar die vorm. 'Ja,' zei mijn moeder. 'Ja.' Alleen als ze achter haar bullebak aanliep, herinnerde ze zich die andere vorm. Jaren-

lang oefende mijn moeder, ze vertrok haar mond tot vreemde grimassen, maakte andere meisjes aan het giechelen, als Grootmoeder het zag kreeg ze slaag, en de leraressen en de nonnen hieven hun handen ten hemel. Soldaten stonden te lachen bij de poort als ze langskwam. Toen haar bullebak van de kloosterschool gestuurd was, stond mijn moeder bij de poort met uitgestrekte armen. Pas vele jaren later, toen de ondeugende meisjes waar ze eerst mee werkte, waren opgegroeid en de kloosterschool hadden verlaten, en de nonnen geen andere ondeugende meisjes meer voor straf naar de wasserij stuurden, pas toen kreeg mijn moeder het voor elkaar. Dat was vlak nadat haar moment voorbij was, vlak voordat ze christen werd, toen ze elke dag door de straten van de stad liep en alle gezichten afzocht naar een teken. Huilend om haar verdwenen man nam mijn moeders mond eindelijk de juiste vorm aan. 'Nee,' fluisterde ze als Grootmoeders eigen mond zich woedend opende en sloot. 'Nee, Ma, vergeef me, maar ik moet gaan.'
Jaren later, toen ik voor het eerst met mijn bullebak bij haar op bezoek kwam, viel mijn moeders mond open. Ze deinsde achteruit, de wasserij in.
'Wat is er, Tante?' vroeg de bullebak, die haar best deed om een goede indruk te maken.
'Aiya, er is niks!' riep mijn moeder uit. 'Stel je voor, ik dacht even dat je iemand anders was. Dus jij bent het vriendinnetje van mijn dochter. Wah, wat heb ik je lang niet gezien, wat ben je groot geworden! Heb je al gegeten?'
Jarenlang stelde mijn moeder zich haar bullebak uit haar eigen jeugd voor. Mijn moeder beschreef haar voor ons, lachend, ze gaf met haar handen haar afmetingen en haar vormen aan. Ik lachte met mijn moeder mee, maar de bullebak keek nijdig. 'Ze leek helemaal niet op jou,' verzekerde mijn moeder haar. Jarenlang, zelfs toen haar eigen bullebak al lang van school was gestuurd, had mijn moeder nog steeds het idee dat ze al toekijkend haar zelfverzekerde, arrogante schaduw volgde, haar kan-me-niet-schelen-schaduw, altijd een stap voor mijn moeders stap. Mijn moeder volgde, ook al dacht ze dat ze haar nooit kon inhalen. Dit is de weg naar de overwinning, zegt ze. Plotseling is mijn moeder opgetogen. Dit is de weg naar de kalmte: te volgen op een Groot Pad dat al is uitgestippeld, zelfs als het je onmogelijk lijkt nog iemand in te halen. Kalmte hangt af van je mond vorm leren geven als dat nodig is, van volgen en toekijken, en hier en daar een gebed. Geen com-

plotten of plannen. Geen beloften zonder je best te doen ze te houden, geen jaren van kronkels en bochten om ze terug te krijgen. Kalmte hangt af van je enkel en alleen het Grote Pad herinneren, van elke dag tellen als een stap. Van soep koken en stil zitten, van het een oude vrouw naar de zin maken, ook al is dat moeilijk. Degene die volgt en toekijkt, die de dagen één voor één loopt, zal winnen. Dat zegt mijn moeder.

Tegenwoordig leren kloostermeisjes dat ze medelijden moeten hebben met bullebakken. Kloostermeisjes leren dat ze iedereen lief moeten hebben en dat ze naar hun ouderen moeten luisteren en altijd lief moeten zijn. Ze leren dat de bullebak bevriend is met de krokodil. Als bullebakken en krokodillen doodgaan, trekken ze samen op in de hel. Ze roepen elkaar over de vlammen toe, likken hun gebarsten lippen af en vertellen elkaar hoe het hun spijt dat ze zich in het leven misdragen hebben. Hun tranen sissen op hun wangen. Maar in de hel is het te laat. Ze kunnen spijt hebben en sissende tranen huilen wat ze willen, maar ze komen er niet meer uit. Kloostermeisjes moeten altijd aan de vlammen denken. Ze moeten goed onthouden dat ze nu braaf moeten zijn. Dat ze nu hun gebeden moeten zeggen en hun zonden moeten biechten en aardig voor elkaar moeten zijn. Morgen kan het te laat zijn.
De nonnen zetten de bullebak op een stoel voor de klas om het ons te laten zien. Ze laten haar in de hoek knielen en slaan met een houten lineaal strepen op haar handen, zodat we zien kunnen hoe het bullebakken vergaat. Als de bullebak stoort of vals zingt in de kapel, of als een meisje haar vlug gaat verklikken, dan zetten de nonnen haar urenlang met haar armen uitgestrekt in de zon. Ze laten haar daar net zo lang zachtjes heen en weer zwaaien, tot ze zeker weten dat ze er spijt van heeft. Tot haar schoenzolen zacht worden. Soms voelt de bullebak zo heet aan, dat ik mijn hand snel weg moet trekken. Op haar hoofd zou je een ei kunnen bakken. De nonnen zeggen dat de bullebak beter nu kan lijden dan dat ze moet branden in de hel. De hele les door kijken kloostermeisjes naar buiten, naar de bullebak die met haar armen uitgestrekt in de zon staat, net als Jezus. Ze stoten elkaar aan als ze zien dat haar hoofd begint te dampen. Kloostermeisjes noemen haar achter haar rug Koekepanhoofd.
Als de bullebak weer naar binnen mag, loopt ze naar haar plaats op schoenen die zich vastzuigen aan het koele beton. Ze loopt langzaam, haar armen hangen langs haar zij. Ze zit de

hele dag stilletjes in haar bank. Zodat de nonnen zeggen van kijk maar, zelfs de bullebak is dus te genezen. Zelfs de bullebak kan worden gered. Pas 's avonds, in de donkere kamer, spreekt de bullebak eindelijk. Pas dan vallen haar tranen: de ene heldere traan na de andere, zo heet dat ze rode sporen in haar wangen branden. In de donkere kamer gaat de bullebak als een bezetene te keer. Haar tanden knarsen, haar haren staan recht overeind. De bullebak beent door de kamer heen en weer en werpt zich op de kussens. De bullebak zweert wraak. Ik schep haar bullebakstranen met mijn vingertoppen op mijn handpalm voordat ze uit haar ogen druipen en brandsporen achterlaten. Er zijn nachten dat ik wel een handvol tranen verzamel.

Stel je deze bullebak voor zoals ze al die jaren geleden geweest moet zijn. Ze zeggen dat het een oude bullebak is, daarom verdient ze haar straf, daarom zou ze beter moeten weten dan altijd maar haar zin te willen doordrijven. Altijd maar proberen te winnen. Als de nonnen al die jaren geleden geweten hadden hoe de bullebak op de drempel zich ontpoppen zou, nou, dan hadden ze haar gewoon laten liggen! Voor de wilde honden, om mee te nemen. Voor de malle zeiler die stoute baby's kwam roven. De babybullebak zette, in haar kranten en lap rode stof gewikkeld, al die jaren geleden zo'n keel op, dat de deurpost van het klooster schudde. Zelfs toen was haar gezichtje verwrongen en witheet, stak haar kin vooruit, balden haar babyhandjes zich tot vuisten. Hadden de nonnen het maar geweten. Hadden ze hun hart maar verhard. Na jaren van zorg en troost, een eigen bed om in te slapen en nooit honger, jaren dat ze er zelfs een eigen hobby op na mocht houden, dat de nonnen geduldig poseerden voor groepfoto's, hoe lang het soms ook duurde; na dat alles, en dan ook nog eens de lessen mogen bijwonen, was het toch niet teveel gevraagd als de nonnen verwachtten dat de bullebak een braaf meisje zou worden. Ze zeggen dat het een oude bullebak is, het oudste meisje in het klooster, en dat ze nu zo langzamerhand haar zegeningen moet weten te tellen, zich wat volwassener moet weten te gedragen. Nu moet ze zo langzamerhand weten lief te zijn.

Maar het valt voor de bullebak niet mee om zich te gedragen als iemand van haar leeftijd, als ze haar leeftijd alleen maar kan aflezen aan vage inkepingen in het raamkozijn. Veertien inkepingen van gelijke lengte en dikte, waar geen nieuwe meer bijgekomen zijn sinds de dood van de oude zuster die ermee begonnen is. Niemand weet precies hoe oud de bullebak is, niemand neemt de moeite om te tellen. Haar teken is de stier, zeggen ze, want haar babygezicht stond door de krantekreukels heen zo koppig als dat van een stier. Andere meisjes worden langer en breder, of slanker en weelderiger, maar de bullebak blijft er elk jaar dat verstrijkt hetzelfde uitzien. De bullebak groeide tot ze veertien was, tot het einde van de tweede cyclus, en toen hield ze ermee op. Misschien wist ze niet welke kant ze op moest groeien. Ze staat bij het raam, met haar hoofd tegen het glas gedrukt, en strijkt met haar vingers over de vervagende inkepingen. In de donkere kamer drukt ze haar hand tegen één hoek van de kussens waarop we liggen, een gerafelde hoek die is opgelapt met haar lap rode stof. Als ze in het holst van de nacht plotseling wakker wordt, met haar bullebaksogen woest en starend, in een kamer die staat te beven om haar heen, drukt ze haar hand daar stevig tegenaan, alsof alleen die rode lap haar stil kan houden. De nonnen zeggen dat de bullebak al vanaf haar geboorte slecht is, dat dat komt door haar slechte familie. Het ligt in de aard van de bullebak dat ze altijd op haar kop moet hebben, dat ze als een steen om de nek van de nonnen blijft hangen tot het einde van haar dagen. Maar hoe kan de bullebak zich gedragen als iemand van haar leeftijd, als ze niet weet wat haar leeftijd is? Hoe kan ze weten welke kant ze op moet groeien? Al haar tijd gaat op aan wachten op een ja of een nee. Voor ze zich om kan draaien, voor ze kan gaan zitten of staan, voor ze naar de wc kan gaan of een boek kan uitzoeken om te lezen, een les om bij te wonen, moet ze haar vinger opsteken en op een nee of een ja wachten. De bullebak heeft nooit haar mond gevormd in de ee-vorm van mijn moeders bullebak zonder te moeten wegduiken en kronkelen om klappen te ontlopen, zonder te moeten veinzen en flemen en de open ja-vorm te moeten najagen. Al haar kracht gaat op aan haar gezicht witheet verwringen, haar kin vooruit steken en haar handen tot vuisten ballen. Misschien hebben de nonnen het wel mis. Misschien is de bullebak ondanks alle tijd dat ze heeft schoongemaakt, en gehuild, en gefotografeerd op zoek naar bewijsmateriaal, en de rust in de klas heeft verstoord, en heeft laten zien hoe haar gezicht in de zon bedekt is met een netwerk van fijne lijntjes – misschien is de bullebak ondanks dat alles wel helemaal niet zo oud.

Maar hoe zal ik dat ooit zeker weten? Ik weet alleen wat me verteld wordt, wat ik zie. Ik zie alleen wat me verteld wordt.

Dit heeft mijn grootmoeder me geleerd: dat ik mijn ogen tot spleetjes moet knijpen en zijdelings moet kijken om te zien wat zij me verteld heeft. Om te zien wat Grootmoeder ziet. Elke dag lijk ik zwaarder te worden. Mijn gang naar het klooster is niet meer zo licht als lucht, zo scheef als die van een krabbejong; niet meer een huppelpas hier en daar om onder een winkelafdakje door te gluren, om bij de kar van een straathandelaarster neer te hurken en een sieraadje in mijn schoen te laten glijden. Tegenwoordig is mijn gang naar het klooster een trekken aan metaal, een rechte lijn, als rukken aan het anker van een schip. Mijn kin steekt niet meer in de lucht om te fluiten. Mijn voeten drukken zich dieper de grond in met elke oerwoudexcursie die de bullebak en ik ondernemen, met elke bladzijde in Grootmoeders aantekenboeken of in het speciale plakboek van de bullebak die ik volschrijf. Met elke glimp van de geliefde die ik opvang. Met elke truc die de bullebak en ik uithalen om meer uit mijn moeder los te krijgen, gaan mijn schouders meer hangen zoals de hare, en ook met elke les in geschiedenis, zedenleer en verhalen vertellen die we luisterend naar de nonnen doorbrengen. Elke nieuwe amulet die mijn grootmoeder me geeft, hangt aan mijn pols als een stukje gekleurd papier, meer niet. De paarse plekken die de bullebak op mijn arm maakt als ik het niet met haar eens ben, blijven wekenlang paars.

Als ik klaag tegen Grootmoeder, als ik haar mijn bullebaksplekken laat zien, de knijpsporen aan de binnenkant van mijn ellebogen, de toevallige krabben diep in mijn hals, kijkt ze me zijdelings aan. Grootmoeder zet haar tijgerblik op. 'Waar heeft Grootmoeder je voor opgeleid?' schreeuwt ze. 'Volg je haar wel, ben je wel lief?' Grootmoeder zit op haar lip te bijten, haar humeur stekelig, haar oude botten als staal, onbeweeglijk. Ze moppert als ze mijn amulet controleert, slaat op haar maag om te zien of ze daarmee de potgeest los krijgt. Altijd als ik naar het klooster ga, naar dat gebied dat wemelt van de krokodillen, controleert ze de amulet nog een keer. Ze zit te rillen en te beven tot ik terugkom. Maar toch zegt Grootmoeder dat ik moet gaan. Ik moet met de bullebak mee, want de bullebak maakt deel uit van Grootmoeders plan. Vanaf de tijd dat ik een klein kind was, heb ik altijd geweten dat ik haar zou volgen.

'Dat is ze,' wees Grootmoeder door de poort van het klooster, waar ze sinds de nonnen haar hadden weggejaagd, gezworen had nooit meer doorheen te gaan. Grootmoeder droeg mijn

moeder op me op te tillen zodat ik haar zien kon. Mijn moeder hees me van de grond. Ik sloeg mijn armen om haar heen, terwijl ik me omdraaide om te kijken. De kindbullebak liep door de kloostertuin met een enorme boxcamera om haar nek. Ze stond met haar handen in haar zij en één voet naar voren. Half verborgen onder haar hemd glom haar bandietenmes, het lemmet vol zoutkorsten ving het licht als was het kristal. Ik staarde met half toegeknepen ogen naar de bullebak. 'Die moet je volgen,' fluisterde Grootmoeder, en haar ogen schitterden bij het zien van het mes. 'Die heeft wat wij willen hebben, die zal ons helpen het te krijgen! Wah, zij is nergens bang voor! Zelfs hier vandaan zie je haar lever als een steen uit haar buik steken.'
Voordat ik de bullebak ooit gezien had, kende ik de vorm van haar hoofd als ze langs een verlicht raam liep, kende ik haar sprong over een schaduwrijk oerwoudpad. Ik kende de zwaai van haar armen en haar geur in de morgen en in de nacht, haar bullebaksgeur van oerwoudgrond. Ik kende de manier waarop ze met haar vingernagels over de kloosterzuilen schraapte waar mijn grootmoeder zich eens achter verstopte.
'Heb je hem niet?' wil Grootmoeder weten als ik terugkom uit het klooster. 'Hoe ver heb je gelopen? Heb je de heuvelgeesten gevolgd? Aiya, heb je hem nog niet gevonden? Waarom niet?'

Voordat mijn moeder christen werd, was ze overtuigd van de noodzaak van een woedende blik. Ze was ervan overtuigd dat ze als een bezetene moest vechten om een behoorlijk stukje vlees te bemachtigen op de markt, dat ze achter de klanten aan moest zitten, dat ze moest flemen en zeuren om de zaken nieuw leven in te blazen sinds Grootmoeders geestenverdrijfstersreputatie bedorven was. Voordat mijn moeder christen werd, was ze overtuigd van de noodzaak van een eindeloze strijd om te kunnen eten, zich te kleden, te wonen, de slaap der vreedzamen te slapen – kortom, de strijd om te leven, dag in dag uit. Elke dag weer bekeek ze woedend de Hagedissejongen die ineengedoken in zijn hoekje van de wasserij zat. Bekeek ze woedend zijn andere levensfilosofie: zijn hagedisachtige vergeetachtigheid die hem boven het gevecht uittilde. Zijn lege, reptielachtig starende blik.
Elke ochtend als ze de wasserij binnenkwam, zag mijn moeder de Hagedissejongen in zijn hoekje zitten, met zijn ketting in de knoop en zijn gezicht grauw van de slaap. De Hagedissejongen glimlachte blij als hij haar zag, hij leek nergens iets om

te geven, niet om eten, om slaap, om een wasbeurt, noch om vastgeketend te zitten aan een ketting die het vel van zijn enkels schraapte. Dag in dag uit zat hij met zijn gezicht begraven in de paperassen, zonder acht te slaan op het eten dat op het bord naast hem stond aan te koeken, op de kloostermeisjes die door het raam kattebekken trokken om nog een krokodillewoede te ontketenen, die stonden te joelen om te kijken of ze de Hagedissejongen op stang konden jagen. De Hagedissejongen was zich nergens van bewust; hij hoorde en zag alleen het geritsel van de papieren bewijzen voor zijn neus, voelde niets, zelfs niet zijn eigen kromgegroeid rug, zijn dijen en enkels gezwollen van het nietsdoen. Zijn billen, plat geworden van te veel zitten. Hij leek zelfs de natte likken van de wasserijlucht die hem omringde niet op te merken, of het feit dat zijn handen de bladzijden omsloegen zonder huidschraapsels achter te laten, dat zijn lichaam glad geworden was van de hele dag weken in de stoom van de wasserij. De Hagedissejongen zat elke dag urenlang wezenloos voor zich uit te kijken, hij vergat alles om zich heen, verroerde geen vin en sprak geen woord, was zich slechts bewust van de slaphangende bladzijden die hij in zijn handen geklemd hield.

Dat was zijn beste verdediging, zegt mijn moeder, al werd ze er toen wel stapelgek van. De meisjes, de nonnen, de conciërge en de Oude Priester die elke dag op kwamen draven, die stonden te wijzen en te staren en te fluisteren, die onsamenhangende uitroepen slaakten als *Labiel*, *Arme stakker*, *Te jong* en *Spastisch*, werden zelfs mijn moeder te veel. Eerst ging de Hagedissejongen op haar aanmoediging nog rechtop staan, schraapte zijn keel en bood op ernstige, hoopvolle toon zijn excuses aan. Toen het gefluister daarop geschokt ophield om even later weer dubbel zo hard aan te zwellen, zakte zijn rechte rug in onder het verdubbelde fluistergewicht en hervatten zijn ledematen hun hagedisachtige kruiphouding. Zijn gezicht liep rood aan, net als op de dag dat de krokodillewoede losbarstte. De Hagedissejongen keerde het gefluister de rug toe en schakelde zichzelf eenvoudigweg uit.

'Te veel trots,' gaf mijn moeder hem op zijn kop toen iedereen weg was. 'Bewaar trots voor volgende keer, zegt mijn aangenomen moeder. Voeg trots toe aan wraak. Te veel trots, dat helpt je niets. Dan blijf je opgesloten, vastgeketend.'

Maar de Hagedissejongen deed net of hij niets hoorde. Urenlang oefende hij zich in het vergeten, elke dag weer. Hij zat op zijn hurken en werkte zich gestaag door de stapel boeken en

tijdschriften heen die de conciërge voor hem in de wasserij
legde, boeken die hij stiekem gered had uit de stapels beschadigd of ongeschikt bevonden leesmateriaal dat de kloosterbibliotheek ten geschenke had gekregen, dat de nonnen opzij
gelegd hadden om te verbranden. Elke week reed de conciërge
zijn met de aanstootgevende boeken en ongewenste tijdschriften beladen kruiwagen in een meanderende route langs behoedzame pilaren om steelse bochten naar de wasserij, waar
hij door de camouflage van heggesnoeisel heen dook en ze aan
de voeten van de Hagedissejongen opstapelde.
'Hoe is het met je, Zoon?' vroeg de conciërge dan hoopvol,
maar zijn hoopvolle gezicht betrok als hij de gaapkakige glimlach van de Hagedissejongen zag. Witte zorgharen ontsproten
aan zijn hoofd bij het gekruip van de Hagedissejongen.
'Dank u, Oom,' zei mijn moeder, en ze keek woedend naar de
capriolen van de Hagedissejongen, het hagedissegeklik dat
zijn enige reactie uitmaakte.
Als de conciërge weer wegging, zijn zweetdoek tussen zijn
verschrompelende handen draaiend met vingers die steeds
gerimpelder werden van de spanning van zijn wekelijkse bezoekjes, begon de Hagedissejongen begerig in de stapel te
graaien. Hij bladerde door de gehavende kinderbijbelverhalen
vol kinderlijke tekeningen en commentaren die te min waren
voor de bibliotheek. Hij beduimelde de vulgaire keukenmeidenromans die voor de grap aan het klooster gestuurd waren
en die de nonnen onder uitroepen van walging hadden doorgenomen en tot de brandstapel veroordeeld. Hij verslond de
spionage- en detectiveverhalen, boog zich over de nieuwste
modebladen van overzee, verbaasde zich over de slecht gedrukte circulaires die tussen onverwachte bladzijden uitdwarrelden, vol kleine lettertjes die hij haast niet ontcijferen kon,
met woorden en uitdrukkingen die hij nooit eerder gehoord
had. *Iets koloniaals*, zeiden de circulaires. *Exploitatie. Zelfbeschikking. Verenigd verzet. Noodzakelijke geheime actie.*
De Hagedissejongen hield de circulaires fronsend tegen het
licht. Hij keerde ze om en om, las ze voor aan mijn moeder,
die alleen maar haar schouders ophaalde en hem een woedende blik toewierp. De Hagedissejongen las vluchtig de
schaarse kranten die de wasserij bereikten, hij bestudeerde de
uit gespikkelde vliegtuigen neergedaalde pamfletten die waarschuwden tegen illegale bijeenkomsten, tegen het verstrekken
van voedsel aan vreemdelingen en mensen die als onruststokers te boek stonden, tegen dreigende bandieten- en commu-

nistenopstanden, bandieten- en communistenboeven. *Geef het op*, zeiden de pamfletten. *Amnestie voor onmiddellijke overgave.*
Toen de Hagedissejongen vroeg wat dat allemaal betekende, haalde mijn moeder alleen maar haar schouders op. 'Het gewone soldatengedoe, zegt mijn aangenomen moeder. Zolang ze ons niet storen, zolang er voedsel binnenkomt, is er niets aan de hand.'
De Hagedissejongen verslond de amateurnieuwsbladen met vegen oerwoudaarde of keukenvetvlekken, de zorgvuldig geschreven boodschappen-van-hand-tot-hand die ze hem afwezig overhandigde: clandestiene blaadjes die elke morgen vlug in haar mand werden gestoken als ze door de straten van de stad naar het klooster liep, papieren die in nietsvermoedende zakken werden gepropt, die werden gebruikt om steelse marktgroenten in te verpakken. Blaadjes vol dringende oproepen tot actie, die als ze zich omdraaide van niemand leken te komen. In die dagen voordat mijn moeder christen werd, gonsde de stad van de fluisteringen van elkaar bestrijdende pamfletten. Die dagen voordat ze christen werd, werden later bekend als de Papieroorlogen. Zelfs de Hagedissejongen hoorde de papieren fluisteringen vanuit zijn hoek van de wasserij, hij werd steeds opgewondener naarmate hij meer las. Door de papieren fluisteringen raakten de fluisteringen van de Oude Priester, de conciërge, de nonnen, de kloostermeisjes nog verder van hem af. Het scheen mijn moeder toe dat hij de verschillende stukken papier verslond, dat hij zich door kranten, voorleesboeken, middeleeuwse ridderverhalen, circulaires, en als er niets anders was zelfs door waspoederverpakkingen heen at. Af en toe sleepte hij zijn ketting naar de deur van de wasserij om naar de zoom van het oerwoud te staren. De ratjetoe van romans, pamfletten, bijbelverhalen, modebladen van overzee, clubblaadjes en neergedaalde circulaires maakten de Hagedissejongen zo duizelig, dat hij bijna geen adem kon halen.
'Hè,' mopperde mijn moeder, 'altijd en eeuwig die paperassen voor je gezicht! Je bent liever gek dan dat je zegt dat je er spijt van hebt.'
'Wat!' riep de Hagedissejongen uit. 'Ik heb gezegd dat ik er spijt van heb, maar ze geloven me niet. Hoe vaak moet ik het zeggen? Ik zeg geen krokodilledrift meer, maar zij zeggen: niet laten gaan. Zie je de non komen met de sleutel? Als ik dat zie, dan zal ik lopen, zal ik praten, net als zij lopen en

praten. Zal ik net als mijn vader naar de grond kijken als de Oude Priester boos is. Hem de andere wang toekeren. Aiya, doe niet zo! Wees niet boos. Ik wil alleen maar zien of zij meer wilskracht hebben dan ik. Als ze denken dat ze een krokodil hebben, goed! Dan hebben ze een krokodil. Als ze denken dat ze een mens hebben, dan hebben ze een mens. Het gaat erom wat zij denken. Zij hebben de sleutel. Nu blijf ik hier uitrusten. En wat lezen. Helpen met de was. Voor de gezelligheid. Geen probleem voor jou, of voor mij. Geen probleem, toch?'
'Je bent gewoon koppig,' zei mijn moeder en zette Grootmoeders tijgerblik op. De Hagedissejongen rammelde gedwee met zijn ketting. 'Wat je zegt slaat nergens op. Wilskracht, poeh! Jij denkt dat je vecht om wie de meeste wilskracht heeft. Jij denkt dat ze het zielig vinden, jij hier aan de ketting. Alsof dat hun iets kan schelen! De enige die het zielig vindt ben je zelf.'
Voordat mijn moeder christen werd, geloofde ze net als Grootmoeder dat je door iemand de mantel uit te vegen zijn vechtlust aanwakkert: in vechten om te winnen. Ze geloofde in gebalde vuisten als ze met haar rug tegen de muur stond, in een tijgergebrul als haar gebrul het enige was dat ze nog had. Ze geloofde dat ze de ketting uit het cement moest wrikken als het nodig was, aan de schakels trekken tot haar handen bloedden om niet haar gezicht te verliezen. Maar Grootmoeder had mijn moeder ook de waarde van het wachten bijgebracht. Het leven was een strijd met overwinnaars en verliezers, maar de sleutel tot het succes was niet de sleutel van de nonnen, die je met wilskracht en vertoon van trots moest zien los te peuteren van het koord om hun middel. De sleutel tot het succes was het juiste moment af te wachten. Zij die wachtten en uitkeken en plannen smeedden en luisterden, zouden winnen. Verlies van gezicht nu zou dubbel en dwars worden herwonnen in de dagen die komen gingen, en lopen als de nonnen, praten als de nonnen, niet gek maar normaal, maakte deel uit van het plan. De Hagedissejongen handelde helemaal in strijd met de gedragsregels, de regels om te leven zoals Grootmoeder haar die geleerd had. In haar ergernis zwiepte mijn moeder de natte lakens tegen hem aan toen ze langs hem liep.

Dag in dag uit zat de Hagedissejongen in zijn hoekje. Het werd zelfs voor de noodlotsdemon steeds moeilijker om hem wakker te schudden uit zijn trance. Toen de conciërge en de Oude Priester een bed naar zijn hoek sleepten, kroop hij eronder tot ze weer weg waren. Hij schopte de kussens en de dekens op de grond en bedolf het bed onder stapels boeken, papieren en pamfletten, uitgezocht naar bewijskracht en waarheidsgehalte. 'Dit is zwaarder,' zei de Hagedissejongen peinzend terwijl hij het op zijn hand woog. 'Moet waar zijn. Dit heeft mooier papier, een buitenlandse naam op de kaft, moet waar zijn. Dit boek heeft mooie kwaliteit drukwerk – waar!' Als hij klaar was, gooide hij de stapels om, schudde alles weer door elkaar en begon opnieuw. 'Dit is met de hand geschreven, ongeoefend handschrift, met zorg overgeschreven. Zoveel werk – moet waar zijn. Dit gehavend, vol kreuken en vouwen, bijna gescheurd. Onder de vetvlekken, vingerafdrukken, hier zelfs opgedroogd bloed. Van hand tot hand gegaan, hier staat: *Geef door aan uw vrienden!* Door zoveel mensen gelezen – moet waar zijn!'

Als de Hagedissejongen klaar was, begon hij opnieuw. Hij ging zo op in zijn stapels papieren waarheid en bewijzen, dat hij mijn moeder nauwelijks meer opmerkte, evenmin als de zeeziekte die hen beiden met wonderlijke tussenpozen overspoelde, of het hardnekkige gesis van hun ongeluksbloed. De Hagedissejongen raakte het eten of het water dat voor hem werd neergezet nauwelijks aan, hij sleepte zijn ketting nauwelijks nog naar het toilet, leek nog nauwelijks adem te halen. Zijn lichaamsfuncties leken terug te lopen. Zijn vlees kromp tegen zijn botten; zijn botten, verpakt in gekrompen vlees, leken nieuwe proporties aan te nemen: zijn ledematen korter zodat zijn armen en benen stomp werden, zijn ruggegraat langer zodat hij er uit bepaalde hoeken uitzag alsof hij een staart kreeg. Zijn teen- en vingernagels werden krom en puntig, de botten van zijn gezicht werden langer, staken uit boven zijn wenkbrauwen, persten zijn wangen in holle hangwangzakken. De huid van de Hagedissejongen, die op sommige plekken strak en op andere gerimpeld was, werd nu op sommige plekken gladgestreken door de stoom en op andere leerachtig geribbeld en gebarsten. Zijn ogen kregen de verrassende vastheid van zwarte, stralende edelstenen.

'Je bent gewoon koppig!' riep mijn moeder uit, maar naarmate de dagen verstreken, merkte de Hagedissejongen haar steeds minder op.

'Als je niet ophoudt, verander je nog,' zei ze woedend, en er gleden tranen uit de hoeken van haar woedende blik, maar dat kon de Hagedissejongen nauwelijks schelen.

'Laat me met rust,' mopperde hij. 'Ik ben bewijzen aan het uitzoeken.'

'Mijn aangenomen moeder zegt dat je op deze manier snel aan je volgende levenscyclus toe bent,' gilde mijn moeder, in de hoop de Hagedissejongen uit zijn trance te gillen. 'Je bent zo meelijwekkend, zegt ze, dat je maar eerder moet gaan, zonder krododillewoede, zonder gedoe!'
'Aiya, niet zo schreeuwen. Niet boos zijn. Je ziet toch dat ik het druk heb?'
Hoewel de conciërge en soms de Oude Priester nog steeds hun wekelijkse bezoekjes brachten, zag geen van beiden dat er iets mis was. 'Pater, kijk eens hoeveel beter het met hem is!' smeekte de conciërge. De Oude Priester, die ingewijd was in het kruiwagengeheim van de conciërge, bracht nieuwe boeken van zichzelf mee voor de Hagedissejongen, die hij nonchalant boven op de stapels met uit te zoeken bewijzen gooide. Mijn moeder drentelde om hen heen met een wit gezicht en een bezorgde blik, en hij vroeg haar vriendelijk wat er aan de hand was. Hij staarde mijn moeder met zijn enigszins lege blik aan. 'Pater, Oom,' flapte mijn moeder eruit, 'haal alstublieft die ketting weg, anders is het te laat. Hij verandert al!'
De conciërge en de Oude Priester keken haar met grote ogen aan. 'Wat zou dat?' vroeg de Oude Priester. 'Zijn ketting is lang genoeg, de jongen mag toch wel eens van plaats veranderen?'
'Hij – hij verandert in een – in een krokodil!' stamelde mijn moeder met een blik zo boordevol angst, dat de Oude Priester onmiddellijk aan haar voorhoofd voelde of ze soms koorts had. Hij verklaarde haar overwerkt en beval haar naar huis te gaan om tot rust te komen.
'En kom niet terug voor je beter bent!' riep de Oude Priester haar na.
Toen mijn moeder de volgende dag terugkwam, had ze mijn grootmoeders speciale geestenhakmes bij zich. Het lemmet glom onder de zoutlaag die altijd weer terugkwam, hoe vaak Grootmoeder het mes ook schoonboende. Het verkoolde heft, dat zo vaak met bloed en drek van geesten bespat was, brandde ijzig in haar hand. Mijn moeder staarde een ogenblik naar de Hagedissejongen, met samengeknepen ogen, haar hand verbrand. De Hagedissejongen merkte het niet. Hij zat net als anders op zijn hurken bewijzen uit te zoeken zonder acht te slaan op zijn omgeving, toen mijn moeder met één houw de ketting doorkliefde. Grootmoeders mes sneed door het geroeste metaal als door water. Toen de ketting in tweeën lag, maakte de Hagedissejongen een sprongetje van schrik en

stootte daarbij zijn stapels bewijzen om. Ontsteld staarde de Hagedissejongen naar zijn langer wordende ledematen, zijn korter wordende ruggegraat, zijn gezicht dat tot zijn normale afmetingen inkromp. Zijn huid trok zijn taaie ribbels glad, zodat hij nog slechts een geschrokken jongen leek. De Hagedissejongen viel van verbazing van het bed.
'Wat heb je gedaan?' riep hij uit. 'Ik ben nog niet klaar!'
'Mijn aangenomen moeder,' fluisterde mijn moeder, 'zegt dat je moet vechten als je iets wilt. Ervoor moet werken. Het heeft alleen zin om te gaan zitten afwachten als je een plan hebt. Als je het aanstuurt op een groter gevecht. Zonder plan is wachten zinloos. Tijd om te gaan.'
'Waarheen?' vroeg de Hagedissejongen.
'Overal beter dan hier, zei je zelf. In de paperassen beter dan hier.'
'Doe terug,' smeekte de Hagedissejongen en stak haar zijn enkels toe om de ketting erom te doen.
'Te laat. Al doorgesneden. Dit is een speciaal mes, snijdt alles. Het is een geestenmes, een spookmes, afkomstig van gene zijde. Eenmaal iets kapotgesneden kan het niet meer gemaakt. Hier, neem maar mee, draag het overal, dan loop je geen gevaar. Hoef je niet bang te zijn.'
'Waarheen?' riep de Hagedissejongen uit.
'Aiya, waar je maar wilt!' schoot mijn moeder uit haar slof. 'Hoe moet ik dat weten? Echte levende bewijzen uitzoeken, geen papieren bewijzen. Aiya, je moet het zelf weten! Maar die ketting is kapot – kan niet meer gemaakt.'
De Hagedissejongen strekte verwonderd zijn ledematen die weer net zo lang waren als vroeger, hij luisterde maar half. Hij streek met zijn handen over zijn gladde huid en wreef voorzichtig over zijn achterste om te kijken of de puntige staartknobbel echt verdwenen was. Hij verhief zich uit zijn hagedissezit om gewoon te gaan lopen, wiebelde voorzichtig met zijn ongeketende voeten. Om hem heen lagen de stapels boeken, kranten en pamfletten er verkreukeld en omgevallen bij. 'Goed,' zei de Hagedissejongen plotseling. 'Ik ga.'
Die avond, voor sluitingstijd, nadat de nonnen en de Oude Priester zich te rusten hadden begeven en kloostermeisjes met z'n allen op hun slaapzalen zaten; nadat de vuren in de wasserij gedoofd waren en de tobbes schoongeschuurd van het vet en de pluisjes die uit de lakens van een honderdtal met zweet doorweekte kloostermeisjesdromen waren gewrongen, en de gasknoppen uitgedraaid, de lampen gedoofd, zetten mijn moe-

der en de Hagedissejongen zijn bed op z'n kop. Ze trokken zijn beddegoed aan flarden en wurmden de ketting los uit het cement met Grootmoeders geestenhakmes. Ze gooiden de gescheurde lakens en kussens, de stukken ketting en de boeken en paperassen van de Hagedissejongen in de lucht in een wirwar van gerinkel, veren en geruis. De demon die in hun ongeluksbloed siste, liet hen door de wasserij stuiven in een imitatie van de krokodillewoede van de Hagedissejongen, in eerbetoon aan een gek geworden oerwoudwind. De noodlotsdemon joeg zijn gelach, wild en onstuimig, door hun verstrengelde handen. Hij bulderde klapwiekend om hun hoofd. Die avond, net na zonsondergang, toen mijn moeder terugkeerde van haar afleidingsmanoeuvre voor de conciërge op zijn zonsondergangsronde, stonden ze zij aan zij in de deuropening en keken naar de puinhoop.
'Aiya, veel op te ruimen morgen,' zuchtte mijn moeder.
'Ik ga,' zei de Hagedissejongen.
'Ja,' zei mijn moeder. 'Ga.'
'Ik kom anders terug,' pochte hij. 'Herken je me dan?'
De hoeken van mijn moeders mond trokken met zoveel vastberadenheid, zoveel gewicht naar beneden, dat ze ze onmogelijk omhoog kreeg. 'Je komt niet terug,' zei ze. 'Zo leuk, bewijzen uitzoeken.'
'Dan heb ik een andere naam,' ging de Hagedissejongen verder, en hij grijnsde een weifelige grijns. 'Weet je die dan?'
'Als jij hem me vertelt, zal ik hem weten.'
'Dat is te gemakkelijk,' zei de Hagedissejongen. 'Je moet hem raden.'
Mijn moeder keek ernstig toe hoe hij over het prikkeldraad glipte, weg van het klooster, het oerwoud in, met Grootmoeders speciale geestenhakmes bungelend om zijn middel. De slecht gedrukte circulaires staken in gekreukelde flappen uit zijn zakken. In plaats van huidschilfers wervelden er veren van de opengereten kussens in een zilveren wolk om zijn hoofd. Zijn benen waren lang en knokig, zijn gezicht stond weemoedig. Hij wuifde eenmaal, en draaide zich toen om. De volgende ochtend gooide mijn moeder de deur van de wasserij open en gilde haar longen uit haar lijf. Ze rende naar de vleugel van de nonnen om alarm te slaan.

Grootmoeder zegt: *Sommige geesten zijn moeilijk te herkennen. Het zijn meesters in de vermomkunst die zich vrijelijk onder de mensen mengen. Andere geesten zijn niet zo vrij.*

Die kunnen hun mensengedaante slechts met de grootste moeite behouden en moeten er voortdurend voor waken dat ze herkend worden, dat er brokken geest zichtbaar zijn of stukken mens afvallen. Mensen die zich onder de geesten begeven, hebben hetzelfde probleem. Alleen machtige wijze vrouwen durven dat, want geesten hebben scherpere ogen dan mensen, een scherpere neus, scherpere tanden. Als een gevangengenomen geest je vijand is, moet je elk voordeel dat je hebt extra vlug gebruiken. Gevangengenomen geesten zijn in de war, niet gewend aan hun nieuwe omgeving en de mensengedaante waarin ze gevat zijn. Dé manier om je van een gevangengenomen geest te ontdoen is hem te verbranden. Steek al zijn stukken geest in brand, een knobbel vlees die je uit zijn nek gerukt hebt, een haarlok van zijn hoofd, een geestenmes uit zijn riem; een achtergelaten geestengewaad op de oever van een rivier. Alles wat hij bij zich draagt van gene zijde. Laat geen stuk onverbrand, gebruik voor de zekerheid nimmer falende lucifers en geestenverbrandende kaarsen. Onverbrande stukken bij elkaar geven een halfgebakken vloek. Van machtige wijze vrouwen is bekend dat zelfs zij deze fout maakten voordat ze de kunst helemaal meester waren, wat hun duur is komen te staan. Net zoals de mannen uit deze streken graag geesten vangen, zijn er ook geesten en spoken die graag mensen vangen. Vroeger kende elk stadskind het teken Wend u af! *om geesten op kinderjacht te verdrijven. Met name mooie vrouwen en kinderen lopen gevaar. Er was eens een mooi jong meisje dat niet goed op haar woorden paste. Op de verjaardag van de Koning van de Zeegeesten stond ze naar zijn stoet familie te kijken die langstrok. Het meisje staarde naar de beeltenis van de jongste zoon van de Zeekoning. 'Wah!' riep ze impulsief. 'Wat knap is die! Als ik zo'n man kende, zou ik met hem trouwen.' Die nacht verscheen er een knappe vreemdeling aan haar bed. Het meisje werd 's ochtends uitgeput wakker van een mooie droom. Naast haar waren de lakens ingedeukt in de vorm van een standbeeld. Elke nacht verscheen de knappe vreemdeling, elke ochtend werd het meisje nog vermoeider wakker dan voor ze ging slapen. Ze werd broodmager. In de stad deed het nieuws de ronde dat de jongste zoon van de Koning van de Zeegeesten elke nacht van het altaar in de tempel verdween. Toen het meisje stierf, bleef het standbeeld eindelijk op zijn plaats. In de jaszak ervan zat een stukje van haar jurk weggestopt.*

De rijke man praatte vol tederheid tegen de geliefde, Lelie, Lelie, maar ze was nooit aardig. Ze keek hem nooit aardig aan. Ze staarde door hem heen, ze wendde haar gezicht naar de muur. Op het land liep de geliefde als liep ze over de onvaste deining van de zee. Ze hield haar hoofd schuin bij elk waterig geluid, bij zand dat van de kruiwagens van de arbeiders af liep, een windvlaag door de oerwoudbladeren. Ze lag lange uren te luisteren naar golvende geluiden. Ze stond niet op om zich aan te kleden, ze at of sliep nauwelijks, verroerde zich nauwelijks. Haar glanzende jurk kleefde aan haar huid, haar schuingehouden hoofd was ontoegankelijk. Door wanhoop gedreven hakte de rijke man een pad uit naar het hoogste punt van zijn heuvel, zette hij zijn paviljoen op het hoogste punt zodat de geliefde de zee kon zien. Hij joeg zijn arbeiders op tot ritmische waanzin, patrouilleerde op het moeilijk begaanbare pad langs de spoorlijn om zeker te weten dat ze doorwerkten. Elke nacht reden de rijke man en zijn geliefde over de kabelspoorweg naar het hoogste punt. Ze luisterden naar het gekreun en gesteun van de kabels, het geknars van de rails. Elke nacht kwamen ze terug. Voor de zonsopgang de hemel opensneed met zoveel licht dat het de ogen van de geliefde pijn deed, hielp de rijke man haar weer terug naar zijn vleugel. Elke bult, elke kuil, elke steen onderweg zag hij aankomen. Hij hield haar dicht tegen zich aan, zodat ze niet zou vallen. Maar nog was de geliefde niet aardig.

Dus nam de rijke man haar mee naar het diepste deel van zijn landhuis, naar de kelderkamer, de oude strafkamer, waar de muren een halve meter dik waren. De muren waren uitgehakt in de heuvel waarop ze stonden: ondoordringbaar. Hier kon de geliefde niets horen, alleen haar eigen adem en de stem van de rijke man in haar oor. Hier kroop ze tegen hem aan als een kind; werd ze bewogen tot kinderlijk gedrag, tot met haar vuisten op de geluidloze muren beuken. Voor de geliefde was de duisternis van de kamer, zo diep begraven in de buik van het landhuis van de rijke man, de duisternis van een opengespleten berghelling, het middelpunt van de aarde. In die kamer liepen haar ogen niet over van hun waterige verlangen, maar van een droge, broze angst. In het licht van de kaars van de rijke man was haar angst een ding dat hij aan kon raken. Hij drukte zijn vingers op haar angst. In die kamer voelde hij niet haar kou, maar haar huid. De angst van de geliefde was iets dat opkroop en in elkaar dook, dat vastgehouden kon worden. Haar angst sijpelde in de vloer en de kieren in de muur, in de barsten in de meubels, zelfs in de lucht die ze inademden, zodat de rijke man snoof, zodat de adem van de rijke man jachtig werd en rauw. In de kelderkamer liet ze zich in zijn armen vallen. Ze sloeg haar armen om hem heen, drukte haar gezicht tegen de littekens die kriskras over zijn borst liepen. Maar nog was ze niet aardig. Als de rijke man zijn lippen eerst tegen de ene koude wang en dan tegen de andere drukte, huiverde ze. Ze wendde haar gezicht naar de muur. Dus duwde de rijke man harder; de rijke man boog haar achterover. Hij tilde haar jurk op om een patroon van knepen en beurse plekken op haar dij uit te zetten. Op haar dijen liet hij zijn rijkemanssporen achter, als keurmerken, in lagen, steeds terugkerend, diep gegrift. 'Zodat je me nooit in de steek laat,' fluisterde hij.

De rijke man kocht tovermiddelen voor de geliefde en ze dronk ze op en droeg ze, en bond ze in haar haren. Hij kleedde haar aan als een grote, welgevormde pop, drapeerde kleurrijke lappen en zijden sjaals over haar glanzende jurk. Hij draaide haar in trage cirkels in zijn armen rond. In de armen van de rijke man draaide de geliefde rond als steen. De geliefde lag onder hem als hij haar streelde, als hij zich tegen haar aandrukte, als hij hijgde en huilde en zuchtte. 'Ga zitten,' zei de rijke man, en de geliefde ging zitten. 'Ga staan,' zei hij streng, en ze ging staan. 'Draai,' siste de rijke man. 'Draai je om!' En de geliefde draaide zich om. Als zijn vingers zich in haar vlees beten, gaf ze geen krimp. Soms raakte hij haar niet aan. Dan zat hij in zijn leunstoel, omringd door achteloos in het rond gestrooide boeken die niet meer gelezen werden. Hij zat met hun ingelijste portret op zijn vlakke hand, die andere rijke man met geliefde, zij aan zij. Ze leunden vriendschappelijk tegen elkaar aan door het glas. Hun gezichten waren zo dicht bij elkaar, dat hij als hij vluchtig keek, maar één gezicht zag. De rijke man liet zich achterover in zijn leunstoel zakken met zijn rug vreemd gekromd.

'Zucht je?' zweefde de stem van de rijke man naar de geliefde toe. 'Als je zucht, gaan we naar beneden.'

Elke morgen en avond kamde de rijke man de haren van de geliefde, hij legde zijn wang ertegen en meende haar in te ademen. Hij waste haar haren met rijke oliën en kruidenaftreksels, en kloekte om haar heen als een oude kindermeid. Hij hield allerlei jurken voor haar op, die ze in een hoop aan het voeteneind van het bed liet liggen. Wat hij ook deed, de geliefde zat, of stond, of knielde, kalm en zwijgend. Soms als

hun ogen elkaar ontmoetten, beantwoordde ze zijn glimlach.
Soms staarde ze ook dwars door hem heen. Dan ging ze op het
balkon staan met haar rug naar hem toe, met haar rug naar het
oerwoud en de heuvel. De geliefde keek uit over de stad. Ze
stond met haar gezicht naar het oosten, naar de zee.

In het oerwoud kan de bullebak zijn wie ze wil. Wie ze maar
wil. Haar nachtelijke gestalte die ik volg over het pad voor me,
kan een volkomen andere gestalte, haar stem die mompelt in
het donker een andere stem zijn dan die van de bullebak. Haar
schaduwen van de lamp die ze draagt kunnen groter zijn; haar
voetstappen niet het geklos van de bullebak, maar een licht
getik van balzaalschoenen. De schoenen van de bullebak kunnen het bewijs zijn van het poetsen-met-kromme-rug van een
bediende, die het gezicht van een ieder die zich vooroverbuigt
om te kijken weerspiegelen. Haar benen kunnen benen zijn
niet voor het gestamp en geschop van de bullebak, maar om op
te tillen, pasjes te maken. Om haar lichaam over een binnen-
plaatsvloer te laten wervelen. Haar armen lang genoeg om een
slanke taille te omvatten, haar handen niet tot vuisten gebald,
maar lichtjes gevouwen om een zachtere hand. In het maanlicht kan het lichaam van de bullebak muskusachtig zijn, dan
stijgt haar geur je recht naar je hoofd; haar ogen staan donkerder, haar lippen plooien zich tot een glimlach die helemaal
niet lijkt op haar zelfvoldane bullebaksglimlach.
'Ga liggen,' zegt de bullebak. 'Ga liggen en hou je hoofd
achterover. Zo. Lager.'
De bullebak duwt mijn hoofd in het oerwoudstof. Ik lig dwars
over het pad dat ze zopas van zijn begroeiing heeft ontdaan, op
een plek op het pad die nu bol staat van de samenkomsten.
Wekenlang hebben de bullebak en ik gegraven en gewrikt en
verzameld, we hebben armenvol oerwoudkreupelhout wegge-
sleept en rotsen en stenen aan de kant geduwd. De bullebak
heeft met haar altijd scherpe mes in oerwoudbomen gehakt,
overhangende takken met één klap afgehouwen. In een paar
weken tijds hebben we een kriskraspatroon van paden gemaakt. De bullebak heeft dit deel van het pad verbreed om
een open plek te krijgen waar twee meisjes omheen kunnen
zwieren. Aangezien we al zo lang hebben gezocht en niets
gevonden, zegt ze dat dit de enige manier is: op het pad een
plek maken waar de vele sporen samenkomen. De bullebak
hoopt dat dit de plek is uit Grootmoeders verhalen, de plek
van schat en roem. Ze duwt haar vingers door mijn haar,

vlecht bladeren en verwelkte bloemen door de slierten, en vruchten met zaden die niet in hun buik groeien maar erbuiten. De bullebak lokt insekten in de val die zoemend achter mijn oren brommen. Ze draait kleine stukjes oerwoud in mijn haar, wrijft de aarde ervan op mijn huid. Ze maakt een nest voor oerwouddingen: een hinderlaag. Ik giechel bij de aanraking van haar handen, giechel om haar ernstige blik.
'Hou je mond,' zegt de bullebak, en ik houd op met giechelen. 'Ontbloot je keel,' zegt ze, en ik ontbloot mijn keel. Om de harige heuvelgeesten te laten zien dat het haar menens is, haalt ze haar mes te voorschijn. Het heft glimt grijs en misvormd in het zwakke schijnsel van de open oerwoudplek, het lemmet met zoutkorsten glanst als sterren. Mijn keel in het maanlicht is wit als een striem.
'Ssst,' zegt de bullebak.
De bullebak komt naast me zitten. Het kreupelhout kraakt onder haar gewicht, haar hart is als het hart van het nachtelijke oerwoud, dat alles vervult van zijn geluid. Het hart van de bullebak is als de oproeptrommel van Grootmoeder. Haar adem als de adem van het oerwoud, op sommige plaatsen koel, op andere heet. 'Steek je tong uit,' zegt de bullebak. 'Ik ga je tong afsnijden. Ik ga geestenaas maken van je tong en je moet stil blijven liggen. Je mag niet bewegen. Je mag geen kik geven.'
Ik steek mijn tong uit. Ik lig roerloos als de bullebak Grootmoeders roep begint op te dreunen, die de bullebak moeizaam uit haar hoofd heeft geleerd. De bullebak rilt en beeft net als Grootmoeder altijd doet als Grootmoeder oproept, haar stem breekt en bibbert in Grootmoeders stem. De bullebak spreidt haar offergaven uit: vers vlees uit de kloosterkeuken, gekookte rijst overgehouden van de maaltijden, twee kaarsen, wat hellegeld uit Grootmoeders geheime bergplaats. De lap van de Oude Priester, een handjevol knikkers, een wierookbrander uit de kapel. Alles wat de heuvelgeesten volgens de bullebak bevalt. Ze houdt haar mes als een wapen vast voor het geval dat de heuvelgeesten te opgewonden raken. Ze zoekt in de speciale verzameltas voor bladeren en wortels die om mijn middel zit naar Grootmoeders nimmer falende lucifers en geestenverbrandende kaarsen voor het geval dat.
'Ben je klaar?' zegt de bullebak. De bullebak zwaait haar mes in het rond in steeds kleiner wordende bogen en laat het dan uit alle macht neerkomen. Net op het laatste moment houdt ze in. Kerft alleen maar een dun rood lijntje. Ik doe mijn ogen

open. De bullebak glijdt met haar tong langs haar lippen. 'Niet afgesneden,' zegt ze. 'Alleen maar wat vers bloed gemaakt.'
En de bullebak zweet, zingt, steekt Grootmoeders kaarsen aan, veegt haar mes af. Ze kneed de rijst tussen haar vingers in hapjes om te watertanden. De snee op mijn tong is een draadje ijs. De bullebak doopt haar vinger in mijn bloed, smeert rode vegen op mijn hals in de vormen die ze heeft overgenomen van Grootmoeders roepvormen. De bullebak en ik concentreren ons uit alle macht. Het zweet druipt in de plooien van haar huid. Ik leun iets naar voren. Ik lik. Ik nip. De bullebak smaakt zowel scherp als zoet.
'Je moet pin-up worden,' zegt ze. 'Je ziet er verrukkelijk uit.'
De bullebak stelt haar camera in. Ze duikt weg in het kreupelhout om te wachten.

Mijn grootmoeder gelooft niet in bullebakken. Als we haar vertellen wat de nonnen zeggen, gooit ze haar hoofd in haar nek.
'Wat zeg je?' gilt Grootmoeder, met haar hand achter haar oor.
Grootmoeder kan nooit verstaan wat de nonnen zeggen. De dingen die de nonnen zeggen, gaan bij haar het ene oor in en het andere uit. Volgens Grootmoeder kunnen geesten rennen en vliegen en een storm ontketenen om ravage aan te richten, maar ze kunnen niet praten. Ze kunnen niet behoorlijk met mensentaal overweg; ze kunnen niet behoorlijk in de mensenwereld functioneren. Daarom zijn er wijze vrouwen nodig die voor hen praten en handelen. Mijn grootmoeder heeft de lippen van de nonnen zien welven en weifelen, ze heeft gekeken hoe hun keel uitzette en samentrok, maar ze heeft nooit een woord gehoord. Grootmoeder is net een radio, zegt mijn moeder, alleen afgestemd op wat ze horen wil.
'Wat zeg je?' gilt Grootmoeder.
's Avonds is het mijn taak om mijn grootmoeders haren te kammen. Grootmoeder zit dan voor ons huis en kijkt naar de avond. Op sommige avonden hangt er over de hele stad een wolk, een zachte witte wolk die langzaam maar zeker donkerder wordt, die de stadslichten weerspiegelt. Grootmoeder zucht, en haar schouders hangen slap. Niets vindt ze zo zwaar als het gewicht van een wolk. Op andere avonden zit ze met haar voeten te tikken, vol verwachting. Ze houdt het zachte leer van haar extraspeciale aantekenboek tegen haar wang, drukt het tegen haar oor alsof ze het kan horen ademen. Ze

streelt de roomkleurige bladzijden waar op een dag haar boek op zal prijken. Grootmoeder roept vrolijk naar de buren en geeft zelfs geen krimp als ik aan een klit trek. Ik trek harder. Grootmoeders haar zit vol klitten. Haar haar ontrolt zich in een zware witte slang vanuit haar nek als ik de speld eruit trek. De slang slingert langs de achterkant van haar stoel en wringt zich tot een diamant die puilt van de klitten. Ik ga achter haar stoel zitten en zet mijn kam erin.
'Langzaam!' commandeert Grootmoeder en ze prikt me in mijn benen met haar speld. 'Aan de uiteinden beginnen!'

12. De zeegeest die omkeert

Toen mijn moeder een jonge vrouw was, liep ze terwijl ze een hoek omsloeg een jonge man tegen het lijf. De jonge man draaide mee met mijn moeder, hij keek naar het haastige spoor dat ze door de regendruppels weefde naar de deur van de wasserij. Hij stond haar even na te kijken en liep haar toen achterna. Bij de deur van de wasserij struikelde hij net als zij gedaan had, over de drempel die daar was neergelegd om demonen buiten te houden. Hij leunde tegen de deur net als zij gedaan had, ademde net als zij gedaan had, en zijn hart ging tekeer als de trommel die de Oude Harige bespeelde om het bandietengezang te begeleiden, zijn keel was zo schor als die van Mat Mat Salleh wanneer de stokoude bandietenoudste probeerde te zingen. De jonge man spetterde regendruppels rond die in zilveren bogen uit zijn haren vielen. Hij schudde het druipende regenjack van zijn schouders, liep met een weifelende pas naar het midden van de wasserij waar mijn moeder met haar rug naar hem toe stond te wachten. Ze liet haar vingers over de plooien van haar hemd glijden, door de dikke zwarte lokken van haar haar. De lokken in mijn moeders nek, kortgeknipt, krulden precies zoals de jonge man het zich herinnerde. Hij liet het regenjack op zijn bundeltje vallen. Zijn mes met het lemmet met zoutkorsten gleed zonder dat hij het aanraakte uit zijn riem op de grond. De jonge man sloeg zijn armen om mijn moeder heen, hij drukte zijn lichaam tegen het hare; legde zijn hoofd op haar schouder. Zijn adem beroerde de krullen in haar nek. Mijn moeder schrok toen de jonge man haar aanraakte. Ze vlijde zich verbaasd tegen zijn armen.
'Zoals ik beloofd had,' zei de jonge man, terwijl hij de warme geur van haar haren inademde.
'Ik dacht dat je een schaduw was,' zei mijn moeder. 'Ander gezicht, ander lichaam. Moeilijk te herkennen.'
'Onze eerste ontmoeting,' zei de jonge man.
'Wat!'

'Alles is veranderd,' lachte hij. 'Wah, als nieuw. Als bij een eerste ontmoeting, alles nieuw. Naam is ook veranderd. Weet je hem?'
'Poeh! Gemakkelijk – die weet iedereen.'
Mijn moeder draaide zich om in de armen van de jonge man. Ze stonden even oog in oog, de voorhoofden tegen elkaar, op precies dezelfde hoogte. Toen duwde ze de jonge man weg. Haar hoofd was vervuld van een gebrul als van een waterval, haar maag van zeeziekte. De jonge man stond ook te schommelen op zijn benen. Zijn gezicht leek, van dichtbij, gevat in een net van zilverfiligraan. Zijn ogen waren mooi en donker. Op mijn moeders schouders schoof het noodlot behendig heen en weer, het kroop op zijn tenen, spreidde zijn vleugels. De lucht floot om hen heen, in wervelingen wasserijstoom.
'Koning Krokodil, poeh,' zei mijn moeder en duwde zwakjes tegen de armen die haar stil hielden. 'Wah, je bent weggegaan en een grote hagedis geworden, dat is alles. Doet nog steeds je krokodillegekte, rent van hot naar haar.'
'Kan nog steeds zo lopen,' zei de jonge man en hij liet haar los om het haar te laten zien, hij draaide met zijn billen net als toen, al die jaren geleden, toen hij nog vastgeketend aan de muur zat, hij kortte zijn armen en benen in en zwiepte met een denkbeeldige staart. Tranen van het lachen sprongen mijn moeder in haar ogen bij de aanblik van de jonge man die, nu zo groot en sterk, met een strak en ernstig, bijna streng gezicht, heupwiegend zijn oude hagedissegang nadeed. Lachsalvo's welden op uit haar keel, drukten haar handen tegen haar lippen om het geluid te dempen. De jonge man trok haar handen weg. Haar lach sprong te voorschijn. Op haar schouders sprong de noodlotsdemon uitgelaten heen en weer, hij trok aan haar schouders, tilde haar bijna van de vloer. 'De laatste keer dat ik je zo zag lachen,' zei de jonge man, 'was het hier een troep.'
'Ja, de hele dag schoongemaakt en nog niet schoon. De nonnen waren razend!'
De jonge man streek de haren die over haar gezicht vielen naar achteren om mijn moeders lach beter te kunnen zien. Hij liet zijn hand lichtjes in haar nek rusten. De demon die aan haar schouders zat te plukken joeg een gesis door hun ongeluksbloed dat ze eerst uitlegden als wasserijstoom. Het drukte een zucht op hun ademhaling, deed hun lach verstommen. Het drukte hun voorhoofd, toen hun wangen, hun schouders, toen hun lichaam over de volle lengte tegen elkaar;

het wond hun armen om elkaar heen in pezige bochten. Al luisterend gaven mijn moeder en de jonge man zich over aan het trekken van het ongeluksbloed en lieten zich op de warme stenen van de vloer van de wasserij glijden. Hun hoofd was vervuld van een gebrul als van een waterval, hun oren van de gierende lach van de noodlotsdemon, wild en onstuimig. Hun handen van een zorgvuldig glijden naar de natuurlijke rondingen en heuvels van hun ongelukslichamen, langs nonchalant om warme, vochtige spleten getrokken kleren, de plooien van dij en lichaam, van lippen en ellebogen, de schelp van een oor. Mijn moeders handen schuurden langs de huid van de jonge man, op sommige plaatsen gerimpeld, op andere glad. Ze gleed met haar vingers langs de vormen van oude bandietenwonden. De jonge man duwde vijf vingers in de vijf kuiltjes in haar schouder, hij kuste haar vingertop die gekerfd was met een glimlachvormig litteken. De tobbes van de wasserij bubbelden hun brouwsel van lakens en kussenslopen naast hen, de vloer was bedekt met een glibberige zilveren laag. Om hun hoofd jankte klapwiekend de noodlotsdemon.

Voordat mijn moeder christen werd, was ze ervan overtuigd dat het lot haar niet goed gezind was. Mijn moeders noodlot wapperde met zijn vleugelvormige schaduw om haar pootje te haken en te duwen, haar te laten struikelen en te porren en haar te dwarsbomen. Om te zorgen dat alles fout ging. 'Ma, het is mijn schuld,' snikte ze in de voortdenderende duisternis van de soldatentruck die hen met grote snelheid wegvoerde van het middernachtelijke spookhuis. 'Ma, mijn noodlot heeft ze aangetrokken.'
Grootmoeder en mijn moeder zaten dicht tegen elkaar aan op de vloer tussen de soldatenlaarzen. In het zwaaiende licht van de vrachtwagenlamp stond het gezicht van Grootmoeder grimmig. 'Waardeloos, waarom zo suf?' snauwde ze. 'Jouw noodlot heeft op die ongeluksplek niks in te brengen – wah, zo belangrijk ben je niet!'
Bij die woorden begon mijn moeder nog tweemaal zo hard te huilen, haar handen probeerden de snikken terug te stoppen in haar mond, de tranen terug in haar ogen. Haar kindergezicht zat onder de asvegen en het geestenverbrandingsvet.
'Aiya, Waardeloos, gebeurd is gebeurd,' zei Grootmoeder op vriendelijker toon. 'Niks aan te doen, je hoeft niet te huilen.' Grootmoeder veegde mijn moeders tranen af met haar mouw. Haar handen trilden nog steeds, maar of het van angst of van

woede was, kon mijn moeder niet zeggen. Het noodlot op haar schouders verspreidde zijn eigen vreeswekkende getril door haar lichaam, zodat zij en Grootmoeder tegen elkaar, tegen de benen van de soldaten, de achterbak van de vrachtwagen aan zaten te klapperen.
'Zit stil,' gromden de soldaten en ze trokken bruusk hun laarzen weg.
'Jawel, Heren!' riep Grootmoeder met haar fleemstem. 'Het spijt me, Eerbiedwaardige Heren, de vrachtwagen beweegt, lastig stilzitten.'
'Stil, Grootmoeder!' sisten de soldaten. 'Straks mag je praten!'
De soldaten lachten en maakten grappen, hun stem bulderde harder dan het gebulder van hun vrachtwagen. Tegen mijn moeder en Grootmoeder huiverden de andere ineengedoken lichamen, met opgetrokken schouders. Sommigen van hen huilden erbarmelijk. Grootmoeders arm gleed om mijn moeder heen. 'Waardeloos, niet huilen!' beval ze. 'Ah Ma is bij je, je hoeft niet bang te zijn.' Mijn moeder drukte zich tegen Grootmoeders zij aan. Ze kneep haar ogen dicht.
Mijn moeder heeft geen idee hoe lang zij en Grootmoeder in die vrachtwagen hebben zitten hotsebotsen over geulen en gaten, met het geritsel van jonge takken tegen hun voorbijgaan en een grommend gefluit van oerwoudwind: want wie kan de uren of minuten meten van de tijd waarin een doodsschrik wordt bevochten die bruusk met zijn laarzen schuift, en zich lachend en grappen makend over je heenbuigt? Net als duivelse tijd en dode tijd duurt de tijd van een doodsschrik vergeleken bij dagelijkse mensentijd ofwel te lang, ofwel te kort. Toen ze ten slotte uit de vrachtwagen gesleurd werden en te midden van de groep haveloze mensen met hun ogen stonden te knipperen tegen de schijnwerpers van een gegalvaniseerd gebouw, had mijn moeder het gevoel dat het gehots en gebots van de vrachtwagen die een minuut tevoren nog voor eeuwig had gehotsebotst, in werkelijkheid in een mum van tijd voorbij was. Mijn moeder stond daar met haar ogen te knipperen. Overal waar ze keek, knipperden geweren en prikkeldraad terug. Grootmoeder hield haar stevig bij de hand. In de vrachtwagen bracht de duisternis van haar dichtgeknepen oogleden de duisternis terug van het middernachtelijke spookhuis, met zijn schaduwen en zijn doorkijkgestalten die zich met de handen in de zij omkeerden en haar aanstaarden. Geestenverbrandingsgeuren drongen haar neusgaten binnen,

de jammerlijke kreten van gevangen geesten haar oren, en elke keer als ze met haar ogen knipperde, zag ze Grootmoeders gezicht, grimmig en vreeswekkend, en Grootmoeders handen, waaruit haarlijntjes licht ontsprongen. Het middernachtelijke spookhuis achter mijn moeders oogleden flakkerde haar ogen wijd open. Maar toen ze haar ogen eenmaal open had, maakte het zwaaien van de vrachtwagenlamp over niet minder grimmige of vreeswekkende gezichten, niet minder jammerlijke kreten, niet minder wanhopig gewrongen handen, en de bruuske laarzen en bulderende lachsalvo's van de soldaten, dat mijn moeder ze gauw weer dichtkneep. Ze leek in de vrachtwagen heen en weer te zwaaien als de vrachtwagenlamp, aan een scharnier: tussen ogen dicht en ogen open. Voor mijn moeder gingen de nacht dat ze het gegalvaniseerde gebouw moesten betreden, en de lange dagen en vele nachten daarna, allemaal voorbij in de doodsschrik van die voortdurende zwaaibeweging. In het dreigende licht van de schijnwerpers verlangde ze naar de heen en weer slingerende schaduwen van de vrachtwagen. In hun zwarte cel, tussen andere opgepropte lichamen gepropt, verlangde ze naar het alles overspoelende licht. Mijn moeder rilde, koortsig. Alles om haar heen zwaaide. Alleen Grootmoeder naast haar was onbewogen, huilde niet en wrong niet haar handen. 'Waardeloos, Ah Ma is bij je, niet bang zijn!' Alleen Grootmoeder was als een rots. 'Heren, neem haar niet mee,' smeekte ze. 'Het is nog een kind, een waardeloos kind. Aiya, Eerbiedwaardige Heren, kijk naar haar gezicht! Ze is nu al halfdol van angst. Kan het kwaad om haar bij haar oude moeder te laten?'
'Goed dan, Grootmoeder,' zeiden de soldaten vriendelijk. 'Blijven jullie maar bij elkaar. Aiya, Grootmoeder, dat meisje van jou is halfdol zei je, hè? Je hulpje zeker? Bij jou in de leer? Wah, we kunnen wel zien dat ze daar een goede leerschool aan heeft!' De soldaten wezen naar de twee krankzinnige vrouwen, ze vielen tegen elkaar aan van het lachen om hun eigen grap.
In de zwarte cel vouwde Grootmoeder mijn moeders handen in haar schoot, ze kneep haar in haar wangen en trok aan haar oren. 'Waardeloos!' fluisterde ze woest. 'Wah, Waardeloos, voor geesten ben je niet bang, maar voor deze mannen wel? Waardeloos, kom terug!' Grootmoeders gezicht was een zwarte veeg in de zwarte cel, Grootmoeders ogen twee lichtpuntjes. 'Waardeloos!' riep ze zo nu en dan, voor het geval dat mijn moeders geest van angst op eeuwige dwaaltocht was. Ze

fluisterde verhalen in mijn moeders oren, zong met haar krakerige Grootmoedersstem flarden van volksliedjes, marskramersliedjes en bandietenliedjes. Ze trilde terwijl ze ingewikkelde kunsten uitdacht om wraak te nemen, om haar gezicht terug te krijgen.
'Ma, zoveel soldaten, zo'n grote plaats, hoe kan Ma die allemaal vervloeken?'
'Die niet, sufkop. Aiya, dat zijn gewoon mannen. Denk je dat die de vijand zijn? Waardeloos, die kunnen niet eens zien! Wij laten hen met rust, zij laten ons met rust. Hebben ze ons ooit eerder meegenomen? Het enige wat ze wel meegenomen hebben, is het rode pakketje. Moet je ze zien! Kijk hier.' Grootmoeder lichtte een hoekje van haar hemd op en liet het heft van haar geestenverdrijfstersmes zien. 'Zelfs dit kunnen ze niet vinden.'
Mijn moeders ogen sperden zich open. 'Ma, ze hebben alles afgepakt...'
'Speciaal verstopplaatsje,' zei Grootmoeder. 'Kunnen ze niet vinden.'
Voordat mijn moeder christen werd, was ze overtuigd van de noodzaak tot verstoppen. Ze was overtuigd van de noodzaak om haar hoofd te buigen, om nu onderdanig te antwoorden 'Ja Heren, ja', en later haar hoofd op te heffen. Later haar gezicht terug te krijgen. 'Waardeloos, niet huilen!' waarschuwde Grootmoeder. Grootmoeder en mijn moeder kropen dicht tegen elkaar aan in de zwarte of de verlichte, in de volle of de lege cel, en wachtten tot een kentering in het patroon hen weer weg zou sturen. Wakend of slapend knarste Grootmoeder met haar tanden. Grootmoeders handen verdraaiden zich tot vuisten.
'Dat is de nonnen hun dank voor bewezen diensten!' riep Grootmoeder uit.

Jaren later, toen mijn moeder christen werd, keerde ze haar leven van zondige geestenverdrijverij, van vechten met de duivel, van voor Grootmoeder de nonnen bespioneren de rug toe. Mijn moeder ging op bijbelles zonder het aan Grootmoeder te vertellen. Haar dagen op het klooster werden gehuld in een troostende gloed. De nonnen wiegden haar smart in hun zachte witte handen, en zelfs toen ze ontdekten dat ze niet voor het geestelijke, maar voor het gezinsleven in de wieg was gelegd, schreeuwden ze niet en zetten haar niet op straat. Dus verdroeg mijn moeder Grootmoeders geraas en getier in stilte, trok ze haar schouders op tegen haar slagen. Het visioen van

de Maagd Maria dat haar kwam redden toen ze diep in de put zat, hield mijn moeder op de been. 'sAvonds of 's morgens vroeg, als ze rustig zat of stond, kwam het visioen soms terug. De Maagd Maria verscheen met een vage geur van rook en metaal, de schoensmeer van gepoetste laarzen. Ze gleed te voorschijn uit een donkere steeg, glimlachend, met uitgestoken hand. Mijn moeder strekte haar hand uit naar dat visioen als naar een geheim, ze wiegde het in de palm van haar hand. Ze drukte het tegen haar buik waar dat andere geheim groeide, haar krokodillegeheim, dat niets met mijn grootmoeder te maken had. Dat Grootmoeder van de vroege ochtend tot de late avond aan het razen en tieren maakte, en dat haar zelfs nu nog rillingen bezorgt als ze mij naar een gebied stuurt dat wemelt van de krokodillen, het klooster, het oerwoud, bepaalde delen van de stad. Het visioen van de Maagd Maria in de straten van de stad vervulde mijn moeders gezicht met een licht waar Grootmoeder met grote ogen naar keek. Als Grootmoeder haar het huis uitjoeg, ging ze rustig biddend op de stoep zitten wachten tot het tijd was om het eten klaar te maken en Grootmoeder haar weer binnen liet. Grootmoeder zat luidkeels te mopperen tegen mijn moeders rug.
'Waardeloos!' tierde ze. 'Eerst haal je mijn mes weg. Geef je dat aan die Hagedissejongen, die bandiet – die krokodil! Dan ga je dagenlang lopen zonder te zeggen waar. Dan wordt je buik dik. Nu wil je net zo worden als zij! Aiya, heb ik daarvoor opgeleid? Om net zo te worden als zij? Wie zal me nu helpen met mijn werk? Waardeloos, je moeder is oud. De zaken gaan al zo slecht dat we er aanhoudend achteraan moeten zitten. Waar moeten we van eten?'
'Ma, vergeef me.' Mijn moeder hakte handig en snel de groente voor het eten, mikte oneetbare wortels en uieschillen met een ritselende boog in de gootsteen. Mijn moeders buik rekte haar hemd uit, plette zich tegen de gootsteen. Ze schuifelde met haar pijnlijke voeten, wierp een blik op Grootmoeder die in haar hoekje van de keuken bij de kachel zat.
Grootmoeders gezicht stond eerder moe dan boos. 'Weet je nog wat je beloofd hebt?' vroeg ze, terwijl ze mijn moeder zijdelings aankeek. 'Weet je nog dat je beloofd hebt dat je Ah Ma terug zou betalen...'
Mijn moeder verhardde haar lever en vatte moed. Ze gebruikte de vaste stem van de nonnen. 'Ma, ik heb beloofd dat ik voor Ma zou zorgen. Ik ga werken zodat we kunnen eten. Ander werk, geen geesten verdrijven. Wasserijwerk, hele da-

gen, niet meer in het klooster rondsnuffelen. Geen lessen meer. De nonnen betalen goed.'
Grootmoeder staarde naar het uitgerekte hemd over de buik van mijn moeder. 'Ha!' snoof ze en schurkte zich nog wat behaaglijker in haar stoel. 'Waardeloos, je gaat me binnenkort terugbetalen! Aiya, die oude bordeelhoudster had toch gelijk hè? Dat je noodlot me heeft besmet?'
Toen mijn moeder christen was geworden, kreeg ze een schone lei. In tegenstelling tot Grootmoeder geloofde ze niet meer in herinneren. In plaats daarvan hield mijn moeder zich aan een vage, hagedisachtige vergeetachtigheid, vestigde ze haar hoop niet op mensen, of op het geheugen, of op herinnerd worden, of op goden en geesten omkopen om een vredig leven en hiernamaals te krijgen, maar op de beloofde hemelse vrede. Op de lege ruimte van de hemel, waar je vertoefde in vreugdevolle contemplatie, waar geen schaduwen op de loer lagen. Geen vijand scheen mijn moeder met haar voorbije leven in de ogen. Geen moment van een oogopslag of een eeuwigheid lang wachtte tot ze een hoek omsloeg. Mijn moeder geloofde niet meer in de macht van tovermiddelen en tijgerblikken om het leven soepel te laten verlopen. Boetedoening en vasten, daar hield zij zich aan, en heilige levitatie, en het bestaan van slechts één God die een licht was als een stralend gezicht in een donkere steeg. Als een teken van zonlicht op een muur. Zo fel als vuur. Mijn moeders geloof was stevig gegrond in het vriendelijke gezicht van de nonnen, in hun kalmerende stem en in de bijbel waaruit ze haar elke avond leerden te lezen, in Jezus, de heilige Maagd en alle heiligen. De heilige Antonius voor het vinden van verloren voorwerpen, de heilige Rita voor het verhoren van onmogelijke gebeden, de heilige Maria Goretti voor vrouwelijke bijstand en de heilige Maagd Maria voor speciale voorspraak. Toen mijn moeder christen was geworden, hield het huilen om haar verdwenen man op. Mijn moeders geest hield op met huilen. Ze zat met droge ogen naast de Oude Priester in de kapel, en luisterde naar zijn fabelachtige bijbelverhalen en de gezegden als leidraad voor een christelijk leven. De kindbullebak zat aan hun voeten. Naarmate de weken verstreken, werden de verhalen en gezegden van de Oude Priester steeds warriger. Steeds vaker keek hij lange momenten zwijgend voor zich uit naar de plek zonlicht op de muur, net boven mijn moeders linkerschouder. Hij wees naar het plafond van de kapel, waar gouden gestalten in het rond tolden en fladderden.

'Wat gebeurde er toen?' kuchte de bullebak beleefd, terwijl ze de Oude Priester tegen zijn knie porde. 'Wat toen, Pater? Wat gebeurde er toen?'
De Oude Priester legde zijn hand op haar hoofd. Hij wuifde de nonnen weg als ze hem kwamen roepen voor de maaltijd, at alleen noten en oerwoudvruchten, dronk kleine slokjes regenwater uit een gebarsten glas. Hij vroeg de bullebak hem het oerwoud in te helpen om oerwoudwortels op te graven, waar hij dan geduldig op kauwde. In het oerwoud sloeg de Oude Priester zich op zijn blote rug met doornige twijgen, die geen striemen of bloedsporen achterlieten. De bullebak keek naar het zwiepen van de oerwoudtakken, ze betastte hun doornen met haar vingertoppen; liep op speldeknoppen bloed te sabbelen. Op die laatste oerwoudexpedities, net voor het tot iedereen doordrong dat de Oude Priester stervende was, namen ze nog zijn oude boxcamera mee en schoten in het wilde weg foto's zodra de Oude Priester stil bleef staan. De Oude Priester hijgde en pufte, wees op vergezichten terwijl hij op adem probeerde te komen. Ze daalden nog steeds de smalle trap af naar de donkere kamer, waar ze de chemicaliën mengden en overgoten en op hun vingers tellend als haviken toekeken tot de plaatjes opkwamen. De Oude Priester pakte zorgvuldig een krat in met zijn allerkostbaarste materialen. Hij glimlachte tegen de bullebak en sloeg haar handen weg. 'Dit is voor jou, lieve kind,' zei hij. 'Maar nu nog niet.'
Naarmate de weken verstreken, kromp de Oude Priester in tot een schaduw van zichzelf. Zelfs mijn moeder met haar ongemakkelijk vooruitstekende buik kon hem met hulp van de bullebak optillen. De botten van de Oude Priester schuurden tegen hun handen. Ze droegen hem naar zijn lievelingskerkbank, tegenover de plek op de muur die de bullebak niet kon zien. De verheugde gloed verspreidde zich van het gezicht van de Oude Priester over zijn hele lichaam. De plek zonlicht op de muur werd groter, nam armen en benen aan, een mannelijke vorm.
'Waar dan?' wilde de bullebak weten. 'Waar?' Maar hoe de Oude Priester en mijn moeder ook wezen, de bullebak kon het niet zien.
'De tijd is nog niet rijp,' mompelde de Oude Priester. 'Mijn kind, je zult het zelf moeten vinden.'
'Wat vinden, Pater?' Tranen van frustratie liepen de bullebak over haar wangen. 'Wat moet ik vinden?'
Naarmate de weken verstreken, begonnen de nonnen zich

ongerust te maken. Tijdens de dagelijkse bijeenkomsten van de Oude Priester, mijn moeder en de bullebak kwamen ze erbij zitten, wisselden veelbetekenende blikken en hieven hun handen ten hemel. Met de week werden de verhalen van de Oude Priester onsamenhangender, hij sprak in binnenstebuiten gekeerde zinnen, begon bij het einde, kon zijn woorden niet meer netjes op een rijtje krijgen. De woorden van de Oude Priester kwamen eruit in blokken van personages en beelden waar niemand wijs uit kon. Voor de nonnen leek het of hij een compleet andere taal sprak, een kindertaal, de taal van een gek, die de regels van samenhang sprankelend en twinkelend de lucht in gooit als een jongleur. Als de Oude Priester de nonnen aankeek met zijn brandende ogen, dan knikten ze hem toe, glimlachten beverig.
'Een delirium, de stakker,' fluisterden ze tegen elkaar. 'Zijn denkvermogen is aangevreten.'
'Kom toch mee,' riepen ze tegen mijn moeder en de bullebak. 'Het geraaskal van een oude man – onzin! Kom mee.'
Maar de bullebak en mijn moeder smeekten de nonnen een bed voor de Oude Priester in een hoek van de kapel te mogen zetten, zodat hij de mis kon bijwonen en te communie kon gaan en naar de plek op de muur kon kijken. De bullebak en mijn moeder zaten elke dag bij de Oude Priester. De bullebak rende naar de bibliotheek ernaast om de boeken te halen waar hij om vroeg. Vol stralend onbegrip staarde de Oude Priester naar de bladzijden.
'Wie bent u, Pater?' stelden de nonnen hem op de proef. 'Waar bent u nu?'
'Niets,' mompelde de Oude Priester. 'Nergens.'
De nonnen die het meest van hem hielden, die nu evenals de Oude Priester oud waren, vielen snikkend aan zijn voeten neer. Ze hadden hem op middelbare leeftijd gezien, toen hij nog sterk en lenig was en met stoere pas het oerwoud in liep om een pad te banen naar het verlaten landhuis. Nu was hij nog slechts een omhulsel. De oude nonnen wreven de tranen uit hun ogen met hun knokige oude handen, die toen onvermoeibaar waren, die op koppige oerwoudplanten in hakten, afval op vuren gooiden die hoger reikten dan hun hoofd.
'Niets!' fluisterden de oude nonnen met hun zwakke stem, die eens hele horden luie inlanders aan het werk gezet had.
'Zien jullie het?' vroeg de Oude Priester.
Toen de Oude Priester stierf, klampten mijn moeder, de bullebak en de nonnen die het meest van hem hielden zich snik-

kend aan elkaar vast. De bullebak wrong de lap die ze gebruikt had om zijn voorhoofd af te vegen tot een harde knoop. Ze snoven de lucht in de kapel op, die bezwangerd was van een geur van verschroeid cement. De plek op de muur verdween met de geest van de Oude Priester. De bloemen op het altaar boden een enigszins verzengde aanblik.

Het verhaal van het spookhuis is een verhaal dat iedereen kent. Iedereen kent een ander deel van het verhaal. Als we naar alle delen luisteren, als we ze uitgraven en tegen onze oren houden als de aan elkaar geplakte delen van een zeeschelp, dan zullen de bullebak en ik het kennen. Dan kennen de bullebak en ik het hele verhaal. Dat zegt de bullebak. Dan nemen we een foto van het geheel, die plakken we op stevig karton en die hangen we dan in de gangen van het klooster zodat iedereen hem kan zien. Van heinde en ver komt iedereen dan kijken en ooh en aah roepen. Ze zullen staan trappelen om ons de hand te schudden. Dan zijn de bullebak en ik beroemd. Dan zijn de bullebak en ik geen liefdadigheidsleerlingen meer die altijd het laatst aan de beurt komen. Dan zijn we bekende persoonlijkheden. Krijgen we net als de andere meisjes boterhammen met rosbief bij het middageten, en als eerste onze rijst met kerrie, en worden we bij hen aan tafel genodigd, en voorzien van uniformen uit de winkel, die niet trekken bij de armen en de nek. Geen afdankertjes meer en ouwe rommel. We mogen zelf kiezen, ze smeken ons om elke les met onze aanwezigheid te vereren en de nonnen en leraressen houden de deur voor ons open. De bullebak zegt dit, terwijl ze met het ene been over het andere geslagen op haar rug in de donkere kamer ligt en afwezig op de riem van haar camera kauwt, alsof ze in een halsband bijt. De tanden van de bullebak zijn geel met overal opgevulde zilveren gaatjes die glimmen als ze haar brede bullebakslach lacht. De bullebak lacht terwijl ze dit zegt, ze slaat met haar benen tegen de kussens, haar buik golft van vrolijkheid.
In de donkere kamer tel ik onze verzameling munten. De munten zijn smoezelig, ze hebben in de zakken van kloostermeisjes rondgeslingerd, tegen hun restjes snoep en vingervet, hun andere munten aan gewreven. Ik spuug en poets de munten tot ze glimmen. Ik laat ze op mijn handpalm tollen zodat ze in het lamplicht blinken als nieuw. 'Kijk!' zeg ik tegen de bullebak, maar de bullebak kijkt ergens anders naar. De bullebak pakt haar boek met oude foto's, haar speciale plakboek,

haar pen. Haar vingers krommen zich om haar oude bandietenmes met het verkoolde heft en het lemmet met zoutkorsten. Tegenwoordig kan ik het speciale plakboek van de bullebak nauwelijks meer optillen, zelfs de bullebak kreunt als ze het me toeschuift. Het speciale plakboek van de bullebak wordt almaar dikker, er komen nieuwe bladzijden bij naarmate de regels en de kolommen over het spookhuis het vullen en er steeds meer foto's in geplakt worden. Het wordt dikker, terwijl het fotoalbum dat de Oude Priester haar heeft nagelaten dunner wordt.
'Kom hier,' zegt de bullebak.
De bullebak schuift naar de ene kant van de stapel kussens en oude dekens waaruit onze zithoek, onze slaaphoek in de donkere kamer bestaat. Ze klopt op de plek naast haar, slaat de uit elkaar vallende bladzijden van het oude album open die uit hun kaft glippen met een stofzacht geluid. Het oude album zit vol losgescheurde bladzijden en foto's die er zijn uitgehaald, vol lege plekken waar de woorden en tekeningen van de Oude Priester er zijn uitgeknipt.
'Ik ben nog niet klaar,' klaag ik en pak nog meer munten.
De bullebak schroeft haar pen open. Ze wenkt met haar mes, kijkt me aan met haar bullebaksblik zodat ik weet dat ze het meent. Ik kruip naar de nog warme plek waar de bullebak gezeten heeft. Ze overhandigt me haar oudste foto, die ze lang geleden met haar mes van zijn ereplaats op de binnenkant van de kaft heeft losgekrabd. De bullebak heeft al allerlei soorten lijm geprobeerd om hem daar weer terug te plakken, maar de foto laat telkens weer los. 'Wat zie je?' fluistert ze.
Ik kijk onverschillig naar de foto. De bullebak en ik hebben de gecraqueleerde foto al duizend keer gezien. Het beschadigde oppervlak laat ons nooit meer zien dan wat de bullebak niet zien kan.
'Een kamer. Een verduisterde kamer.'
De bullebak zit zich al te verkneukelen. Opgetogen draait ze haar mes rond. 'Schrijf op,' zegt ze. 'Wat nog meer?'
'Een gezicht. Ik zie het gezicht van een vrouw.'
'Schrijf op. Nog een ander gezicht?'
'Eentje maar.'
'Wat! Wat zeg je nou?'
'Een prachtig gezicht. Met een hoog voorhoofd en wenkbrauwen als donkere vleugels. Het haar strijkt over de grond achter haar. De glimlach is lusteloos, de uitgestoken hand...'
Mijn pen gaat sneller en sneller.

'Wat nog meer?' fluistert de bullebak. De bullebak kan nauwelijks stil blijven zitten.
'Er kringelt rook op van onder het zware haar. De glanzende avondjurk is nu gekreukt en zit onder de aarde. Het gezicht is vertrokken, de huid is ruw en schubbig. De neusgaten staan wijd open. De scherpe lijn van...'
'Wat nog meer?' wil de bullebak weten.
Ik grijns tegen de bullebak. Ik voel een warme gloed in mijn nek. Ik gooi de foto over de dekens en kussens om haar woede op te wekken. Ik leun naar voren zodat mijn gezicht bijna het hare raakt, zodat we bijna dezelfde adem halen. Ik lik aan de top van mijn vinger en steek hem langzaam omhoog. Langzaam doorkruist mijn vingertop de ruimte tussen ons in. De bullebak kijkt toe, gefascineerd door de glanzende vingertop. De bullebak kijkt met open mond toe.
'Wat?' zegt ze terwijl ze iets terugdeinst.
'Tanndenn!' sis ik, en we botsen met ons voorhoofd tegen elkaar aan als ik naar voren schiet en mijn vingertop langs de stompe tanden van de bullebak laat glijden.

Stel je dit huis voor zoals het al die jaren geleden geweest moet zijn. Ze zeggen dat het een oud huis is, een voornaam huis, daarom moet het bewaard blijven. Daarom moet het niet met de grond gelijkgemaakt worden, al zijn de marmeren vloeren verzakt en sommige pilaren gammel, en moeten de muren met de oude aangestreken scheuren en kieren opnieuw worden aangestreken, en is het dak in de afgesloten gedeelten bijna ingezakt. Kijk eens hoe fraai de marmeren zuilen bewerkt zijn, hoe uitgelezen het houtsnijwerk op de trapleuningen en de jaloezieën. De standbeelden vol spinnewebben in hun nissen, de verschoten wandtapijten en schilderijen, het fijne behang dat door de overgeschilderde wanden van de bovenverdieping schijnt. Net als het klooster dat het omgeeft, als het overhangende oerwoud en de steeds verder opdringende stad, maakt ook het huis deel uit van het verhaal van dit klooster, deze heuvel, dit oerwoud, deze stad. Hoe kan een dergelijk huis iets anders zijn dan een schat die keurig netjes bewaard dient te blijven voor het nageslacht, die getoond dient te worden, net als de geïmporteerde beelden van de heiligen en Jezus, als de ramen van de kapel die hun juwelen licht afwerpen? Net als iedere oude schat. Dat zegt de Oude Priester. Dat zegt de Oude Priester in de kantlijnen van het fotoalbum dat de bullebak heeft geërfd, in een vervaagd gekrabbel dat we alle

kanten ophouden, met tot spleetjes geknepen ogen, voor we er ook maar één woord van kunnen lezen. We lezen zijn gekrabbel rond de open plekken waar eerst foto's zaten. De Oude Priester beweert dat je een boel kunt leren door langs de nieuwe rode bakstenen muren die ongewild aan het oorspronkelijke gebouw zijn toegevoegd, heen te kijken. Door je blik te vertroebelen zodat je niet het golfplaten dak ziet, maar de oorspronkelijke dakpannen. De bullebak en ik proberen de methode van de Oude Priester toe te passen. We lopen met half dichtgeknepen ogen en botsende schouders om het gebouw heen, we stappen door bloembedden die de tuinierklas net beplant heeft en struikelen over gipsen beelden die de handenarbeidklas buiten heeft gezet om te luchten.
'Kijk!' snerpt mijn kreet en de bullebak blijft stokstijf staan. Ik wijs opgetogen. 'Daar! En daar en daar, en daar!'
Maar zelfs met haar ogen half dicht ziet de bullebak niet de bewerkte houten raamkozijnen waar de Oude Priester op doelde, die nu zijn vervangen door aluminium en glazen strippen. Ziet ze niet het patroon van zonlicht door het houtsnijwerk van de geveltoppen, die nu dik en knobbelig overdekt zijn met spinnewebben, of de binnenplaats waar zoveel feeënlampen hangen dat de nacht verandert in dag. Zelfs met haar ogen half dicht ziet de bullebak niet de kinderkopjes op de binnenplaats, gladgesleten door talloze dansende voeten. De binnenplaats toont de bullebak slechts zijn gebroken tegels en zijn dichte tapijt van notengras en mos. De bullebak en ik dwalen rond voor de bibliotheek, onze ogen half dichtgeknepen, en draaien ons hoofd alle kanten op zoals de bullebak met haar camera doet, op zoek naar het volmaakte plaatje. Ik wijs daar, en daar, en daar, net zoals de Oude Priester zegt. Ik gluur zijdelings naar de bullebak. Ik lach me slap om de geconcentreerde blik van de bullebak. Ik bied haar mijn grootmoeders speciale zonnebril aan om te kijken of dat helpt. De bullebak knikt vaag. Ze knijpt haar ogen nog dichter en krabt zich op haar hoofd terwijl ze achter me aan strompelt.
'Meisjes, wat doen jullie daar?' gillen de tuinnonnen over de kopjes van de geplette rozen, de voorovergebogen hoofden van de tuinierende meisjes.
'Kom hier! Kom onmiddellijk hier!' komt de handenarbeidnon met wild flapperende handenarbeidschort aangestormd uit het handenarbeidlokaal, zodat de bullebak en ik onze ogen open moeten doen om te kijken welke kant we op kunnen vluchten.

De woorden van de Oude Priester zijn zo verbleekt, dat we ze soms niet kunnen lezen. Ze staan zo dicht op elkaar, dat ze bijna van de bladzij tuimelen, bij vlekken en watermerken zwellen en krimpen ze, bij onderbrekingen waar de inkt is uitgelopen zijn ze gevlekt. Als we kijken naar wat de Oude Priester zegt zien we dubbel, onze ogen worden pijnlijk rood.

Toen mijn moeder een jonge vrouw was, draaide de jonge man die ze ontmoette toen ze de hoek omsloeg zich lui om in haar armen. 'Zo?' vraagt de bullebak terwijl ze mijn moeders armen om zich heen trekt en zich omdraait als een vis in ondiep water, als een plukje medicinaal zeewier in Grootmoeders soep. Het gedraai van de bullebak maakt haar duizelig, zodat mijn moeder uitbarst in een schaterlach die een lust is voor de bullebak haar oren. De bullebak en ik springen om mijn moeder heen en trekken haar alle kanten op, vertellen haar grappen, stellen haar koddige vragen zodat ze niet plotseling op zal houden. Zodat ze niet plotseling opkijkt en haar vijand ontwaart, die weggedoken in een hoekje van de wasserij, hard en glanzend, haar geschater aanziet met Grootmoeders tijgerblik. De bullebak en ik lachen gierend, slaan onze armen om elkaar heen, draaien in elkaars armen rond als een paar dolle wervelwinden.
'Ssst!' lacht mijn moeder. 'Niet zoveel lawaai. Kwamen jullie eigenlijk helpen of spelen?'
'Helpen natuurlijk!' en de bullebak en ik vliegen terug naar onze plek aan de strijktafel. 'Natuurlijk, natuurlijk,' zeggen we plechtig, zodat ze nog meer moet lachen. Voorzichtig vraagt de bullebak: 'Tante, wat gebeurde er toen?' maar mijn moeder staat al op haar lip te bijten.
'Eerst werken!' beveelt ze, en de bullebak en ik werken, en maken grapjes, en hangen de pias uit, en vouwen lakens en kussenslopen, en zwaaien met kloostermeisjeshemden en -onderbroeken. We smeken mijn moeder, maar ze wil niets meer zeggen over de jonge man. In plaats daarvan zal ze ons vertellen wat we vanavond eten, de speciale soep die ze voor Grootmoeder kookt, en wat we dit weekeinde voor klussen moeten doen. Ze helpt ons herinneren dat Grootmoeders medicijnen op zijn, dat we onderweg naar huis even naar de medicijnwinkel moeten. Hoewel de bullebak en ik vragen en vragen, wil mijn moeder ons niet laten zien hoe de jonge man zich omdraaide. Later weten we niet meer wat ze verteld heeft. Hoeveel ze gezegd heeft.

'Dat heeft ze niet gezegd!' roept de bullebak.
'Wel waar!' sis ik.
'Wat klets je nou!' snauwt de bullebak. 'Ik was er toch zelf bij! Hou maar liever op. Waarom staan je ogen zo?' De bullebak doet een stapje achteruit. 'Je tong zal groeien,' gromt ze. 'En je neus en je oren. Als je morgen wakker wordt, splijt je tong in tweeën, zit je van top tot teen onder de blauwe plekken waar de heiligen leugenaars knijpen. Hou maar liever op!'
'Onzin!' schreeuw ik terwijl ik de maaiende hand van de bullebak ontduik.
Hoe de bullebak en ik ook jengelen en flemen, mijn moeder zal de jonge man lange tijd niet meer noemen, een eeuwigheid lijkt het wel, een maand, twee maanden, of drie als het meezit. En zelfs dan komt ze heel langzaam op gang. Ze doet er het hele inhalen, strijken en opvouwen van talloze lakens, rokken, hemden en kussenslopen over om ons alleen maar over de drift van de krokodil te vertellen: hoe Grootmoeders lievelingsgezegde is ontstaan. *Hoed je voor de landkrokodil.* Ze beschrijft hoe de Hagedissejongen door jarenlang plagen gek werd, hoe de Hagedissejongen amok maakte. Hoe jarenlange valsheid zijn huid binnensijpelde tot hij op zekere dag barstte.
'Dat weten we, dat weten we,' roepen de bullebak en ik in koor. 'We weten hoe het verhaal *begon...*'
Maar toch wil mijn moeder in de spaarzame momenten dat ze haar vijand vergeet, niet haar verhaal van het spookhuis vertellen, haar verhaal van de jonge man die zich omdraaide. In tegenstelling tot Grootmoeder zit ze niet te springen om verhalen uit het verre verleden op te graven. Net als Grootmoeder wil ze niet aan het eind ervan komen. Toen mijn moeder eenmaal christen was, slikte de christelijke toekomst de wegen en voetsporen van haar levensverhalen in zodra ze geleefd waren. De christelijke toekomst slokte mijn moeders verleden op. Er lag geen pad achter haar: ze kon zich alleen maar naar voren keren, nooit naar achteren. Als ze dat deed, kwamen de donkere scheuren en kieren van het ingeslikte verleden op haar af geslingerd om haar te strikken. Bij die scheuren en kieren bevroor mijn moeder ter plekke, trok de kleur uit haar gezicht. Ze waren wars van vergiffenis; verraderlijk met hun geheugen-tanden en glimmend, als zwarte, stralende juwelen. Dus hoe slim de bullebak en ik het ook vragen, hoe uitgekookt we onze vragen ook verwoorden, mijn moeder vertelt alleen maar stukjes en beetjes. Ze vertelt het niet tot het eind. Ze beschrijft niet hoe de jonge man zich omdraaide in haar ar-

men, of hoe zij en de jonge man wakker werden, uren of minuten, een tel of een eeuwigheid later, dat wisten ze geen van beiden, en hoe ze zich tegen elkaar aanvlijden, met hun ongelukslichamen zowel naar elkaar toe als van elkaar af gebogen, plotseling verlegen.

Mijn moeder en de jonge man raapten zwijgend hun kleren bij elkaar, lieten knopen in knoopsgaten glijden, trokken oogjes over haakjes. De jonge man stopte zijn mes in zijn riem. Terwijl ze haar overhemd over haar schouders gladstreek, hield mijn moeder plotseling op; wrong zich plotseling in een bocht en trok de kraag naar beneden, zodat zij en de jonge man het konden zien. Ze staarden eerst naar de ene, toen naar de andere schouder. De kuiltjes die in beide schouders gedrukt stonden waren geen kuiltjes meer, waren nog slechts een groepje vervagende plekken. De jonge man liet zijn hand er overheen glijden, fronste zijn voorhoofd, schudde toen zijn hoofd. Hij stak zijn hand uit om over mijn moeders haren te strijken. Voor het eerst in jaren voelde mijn moeder het gewicht van haar haren, voelde ze het gewicht van haar huid en botten. Voelde ze haar gezicht, haar wangen die niet langer hingen, haar lippen die niet meer omlaag krulden. Ze klopte verwonderd op haar gezicht. Voor het eerst in jaren stond mijn moeder helemaal rechtop. Ze tilde één voet op om de trek van de zwaartekracht te beproeven. De plotselinge vrolijke sprong die ze maakte, was de sprong van haar eigen lichaam, meer niet. 'Wah,' zei mijn moeder. 'Ik wist niet dat je 'm zo gemakkelijk weg kon krijgen.'
'Wat weg krijgen?'
'Noodlotsdemon.'
'Wat! Geloof je daar nog in?'
Mijn moeder keek de jonge man zijdelings aan. Ze glimlachte en tikte tegen haar slaap. 'Dat kun jij ook nog, hè? Geen geheugen. Geen bewijs hier van binnen, meteen vergeten. Aiya, je hebt een goed geheugen dat je het nog weet!'
'Sommige dingen vergeet ik nooit,' zei de jonge man met een blik die mijn moeder deed blozen. Ze liep naar het raam om naar de regendruppels te kijken, toen naar de strijktafel om de al rechte stapels recht te leggen.
'Koning Krokodil, ja ja,' mopperde ze. 'Aiya, hier kruipen, daar kruipen. Dit gevecht beginnen, dat gevecht; deze brief schrijven, die brief. Dit eisen en dat. Je hoofdkwartier is op deze heuvel zeggen ze, zo dichtbij, maar je komt nooit. Koning

Krokodil, te veel trots zeker, hè? Je bent dood zeggen ze, zoveel keer al doodgegaan. Soms wist ik het niet zeker. Maar ik denk dat ik het geweten had als je dood was.'
'Jij zei dat ik bewijzen moest uitzoeken,' glimlachte hij. 'Te druk met bewijzen uitzoeken!'
'Echt levend bewijs? Aiya, geen wonder dat je zo druk bent. En, welke stapel is het grootst?'
De jonge man schudde zijn hoofd. Hij staarde naar zijn handen, die de kleur van zijn mes hadden aangenomen. 'Papieren bewijs is gemakkelijker,' zei hij.
Mijn moeder kwam terug en ging weer bij hem zitten, in kleermakerszit. Ze zaten met de gezichten naar elkaar toe. Verlegen pakte ze zijn handen. 'Wah, zo koud,' mompelde ze. De jonge man draaide zijn handpalmen naar boven, handpalmen zo glad als Grootmoeders rijstpapier, met vage smoezelig grijze spikkels. Mijn moeder onderzocht de gladheid. Hij hield haar zijn linkerhand voor, toen zijn rechter. 'Geen verleden,' zei de jonge man, en toen: 'Geen toekomst.' Mijn moeder maakte het teken dat Grootmoeder haar geleerd had: *Wend u af!* om ongeluksgezegden af te weren. De jonge man lachte bij de eerste zweem van haar tijgerblik. 'Tenminste, dat zegt Mat Mat Salleh.'
'Mat Salleh? Net als de heuvel hier?'
'Nee, Mat Mat Salleh. Mat Salleh de Tweede. De oudste bandiet van het oerwoud, maar wah, die kan schieten! Die kan met een mes zwaaien! Als hij schreeuwt trillen de soldaten.' De jonge man glimlachte naar mijn moeder toen ze voor hem kwam zitten, de lakens en kussenslopen vergeten, haar tijgerblik omgeslagen in de onderzoekende blik van vroeger als hij bladzijden omsloeg en haar verhalen voorlas uit boeken die krulden van de wasserijstoom. 'Wah, je zou hem moeten zien!' zei hij.
Mat Mat Salleh de bandietenoudste was zo oud, dat niemand wist hoe oud hij eigenlijk was. Zijn gezicht was gerimpeld perkament, wasachtig, verbrand en gewassen door tientallen jaren in de openlucht. Bij een bepaalde oerwoudlichtval leek zijn gezicht zo glad als dat van een baby. De oude bandietenoudste kwam van verre. Hij was zo lang geleden komen aanlopen in het bandietenkamp, dat niemand zich precies herinnerde wanneer; zette zijn handen in zijn zij en vroeg ijskoud of hij mee mocht doen. Geschrokken bandieten sprongen op van hun magere kampvuurtje, grepen naar hun mes dat in hun riem zat, naar hun geweer dat nonchalant naast hen lag.

Toen zagen ze de oude man. 'Wie staat er op wacht?' vroegen ze, schrikachtig, en legden met tegenzin hun wapens neer. De bandieten waren wel gewend aan vreemdelingen die vroegen of ze mee mochten doen, maar niet aan iemand die erin slaagde ongezien en ongehoord het kamp binnen te dringen, of aan iemand die zo oud was. 'Aiya, Grootvader,' zeiden ze tegen hem. 'Ga maar naar huis. Het is al mooi genoeg dat je ons gevonden hebt – een hele prestatie! Wij vechten wel voor jou, Grootvader. Ga jij maar naar huis!'
De oude man zocht een plaatsje bij het kampvuur en keek met glimmende ogen om zich heen. 'Jullie kunnen me maar beter nemen,' zei hij met een hese en doorrookte stem die kraakte onder het gewicht van de jaren. 'Ik kan helpen. Ik heb oerwoudkennis. Ik heb geluk.' De ogen van de oude man zagen bleek in de gloed van het vuur, de kleur van krullende bladeren. 'Jij komt niet uit deze streek vandaan, hè Grootvader?' vroegen de bandieten.
'Jawel, hier vandaan!' riep hij en sloeg op zijn borst. 'Deze heuvel heeft *mijn* naam!'
'Ha!' lachten de bandieten goedhartig en stompten hem op zijn oude kromme rug, zodat hij bijna in het vuur rolde. 'Vertel ons nog meer verhalen, Grootvader! Ha, je lijkt wel over de honderd!'
Toen de jonge man voor het eerst in het bandietenkamp kwam, werd hij door de oude bandietenoudste aan de tand gevoeld. Midden in de bandietenkring stond de jonge man te wachten op de komst van de oudste. De oude Mat Mat Salleh, Mat Salleh de Tweede, zoals de bandieten hem noemden, liet op zich wachten. De jonge man stond te trillen op zijn benen, zijn mond was droog. Het mes dat mijn moeder hem gegeven had en dat hij aan zijn riem had gehaakt, was koud en zwaar. Eindelijk week de kring uiteen om de bandietenoudste door te laten. De jonge man wreef zijn ogen uit. Op de ondervragingsheuvel stond niet een kromme oude man zoals de bandieten hem gezegd hadden, maar een mooie vrouw, gekleed in het wit. De glanzende jurk van de vrouw waaierde uit rond haar voeten. Haar zwarte haren vielen in een grote golf tot op de grond. Het was de mooiste vrouw die de jonge man ooit had gezien. Op haar hoofd droeg ze een kroon van gevlochten bladeren, van groenachtig licht. In plaats van de slordige bandietenkring werd ze omringd door een groep dienaressen, meisjes en vrouwen, in oerwoudnevel gehuld. Hun gezicht was verborgen, op hier het knipperen van een ooglid, daar

een plotselinge flits van tanden na. Achter hen doemden donkerder gestalten op: bultige, geboeide gestalten. De mond van de jonge man viel open. De ogen van de vrouw waren zacht en vochtig, haar huid was glad als een beeld. Ze glimlachte. Ze stak haar hand uit. De jonge man wilde haar hand pakken, maar voordat hun vingers elkaar raakten schrompelde haar hand weg; haar gelaatstrekken veranderden nauwelijks waarneembaar, haar gezicht kromp in tot een ander gezicht. Weer wreef de jonge man zijn ogen uit. Op de ondervragingsheuvel stond een magere oude man, met blote borst en nijdige blik. Terwijl de jonge man toekeek, namen de vage randen van het gezicht van de oude man vaste vormen aan. De achter hem staande bandieten werden weer bandieten, boerenvrouwen met breed gezicht, mannen uitgemergeld van jarenlang voortvluchtig zijn. Niet eenmaal hief de bandietenoudste zijn gezicht op naar dat van de jonge man. Zijn ogen bleven met een hongerige uitdrukking op het mes van de jonge man gevestigd.
'Waar kom je vandaan?' vroeg de bandietenoudste.
'Uit het oosten,' antwoordde de jonge man.
'Wat kom je hier doen?'
'Ik kom hier om mijn broeders en zusters te ontmoeten.'
'Als jouw broeders en zusters rijst met zand eten, doe jij dat dan ook?'
'Jazeker.'
De bandietenoudste stak een breedbladig zwaard in de lucht. Hij likte langs zijn lippen en vroeg: 'Weet je wat dit is?'
'Een mes.'
'Wat kan daarmee?'
'Daarmee kunnen we onze vijanden en rivalen bevechten.'
'Is dit mes sterker dan je nek?'
'Mijn nek is sterker.'
De bandietenoudste deed een stap naar voren met zijn zwaard. Er werd een emmer wijn voor de jonge man neergezet, waar hij zijn linkerhand boven hield. De oudste sneed in de vingertoppen van de jongeman, zodat zijn bloed in de emmer droop. Een voor een prikten de bandieten zich in hun vinger, knepen ze een druppel bloed in de wijn. De wijn werd de kring rondgedeeld, de bandieten dronken om de beurt. De jonge man dronk het laatst, nam grote slokken tot de emmer leeg was. Toen verdrongen de bandieten zich om hem heen en sloegen hem op zijn rug en riepen welkom, en de plechtige sfeer was verbroken. De bandietenoudste glipte weg.

'Hij was nooit vriendelijk,' vervolgde de jonge man, 'maar een goede vechter, een van de besten. Aiya, ik heb wel meegemaakt dat ik zag dat de kogels zich in hem boorden, dat ik zeker wist dat hij dood was, maar dan kwam hij later terug zonder één schrammetje. Je zou hem moeten zien! Maar de laatste tijd is die ouwe Mat Mat Salleh een beetje gek geworden, te oud misschien, altijd herrie schoppen, vechten geblazen. Zo oud, Grootvader Bandiet, iedereen laat hem maar zo'n beetje. Op een trainingscampagne in de dorpen vorige maand sloeg hij zomaar kleine jongetjes in elkaar. Zo krijgen de dorpelingen de pest aan hem. Vorige week...' De jonge man aarzelde, keek mijn moeder aan die ernstig voor hem zat, met haar gezicht naar hem toe, haar kin in de kom van haar hand. 'Vorige week sloeg hij, voor ik hem kon tegenhouden, jouw aangenomen moeder in elkaar, zo met de kolf van zijn geweer op haar hoofd. Eerst herkende ik haar niet. Aiya, als hij niet zo oud was zou ik het hem betaald zetten! Hij rende weg, het oerwoud in, niemand heeft hem daarna nog gezien. Alles gaat de laatste tijd verkeerd. Overal soldaten. Invallen – voor niks! Bandieten uit elkaar gejaagd, in hinderlagen gelokt. Iedereen houdt zich koest. Ik zou je bijna geloven, te veel ongeluk!'
'Dus jullie waren het.' Mijn moeder zette grote ogen op. 'Mijn aangenomen moeder was erg ziek, ik dacht dat ze misschien wel doodging.'
'Het is een taaie,' zei de jonge man bewonderend. 'Ik probeerde haar nog te helpen, maar ze kroop op haar knieën en maar buigen, buigen. Toen kwamen de soldaten en moesten we maken dat we wegkwamen.'
'Ze zegt dat het haar oudste vijand was die haar sloeg – een vrouw gekleed in het wit.'
'Er was geen vrouw te bekennen,' zei de jonge man fronsend. Hij stond op en trok mijn moeder mee overeind. 'Net als vroeger,' zei hij. 'Lezen, verhaaltjes vertellen, praten.'
'Vroeger deed jij nooit dit,' wees mijn moeder op de kring van zijn armen.
'Jij ook niet.'
'Je zei al,' mompelde ze, 'anders teruggekomen.' Teder streek ze over zijn zachte handen. 'Mijn aangenomen moeder zegt dat mensen met zulke handen maar eens in de honderd jaar geboren worden. Maar één man die zij kende had zulke handen. Zulke mensen zijn speciaal. Maken hun eigen geluk. Hun eigen toekomst, hun eigen verleden.'
'Onzin!' zei de jonge man, en glimlachte.

Grootmoeder zegt: *Een zeegeest die omkeert is een angstwekkend gezicht. Sommige mensen vriezen dood bij de aanblik ervan, anderen, die het ongeluk hebben in leven te blijven, worden aan stukken gekauwd. Hun lijken zijn bleek en opgezwollen als drenkelingen. Alleen machtige wijze vrouwen blijven ongedeerd. Ik heb maar eenmaal gezien dat een zeegeest omkeerde. Toen ik een jonge vrouw was, nog maar net een jonge vrouw, de tussenfase voorbij, mijn meisjesjaren verstreken en mijn vrouwenleven begonnen, was het huis op de heuvel waar ik woonde een huis van smarten. Het huis op de heuvel werd een huis van zware dagen. Smart droop traag van het plafond, lekte onopgemerkt door hout en pleisterwerk heen en liet droevige patronen achter op de muren; smart sproot als onkruid op uit onzichtbare spleten in de vloer en bleef de mensen aan hun voeten kleven. In die dagen bewoog ieder zich traag. Armen en benen die hier langs een muur, daar langs een deur streken, lichamen die even uitrustten tegen een vensterbank, alle absorbeerden het gewicht van de smart die in het vlees zonk. Het huis op de heuvel was een huis dat stil op zijn tenen stond. Het was een ingehouden adem. Dansorkestjes lieten niet meer hun melodieën tingeltangelen door de grote kamers waaruit geen paren meer de binnenplaats op dansten om daar onder lantaarns feller dan de dag in het rond te zwieren. Er galmde geen gelach meer door de zalen. Geen applaus meer, geen gejuich. Alles was zwaar van het vocht. Meubels trokken krom, ornamenten en wandtapijten die nauwelijks meer werden gestoft, kwamen onder een dikke laag schimmel te zitten. Kleren plakten de mensen aan hun huid. In die dagen waren standbeelden en mensen moeilijk van elkaar te onderscheiden, allebei glansden ze van het vocht, allebei waren ze gevangen in hun inertie. Allen waren groen uitgeslagen. Ook de rijke man was een man van onderwaterbewegingen, traag en doelbewust, in opperste concentratie, alsof hij elk moment kon opstijgen van de grond in een wolk van belletjes. Hij ging niet meer van huis om verre reizen te maken, hij zwierf niet meer over zee op zoek naar exotische schatten om te bewonderen en te catalogiseren en vervolgens achter slot en grendel te sluiten. De tuinen werden aan hun lot overgelaten en verwilderden volledig. De rijke man keek de mensen niet meer aan als ze tegen hem praatten. Als hij in huis was, voelde ik in het hele huis het gewicht van zijn lichaam, door de muren en de planken vloeren, om de hoeken waar ik stond te gluren. Ik voelde zijn gewicht in mijn dromen. Aan die dromen kwam nooit een eind. Steeds weer droomde ik van de paden van de zee. Op mijn hurken in de kelderkamer drukte ik mijn handen in het gedoofde vuur van de halfgebakken vloek. Ik rilde en beefde van de misgelopen vloek, tuurde naar de puilogige schaduwen die om me heen flapperden om te zien of zij het lot van een dergelijke vloek kenden. Hoe je hem terugriep. De schaduwen keken me uitdrukkingsloos aan. Ze hielden me in afwachting van mijn goedkeuring stukken en beetjes van de geruïneerde vleugel van de rijke man voor, de aan stukken gesmeten poederpotten en snuisterijen, de aan flarden gescheurde sjaals en zijden onderkleding van de geliefde. Ik staarde naar de gordijnen en de wandtapijten die in de razernij van mijn vloek van de muren gereten waren. Mijn gezicht was nat van de tranen. Het vet van het gebluste vuur balsemde mijn verbrande handen. Ik zocht in de resten naar wat er overgebleven was, vond ijzig metaal, het halfverkoolde heft van het mes van de geliefde. Ik liet het mes in mijn zak glijden. De halfverbrande foto verfrommelde ik en gooide ik door de kamer. Meer was er niet: de schub van de geliefde gereduceerd tot as. Gehurkt, met mijn handen naar het gedoofde vuur, bewandelde ik de paden van de zee. De golven draaiden boven me rond, mijn voeten sleepten zich door het diepe water, mijn lichaam ploeterde tegen de stromingen die aan mijn huid trokken. Zout water brandde in mijn keel, het branden van een onnatuurlijke ademhaling. Vreemde vissen streken langs me heen, onderwaterpapegaaien. Zeewier wervelde tussen rots en koraal als de takken van oerwoudbomen. Ik hoorde een geruis als oerwoudwind. In de halvemaansbocht van het pad zag ik de rijke man en de geliefde voor me. Het pad werd recht en liep in een rechte lijn omhoog. De glimmende sporen van de kabeltrein strekten zich uit tot in de duisternis. De geliefde hing slap in de armen van de rijke man. Haar huid was rood geworden, achter uit haar nek kringelde zwarte rook op. Ik luisterde naar het trekken van de spoorlijnkabels, het knarsen van de wielen. De geliefde zeeg neer op de met zilver afgezette stoelen. De zijkanten van de openluchtwagons met hun zeemeerminnen en -mannen, hun Gorgo en Gevleugelde Goden en Sirenen glommen me toe, terwijl ik de rijke man en de geliefde de onderwaterheuvel op volgde. Ik vocht tegen de stromingen die me naar achteren trokken. Zeeslangen richtten hun speurende lijven op bij elke stap die ik zette, zeeëgels groter dan mijn hand lieten hun giftige draden naar beneden bengelen. Ik baande me een weg door koraal als armen die tegen mijn armen duwden, bleef aan huid en haren hangen van wezens zo krom als haken. Doodsbang rende ik over het onderwaterpad. Ik rende een eeuwigheid, alsof een eeuwigheid de tijd is die een hardloper nodig heeft om de top van een heuvel te bereiken. Eenmaal daar kon ik niet verder. Ademloos dook ik in elkaar, terwijl de doodsangst naar mijn hielen hapte. De rijke man en de geliefde waren in het paviljoen, vlakbij. De geliefde staarde in de duisternis. De stromingen lichtten haar haren op zodat haar zwarte nek zichtbaar werd, waar rook uit sijpelde als bloed. Ze zakte zo plotseling weg dat de rijke man haar niet kon houden. Het paviljoen loste onder hun voeten op. De rijke man strekte zijn armen uit naar de geliefde, die gevangen zat in een neerwaartse waterspiraal. Hij ving haar midden in de spiraal op; verwarde armen en benen in haar glanzende jurk. De ingehouden adem in zijn keel schuurde in mijn keel. Het gewicht van de geliefde trok mijn armen bijna uit de kom. Ze bokte en vocht, klauwde de rijke man in zijn gezicht. Stormbellen wervelden om hen heen. Nog hield de rijke man haar vast. In zijn armen was ze een gestalte die nu eens plotseling lang en schubbig was, dan weer bol opgezwollen, dan weer vol rijen scherpe stekels. Haar gezicht was vreselijk om naar te kijken, door de scheurtjes werd het zwart al zichtbaar. Haar vlees zat vol blaren, haar huid lag in scherven, als glas. De rijke man kon haar niet houden. De draakgestalte wrong zich in bochten om hem te bijten en te trappen, de reptielegestalte hakte op hem in met zijn staart, de vissegestalte zette zaagtanden in zijn vlees. Toen was alles plotseling stil. De armen van de rijke man verslapten, in zijn armen was de geliefde verschrompeld tot verbrande stokken. Tot opstijgende rook. Tot niets. De mouwen van haar lege jurk lagen om zijn hals. Gehurkt, met mijn handen naar het gedoofde vuur, reikte ik omhoog om de jurk van de geliefde van mijn hals af te trekken. Mijn gezicht was nat van de tranen.*

13. In het oerwoud waar we wandelen en spelen

Op een nacht verdwenen de rijke man en zijn geliefde. Er werd een zoektocht gehouden, maar ze vonden haar niet. Volgens sommigen werd de geliefde omgekeerd door een andere geliefde, die haar kwam stelen. Volgens sommigen werd ze vermoord door een jaloerse rivale, een van de oude afgewezen geliefden van de rijke man. Anderen houden vol dat ze is weggekwijnd, dat zag iedereen toch, ze was zo ziekelijk dat zelfs alle rijkdommen van de rijke man haar niet konden redden. Volgens anderen is de geliefde gewoon naar huis gegaan, naar overzee. De rijke man trok op de nacht dat zij wegging het oerwoud in. Hij bood zijn geest aan het oerwoud aan, zijn lichaam aan de beesten.
Toen de soldaten en vrijwilligers het oerwoud uitkamden, troffen ze afgedankte kampen van beruchte bandieten aan, lieten ze hun zoeklichten door duistere oerwoudopeningen dwalen, trapten her en der door verlaten schuilplaatsen heen waar nog vaag kampvuren rookten. De heuvel was overdekt met voetsporen van soldaten en vrijwilligers die kriskras door elkaar liepen en hun haastig uitgesneden signalen in de war brachten, een gebroken tak die naar links wees, een boomstronk met een gekalkte pijl naar rechts om aan te geven in welke richting werd gezocht, waar ze heen moesten. De soldaten en vrijwilligers sponnen hun geroep en geschreeuw, hun gehak en geklauter in de plaats van het griezelige gebrek aan oerwoudgeluiden, van de oerwoudstilte die als een logge huid over alles heen hing. Een troep apen verscheen en bleef opduiken; ze scharrelden door de takken, eigenaardig stil, nu eens deze, dan weer die groep volgend. De soldaten en vrijwilligers bekogelden ze met stenen en oerwoudfruit, maar ze zwaaiden alleen maar verder omhoog, zonder geluid te maken. Het uitgekamde oerwoud onthulde geen spoor van de geliefde, behalve de witte jurk die ze naar de bedienden van de rijke man bevestigden altijd droeg. In plaats daarvan vonden de soldaten en vrijwilligers wel de rijke man, liggend op

zijn rug bij het paviljoen dat hij op de top van de heuvel had laten bouwen, het paviljoen dat bekendstond als de Parel of de Puist. Oerwoudregen bemodderde het haar van de rijke man, oerwoudaarde koekte aan zijn omhoogstekende voeten. De soldaten en vrijwilligers kwamen in een onduidelijke kring om hem heen staan. De rijke man staarde voor zich uit, steenkoud, zijn armen wijd, zijn benen gekruist bij de enkels en gebogen in de knieën. Hij was bleek en enigszins opgezwollen, als een drenkeling. Over zijn lichaam lag de jurk van de geliefde gespreid. Het gezicht van de rijke man was verwrongen, zijn ogen stonden geschokt, zijn lippen strak om te roepen; zijn blik was zo verslagen, dat een van de vrijwilligers zich voordat de anderen beseften wat ze deed, vooroverboog om haar snikken tegen zijn wang te drukken. Haastig trokken ze haar weg, dat dwaze dienstmeisje, die sukkel! Ze veegden haar mond af met hun mouwen, drukten hun handen over de kreunen die aan haar lippen ontsnapten en door de boomtoppen weerklonken, om te worden beantwoord met dierengejank en gefladder, met dierenkreten die zenuwachtig van oerwoudwortels naar de hoogste bladeren schoten.

Grootmoeder zat met haar mond stijf dichtgeknepen, haar ogen flitsten van links naar rechts in navolging van het kriskraspatroon van haar kreten. Haar verbrande handen, slordig verbonden, lagen huilend in haar schoot. Het oerwoud joeg haar doodsangst aan, het drukte op haar schouders, het wemelde van de angstaanjagende geluiden en schaduwen. Het was vervuld van onafgedane zaken, van een *wachten* dat Grootmoeder kon horen. Van het gewicht van een misgelopen vloek. Grootmoeder dwong zich haar hoofd op te richten. Een plotselinge vlaag oerwoudwind kraakte in de fundamenten van het paviljoen van de rijke man, duwde oerwoudbomen tegen elkaar aan, joeg bladeren in een wilde werveling omhoog naar de hemel. De soldaten en vrijwilligers stonden als vastgenageld aan de grond te midden van de kakofonie, geen overhemd wapperde, geen haar richtte zich op van hun hoofd. Ze keken om zich heen. Een voor een, zwijgend, lieten de apen zich op de lagere takken vallen. Toen zwenkte de wind naar binnen, naar beneden, razend; oerwoudbladeren en vuil waaiden spiraalsgewijs in ogen en neuzen, takken braken, de soldaten en vrijwilligers bogen zich voorover om hun gezicht af te schermen. De jurk van de geliefde vloog op, flapperde in de wind. Hij raakte verstrikt in de laagste takken, te midden van

de zwijgende troep apen. Voordat iemand het in de gaten had, was de jurk al door apevingers losgepeuterd, werd hij door de takken heen weggetrokken.
'Ho daar!' schreeuwden de soldaten terwijl ze het vuil uit hun ogen wreven. 'Dat is bewijsmateriaal!'
'Hou ze tegen!' riepen de vrijwilligers.
Eén geweerschot, nog één, en het apegekrijs werd luider dan alle andere geluiden. Het apegekrijs vulde mijn grootmoeders oren. Eén aap viel op de grond, een andere hief de bloedende stomp van zijn arm op. De jurk van de geliefde ging van tak tot tak, van poot tot poot, nagejaagd door een salvo van schoten. De troep apen verdween, de jurk in hun kielzog meesleurend. De eenarmige aap keerde zich om, grauwde tegen de soldaten en was toen ook weg.
Even plotseling als het begon, hield alles weer op: de dierenkreten, de wind die aan bladeren en takken rukte, de stoffige wervelwind die soldaten en vrijwilligers op hun benen deed tollen. Alles hield op. Grootmoeder staarde de apen na, met zanderige oogleden en tranende ogen. Ze zakte in elkaar naast het lichaam van de rijke man en wrong zich in haar verbonden handen. Het mes in haar zak schuurde ijzig tegen haar dij. De rijke man lag met zijn lippen open, klaar om te roepen, zijn ogen weerspiegelden de lucht. Zijn armen in een open omhelzing. Zijn gerafelde kleren waren stijf en ziltig opgedroogd. Toen ze hem optilden, liep het water uit zijn oren. De soldaten en vrijwilligers keken vol mededogen toe. De rijke man was bedekt met rijen steekplekken, tandafdrukken: de beten en scheuren van beesten.

Net als vroeger dook de jonge man ineen in de hoek van de wasserij bij de deur. Moe tot op zijn botten zat hij naar de regen te staren. Dagenlang sloeg de oerwoudregen tegen het raam van de wasserij, op sommige ochtenden niet meer dan een buitje, op sommige avonden doorschoten met bliksem. Donderend. Net als vroeger brachten de jonge man en mijn moeder vele uren door met praten en lachen, en hielden hun mond voor het geval dat iemand het hoorde. De jonge man en mijn moeder haalden zijn stoffige bed uit zijn hoek en vouwden het open, ze lieten zich tegen elkaar aan op de grond zakken. De jonge man schrok op bij elk geluid, greep naar het mes dat in zijn riem stak. Mijn moeder verstelde stapels gescheurde kloostermeisjesrokken en gerafeld beddegoed, wasserijklusjes die door de regen waren blijven liggen. 'Wees

maar niet bang,' glimlachte ze. 'Het regent, ze komen heus niet. Tegenwoordig komt er geen mens meer hier. Aiya, niet zoals vroeger – niks meer te zien!'
Mijn moeder kwam elke ochtend vroeg de wasserij binnen, glipte de deur door met haar stiekem uit Grootmoeders keuken meegesmokkelde bundeltje eten, zag de jonge man met opgetrokken knieën op zijn bed liggen. Ze bleef staan in de deuropening en sloeg hem gade. Hoe zacht ze ook liep, hij deed zijn ogen open. Hij glimlachte blij. Net als vroeger had de jonge man donkere kringen onder zijn ogen, zijn glimlach had een zweem van vermoeidheid, maar in tegenstelling tot vroeger dreigde mijn moeder niet met haar tijgerblik. In tegenstelling tot vroeger was haar noodlotsdemon nergens te bekennen. Mijn moeder kwam binnen en zette het eten naast hem neer. De jonge man at, uitgehongerd. Mijn moeder sleepte behoedzaam een bank voor de deuropening, beladen met oplettende kloostermeisjesrokken en -blouses die zogenaamd lagen te drogen. Ze hing lakens tussen de jonge man en het raam, spande kussenslopen en droogdoeken op schouderhoogte door de wasserij: vallen voor indringers, een spinneweb. Om van de ene kant van de ruimte naar de andere te komen moesten ze botsen en uitwijken, lachend op weg door een witte, flapperende doolhof.
'Iets te melden?' vroeg de jonge man.
'Overal soldaten. Wegversperringen. Wah, ze controleren iedereen. Zelfs bedelaars, straatventers, oude vrouwen en kinderen, iedereen die niet het juiste pasje bij zich draagt. Gisteren werd mijn aangenomen moeder weer aangehouden, ze spuwde naar de soldaten. Maar ze kennen haar. Ze zeggen dat ze gek is, een krankzinnige oude vrouw. Dus lieten ze haar weer gaan.'
Mijn moeder keek toe hoe de jonge man at. Hij at met een honger die de dampende broodjes en rijstekoekjes niet leken te stillen. Hij at dringend, systematisch, hij slikte haast zonder te kauwen. Toen de bundel met eten leeg was, liet hij zich achterover op zijn bed vallen; zag mijn moeder kijken. Net als vroeger glimlachte hij zijn scheve glimlach. Hij wreef over zijn platte buik. 'Lange tijd varenscheuten gegeten, oerwoudfruit gekauwd, oerwoudwortels. Wah! Die broodjes zitten hier – precies goed!'
'Morgen breng ik er nog meer mee,' beloofde mijn moeder. Ze trok de lakens in een tent om hen heen. De jonge man zat met zijn hoofd naar omlaag, zijn schouders gebogen alsof het

noodlot zijn zware zit naar hem verschoven had. Het zachte gewapper van de lakens wapperde het wasserijlicht om hen heen. 'Wat ga je doen?' vroeg mijn moeder.
'De bandieten zijn allemaal verspreid nu – treffen elkaar na de storm. In de stad, niet het oerwoud. Te veel soldaten in het oerwoud, te moeilijk om je te verstoppen tegenwoordig. Als de regen ophoudt, treffen we elkaar in de stad – ergens waar het veilig is.'
'Nu...'
'Nu blijf ik hier uitrusten. Helpen met de was. Voor de gezelligheid. Geen probleem voor jou, voor mij. Geen probleem, toch?'
Mijn moeder lachte, want ze herinnerde zich de lang geleden woorden van de jonge man, zijn lang geleden uiterlijk, zowel koppig als hoopvol. Ze liet zich in de ruimte die hij maakte op het bed glijden, in de boog die zijn lichaam voor het hare maakte. Het heft van zijn mes dat in zijn riem stak, gleed door de opening van haar overhemd. Mijn moeder rilde bij de koude aanraking van het heft, tilde haar hemd op en ontwaarde een flauwe grijzige afdruk op haar buik, als een blauwe plek. De jonge man trok het mes uit zijn riem. Hij legde het opzij, zorgvuldig, eerbiedig. Hij drukte zijn vingers tegen mijn moeders blauwe plek. 'Dit mes heeft vele malen mijn leven gered,' zei hij. 'Je had gelijk – speciaal mes, snijdt alles. Eenmaal iets kapotgesneden kan het niet meer gemaakt. Volgens mij wil je aangenomen moeder het terug.'
'Nee,' zei mijn moeder vlug. 'Hou het! Mijn aangenomen moeder heeft nog andere tovenarij. Sterke handen, sterk oog. Ze heeft het niet zo nodig als jij. Was heel boos toen ik het weghaalde, maar nu niet meer. Nu zegt ze dat het niet van haar was – een ongeluksmes. Aiya, voor ongeluksmensen zoals jij en ik. Hou het.'
'Het hangt de laatste tijd zwaar aan mijn riem. Wordt kouder in mijn handen. Snijdt alles, maar is moeilijk te dragen. Je aangenomen moeder heeft gelijk – een ongeluksmes. Als de soldaten het te pakken krijgen...'
'Hou het goed in de gaten,' zei mijn moeder.
Net als niet zo heel vroeger lagen de jonge man en mijn moeder te fluisteren in het zachte gefluister van hun geïmproviseerde tent. Als je handig, onverwachts, naar die keer vraagt, kijkt mijn moeder heel even op. Heel even kijkt ze ons recht aan, kijkt ze dwars door ons heen, zodat de bullebak en ik onbehaaglijk staan te schuifelen op onze voeten. 'De

geur van schone lakens,' mompelt ze dan met een glimlach waar de bullebak en ik geschokt naar kijken, een blik die we niet van haar gewend zijn. 'In schoon water gedompeld en te drogen gehangen. Gedompeld en te drogen gehangen, dag in dag uit. En het geluid van oerwoudregen.' De bullebak, die helemaal zenuwachtig wordt van mijn moeders onbeweeglijke blik, draait zich om en kijkt over haar schouder of ze een teken ziet op de muur. Ze zoekt de hele muur van de wasserij af, van de vloer tot aan het plafond, en ziet niets. Dan draait de bullebak weer terug, opgelucht. 'Tante!' fluistert ze om mijn moeder weer tot de werkelijkheid te roepen.

Net als vroeger gingen de woorden van de jonge man en mijn moeder van de een naar de ander, ze werden gewogen en betast, geknabbeld op smakelijkheid, gekauwd op voedingswaarde, dan teruggegeven aan de ander om gewogen en geknabbeld en gekauwd te worden. Hun monden waren gevuld met hun eigen voedzaamheid. In tegenstelling tot vroeger dropen er rozige woordvormpjes tussen mijn moeders lippen vandaan, geen zwarte ongeluksdruppels. Het gewapper rondom haar was een gewapper van kleren en lakens, van hartslagen, niet van leerachtige vleugels. Mijn moeder haalde lichtjes haar schouders op. De woorden tussen hen waren zowel troost als bezorgdheid, gingen rond en rond, keerden en keerden weerom van het oerwoud naar de storm, van de bandieten naar de soldaten, naar de stad, naar het oerwoud, de storm. Naar de stad, de veilige plek waar de jonge man zei dat hij heen zou gaan. Hun woorden gingen rond en rond, stegen en doken, tot ze zich achterover lieten vallen, voldaan, duizelig. Tot één kant van het raam een flauwe streep licht vertoonde. Mijn moeder liep naar het raam en staarde naar de dikke regendruppels. 'De storm is haast over,' zei ze.

Met een zwaai zette de jonge man zijn voeten op de vloer. Hij hield zijn hoofd scheef.

Mijn moeder luisterde ook naar het geluid onder het geluid van de regen. 'Vrachtwagens,' fluisterde ze.

Voordat ze zich om kon draaien, waren de schamele bezittingen van de jonge man al in een bundel gepropt, zijn mes in zijn riem gestoken. Mijn moeder keek verbouwereerd toe, de lakens wapperden om haar heen. De jonge man, die dagen lang tot op zijn botten vermoeid en indolent geweest was, leek zich voor haar ogen te ontrollen. Zijn armen werden armen niet om zich om schouders te krommen, maar om een mes in de rondte te zwaaien. Zijn benen met de voeten in oerwoudlaarzen gestoken werden benen om te rennen, om paden door het oerwoud te banen, om deuren in te trappen. Zijn ogen blonken hard en fel. De jonge man keerde zich om naar mijn moeder en trok haar naar zich toe. Ze trokken naar elkaar toe in een hechte, onstuimige greep. Mijn moeders hoofd was vervuld van een gebrul als van een waterval, haar maag van zeeziekte. Ze luisterde naar het gebons van de adem van de jonge man, naar andere, vagere geluiden, het weifelende getik van regen, voetstappen in de gang, het kraken van de deur van de wasserij. Mijn moeder en de jonge man sprongen uit elkaar.

De conciërge en de Oude Priester bij de deur konden hun ogen haast niet geloven. De vuisten van de jonge man ontspanden zich, zijn mes gleed terug in de schede. Hij grijnsde zijn scheve grijns. 'Pater,' mompelde hij. 'Pa.'

'Peetzoon!' deinsde de priester achteruit. 'Ik herkende je eerst niet. Waarom ben je hier? De soldaten doorzoeken het klooster!'

'Pater, zie hem eens,' riep de conciërge, die met ogen glimmend van trots tegen de Oude Priester op botste. 'Heb ik u niet gezegd dat hij beter zou worden?'

'Pater, Pa.' De jonge man baande zich langs de zigzag neerdalende lakens en kussenslopen een weg naar het raam. 'Pater, Pa, uw zoon moet gaan.'

'Schiet op,' zei de Oude Priester terwijl hij uit de deur van de wasserij keek. 'We hebben de soldaten de weg gewezen, deuren van het slot gedaan...'

De jonge man liep vlak langs mijn moeder om het raam open te schuiven. 'Niet bang zijn,' fluisterde hij.

Voor mijn moeder het wist, had hij zijn hand in haar nek gelegd en was vrijwel zonder het hout aan te raken, vrijwel zonder een blik over zijn schouder door het raam naar buiten geglipt. Even vulde de gestalte van de jonge man het raam, omlijst door regen en donderwolken, toen was hij weg. Mijn moeder stond als bevroren, bleek. Ze zag niet hoe de soldaten de wasserij binnenvielen en de Oude Priester en de conciërge opzij duwden. Ze sprong op van schrik toen buiten plotseling geweervuur losbarstte. Achter haar viel de conciërge flauw, vervloekten de soldaten de verstrikkende lakendoolhof. Mijn moeder stond bij het raam, bleek. Ze zag de Oude Priester strompelend in beeld komen, zag rond de voeten van de jonge man geweervuur opspatten; huiverde bij de kreet 'We moeten hem levend hebben!' terwijl soldaten toesnelden om hem te

grijpen. De Oude Priester schoot naar voren. Even stonden de jonge man en de Oude Priester tegen elkaar aan gedrukt als in een omhelzing. De armen van de Oude Priester bogen zich vreemd, de jonge man stopte hem iets in zijn hand. Mijn moeder ving een glimp op van het verkoolde heft van het mes van de jonge man alvorens de Oude Priester het verstopte in de plooien van zijn toog. Toen trokken soldaten de jonge man weg. Mijn moeder stond als bevroren, haar hoofd alleen vervuld van het geluid van water, haar maag van de opwellende zeeziekte. De noodlotsdemon viel als een steen uit de lucht en zette haar schouders klem met zijn oude bekende gewicht. De ongelukslach siste met het water in haar oren. Mijn moeder zag hoe de nonnen rond de Oude Priester samendwarrelden en met hun lichaam een muur vormden, een dwarrelende witte muur van handen die gewrongen, palmen die smekend opgeheven werden. De soldaten stonden verward stil, de kolf van hun geweer omhoog.
'Let toch niet op de Pater!' smeekten de nonnen. 'Niet schieten! Let toch niet op de Oude Pater, zien jullie niet dat hij raaskalt? Zien jullie niet dat de Oude Pater het niet meent, dat het gewoon een oude man is die niet weet wat hij doet?'
De Oude Priester stond te trillen van opwinding, zijn boord zat scheef, zijn dunne haar zat in regenachtige pieken over zijn voorhoofd geplakt. Eén hand had hij diep in zijn rokken begraven. Hij huiverde als was hij tot op het bot verkild. Zijn gezicht was vervuld van licht. 'God zegene je, Zoon!' riep hij de jonge man toe die zich worstelend aan de zoom van het oerwoud bevond en in alle mogelijke bochten wrong. Het lichaam van de jonge man gloeide op in wild en vurig rood. De soldaten trokken hun armen weg om hun ogen af te schermen. 'Koning Krokodil voor een wonderbaarlijke ontsnapping!' riep de Oude Priester toen de jonge man zich losrukte en onder knetterend geweervuur het oerwoud in vluchtte. De soldaten stormden hem achterna.

Toen mijn moeder een jonge vrouw was, had de andere jonge vrouw die ze op straat tegenkwam een gezicht dat vervuld was van licht. De andere jonge vrouw was de mooiste vrouw die mijn moeder ooit had gezien. Dat was in de tijd dat mijn moeder elke dag door de straten van de stad liep en elk gezicht afzocht naar een teken. Mijn moeder liep te zoeken naar een vriendelijk gezicht. Hoe moeilijk was het om iemands gelaatstrekken uit te ziften, welke trekken waren het die de vijand

onderscheiden van de vriend? Degene die haar vertellen zou waar ze kijken moest, waar het veilig was. Mijn moeder keek en keek. In die dagen kon ze niets op een rijtje zetten, zelfs geen woorden. Haar stem, ingeslikt van schrik op de dag dat de Hagedissejongen haar beet, steeg op in haar keel als gekartelde ongeluksdruppels waar niemand wijs uit kon. Dat was de tijd dat mijn moeders moment voorbijging. Dat haar gezicht veranderde van dat van een jonge vrouw in haar moedergezicht waar de bullebak en ik aan gewend zijn, kalm en verweerd, gegroefd met huillijnen die nooit vervagen. Een gezicht dat niet tegen een grapje kan.
In die dagen liep mijn moeder tussen stedelingen van alle rangen en standen te zoeken naar haar verdwenen man. Mijn moeder had haar man niet meer gezien sinds de soldaten hem weggejaagd hadden. Ze probeerde hem te beschrijven, maar haar woorden kwamen er zo gebroken uit, dat de mensen haar vol onbegrip aanstaarden. Ze gaven het op en keerden haar de rug toe. In die dagen liep mijn moeder in eindeloos veel kronkels en bochten door delen van de stad waar ze nog nooit eerder was geweest. Ze liep tot het laatste restje avond strepen licht wierp over duistere steegjes, tot het enige geluid dat naar haar opklonk de echo van haar voeten was. Als je vraagt hoe ze de andere jonge vrouw ontmoette, herinnert mijn moeder zich de geur van rook en metaal, de schoensmeer van gepoetste laarzen. Eerst dacht ze dat de andere jonge vrouw zomaar een andere vrouw was. Mijn moeder kijkt de bullebak en mij doordringend aan om er zeker van te zijn dat we het begrijpen. Eerst leek het visioen van de Maagd Maria voor mijn moeder de mooiste vrouw die ze ooit had gezien, en verder niets. Mijn moeder wist pas dat het de gezegende Maagd Maria was toen de nonnen haar dat vertelden. Ze hoopt dat de bullebak en ik haar ook ooit te zien krijgen. Als we gaan wandelen, moeten we altijd iedereen die we tegenkomen goed aankijken van haar. Als de bullebak en ik niet goed opletten, dan lopen we haar misschien mis. Dan zien we misschien niet het teken als het komt om ons naar lichaam en ziel te redden.
Toen mijn moeder de andere jonge vrouw voor de eerste keer zag, staarde ze haar aan, ziend en niet ziend. Omringd door soldaten stond mijn moeder op haar tenen, rekte haar nek om te zien. Reikhalzend keek ze langs de wellustige petten en helmen, de armen die zich naar haar uitstrekten, de hoofden die in de nek geworpen werden. De geur van rook en metaal vulde haar neusgaten, de schoensmeer van gepoetste laarzen.

De soldaten stonden in een dichte kring om haar heen. Hun gelach was als het duiken van vogels. Mijn moeder staarde naar de vrouw. De handen die haar duwden en porden, haar almaar in de rondte draaiden, het geruk aan haar polsen en ellebogen, haar kleren, ze merkte ze nauwelijks op. Omringd door soldaten bewonderde mijn moeder de soepele tred van de vrouw die door de donkere steeg op haar afkwam, een tred als die van dansers of acrobaten, botloos; zonder iets van doen met de aarde. Almaar in de rondte draaiend, struikelend, verwonderde ze zich nog over de glanzende jurk van de vrouw, zo helder in die donkere steeg, en haar gezicht als een baken van licht. Haar haar streek langs de grond bij haar voeten. Mijn moeder zag dat de vrouw geen voeten had. De soldaten verbraken hun kring om te kijken. Hun armen hingen slap langs hun lichaam, hun mond viel open. De vrouw stond stil en glimlachte naar mijn moeder. Haar glimlach was verblindend, haar ogen speldeprikken licht. Ze stak haar hand uit. Mijn moeder schoof langs de soldaten naar voren om haar hand te pakken. Niemand hield haar tegen. De hand van de vrouw was zo koel en glad als de beelden in de kapel waar mijn moeder later voor neerknielde, de gipsen heiligen die ze met tranen doordrenkte om haar man die verdwenen was.

Toen de vrouw mijn moeder losliet, was ze vervuld van de drang om het op een te lopen te zetten, was ze vervuld van energie en euforie, als bij de uitwerking van bepaalde kruiden die Grootmoeder haar te eten gaf. Mijn moeder liep struikelend weg uit de kring stomverbaasde soldaten zonder nog om te kijken. Niemand hield haar tegen. Niemand riep haar terug. Struikelend en hijgend rende ze voort. Ze vloog door de kronkels en bochten van de straten en zijstraten, langs de zelf neergezette woningen en de ogen die uit steelse ramen gluurden, de lucht van ranzig eten en ongewassen lijven, terug naar de stad die ze kende. Niet eenmaal weifelden haar passen. Haar lange stappen waren als die van een dier, gespierd en soepel. Haar haren zwiepten van de ene kant naar de andere. Zelfs het noodlot op haar schouders drukte haar niet terneer.

Toen haar adem in stukken gereten werd, ging mijn moeder over tot een vastberaden wandelpas. Niemand volgde haar. In die dagen liep er 's nachts niemand door de stad, behalve soldaten. Zelfs de troep soldaten die in de mijn moeders wijk patrouilleerde joeg haar geen schrik aan. Ze keek hen vol minachting aan toen ze haar bevalen stil te staan. Deze soldaten herkenden de wildharige geestenverdrijfstershulp, ze duwden haar van de een naar de ander, lieten haar toen gaan. 'Lang niet gezien!' lachten de soldaten. 'Aiya, weet je dat je moeders rode pakketje te laat is? Zeg maar dat ze betalen moet, anders komen we haar opzoeken!' Struikelend liep mijn moeder bij hen vandaan. De aanraking van de mooie vrouw verloor nu al haar kracht. De energie en euforie die haar hadden doen rennen en rennen, trokken weg uit haar lichaam. Terwijl ze naar huis strompelde, begon ze diepe kreukels in de voorkant van haar overhemd te wringen, en haar mond wrong mee. Ze wankelde, maar bleef niet stilstaan. Verblind veegde ze haar tranen weg.

Grootmoeder zegt: *Kijk altijd uit waar je loopt. De paden die mensen moeten bewandelen, zitten vol vuil en gevaar, niet alleen de oerwoudpaden maar ook de geteerde wegen van de stad die 'sochtends en 'savonds geveegd worden. Geesten gaan ook met hun tijd mee. Was altijd je voeten of laat je schoenen buiten staan voor je je huis binnengaat, want er kan zich een geest aan je voeten hebben vastgeklampt. Geesten kunnen nooit een huis binnenkomen, tenzij ze uitgenodigd zijn of naar binnen worden gedragen. Trap nooit op een spleet. Spleten leiden naar gaten in de aarde waarin een geest verscholen kan zitten. Leun nooit tegen een muur tijdens een onweer, want dan kom je niet meer los. Trek nooit rare gezichten tegen de wind, die wraakgierig is en om je te pesten je gelaatstrekken zal laten bevriezen. Een vrouw die dat eens deed, was gedoemd de rest van haar leven naar de desbetreffende wind te zoeken om hem te smeken haar weer terug te veranderen. Vraag altijd toestemming alvorens je diep het oerwoud in loopt, of oerwoudvruchten of oerwoudbloemen plukt, of je behoefte doet onder een boom. Oerwoudgeesten zijn snel op hun teentjes getrapt en zullen je volgen naar huis om wraak te nemen. Als je in hun huis de rust verstoort, willen ze dat in jouw huis ook doen. Trap nooit met blote voeten op kippestront, want daar rotten de geslachtsdelen van. Wees nooit wreed tegen dieren. Dierengeheugens strekken zich uit tot na de dood. Elk dier heeft zijn geest, waarvan hij de eigenschappen kan meenemen naar zijn volgende leven: een varkensneus, of behaarde armen, of een huid met lichte en donkere vlekken als diamanten. Het vermogen om luid te kraaien, of te zwaaien en te hollen, of ondersteboven in een boom te bungelen.*

Mijn grootmoeder bereidt tovermiddelen. Ze heeft een hekel aan de Jezusmensen, dus komt ze nooit in de buurt van de school. Ze zal nooit meer door de poort gaan, tenzij om de overwinning op te eisen, wanneer de nonnen zich voor haar in het stof buigen, haar overladen met verontschuldigingen en haar smeken binnen te komen. Dat maakt deel uit van Grootmoeders plan. Dat is de reden waarom ik erheen ga. 'Wat hebben ze je vandaag geleerd?' vraagt Grootmoeder. 'Vertel me wat je geleerd hebt.' Grootmoeder wil hun geheimen weten, de boeken met gouden randen waaruit ze hun teksten opdreunen naar de kroon steken. Ze wil weten wat ze zijn. 'Heb je hun oorsprong ontdekt?' vraagt ze. 'Heb je hun regels geleerd?'
'Ik heb geleerd dat het leven betekent dat je een heuvel beklimt,' zei ik tegen haar. 'Je moet vechten, altijd vechten. Demonen zullen je in de verleiding brengen om stil te blijven staan, maar je moet doorgaan. Er is maar één pad. Je moet zijn als een treintje dat de moed niet opgeeft. Alleen als je het heilige boek leest en je ogen op het pad houdt, zul je gered worden. Dan zul je eeuwig gelukkig zijn. Als je de top van de heuvel bereikt hebt, dan begint je geluk. Dan sterf je. Alles wordt dan gemakkelijk.'
Daar moet Grootmoeder om lachen. Hoe meer aantekenboeken ik volschrijf, hoe zwaarder het speciale kistje waarin ze ze opsluit, hoe harder Grootmoeder lacht. 'Is dat alles?' roept ze uit, en ze slaat op de armleuningen van haar speciale stoel, drukt haar handen in haar zij.
Nadat ze een klap op haar hoofd had gekregen van het bandietengeweer, hoorde mijn grootmoeder een stem roepen uit het oerwoud. Grootmoeder lag in bed en woelde van de ene zij op de andere, kletsnat van het zweet en het speeksel en de pies. Mijn moeder keerde haar voorzichtig om en veegde haar schoon. Grootmoeder stond op om de stem te volgen. Mijn moeders uitzinnige kreten, haar armen die Grootmoeder terug in bed duwden, konden haar niet tegenhouden. Dagenlang volgde Grootmoeder de stem, wekenlang. Jarenlang strompelde ze er achteraan, tot haar lippen waren gebarsten van ouderdom en dorst en haar vingernagels krom gekruld, en haar haren in sprieten op haar hoofd groeiden. Grootmoeder zag hoe het vlees van haar botten hing als opgehangen waterzakken en haar benen verschrompelden tot stokjes. Toen ze niet meer lopen kon, viel ze neer op de donkere oerwoudaarde. Al die jaren lopen hadden haar hier niet op voorbereid. De

aarde vlocht zich om haar heen, stromend op donkere stromen, duwde haar nu eens deze, dan weer die kant op, kroop in haar neusgaten, haar mond, onder haar oogleden, in haar oren. Grootmoeder voelde zich zinken. De aarde was gevuld met handen en monden van oerwoudgeesten die knepen en zogen. Grootmoeder rolde zich op tot een bal, een bobbel vlees, een dubbelgevouwen blad waarin een worm zat, uitgehongerd en trillend; hol van een honger die Grootmoeders nood was. Langzaam, pijnlijk, deed ze haar ogen open. De oerwoudaarde sloeg tegen haar aan. Grootmoeder zag knokige voeten stevig in de aarde geplant. Ze lag opgerold aan de voeten van een oude kromme man die zich met een onheilspellende blik over haar heen boog. De oude man droeg een gehavend, smerig gewaad dat flauw glansde, zijn haren waren vastkoekt met oerwoudresten, twijgen en takjes. Insekten kropen hun ingewikkelde patronen tot halverwege zijn rug. De ogen van de oude man hadden de kleur van oerwoudbladeren.
'Wat zoek je?' vroeg hij.
'Wat ik verloren heb,' zei Grootmoeder.
'Wat heb je verloren?'
'Mijn zien.'
'Hoe zul je dat vinden?'
'Als jij het me wijst, zal ik het vinden.' Grootmoeder keek de oude man zijdelings aan, gewiekst als een oude koopvrouw, alsof ze een troef achter de hand had. Ze wist dat de oude man een machtige tovenaar was.
'Hoe zul je je zien behouden?' vroeg hij.
'Als jij het me vertelt, zal ik het weten.'
Het gezicht van de oude man barstte open tot een glimlach en hij knikte. 'Wat zul je me geven?'
Grootmoeder wierp roekeloos haar hoofd in haar nek. Ze telde haar schamele bezittingen op de vingers van één hand, woog wat ze had af tegen wat ze verloren had. 'Wat je maar wilt!' riep ze.
Daar moest de oude man om lachen. Grootmoeder lachte mee, kledders aarde spoten uit haar mond, de fijne korstlaag die tegen haar wangen plakte barstte open. Grootmoeder lachte vrolijk. Ze wist dat de oude man haar sterke oerwoudtovermiddelen zou laten zien om haar haar zien terug te geven, haar extra oog weer te openen. Tovermiddelen voor de liefde en voor het weer en om winst te maken en onheil te voorkomen. Tovermiddelen voor wraak die iedere vijand deden

sidderen. Uren-, dagenlang zat Grootmoeder naast de oude man en keek toe. Maanden-, jarenlang ademde ze de warme oerwoudaarde in, keek ze hoe de oude man stampte en mengde, snoof en wees, en een plant tussen twee vingers perste om een heldere dauwdruppel te maken, een juweel. Grootmoeder onthield alles wat de oude man haar liet zien. Aan het eind van elke les voelde ze haar gesloten extra oog heel licht trillen. Ze vulde haar handen met tovermiddelen, gebruikte haar betoverde vingers om het open te sperren. Maar het oog bleef nooit lang openstaan. Al gauw vervaagde haar zien weer. De grijns van de oude man spleet zijn gezicht van oor tot oor in tweeën. Toen Grootmoeder haar mond opendeed om te protesteren, liep de aarde haar keel in. De oude man wenkte haar dichterbij te komen. Ze boog zich naar hem toe, bewoog zich moeizaam voorwaarts, zette het op een lopen, maar hij trok zich steeds verder terug. Zijn stem werd zwakker en zwakker.
'Wacht!' riep Grootmoeder. 'Je hebt nog niet alles verteld, hoe behoud ik...'
'Dat vertel ik je nog wel,' beloofde de oude man.
'Wanneer?'
'Als je me weer ziet.'
'Wanneer zal ik je zien?'
'Dan zul je je belofte herinneren,' zei de oude man. 'Dan geef je me wat ik hebben wil, en als je goed oppast en geluk hebt, zul je je zien behouden. Als je slim bent, krijg je wat je zoekt!'
'Wat moet ik je geven?' vroeg Grootmoeder. 'Welke belofte?'
'Het kostbaarste wat je bezit,' zei de oude man. De oude man boog zich naar voren, plotseling doemde zijn oude gespleten gezicht vlak voor dat van Grootmoeder op. Grootmoeder kneep haar ogen dicht. Haar hoofd was vervuld van het gelach van de oude man, hees en vuurverbrand, gebroken onder het gewicht van de jaren. Grootmoeder lachte en lachte. Het kostbaarste wat ze bezat was een zak met tovermiddelen, waardeloos geworden met het sluiten van haar extra oog. Toen ze haar ogen opende, zat ze ineengedoken voor haar spiegel. Mijn moeders warme vingers masseerden haar rug. Grootmoeder schrok van de stoffige beeltenis die haar vanuit de spiegel aanloerde. Ze deinsde terug voor het gezicht van de oude man.
'Hebt u hem weer gezien, Grootmoeder?' vraag ik. 'Hebt u hem gezien?'
'Vele jaren later,' zegt ze. 'Hij was anders, maar ik wist dat zij

het was. Ik herinnerde me mijn belofte en pakte haar hand, die zo koud was als ijs.'
De bullebak en ik krabben op ons hoofd. 'Grootmoeder!' roepen we uit. 'Wat zegt u nou? Was het een hij of een zij?'
'Aiya, hebben jullie niet geluisterd?' moppert Grootmoeder. Grootmoeder staart naar ons verbouwereerde gezicht en begint net zo te kakelen als de hongerige oude ongeluksgrootmoeders die tijdens het Hongerige Geestenfeest fladderend aan haar deuropening komen. 'Aiya, allebei!' kakelt ze, 'Hij was *allebei*!'

Sinds mijn grootmoeders extra oog dicht is, bewaart ze haar zien in zeil gewikkeld onder haar borst, in een geheim potje ter grootte van een bolle duimnagel. Dit potje kwam van diep in haar binnenste. Mijn Grootmoeder is er pas kort geleden in geslaagd het naar buiten te krijgen. Voor die tijd bonkte het rond in haar ingewanden, bezorgde het haar een dikke knie, een knoestige bobbel achter in haar nek. Het boog haar scherp naar voren, kreunend, zwaaide haar armen in vreemde richtingen om naar deze of gene pijn te wijzen. Mijn grootmoeder is veertien jaar, twee wentelingen van een vrouwenlevenscyclus, bezig geweest om het naar buiten te krijgen. Ze was de helft van die tijd bezig te bepeinzen wat de oude man gezegd had. Inmiddels wist ze wat hij had bedoeld. De oude man was teruggekomen om het haar te vertellen. Pas toen kreeg Grootmoeder in de gaten wie hij werkelijk was. In de zaal van het ziekenhuis liet de oude man mijn grootmoeder zijn ware gezicht zien, liet hij zijn lange zwarte haar over de vloer van het ziekenhuis slepen, stond hij gekleed in het wit aan mijn koortsdoorweekte bed. Zijn glanzende jurk waaierde uit om zijn voeten. Zijn verschrompelde gelaatstrekken veranderden nauwelijks waarneembaar, zijn gezicht zwol op tot een ander gezicht, glad van huid en lieflijk. Het gezicht van een mooie vrouw. Mijn grootmoeder verschoot van herkenning en angst. De oude man stond teder naar me te kijken. Hij keek naar me met grote dorst. Voorbijkomende dokters en verpleegsters schonken er geen aandacht aan.
Mijn grootmoeder sloeg met haar vuist in haar handpalm toen ze de lang geleden list van de oude man zag om haar de belofte te ontfutselen. Ze knarste met haar tanden bij de plotselinge herinnering aan zijn bandietenkolf die als een steen uit de hemel kwam vallen, als de lepel van een braadpan, om een gekookt ei op haar hoofd te maken, een glan-

zende bobbel. Om haar extra oog te sluiten. Zijn geroep uit het oerwoud niet lang daarna met aanbiedingen van spreuken en zalfjes om het weer te openen, deed Grootmoeder haar vingers verwringen tot blauwe plekken. Grootmoeder sloeg met haar vuist als een op heterdaad betrapte gokker. Alleen in een gullere bui wil ze wel toegeven dat de list slim was opgezet, de val van de onafgedane zaak keurig gespannen. Zelfs machtige wijze vrouwen zijn wel eens te pakken genomen met zo'n list. Zelfs machtige wijze vrouwen hebben zich in kronkels en bochten moeten wringen en complotten en plannen moeten smeden om eruit te komen. Soms moesten ze zelfs ook zelf listen aanwenden. Moesten ze beloften doen die ze nooit zouden houden.
'Wat voor belofte, Grootmoeder?' vraag ik telkens weer. 'Wat is Grootmoeders kostbaarste bezit? Is het Grootmoeders huis waar we in wonen, of Grootmoeders klanten of Grootmoeders toverformules en zegels? Zijn het uw aantekenboeken, Grootmoeder, zijn het uw geheugenvijvers?' Maar Grootmoeder wil het nooit zeker zeggen. Ze zit in haar speciale stoel en staart uit de deuropening, terwijl ze in haar reeds gewrongen handen wringt. Ze zit de buren uit te schelden die niet langer eerbiedig naar haar buigen zoals vroeger, die uitdagend hun kin in de lucht steken als ze haar tijgerblik opzet. Grootmoeder vindt nu al dat ze te veel gezegd heeft.
Als ik haar vertel wat ik in het klooster heb geleerd, laat ze me dat opschrijven. Ze laat het me opschrijven in haar aantekenboeken, die nu twee speciale kistjes vullen waarvan zij alleen de sleutels heeft. Grootmoeders aantekenboeken lopen over van haar toverformules en verhalen, haar raad en haar waarschuwingen met betrekking tot geesten, de geestenverdrijvingsmethoden en trucs die ik eens gebruiken zal als ik haar zaak overneem. Als ik klaar ben met waar ze me voor heeft opgeleid, waar ze me voor naar het klooster heeft gestuurd. Ook dat maakt deel uit van haar plan. De toverformules en verhalen, de raad en de waarschuwingen, de trucs en methoden verspreiden zich van aantekenboek naar aantekenboek, van pagina naar pagina. Ze stromen over naar de hoeken van de kistjes, vermengen zich met stof en dode insekten, blijven in de sloten kleven zodat Grootmoeder rukt en wrikt aan de sleutels. Grootmoeder krijgt er nooit genoeg van me haar eigen woorden terug te horen lezen. Ik ga met mijn ene voet naar voren staan, het aantekenboek in mijn ene hand. Ze staart naar de bladzijden die bedekt zijn met vlekkerige krab-

bels, drukt haar extra sterke bril steviger op haar neus, maar zelfs dan kan ze het niet zien.

'Hier, Grootmoeder,' wijs ik. 'Hier ben ik.'

Terwijl ik lees, kijk ik hoe ze met haar mond de woorden vormt, haar gezicht verwrongen tot dat van een clown, een duiveltje. Grootmoeder wordt bleek van de inspanning. Ik lees tot mijn moeder de lamp op zijn laagst heeft gezet, tot mijn ogen pijn doen van het turen en ik hoest en mijn schouders strek. Ik vertraag de woorden tot een geeuw, maar nog steeds mag ik van Grootmoeder niet ophouden. Grootmoeder port me in mijn ribben. 'Zo gauw, nu al moe. Hoe wil je zo geesten verdrijven? Hoe Grootmoeders zaak afmaken? Zonder uithoudingsvermogen verbrand je geen geesten!'

Dus lees ik sneller. Ik lees met overdreven gebaren, mijn gezicht een kopie van Grootmoeders tijgergezicht, niet mijn gewone meisjesgezicht, maar meer dat van een operazangeres, zoals Grootmoeder het graag ziet. Met nadruk op elke gelaatstrek. Ik zet mijn voeten stevig op de grond, werp mijn handen van me af. De pagina's fladderen als ik met grote bogen het aantekenboek heen en weer zwaai, als ik lees met een tien voor expressie, een gouden ster achter mijn naam. Ik lees zonder te kijken. De woorden racen van de bladzijde af. Ik houd het aantekenboek op zijn kop, sla drie bladzijden tegelijk om. Ik ken Grootmoeders woorden inmiddels uit mijn hoofd. Ik spring over de gaten in haar woorden heen, de keren dat ze haar verhalen staakt met haar lippen stijf op elkaar geklemd. In die tussenruimten laat ik mijn moeders woorden glijden, en die van de bullebak, en van de Oude Priester uit de kantlijnen van zijn onttakelde album, en de woorden van de nonnen die struikelend en vallend het strijdperk betreden. Ik knars mijn eigen aarzelende woorden in de overgebleven ruimten, kijk zijdelings naar Grootmoeder om te zien of ze het merkt. Of ze zo'n woedeaanval krijgt. Maar Grootmoeder is oud nu, bijna veertien wentelingen van een vrouwenlevenscyclus, dus soms ziet ze het niet. Soms zit ze in haar speciale stoel bij de deuropening met haar kromgroeide voeten te tikken; haar ogen schieten naar links en naar rechts en het raam uit en omhoog naar het plafond, en noch mijn moeder, noch ik kan zeggen of ze hier is of ergens anders. Dus vis ik tussen de wirwar van andere aantekenboeken haar extraspeciale aantekenboek uit zijn kistje. Het rode leer geeft zachtroze af op mijn vingers. Eventjes houd ik mijn pen stevig vast, dan leg ik hem neer. De romige bladzijden zijn gevuld met een angst die mijn hart zo

luid doet bonzen, dat ik zeker weet dat Grootmoeder het horen kan. Maar haar lippen knijpen en strekken zich alleen maar van boos naar glimlach naar boos, net zoals ze doet wanneer ze de ingrediënten van de soep probeert thuis te brengen, wanneer ze druk bezig is een moeilijk tovermiddel te maken. Grootmoeder kijkt mijn kant niet eens uit. 'Wat denk je dat ik beloofd heb?' gromt ze. 'Wat denk je dat je zult krijgen?' Ze staart mijn moeder en mij aan alsof ze even geen idee heeft wie we zijn, alsof we niet meer in haar geheugenvijvers zwemmen. Ze protesteert niet eens als mijn moeder haar met zachte hand naar bed voert.
'Je hebt goed geleerd,' zegt Grootmoeder vlak voor mijn veertiende verjaardag tegen me. Grootmoeder geeft me haar potje geheimen te eten. Het potje is roestbruin, verschrompeld van jarenlang weken in haar dikke, ziltige bloed. De buitenkant is geribbeld en leerachtig. 'Mijn sterkste amulet,' zegt Grootmoeder.
'Wah, wat zwaar,' zeg ik, terwijl ik haar mijn pols toesteek zodat ze het touwtje van mijn oude amulet door kan snijden. Het potje maakt een kuiltje in mijn handpalm.
'Eet op,' raadt Grootmoeder aan. 'Je wordt er sterk van. Het beschermt je van binnen, maakt je als een rots zodat je niet zeeziek wordt, niet duizelig of licht in je hoofd, zodat je geen knikkende knieën krijgt, zoals je moeder die bij het eerste teken van gevaar, bij de eerste snuif van de krokodil al rechtsomkeert maakt. Zodat je de weg naar huis weet. Zodat je niet om zult keren.'
Ik houd het potje onder mijn tong. Ik weet dat het een krachtig middel is.

Wachten tot de heuvelgeesten het lokaas van de bullebak komen verschalken is als het moment voordat het oog van mijn grootmoeder dichtging. Het is als die lange, trage val op de grond, het moment tussen de herkenning en het raken van de grond. Gedurende dat moment zag Grootmoeder alles: de met storm beladen lucht, de oerwoudbomen die hun takken over de weg uitstrekten als de bogen van een kapel, haar her en der verspreid liggende varkensafsnijdsel en talismans, haar gebroken kom munten. De bandietenkring doemde als geknipt papier boven haar op. De geestenboodschap van de geliefde viel met de kolf van het bandietengeweer op haar hoofd neer. Even stond de geliefde voor Grootmoeder in haar glanzende jurk. Door Grootmoeders vloek van haar lichaam be-

roofd, haar mensengedaante tot niets verbrand, liet de geliefde zich maar een moment zien. Het maakte haar niet uit wat ze gebruikte om zich een moment te laten zien: een haveloze gek van diep uit het oerwoud, een schaduw boven aan de trap van de bibliotheek, vochtplekken als voetstappen naast de balustrade van een balkon. Alles om de geestenboodschap over te brengen. De geliefde glimlachte toen ze zag dat haar boodschap aangekomen was. Gedurende dat moment drong alles tot Grootmoeder door. Grootmoeder zag dat het verstrijken van de natte en droge seizoenen van haar bestaan, de gebruikelijke kronkels en bochten die ze maakte in de hoop een dergelijke boodschap juist in de war te sturen, slechts stappen waren op een pad dat begon op de dag dat de geliefde het huis van de rijke man werd binnengedragen. De dag dat de ziltige geur van de geliefde Grootmoeder argwanend deed snuffen. Al de tussenliggende jaren van haar geestenverdrijfstersroem en fortuin leidden slechts naar dit ogenblik van volmaakte helderheid. Grootmoeder bekeek het dalen en stijgen van haar levenspatroon met grote bewondering, alle stappen die ze had gezet, de geluksbogen, de verraderlijke plooien. De schoonheid van het patroon verbaasde haar zo, dat ze geen pijn voelde. Het genot voordat ze viel was zeer groot. Gedurende dat moment strekten tijd en ruimte zich eindeloos uit, om vervolgens plotseling, botweg, te worden afgebroken. Tegen de tijd dat ze de grond raakte, was ze het genot, de helderheid vergeten. Tegen die tijd kon Grootmoeder niet meer zien.
Wachten tot de heuvelgeesten het lokaas van de bullebak komen verschalken is als kijken naar kristal, een kwelling: als lamplicht op een lemmet vol zoutkorsten gadeslaan. Het lijkt of ik al eeuwig wacht. De maan heeft bijna de lengte van de door oerwoud omzoomde lucht afgelegd. Ik druk mijn lichaam tegen de aarde, met mijn ogen dicht; de varens ritselen om me heen. De oerwoudaarde lijkt elastisch, houdt me nauwelijks omhoog. Als ik opzij rol, zink ik in de grond. Ik lig heel stil en kijk naar kristal. Insekten mogen aan mijn oren knabbelen, nachtdieren over mijn buik lopen en nog zal ik niet bewegen. Achter mijn oogleden neemt de oerwoudduisternis enorme afmetingen aan, in mijn oren vormen oerwoudgeluiden een bonzen als van trommels. De minuten dijen en rekken uit tot ik het besef van alles behalve hun uitdijen en -rekken verloren heb en ik afwisselend groot, dan klein word; oneindig, dan niets. Tijd en ruimte rekken eindeloos. Ik probeer me het moment voor te stellen voor het dichtgaan van mijn groot-

moeders oog: mijn levenspatroon daalt en stijgt voor me zoals het hare deed, gezien met volmaakte helderheid. In tegenstelling tot haar bekijk ik het patroon niet met bewondering maar met een rillen, een beven dat eerst nauwelijks merkbaar is. Zelfs ik merk het eerst niet. Net als Grootmoeder kan ik precies zien waar het patroon begonnen is en waar het heen gaat. Hoe het ertoe geleid heeft dat ik nu als geestenlokaas op dit deel van het pad in het oerwoud lig. In tegenstelling tot haar maken die ingewikkelde haken en vegen van het patroon mij alleen maar aan het rillen en beven. Alleen de druk van de oerwoudaarde tegen me aan, de bladeren die in mijn oren kietelen, houden me op mijn plaats; houden me stil. In tegenstelling tot het oerwoud uit de verhalen van mijn grootmoeder is het oerwoud dat zich tegen mij aandrukt er geen van sprongen en huiveringen, noch een dat mijn slapende ogen openschuift van angst. De oerwoudaarde is warm en stil. De oerwoudbeesten zijn gewoon oerwoudbeesten, meer niet, die wegstuiven waar ik mijn voeten zet. Het vervloekte ding dat op wacht ligt, is geen angstding maar een ineengedoken ding, dorstig, zo groot als een uitgedroogde plek achter in mijn keel. Eén slok en de dorst is over. Mijn tong tintelt waar de bullebak erin gesneden heeft. Grootmoeders sterkste amulet ligt onder mijn tong als een steen. De bloedsymbolen die de bullebak in mijn hals heeft getekend zijn opgedroogd in stijve streken.

Als de heuvelgeest komt, ben ik er eigenlijk niet op bedacht. Het gekrijs dat door het oerwoud weergalmt, gaat bijna langs me heen. Het lage gesis van de bullebak vanuit haar schuilplaats brengt me bij mijn positieven. Ik kom omhoog van de oerwoudaarde alsof ik uit het water kom, eerst langzaam, dan met een schok die me recht overeind zet en mijn handen houvast laat zoeken bij een wortel of een boomstam, doet er niet toe wat. Ik doe mijn ogen open en zie de troep apen door de laaghangende takken zwiepen. Ik hoor het gedender door het kreupelhout, takken die buigen, struikgewas dat wordt ontworteld, het gejaagde gestamp van soldatenlaarzen. Ik weet dat de soldaten hun spelletjes aan het spelen zijn. In de takken boven mijn hoofd stort een van de apen van zijn tak naar beneden. De aap bungelt aan het gefonkel van draad, hij knauwt aan de draad, springt terug in de takken om even later nogmaals naar beneden te tuimelen. Het gekrijs van de eenarmige aap vervult de oerwoudnacht. Zijn wanhopige geruk aan de strik doet de bomen in de buurt rillen. De bullebak sist geërgerd dat het niet onze strik is die de heuvelgeest gevangen

heeft, ik hoor het woedende gebons van haar vuisten. 'Weg!' fluistert haar stem dringend. 'Vlug, aan de kant!'
Ik rol van het pad en kruip naast haar. De soldaten lopen zo vlak langs ons, dat we ze kunnen aanraken, maar we liggen zo stil als rotsen en bomen. Het gelach en geschreeuw van de soldaten overstemt zelfs het gekerm van de aap, het geknars van hun laarzen is luider dan elk ander geluid. De soldaten gaan in een kring om de gevangen aap staan. Ze slaan zich op hun ellebogen en dijen.
'Wah, eindelijk hebben we je te pakken!' roepen en joelen de soldaten.
'Aiya, doe je apedans!' porren ze hem met hun geweerkolven en stokken.
'Breek hem! Breek hem!' roepen ze, en ze doen het.
In de kring doet de eenarmige aap met de schurftige vacht en de gebroken arm zijn apedans. Hij draait sneller dan mijn grootmoeder in haar lang geleden feeëndans, hij tolt even wild in het rond. Zijn ogen puilen uit, schieten van de ene kant naar de andere. Het geklap en geroep van de soldaten stijgt almaar luider op, hun stemmen stoten als de ritmische stoten van de armen en achterpoten van de aap. Hun lichamen staan stram, hun bewegingen komen in plotse uithalen zodat de bullebak ineenkrimpt. De aap spert zijn kaken wijd open, zijn hoektanden krommen zich geel en scherp. De eenarmige aap zwaait aan de draad, rept zich van laars naar laars.
Ik begin te trillen als ik de heuvelgeest van de bullebak wild heen en weer zie rennen. De trillingen beginnen bij mijn voeten, kruipen langs mijn lichaam omhoog en schudden de grassen en bladeren. Mijn hele leven van lopen en luisteren en wachten komt door mijn keel naar boven borrelen, al mijn jaren van wandelen over het pad van Grootmoeders plan. De trillingen veranderen in giechels en kleine lachflarden die mijn tong doen tintelen en tegen mijn tanden drukken. Ik duw me verder het kreupelhout in en houd mijn hand voor mijn mond, zodat de soldaten het niet horen. Donzige bladerranken kietelen aan mijn neus, mijn schouders schokken als mijn lach naar buiten lekt. Naast me sist de bullebak. De bullebak vecht tegen de opkomende tranen. Haar adem is meelijwekkend scherp als ze zich met een grauw naar me toedraait. Ze draait mijn arm om tot er ook uit mijn ogen tranen springen, tot mijn lichaam ook kronkelt, om de stand gelijk te houden.

Als Grootmoeder slaapt, vouwen de bullebak en ik haar armen over haar borst. We leggen haar handen goed, buigen haar vingers in het teken: *Wend u af!* Tandpasta over haar wenkbrauwen, schoenpoets in zorgvuldige dotjes op haar wangen. We drukken onze lippen op haar wangen om kusafdrukken te maken, waar ze om zal lachen als ze wakker wordt. We schilderen een glimlach op haar afhangende lippen, lopen met potten verf en smeer die van gladheid haast uit onze handen glippen op onze tenen de kamer uit, en drukken een hand voor onze mond om ons gegiechel binnen te houden. Grootmoeder nestelt zich behaaglijk in haar stoel.

14. Een trein op een spoor

Dat is de plek waar ik eindigen moet. De heuvel met het klooster en het oerwoud wordt de Heuvel van Mat Salleh genoemd. Concurrerende scholen noemen hem de Heuvel van de Malle Zeiler. Op speciale feestdagen lopen kloostermeisjes uitdagend rond in zeemanskleren, ze naaien ingewikkelde frontjes voor op hun blouse, zetten stroken kant langs kragen en manchetten, wikkelen zwart plastic om hun kuiten om kniehoge laarzen te maken. Ze dragen gekrulde kartonnen hoeden met gekruiste knekels erop en zulke woeste geverfde snorren, dat iedereen onmiddellijk zijn buit afstaat. Sommigen zwaaien met een zilveren haak bij wijze van hand. Op speciale feestdagen hangt het klooster vol wimpels in alle kleuren van de regenboog, de nok van het dak is versierd met slingers en bloemen, ballonnen in alle soorten en maten zweven en dansen aan hun touwtjes, worden slapper naarmate de dag vordert. Op met de hand beschilderde vlaggen staat te lezen wat voor feestdag het is: spreekbeurtendag, heiligendag, sportdag, prijzendag, jubileumdag. In een feesttent op het grootste sportveld worden papieren bekertjes warme chocolademelk uitgedeeld om leraressen, ouders en meisjes extra energie te geven. Uit de oude luidsprekers van het klooster klinkt krakend moderne muziek, de groepen meisjes in zeemanskleren stralen een sfeer van onderdrukte opwinding uit, van een bedaarde pas die plotseling ontaardt in onstuimig gehol. 'Meisjes!' klinken de stemmen van de nonnen met regelmatige tussenpozen. 'Denk eraan dat jullie jongedames zijn, meisjes!' Op speciale feestdagen zie je kloostermeisjes al vlinderend groepen bezoekers rondleiden door het klooster, stadsbestuurders arm in arm met toonaangevende beschermheren, ouders van toekomstige kostschoolmeisjes die hun verongelijkt kijkende dochters aansporen. Hier zijn de klaslokalen, ruimschoots voldoende licht en lucht, daar de slaapzalen, de smalle bedden leren jonge meisjes hoe ze zoet moeten slapen, ze moedigen jonge botten aan recht te groeien. Daar ziet u onze mooie oude kapel en de ziekenzaal, en daar de bibliotheek, pas gerenoveerd, waar – uiteraard! – nog nooit, maar dan ook nooit iets onrustbarends is waargenomen. De toonaangevende beschermheren en de stadsbestuurders bewonderen het gevoel voor koloniale geschiedenis dat de gebouwen in jonge meisjes losmaken, die erfenis van pioniers en grondleggers, ze bekijken de fraaie marmeren standbeelden en pilaren, de geïmporteerde tegels.

Na de toespraken en de lunch, de jurering van de handenarbeid- en de mooiste-bloembeddenwedstrijd, na de eierraces en de Malle Zeiler-estafettes waarbij de directrice haar rokken opschort om te winnen; nadat de frontjes slap zijn gaan hangen, de zeemanshoeden zijn ingedeukt en nonnen en ouders gewoon wat staan te praten, drijven kloostermeisjes in groepjes van vier of vijf weg om de nieuwe meisjes nu echt rond te leiden. Ze nemen hen mee naar de kloosterkapel, waar de late middagzon een in het zwart geklede figuur belicht die glimlachend en wuivend om de heiligenbeelden zweeft, om vervolgens in een explosie van stralen door een plek op de muur te verdwijnen. Nieuwe meisjes worden uitgenodigd om de stenen op de binnenplaats te bekijken, waarop de zilveren slijtsporen zichtbaar zijn van wel duizend telkens terugkerende onaardse voeten. Ze worden voorbij de nonnen gesmokkeld die de wacht moeten houden bij bepaalde delen van de kloosterbibliotheek, het bovenste stuk van de trap en het balkon, ze duiken weg in de diepste schaduwen, maar hoe ze ook wachten, en de geestenroep fluiten die kloostermeisjes hun aanleren, en gillend opspringen van de koude vingers die langs hun ruggegraat glijden, de nieuwe meisjes kunnen haar niet zien. Ze kunnen de geliefde niet in de deuropening van het balkon zien staan, voor hen is haar glanzende jurk gewoon een laatste straaltje zonlicht, haar haar een zwarte schaduw die verdwijnt zodra de kloosterlampen aangaan. De nieuwe meisjes zitten op hun hurken en knijpen hun ogen half dicht. Ze ruiken niet haar ziltige geur, horen haar ook niet zuchten. De geliefde zucht alsof ze al een eeuwigheid zucht, maar de nieuwe meisjes horen het niet. Ze krabbelen overeind als ineens de kloosterklok luidt ten teken dat de feestdag ten einde is.

Dat is de plek waar ik eindigen moet. Het klooster op de heuvel naast het oerwoud is de oudste en de mooiste plek van de hele stad. Het is de plek van gezegden en verhalen die teruggaan tot lang voor mijn geboorte. De verhalen en gezegden uit het klooster zijn in de hele stad bekend, de Malle

Zeiler, de Rijke Man van het Landhuis, de Voorvaderbandieten die in lang vervlogen tijden adembenemende invallen en hinderlagen beraamden. Zelfs als niemand ze hun vertelt, kunnen kloostermeisjes de verhalen langs hun mouwen voelen strijken als ze door de oude gangen dwalen, kost het hun extra moeite om hun voeten op te tillen waar de gezegden aan hun schoenen plakken. In de oude gangen voelen kloostermeisjes soms water duwen en glijden. 's Avonds laat of 's morgens vroeg hangt er in bepaalde kamers een ziltige lucht. Bij het beklimmen van bepaalde trappen worden ze geduwd tot ze boven zijn, zijn hun voeten bijna van de grond, veerkrachtig, borrelen er luchtbellen langs de oren van kloostermeisjes. Onvaste gestalten wervelen om hen heen, glimlachende meerminnegestalten met het hoofd van mooie vrouwen en de staart van een zeedraak, die in het voorbijgaan de kloostermeisjes door hun haren woelen. Kleurige vissevormen knabbelen aan tenen en vingers, de lucht beweegt in vochtige linten. Boven aan de trap staan kloostermeisjes stil, in de war, met bonzend hart en hijgende adem, als na een te snel opduiken uit een vijver. Kloostermeisjes worden bevangen door een wilde drang om het op een lopen te zetten, hun mond gespreid in een lach. De hele hete dag dragen ze de herinnering aan de koele groene diepten bij zich, dat zijdeachtig glijden van een gewichtloos lichaam. Hun manier van lopen is opgetogen. Ze kijken of hun huid soms nat is.

Het is door de herinnering aan de koele groene diepten dat de geliefde blijft zuchten. Daardoor blijft ze staren en staren, al vangt ze vanwaar ze staat niet eens een glimp op van de zee. De geliefde drukt zich tegen de balustrade van het balkon. De herinnering aan de koele groene diepten is een balsem voor haar huid, het is een druppel vocht in een uitgedroogde keel. De kloosterlucht schraapt tegen haar aan, verstikkend, de lucht is ontbinding, is armen-om-haar-heen, de armen van een rijke man die grijpen en trekken en haar in de rondte doen strompelen. De lucht is branderig, het knapperen van een vloekvuur, een verschrompelen tot verbrande stokken. De lucht is een naar binnen gekeerd geluid dat haar opslokt, het geluid van doorboorde wezens, van uit de diepten geplukte wezens. Slechts geleidelijk aan beseft de geliefde dat het geluid van de doorboorde wezens van haar afkomstig is. Pas dan ziet ze dat het niet de lucht is die brandt, maar zijzelf. De geliefde is rook die opstijgt. Ze is niets. Niet meer dan een zuchtje wind dat twijgjes en bladeren beroert. De oerwoudbladeren zijn koel om een ogenblik op te rusten, de oerwoudduisternis doet haar ogen geen pijn. De geliefde heeft geen ogen. Ze is rook die opstijgt. Ze is een glippen door de boomtoppen, een glijden over de trage minuten, de maanden, de lange ronddraaiende jaren. Ze is een wachten dat zelfs de oerwouddieren kunnen horen, die verstarren als ze langskomt en wegsnellen van haar pad. Op hun dorst na zouden het onderwaterrotsen en -stenen kunnen zijn waar ze overheen glijdt, zouden die takken koraal kunnen zijn, dit een plant zeewier. Zouden deze oerwoudpaden de paden van de zee kunnen zijn. Maar de lucht is branderig. Het zangerige geklets van een onder wat bosjes liggende oude man trekt haar aan, dat geratel van een adem zo oud, dat hij spoedig raspend tot stilstand zal komen. De oude man zakt weg in zijn huid en botten. Alleen lapjes zeildoek waarmee zijn broek versteld is geven zijn oorsprong aan, alleen de tatoeages op zijn arm: een anker, een roos, nog een roos. Zijn gezicht is gerimpeld perkament, wasachtig, zijn ogen de kleur van krullende bladeren. Een vaag geruis door de boomtoppen trekt zijn hoofd omhoog. De gestalte die boven hem zweeft, perst zijn laatste adem tot een gepiep. Als de geliefde in hem binnentreedt, lijkt het op een geval van ernstig overeten, de *boem!* van een onverwachte val. De mond van de oude man rekt almaar verder uit terwijl hij liters zeewater doorslikt, zodat hij zich verslikt en kokhalst, maar zijn botten worden stevig, zijn vlees zwelt glad op. De malle zeiler gaat plotseling overeind zitten. Hij spert zijn ogen wijd open.

Voordat ik op natuurlijke wijze geboren kon worden, griste mijn grootmoeder me uit mijn moeders schoot. Dat maakte deel uit van Grootmoeders plan. In mijn moeders schoot porde en prikte ze me, keek hoe de zeeschelpboog van mijn lichaam zich krulde tot armen en benen; luisterde aandachtig of ze hartgeruis hoorde of kromgroeiende ledematen of zwakte in het gemurmel van mijn bloed. Mijn hoofd was gebogen tot een instemmend knikje dat Grootmoeder beviel, mijn lippen vormden een volmondig ja. De gekookte kruiden die ze mijn moeder te drinken gaf, versterkten mijn beenmerg en lever en botten. 'sAvonds zaten ze naast elkaar, Grootmoeder in haar stoel bij de deur, mijn moeder naast haar, en keken naar het komen en gaan van de avond. Mijn moeder mocht zich ternauwernood bewegen. Ze liet zich met haar volle gewicht in haar stoel zakken. Voorbijkomende buren bleven staan voor een praatje, maakten grapjes over mijn moeders buik zodat ze

haar hoofd liet hangen. Grootmoeder duwde mijn moeders kin met haar vinger omhoog. Ze wierp de buren haar tijgerblik toe en bulderde haar verstommende lach. Ze draafde af en aan voor mijn moeder, vertroetelde haar als een oude kindermeid. Toen ik geboren werd, viel ik in mijn grootmoeders handen als een langverwachte gave. Als de zware koperen sleutel die nodig was om het opwindspeelgoed van de rijke man in beweging te zetten, om zijn modeltrein ratelend op gang te brengen over de door de halve kamer lopende rails. De rijke man liet de sleutel boven Grootmoeders hoofd bungelen terwijl zij ernaar sprong en graaide; soms liet hij hem vallen. Grootmoeder maakte haar handen tot een kom om zeker te zijn van haar vangst. Ze wiegde me voorzichtig. Mijn eerste ademhaling was zwaar van haar geur, die geur van haar overstelpende verlangen die tot verbrandens toe over mijn adem schuurde, die mijn longen deed opzwellen. Het eerste geluid dat ik maakte, was een echo van haar lach, het eerste wat ik ontwaarde, haar boven mij zwevende gezicht. Grootmoeder duwde de uitgestrekte armen van mijn moeder opzij en drukte me aan haar eigen borst. Ze bracht mijn lippen naar haar gerimpelde tepel; prikte en kneep in mijn huid. Ze kraste me in mijn ogen zodat ik kon zien.
Dat alles maakte deel uit van Grootmoeders plan.
Vanaf de tijd dat ik een klein kind was, weet ik al van mijn grootmoeders plan. Ik heb het haar nagezegd, als stadsgezegden die kinderen worden nageroepen als ze iets hebben uitgehaald, als van buiten geleerde kloostergezegden. Elke ochtend stijgen mijn fluisteringen zangerig op, terwijl Grootmoeder met haar hand de maat slaat. Mijn mond vormt zich naar de vorm van haar mond, dreunt het rijtje dingen op die ik onthouden moet, stappen die ik voor het eind van mijn tweede levenscyclus nemen moet, geheimen die ik nooit vertellen moet. De medeplichtigheid van glimlach en knipoog die we al delen zolang ik me herinneren kan, is slechts een van de banden die ons nauw met elkaar verbinden. Ik heb altijd mijn grootmoeders geheimen gekend, zelfs de geheimen die ze niet graag vertelt. De geheimen die niemand anders kent. Mijn grootmoeders geheimen splitsen haar gezicht in lagen als ze slaapt. Haar hopen verzamelen zich in klompjes onder dit oor, op die wang. Kleineringen uit het verleden geven haar huid een schimmelige kleur. Ik ken haar angsten dat ze te veel zal vertellen. Niemand kan Grootmoeder overhalen iets te vertellen voordat de tijd er rijp voor is. Al sinds ik een klein kind

was, wacht ik met mijn grootmoeder de juiste tijd af. Grootmoeder zegt dat alles verdragen moet worden. Al valt het wachten zwaar en al komen mijn voeten door het lopen onder de blaren te zitten, al krijg ik van het schrijven een knobbel op mijn middelvinger zo groot als een extra bot, toch zegt Grootmoeder dat ik moet blijven wachten en lopen en schrijven. Ik moet niet opgeven. Zij die verdragen, zullen winnen. Grootmoeder heeft me de stappen laten zien die je toepassen moet om tot volharding en overwinning te komen, de wortels van het leven. Ze heeft me de stappen van haar plan laten zien. De ene stap na de andere, elk alsof je een pad bewandelt. *Ten eerste: naar het klooster gaan. Ten tweede: de bullebak volgen. Ten derde: grootmoeders geestenhakmes terugkrijgen. Ten vierde: het oerwoud afzoeken naar haar andere onafgedane zaak. Ten vijfde: die verbranden. Ten zesde. Ten zevende. Ten achtste.* Grootmoeder heeft me dat allemaal laten opschrijven. Telkens als ze een nieuwe stap bedacht, schoof ze me haar boek toe. De stappen die haar aantekenboeken vullen, zijn bijna net zo talrijk als haar jaren. Grootmoeder is oud nu, dus soms haalt ze ze door elkaar. Kan ze zich niet herinneren welke stappen ik al genomen heb, of van welke ze gezegd heeft dat ze niet meer nodig zijn, welke nog komen moeten.

'Welke nu, Grootmoeder?' vraag ik telkens weer en ik laat mijn vinger langs de lijst glijden, sommige punten zijn aangekruist en onderstreept, over andere is heen geschreven, weer andere zijn doorgekrast. Maar Grootmoeder weet het nooit zeker. Ze laat me voorlezen met lange tussenpozen, zodat ze kan nadenken. Ze laat me de volgorde veranderen, hele bladzijden tegelijk overschrijven. Naarmate de jaren verstrijken, vertakt het plan van mijn grootmoeder zich in alle richtingen, glibberen en glijden de stappen ervan tegen elkaar aan, snijden zigzaggend over de pagina's, zodat mijn pen er achteraan snelt en ik het nauwelijk kan bijbenen. Zelfs door half toegeknepen ogen lijkt het plan geheimzinnig. Op zijn kop ziet het eruit als een grote oerwoudboom. *Vijfendertig: minachting tonen als de nonnen uiteindelijk bidden en smeken om een tweede dienst. Achtentwintig: de dochter van de buren vervloeken voor haar grote mond. Veertien: Grootmoeders oudste vijand in één vurige klap vernietigen.*

'Welke, Grootmoeder? Welke wilt u nu?' roep ik als ze de volgorde van haar plan opnieuw verandert. Ik word duizelig van de kronkels en bochten op de bladzijden, blijf haken aan elke vertakking.

Grootmoeder geeft me een tik op mijn polsen om me wakker te schudden. Ze trekt aan mijn strak gevlochten haar. 'Heb je niet geluisterd? Heb je niet gehoord wat Grootmoeder zei? Aiya, heeft Grootmoeder je niet leren zien?'
Voordat ik op natuurlijke wijze geboren kon worden, had mijn grootmoeder me al leren zien. De oogversterkende soepen die ze ondanks trekkebekken en een snel afgewend hoofd in mijn moeders keelgat goot, kweekten scherpte waar ogen normaal gebogen zijn. Als ik zijdelings kijk terwijl ik behoedzaam mijn pijnlijke polsen wrijf, zie ik dat de kern van Grootmoeders plan niet verandert. Haar plan is een boomstam die in het midden gespleten is, de talrijke vorken en takken zijn slechts omleidingen, zijsprongen voor als er meer tijd is. Grootmoeders twee meest gehate vijanden komen het eerst. Ik sta met mijn rug stokstijf, de vlechten waaraan ze getrokken heeft pijnlijk, mijn armen als onhandelbare takken om Grootmoeders aantekenboeken geklemd. Mijn tenen graven zoekend in de vloer naar kieren en spleten om me houvast te geven. Maar ondanks alle jaren oefening doet mijn rug pijn. Klinkt in mijn stem een hapering. Mijn voeten laten overal waar ik loop deuken achter, dus mag ik niet in bepaalde delen van het klooster komen, op gazons en wandelgangen en geboende vloeren; thuis struikelt Grootmoeder over mijn voetstappen en strijkt mijn moeder de vloer geduldig weer aan met cement. Ik mag niet lopen waar andere meisjes lopen. Ondanks alle jaren dat ik mijn grootmoeders stappen en verhalen, haar raad en haar waarschuwingen heb neergekrabbeld, alle jaren dat ik vingeroefeningen heb gedaan om mijn vingers lenig en sterk te houden, vliegt de pen soms uit mijn hand. De pen ligt te schommelen tussen mijn grootmoeder en mij.
Als ik veertien word, zal ik alle finesses van haar plan kennen. De wonderbaarlijke groei van de takken ervan, de manier waarop ze zich verdraaien tot een patroon dat mijn grootmoeder bevalt, ken ik al. Soms is de kromming van de takken als het breken van bot. Grootmoeder luistert met plezier; bottenbreken is noodzakelijk wanneer je een bevredigende vorm wilt kneden. Een voet gewelfd als een oorlel, de verhouding tussen huid en vlees opnieuw gerangschikt. Grootmoeder knoopt haar plan zoals ze haar klitten in mijn haar wrijft, elke klit met zorgvuldig overleg, nauwgezet tussen wijsvinger en duim gedraaid. Haar verschrompelde handen vlechten vaardig de lange zwarte strengen op hun plaats. Ik kniel kronkelend van het ene been op het andere, terwijl zij over mijn

hoofdhuid schraapt. Ze kijkt zonder te knipperen toe hoe ik haar woorden op papier rijg. Ze haalt de hoeken van mijn ogen omhoog, trekt elke eventuele frons glad. 'Grootmoeder, dat doet pijn!' zorgt alleen dat ze haar klitten nog strakker maakt. Dat ze nog meer stappen aan haar lijst toevoegt. Als Grootmoeder klaar is, zijn de bladzijden van haar aantekenboeken net zo dik als mijn vlecht. Hun speciale kistjes barsten uit hun voegen. Ik kan ze bijna niet optillen. Mijn vlecht zit zo strak, dat ik mijn hoofd haast niet kan bewegen, hij puilt alle kanten uit van de klitten, zo ingewikkeld geweven dat mijn moeder tussen haar tanden fluit als ze probeert ze los te maken. Door Grootmoeders klittenpatroon moet ik mijn hoofd scheef houden.

Vanaf de tijd dat ik een klein kind was, weet ik al welk patroon er lang voor mijn geboorte werd uitgestippeld. Dat scheefhouden van het hoofd heb ik altijd gekend. Mijn levenspatroon werd uitgestippeld door mijn grootmoeder, mijn moeder, mijn verdwenen vader, de rijke man, de geliefde, de nonnen, de malle zeiler, alle kronkels en bochten in hun verhalen, het lopen en de kleineringen en verlangens en zuchten en haatgevoelens en huilbuien die ze wel en niet gekend hadden. Alle verhalen die ze vertelden, en niet vertelden. Ik heb altijd geweten hoe ver we moeten lopen, en hoe vreselijk weinig tijd er is. Dat heeft mijn grootmoeder me geleerd. Ik weet al wat haar kostbaarste bezit is. Ik weet het zeker. Grootmoeders kostbaarste bezit is een schat die krimpt of groeit afhankelijk van degenen aan wie ze hem laat zien, en hoe goed die luisteren, en of ze hebben leren zien. Het is een schat die zich uitstrekt tot hele spelonken vol robijnen en diamanten en parelsnoeren, hij heeft het formaat van haar aantekenboeken, het timbre van haar stem die rijst en daalt en die de bullebak, mijn moeder en mij eerst omhoogstuwt naar het rokerige plafond en dan omlaag, de kieren van de vloer in. Grootmoeders schat is een wraakinstrument, een manier om gezichtsverlies te herstellen. Ze koestert hem als een speciale haat. Hij is omvangrijk, vult hele dagen en nachten, sijpelt vanuit haar stoel bij de deur de straat in. Hij is niet groter dan een meisje in haar tussenfase. Als ik veertien word, zal de hoek van mijn scheefgehouden hoofd zo scherp zijn, zal ik zo zwaar zijn, dat ik mijn voeten bijna niet meer kan optillen. Zal ik overlopen van alles wat mijn grootmoeder geprobeerd heeft me te leren, zullen al de jaren van opleiden en vertellen mijn bloed doen verstijven tot spint. Mijn armen zullen geheven zijn in de richting die Grootmoeder bevalt, mijn vingers wijzen en ook mijn hoofd hangt dan die kant op. Mijn voeten zullen stevig in Grootmoeders aarde geplant staan. Haar verhalen doen nu mijn borst en hoofd al opzwellen, ze koeken vast aan mijn huid met kolkende knobbels. Ik zal langzaam uitademen, voorzichtig, in de ruimten die er nog over zijn. Ik zal me die ruimten toeëigenen. Een oerwoudwind zal me wiegen. Een plotselinge oerwoudwind zal de aarde aan mijn voeten beroeren. Het zal een genot zijn om te vallen.

Grootmoeder zegt: *Mensen die het op een akkoordje gooien met geesten of demonen, komen er soms bekaaid af. Mensen die roekeloos beloften doen, krijgen er vaak spijt van. Geesten weten dingen die mensen niet weten. Als een geest iemand een dienst bewijst, verwacht hij er altijd iets voor terug, en vaak draait het voordeel voor de begunstigde op een nachtmerrie uit. Denk nooit dat je een geest te slim af kunt zijn of hem kunt afzetten, tenzij je een machtige wijze vrouw bent die goed thuis is in de kunsten van de tovenarij. Tenzij je haar stevig is aan de wortels en je gezichtsvermogen zo scherp als een boor. Soms worden zelfs machtige wijze vrouwen te pakken genomen. Fluit nooit zomaar wat voor je uit als je 's nachts alleen aan de wandel bent. Fluiten is een roep die een slapende geest wekken kan. Je moet geen slapende geesten wakker maken. Doe geesten nooit af als verzinsels of als schaduwen die overgebleven zijn van nachtmerries. Geesten zijn net zo echt als jij en ik, en net zo snel beledigd.*

Toen mijn grootmoeder een ouder meisje was in het spookhuis, wist ze dat haar leven zoals ze het kende ten einde liep. In die dagen bracht Grootmoeder vele uren, vele dagen in haar eentje door. Ze liep door het huis van de rijke man als een schaduw die je alleen vanuit je ooghoeken ziet. In die dagen was haar lievelingsplek de boekenkamer van de rijke man. Daar ging Grootmoeder heen als het overal elders onvriendelijk leek. Daar verbeeldde ze zich voor het eerst haar geheugenvijvers, haar geheugen steeg en daalde in glibberige bogen als een zijdeachtig zeewezen, als een siervis. Daar herinnerde Grootmoeder zich betere tijden.

De boekenkamer van de rijke man was groter dan het huis van haar jeugd uit mijn grootmoeders herinnering, de plaats in de stad waar zij en haar familie gewoond hadden. Grootmoeder stelde zich voor dat haar broers en zusjes door de boekenkamer renden, zigzaggend om en in de hoeken en nissen, in de war gebracht door zoveel ruimte. Ze stelde zich voor dat haar moeder languit op de geboende vloer lag, haar armen en benen helemaal uitgestrekt zonder dat ze iets raakte. Dat was haar moeders dagdroom als ze de eindeloze rijstekoekjes rolde voor de markt, als ze zich over bakken water boog die haar gezicht weerspiegelden in olieachtige vegen: dat ze haar lichaam in volle lengte uit kon strekken op een schone vloer zonder dat ze stapels opbergdozen of keukengerei of bundels vuile kinderwas raakte. Zonder dat er manden lappen en kleren en groenten boven haar hoofd hingen te kraken.

Grootmoeder strekte zich uit op de vloer van de boekenkamer van de rijke man en roerde in haar geheugenvijver. De planken vol in leer gebonden boeken reikten tot aan het plafond dat vrij was van veilig voor rattengeknaag weggehangen manden. De vloer van de boekenkamer strekte zich uit in alle richtingen, geen dozen of stapels stinkende kleren om tegen aan te botsen terwijl Grootmoeder op haar rug door de kamer schoof, alleen een divan bij het raam, een tafel waarop als een paar meedogenloze ogen de leesbril van de rijke man lag. Grootmoeder liep langs de planken en liet haar vinger langs de ruggen van de boeken glijden. Ze bekeek nauwkeurig het ene boek na het andere. De gecombineerde geur van leer en een goede kwaliteit papier stegen haar direct naar het hoofd. Eerst beperkte ze zich bescheiden tot snuiven aan de kaften, toen sloeg ze ze met een snelle beweging open om haar longen te vullen. De kamer was vervuld van het geluid van Grootmoeders ademhalen. Grootmoeders verrukking. Elk boek rook anders: naar waar het vandaan kwam en de handen die het gemaakt hadden; naar de verre boekenplanken waarop het eens gelegen had. De lievelingsboeken van de rijke man ademden zijn muskusachtige geur.

Toen Grootmoeder een kleiner meisje was, had ze de boeken naar de plek gedragen waar de rijke man zat, aan zijn bureau, terwijl de pen in zijn hand over het papier gleed. Grootmoeder bewonderde de voortsnellende bewegingen van de hand van de rijke man, de haken en verschuivingen die een spoor van inkt achterlieten dat nu eens fijn was, dan weer zwaar. Ze bewonderde de magische kracht van dat spoor van woorden die ze niet kon ontcijferen, hoe het zijn hand verliet in een dikke envelop en terugkeerde in de vorm van goederen uit de stad die er een hele dag over deden om bezorgd te worden, of van nieuwe uniformen voor alle bedienden, of van soldaten die kwamen patrouilleren langs de oerwoudzomen van het landgoed van de rijke man, om het tuig uit de stad van zijn poorten te weren.

'Nee, het is geen tovenarij,' zei de rijke man afwezig toen Grootmoeder het hem vroeg. 'Het zijn woorden. Weg nu maar.'

Grootmoeder stond bij het bureau van de rijke man en keek naar zijn soepele lussende woorden, die zo verschilden van de snelle sneden en punten van de taal die ze zich uit haar jeugd herinnerde, en die de briefschrijver langs de weg voor haar neerkrabbele op vodjes papier waarmee ze naar de lommerd moest of naar de medicijnwinkel of de winkel van de liefdadigheidsvereniging. Minutenlang bleef Grootmoeder staan met haar stapel boeken in de hand en zei geen woord. Als hij in een goede bui was, glimlachte de rijke man na verloop van tijd. Dan legde hij zijn pen neer, pakte de boeken van Grootmoeder aan en zette haar op zijn knie. 'Als ik een keer tijd heb, zal ik je leren lezen en schrijven,' beloofde hij en hij maakte een weids gebaar door de boekenkamer. 'Dan zul je het zelf zien. Dan zul je alles weten wat er te weten valt. Wil je dat wel? En wat krijg ik daar dan voor terug?'

Als de rijke man de boeken opensloeg, ademden hij en Grootmoeder de kostelijke geur ervan in. De rijke man en Grootmoeder lachten. Terwijl hij las, bestudeerde ze zijn gezicht, zijn diepliggende ogen en zijn haar, dat fijn en goudglanzend om zijn oren krulde. Grootmoeders eigen haar zat glad om haar hoofd als een glanzende zwarte muts. Ze bootste de onbekende vormen van zijn mond na. Als hij haar de woorden en de plaatjes uitlegde, keek ze aandachtig toe. Als hij weer doorging met lezen, ademde ze diep in. Ze zag de woorden zinderen van hun eigen vreemde macht. Grootmoeder ademde diep in. Ze dacht dat ze de macht van de woorden, hun vormen en betekenissen zo van de bladzijde af kon ademen.

Toen mijn moeder een jonge vrouw was, was er een moment tussen de tijd dat ze een meisje was en de tijd dat ze in ieders ogen een vrouw van middelbare leeftijd werd, afgetobd, met ingevallen gelaatstrekken. Gedurende dat moment was mijn moeder een jonge vrouw, niet meer en niet minder. Haar ogen verwijdden zich enigszins. Haar blik liet zijn gebruikelijke schichtigheid varen en bleef rusten op nooit eerder waargenomen vormen en kleuren, op rookschaduwen in het kachel-

vuur, insekten die in het licht dansten. Haar wang rustte lange ogenblikken op elke vensterbank die zich daarvoor leende, een lok haar werd om en om gedraaid tussen wijsvinger en duim. Gedurende dat moment, dat mijn moeder zowel een oogopslag als een eeuwigheid toescheen, balanceerde ze aan een scharnier: ze ging een hoek om. Daar stond ze, mijn moeder, een oogopslag of een eeuwigheid lang, volkomen in evenwicht. Ze kon beide kanten op zwaaien, maar ze stond daar, een oogopslag of een eeuwigheid lang, volkomen roerloos. Toen ontdekte mijn moeder dat roerloosheid het zwaaien niet tegenhoudt. Een oogopslag of een eeuwigheid later was haar moment voorbij.
Toen ze niet zo jong meer was, toen haar gezicht getekend was door werk en oude tranen en haar handen eeltig waren, haar benen als een stafkaart met aderwortels bedraad, waren er avonden waarop het moment van mijn moeder terugkwam. Op sommige avonden staan de bullebak en ik haar met open mond aan te kijken. De bullebak en ik staken onze bezigheden en gaan aan mijn moeders voeten zitten. Haar gezicht op die avonden is stralend, een tikkeltje schuin, haar naald zweeft tussen het kloostermeisjesverstelgoed en de lengte van de draad. Mijn moeder staart net voorbij onze linkerschouder, ze staart als het stille oppervlak van water, eindeloos wegebbend. Al gauw is ze zo ver weg, dat we onze handen moeten uitstrekken om haar terug te roepen. De bullebak en ik laten ons hoofd tegen mijn moeders benen rusten en ze glimlacht, ze raakt ons hoofd aan met haar handen.

Mijn grootmoeder houdt van gokken. Voor iemand die de vijand is van ravage is ze niet erg netjes. Ze leeft het leven als de losse streken van een met inkt doordrenkt penseel, als de halen waarmee de bullebak het bord uitveegt. De talloze dozen die tot ooghoogte staan opgestapeld in Grootmoeders kamer lopen over van haar leven: een waterval van sjaaltjes in deze hoek, geestenverdrijfsterskostuums uit vroeger tijden die uit hun papier glippen, kartonnen dozen die niets anders bevatten dan hun lang geleden geuren. Grootmoeder ademt diep in. Als mijn moeder probeert de kamer op te ruimen, jaagt ze haar weg. Mijn grootmoeder houdt van onaffe dingen. Ze houdt ervan tegen elke verwachting in te winnen, dat oneindige ogenblik net voor het winnen, als de stilte over de kamer daalt. Het rondje schreeuwen en ongelovig applaus dat haar boven het hoofd hangt, de verslagen vijand die haar de hemel in gaat prijzen. Grootmoeder wil nooit dat iets af komt, ze wil nooit tot het einde gaan. Ze is altijd bang dat ze te veel vertelt; dat ze haar verhaal al prijsgeeft voor het einde. Ze hobbelt rond met haar oren vol van een applaus dat zo dadelijk los gaat barsten. Voor haar is de *verwachting* even mooi als het eigenlijke geluid. Net als bij haar lang geleden feeëndans, haar springen en draaien tot haar adem in stukken werd gereten: zodra het applaus komt en de dans voorbij is, de speelschuld is betaald en de kaarten open op tafel liggen, dan is al het springen en draaien, het wachten en plannen smeden en piekeren tot haar haren in pieken uitzakken op de vloer, in een moment vergeten. In een moment zijn de jaren van kronkels en bochten, van met slaande handen en op haar borst slaand in de deuropening zitten, allemaal voorbij.

In het begin van Grootmoeders geestenverdrijfstersperiode stond ze bekend als een opschepster. Grootmoeders kraam was het grootst, het kleurigst, hij hing vol spiegels en pauweveren, papieren figuurtjes en stukjes geklopt metaal die klingelden op de wijs van elke langsstrijkende wind. Grootmoeder had de zwierigste verkoopmethoden. Haar oproeptrommel was het luidst, haar liederen en leuzen waren het indrukwekkendst; haar genezingen zo wonderbaarlijk, dat zelfs ongelovigen van heinde en verre toestroomden. De slavengeesten die ze opriep waren zo angstaanjagend, dat je ze alleen kon zien tussen de kieren van je vingers door, zelfs Grootmoeder moest er haar speciale zonnebril voor opzetten, zo'n spanning gaf het om ze te zien. Klanten liepen te hoop om mijn grootmoeders stijl te bewonderen. Ze stonden te duwen en te dringen, het zweet hoopte zich op in de lepelvormige delen van hun lichaam als ze op hun tenen gingen staan om beter te kunnen zien. Rook uit haar geïmproviseerde verbrandingsapparaat maakte Grootmoeders tijgerblik rood, haar gewaad zwaaide en klapwiekte bij elke beweging. De puilogige schaduwen fladderden om haar heen als vlammen, ze gooiden gekleurde lichten in de lucht die de menigte ooh en aah ontlokten, wierpen vuurballen waar de menigte gillend voor wegdook. De open plek waar Grootmoeder optrad was ongelijk aangestampt door talloze schaduwachtige voeten. Haar giftendoos zat zo barstensvol, dat ze er nog een extra bij moest zetten. Als ze de mensen een plezier wilde doen, ging ze op één been staan, met haar armen gespreid als vleugels. Als ze stilte wilde, sloeg ze op haar trommel en tolde en draaide zo snel in het rond, dat de menigte nauwelijks haar voeten kon zien. Als

ze haar hand ophief, betekende dat dat ze op het punt stond te gaan spreken.
In vroeger tijden, toen ze nog maar net een jonge vrouw was, kwam mijn grootmoeder een geest tegen toen ze op een avond aan het wandelen was. Dat was in de dagen dat ze nog leerling-geestenverdrijfster was. De geest dook plotseling naast Grootmoeder op. 'Wie ben je?' vroeg Grootmoeder.
'Ik ben een geest. En jij?'
'Ik ben ook een geest.'
'Waar ga je naartoe?'
'Naar de stad.'
'In dat geval kunnen we een stuk samen oplopen.'
Grootmoeder en de geest liepen naast elkaar verder. 'Aiya, wat gaat lopen toch langzaam!' riep de geest uit. 'We gaan vast veel sneller als we elkaar om de beurt dragen.' De geest bood aan om eerst Grootmoeder te dragen. Na een paar kilometer mopperde hij: 'Wah, wat ben je zwaar. Ben je echt een geest?'
'Natuurlijk!' riep Grootmoeder. 'Ik ben een nieuwe geest, daarom ben ik zwaar.' Toen Grootmoeder de geest droeg, voelde ze hem nauwelijks. 'Omdat ik nog een nieuwe geest ben,' zei ze op gezellige toon, 'weet ik eigenlijk niet goed waar wij geesten nu het allerbangst voor zijn.'
'Voor mensenspuug natuurlijk! Daar hebben we een gloeiende hekel aan.'
Grootmoeder liep door tot ze bij een moeras kwam. Ze liet de geest voorgaan. De geest scheerde over het water, sprong netjes over mangrovewortels, terwijl Grootmoeder struikelend en spetterend achter hem aan kwam. 'Waarom ben je zo onhandig?' vroeg de geest. 'Waarom maak je zoveel lawaai?'
'Neem me niet kwalijk alsjeblieft,' zei Grootmoeder verontschuldigend. 'Dat komt omdat ik een nieuwe geest ben, ik ben nog niet gewend om door water te lopen.'
'Geeft niet,' antwoordde de geest.
Toen ze aan de rand van de stad kwamen, gooide Grootmoeder de geest over haar schouder. Ze begroef haar vingernagels in zijn benen. 'Wat doe je?' riep de geest en hij smeekte haar hem neer te zetten, maar Grootmoeder trok zich er niets van aan. Op een holletje liep Grootmoeder de stad in. Op de markt smeet ze de geest, die van angst in een varken veranderd was, voor de voeten van de varkensslager neer. Ze spuugde op hem zodat hij niet kon omkeren.
'Wat een mooi varken!' riep de varkensslager uit, want zo'n

varken had hij sinds het begin van de voedseltekorten niet meer gezien, en hij gaf Grootmoeder prompt een handvol munten. Grootmoeder liet de munten onder het lopen in haar zakken rinkelen. Ze hield op met tollen en draaien en keek naar de menigte die rond haar kraam te hoop was gelopen. Het lamplicht schitterde in de stukjes spiegel die ze op haar jurk genaaid had. De laatste slag op haar trommel kondigde het einde van het verhaal aan. De menigte barstte uit in klappen en gejuich en haar giftendoos ging van hand tot hand. Mensen die last hadden van geesten, riepen door elkaar om haar van hun ellende te vertellen, om antigeestendrankjes te kopen en een afspraak te maken met de enige geestenverdrijfster in de stad die een vervelende geest in een varken kon veranderen. De geur van gebraden varken kriebelde in hun neusgaten. 'Een voor een!' beval Grootmoeder, nam zwierig haar penseel ter hand en noteerde nauwgezet hun namen.

Altijd als de bullebak en ik de voorkamer in komen stampen en op de grond neerploffen, herinnert mijn grootmoeder ons aan dit verhaal. De bullebak en ik rukken onze met zweet doorweekte schoenen uit en gaan languit met onze benen tegen het koele cement gedrukt op de vloer liggen. We schoppen tegen de bundels kloosterwas die we mijn moeder naar huis hebben helpen sjouwen. 'Hebben jullie hem gevonden?' wil Grootmoeder weten; ze prikt ons met haar rotting en de bullebak en ik kijken elkaar aan. De bullebak en ik schudden schaapachtig ons hoofd. We schieten in de lach en schudden ons hoofd tot onze haren wild in de rondte zwiepen en onze wenkbrauwen rechtop staan. Grootmoeder herinnert ons aan dit verhaal om ons op het spoor te houden. Je moet je niet laten afleiden als je een schat zoekt, zegt ze. Je moet brutaal zijn als je met geesten te maken hebt. Hoe angstaanjagend of vermoeiend het lopen ook mag zijn, hoe scherp de geestentanden ook flikkeren in het maanlicht, je moet zorgen dat je ze bijhoudt. Rillingen moeten uit de stem gebannen worden, de drang om het op een lopen te zetten moet worden ingetoomd tot een slentergang. Je moet maar denken aan het gebraden varkensvlees.
'Vertel ons het verhaal van het spookhuis, Grootmoeder!' vallen de bullebak en ik haar in de rede om een eind te maken aan haar gevit. 'Grootmoeder, vertel ons het einde!'
Maar Grootmoeder kijkt ons alleen maar glazig aan. 'Waar was Grootmoeder gebleven?' mompelt ze, en ook al vertellen

we het haar, ze humt en ahaat, en gaat andere kanten op, moppert over pijnen en bandieten en de malle zeiler boven op de heuvel. Grootmoeder begint ons weer te vertellen over de feesten van de rijke man, waar de bullebak en ik al zo vaak over gehoord hebben dat we ze zelf ook kunnen beschrijven. Ze herinnert ons aan de donkere kamer voordat die een donkere kamer werd, praat over de bedienden in de bediendenvleugel, en het uitzicht op de stad vanaf het balkon, heeft Grootmoeder ons al eens verteld over dat uitzicht? Grootmoeders verhaal zwalkt van hier naar daar, dwaalt bij elke bocht af tot ze er tenslotte het zwijgen toe doet. Tot ze haar mond stijf dichtknijpt en haar knobbelbenige vingers zich tot vormen vlechten waar de bullebak en ik met verbazing naar kijken.
'Wat?' krabben we op ons hoofd, en ons hoofd en onze schouders zwenken mee met Grootmoeders vingers terwijl we proberen de loop van haar gedachten te volgen: de in elkaar verstrengelde verhaaldraden die ze opgooit zodat wij ze kunnen weggraaien en verzamelen, en verweven en opslokken, en verdraaien en fotograferen, ermee doen wat we willen. Alleen mijn moeder zit kalm de was uit te zoeken, met haar hoofd en haar lichaam stil. 'Wat gebeurde er toen, Grootmoeder?' dringen de bullebak en ik aan. 'Wat toen?' Grootmoeders gezicht heeft een aureool van lamplicht als ze langs ons heen staart, de haren die ontsnappen aan haar knotje omlijsten haar hoofd als een vurige wolk. Ze is oud nu, dus haar geweldige geheugen laat haar soms in de steek. Ze dregt in haar geheugenvijvers, maar haalt niets nieuws naar boven. 'Heb ik jullie dat stuk verteld over...?' vraagt ze, en de bullebak en ik kijken elkaar weer aan. 'Ja, Grootmoeder,' roepen we in koor, 'ja, dat hebt u ons al verteld.'
'Het kan geen kwaad om het nog eens te horen...' mompelt ze en ze wijst naar haar speciale kistjes, dus ik graaf en scharrel tot ik de aantekenboeken vind die horen bij het verhaal dat ze vertelt, zodat ik haar weer op weg kan helpen als ze de draad even kwijt is. Ik blader door de bladzijden waar ik niet meer op schrijf. Grootmoeders extraspeciale aantekenboek zit aan één kant tussen de schots en scheef op elkaar liggende boeken geproptt. Uit gewoonte trekt de bullebak aan haar haren. Uit pure gewoonte knarst ze met haar tanden als Grootmoeder plotseling ophoudt met vertellen. De bullebak zit met haar tanden te knarsen, begint dan aan haar camera te friemelen. Ze zit er altijd aan te poetsen en te boenen, draait hier of daar aan een knopje, blaast denkbeeldig stof van de lens. Ze zit

altijd haar spaarcenten te tellen in afwachting van het moment dat de camera van de Oude Priester het eindelijk zal begeven. De riem van de camera is nu al gerafeld, het camerahuis zit onder de deuken en krassen, het opwindmechaniek vol kreunen. De bullebak bekijkt de map met foto's die ze aan het aanleggen is: haar landschapsfoto's van het klooster en portretten van kloostermeisjes, leraressen en nonnen in introspectieve houdingen, haar natuuropnamen van het oerwoud en zich onbespied wanende oerwoudbeesten. De bullebak rangschikt ze van goed naar beter naar best. Lange minuten kijkt ze naar elke foto. Krulletjes stoom puffen uit haar oren.
Tegenwoordig worden de gaten in de vertellingen van mijn grootmoeder almaar langer. Elk verhaal dat ze vertelt, is terug te vinden in haar stapel aantekenboeken, meer dan eens opgetekend. Elke hervertelling is anders, gekleurd door een ander accent, een geur, een stemming, het gefladder van een kledingstuk dat even zichtbaar wordt in de ooghoek van mijn grootmoeder. Ik moet heel goed luisteren en kijken om de bijpassende aantekeningen te vinden. Maar tegenwoordig worden haar verhalen niet vaak meer verteld. Tegenwoordig zit ze hele avonden in haar stoel bij de deur met een waas over haar ogen, haar wenkbrauwen een gladde richel. Haar handen rusten doorschijnend in haar schoot. Op die lange stille avonden zitten de bullebak en ik niet langer met gespitste oren, vol vervoering, te wachten tot ze doorgaat met vertellen. Grootmoeders halfvertelde verhalen krullen om ons heen aan suikerdraden waar we slechts zo nu en dan aan likken.
Tegenwoordig ligt het speciale plakboek van de bullebak met zijn uitpuilende kartonnen kaft aan de kant, foto's en stukjes volgekrabbeld papier, gedroogde bladeren en aarde vallen er uit, en ook zo af en toe een gedroogd insekt. Tegenwoordig kan het de bullebak niet meer schelen wat er allemaal uit valt. Ze grijpt niet meer naar ieder neerdwarrelend papiertje en evenmin buigt ze zich met gefronste wenkbrauwen over het geheel om één beeld te vormen, dat klopt van het begin tot het eind. Een kaart waarop elk hoekje en gaatje van de verhalen die mijn grootmoeder vertelt te vinden is, elke schatplaats die de bullebak op een dag hoopt te ontdekken. De bullebak heeft de hoop op een schat laten varen. Ze probeert niet meer wijs te worden uit verhalen zoals dat van de nonnen moet; ze zoekt niet meer naar een moraal om aan het eind vast te plakken. De bullebak neemt er genoegen mee de verhalen stukje bij beetje te verteren, ze leert te luisteren alsof ze plaatjes schiet, het

leven moment voor moment bevroren te zien. Het patroon dat ontstaat door de verhalen door elkaar te schudden is interessant. De open plekken in haar nieuwste album zijn net zo waardevol als de foto's die ze omlijsten. Tegenwoordig vindt de bullebak, in tegenstelling tot de nonnen, dat verhalen aan elkaar hangen van ondoordachtheden, en dat alleen het echte leven die probeert te laten kloppen. De laatste tijd rijdt haar stoere treintje op meer dan één spoor, het rijdt zijwaarts en staat soms halverwege de heuvel stil om uit te puffen. De laatste tijd neemt ze haast nooit meer wraakfoto's van de nonnen. Haar oudste foto ligt verkreukeld bij de andere tussen de laatste bladzijden van haar plakboek, en nu ze er zijdelings en vluchtig naar kijkt, vangt ze soms door het doorrookte oppervlak een glimp op van de twee gezichten die er in zwart-wit op staan uitgehouwen: de rijke man en de geliefde, zij aan zij. De rijke man staat iets achter de geliefde, zijn ene hand omvat haar tengere schouder, de andere haar elleboog. Zijn haar is bleek en glanzend, het hare een waterval bij nacht. Haar schaduwen buigen en zwiepen om haar heen als een golf, een staart. Het hoofd van de rijke man is naar haar toegewend, terwijl zij recht vooruit kijkt. Ze staart langs iedere achteloze toeschouwer heen, haar ogen peilloos, haar gezicht een verlokking voor verdronken zeelieden; een herinnering aan de ondraaglijke adem die bonst om vrijlating.
Tijdens de gaten in de vertellingen van mijn grootmoeder wrijf ik over de foto van de rijke man en de geliefde tot het papier meeglipt met de beweging van mijn hand. Tot ik er meer dan de rook afwrijf. Het oude gecraqueleerde papier krult op en bladdert. De bullebak merkt het niet, maar ik wrijf haar foto van de rijke man en de geliefde weg. Ik licht mijn grootmoeders extraspeciale aantekenboek uit haar stapel. De andere aantekenboeken glippen en glijden opzij; ik hoor een vaag zuiggeluid als ik het er tussenuit trek. De roodleren kaft is gekreukt en stoffig, met de vorm van de andere aantekenboeken erin gedeukt, gekrast door slordig inpakken, maar de bladzijden zijn schoon. Ik adem hun rijke papierlucht in, laat mijn vingers over de gladde randen glijden. Ik neem mijn pen ter hand. Ik maak mijn eerste teken, aarzelend, dan nog een, vastberadener nu. Dan nog een. De pen ligt precies goed tussen mijn duim en wijsvinger. De inkt stroomt zwart en vloeiend.

In tegenstelling tot Grootmoeder, die slechts het diepe keelfluisteren van de krokodil uit het donker heeft horen opkringelen en slechts het schimmige zwiepen van zijn staart heeft gezien, heb ik de krokodil gezien bij daglicht. Ik heb de krokodil in zijn glanzende oog gekeken en mijn handen over de stevige richels van zijn ruggegraat, de scherpe wig van zijn tanden laten glijden. De krokodil en ik hebben onze armen om elkaar heen geslagen, zijn korte armen konden me nauwelijks omvatten. We hebben onze lenige buik tegen elkaar aangedrukt in een dollendans en zijn springend door de waterige oerwoudzon gerend als oude vrienden. We hebben met zijn scherpe krokodillemes oerwoudspinnewebben weggeslagen, oerwoudvruchten doorboord om onze honger en dorst te lenigen. Onze vreemde mengeling van mensen- en krokodillelach heeft opgeklonken en de vogels en kleine dieren van hun tak geschud, de bladeren van hun oerwoudboom. Al sinds ik een klein kind was, kijk ik uit naar de krokodil, wacht ik op hem; zodra hij maar even ter sprake kwam, stond ik te trillen en te beven, klaar om het op een lopen te zetten. Mijn oren zijn volgepropt met zijn krokodilledaden, zijn tanden krasten bij elke enge schaduw over mijn huid. Tot nu toe had ik nog nooit oog in oog met hem gestaan. De oog-in-oog-krook is verrassend, zijn uitdrukking vriendelijker dan ik al die jaren verwacht had. Ik vind hem eerder verlegen dan dreigend, zijn glimlach is scheef, niet van aangeboren slechtheid, maar om de schok van zijn tanden te verzachten. Als je hem van een afstand ziet, valt zijn gebochelde rug het meeste op, plus het glimmen van zijn tanden, het formidabele bereik van zijn staart. Van dichtbij zijn zijn ogen glashelder, ze zijn een spiegel voor wie erin kijkt, het zijn zwarte, stralende vijvers. De krook die ik ken is niet het kwaadaardige wezen waarover mijn grootmoeder vertelt, die rover van dochters en trouwe hulpjes, die sluiper om straathoeken en over oerwoudpaden. Zoals mijn moeder zegt is het gewoon een wezen met een wat ongelukkig lot. Mijn arme krook kan net zo min iets doen aan de vorm van zijn gezicht als ik aan het mijne, maar hij weet toch het beste te maken van zijn leven en zijn lot. Mijn krokodil is geen figuur die vervloekt. Hij heeft een drift die langzaam begint, die kookt en borrelt, die zijn rug kromt onder het gewicht van alle grappen en grollen, de benepen kleineringen en de achterstelling die zich in de loop der jaren hebben opgehoopt; alle achterklap, jaloezie en onrechtvaardigheid die het gevecht om de gunst meebrengt, de pijn van met lichaam en ziel bezit te zijn. Het samenstromen bij de prikkeldraadpoorten om de geur van buitenlandse taarten en zoetigheden op te snuiven, terwijl de markten van de stad alleen hun ranzige geuren uitzweten. De brede rug van de krook kraakt onder het gewicht van de lange schaduwen die aan hem vastzitten, alle angsten en koortsen die aan zijn voeten zijn gehecht: angst voor donkere steegjes, voor vijanden die op de loer liggen in het duister, die snuffelen en wroeten naar elk spoor van onopzettelijk gespreide kloostermeisjesbenen. Zadel hem op met de koorts van een bonzende ademhaling, van nachtelijk woelen en draaien, en de krook zal die ook nog dragen, hij zal zijn y-vormige bek wijd opensperren en zijn hals krommen zodat er niets afglijdt. Hij zal zijn schouders optrekken onder het schimmige gewicht van alle geïnsinueerde geheimen en halfvertelde verhalen die de jaren hun patroon geven; onder het vastgelegde patroon van de jaren. Daarom heeft de krokodil een kromme rug. Soms draagt hij dit gewicht generaties lang; eerst denkt hij dat het het gewicht van zijn eigen lichaam is, dan komt de dag dat hij rechtop gaat staan. Het geluid van de krokodilledrift is meer dan het breken van bot. Het is meer dan het bijeenrapen van de stukken en beetjes van zijn voorbije leven zoals hij het kende en waaraan rechtop staan nu een einde maakt. Meer dan een haatvuur in een raamloze kamer. De krook verbrandt het verleden niet, hij zeeft er doorheen als door een schat. Zijn woede komt altijd als een schok, zelfs al heb je er jaren naar uitgekeken en op gewacht. Hij slaat toe als een plotselinge oerwoudwind die de stam van reuzenbomen doet schudden, de aarde om hun wortels loswoelt. Soms borrelt hij op tot het huidoppervlak, is hij net zo'n verschrikking als plotseling opschietende haren, plotselinge rondingen en verwekingen van vlees. Hij ruwt de huid op onverwachte delen van het lichaam, op dijen en elleboogplooien, hij vormt plekken met een opstaand, regelmatig patroon, griezelig, glad als ze de ene kant op gestreken worden, stekelig als de hand teruggaat. Oog in oog met elkaar laten de krook en ik onze handen over elkaar glijden, onze oog-in-oog-huid bevat geen verschrikking, elke bobbel en kloof wordt teder betast, ondergaat rillerig de erkenning van bobbel en kloof; met ontdekking, niet met angst. Als de krokodillewoede toeslaat, is er een wilde drang om het op een lopen te zetten. De tussenfase is voorbij, het kind wordt afgelegd, de jonge vrouw aangenomen. Alles, het uitzicht uit het raam, de grond, de lucht, de wereld, wordt onherroepelijk anders. De patronen worden herschikt.

Grootmoeder zegt: *Als je de toverformules kent en je kunt de vele schaduwen op de paden zien, dan kun je er zeker van zijn dat zij jou kennen en zien.*

Als de soldaten klaar zijn, is de eenarmige aap een in elkaar gedoken klomp apevacht op de open plek die de bullebak heeft gemaakt waar de vele paden samenkomen. De eenarmige aap ligt er bloederig en stil bij. Ik draai me om naar het gesnuf en gesnotter van de bullebak naast me. Ik bekijk haar zijdelings. Ik heb haar nog nooit zo zien huilen als nu. De bullebak wrijft met de rug van haar hand over haar gezicht om het in de plooi te brengen, ze laat zich vanuit haar hurkzit op haar knieën zakken en begint met haar mes in de aarde te steken. Ze steekt naar de voetstappen van de soldaten, graaft ze uit en trekt ze in kluiten omhoog. De bullebak is razend, haar tranen branden rode groeven in haar wangen. De soldaten zijn nu weg en zij graaft een gat. De bullebak graaft en graaft. Als het gat er is, pakt ze het apelijk op en gooit het erin. Ze strijkt met haar handen over zijn gebroken lijf, begint de aarde terug te duwen. 'Zit daar niet zo stom te kijken!' snauwt de bullebak.
Ik krabbel naar haar toe. Ik kruip als een dier uit het kreupelhout om oerwoudaarde en bladeren te strooien. Ik laat klompen aarde op de dode aap vallen, graaf met mijn vingers in de grond om al scheppend zijn lijf aan de blikken van de bullebak te helpen onttrekken. Ik graaf diep. De toppen van mijn vingers stuiten op iets zachts en zijdeachtigs, koel in de warme oerwoudaarde: iets dat langs mijn vingertoppen strijkt als een ondergrondse stroom. Ik graaf dieper. Ik grijp. Ik trek. Om met Grootmoeder te spreken: Wat grappig is het leven toch. De bullebak en ik hebben gelopen en gelopen, en nu hebben we hem gevonden. De jurk van de geliefde glijdt uit de aarde te voorschijn, zo geaderd als een kostbaar metaal, vol vlekken en rafels, maar nog steeds glanzend. Met één forse ruk trek ik hem eruit. De bullebak en ik hebben hem gevonden, zoals Grootmoeder ons gezegd had, maar de bullebak weet het niet. De bullebak zit in de aarde te steken met haar mes. Ze is zo teleurgesteld, dat ze er schoon genoeg van heeft. Ze knielt aan de rand van het graf en huilt. Ik schop mijn schoenen uit en wring me in een bocht om naar mijn hielen te kijken. Een kiertje licht schijnt over de helling van dit oerwoud, zo lang zijn we gebleven. Ik til eerst de ene voet op, dan de andere. De voetstappen van de geliefde die aan mijn voeten vastzitten hangen los.

En nu krijgt de bullebak een van mijn grootmoeders woede-aanvallen. De bullebak is zo teleurgesteld, dat ze er schoon genoeg van heeft. Ze trekt zo hard aan haar gerafelde riem, dat hij knapt en haar camera met een smak op de grond valt. Ze probeert hem niet eens op te vangen. Ze slaat met haar vuisten tegen elkaar en stampt met haar voeten.
'We zijn onze geest kwijt,' zegt de bullebak. 'Hoe moeten we de schat nou vinden? Wat moeten we volgen? Hij is dood.'
Terwijl de bullebak dat zegt, zwaait ze haar armen. Ze schuift nog wat aarde op het lijk van de eenarmige aap, dat stijf en scheef onderuit is gezakt en zijn gebroken arm naar haar uitsteekt als in een beschuldiging. Een smeekbede. Ik voel iets in me bewegen terwijl ik in het halfgevulde graf staar. 'Het heeft geen zin om hier te blijven,' zegt de bullebak, en wijst met haar vuist om te laten zien dat ze het meent. 'Laten we gaan. Laten we Grootmoeder gaan vragen wat we doen moeten.'
Maar wat ik voel bewegen houdt niet op, het geborrel dat in mijn keel oprijst en me aan het lachen maakt. Ik lach. Ik krijg pijn in mijn zij van het lachen, ik veeg de tranen die uit mijn ogen sproeien van mijn wangen. In mijn handen is de jurk van de geliefde gevangen water, hij glijdt en glipt tussen mijn vingers door, zodat ik hem steeds weer terug moet grissen. Ik druk mijn gezicht tegen de glanzende golving, adem de ziltige geur van de geliefde in. Ik klem haar jurk tegen mijn borst als robijnen en diamanten en parelsnoeren. Met één behendige draai steek ik mijn armen in de armsgaten, trek mijn schouders op tot hij precies past. De jurk waaiert uit rond mijn voeten, mijn handen gaan omhoog om de fijne plooien te strelen, mijn kin om te glimlachen om de opeenhoping van tak- en bladerpatronen net boven de linkerschouder van de bullebak, om de plotselinge krans van oerwoudmist die zich krult tot de gestalte van een vrouw die zich heeft omgedraaid. De vrouw draait zich naar me om. Ze is jong en mooi, haar gezicht is slechts gedeeltelijk verschroeid. Haar huid is wit porselein, de parelachtige onderbuik van een vis. Haar haar is een snede uit een nacht lang geleden. De dageraad die behoedzaam de met oerwoud bedekte heuvel opkruipt, kroont haar hoofd met een groenachtig licht. De geliefde en ik glimlachen tegen elkaar. We kijken naar elkaar met grote dorst. De bullebak kijkt moeizaam over haar schouder, maar ziet niets. 'Wat doe je?' snauwt ze. 'Waarom kijk je zo? Doe dat vieze ding uit!'
'Ik moet je iets vertellen,' zeg ik, maar mijn blik bevalt de bullebak niet.

'Vertel het straks maar.' Ze buigt zich voorover om haar camera op te rapen. 'Kom op.'
'Je iets laten zien,' lach ik.
'Laat straks maar zien!'
Maar de bullebak kan het me niet beletten, de bullebak kan haar oren niet dichtdoen.
'Vergeet niet wat je beloofd hebt,' zeg ik. 'Je hebt me je belofte gegeven toen ik het donkere-kamerspel won. Je beloofde me wat ik maar wou, en nu wil ik het. Geen foto. Geen handleiding. Niet je camera lenen!'
'Ik waarschuw je – straks!'
'Nee, nu.' Ik lach nog steeds als ik aan de linten trek die mijn te strakke vlechten vasthouden. Ik maak Grootmoeders verzamelstas voor bladeren en wortels los van mijn middel, zoek in de plooien naar de nimmer falende lucifers en geestenverbrandende kaarsen die ik van haar overal moet dragen, waar ik ook ga. Ik heb een ander plan voor Grootmoeders onafgedane zaak in plaats van die te verbranden. Ik heb een ander einde in mijn hoofd. Ik verpulver de lucifers en de kaarsen, laat de stukken in het graf glijden. Ik haal Grootmoeders sterkste amulet van onder mijn tong, gooi hem in het graf waar misschien een lelie zal groeien. Ik doe mijn rok omhoog en plas erop om het af te maken. Deze plek: het einde van mijn tweede levenscyclus. Het begin van de volgende cyclus, waar de voetstappen van de geliefde mijn voeten hebben verlaten en vooruit wijzen.
'Ik moet nog iets doen,' zeg ik, en mijn haar wordt opgetild door een plotselinge wind. Mijn haar rolt zich los uit Grootmoeders vlecht, glijdt onbelemmerd en zonder klitten naar beneden. De bullebak kijkt onwillekeurig met grote ogen toe. Plotseling ben ik de mooiste vrouw die ze ooit heeft gezien. Mijn jurk glanst zo stralend, dat ze de aanblik haast niet verdragen kan. Ze staat met opengevallen mond terwijl ik mijn hand uitsteek. 'Geef hier,' zeg ik en de bullebak wil het niet, maar ze weet wat ik bedoel. De bullebak wil het niet, maar haar handen laten gehoorzaam haar mes in mijn hand vallen, haar mes vol zoutkorsten, dat eens aan een beroemde bandiet toebehoorde, dat eens bekendstond als een beroemd geestenhakmes. Het verkoolde heft past in mijn hand als een thuiskomst, het lemmet glijdt in de speciale schede in mijn jurk. Het jarenlange van hand tot hand gaan van het mes drukt tegen mijn buik. Net als de geestenboodschap van de geliefde heeft ook haar mes een route met vele wendingen

afgelegd: van de rijke man naar mijn grootmoeder naar mijn moeder naar de Hagedissejongen naar de Oude Priester naar de bullebak naar mij. Het mes en de jurk kleven aan elkaar vast met een vaag geluid van slaande golven, een herinnering aan het woelen en trekken van de zee.

'Wacht hier,' zeg ik tegen de bullebak, maar ik weet dat de bullebak niet zal wachten. Ik weet dat ze als ik terugkom anders zal zijn. Mijn bullebak zal zijn verdwenen. Haar tussenfase-gezicht, dat veertien-jaar-oude gezicht dat ze al veel langer dan veertien jaar draagt, zal zich plooien in zijn natuurlijke rimpels en wallen. Als ik terugkom, zullen de bullebak en ik niet meer dezelfden zijn. De bullebak zal ouder zijn. Maar nu zit dat haar niet dwars. Nu sperren haar bullebaksogen zich open. Voor het eerst kijkt ze me bevreesd aan. Ik steek mijn hand uit, en het is niet de bullebak die hem grijpt. De geliefde glimlacht als een meisje, haar hand is meisjesachtig van vorm, haar vlees als een verkoelende bries.

'Waar ga je heen?' schreeuwt de bullebak als we ons omdraaien. De bullebak staat met haar handen tot vuisten gebald, ze beeft van top tot teen. Haar ogen staan ontzet als een plotseling wakker schrikken. Ze staat kaarsrecht, doet een uitval naar voren om haar armen om me heen te slaan. Haar lever tegen mijn buik is zo hard als steen. De bullebak grijpt. Ze trekt. In haar armen ben ik een gestalte die omkeert, word ik een gestalte die nu eens plotseling lang en schubbig is, dan weer bol opgezwollen, dan weer vol rijen scherpe stekels. Nog steeds laat de bullebak niet los. Als ik me omdraai om haar aan te kijken, zijn mijn tanden lang en puntig. Ik laat haar het gat zien in mijn nek waar de rijke man me heeft gewekt. Ik laat haar de smeulende ruimte zien van mijn afgerukte schub die mijn grootmoeder in brand stak. De manier waarop mijn kaken in en uit klappen, en dan zwiep ik met mijn staart en verbreed mijn mond om mijn dorst uit te sissen, en het gezicht van de bullebak is bleek. De lippen van de bullebak hangen slap. Nu staan we oog in oog, en haar mond verstrakt tot een schreeuw. De bullebak weet dat er, als ze niet loslaat, zo meteen tandafdrukken in haar huid zullen staan.

Dus lach ik, en ren. De geliefde houdt gelijke tred met mij. Er klinkt een wild gefluit boven ons hoofd, een vlaag wind. Ik kijk nog eenmaal om naar de bullebak, die zich op haar knieën heeft laten vallen, haar vuist schudt. Ik ren naar de voet van de heuvel, de zoom van het oerwoud, mijn lange haren golven, de jurk van de geliefde stroomt als een waterval achter me aan.

De jurk van de geliefde glanst als water in zonlicht en wind. Ik ren om de volgende cyclus te beginnen. De geliefde klampt zich vast aan mijn hand als een belofte, haar hand past in de palm van mijn hand. Haar vreugde is iets dat ik aan kan raken. Ons lachen schudt de vogels en kleine dieren van hun tak, de oerwoudbladeren van hun boom. Onze dorst is een schuren dat ons steeds harder doet rennen.
Oostwaarts, de zee tegemoet.

*Mijn grootmoeder schrikt wakker
als ze haar gezicht ziet.
Wij liggen dubbel van het lachen.*

Dankwoord en verantwoording

Behalve van mondelinge verhalen heb ik uitvoerig gebruik gemaakt van de volgende werken: Frena Bloomfield, *The Book of Chinese Beliefs*, Arrow Books, Londen 1983; Wolfram Eberhard, *A Dictionary of Chinese Symbols*, Routledge, Londen 1986; Hadji Mohtar bin H. Md. Dom, *The Bomoh and the Hantu*, Federal Publications, Kuala Lumpur 1979, *Malay Superstitions and Beliefs*, Federal Publications, Kuala Lumpur 1979, *Traditions and Taboos*, Federal Publications, Kuala Lumpur 1979; J.N. McHugh, *Hantu Hantu*, Donald Moore, Singapore 1955; Martin Palmer (ed.), *T'ung Shu*, Vinpress, Kuala Lumpur 1990. De varkensgeest is bewerkt naar 'Sung Ting-po Catches a Ghost', uit *Ghost Stories of Old China*, vertaald door Yang Hsien-yi en Gladys Yang, Asiapac, Singapore 1986; de bandieteninitiatie naar een verslag over het ritueel van een geheim genootschap in de *Penang Gazette* van 2 augustus 1867.

Veel dank komt toe aan Drusilla Modejeska, mijn uitgeefster, voor haar redactionele adviezen, aanmoediging en geduld; aan George Papaellinas, Barbara Brooks, Margo Daly, Matthew Noble, Alexandra Pitsis, Marlene Jones, Mich Dark en Sita Subramony voor hun hulp en steun zowel op literair gebied als anderszins; aan Yong Tze Tein voor bevestiging van de geest; aan Paul Gillen voor de humor, de suggesties en het begrip waarmee hij de bullebak en mij verdragen heeft; aan mijn familie voor onvoorziene zaken; en aan Arnie Goldman, de eerste die het zei.

Dit boek werd geschreven met behulp van een Ethnic Affairs Commission Fellowship en een werkbeurs van de literaire raad van de Australia Council, het kunst- en adviesfonds van de federale regering. Voor de laatste revisie werd dankbaar gebruik van een Fellowship in Varuna, het door de Eleanor Dark Foundation geleide schrijverscentrum. Ik ben allen zeer erkentelijk.

Een deel uit *The Crocodile Fury* verscheen in *Previews 11*, Sydney Writers' Festival 1992.

Andere titels bij Ambo/Novib

Lewis Nkosi – Paringsvlucht
Joesef Idris – Het taboe
Erdal Öz – Je bent gewond
Gu Hua – Het dorp Hibiscus
Henri Lopes – In tranen lachen
Shen Rong – In het midden van het leven
Kamala Markandaya – Nectar in een zeef
Edgar Mittelholzer – Mijn beenderen en mijn fluit
Ambo/Novib 100. Jubileumuitgave met novellen van José Donoso, Joesef Idris, Yusuf B. Mangunwijaya, Sembène Ousmane, Amrita Pritam en Ed Vega
Joseph Zobel – Negerhuttenweg
Yusuf B. Mangunwijaya – Tussen admiraals en sultans
Olive Senior – Zomerweerlicht
Joesef al-Ka'ied – Oorlog in het land Egypte
Patrick Chamoiseau – Kroniek van zeven armoedzaaiers
Gu Hua – De Tuin der Literaten
José Donoso – Het landhuis
Tahar Ben Jelloun – De as komt weer naar boven
Sunil Gangopadhyay – Arjun
Merle Hodge – Allemaal kapsones
Emile Habiebi – De wonderlijke lotgevallen van Sa'ied de Pessoptimist
Fernando del Paso – Palinurus van Mexico, twee delen
Richard Rive – Noodtoestand ongewijzigd
Ninotchka Rosca – Dubbel gezegend
Aysel Özakın Ingham – De taal van de bergen
Patrick Chamoiseau – Texaco
Lewis Nkosi – De vermissing
Gamaal al-Ghitani – Onrust in de Saffraansteeg
'Biyi Bandele-Thomas – Doodgraver Deernis en andere dromen
Achmat Dangor – De Z-Town trilogie
Rabah Belamri – Geschonden blik
Mohammed Shoekri – Jaren van dwaling